重现经典

重现经典

编委会

推荐语

近世西风东渐，自林纾翻译外国作品算起，已逾百年。其间，被翻译成中文的外国作品，难以计数。几乎每一个受过教育的中国人，都受过外国文学作品的熏陶或浸润。其中许多人，就因为阅读外国文学作品而走上文学创作的道路。比如鲁迅，比如巴金，比如沈从文。翻译作品带给中国和中国人的影响，从文学领域渗透到社会生活的各个方面。从某种意义上可以说，是翻译作品所承载的思想内涵把中国从古老沉重的封建帝国，拉上了现代社会的轨道。

仅就文学而言，世界级的优秀作品已浩如烟海。有些作家在他们自己的时代大红大紫，但随着时间的流逝而湮没无闻。比如赛珍珠。另外一些作家活着的时候并未受到读者的青睐，但去世多年后则慢慢被读者接受、重视，其作品成为文学经典。比如卡夫卡。然而，终究还是有一些优秀作品未能进入普通读者的视野。当法国人编著的《理想藏书》1996年在中国出版时，很多资深外国文学读者发现，排在德语文学前十位的作品，竟有一多半连听都没有听说过。即使在中国读者最熟悉的英美文学里，仍有不少作品被我们遗漏。这其中既有时代变迁的原因，也有评论家和读者的趣味问题。除此之外，中国图书市场的巨大变迁，出版者和翻译者选择倾向的变化，译介者的信息与知识不足，时代条件的差异等等，都会使大师之作与我们擦肩而过。

自2005年4月始，重庆出版社大力推出“重现经典”书系，旨在重新挖掘那些曾被中国忽略但在西方被公认为经典的文学作品。当时，我们的选择标准如下：从来没有在中国翻译出版过的作家的作品；虽在中国有译介，但并未得到应有重视的作家的作品；虽然在中国引起过关注，但由于近年来的商业化倾向而被出版界淡忘的名家作品。以这样的标准选纳作家和作品，自然不会愧对中国广大读者。

随着已出版书目的陆续增加，该书系已引起国内外读者的广泛关注。应许多中高端读者建议，本书系决定增加选纳标准，既把部分读者熟知但以往译本存在较多差误的经典作品，以高质量重新面世，同时也关注那些有思想内涵，曾经或正在影响着社会进步的不同时期的文学佳作，力争将本书系持续推进，以更多佳作满足不同层次读者的需求。

自然，经典作品也脱离不了它所处的时代背景，反映其时代的文化特征，其中难免有时代的局限性。但瑕不掩瑜，这些作品的文学价值和思想价值及其对一代代读者的影响丝毫没有减弱。鉴于此，我们相信这些优秀的文学作品能和中华文明继续交相辉映。

丛书编委会修订于2010年1月

AR

AYN RAND

源泉

THE FOUNTAINHEAD

二十五周年纪念版

25th ANNIVERSARY EDITION

第一部 彼得·吉丁

第二部 埃斯沃斯·M. 托黑

PART ONE PITER KEATING

PART TWO ELLSWORTH M.TOOHEY

[美]安·兰德 著
高晓晴 赵雅蔷 杨玉 译

重庆出版集团 重庆出版社

不能把世界让给你所鄙视的人

Contents 总目录

Introduction to the 25th Anniversary EDITION

二十五周年再版序言

《源泉》一书二十五年来连续再版，很多人询问我对此有何感受。除了藏在心底的满足感之外，还能有什么特别的感受呢？关于这一点，维克多·雨果的一句话最能表达我对于自己作品的态度："假如一个作家只是为他自己的时代而写作，那我就得折断我的笔，放弃写作了。"

有些作家并不是就他所在的那个时代而生活、思考和写作，我本人也在此列。按照"小说"一词本来的意义，创作小说的目的并不是让它在一个月或一年之后便无人问津。但现今大多数小说都是这样，它们被写出来出版，仿佛报纸杂志一样昙花一现，很快便消失了。这是当代文学最令人遗憾的方面之一，同时也是对其主要审美哲学最清楚无疑的控诉：今天，那种追求真实的新闻自然主义已经在无法言喻的恐慌中走到了终点。

历久弥新实际上是某种现今已然不复存在的文学流派——

浪漫主义的显著特点，尽管它并非浪漫主义所独有。但是，如果就本书来做浪漫主义小说方面的专题论文，那就张冠李戴了。所以，为了做到以后有据可查，也为了那些从来没有机会发现这一点的莘莘学子的利益——让我申明：浪漫主义只是一种“概念性的”艺术流派。它所论述的不是随随便便的日常琐事，而是永恒的、根本的、普遍的问题和人类存在的“价值”。它并不是去忠实地记载或逼真地描绘；它是进行创作或者将思想情感加以形象化和具体化。用亚里士多德的话来说，它所涉及的不是事物实际的状态，而是事物可能的或者应有的状态。 4

同时，为了那些人的利益——那些把自己与时代的相关性看得至关重要的人的利益，我要补充一点，就我们的时代来讲，人类从来没有哪一刻像现在这样，迫切地需要按其“应有的状态”对事情进行预测。

我并不是在暗示，小说创作伊始，我就知道《源泉》会连续热卖二十五年之久。我并没有想过任何具体的时间期限。我只知道，它是一部“应该”存活下来的作品。而它存活了下来。

但是，早在二十五年前，我就知道《源泉》是可以存活下来的——而当时，它遭到了十二家出版商的拒绝，其中有几家声称，它“太过于理性化了”，“太具有争议性了”，是卖不出去的，因为它根本不会有读者——那便是它经历过的艰难时期；艰难得让我难以忍受。我在此特意说起这件事，是要作为一个备忘

5 录，提醒和我同类的其他作家——他们可能必须面对同样的战役——而他们可以打赢。

要谈论《源泉》或者其任何一部分历史，就不能不提一个人，是他令此书的创作成为可能——他就是我的丈夫，弗兰克·奥康纳。

我在三十出头时写过一个剧本:《理想》。剧中的女主人公是一位电影明星。她的台词道出了我的心声:“我想在有生之年看到，我创造出的幻象变成真实而鲜活的荣耀。我想要它变得真实。我想知道，在某处的某个人，他也是这么想的。否则，看着它有何用？为了一个不可信的幻影激动和辛劳又有什么用？精神也是需要燃料的。精神也会枯竭。”

弗兰克就是我的燃料。在我的有生之年，在创作《源泉》中的人生观念时，他给我提供了一种现实环境，并帮助我在一段漫长的岁月里保留着它：那段岁月里，我们周围只有一片人与事构成的灰色荒漠，带给我们的只有轻蔑和反感。我们关系的本质是这样一个事实——除了《源泉》当中的世界，我们俩谁都不想，也不会被诱惑满足于任何一个次等的世界。我们永远都不会。

如果说我身上有一丝自然主义作家的风格，会记录“现实生活”对话以供小说使用，那也全都是关于弗兰克的。例如，《源泉》中给人印象最为深刻的几句话出现在第二部的结尾。作为对托黑的提问“你为什么不告诉我你是怎么看我的”的回答，洛克说：“可我没有看你。”这句话就是弗兰克在某种类似情况下对不同类型的人所做出的回答。“你抛出大把的珍珠，却连一块猪排的回报都得不到。”关于我的职业立场，弗兰克如是对我说。我把这句话用在多米尼克为洛克进行的辩护中。

当时，我并不经常沮丧；即便是沮丧，那种情绪也不会过夜。可是，在创作《源泉》的那段时期，有一个夜晚，我对“事物实际的状态”感到极度愤慨，我觉得再也没有力量朝着“事物应有的状态”迈进一步了。那天晚上，弗兰克与我进行了好几个小时的谈话。他让我相信了，人为什么不能把世界让给你所鄙视的人。等他的话说完时，我的沮丧感消失得无影无踪；我再也没有感到过那种来势凶猛的沮丧。

我一贯反对那种将自己的书题献给某某人的做法；我一直认为，一本书是写给任何能证明其价值的读者看的。可是，那天晚上，我对弗兰克说，我将把《源泉》题献给他，因为是他挽救了它。我一生中最幸福的时刻之一，是在两年后的一天：那天，他回到家，看到了这本书的校样；开头的那页上面用冷静、清晰、客观的字体印着：献给弗兰克·奥康纳。

有人曾经问我，在过去这二十五年里，我是否有变化。没有。我还是原来的我，只不过比原来更像我了。我的观念可曾改变过？没有。从我能记事起，我的基本信念、我的人生观就从未改变过，但是，我认识到了它们更为广泛和精确的应用。我目前

7 对《源泉》的评价是什么？我为它感到自豪，一如我完成它的那天一样。

《源泉》一书是为了体现我的哲学观点而写的吗？在此，我要援引《我的写作目的》一文。那是我于一九六三年十月一日在刘易斯和克拉克学院所作的一席演讲：“这就是我的写作动机和目的：‘理想人物的形象化。’对道德理想的描写，作为我的终极文学目标，作为它自身的目的，其中所含的任何说教的、理性的或哲学的价值观，都只不过是手段而已。

“让我强调这样一点：我的目的并非对我的读者进行哲学上的启蒙教育……我的目的，我的第一动机和首要动力是把霍华德·洛克（或《阿特拉斯耸耸肩》中的主人公们）‘作为目的’进行刻画……

“我为了小说本身来进行写作和阅读……我检验任何一篇小说的基本标准是：‘在真实生活中，我愿意认识这些人物和观察这些事情吗？这篇小说，就它本身而言，是不是一次值得去经历的体验？构思人物的乐趣是不是就是它自身的目的？’

“既然我的创作目的是表现一个理想人物，我就必须界定和表现可能造就他以及他之所以存在所需的条件。既然人的性格就是环境的产物，我必须界定和表现造就理想人物并驱动他的行为的环境和价值观；这就意味着，我必须界定和表现出某种合乎情理的道德准则。既然人是在其他人中间活动并与他人打交道的，那么我就必须表现那种可能使理想人物存在和发挥作用的社会体系——一种自由的、生产性的、合理的体系，它要求和回报每一个人身上最出色的东西。这个体系，很显然，便是自由竞争的资本主义。

“但是，无论在生活还是文学中，政治、伦理学或哲学本身都不是目的。唯有人本身才是目的。”

在《源泉》中，有没有我想做的实质性改动？没有——也正因为这样，我对它的行文未做丝毫改动。我想让它保持写作时的原貌。不过有一个小小的错误，还有一个可能会误导读者的句子，我想澄清一下，所以，我在此特意给予提及。

那是一个语义学上的错误：在洛克的法庭讲话中使用了“egotist（自我本位的）”一词，而实际上，应该是“egoist（自我主义的）”一词才对。这一错误是由我对一本词典的依赖所致——对于这两个词，该词典下了令人误解的定义，结果“egotist”似乎更接近于我要表达的意思（《韦氏日用词典》，1933）。（然而，提到这两个术语，现代哲学家们似乎应比词典编纂者担负更大的罪责。）

洛克发言中那个可能误导读者的句子如下：

> 从这种最简单的必需品到最高深的抽象宗教活动，从车轮到摩天大楼，我们现在的一切特征和我们拥有的一切都来自于人的一个属性——理性头脑的功能。

9 这个句子可能会被误解为某种宗教或某些宗教思想的背书。记得当时写这个句子时，我就曾对它犹豫不决，而随后又下定决心，认为洛克和我的无神论思想，还有这本书的整个精神基调，都已经交代得很清楚，所以没人会对此产生误解，特别是因为我曾说过，宗教的抽象概念是人类心灵的财产，而非超自然的启示。

但是，像这类问题是不应该留给读者去推想的。我当时所指的并不是某种宗教，而是一个特殊的抽象范畴，最为崇高的一个。几百年来，这一概念几乎成了宗教的专利。这便是伦理学——不是宗教伦理学的特殊内涵，而是“伦理学”这一抽象概念，这一价值观的范畴，这一人类关于善恶的准则，它具有卓越、进步、崇高、尊敬、宏伟、庄严等情感的内涵，它隶属于人类价值观的范畴，宗教却将它不合理地纳入自己的范畴。

同样的含义和因素可以被意指及应用于书中的另一段落，那是洛克与霍普顿·斯考德之间的一场简短的对白。如果脱离了语境，它也可能引起误解：

> “你是个极其虔诚的人。以你自己的方式，洛克先生。我能在你的建筑里看到。”
>
> “没错。”洛克说。

不过，在这一情节的上下文中，意思是清楚的：斯考德所

指的正是洛克对于价值观的极度献身精神，要求达到尽善尽美，10
达到理想状态（参见他关于所要建造的庙宇的性质的解释）。斯考德神庙的建造和随后的审判都对这个问题做了很清楚的交代。

这一点将我带向一个更广泛的问题，它涉及《源泉》的每一行。而且，如果一个人想要理解《源泉》持久的魅力，就必须理解这一问题。

宗教在伦理学这一领域的垄断使得合乎理性的人生观的情感意义及其内涵的表达变得极为困难。就像率先僭越了伦理学的领域，使道德与人类对抗一样，宗教同样篡夺和盗用了我们语言中的道德概念，将它们置于世俗之外，使人类无法企及。“升华”通常被用来表示由于对超自然的沉思而唤起的那种情感状态。“崇拜”一词意指从精神上体验对某种超乎人类的事物的忠诚和献身。“崇敬”是指一种神圣的敬意，通过膜拜去体验。“神圣”的意思是超越于任何与人类、与地球有关的东西，并且不被触及。凡此种种。

但是，即使并不存在超自然的范畴，这样的概念其实也指实际的情感；而体验这些情感会令人振奋，使人感到高贵，而并不会让人感到宗教定义所要求的那种妄自菲薄。那么，在现实中，它们的来源和所指是什么？那便是人类致力于一种道德理想的整个情感王国。然而，除了宗教所带来的对人的贬低之外，情感王国还没有得到确认，没有概念，没有文字，没有认知。

11 必须将人类情感的这一最高等级从幽暗的神秘论的深渊中拯救出来，让它重新指向恰当的对象——人类。

正是在这个意义上，也正是本着这样的意图，我把《源泉》一书里戏剧化的人生观念确定为“人类崇拜”。

它是一种情感——能够持续体验这种情感的人少之又少；有些人体验过，但只是火花一闪，稍纵即逝，并不产生任何影响；有些人干脆不明白我谈的是什么；有些人明白，却耗费一生来充当一个致命的火花熄灭器。

不要将“人类崇拜”这一概念与众多其他尝试混淆起来，这些尝试并不是要将道德从宗教的束缚中解放出来，再将它纳入理性的范畴，而是要用一个世俗意义来代替那种最为恶劣、最为非理性的宗教元素。比如，现代集体主义有各种各样的变形（法西斯主义、纳粹主义等等），它们将宗教上的利他主义伦理道德标准悉数保留了下来，仅仅用“社会”一词取代“上帝”一词，将其作为人类自我牺牲的受益者。还有各种各样的现代哲学流派，它们否认同一律的原理，宣称现实是由奇迹和一时的古怪念头所左右的不确定的持续变动——这种变动不是受上帝的一时兴致所支配，而是被人类或者“社会”一时冲动的念头所左右的。这些新神秘主义者并不是人类崇拜者；他们只不过是脱离教会的还俗者，跟他们的前辈——神秘主义者一样，对人类抱有一种深仇大恨。

同样的深仇大恨还有更为赤裸裸的变体，代表人物就是那些对细枝末节情有独钟、用“统计学”武装思想的人。他们不可能理解人类意志力的真意——他们宣称，人类不可能成为崇拜的对象，因为他们从未遇见过任何当之无愧的典型人物。

依照我个人对此术语的理解，人类崇拜者就是那些能够理解并努力实现人类最大潜能的人。相反，人类仇恨者则认为人类毫无用处，认为人类是堕落和下贱的，不值一提——而与此同时，又处心积虑地不让人类有所察觉。记住这一点很重要：任何人所持有的对人类直接而内省的认识，就是对他自己的认识。

更具体地说，这两大阵营的本质区别在于：一些人致力于人类自尊的“升华”和人类尘世幸福的“神圣”；另一些人则坚决不允许这两者成为可能。大多数人将他们的生命和精神能量白白耗费了——他们在这两大阵营之间摇摆不定，极力回避这个问题。但这并不能改变这一问题的本质。

也许，通过我手稿开头部分那段引文的形式，才能最好地表达《源泉》的人生观。但是在最后正式出版此书时，我将那段引文删去了。现在有幸在此进行说明，我很高兴能重温这段话。

我之所以将它删除，是因为我极不赞同那段引文的作者——弗里德里希·尼采的哲学观点。从哲学上讲，尼采是一个神秘主义者和非理性主义者。他的形而上学由某种“拜伦风格的”东西和某种神秘“恶意的”宇宙组成；他的认识论将理性隶属于“意志”，或者情感，或者本能，或者血缘，或者先天固有的品质和价值观。但是，作为诗人，他有时候（并非一贯地）也生动地表现出对人类的伟大所抱有的庄严豪迈的情怀——是情感上的，不是理性上的。

在我所选择的那段引文身上，这一点尤为突出。我无法赞同它字面上的意思：它宣告了一个站不住脚的信条——意志决定论。但是，如果有谁将它视为一种情感体验的诗意的形象化，而且是理智地去看问题的话，他就会以先天固有的“原始确定性”来取代“基本前提”这一既成的概念，那么，那段引文就表达了一种自尊升华的内在状态，而且概括出了这种情感的重大意义，《源泉》则为这种意义提供了理性和哲学的基础：

> 在这里，对作品的层次和地位具有决定意义的不是作品本身，而是一个信念——再一次采用一句古老的宗教惯用语来表达一种更为深刻的意义。这种信念就是某种原始确定性，而每一个高尚的心灵自身都具备这种确定性。它是无从寻觅的，无从发现的，或许也是不可或缺的——高尚者必然怀有自尊。（摘自尼采《善恶的彼岸》）

在人类历史上很少有人表达过这样的人生观。今天，这种观点实际上并不存在。然而，人类青年中的佼佼者们正是抱着这样的观点走上人生道路的——他们怀着不同程度的渴望和激情，经历了几多沉思和几多痛苦的困惑。对于他们大多数人来说，那甚至还算不上什么观点，它只不过是一种朦胧的、仍在摸索中的、还没有界定的意识，这种意识得自他们未经风雨的痛苦和难以言表的快乐。它是一种抱着莫大希望的意识。在这种意识里，人生是重要的；伟大的成就是人力可及的，而伟大的事业就在前方。

放弃、自我唾弃及诅咒自己的存在，不是人类或其他任何活体的本性。那需要一个腐败的过程，其速度因人而异。有些人刚碰到压力便放弃了；有些人出卖和背叛了自我；有些人不知不觉慢慢熄火了，却从来不知道自己是何时及如何沉沦的。长者们蜂拥而至，百折不挠地教导他们说，成熟就是摈弃个人见解：放弃价值观，他们便获得了安全感；丢下自尊，他们便具有了实践的可能。于是，一切意识都消失殆尽了。然而，少数人坚持下来，继续前进，深知这种热情是不可背叛的；同时，他们学会了如何使这种热情具有一定的目的。他们修整它，使它成型，并最终实现它。但是，无论前途如何，在生命之初，他们便已开始寻求生命的无限潜能和人类的高贵身影。

并没有多少路标可寻。《源泉》是其中之一。

《源泉》之所以具有如此恒久的魅力，一个重要原因就在于——它是对青年志气的认可，同时它歌颂了人类荣光，显示了人类的可能性有多大。

每一代人中，只有少数人能完全理解和完全实现人类的才能，而其余的人都背叛了它。不过这并不重要。正是这极少数人将人类推向前进，而且使生命具有了意义。

我所一贯追求的，正是向这些为数不多的人致意。其余的人与我无关；他们要背叛的不是我，也不是《源泉》。他们要背叛的是他们自己的灵魂。

安·兰德

一九六八年五月于纽约

Contents

分册目录

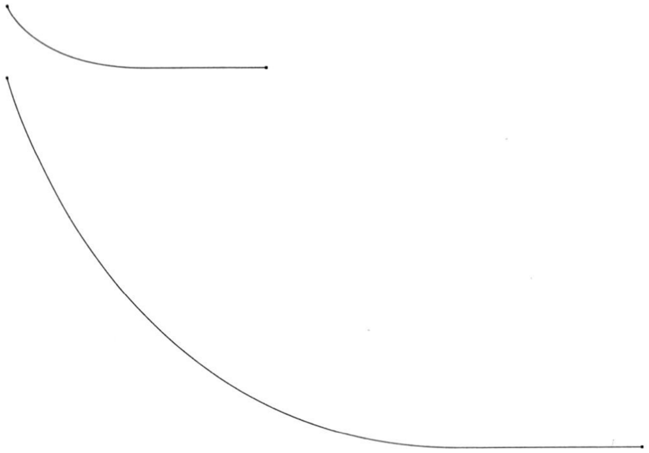

第一部

PART ONE

彼得·吉丁

Piter Keating

I

3

霍华德·洛克放声大笑。

他全身赤裸着站在高崖边上，俯视脚下极深处静卧着
花岗岩冷冰冰的崩裂声越过岑寂的湖面直入云霄。水面仿
不动，岩石却在飞逝而过。在彼此撞击的瞬间，岩石静止
一刹那，水流也仿佛定格，比流动时更为摄人心魄。阳光
浴在水中的岩石湿漉漉地发着耀眼的白光。

悬崖下的湖面仿佛只是一个纤细的钢圈，把岩石切割成两半。山岩在湖水深处绵延不断，在湖面上却有峻拔之势，两峰峭立，直冲云霄。于是，世界宛如虚空中悬浮的小岛，无所傍依，仅仅把锚固定在这个临崖兀立的男人脚上。

他倚天而立，身材修长，全身肌肉强健有力，面部棱角分明。他纹丝不动地站着，双手垂在两侧，掌心向外，神情肃穆。他能感觉到自己肩胛的紧绷、颈项的曲线以及臂部血液的流动，还有从身后掠过脊沟的风。风撩起他的头发，在天空的映衬下，那头发的颜色既非金黄也非纯红，恰似熟透了的橘皮色。

他嘲笑着今天早上发生在他身上的事，嘲笑着眼前的一切。

他知道接下来的日子会不好过。有些困难要去面对，还得有个行动计划。他明白自己该考虑一下这个问题了，可他知道他不愿意去想，因为个中缘由他都清楚，因为这个局老早以前就已经设好了，因为——他只是想笑。

他努力地去思考。但他忘了。此刻他正注视着前面那块花岗岩。

当意识到周围的泥土时，他收住视线，不笑了。他的面孔就像大自然的法则，不容置疑，无法改变，也不屑于任何哀求。这张脸上颧骨高凸，两眼深陷，灰色的眼睛里充满了满不在乎的坚定。紧闭的嘴唇露出傲慢不恭的神气，这张嘴要么是一张刽子手的嘴，要么就是一张圣徒的嘴。

注目着花岗岩，他便想：可以将它切割开，砌成墙。打量着一棵树，他便想：可以将它分解，当椽子用。看到岩石上的锈斑，他便想：可以挖掘到丰富的铁矿，熔炼成钢梁，横陈于天地间。这些岩石是因我而存在的，他想，它们等待我去开凿，等待着甘油炸药和我的命令；等待着被人劈开，经受打磨；等待着被赋予新的生命力；等待着我的手赋予它们形体。

随即他又摇摇头，因为他想起了早晨，还有那些等待他去做的事。他抬腿踱到崖边，扬起双臂，纵身往崖下一跳。

他以最短的路线游向湖对岸放置衣服的岩石，然后满怀惋惜地环视四周。到斯坦顿的这三年，他经常光顾这里，以期获得仅有的放松——来这儿或游泳，或休息，或思考，只为独处和保持活力，哪怕只有一个小时——可他难得有空。在刚刚获得“自由”后，他想做的第一件事就是来到这里，因为他知道，这将是最后一次光顾。当天早晨，他已经被斯坦顿理工学院的建筑学院开除。

他匆匆穿好衣服：一条旧斜纹棉布长裤，一双凉鞋，一件纽扣差不多掉光了的短袖衬衫。他转身踏上狭窄的鹅卵石小径，穿过一片青草坡，上了公路。

他匆匆的步伐中透出特有的懒散。头顶骄阳，他走了很长一段路，前面不远处已经依稀可见斯坦顿。这个小镇沿着马萨诸塞州的海岸线延伸开去，仿佛是专门为了它的宝贝——远远高踞于山丘上的这座宏伟的学院而存在的。

进入斯坦顿镇，首先映入眼帘的是一大堆垃圾。草丛里一堆尚未燃尽的颓败的玫瑰，还淡淡地冒着薄烟。洋铁罐在阳光下闪着亮光。大路旁经几处屋舍伸向一座教堂。这教堂是一座木瓦砌成的哥特式古迹，漆成了鸽蓝色。结实的木头扶壁并未起到什么作用，彩绘玻璃镶嵌在人造石砌成的厚重窗格上。教堂的大门朝着狭长的街道，与之紧挨着的是修剪整齐后派头十足的草坪。草坪后面是几座饱受奇形怪状之苦的木制建筑：扭曲的山墙、塔楼和天窗，突出的回廊，挤压在巨大而倾斜的屋顶下。窗口飞舞着白色的窗帘。一个垃圾桶立在门的一侧，满桶的垃圾溢了出来。一只老哈巴狗蹲坐在门阶的踏脚垫上，嘴角挂着口涎。廊柱之间，一排尿布随风飘舞。

在霍华德·洛克经过时，路人们都打量着他，甚至在他走过之后还有人一直瞪着他，眼神中透着突如其来的愤恨。他们也说不清是什么原因，也许是他一出现便会在大多数人身上激起一种本能。但霍华德·洛克眼中看不到任何人。对他来说，街道是空的，他甚至可以毫不在意地赤裸而过。

他从小镇的中心——一片开阔的草地上穿过。草地旁的窗户上贴着新海报：欢迎来到二二级建筑班！祝你好运！

二二级建筑班！斯坦顿理工学院二二级的学生下午正在举行学位授予典礼。

洛克转身走进一条小巷，一长排房屋的尽头有一道绿草茵茵的峡谷，吉丁太太的家就在峡谷边的圆丘上。他寄宿在此已有三年。

此刻吉丁太太站在门廊下，门廊的栏杆上挂着一个鸟笼，里面有两只金丝雀，她正给它们喂食。看到洛克进来，她那只胖乎乎的手悬在半空中，许久没有放下。她好奇地打量着他，嘴角牵动了一下，竭力想说些得体的话表示同情，却欲盖弥彰地将这种企图暴露了出来。他穿过游廊时并未注意到她，于是，她叫住了他：

“洛克先生！”

7 “什么事？”

“洛克先生，关于……今天早晨发生的事……我深感遗憾……”她极力装出犹豫不决的样子。

“什么事？”他问。

“你被学院开除的事。我不知该如何表达我的难过，只想让你明白我很同情你。”

他站在那儿看着她，可她心里清楚，他并没有“看”到她。是的，她想，完全没有看她。他总是直勾勾地注视别人，那双该死的眼睛从来不曾漏掉任何细节，却总让人在他的眼中看不到自己的存在。他只是站在那儿看着，无意作答。

“我是说，”她继续说道，“如果一个人在这个世界上吃了苦头，那肯定是他有过错。当然了，你得放弃建筑专业，是吗？可是，换个角度想想，年轻人总能靠自己得到体面的生活，做做职员呀，跑跑销售，或干点别的什么。”

他转身要走开。

“噢，洛克先生！”她叫道。

“什么事？”

“你出去的时候，系主任打电话来找过你。”

仅此一次，她期待他会流露出某种情感，这“某种情感”可能是目睹他崩溃的意思。她不知道他身上到底有什么东西在驱使着她，让她想看着他垮掉。

“电话是谁打来的？”他问。

“系主任。”她不太肯定地重复了一遍，“是系主任通过他的秘书转达的。”她补充了一句，试图找回点儿勇气。

“是吗？”

“她在电话里说，要你一回来就马上去见系主任。”

“那谢谢你了。”

“你猜他现在找你干什么？”

“不知道。”

他的回答是“不知道”，可她分明听见他说“我才不在乎呢”，她难以置信地瞪着他。

“顺便告诉你一声，彼得今天就要毕业了。”她装作若无其事地说。

“是今天吗？噢，是今天。”

“今天可是我的大日子。是我当牛做马、辛辛苦苦供儿子上完大学的日子。不是我在这儿诉苦，我可不是那种爱叫委屈的人。我家彼得确实是个出色的孩子。”

她挺着胸脯站在那儿，浆洗过的硬挺的棉布衣裙紧紧地裹着她矮小而壮实的身躯，仿佛要将她身上的脂肪挤到两臂和小腿上去。

“当然了，”她接着自己最喜爱的话题说，“我可不是爱吹牛的人。当妈妈的，有的人很幸运，有的就不行。各有各的命。打

9 今儿起，你就瞧我家彼得的吧。我可不想让我的儿子打工累死。为了我儿子取得的任何小小的成功，我都得感谢上帝。话又说回来，如果这孩子不是这个国家最棒的建筑师，那他妈妈倒要问问是为什么了！”

他抬脚想走开。

“看我，跟你唠叨这些干什么！”她愉快地说，“你得赶紧换衣服，系主任在等着你。”

她目送他穿过纱门，他瘦削的身影消失在整洁的客厅里。在这座房子里，他总让她感到不舒服，那是一种含糊的、说不清楚的感觉，仿佛随时会看到他挥拳捣烂她的咖啡桌，打破她的中国陶瓷花瓶，甚至砸碎她那镶框的照片似的。他从未表现出如此的倾向，但她一直期待着，也不知道是什么原因。

洛克上楼来到自己的房间。四壁的白色使房间显得格外开阔、明亮而耀眼。吉丁太太从没觉得洛克在此生活过。房间里没有任何家具。除了仅有的几样必需品之外，他未添置过一样东西：既没有照片，也没有棒球队获胜的锦旗。总之丝毫没有令人振奋的修饰过的痕迹。除了衣物和图纸以外，他没有带来任何东西。衣服太少，图纸又太多；那些图纸高高地堆在角落；她时常会有种错觉，以为生活在那里的是他的图纸，而不是他本人。

洛克走向自己的图纸，它们是他首先要打包的。他站在那儿，注视着眼前宽幅的图纸，拿起其中一幅，又拿起另一幅，然后放下，再拿起一幅。

他这些图纸中的建筑物还从未在地球上露过脸。它们就像是那从未见过其他建筑的最早的人类所建造的房子。房屋的每一处构造都是出于必要，而不像是曾经有工匠蹲踞其上、苦思冥想，或受自己的意念支配，或根据书本的描绘而把门窗、梁柱等拼合起来。它们像是源于地球的某种生命力，完整、得体而不容撼动。绘制过这些轻快线条的双手还不够成熟，但似乎没有一根线条是多余的，必要的平面没有一处缺陷。只有看着这些房屋，明白了设计者是花费了怎样的精力、运用了多么复杂的技巧和经过了多少紧张的思考时，你才能真正感受到它们在构造上的简约和质朴。没有任何一种普遍规律能够支配其中的任何具体细节。这些建筑物不属于古典风格——既不是哥特式的，也不是文艺复兴时期的。它们只属于霍华德·洛克本人。

他停下来，看着其中的一幅草图。那是一幅他不满意的作品，是作为课余练习设计的。每当发现某个特别的场所，驻足去思考什么样的建筑物才适合于此时，他便常常会有类似的创作。曾经有多少个不眠之夜，他对着这些草图凝神沉思，唯恐有缺漏或把握不到位的地方。现在这么匆匆扫视一眼，他却在不经意间发现了设计中的瑕疵。

他将草图愤然往桌上一甩，俯下身去，在自己整洁的素描上狠狠地画上一道道的直线。他不时地停下来，站直身子审视草

1 图，指尖压在上面，仿佛是手指握住了上面的建筑。他的手十指修长，筋脉突起，指关节粗大。

这样过了有一个小时，他听见有人敲门。

“进来！”他大声喊道，手并没有停下来。

“洛克先生！”吉丁太太气喘吁吁，站在门口瞪着他，“你究竟在干什么呀？”

他转身看着她，竭力回忆她是谁。

“系主任怎么办？他可一直在等着你呢！”她惋惜道。

“噢，对了，我忘了。”

“怎么？你……忘了？”

“是呀。”他的语气中透着不解，反倒惊讶于她的大惊小怪。

“哎！我只能说你是活该！”她激动地说，“你真是咎由自取！毕业典礼四点半就要开始了，你想主任哪儿还有时间见你？”

“我马上就去，吉丁太太。”

促使她这么做的真正原因不单单是好奇，还有她的一块心病：她担心校委会撤销对洛克的处理决定。他走进过道尽头的洗手间，她则站在一边看。他洗了手，把蓬松的直发整理得有了点样子，然后走出来，下了楼梯。这时她这才意识到他要离开。

“洛克先生！你该不会就这样出去吧？”她指指他的衣服，喘着气说。

“怎么不行？”

“他可是你的系主任啊！” 1

“吉丁太太，他不再是我的系主任了。”

她着实吃惊。他说得若无其事，好像他很高兴似的。

斯坦顿理工学院矗立在一个小山包上，它带有雉堞的围墙像是给山下延伸的城市戴上了一顶王冠。学院如同中世纪的堡垒，拦腰嫁接了一座哥特式大教堂。叫它堡垒，可真是名副其实：结实的砖墙上有几道狭缝，其宽窄仅够安置岗哨，城墙后面可供守城的弓箭手作藏身之用，拐角的塔楼上可以往下泼洒滚烫的油——从而攻击入侵的敌人——假如这种紧急情况真的出现的话。大教堂高居其上，闪耀着丝带般的光辉，犹如一条脆弱的防线，要去面对它的两大敌人：阳光和空气。

系主任的办公室像一座小礼拜堂，一汪梦幻般的暮色透过一扇高大的彩绘玻璃窗照射进来。暮色从圣徒们硬挺的服饰间流泻而入，他们的胳膊肘弯曲着。从未派上过用场的壁炉角落里，两个栩栩如生的滴水嘴兽蹲踞在那里，一团红色的和一团紫色的光晕分别照在它们身上。一抹绿色光影驻留在壁炉上方悬挂的帕特农神庙照片的中央。

洛克走进办公室时，系主任的轮廓在雕琢得像告解室一般的办公桌后面隐约可见。主任是位肥胖的矮个子绅士，浑身晃动着的脂肪被他那不屈不挠的尊严给束缚住了。

“啊，对，洛克。请坐。”系主任微笑着招呼他。

洛克坐了下来。系主任十指交叉放在胸前，做好准备要听洛克的辩解。但是洛克并没有任何表示。系主任清了清嗓子，首先打破了沉默：“我就没必要为今天早晨所发生的不幸表示遗憾了。因为我毫无疑问地认为，你很清楚，我一贯是真诚地为你的切身利益着想的。”

“完全没有必要。”洛克回道。

系主任有点不相信地注视着他，但还是说了下去：“不用说，在今天的校委会上，我并未投你的反对票。我弃权了。不过你可能很乐意知道，在会上你还有一小部分相当坚定的支持者。人虽不多，但是态度坚决。你的建筑工程学教授就像是一名代表你征战的圣战者，你的数学教授也是如此。可不幸的是，绝大多数人认为，投票将你开除是他们应尽的职责。设计批评家彼得金教授提出了抗议，甚至到了威胁我们的地步。他说，如果不开除你，他就辞职。你必须承认，你的做法令彼得金教授大为恼火。”

“的确是这样。”

“你看，那正是问题所在。我想谈谈你对建筑设计这门学科所持的态度。你从未给它应有的重视。然而，你的工程学门门优秀。当然，没有人会否认结构工程学对于未来建筑学科的重要意义，可你干吗非要走极端？为什么你对专业中被称作艺术的和具有启发意义的一面视而不见，反而把全部精力集中在枯燥的技术和数学这类科目上呢？你想成为一名建筑师，而不是土木工程师。”

“您说这些不是多余吗？”洛克反问道，“这件事已经过去了。现在讨论我选科目的事已经没有意义了。”

“我是在尽力帮你，洛克。这件事你得讲良心。在被处分之前，你不能说没得到过警告。”

“是的，我得到过警告。”

系主任挪了挪座椅。洛克让他感到不舒服。洛克的眼睛礼貌地凝视着他。系主任暗自思忖：他这样看着我并没什么不好，事实上他做得很对，这表现出了一种非常得体的专注；唯一不妥的是他的眼里似乎没有我。

“留给你的每一个问题、每一项你必须完成的设计任务，你都是怎么对待的？”系主任接着说，“每一项作业你都是以那种不可思议的方式做的。我不能称之为风格。它与我们一贯试图传授给你们的每一条原则都格格不入，与所有既定的艺术先例和传统背道而驰。也许你认为你是所谓的现代主义者，但你连那都算不上。那叫……那完全是疯狂，如果你不介意我这么说的话。”

“我不介意。”

“当交给你一项设计任务，让你对设计风格有所选择时，你便呈上一手狂野的绝活。坦率地说，你的老师们之所以让你门门都及格，是因为他们并不知道该怎么去理解你的作品。可是，当布置给你一个历史风格方面的练习时——一座都铎式小教堂或一座法国歌剧院式的楼宇——你交上来的习作却像将杂乱无章的箱子堆放在一起。你说它是习作，还是明显的反抗？”

“是反抗。”

“鉴于你以往在所有其他科目上的出色成绩，我们本想给你一次机会。可是你交来这个作为意大利式别墅设计来应付本学年的结业考核……孩子，这真是太过分了！”主任激动地一拳砸在面前的一张图纸上。

图纸上是一幅素描，一座玻璃和混凝土组合的建筑。其中一角有作者锋利而棱角分明的签名：霍华德·洛克。

“经过这件事，你怎能期望我们让你及格？”

“对此我并不抱什么希望。”

“在这件事上，你让我们别无选择。现在面对我们，你自然会觉得难过，但是……”

“我决不那么想。”洛克平静地说，“我应该向你道歉。我这人一向不会等着麻烦找上门来，可我这次犯了个错误。我本不应该等着你们把我撵走，我早就应该自己滚蛋。”

“哎呀，别灰心。这不是正确的态度。特别是考虑到我下面要对你说的话。”

系主任微笑了一下，身体自信地前倾，很为这个良好的开头和接下来的好事而喜不自禁。

“这才是我找你谈话的真正目的。我急于让你尽早明白，我并不想使你失去信心。当我向校长提起你的事时，就我个人来说，真的是冒着惹他发脾气的危险去碰运气的。但是请你注意，他并未说明自己的立场或做什么承诺。但是…… 现在就是这样一种状况：既然你认识到了事态有多么严重，如果你休学一年，好好反省反省——我们称之为成长行吗——或许你还有重返校园的可能。请你注意，我并不能向你做任何承诺。严格地讲，这是非官方的，是异常罕见的，但是鉴于目前的情况和你以往出色的成绩，或许会有一个很好的机会。”

洛克笑了笑。但那微笑不是高兴所致，也并非出自感激，那是一种单纯而又从容的笑。他是觉得有趣和好笑。

“我想您没理解我的意思。”洛克说，“您凭什么猜测我想回来呢？”

“嗯？你说什么？”

“我是不会回来的。这里再也没有我想要学习的东西了。”

“我不明白你的意思。”系主任口气生硬地说。

“有什么好解释的，对您来说已经无关紧要了。”

“请你解释一下。”

“好吧，如果您想听的话。我想成为一名建筑师，而不是建筑学家。我看不出设计文艺复兴风格的别墅有什么意义。既然我们永远不会去建造它们，为什么还要学习设计这样的东西？”

“我亲爱的孩子，文艺复兴时期的杰出艺术风格并没有失去

17 生命力。我们每天都在建造好多这种风格的房子。”

“现在是有这样的房子，而且将来也会有。但是修建这种房子的人不是我。”

“好了，好了，太孩子气了！”

“我到这里来是学习建筑的。当我拿到一个课外自修项目时，对我来讲，它唯一的价值就在于，我可以学会像对待将来某个真实的工程项目一样地去对待它。我已经掌握了我在此所能学到的东西——我是指您不认可的关于结构学的各门课程。再多画一年意大利明信片对我不会有任何帮助。”

一小时前，系主任原本希望这次面谈能够尽可能平静。而现在他却宁愿洛克能够表现出激情。洛克在这种情况下如此平静自然，似乎有悖常理。

“你是想告诉我，当你是，或者说如果你是一名建筑师的话，你会那样设计你的建筑？”

“会的。”

“我亲爱的小伙子，谁能让你这样做？”

“这个问题并不重要。重要的是，有谁能阻止我这样做？”

“看，这样的话问题就严重了。很遗憾我没有早些和你做一次推心置腹的长谈……我知道，我知道，知道，别打断我，你看过一两幅现代主义建筑风格的作品，它们在你脑子里注入了一些模糊的想法。但是你有没有认识到，那整个的所谓现代派运动，只不过是一时的时髦爱好？你必须学会去理解它——这一点已经被所有的权威所证实——建筑学已经创造出了一切的美。在过去的每种建筑风格中都蕴藏着丰富的艺术宝藏。我们只能从大师身上选取我们想要学习的东西。我们是谁，我们有什么资格，竟然狂妄到要去改良他们的风格？我们只有满怀着虔诚和尊敬，努力去模仿他们的分儿。”

“为什么？”霍华德·洛克问道。

不，系主任心里想，他还没有说过别的什么。那只是一句完全天真无知的话。他不会吓倒我的。

“这是无须证明的。”系主任回答说。

“看看吧，”洛克平静地指着窗户说，“你看得见校园外的小镇吗？你看得见有多少人从窗下走过吗？当然，我不必为此去考虑别人的想法。我确实不在乎他们或他们中的一部分人对于建筑学的看法，或对于其他任何事情的看法，那么我干吗要考虑他们的祖先对此怎么看呢？”

“那是我们神圣的传统。”

“为什么？”

“看在上帝的分儿上，你不要这么天真了好不好？”

“可是我不明白，为什么您非要让我觉得这是一座伟大的建筑呢？”他指着那张帕特农神庙的照片问道。

“那是——帕特农神庙。”系主任说。

“的确，它是帕特农神庙。”

“我没有时间浪费在这些傻问题上。”

“那好吧，”洛克站起身，从办公桌上拿起一把长尺，走到那幅画跟前，“能否允许我向您指出它的腐朽所在？”

“这可是帕特农神庙啊！”

“是的，该死的帕特农神庙！”

直尺敲在画框里镶嵌着的玻璃上咣当作响。

洛克说:“看看这些著名圆柱上的著名雕槽吧。它们是做什么用的？当采用木柱时，是为了掩饰木材的榫接处。可这些不是木柱，它们是大理石雕刻。这些三竖线花纹是什么？木头。就像人们在建造小木屋时所使用的木制桁条。你们的希腊前辈采用了大理石，却用大理石创造出了木结构的赝品，只因为前人曾经这样做过。然后你们文艺复兴时期的大师们更胜一筹，用石膏做出了大理石赝品，做出了木制赝品。而此时我们又在用钢筋水泥做石膏赝品，做木制赝品，做大理石赝品。为什么？”

系主任坐在那儿好奇地打量着他。有某种东西令他费解，不是洛克所讲的话，而是他讲话时的态度。

“要说原则吗？”洛克又说，“这就是我的原则：能用此材料来做时，决不用彼材料替代。绝没有任何两种材料是一样的。在地球上也绝不会有哪两块建筑场地是完全相像的。绝没有两座一样用途的建筑。建筑的目的、场地和建筑材料决定了它的外形。如果没有一个主题思想，那么任何建筑都谈不上合理和美，而这个主题思想规定了建筑的每一个细节。一座建筑就像人一样，是具有生命力的。建筑的骨气就在于它恪守自己的精确度，遵循一个单一的主题，并且为自己单一的用途服务。人身体的各个部位不是借来的，同样，一座建筑的灵魂也不是随意用土块拼凑出来的。”

“可是建筑上特有的艺术表现形式很久以前就有人发现了。”

“表现——表现什么？帕特农神庙和它木结构的前身并不服务于同一个目的。一个航空终点站的服务目的与帕特农神庙的用途是不一样的。每一种建筑形式都有它的意义。每一个人都创造他自己的意义，具有自己的形式，抱有自己的目标。为什么别人所做的事情那么重要？为什么仅仅因为它不是你自己的作品，它就变得神圣了呢？为什么任何人或者每个人都是对的——只要不是你自己？为什么这些人的数量竟然取代了事实和真相？为什么真实的东西被迫成为算术问题，并且只是建筑的次要部分？为什么要歪曲所有的意义，却转而去附和他人的一切？肯定是有某种原因的。是什么原因我不知道。我从未弄明白过。我倒是很想搞清楚。”

“看在上帝的分儿上，”系主任说，“坐下来。哎，这样好一点……能不能请你将那把直尺放下来？好。谢谢。现在听我说。从来没人否认过现代技术对一名建筑师的重要性。我们必须使过

1 去创造出的美适用于当今的不同需求。过去的声音就代表着民众的心声。建筑学上从来没有什么东西是由哪一个人创造出来的。正常的创造活动是一个漫长的过程，是一个渐进的、不具有个性特征的集体进行创作的过程。在这一过程中，任何个人都与其他所有人合作，并使自己的标准服从于大多数人的标准。”

“可是您知道，我这么跟您说吧，假如我还要活六十年，在这六十年里，我的大部分时间都要花在工作上。我挑选了我想做的工作，如果从中找不到快乐，那无异于给自己判了六十年的徒刑，而且，只有当我以最可能适合我的方式工作时，我才能找到快乐。可是所谓‘最好’只是个标准问题——我也确定了自己的标准。我不要继承什么，也决不沿袭任何传统。或许我就是某种传统的开端呢。”

“你今年多大了？”系主任问道。

“二十二岁。”洛克回答。

“那可真是情有可原。”系主任似乎感到放心了，“你会随着年龄的增长而放弃所有这些念头的。”他微笑着说，“这些古老的标准沿袭了几千年，一直没有人能对其加以改变。你的现代主义是什么呢？不过是一时的时尚，是一些好出风头的人哗众取宠罢了。你有没有认识到他们发迹的过程？你能举出一个已经取得卓越成就的人吗？就拿亨利·卡麦隆来说吧。一个了不起的人，一名二十年前的一流建筑师。今天他算老几？每年，他能得到一个需要改建的车库的设计任务就算幸运了。他现在是个无业游民和酒鬼，他还……”

“我们不谈亨利·卡麦隆了，好吗？”

“噢？他是你的朋友吗？”

“不是。不过我看过他的建筑。”

“所以你觉得它们……”

“可我说过我不想谈亨利·卡麦隆。”

“很好。你必须认识到，我一直默许给你很大的自由。可以这么说吧？我这个人很不习惯跟一个像你这样处世的学生进行讨论。不过，如果可能的话，我非常愿意阻止悲剧的发生。一个像你这样具有突出天赋的年轻人故意将自己的生活弄得一团糟，我不能眼睁睁地看着这样的情形上演。”

系主任纳闷自己为什么答应那位数学教授要尽己所能来帮助这个孩子。仅仅因为那位教授指着洛克的设计方案说：“这，是个天才。”是个天才，他心里想，不如说是个罪犯。他退缩了，天才或罪犯，两种说法他都不赞成。

他想到从别人那里听来的关于洛克过去的说法。洛克的父亲是俄亥俄州某地钢厂的搅炉工，很久以前就死了。这孩子的入学档案里没有任何关于他直系亲戚的记载。每当问及此事，他总是满不在乎地说：“我觉得我没有任何亲人。或许有，但我不知道。”他甚至惊讶于人们为什么会认为他对此事感兴趣。在大学校园里，他从未结交或寻找过任何朋友。他拒绝参加大学生联谊会。他靠勤工俭学读完中学，并且在这所建筑学院读完了三年。他从小就在建筑行业里当普通工。他抹过墙泥，搞过测量，还炼过钢，任何能找到的活他都干。从一个小镇到另一个小镇，他一路打工到了东部，来到这座大城市。系主任以前就见过他，那是在去年暑假。洛克当时在波士顿一栋施工中的摩天大楼上做铆接。他长长的躯体在油腻的工作服下显得十分放松，只有他的眼神是专注的。他的右臂不时向前挥舞一下，在灼热的铆钉似乎就要错过钉孔打到他脸上的一刹那，熟练而轻松地捕捉到那飞舞的火球。

“你看，洛克，你为了上大学拼命地打工，”主任轻声说，“本来你只有一年就可以毕业。有些重要的事情你要想清楚。尤其像你这样的孩子，得考虑建筑师这一职业的现实。做建筑师本身并不是目的。建筑师不过是整个庞大的社会集体的一部分。合作是通向我们现代世界的钥匙，尤其是通向建筑行业之门的钥匙。你有没有想过你将来的客户？”

“当然。”洛克回答。

“客户，”主任接着说，“是的，客户。首先想想他们吧。客户是将要住进你修建的房屋里的人。你的一切得体的艺术都要符合他们的愿望，这个还需要我多说吗？”

“我的理解是，我必须立志为我的客户建造我所能建造的最舒适、最合理、最漂亮的房子；可以说我必须卖给客户最好的东西，而且必须教会他们鉴赏，知道什么是最好的。我可以这样说，但我不会这样做。因为我不打算为了服务或帮助任何人而去建造房屋。我不打算为了拥有客户而建造房屋。我是为了建造房屋而拥有客户。”

“你打算怎样把你的想法强加给他们呢？”

“我并不想强迫别人或者被别人强迫。需要我的人自然会来找我。”

至此，系主任才明白洛克的态度中那种令他不解的东西是什么。

“你知道，你在说话时，假如能表现出你很在乎我是否同意你的看法的话，你的话听起来可能更具说服力。”

“您说得没错，可是我不在乎您是否赞同我的看法。”他说得天真而率直，听起来一点不算无礼，就像是他初次认识到某一个事实，由于对此感到迷惑，便说了出来。

“你不在乎别人的看法，这也许可以理解。可你对人们是否同意你的观点也不在乎吗？”

“不在乎。”

“可是这……这太荒谬了。”

“荒谬？可能吧。我说不准。”

“这次会谈很好。”系主任突然高声说，声音大得出奇，“这样我的良心就得到解脱了。我现在相信了，正像其他人在投票大会上所说的，建筑这个职业并不适合你。我已尽力帮助过你了。现在我同意校委会的意见。你是个不可救药的人，是个危险人物。”

“会危及谁呢？”洛克问道。但是系主任站了起来，示意会谈已经结束。

洛克走出这间屋子，缓步穿过狭长的大厅，下了楼，出门来到低处的草坪上。像系主任这样的人他见多了，他理解不了他们。他只知道自己与他们在行动上有着重大的差别。他早就不去费神思考这个问题了。但是，建筑物的主旨是什么，人们内心的主要创作动机是什么，对于这类问题的探索，却从未停止过。他知道自己行动的缘由，却无法找到他们的。他也不在乎这个。他从未学会去考虑别人。不过，有时他也会纳闷——他们何以至此？想到系主任，他又觉得不可思议。这个问题中隐藏着重大的秘密。他必须发现其中的原则，他想。

但是，他停住了脚步。他看见落日余晖在消退前的片刻静静驻留，驻留在学院大楼砖墙层拱灰色的石灰石上。他忘记了人们，忘记了系主任和他们背后原想去发现的原则。他只想到薄暮微明中，石头看上去多么美妙；只想到如果换成他，他会怎么利用这石头。

他想到了一张宽幅的图纸，他看见上面耸立着灰色的石灰石高墙，墙上装有一道道长长的玻璃，可以让太阳的光辉照进教室。在图纸的一角，是锋利而棱角分明的签名——霍华德·洛克。

9

"……朋友们，建筑是门伟大的艺术，它建立在宇宙两大原理的基础上，这两大原理就是美与实用。从广义上讲，它们只是永恒的三位一体——真、善、美当中的一部分。真，用来对待我们的艺术传统；善，用来对待我们所服务的对象；美，是所有艺术家竞相崇拜的女神，她可以是一位可爱的女子或者是一座建筑……嗯，是这样的……总之，我想对你们这些即将开始建筑生涯的人说，你们是一宗神圣的文化遗产的保管人……是的……所以，请勇往直前，直面人生，以永恒的三位一体武装自己——以勇气和洞察力，以我们伟大的学院所秉承的原则武装自己。愿你们都能恪尽职守，既不要成为过去的奴隶，也不要成为为了一己私利而张扬所谓独创性的暴发户，那种态度只是无知的虚荣；愿你们前程似锦，在离开这个世界时能在历史的长河里留下足迹。"

盖伊·弗兰肯举起右手夸张地挥手致意，以戏剧性的动作结束了他的演说。不拘礼节，但又透着神气，是盖伊一贯的作风。宽敞的大厅在掌声和赞许声中充满了勃勃生机。

人山人海，成千上万张洋溢着汗水和热情的年轻面孔，庄重地仰视盖伊·弗兰肯的讲台，长达四十五分钟之久。讲台上的盖伊·弗兰肯作为斯坦顿理工学院毕业典礼的发言人，是专程从纽约临时赶来的；他来自赫赫有名的弗兰肯-海耶建筑师事务所，是美国建筑师行会的副主席，美国建筑业指导协会主席；是美国文学艺术学院成员，国家美术委员会成员，纽约工艺联合会秘书；是法兰西荣誉军团骑士，该勋章由英国政府、比利时政府、摩纳哥政府和暹罗[1]政府联合授予；还是斯坦顿理工学院最了不起的毕业生，曾设计过纽约市著名的弗林克国家银行大楼，在它位于人行道上方二十五层楼的楼顶上，有一座哈德良陵墓的小型复制品，里面装有用玻璃和美国通用电气公司的优质灯泡制成的防风火炬。

盖伊·弗兰肯步下讲台，他对自己的时间和行动总能拿捏得很准确。他中等身材，不是特别肥胖，只是不幸有些发福的迹象。他知道，没人能猜出他的实际年龄，他已经五十一岁了。他脸上没有一道皱纹或一根线条，而是球与圆、拱形与椭圆的巧妙组合，明亮的双目闪着机智的光芒。他的着装体现出一位艺术家对于细节的刻意追求。当他走下台阶时，心中希望这是一所综合性大学。

1 泰国的旧称。——译注

他想，眼前的大厅就是一个杰出的建筑艺术样本，只是今天拥挤的人群，加之被忽略的通风问题，使它显得有点古板和沉闷。尽管如此，这座大厅还是有许多可引以为豪的地方：绿色的大理石墙裙，漆成金色的科林斯式铸铁圆柱，以及墙壁上镀金的水果花环，特别是那些菠萝，盖伊·弗兰肯心想，它们很好地经受了岁月的考验。这很感人，盖伊·弗兰肯想，是我在二十年前建造了这座配楼和这座大厅，而今，我又站在了这里。

大厅被人群塞得水泄不通。人们的身体挤在一起，一张张面孔紧挨着，乍一看，无法分得清哪张脸属于哪个身体。人群仿佛一块混杂了无数手臂、肩膀和胸腹的柔软的、颤动着的肉冻。攒动的人头中，有一个是属于彼得·吉丁的，它苍白而漂亮，拥有黑色的头发。

他坐在前排，竭力使自己的眼睛不离开讲台，因为他心里清楚，此刻，无数双眼睛正注视着他，而且稍后也会注视他。他并未回头，但这种处于众目睽睽之下的感觉从未离开过他。他黑色的双眸透出机警和睿智，嘴角向上弯起，唇线的轮廓完美无缺，恰似一弯新月。一抹微笑使他显得高尚、慷慨而又充满热情。他的头有种古典的完美，美在颅骨的形状，美在凹陷得恰到好处的太阳穴上那一缕自然弯曲的黑色鬈发。他高昂着头，那神气就像他意识到了自己的美，但别人还不知道似的。他就是彼得·吉丁，斯坦顿理工学院的学生明星，学生会主席，校田径队队长，大学生联谊会最重要的成员，被推举出来的校园最受欢迎的人物。

吉丁心想，这么多人在此看自己毕业。他竭力估算着这座大厅的容量。这儿的每个人都清楚他的学业记录，而今没有哪个人能与他抗衡。噢，对了，他有过一个叫史林克的对手。史林克曾经和他有过一阵顽强的竞争，不过在刚刚过去的一年里，他已经将其打败。以前他拼命地苦学，因为他想打败史林克。今天他没有对手了……然后，他感觉到有什么东西在往下坠，进入嗓子眼，又到了胃里，那是一种冰冷而空洞的东西，下坠的过程始终伴随着这样的感觉：不是顾虑，而是某种提示或者疑问，问他是不是真有那么了不起，就像这个光荣的日子即将宣布的那样！他在人群中寻找着史林克，他看到了：史林克黄黄的脸上架着副镀金的眼镜。彼得热情地凝望着他，心下顿觉释然和放松，同时也充满了感激之情。很显然，在外表和能力上，史林克都无法与他匹敌，这一点他毫不怀疑。他永远都能打败史林克，世界上千千万万个史林克；他不会让任何人取得他所不能取得的成就。让他们好好看看。他会有理由让他们瞩目的。他能感受到周围人的灼热呼吸和热切期待，就像在期待一针兴奋剂。活着真精彩，彼得·吉丁心想。

他的头开始有点眩晕。这是一种愉快的感觉，这种感觉支撑着他，他精神恍惚，既无法抗拒，又记不清楚是怎样登上讲坛对着所有面孔的。他站在那里，修长、整洁而强壮，一副典型的运动员体型。他站着，任凭人们如潮的欢呼声汹涌而来。他在这股轰鸣中得知他已经从这所大学载誉毕业，美国建筑师行会向他颁发了一枚金质奖章，并且他还获得了由美国建筑业指导协会颁发的巴黎大奖——一份巴黎艺术学院的四年奖学金。

后来，他与人们握手，用一卷羊皮纸文稿的边角刮着脸上的汗水，不断点头、微笑，在宽大的黑色学士服下面有些透不过气来，心里希望人们没有注意到他的妈妈——她此时正用手臂抱着他，激动地抽噎着。校长握了握他的手，用无比洪亮的声音说：“孩子，斯坦顿理工学院以你为荣！”系主任握着他的手，一再说：“……你有一片灿烂的前程啊……前途辉煌呀……前程似锦呐……”彼得金教授握了握他的手，又拍拍他的肩膀说：“……你将发现这是绝对完美的体验。譬如我吧，修建皮珀第邮局时，我就有过这种体验……”吉丁并未听完其余的话，因为皮珀第邮局的故事他已听过无数次了。那个故事人尽皆知：那是彼得金教授在为了忠于教职而放弃执业之前建造的唯一建筑。对于吉丁的毕业设计——美术宫殿，人们说了很多。可这一刻，他无论如何都记不起那是一个怎样的设计。

透过眼前所有的热情场面，吉丁想到了盖伊·弗兰肯与他握手的情景，听到了盖伊·弗兰肯温和而愉快的声音：“……正如我曾经告诉过你们的，它仍然为你开放着，我的孩子。当然，既然你获得了奖学金……你就得做出抉择……巴黎艺术学院的毕业证对于一个年轻人来说是非常重要的……可是若你能到我们事务所工作，我会非常高兴……”

二二级建筑设计班的告别宴会漫长而又严肃。吉丁饶有兴趣地听着人们的讲话。当听到“作为美国建筑业新希望的年轻人”和“未来敞开着金色的大门”这些冗长的句子时，他知道，他就是那个新希望，他就是那个未来，而且听到这些句子从这么多名人嘴里说出来可真是一种享受。他注视着那些用演说腔调发表讲话的头发花白的演讲者，心想自己升到他们的职位时，甚至超过他们时，该会比他们年轻多少。

突然，他想起了霍华德·洛克。他吃惊地发现，没等他回过神来，那个名字便已经闪现在他的记忆中，带给他强烈而隐晦的快感。接着他想起来：今天早晨霍华德·洛克被学院开除了。他默默责怪着自己；他决定努力为此感到遗憾。可是每当他想到开除的事，喜悦之情总是油然而生。这件事无可争辩地证明他确实很傻，竟然将洛克想象成一个有威胁的对手。曾几何时，他对洛克的顾虑胜过对史林克，尽管洛克小他两岁，而且还低他一级。如果说他对各自的天赋有过什么怀疑的话，那么今天，这个问题不都已经解决了吗？可是，他记得，洛克一直待他不薄，每当他遇到困难时，洛克总是拔刀相助……其实并不是真的难住了，只不过是没工夫思考而已，只是一张平面图或者别的什么。

天呐！霍华德是如何理清一张平面图的？分明是一团乱麻，可是一到他手里，便迎刃而解了……得了，即便他能解决，那又怎样？那给他带来了什么好处？现在他完蛋了。想到这里，彼得·吉丁才终于从霍华德的事中体验到一阵令自己满意的痛苦和同情。

被请上台去发言时，吉丁充满自信地站了起来。他可不能表现出任何畏惧。关于建筑他没什么可说的，但还是说了。他把头昂得高高的，作为同辈中的一分子，只是为了不致冒犯在场的名流们，才流露出些许的怯态。他记得自己说："建筑是一门伟大的艺术……放眼未来，心中怀着对过去的崇敬……从社会学的角度看，建筑是所有手艺中最为重要的一种……而且，正如刚才那位令大家感到鼓舞的人所说，有三个永恒的存在，那就是真、善、美……"

随后，在大厅外的过道里，一片乱哄哄的告别声中，一个男生用胳膊搂着吉丁的脖子小声说："赶快回家，什么也不要吃，彼得，今晚我们去波士顿好好开心一下，只有我们几个，一小时后我开车去接你。"泰德·史林克怂恿着他："彼得，你一定要来，没有你多没意思。顺便还要祝贺你取得的一切成功。我这个人不记仇。我希望最棒的人取得成功。"吉丁也搂了一下史林克的肩膀。他的眼睛里洋溢着一种感人的热情，仿佛史林克是最可爱的朋友。他看谁都用的是那种热情洋溢的眼神。他说："谢谢你，泰德，好家伙。获得美国建筑师行会颁发的奖章真让我感觉糟透了。我认为获奖的人应该是你才对，可你总也搞不清那些老古董们是怎么了。”此时，吉丁正在温柔的夜色里往家走，心里盘算着如何摆脱妈妈出去开心一晚。

他想，妈妈为他付出了很多。正如她平素强调的那样，她是一位淑女，而且受过正规的高中教育，却拼命地工作，把寄膳者招租到家里来——对她的家庭来说，这可是没有先例的。

吉丁的父亲在斯坦顿开过一间文具店。行情的改变结束了小店的生意。十二年前，疝气病又要了老彼得·吉丁的命。丈夫死后留给路易莎这幢房子，它位于一条体面的大街尽头，加上从精确维持的一份保险中得来的一笔年金——她设法经营着这一切，照料着儿子。虽然这笔年金数目不大，不过，靠着寄膳者们交来的租金作为贴补，再加上坚忍不拔的决心和意志，吉丁太太还是挺过来了。在夏季，儿子也会帮帮她，在饭馆做做店员，或者为草帽广告当模特儿。吉丁太太早就认定儿子将来会在社会上占有一席之地。她紧紧抱定这一希望，像蚂蟥般柔软而又不屈不挠……说起来真好笑，吉丁还记得，曾经一度，他想成为画家，而恰恰是妈妈为他选了一个更好的领域来施展他的绘画才能。她说：“建筑是一种体面的职业，而且，你将来在这个行业中所遇到的人也是最优秀的。”是她在不知不觉中推动他走上了现在的职业道路。想来真是有趣，吉丁已有多年没有想起那个儿时的抱负了。可笑的是，此刻想起这个理想，他却感觉到了伤痛。那么好吧，这就是该想起它的夜晚——也是该永远忘却它的夜晚。

他认为建筑师总能创造出辉煌的成就。而一旦成功——有人失败过吗——突然间，他想到了亨利·卡麦隆。二十年前的摩天大楼建筑师，现在则是一个把办公室搬到湖滨的老酒鬼。吉丁不禁打了个寒噤，加快了脚步。

一路走着，不晓得人们是不是在看他。他留神看那些透着灯光的长方形窗户。每当一扇窗的帘子随风飘起，有人将头探出窗外时，他就试图猜测那个脑袋是不是探出来看他的。即便现在不是看他，有朝一日他们也会这样做的。

吉丁走近他家的房子时，霍华德·洛克正在门廊上坐着，双肘撑地靠向身后的台阶，伸着两条长腿。牵牛花攀过门廊，犹如在房子与街角的路灯间拉起了一道帘幕。

春天的夜晚，悬在半空中的路灯灯泡看着有点奇怪。在它的映衬下，街道显得更加黑暗，也更加柔和。它兀自悬在空中，像夜幕上开着的一道裂缝，屏蔽了周围的一切，只露出长着茂密叶片的低垂着的树枝，静静地守候在光亮的缺口边上。这个小小暗示的意义重大，仿佛黑夜所包容的只有一大片浓密的树叶。灯光滤去了叶子的颜色，从而让人相信白天它们会比任何绿叶更鲜艳；灯光吸引了人们的视线，却给人一种新的感觉。它既非嗅觉，也非触觉，却又同时具备这两种感觉——那是春天带给人的心旷神怡。

吉丁认出了门廊的阴影里显得十分荒谬的橘红色头发，他停住了脚步。这就是他今晚想见的人。他很高兴看到洛克单独一人，但也有点担心。

“彼得，祝贺你啊！”洛克说。

“噢……噢，谢谢……”吉丁惊奇地发现洛克的祝贺比今天听到的任何溢美之词都更令他开心。

能得到洛克的认可，他感到很开心，又有些难为情，为此他暗自在心里骂自己犯傻。“我是说……你知不知道……”他突然又问洛克，“我妈妈告诉过你了吗？”

“她跟我讲过了。”

“她真不该告诉你的。”

“为什么不应该呢？”

“你看，洛克，你的事我感到非常难过。”

洛克把头向后一仰，看着他。

“忘掉它吧。”洛克说。

“我……有些事要和你商量，洛克，我想征求一下你的意见。我可以坐下来吗？”

“什么事？”

吉丁在旁边的台阶上坐了下来。在洛克面前没什么戏可演。况且，他现在也不想演戏。他听见一片树叶飒飒飘落的声响。那是一种极其轻微的、质感透明的春的声音。

他知道，此刻他对洛克怀有一种很强烈的情感，那是一种夹杂着痛惜、惊异和无奈的情感。

“在你已经……我还在为我自己的事来烦你，你会觉得我这人太讨厌了吧？”吉丁轻轻地说，十分真诚。

“我都说过了，忘了它吧。你有什么事？”

“你知道，一直以来，我都以为你很狂妄，可是我心里清楚，对于建筑，你懂得不少。我是说那些白痴们永远不懂的东西。而且我还知道你非常热爱建筑，他们却绝不可能做到这一点。”吉丁说得很诚恳，诚恳得连他自己都感觉有些意外。

“怎么了？”

“唔，我也不明白为什么我该来找你。可是，霍华德，以前我从没告诉过你，可是你看，一有事我宁可听听你的看法，而不是系主任的。尽管我很可能会遵照他的意见去做，但你的观点对于我来说更有意义，我也说不清是什么原因。我也不知道为什么跟你说这个。”

“得了，快说吧。你该不是怕我吧，啊？你想问什么事呀？”洛克说。

“是关于奖学金的事。我获得了去巴黎留学的奖学金。”

“真的？”

“是四年的奖学金。可是另一方面，前不久，盖伊·弗兰肯又在他的事务所为我提供了一份工作。今天他说那个位置还为我留着。可是我现在不知道该做何选择。”

洛克一边注视着他，一边用指关节缓慢地在台阶上有节奏地敲击着。

最后他终于开口说话了：“如果你想听取我的忠告，彼得，那你已经犯了个错误。询问我的建议或任何人的建议都是错误的。绝不要去问人家的看法。不要向他们询问你工作上的事。难道你还不清楚你想要什么吗？要是你连这个都不知道，那怎么行呢？”

“你瞧，霍华德，这正是我佩服你的地方。你总是很有主见。”

“别恭维我了。”

“可我是认真的。你做事怎么总是那么果断？”

“可你怎么能让别人替你拿主意呢？”

“可是，霍华德，你知道，我对自己没有把握，我总是拿不定主意。我也不清楚我到底有没有他们说的那么好。除了跟你，我不愿意向任何人承认这一点。我想正因为你总是那么有把握，我才……”

“皮迪[1]！”身后突然传来吉丁太太的声音，“皮迪呀，我的心肝！你在那儿干什么呢？”

1　彼得·吉丁的妈妈对儿子的昵称。——译注她站在门口，身上穿着她最好的那条暗红色的塔夫绸裙子，快活的语调中透露出一丝嗔怪之意。

“我一直一个人坐在这儿等你呢！你穿着礼服坐在那脏兮兮的台子上干什么？还不快给我起来！快进屋来，孩子们。我准备了热巧克力和小甜饼呢。”

“可是妈妈，我有些重要的事要和霍华德说。”吉丁虽然嘴里这样说着，却已身不由己地站了起来。

她仿佛根本没有听见他说的话。她进了屋，吉丁便也跟着进去了。

洛克看着他们的背影，耸耸肩，也起身走进屋去。

“你俩在外面商量什么事呀？”

吉丁抚弄着一只烟灰缸，抓起一个火柴盒随即又放下，然后，他没有搭理她，把脸转向洛克说：“我说，霍华德，你就别再装腔作势了。”他说话的调门很高，“你看我是把那份奖学金当作废物扔掉去工作呢，还是让弗兰肯等着，抓住机会去巴黎艺术学院深造，给那些乡巴佬们留个好印象呢？你是怎么看的？”

有一种东西已经消失得无影无踪了。刚才那短暂的一瞬不复存在。

“得啦，皮迪，还是让我来……”吉丁太太开口说。

“噢，等等，妈妈！霍华德，我必须仔细地权衡这件事。并不是每个人都能得到那样一份奖学金的。得到它说明你很出色。

你知道在巴黎艺术学院深造有多重要。”

“我不知道。”洛克说。

“噢，该死，我知道你那些狂妄的想法，可我说的是实在话，对于像我这样处境的人来说，得先把理想往一边放一放，那的确是……”

“你并不需要听我的忠告。”洛克说。

“我当然需要听，我这不正在问你吗？”

可是，当有听众在场时，吉丁就表现得与刚才判若两人了。某种东西已经消失殆尽。他并不清楚这一点，但洛克清楚，而这一点吉丁也通过洛克的表情感觉到了。洛克的眼神使他感觉不舒服，甚至使他恼火。

“我想开始从事建筑设计，”吉丁大声地说，“而不是谈论它！一边是能给你带来极高声望的、古老的巴黎艺术学院，能让你置身于那些自以为会搞建筑的过气管子工之上；而另一边，是弗兰肯事务所的一个空缺，这可是盖伊·弗兰肯亲自许诺的！”

洛克转过身去。

“有多少小伙子配得上这样的工作？”吉丁妄自尊大地说，“再过一年，如果他们能找到工作的话，他们会夸口说自己跟着张三或李四干。我却即将为弗兰肯-海耶事务所工作！”

“你说得非常对，皮迪。”吉丁太太说着站起身来，“像这样的问题，你不想征求自己妈妈的建议。这件事太重要了——我还是留着给你和洛克先生来解决吧。”

吉丁看了看他的母亲，他并不想听她对于此事的看法。他知道他唯一的机会就是赶在她讲话之前做出抉择。她停住了，注视着他，准备转身离开屋子。他清楚那不是在装腔作势，如果他希望她离开，她会的。他想叫她走开，他甚至对此有些绝望了。他说："哎呀，妈妈，您怎么能这么说呢？我当然想听您的意见了。您……您是怎么想的？”

她忽视了他话音中生硬的怒意。她的脸上有了笑意。

“皮迪，我没有任何看法。这事儿由你来决定。一直都是由你来做主的。”

吉丁看着他的妈妈，犹豫起来："那……如果我去巴黎艺术学院……”

“很好，”吉丁太太说，“去巴黎艺术学院深造。那可是个大地方。与你家隔着一个大洋呢。当然了，如果你走了，弗兰肯先生就会聘用别人。人们会议论这件事。谁都知道他每年都要从斯坦顿学院挑选最好的毕业生到他的事务所去工作。如果别的小伙子得到这份工作，我不知道会是什么样子。不过，我想那并不重要。”

“人们……人们会怎么说？”

“我想，他们也没什么可说的。他们只会说，那个孩子是他们班上最棒的——我想他会选中史林克。”

“不！”吉丁有些气急败坏，“不是史林克！”

“会的，”她亲切地说，“一定会是史林克。”

“可是……”

“可是你为什么居然要在乎别人说什么呢？你只要让自己开心就行了。”

“那么您觉得弗兰肯……”

“我为什么要想弗兰肯的事，对我来说他一文不值。”

“妈妈，您想让我接受弗兰肯事务所的工作？”

“皮迪，我什么也没想。你说了算。”

他不知道自己是否真的爱自己的母亲。可她是他的母亲呀，而且这是一个公认的事实，言外之意就是说他自然是爱母亲的，因此他就理所当然地认为他对于她的一切感情都是对她的爱。他不知道有什么理由使他应该尊重她的决定。她是他的母亲，这一点足以取代任何理由。

“是的，当然，妈妈……可是……是的，我明白，可……霍华德？”

他是在恳求帮助。洛克就半躺在屋子一角的长沙发上，四肢无力地摊开着，样子像只小猫。这总是令吉丁不胜惊奇。他以前就见过洛克这个样子，行止间具有猫一般的无声张力，又如同猫一般克制和精确。他见过洛克松弛时的样子，猫一般的悠闲自在，不成体统，仿佛身体里没有一块骨头是硬的。洛克抬头瞥了他一眼，说："彼得，你明白我对你这两种机遇的看法。就选择不那么令人讨厌的吧。你到巴黎艺术学院去学什么？只不过是更多文艺复兴风格的宫殿和歌剧院的装饰罢了。它们将会把你心中原有的潜质消磨一空。你偶尔还是能设计出些像样的东西的。如果你真想学习，那么就去工作吧。弗兰肯的确是个冒牌货，是个白痴，可是将来搞建筑的人是你。这样做有助于你更早地做好准备，将来自己干。"

"就连洛克先生有时都能说到点子上。"吉丁太太说，"虽然他说起话来像个货车司机。"

"你真的认为我设计得很出色？"吉丁注视着他，眼睛里似乎仍装着洛克刚才的评说——别的什么都不重要了。

"只是偶尔，并不经常如此。"洛克说。

"既然一切问题都解决了……"吉丁太太开口说道。

"我……我还得好好想想，妈妈。"

"既然一切就这么定了，喝点热巧克力怎么样？稍等一下，我马上端出来！"

她冲着自己的儿子微微一笑，那率真单纯的笑表明了她的忠顺与感激。她走出房间，塔夫绸的裙裾簌簌作响。

吉丁紧张地来回踱着步，停下来，点根香烟，站在那儿吐出一串急促的烟圈，然后看着洛克。

"你打算做什么呢，霍华德？"

“我吗？”

“我这个人没心没肺，这我知道，整天只忙着自己的事。我妈妈的本意是好的，可她都快把我逼疯了……该死，让这些都见鬼去吧。你打算去干什么呢？”

“我打算去纽约。”

“噢，漂亮。是去找工作吗？”

“去找工作。”

“是……做建筑吗？”

“是做建筑。彼得。”

“那太棒了。我很高兴。有确切的雇主了吗？”

“我打算去为亨利·卡麦隆工作。”

“噢，你不能去，霍华德！”

洛克脸上慢慢浮现出一丝微笑，两个嘴角轮廓分明，他没说什么。

“噢，别去，霍华德！”

“我要去。”

“可他已经是个废物了，已经没什么可取之处了！噢，我知道他还有一点虚名，可是他已经完蛋了！他从来都接不到重要的建筑设计项目，很多年都没接到过了！有人说他找了个垃圾场当办公室。你跟着他能混出个什么名堂来？你跟他学习什么？”

“我要学的东西不多。我只想学习怎样建造房子。”

“天呀！你再不能这样继续下去了，你是在故意毁掉自己！我原本以为……算了，是啊，我还以为今天你学到了一些东西呢！”

“我的确学到了。”

“你瞧，霍华德，如果是因为你觉得再没有别人能要你了，那更好，因为，我会帮你。我去做老弗兰肯的思想工作，而且我还能托托关系……”

“谢谢你，彼得。不过这没必要。事情已经决定了。”

“他是怎么跟你说的？”

“谁怎么说？”

“卡麦隆。”

“我从来没见过他。”

这时，门外响起了尖厉的汽车喇叭声。吉丁突然想起什么，赶紧起身去换衣服，与他的妈妈撞了个满怀，把一只杯子从她手中的托盘上碰了下来。

“皮迪！”

“没关系，妈妈，”他扶住她的两只胳膊肘说，“我得赶紧，亲爱的。与男同学们有个小小的聚会——好啦，好啦，什么也别说了——我不会回来得很晚，而且，瞧！我们是去庆祝我即将加盟弗兰肯-海耶事务所的！”

他冲动地亲吻了妈妈，带着那种偶尔令他无法抗拒的激情，然后飞快地跑出这间屋子，上了楼。吉丁太太摇了摇头，满脸通红。她嗔怪地责骂着，却显得很开心。

在自己的房间里，吉丁把衣服扔得七零八散，四下飞舞。突然，他想起要给纽约发一封电报。他这一整天都没想起这件特殊的事情，此刻却觉得万分紧急。他现在就得发这封电报，马上发。他草草地在一张纸上写出以下内容：

“最最亲爱的凯蒂我将来纽约为弗兰肯工作永远爱

你的彼得。”

那一晚，吉丁挤在两个男孩中间，汽车向着波士顿疾驰，窗外道路飞逝而过，风在耳边呼呼地响。此刻，他觉得世界向他敞开了怀抱，同时，黑暗在急速晃动的车灯前遁逃。他自由了。他做好了准备，再过几年——会非常快，因为在汽车的疾驰中是没有时间感的——他的大名将会像一声响亮的号角，把人们从睡梦中惊醒。他准备去干一番大事业，做伟大的有意义的事情……在建筑方面……无比卓越的宏伟事业。

3

彼得·吉丁审视着纽约纵横交错的街道。他发现，人们的穿着极其讲究。

他在第五街的这幢大楼前伫立了片刻，弗兰肯-海耶建筑师事务所和他第一天的工作正在里面等待着他。他注视着行色匆匆的路人。他觉得他们个个衣冠楚楚，潇洒得要命。他满怀遗憾地瞧了瞧自己的衣服。在纽约，他还有很多东西要学习呢。

当感到不能再耽搁时，他便转身来到大楼门前。楼门是陶立克式柱廊的缩模，每一处细节都是严格将那些身着希腊束腰袍的艺术家们的作品按比例缩小了的；在完美的大理石门柱之间是一扇旋转玻璃门，镶嵌在门边上的镀镍金属条闪闪发亮，反射出汽车飞驰而过的光影。吉丁走进旋转门，穿过富丽堂皇的大理石门厅，来到一部红漆镀金电梯旁。上到二十层后，他来到一扇橡木门前。他看到一块细长的黄铜牌子，上面以优雅的字体镌刻着：

弗兰肯-海耶，建筑师事务所。

“弗兰肯-海耶”的接待室看起来像殖民地时期大宅里常有的那种出色的私人舞厅。银白色墙壁上嵌着扁平的壁柱，壁柱上的凹槽展现出爱奥尼亚式的旋涡形优美曲线。壁柱支撑着几个山形墙饰，中间裂开，另外贴上半个希腊古瓮。嵌板装饰着希腊神庙式风格的蚀刻画，画面过小，内容不易辨认，却清楚无误地展现出圆柱、山形墙饰以及剥落的石块。

非常不协调的是，打从踏进这间接待室的门开始，吉丁就感觉脚下似乎有条传送带。传送带把他送到坐在佛罗伦萨式露台白色栏杆后面的接待员前，接待员面前是电话交换台。传送带又把他送到一间巨大的制图室门口。他看见里面是一张张条形的平台，密密麻麻的曲尺从天花板垂下来，在台灯的绿色玻璃罩处停住；还有巨幅的设计方案，高耸的带抽屉的黄色橱柜，文件、文具盒、样品砖、胶水瓶，还有建筑公司送来的月历，上面大都有裸体女人的照片。首席设计师还没完全看清吉丁便朝他厉喝了一声，因为正觉得心烦，故意弄出噼啪的声响。设计师竖起拇指，指向一间更衣室，还朝一个储物柜扬起下巴；然后站在那里，从脚尖到脚跟不停晃动着，等待着吉丁往自己那结实而尚未长成的身体上套一件珍珠灰的罩衫。弗兰肯一直坚持穿这种工作服。传送带将吉丁送到制图室一角的一张制图台前，台子上放着一套等待扩展的设计方案。仿佛忘记了吉丁的存在一般，首席设计师消瘦的身影离开了。

1 吉丁马上伏案做起了自己的工作。他目光专注，连喉头都未曾动一下。他对一切视若无睹，眼前只有闪耀着珍珠一般光辉的设计图纸。他对自己笔下稳定的线条感到吃惊，因为他确信，他的手肯定在纸上猛烈地抖动过，前后有一英寸。他只是下意识地顺着这些线条往下画，不知道它们要伸向哪里，也不知道为了什么，只知道这份设计方案是某人的不朽之作，是他既无法匹敌也无法质疑的。他不知道为什么他竟一直以为自己是一名有潜质的建筑师。

许久以后，吉丁注意到一件灰色罩衫的衣褶，那罩衫附着在邻座伏案工作的一副瘦削的肩胛骨上。他先是谨慎地，继而好奇地，然后是高兴地，再后来是轻蔑地扫视着四周。等到那种轻蔑的感觉出现时，他感觉又找回了原来的自己，而且感受到了自己对人类的爱。他注意到那灰黄的面颊，滑稽的鼻子，还有缩起来的下巴上的瘊子，大腹便便的肚皮压在桌边上。他喜欢眼前这副景象。无论这些人能做什么，他都会比他们做得更出色。他的脸上露出了微笑——彼得·吉丁需要他的同事们。

再度扫视设计方案时，他发现瑕疵正从这幅杰作上怒视着他。那是一座私人住宅的地板，他看到大片的空间被迂回曲折的厅堂过道毫无理由地分隔得支离破碎，而那些有如香肠一般细长的矩形房间则注定采光不佳。天呐，他想，我要是做出这样的设计来，第一个学期就会被他们开除。之后，他继续工作。他动作利索，干起来轻车熟路，得心应手，而且非常愉快。

还不到午餐时间，吉丁就在制图室交上了朋友。也不是什么很明确的朋友，只不过是为友谊的生根发芽铺好了一层暧昧的土壤而已。他冲着前后左右的人频频微笑，仿佛彼此理解般地频频点头。利用每一次到饮水机前倒水的机会，他用那和善而快活的眼神去爱抚他所经过的每一个人。那双才气焕发的眼睛似乎是注视着制图室里，甚至是宇宙里最重要的东西；似乎是注视着吉丁最好的朋友。接踵而来的是一种良好的印象：一个聪明的小伙子，好得一塌糊涂。

吉丁注意到，他隔壁的制图台前，一个金发的高个子青年正在做一幢大楼的正面图。吉丁怀着一种亲密的尊敬靠在小伙子的肩膀上，看着刻有凹槽的三层楼高的圆柱上缠绕的月桂叶形花饰。

“对于老人家来说，很不错。”吉丁满怀敬佩地说。

“你说谁？”那个小伙子问他。

“怎么？弗兰肯呀。”吉丁说。

“弗兰肯见鬼去吧。”那个小伙子平静地说，“八年里，他连个狗窝都没设计出来。”他把大拇指冲肩后一指，指向身后的一扇玻璃门，“是他设计的。”

“什么？”吉丁转过头去。

“是他，斯登戈尔。”小伙子说，“这一切都是他设计的。”

隔着那扇玻璃门，吉丁看到露在书桌上方的一副骨瘦如柴的肩膀，一颗小小的三角形的头颅正专注地低垂着，圆形的玻璃镜片反射出两道苍白而漠然的光。

午后，紧闭着的门外似乎有一个人影闪过。接着吉丁就听到旁边有人在悄悄地议论，说盖伊·弗兰肯已经到了，现在在他楼上的办公室。半小时后，玻璃门开了，斯登戈尔走了出来，一张巨幅卡纸吊在他的手指间晃来晃去。

“嗨，你。”他的镜片在朝着吉丁时停住了，“是你在做这个设计方案吗？”他说着把那张卡纸朝前面晃了晃，“把这个拿上去请老板签字，用心听他怎么说，尽量表现得聪明些。不过，那都无关紧要。”

他个子很矮，双臂似乎垂到了脚踝处。那双细瘦的胳膊像两根绳子似的在袖管里荡来荡去，上面却长着两只能干的大手。

吉丁的目光冻结了，一瞬间变得深不可测。他凝神盯着那两个漠然的镜片，然后堆起一脸的微笑快活地说：“好的，先生。”

他用指尖捏着那张卡纸爬上铺着深红色丝绒的楼梯，来到盖伊·弗兰肯的办公室。卡纸上展示出一幢灰色花岗岩宅子的水彩远景图。宅子设计了三排天窗、五个露台、四个壁洞、十二根圆柱、一根旗杆，还有门口的两只狮子。宅子的一角立着一块牌子，上面用整齐的手写体写着“詹姆斯先生暨夫人公馆”和“弗兰肯-海耶建筑师事务所”字样。吉丁不禁低声吹了个口哨：詹姆斯·S.华托斯可是专门生产各种剃须水的亿万富翁。

盖伊·弗兰肯的办公室抛过光。不对，吉丁想，应该说是上过树脂才对；也不对，应该说是把镜子熔化后泼洒在了上面才贴切。反射着自己倒影的碎片像一群蝴蝶，尾随着他穿过这间屋子，映照在奇彭代尔式的博古架上，映照在詹姆士一世时代的座椅上，也映照在路易十五时期的壁炉架上。他不失时机地仔细端详了一下这间办公室：角落里摆着一座真正的罗马时代的雕像，还有帕特农神庙、雷姆斯大教堂、凡尔赛宫，以及装饰着永恒火炬的弗林克国家银行大厦的深棕色照片。

他看见自己的腿离那巨大的红木办公桌越来越近了。盖伊·弗兰肯就坐在办公桌的后面，面色萎黄，两颊松垂。他看了吉丁一会儿，好像以前从未见过他似的，随后想起来了，报以奢侈的一笑。

“喔，好，好，基特里奇，我的孩子，你来了。都安排好了，随意一些！见到你真高兴。坐，孩子，快坐。你拿的是什么？算啦，不着急的。根本不用着急。来，坐下。你感觉这儿怎么样？”

“先生，恐怕我有点高兴得过头了。”吉丁说话时，带着一种孩子气的无所适从。“原以为第一份工作我会做得井井有条，但是在这样一个地方开始……我想，我受到了冲击，不过我会克服的，先生。”他保证说。

“当然，对一个孩子来说，是有些招架不住。只是有那么一点儿。不过你别着急，我相信你一定会成功的。”

“先生，我会尽我最大的努力去做。”

“你肯定会的。他们让你送来的是什么？”弗兰肯把手伸向设计方案，他的手指最后却柔弱无力地落在了额头上。“我这头痛，真是令人厌烦……不，不，不要紧的——”他对吉丁当即表现出来的关心报以微笑——“只是有点头晕（mal de tête），”他用法语说，“工作得太辛苦就是这样。”

“有什么要我帮您去拿吗，先生？”

“不，没有，谢谢你。问题不是你能为我拿来什么，要是你能把什么从我这儿拿开就好了。”他眨了眨眼，“香槟。仅限于你我之间（Entre nous），他们昨晚招待用的香槟酒一文不值。尽管我从不计较香槟的好坏。我跟你讲，基特里奇，了解酒很重要，比方说，你要带客户出去吃晚饭时，就会想弄清楚点哪种酒合适。现在我还要告诉你一个内行的窍门。譬如，吃鹌鹑时，现在大多数人会点儿勃艮第出产的葡萄酒。你要什么酒呢？你要叫一九〇四年产的伏旧园葡萄酒。明白了吧？增添了那种特别的风味，口味纯正却又新颖独特。人总得有创造性……顺便问问，是谁派你上来的？”

“先生，是斯登戈尔先生叫我来的。”

“噢，斯登戈尔。”他说出这个名字时所用的语调，让吉丁心里仿佛按了快门一样咯噔了一下：那是一张特许证，留起来以待将来之用。“傲慢得连自己设计的拙劣作品都不愿送上来了，嗯？你听着，他可是个伟大的设计师，在全纽约也是最棒的。可是他近来变得有些过于自大了。他以为，在这儿，所有的事只是他一个人干的，就因为他整天在卡纸上胡涂乱抹。我的孩子，等你在这行干得久了，你就会明白，事务所的真正工作是在四堵墙之外完成的。就拿昨天晚上克莱隆地产协会举办的宴会来说吧。两百名来宾，还提供晚餐和香槟酒。噢，是啊，还有香槟！”他自嘲地、挑剔地皱皱鼻子，“在茶余饭后闲聊上几句——你知道，绝不是那种露骨的、庸俗的生意经——是精心挑选话题——有关地产商对社会的责任感，有关选择建筑师的重要性——谁最有实力，谁最得到人们敬重，谁是完全被人认可的，等等。你知道，有一些短小精悍的标语常常会被铭记在心。”

“是的，先生，比如‘像为你的家选择新娘那样，仔细地选择你家园的建筑者’。”

“不错，相当不错，基特里奇。你介意我把它记下来吗？”

“我的名字是吉丁，先生。”吉丁坚定地说，“您这么想太客气了。它能引起您的注意我很高兴。”

“吉丁，噢，当然！唔，当然，吉丁。”弗兰肯换上一种敌意顿消的微笑说，“哎呀！瞧我！一天要见这么多的人！你刚才怎么说来着？选择建筑者……说得真好！”

他叫吉丁重复了一遍，然后从面前如箭矢一般林立的铅笔阵容里挑出一支，把那句标语记在一个便笺本上。那一根根崭新的、花色各异的铅笔，专业地削出细细的笔尖，随时待命，却从未派上过用场。

接着，他把便笺本往边上一推，叹了口气，用手拍拍他头发上光滑的发卷，疲倦地说：

“好吧，我想我还是看看这东西。”

吉丁毕恭毕敬地将那幅图递过去。弗兰肯身子向后微仰，伸直胳膊握住那张卡纸端详起来。他先闭上左眼，然后闭上右眼，继而把那纸板挪开一英寸远。吉丁枉然地期待着他把那拿倒了的图翻转过来，可是弗兰肯就那样拿着。吉丁一下子明白过来——弗兰肯早就不看那个设计方案了。他之所以那样端详着，完全是照顾他吉丁的面子。于是，吉丁便产生了轻飘飘的感觉，轻得如同空气一般，同时，他也看清了自己通向未来的路，是那么的无限开阔，畅通无阻。

“嗯，好，”弗兰肯一边说着，一边用他那白皙柔软的手指抚摩着下巴，“嗯……不错……”

他朝吉丁转过脸来，说：“不错，相当不错……不过……也许……它本来可以更出色些，你瞧，可是，哎呀，制图又这么漂亮……你觉得怎么样，吉丁？”

吉丁想起正对着那四根花岗石圆柱的四扇窗户。但是，看着弗兰肯的手指抚弄着他那暗紫色与红紫色相间的领结，他决心闭口不提此事，于是说：

“先生，恕我冒昧提个建议。我觉得，对于这样一座宏伟的建筑来说，四楼和五楼之间柱头的涡卷装饰似乎过于优雅了。看上去似乎采用带装饰的层拱会比较得体。”

“说得对。我也正想这么说。带装饰的层拱……不过……不过你看，那样做就等于要减少窗户设计，是吧？”

“是的，”吉丁说，他此刻的语气，比他和同学讨论时更为谦虚、恭敬，“可是窗户比起建筑物正面的尊严来说就不那么重要了。”

“你说得对。尊严，我们首先要给予我们的顾客尊严。是啊，的确如此。一个带装饰的层拱……只是……我已经认可了那些初步设计方案，而斯登戈尔又把这张图制得这么漂亮。”

“如果您提出修改意见，斯登戈尔先生会很乐意接受的。”

弗兰肯与吉丁对视了好几秒钟，接着他垂下双眼，仔细地摘去衣袖上的一段棉绒线头。

“当然，当然……”他含糊其词地说，“不过你认为带装饰的层拱真的那么重要吗？”

“我觉得，”吉丁慢吞吞地说，“做一些您认为必要的改动，要比认可由斯登戈尔先生设计的每一幅草图更为重要。”

正因为弗兰肯没有作声，而只是怔怔地看着他；正因为弗兰肯看着他的眼神是那么专注，而双手又显得那样无精打采——所以吉丁心下明白，他正面临一个关键的机会；更令他感到震撼的是，他成功抓住了它。

隔着那张办公桌，他们默默对视着，心中都明白，他们能够理解彼此。

“那我们就采用层拱，”弗兰肯派头十足而又平静地说，“把这个留下，你回去告诉斯登戈尔，我要见他。”

他转身正要离开，弗兰肯又把他叫住了，声音听起来既快活又热情：“噢，吉丁，顺便再说一句，我能不能给你提个小小的建议？就我们两人之间私底下说说，没有想要冒犯的意思。暗红色的领带配上灰色的工作服会比较好，你说是不是？”

“您说得对，先生。”吉丁轻松地回答说，“谢谢您，明天您就会看到我打上暗红色的领带。”

他走出来，轻轻地将门带上。

穿过接待室往回走时，他看到一位着装考究、气度高雅、头发花白的绅士，护送着一位女士走到门口。绅士没有戴礼帽，很显然是这个事务所的人；那位女士围着一条水貂皮的披肩，很显然是一位顾客。

绅士并没有点头哈腰，没有铺开地毯，也没有为那位女士摇扇，他只是为她拉开了门。但是他给吉丁一种感觉，仿佛他哪一样都做了似的。

弗林克国家银行大楼矗立在曼哈顿南部，随着太阳的东升西落，它所投下的长长阴影也跟着移动，像一座巨钟上的指针，掠过肮脏的低级公共住宅区，从水族馆一直延伸到曼哈顿桥。当太阳落山时，那支哈德良陵墓中的火炬便代之而起，突然迸发出耀眼的光芒，将它周围方圆数英里之内的建筑物的玻璃窗照得通红，也照在附近那些高度足以反射它的红色光焰的建筑物的顶楼上。弗林克国家银行大楼以其精选的样本展示出整个古希腊罗马艺术史。长期以来它一直被认为是纽约最出色的建筑，因为凡是其他建筑拥有的古希腊罗马式的构件，它全都有。它采用了如此众多的圆柱，山形墙饰，横饰带，古希腊式的三脚祭坛，角斗士，希腊古瓮和涡形花饰，这使它看起来不像是用白色大理石建造的，倒像是从糕点裱花管中挤出来的。然而，它的确是用白色大理石建造的。这一点除了为它花了钱的房主之外，谁都不知晓。它现在的色调狼狈不堪，像是长满了疙瘩或者麻风病人的鳞状皮肤一样，既非棕色又非绿色，而是这两种颜色所能调出来的最恶心的颜色，是那种好像患了植物慢性腐烂病的颜色。那精美的石头本来适合于洁净的空气和开阔的乡村，现在却被烟雾、煤烟和各种酸性物质侵蚀，显示出那不堪入目的颜色。但是弗林克国家银行大楼却取得了巨大的成功。它的成功如此之大，以至于它成了弗兰肯设计的最后一座建筑。它的名望使弗兰肯从此不用再费心去搞设计。

弗林克国家银行大楼往东再过三个街区就是黛娜大厦。它比弗林克国家银行大楼矮几层，也没有什么名气。它结构严谨，线条简洁，展示并强调着内部钢筋骨架的和谐，犹如一具展示着它完美骨骼的躯体一样。它并未采用任何其他装饰。除了那锐利的边角以及各个平面的立体感之外，它没有表现任何其他东西。一列列长长的玻璃窗如同一条条的冰河自楼顶流向人行道。

纽约人很少注目于黛娜大厦。偶尔，难得有一位乡村游客意外地在月光下来到这里。他在它面前驻足，不禁啧啧称奇——眼前的幻象可是来自梦境？但这种游客很少。黛娜大厦的租户们说，拿地球上任何一幢建筑与黛娜大厦调换，他们都不愿意。他们欣赏大厅与办公室的光线，欣赏这里的空气，以及大楼布局中漂亮的逻辑。但是，这里的租户人数不是很多，没有哪个知名人士希望他的公司坐落在一幢看着“像个仓库”一样的大楼里。

黛娜大厦是亨利·卡麦隆设计的。

在十九世纪八十年代，纽约的建筑师们彼此明争暗斗，只为争夺建筑行业的第二把交椅。没有人立志去夺第一把交椅。当时，稳坐第一把交椅的人正是亨利·卡麦隆。那时的亨利·卡麦隆可是个香饽饽，很难“抢到手”。等待着接受他服务的客户们要提前排上两年的队；每一座出自他事务所的建筑都由他本人设计。他选择他希望修建的东西去设计。他做设计项目时，客户们是保持缄默的。他对所有的人只有一个要求，那就是“顺从”。他从不准许有任何例外。他经历的那些大红大紫的岁月，就像一枚火箭弹，没有人能猜测出它的方向。人们说他是个疯子，但是他给予的东西，无论是否理解，人们总是接受，因为那是由“亨利·卡麦隆”设计的。

起初，他设计的建筑只是略微与众不同，还不足以吓着什么人。他进行了一些令人触目惊心的实验，只不过是偶尔为之，可这是发生在人们预料之中的事，所以人家并不与他理论。随着一座座崭新的建筑拔地而起，他身上也有一种东西在生长壮大，奋力抗争，逐渐成形，不断上升，最终凶猛地爆发出来。这种爆发随着摩天大楼的诞生来临了。建筑物开始像笔直发射出去的钢铁箭矢一般拔地而起，没有负重，也没有高度上的限制，不再像以往那样依靠笨重的石造建筑层层堆积，层层上升。亨利·卡麦隆就是最早理解这种新奇迹并将其付诸形式的人之一。他是最早认同这一事实的为数不多的几个人之一——一幢高楼必须看起来要高。当别的建筑师们诅咒着不知道怎样才能使一幢二十层的高楼看起来像一栋砖结构的老宅子一样矮时；当他们使用一切可用的办法隐瞒大楼的高度，把它拉回到传统的高度，为它的钢筋遮羞，使它显得巧妙，让它看着古色古香，能给人以安全感时——亨利·卡麦隆设计出线条笔直、外观陡峻的摩天大楼。它们夸耀着浑身的钢筋铁骨，并以其峻拔的高度招摇于世。当建筑师们绘制横饰带和山形墙饰时，亨利·卡麦隆决定——不能复制古希腊艺术。亨利·卡麦隆决定，任何建筑物都不能彼此复制。

当时他三十九岁，身材矮胖，体格结实，不修边幅，蓬头垢面。他忠实于工作，废寝忘食，很少喝酒但后来酗酒成性，他用不堪入耳的污言秽语谩骂客户，嘲笑仇恨偏偏又故意激起仇恨，表现得像个封建地主和码头搬运工。他生活在一种充满激情的紧张里，处处惹怒和刺痛别人。那是一团令他个人和别人都忍无可忍的烈焰。那是发生在一八九二年的事。

芝加哥的哥伦比亚博览会于一八九三年开幕。

两千年前的罗马城在密歇根湖畔再度复活。那是一座用法兰西风格、西班牙风格、雅典风格，以及追随古罗马文化的每一种风格改良过的古罗马城；那是一座由圆柱、凯旋门、蓝色的环礁湖、清澈的喷泉和玉米花组成的“梦幻城市”。建筑师们展开比赛，看谁剽窃得最好，看谁窃取的资料最古老，看谁一次援引的原始资料最丰富。它在一个刚刚诞生的国家眼前展示了在旧的建筑物上曾经犯下的所有结构上的罪行。那是一场有如肺病一样的白色瘟疫，扩散得也像肺病一样迅速。人们来了，看过了，叹为观止，然后把他们所看见的种子带到美国的各大城市去。这些种子生根、发芽，长成莠草，变成有着木瓦屋顶及陶立克式圆柱门廊的邮局，变成砖瓦建造的装有铁制山墙的宅子，变成十二个帕特农神庙堆砌而成的阁楼。这些莠草滋长着，蔓延着，遏止了别的一切东西的生长。

亨利·卡麦隆拒绝了为哥伦比亚博览会进行设计，并且用难听得无法诉诸笔端，却可以反复讲述的言语辱骂它，尽管不是在男女同席的社交聚会上。那些脏话被反复传播，同样反复传播的还有很多传闻，说他曾经把一个墨水瓶往一位杰出的银行家脸上扔去，那位银行家想请他设计一座火车站，设计成位于以弗所的戴安娜神庙的样子。那位银行家再没有来，别的人也没有来。

就在他到达漫长而不懈奋斗的岁月终点时，就在他将自己所寻求到的真理诉诸形体时，最后的障碍也已经在他面前设置好了。一个年轻的国家看着他一路成长，虽然曾经对他有过怀疑，却也已经开始理解他作品的宏伟庄严。然而，在一个被抛回两千年前的一场古典主义大悲剧的旋涡中的国度里，他已没有了用武之地和安身立命之所。

已经没有必要去设计建筑了，只要给它们拍照就行了。哪个建筑师拥有最好的图书馆，他就是最出色的。他们互相抄袭，赝品丛生。批准和认可它们的是文化；是在腐朽的历史废墟中展开的二十个世纪的文明长卷；是那次伟大的博览会；是每家每户相册中收藏的一张张来自欧洲的明信片。

亨利·卡麦隆无力反击。他拿不出有力的武器，除了一种信念，仅仅因为这个信念是属于他自己的。他没有什么人可资旁征博引，更没有什么微言大义需要阐述。他只说，建筑的形式必须是其功能的反映，建筑物的结构是其自身完美的关键，新的建筑技术要求新的表达形式，他希望能如他所愿地去建筑，而且只为这一理由而建筑。但是在谈论着维特鲁威、米开朗琪罗和克里斯多弗·雷恩先生的时候，人们是听不进他的心声的。

人们厌恶激情，不管这种激情是何等伟大。亨利·卡麦隆犯了个天大的错误，那就是他热爱自己的工作。那正是他战斗的原因，也是他失败的原因。

人们说他从不知道自己已经失败了。即便知道了，他也不会让人家看出来。随着门庭日渐冷落，他对待客户们的态度也愈发专横傲慢。他的名字在别人耳中显得越来越微不足道，而说出自己的大名时，他也显得越来越傲慢无礼。

他曾经有过一位机敏的业务经理。此人性情温和又极其内敛，身材矮小但性格刚毅，具有坚强的意志。在亨利·卡麦隆得意之时，此人能沉静温和地面对他的火爆脾气，并且为他拉来客户。卡麦隆辱骂客户，而小个子却设法使他们对此宽容谅解，从而回心转意。现在，这个小个子死了。

亨利·卡麦隆从不知道如何面对别人。对他来说他们并不重要，恰如他的个人生活一样无所谓，仿佛除了建筑之外什么都无关紧要。他从未学会如何向他人作解释，只知道发号施令。

他从不讨人喜欢。他曾经是令人畏惧的。可是现在，再没有人惧怕他了。

他还被允许活着。活着的目的是为那些街道感到恶心，过去他曾梦想重建它们；活着的目的是在空荡荡的办公室里，一动不动地坐在桌前，无所事事地等待；活着的目的是读一份善意的报纸，上面登载着一篇介绍“最近的亨利·卡麦隆”的文章。而活着的意义是在某段时间里开始喝酒，从容地连续喝上几天几夜，烂醉如泥；是对那些把他逼到这种地步的人怀着仇恨和抱怨。当他被提名担任某一职务时，他们却说：“亨利·卡麦隆吗？叫我说，是不应该赞成他的，他嗜酒如命。正因为如此，他从来都接不到任何设计工作。”他活着就是从一栋著名大楼的三层楼的办公室搬迁到房租低廉的只占一个楼层的办公室；再搬到离繁华区更远的一座建筑的一间套房里；再搬到炮台公园附近的三间房子里，面对着通风井。他之所以选择这几间房子是因为，把脸贴在办公室的窗玻璃上，越过一堵砖墙，他就能看见黛娜大厦的楼顶。

霍华德·洛克爬上通向亨利·卡麦隆办公室的楼梯，他在每一个楼梯平台处都要停下来，看一看窗外的黛娜大厦。电梯出了故障。楼梯在很久以前粉刷成难看的青绿色，现在大部分油漆已经脱落，剩下斑驳的碎块，擦着鞋底嘎嘎作响。洛克爬得飞快，仿佛要赴约似的，胳膊夹着的文件夹里装着他设计的草图，眼睛盯着黛娜大厦。有一次，他还和一个下楼的人撞了个满怀。在过去两天里，这是常有的事。他走在纽约街头，频频回头，一门心思地看着纽约的建筑物。

卡麦隆狭窄昏暗的接待室里放着一张办公桌，上面有一部电话和一台打字机。一个头发灰白、骨瘦如柴的男子坐在桌前，穿着一件短袖衬衫，长裤的背带松松地耷拉在双肩上。他正在神情专注地打一份项目清单，手指移动的速度快得惊人。一只灯泡在他背上投下一抹微弱的黄色光晕，照着他那贴在肩胛上的汗湿的衬衫。

洛克走进去时，那人缓缓地抬起头来。他打量着洛克，一言不发，等着洛克开口，一双昏花而疲倦的老眼对来客一无疑问，二无兴趣。

“我想见卡麦隆先生。”洛克说。

“是吗？”那人说，语气中没有挑衅、冒犯或其他什么意图，“你找他有什么事？”

“找工作。”

“什么工作？”

“制图员的工作。”

那人坐着，一脸的茫然。这是一个他很久都没有面对过的请求。最后他站起身来，默不作声地拖着步子走向身后的一扇门，进去了。

他进去时并未把门完全关上。洛克听得见他用那拖长的腔调慢吞吞地说："卡麦隆先生，外边有个小伙子说，他来这儿找一份工作。"

接着就听见一个声音答话了，那声音听起来浑厚有力，从语调上判断不出年龄。

"什么！笨蛋白痴！把他撵出去……等等！叫他进来！"

那个老人走出来，并不关门，不出声地朝里面一扬头，示意洛克进去。洛克走了进去，随手关上了门。

这是一间狭长的空荡荡的办公室，没有装修过。房间一头的办公桌前，坐着亨利·卡麦隆。他身体前倾，双手交叉，手臂放在办公桌上。他的头发和胡子都像煤炭一样乌黑，中间夹杂着几根粗硬的银丝。他那短粗的脖颈上肌肉虬结，像盘结的绳索。他身穿一件白衬衫，两只袖子卷到了胳膊肘，裸露在外面的皮肤黝黑而粗糙，肌肉结实。他的脸盘很大，面部肌肉僵硬，仿佛由于压抑而老化了，乌黑的双眼炯炯有神，充满活力。

洛克站在门槛上，他们隔着长长的办公室对视着。

一抹晦暗的光线从通风井投射进来，制图台和几个绿色文件夹上的灰尘，仿佛是由那束光线沉淀下来的朦胧的晶体。但是，洛克看到，就在两扇窗户之间的墙上，挂着一张图。那是这间房子里仅有的一张图——一幢从来不曾修建起来的摩天大楼的图纸。

洛克的目光率先从卡麦隆身上挪开，落在这幅图纸上。他从办公室的这头走过去，驻足于前，凝神细看。卡麦隆的目光像探照灯一样紧随着他，那种老于世故的眼神，就像一根细细长长的针，一端稳稳地固定住，慢慢地画了一个圈。它的锋芒穿透了洛克的身体，牢牢地将他钉住。亨利·卡麦隆打量着洛克那橘红色的头发以及垂在身体一侧的手。那只手的掌心向着图纸，手指稍稍弯曲，那不是手势，而是像要询问什么，抓住什么。

“怎么？”卡麦隆终于开口了，“你是来见我的，还是看画来了？”

洛克向他转过身去：“都是。”

他走到卡麦隆的办公桌前。以前，在洛克面前，人们往往有无所适从的感觉。亨利·卡麦隆在意识到这双注视着他的眼睛时，却突然体验到一种从来没有过的真实。

“你想干什么？”卡麦隆大声问。

“我想为您工作。”洛克平静地说。明明说的是“我想为您工作”，那语气听上去却像是“我要跟着您干”。

“是吗？”卡麦隆说，他没有意识到自己没说出来的那层意思，“怎么回事？比我们更大更好的公司不愿意要你？”

“我没有申请过任何别的公司。”

“为什么不去呢？你以为我这儿是最容易起步的地方？以为谁都可以随随便便地到这儿来？你知道我是谁吗？”

“知道。这正是我来这儿的原因。”

“是谁指使你来的？”

“没有人叫我来。”

“那你到底为什么会瞄上我？”

“我想您是清楚的。”

“该死的无礼的冒失的东西，竟然以为我会要你？你断定我手头拮据到如此程度，会敞开大门去欢迎一个愿意赏光眷顾我的年少无知的朋克毛头小子吗？你早在心里盘算过了：‘老卡麦隆是一个过了时的醉鬼……’说吧，你在心里早已经这样说过了！……来啊，说吧，回答我！回答我，你这该死的东西！你瞪着我看什么？你是这样想的吗？说呀！赶紧否认呀！”

“没有这个必要。”

“你以前在哪里工作？”

“我刚刚开始。”

“你都做过些什么？”

“我在斯坦顿理工学院读过三年大学。”

“噢？这位先生懒到连毕业都等不及了？”

“我已经被开除了。”

“太了不起了！”卡麦隆一拳擂在桌上，大笑，“太伟大了！你连斯坦顿的那个泥板鸟窝都上不了，却想为亨利·卡麦隆工作！他们是因为什么把你踢出来的？是因为酗酒，还是因为玩女人？是为了什么？”

“是因为这些。”洛克说着将他带的那些草图展开。

亨利·卡麦隆看了看第一张，又接着看下一张，随后他把每一张图纸都从头到尾看了一遍。卡麦隆轻轻地翻着一张又一张的图纸，洛克听见纸张相互摩擦时发出的哗啦哗啦声。最后卡麦隆抬起了头。

“坐。”

洛克顺从地坐了下来。卡麦隆瞪眼看着他，并用粗粗的手指像击鼓一样地在那堆图纸上敲着。

“那么，你认为它们很出色了？”卡麦隆说，“可是它们很糟糕啊。肮脏透顶，糟糕得简直没法形容。那是一种犯罪。”他猛地将一张草图往洛克跟前一推，说，“你看看，看看这个。你的思想究竟是什么？怎么能在这个面上刻上这样的图案呢？你是不是为了让它看起来漂亮些？因为你在它上面拼拼凑凑，遮遮掩掩，你以为你是谁呀？盖伊·弗兰肯？唉！真可怜！……看看这幢大楼，白痴！你有这么好的设计构想，却不懂得如何处理它！本来很宏伟的东西，让你弄得皱皱巴巴的，你把它给毁了！你知道你还有多少东西要学吗？”

“知道。这正是我来这儿的原因。”

“你再看看那个！但愿我在你这个年纪时，也做得像你这么好！可是你干吗非得把它弄得一塌糊涂？换成我，你知道我会怎么处理吗？瞧你这些该死的楼梯！见它的鬼！什么乱七八糟的锅炉房！你在打地基的时候就……”

他暴跳如雷地发了一通火，嘴里不停地诅咒着，发现没有一幅素描能中他的意。但是听他的口气，洛克发觉，他好像觉得自己的那些设计已经到了施工阶段一样。

他突然闭嘴不往下说了。他把那些草图往边上一推，拿一只拳头压在上面，说道：“你什么时候决定要成为一名建筑师的？”

“在我十岁的时候。”

“男人即便知道自己想要干什么，也不会这么早。你在撒谎。”

“我在撒谎？”

“别这样瞪着我看。你就不能看看别的东西？那你又为什么决心要做一名建筑师呢？”

“那时候我也不懂。不过，其实是因为我从不相信上帝。”

“快点，说正经的。”

“因为我热爱地球。那是我所热爱的一切。我不喜欢地球上的事物的外形。我想改变它们。”

“为了谁呢？”

“为了我自己。”

“你多大了？”

“二十二岁。”

“这一套你是什么时候听来的？”

“我不是听来的。”

“这不像是一个二十二岁的人说的话。你心态不正常。”

“很有可能。”

“我这么说可不是想恭维你。”

“我也不是那个意思。”

“有什么亲人吗？”

“没有。”

“一直是半工半读？”

“是的。”

“在哪方面找活干？”

“建筑行业。”

“你身上还剩多少钱？”

“七美元三十美分。”

“你什么时候到纽约来的？”

“我昨大刚到纽约。”

卡麦隆看看压在拳头下的雪白图纸。

“你该死！”卡麦隆轻声说。

“你真该死！”卡麦隆突然一声咆哮，身子向前靠过来，“我又没请你到这儿来！我不需要什么制图员！这儿还有什么图可制？能拿到足够的活儿来保证我和我手下的几个人不至于流落到纽约波威里大街的贫民救济会就算是万幸了！我可不想让一个白痴的空想家在我这儿饿死！我可不想担这个责任！我没有揽过这档子事。我绝不想再看到这种局面了。我与这种事‘绝缘’了。很多年前我就与这种事情做了了结。有这几个满口胡话、无所造诣，也永远不可造就的白痴，我就心满意足了。他们将来混成什么样子都无所谓。我就是想要这样的结果。你为什么非要到这儿来呢？你这是要把自己往绝路上推。你是明白这一点的，对吗？而我会加速你的毁灭。我不想看见你。我不喜欢你。我不喜欢你这张脸。你看起来就像个自我主义者，又那么傲慢无礼，真让人受不了。你太自以为是了。换成二十年前，我一高兴一拳就能捣烂你的脸。你明天早晨准时九点来上班。”

“好的。”洛克说着站起身来。

“周薪十五美元。我只能给你这么多了。”

“好吧。”

“你是个该死的傻瓜。你本来应该去别处的。如果你再去找别人，我就宰了你。你叫什么名字？”

“霍华德·洛克。”

“你要是迟到，我就开了你。”

“知道了。”

洛克伸出手去想拿走他的那些设计方案。

“就搁我这儿！”卡麦隆大声吼道，“现在给我滚出去！”

4

“托黑，埃斯沃斯·托黑，这个人相当不错，你说是不是这样？彼得，你来读读这篇文章。”

弗兰肯快活地从桌子对面探身过来，把《新前沿》的八月号递给吉丁。《新前沿》为白色封面，上面印有一个由几个图案组合而成的黑色刊徽——一个调色板、一把竖琴、一把螺丝刀和一轮初升的太阳。它拥有三万册的发行量，还有一批自称美国知识分子先驱的员工；还没有一个人对此发表过异议。吉丁首先读的是一篇由埃斯沃斯·托黑撰写的文章《大理石与灰泥》。

“……现在，我们再来看看大都市的天空出现的喜人景象。我们提请那些别具慧眼的人注意弗兰肯-海耶事务所修建的麦尔顿大厦。它通体素白，从容而安详，正是古典主义的纯粹与常识最有力的体现。它的结构风格朴素，它所体现出的美能够让街头路过的每一位行人理解。在这一风格的发展过程中，某种永恒的传统修养和磨炼是一个有凝聚力的因素。在它身上没有丝毫奇特的表现主义，没有刻意追求的标新立异，更没有恣意放肆的自我主义。其设计师是盖伊·弗兰肯。弗兰肯之前的一代宗匠们已经证明，一些强制性的原则是神圣不可侵犯的。盖伊·弗兰肯一贯懂得如何服从于这些原则，同时也懂得如何去展示自己新颖的独创性，出于一位真正艺术家的人文精神，他接受了古希腊罗马的古典艺术信条，尽管如此，不，准确地说，正是由于这样的艺术信条，他才得以表现出如此的独创性。值得顺便一提的是，这种信条是真正的独创性得以产生的唯一源泉……

“不过，更重要的是这样一幢建筑物矗立在我们这座超级大都市所具有的象征意义。当你驻足于这幢坐北朝南的建筑物的正前方时，当你意识到它所反复采用的层拱时——它们是那么从容而优雅，从三层一直重复到十八层——你不禁会为之动容。这些修长的、笔直的、水平的线条所遵循的是温和的、水平的原则，是平等的线条。它们似乎把建筑物那傲岸的高度降低到了观察者所处的微不足道的高度。它们就是地球的线条，人民的线条，大众的线条。它们似乎在说，没有任何个人可以过度超越于人类普遍的、共同的高度之上；它们似乎在说，一切都在统治之下，而且都将受到象征人类兄弟关系的层拱的检验，就连这座宏伟的大厦也不例外……”

下面还有，吉丁都读完了，然后抬起头来。“哎呀呀！”他不禁敬畏地发出一声感叹。

弗兰肯开心地笑了。

“相当出色，嗯？还是托黑写的。尽管听过这个名字的人并不多。但是记住我的话，终有一天他们会知道他的，一定会的。我看出些征兆来了……那么他是认为我还不坏了？当他想好好运用他的语言时，他的舌头就像是一块冰淇淋。你该看看他是怎样评价别人的。你知道德金修建的那个下等夜总会吧？哎呀，在一个聚会上我亲耳听托黑说——”弗兰肯咯咯地笑出声来，“他说，‘如果德金先生误以为自己是个建筑师，那就该有人告诉他，现在熟练的管子工很短缺，这会给他提供绝好的机会’。这就是他说的，你想，还是当众说的！”

“到时候不知道他会怎么说我呢。”吉丁若有所思地说。

“他说的‘象征人类兄弟关系的层拱’到底指什么呢？噢，这么说，如果他是因为这个才称赞我们，那我们倒要当心了！”

“弗兰肯先生，批评家的工作就是对艺术家进行诠释，甚至对于艺术家本人来说也是如此。托黑先生只是把隐藏在您潜意识中的意义说了出来。”

“噢？”弗兰肯含糊其词地说，“噢，你是这么想的？”他又一脸阳光地加了一句，“完全有可能……是啊，完全有可能……彼得，你真是个聪明的孩子。”

“谢谢您，弗兰肯先生。”吉丁做出要起身的样子。

“等等，别走。再抽根烟，然后我们就要回去做苦工了。”

弗兰肯再次品读起那篇文章，脸上写满笑意。吉丁从未见他如此开心过。从没有哪一幅事务所的制图，或者哪一幢已经建成的大楼令他像今天这样开心过，就因为读了由另一个人写的印在纸上以供别人阅读的文章。

吉丁安坐在一把扶手椅上。他在公司的第一个月过得很是惬意。不费吹灰之力就给事务所的人留下这样一种印象：无论几时需要派人上去，盖伊·弗兰肯总喜欢看见这个特别的年轻人被指派给他。他在这儿度过的每一天几乎都有这种快乐的插曲——坐在弗兰肯办公桌对面，怀着一种日渐浓厚的亲密感和敬意，听着弗兰肯感叹说身边缺乏理解他的人。

关于弗兰肯，吉丁已从其他制图师那里做过了解。他听说弗兰肯吃东西细嚼慢咽，动作极为优雅，而且自封为“美食家”；他以优异的成绩毕业于巴黎艺术学院；他娶了个很有钱的太太，但是婚姻并不幸福；他过分刻意地将袜子与手帕相配，但是从来不考虑是否与领带搭配；还听说他偏爱设计灰色花岗岩建筑；听说他在康涅狄格州开了一家灰色花岗岩采石场，生意做得很红火；听说他有一套装潢得富丽堂皇的单身公寓，装修成路易十四时期的栗色；听说他的妻子出身名门，已经过世，将她的财产悉数留给了他们的独生女，此女年方十九，在外地读大学。

最后这几桩事实引起了吉丁莫大的兴趣。他试探着顺便向弗兰肯提起关于他女儿的话题。“噢，是啊……”弗兰肯冷淡地说，“是啊，的确……”由于时间关系，吉丁也就放弃了继续探究此事的念头。弗兰肯的脸色说明，一想到他的女儿，他便十分痛心。究竟出于什么原因，吉丁不知道。

吉丁已经见过弗兰肯的合伙人卢修斯·N.海耶，看见他三周之内来了事务所两次，但是无法得知他给公司介绍过什么业务。海耶并无血友病，但是看着就像有这种病似的。他是个没落贵族，细长的颈项，浅色鼓凸的眼睛和一副在任何人面前都会受宠若惊的模样。他是一个古老家族的后裔，而且，有人怀疑弗兰肯拉他入伙，是为了利用他的社会关系。人们为可怜的亲爱的卢修斯难过，敬佩他为其事业所做出的努力，于是便认为让他来建造自己的房屋是个不错的主意。弗兰肯修建了这些房子，并且不再要求卢修斯为公司做什么事。于是皆大欢喜。

制图室的人都喜欢吉丁。他给他们一见如故的感觉。他总知道如何与所到的每一种场合融为一体。他温和而又快活地来到人们跟前，就像一块等待充气的泡沫塑料，毫无抗拒之意，神情举止无不与所到之处相吻合。热情的微笑，快活的嗓音，那种安适地耸耸肩膀的样子似乎在说，他毫无城府，没什么沉重的心事，所以他是无可指责的，没什么可以强加于他，也没什么可以怪罪于他。

此刻，他坐在一边，看着弗兰肯品读那篇文章。弗兰肯抬头瞥了他一眼，只见一双眼睛无比赞许地注视着自己——显露在吉丁嘴角的一丝伶俐的神情犹如两个笑声音符，还未听见，但已经看出来了。弗兰肯感受到一股汹涌如潮的快意。这种快意恰恰源自吉丁嘴角那一丝不足为奇的神态。那种认可，加上那聪明的似笑非笑的神情，给予他一种凭空而来的崇高感觉——盲目的崇拜本应该是危险的和居心叵测的，当之无愧的敬仰原本是一种责任，受之有愧的崇拜才弥足珍贵。

“彼得，你走的时候把这个交给杰佛斯小姐，让她收进我的剪贴簿。”

吉丁一路走下楼梯，把那本杂志高高地抛到空中，再麻利地接住。他的嘴唇撮起，吹着无声的口哨。

走进制图室，他发现好朋友蒂姆·戴维斯正在无精打采、心灰意懒地制图。蒂姆·戴维斯是个高个子的金发小伙子，他的制图台与吉丁相邻。吉丁老早就注意上他了，尽管没有确凿的证据，但吉丁确信这是事务所里受宠的制图师——因为这种事吉丁总是清楚的。他总是想方设法让人将蒂姆·戴维斯所负责的项目的相关工作分配一些给他。很快，他们便一起出去吃午餐了，下班后，又一起去一家僻静的非法酒馆。吉丁总会屏气凝神地听蒂姆·戴维斯描述他对一位名叫伊莲·达菲的女子的爱情，事后却连一个字也想不起来。

他发现蒂姆·戴维斯愁眉苦脸，正气急败坏地将铅笔和香烟一起放在嘴里嚼着。不用问，吉丁只消把友善的脸凑到蒂姆·戴维斯的肩膀上就行了。蒂姆·戴维斯将铅笔头啐掉，一下子爆发了出来。刚刚有人来告诉他，今晚他得加班，这已经是本周第三次加班了。

“又得干到很晚，天知道又要熬到几点！又得做完这劳什子的破图！”他挥拳砸在面前铺开的图纸上，“你瞧瞧，熬啊熬，到什么时候才能干完啊？！我该怎么办啊？”

“哎呀，那是因为你是这里最棒的制图师，蒂姆，他们需要你。”

“见它的鬼！我今晚和伊莲有个约会！我怎么能不守诺言呢？这已经是我第三次失约了！她不会再相信我了！她上次就这么跟我说！这下全完了！我要上去找伟大的盖伊，我来告诉他，他该怎么安排他的计划和他的工作！我不干了！”

“等等，”吉丁说着，靠得更近一些，“等一下，还有一个办法。我会替你把这些设计方案做完。”

“哼？”

“我留下来加班。我来做设计方案。别担心。没人会看出什么差别的。”

“彼得，真的？”

“当然。我今晚没事做。你只需要待到他们下班，然后你就可以离开。”

“噢，唉，彼得！”戴维斯叹息了一声，又劝诱道，“可是你看，倘若被他们发现了，他们会开了我的。你初来乍到，做这种设计方案还不太有经验。”

“放心吧，他们不会发现任何破绽的。”

“我可不能丢了这份工作，彼得。你知道我不能。伊莲和我打算很快就结婚。万一工作上有个三长两短……”

“不会发生什么意外的。”

刚过六点，戴维斯就鬼鬼祟祟地溜出了空荡荡的制图室，剩下吉丁一个人在制图台前工作着。

在一盏寂寞的台灯下，吉丁独自伏案工作。他扫视空旷而凄凉的三间长长的制图室，它们在一天的忙碌之后出奇静寂。他感觉到它们属于自己，他一定会拥有它们的，这一点就像他手中握着的铅笔那样有把握。

当他完成设计方案时，已经是晚上九点半。他将图纸整齐地堆在戴维斯的制图台上，离开了制图室。走在街上，吉丁心中洋溢着一种无关尊严的快感，仿佛刚刚大吃了一顿丰盛的美味佳肴似的。接着，突然有一种莫名的孤独感袭上他的心头。他得找个人共度今宵。没有什么人可找。破天荒第一次，他希望他的母亲住在纽约。可她还住在斯坦顿，正期盼着有朝一日他能去接她过来。除了位于西区二十八街那间小小的体面的寄宿公寓之外，他今晚无处可去。在那里，他可以爬上三楼，走进那间整洁的、不通风的小屋。他在纽约也认识了不少人，很多人，很多姑娘，他还跟其中一个共度了愉快的一晚，尽管连她姓什么都不记得了，不过，他不想见她们任何一个。接着，他想到了凯瑟琳·海尔西。

在他毕业的当晚，他曾给她发过一封电报，过后便将她抛在脑后。现在他好想见到她。随着她的名字在他的记忆中复苏，那种急迫地想要见到她的强烈愿望便一发不可收拾。他跳上一辆公共汽车，踏上了去格林威治村的漫长旅程。他爬到无人的公共汽车顶层，独自坐在前面的长凳上，每遇红灯，他便在心里咒骂。每每碰上与凯瑟琳有关的事情，都是这个样子。他隐隐约约感到有些纳闷——他这是怎么了。

他还是一年前在波士顿与她见的面，她当时与寡居的母亲一起住在那里。初次遇见凯瑟琳时，他觉得她长得并不漂亮，而且反应迟钝。除了她那可爱的微笑之外，并无什么值得称许的地方。仅此一点却足以成为再次见面的充足理由。第二天晚上他给她打了电话。在他学生时代认识的数不清的女孩子当中，她是唯一除了几次亲吻之外，与他关系没有再往前发展的一个。他可以拥有他所认识的任何女孩，而他也清楚这一点。他知道他本来也能够拥有凯瑟琳的。他想要她，而她爱他，也坦白地承认这点，毫无惧怕，毫不羞涩。她对他一无所求，无所期待。不知怎么，他却从来没有利用过她这一点，没有乘虚而入。他为他过去所守护过的那些女孩子而感到骄傲。那都是些极漂亮、极有名望的，穿着也极其讲究的女孩。他在同学们嫉妒与羡慕的目光里感到欣喜若狂。凯瑟琳没有心计，不修边幅，没有别的男孩会愿意看她第二眼。他曾经以为这是一种耻辱，但是，当他带她去大学生联谊会跳舞时，他却体验到一种从未有过的开心。他有过多次狂热的爱情，那时候，他常常发誓，说没有某某女孩他就活不下去之类的疯话。他有时一连好几个星期都想不起凯瑟琳，而她从未提醒过他。可他总是莫名其妙地突然想回到她身边，就像今晚这样。

她的母亲是一位谦和的小个子教师，去年冬天过世了。凯瑟琳和住在纽约的一个舅舅生活在一起。她写来的信，有些吉丁马上就回复了，有些则好几个月后才回复，她却总是立刻就回信。在他长久沉默的时候，凯瑟琳则一封信也不写给他，只是耐心地等待着。当他想起她的时候，他有种感觉——她是无法取代的。再后来，到了纽约，仅仅一站班车就能去看她，抑或打一个电话就能与她交谈，他却再次将她忘在脑后，一个月都想不起她来。

他这样突然来访，从未想过事先通知她一声。他从未考虑过他来时她在不在家。他一直是这样不告而来，而她也总是在家。今晚又是如此。

在一栋丑陋的、矫揉造作的褐砂石楼房顶层，她开门迎接他。“嗨，彼得。”她说，那神情仿佛他们昨天才见过面一样。

她站在他面前，那身衣服对她来说过于宽大。那条黑色的短裙从她纤细的腰肢向外张开，男孩子气的衬衫领松松地垂着，拉向一边，露出一侧突出的锁骨，衣袖在一双纤弱的小手上显得过长。她打量着他，把头歪向一侧。栗色的头发随意束在脑后，看起来就像是剪短了一样，一根根竖起来，茸茸的，在她的面孔周围形成一个晕圈。她灰色的眼睛大而近视。她的嘴角慢慢地漾起一丝笑意，优雅而醉人心脾，嘴唇晶亮地闪着光泽。

“你好，凯蒂。”他说。

他感到安心了。他觉得，无论是在这座房子里抑或是在别的任何地方，他都无所畏惧。他本来做好了心理准备，要对他在纽约如何忙碌作一番解释，但是那些托词现在似乎毫不相干了。

“把你的帽子给我。”她说，“当心那把椅子，它不太牢靠。起居室里有更好的，来吧。”

起居室虽然不大，但是布置得很有特色，很雅致。他看到有书，高及天花板的简易书架摆满了珍贵的书卷。这些书随意码放着，看来是有人正在读。他还注意到，在一张整洁而简陋的书桌上，摆着一幅伦勃朗的蚀刻铜版画，画面已经褪色发黄，或许是哪位独具慧眼的行家在某个卖便宜货的商店里发现的，从此再未出过手，尽管以它现在的身价，卖掉它或许能赚很多钱。他暗自想到，不知道她舅舅干的是哪一行，他从未问及此事。

他站在那里，出神地打量着这间屋子，感觉着她就站在他的身后，享受着那种少有的确定感。然后，他转身将她搂在怀里，亲吻她。她的双唇轻轻地迎接他，是那么热切，可她既不表现出惊慌，也不表现出激动，除了理所当然地接受这一切之外，她高兴得不知如何表达。

“天啊，我一直想着你呢。”他说。他心知他是想过她的，在他们上一次见面后的每一天，甚至在他没有想起她那些日子的大多数时候。

“你没怎么变。”她说，“看起来稍微瘦了点。这样很合适。你到五十岁的时候会很有魅力，彼得。”

“这可不是什么恭维话——是话里有话。”

“什么呀？噢，你的意思是，我在说你现在没有魅力？可是你很有魅力啊。”

“你不应该这样直白地告诉我。”

“为什么不？你知道你很有魅力。但是我老在想你五十岁的时候会是什么样子。你会两鬓斑白，穿一身灰色的西服——上周我在橱窗里见过一套，我想，就是它了——你会成为一位伟大的建筑师。”

“你真这么想？”

“怎么？当然了。”她并不是在奉承他。她连想都没想过那可能是奉承。她只是实话实说罢了。她对此感觉太有把握了，无须强调。

他等待着那必然的一问。可是相反，他们突然谈起了在斯坦顿共同度过的时光。他笑出了声，将她抱到膝头。她瘦削的肩膀就靠在他的臂弯里。她的眼神很温柔，显得很满足。他又说起他们的旧泳装，说起她脱了丝的长筒袜，说起他们在斯坦顿的时候最喜欢光顾的冰淇淋店——他们在一起消磨了那么多夏日的傍晚——而他模模糊糊地感觉到，谈论那些事索然无味。他有更为急迫的事情等着向她诉说、询问。人们在久别重逢后并不会这样交谈，但是对她来说，这样做似乎很正常。她的神情就像他们从未分开过似的。

最后，还是他先开口发问："你收到我发给你的电报了吗？"

"噢，是的，收到了。谢谢你。"

"你不想知道我在这个城市里的情况？"

"当然想知道了。你在这座城市里过得怎么样？"

"看我说对了吧，你对此并不是十分在乎。"

"唔，可是人家很在乎嘛！我想知道关于你的一切。"

"那你为什么不问我呢？"

"等你想说的时候，你自然会告诉我的。"

"它对你来说无关紧要，是吗？"

"什么？"

"我在做的事。"

"唔……不，很重要，彼得。是的，是不太重要。"

"你真是可爱。"

“可是，你知道，重要的并不是你做什么——只有你才是真正重要的。”

“我什么？”

“只要你在这儿，或者你在这座城市，或者你在世界的其他什么地方。我不知道，反正就是这样。”

“你看，你真是个傻瓜，凯蒂。你的技巧很糟糕。”

“我的什么？”

“你的技巧。你不能就这样不害臊地对一个男人说你爱他爱得发疯。”

“可我的确是这样啊。”

“可是你不能这么说呀。男人不会在乎你的。”

“可是我并不想让男人在乎我。”

“可是你想让我在乎你，不是吗？”

“可是你很在乎我，不是吗？”

“我在乎你。”他说，他的胳膊抱得更紧了，“我在乎得要命。我是个比你还傻的大傻瓜。”

“要是那样的话，就再合适不过了。”她用手指抚摸着他的头发，“对吗？”

“一直是再合适不过的，这就是最奇怪的地方……可是你瞧，我想把我的事告诉你，因为它们很重要。”

“我确实很想听，彼得。”

“好吧。你知道我在为弗兰肯 - 海耶事务所工作，而且……噢，见鬼！你甚至还不明白那意味着什么！”

“不，我明白。我在《建筑名人传》中查到他们的名字了。那上面对他们的评价非常好。而且我还问过我舅舅。他说他们是这个行业中的佼佼者。”

“他们当然是！弗兰肯——他是全纽约最伟大的建筑师。在全国也是最棒的，或许在全世界也是。他设计建造过十七幢摩天大楼，八座大教堂，六座铁路中转站，还……天知道他还建过别的什么……当然了，你要知道，他可是个老笨蛋，一个自负的骗子，这家伙在任何事上都善于运用圆滑手段……”

他打住话头，瞪大了眼睛看着她。他原本不打算说这个的。以前他都不敢让自己往这方面想。

她此时正神态安详地注视着他。

“是吗？”她问道，“那……”

“这个……嗯……”他一时有些语塞，而且心知不能以另一种方式同她说话，对她不能那样，“这是我对他的真正看法。而且我对他一点敬意也没有。可是我很高兴自己是在为他工作。你懂我的意思吗？”

“当然。”她平静地说，“你很有野心，彼得。”

“你不会因为这个看不起我吧？”

“不，那是你想要的东西。”

“那的确是我想要的。说实话，事情还不至于那么糟糕。这是一家大公司，是全纽约最好的建筑公司。我确实干得不错，而且弗兰肯也很赏识我。我快要出头了，我想最终我一定会得到我想要的任何职位……为什么？就在今晚我还接管了一个人的工作，而他根本不知道，他很快就会成为无用之人。因为……凯蒂……看我在说些什么？”

“没关系，亲爱的，我懂。”

“如果你真懂的话，我就该挨你的骂，而且你会逼我收手的。”

“不，彼得。我并不想改变你。我爱你，彼得。”

“唉，你真没救了！”

“这些我知道。”

“你知道‘这些’？而且你还能这样说出来？轻松得就像在说‘你好啊，今天天气真好！’一样？”

“怎么？为什么不能那样说？为什么要担心呢？我是爱你的。”

“对，不要为此担心！绝不要为此担心！……凯蒂……我绝不会爱上别人了。”

“这我也知道。”

他将她抱得紧紧的，那样热烈，唯恐她那轻灵的小小身体会消失不见。他不明白那些话，他在内心都不曾向自己坦白过，为什么会在她面前直率地说出来。他不知道为什么他跑来打算与她分享的那种胜利的喜悦此时竟然会荡然无存。但是，那并不重要。他有一种异样的自由感——有她在场时，他总能从那种他无法言说的压抑中解脱出来——他孤家寡人、孑然一身。现在，对他来说，重要的一切就是她那粗棉布衣衫蹭着他的手腕所带给他的感觉。

后来他问起她在纽约的生活情况，她兴致勃勃地谈起她的舅舅。

“他很棒，彼得。他真了不起。他相当穷，却收留了我，而且还那么仁慈，把自己的书房让出来给我，所以他现在只好在这儿——在起居室里工作了。你一定得见见他。他最近不在家，出差做巡回讲座去了。但是等他回来时，你一定要跟他认识认识。”

“当然，我很乐意认识他。”

“你知道，我本来想去工作，挣钱养活自己，可是他不让我去。‘我亲爱的孩子，’他总会对我说，‘连十七岁都不到。你总不想让我为自己感到羞愧吧？我可不信任童工哦！’你觉得这是一个奇怪的想法吗？他有许许多多这样的怪念头，我一点儿也搞不懂，可他们说他是个了不起的人。所以他把事情变成这样——他养活我，却反倒像是我在帮他——所以我觉得他真是相当好的一个人。”

“你每天都在做些什么事呢？”

“现在还没什么事儿可干。我看书，是关于建筑学的书。我舅舅有好多有关建筑方面的书呢。不过他在家时，我会帮他打出他的讲稿。我觉得他不想让我做这个，他宁愿他的秘书帮他做。可是我很喜欢做，他就让我帮他打字了。他把秘书的薪水发给了我。我本来是不想要的，可是他硬让我收下。”

“他从事的是什么职业呢？”

“噢，他做很多事情。我不知道。我不可能跟踪他呀。他教艺术史，这是其中之一，他算是教授吧。”

“我顺便问问，你打算什么时候去读大学？”

“唔……至于这个嘛……哎呀，你知道，我想我舅舅不会赞成这个主意的。我对他说过我一直计划怎么上大学，而且告诉他我会半工半读，可他好像觉得那样不适合我。他倒也没说什么，只说，‘上帝造了大象去做苦力，而造了蚊子让它们飞来飞去。按常理，拿自然法则来做实验是不可取的，不过，要是你想试一试的话，我亲爱的孩子……’但他并不是真的反对，这事还是由我来作决定，只是……”

“那么，可不要让他阻拦你哟。”

“噢，他不会阻拦我的。只是我在想，我上高中时功课并不怎么出色，而且亲爱的，我的数学特别差，所以，不知道……不过，也不用着急，我有充足的时间来作决定。”

“听我说，凯蒂，我可不喜欢那样。你一直都计划着要去读大学的。要是你舅舅……”

“你不该这么说话。你不了解他。他是一个非常了不起的人。我还从未见过像他那样的人。他是那么和蔼而又善解人意，他很风趣，老是开玩笑，他特别能开玩笑。当他在场时，你认为很严肃的事情似乎也没有那么严肃了。然而，他又是个非常严肃的人。你知道，他常常花上几个小时与我交谈，从不疲倦，也从未因为我的愚蠢而厌烦。他常常把罢工的事讲给我听，还告诉我贫民窟的情况，还有血汗工厂里穷人的事情。他讲的总是关于别人的事，从来不谈他自己。他的一位朋友跟我讲，我舅舅如果努力的话，本来会很有钱的，他是那么聪明，可是他不愿意那么做，他就是对钱不感兴趣。”

“那可不是凡人所为。”

“你等着见见他吧。噢，他也想见你。我对他说起过你。他称你是‘T型尺’罗密欧。”

“噢，他是这样称呼我的吗？”

“但是你不懂。他这样叫是出于好意。他说话就那样。你们会有很多共同之处的。或许他还可以帮帮你呢。他对建筑也有所了解。你会喜欢埃斯沃斯舅舅的。”

“你刚才说谁？”吉丁说。

“我舅舅呀。”

“喂，你舅舅叫什么名字？”吉丁问道，他的嗓音有点干哑。

“他叫埃斯沃斯·托黑呀。怎么了？”

他搂着她的双手有些发软。他坐在那儿，瞪大了眼睛看着她。

“怎么了，彼得？”

他咽了一口唾沫。她看到他的喉结猛地动了一下，然后他才生硬地说：“听我说，凯蒂，我不想与你的舅舅见面了。”

“为什么呀？”

“我不想认识他。是不想通过你认识……你看，凯蒂，你不了解我。我是喜欢利用他人的那种人，可我不想利用你。在任何时候。别让我利用你。我要利用的不是你。”

“你怎么利用我了？怎么回事？你为什么这么说？”

“原因很简单：要去见你的舅舅，我这不是太不知天高地厚了吗？就这些。”他大笑起来，声音很刺耳，“那么他是对建筑有所了解了，是吗？你这个小傻瓜！他可是建筑方面的重要人物。或许他现在还算不上。但是，再过一两年他就是了。你去问问弗兰肯，连那个老鼬鼠都知道这一点。你的埃斯沃斯舅舅，等着瞧吧，他马上就要成为建筑批评家里的拿破仑了。首先，在我们这个行业，没有多少事可以劳烦动笔的，所以他是个囤积居奇的聪明人。你真该看看我们事务所的那些名人们捧着他写的文章，将里面的一字一句都奉若神明的样子。所以你说他或许能对我有所帮助？哎呀，他甚至可以打造我，他完全能。有朝一日，等我做好了准备，我再去见他，就像我与弗兰肯见面那样，但不是现在，不是通过你。明白我的意思吗？不是从你这儿认识他！”

“可是，彼得，为什么不呢？”

“因为我不想以这种方式去认识他。因为那样会很龌龊，我不喜欢那样做。我厌恶这一切！我的工作和职业，我现在做的和我即将做的！这些是我不愿意你介入的事。凯蒂！”

“不介入什么？”

“我也不知道。”

她站起身来，就站在他的臂弯里，他把脸贴在她的臀部，她抚摩着他的头发，低头看着他。

“那好吧，彼得。想见他的时候你就告诉我一声。如果迫不得已，你是可以利用我的。这没什么关系。又不会改变什么。”

当他把头抬起来看她时，她轻轻笑起来。

“你工作得太卖力了，彼得。都有点神经兮兮的了。要不要我为你沏杯茶？”

“噢，看我，把什么都忘了，我今天压根就没吃晚饭。没时间吃。”

“哎呀，看这一切搞的！真讨厌！快到厨房里来，赶快！我看看能给你凑合着做些什么！”

两小时后，他告别她走了。他走时既感觉轻松纯洁，又感觉很愉快，将所有的惧怕都忘得一干二净，将托黑和弗兰肯也通通抛之脑后。他只是在想，他许诺了明天还会来，现在与明天之间的这段时间竟长得令人难以忍受。她站在门口，在他走远之后，她用手抚摸着他刚刚握过的门把手，心想，他还会来，明天……或许三个月以后。

“今晚你干完活以后，到我的办公室来一下。”

“好的。”洛克说。

卡麦隆脚后跟一扭，转身出了制图室。这是一个月当中他对洛克所说的最长的句子。

洛克每天一早来到制图室，完成分配给他的任务，从未听到任何评价的字眼。卡麦隆总会走进制图室，久久地站在洛克的身后，越过他的肩头看着他工作。卡麦隆的眼神那么专注，好像故意要使那只稳健握笔的手偏离图纸上的线条似的。而另外两位制图师，只要想一想有这样一个人站在他们身后，便会把工作弄砸。洛克似乎对此视若无睹。他继续制他的图，手底下不慌不忙，从容地换掉一支用钝了的铅笔，再挑出另一支。“哼——嗯！”卡麦隆常常会冷不丁地从他身后发出一声嘟哝。洛克就会转过身，礼貌而专注地看着他问：“有什么事吗？”卡麦隆则一言不发地转身走开，他眯上的双眼似乎在傲慢地强调一个事实——他觉得没必要回答，接着就会离开制图室。洛克便继续做他的事。

“看起来不妙。”那个年轻一些的制图师鲁梅斯向他的老同事辛普森透露了这个秘密，“老头子不喜欢这家伙。不是我说，这个是待不长久的。”

辛普森上了年纪，不中用了。他是卡麦隆事务所的三代元老，亲历过卡麦隆三层楼办公室的时代。他倒是始终不渝地跟随着卡麦隆，但是他从来无法理解这一切。鲁梅斯很年轻，一张脸看起来像街头闲逛的小混混。他来此处工作是因为他从太多的地方被人开除过。

这两个人都不喜欢洛克，打从第一眼看到那张脸就不喜欢。不管走到哪里，洛克总是不讨人喜欢。他脸上毫无表情，就像地下保险库紧闭的大门，尽管锁在里面的东西很贵重，但人们还是不喜欢去感受它。在这间办公室里，他是一个冷淡的、使人感到不安的存在。他的在场具有一种奇怪的特性：他明明让人感觉到他是存在的，可是又让人觉得他不在那里；或者说是他在那里，而他们不在。

下班后，他要步行很长一段路才能到家，那是东河附近的一座廉价出租公寓。他之所以选择那座公寓，是因为一周只要花两块五毛钱就可以占用它的整个顶层。那是一个曾经用作货仓的巨大房间：没有吊顶，屋顶上裸露的桁条之间还时常漏雨。但是，在其中两堵墙上开有一长排窗户，有些镶有玻璃，有些钉着硬纸板。从一侧的窗户可以遥看下面的河流，从另一侧可以俯瞰纽约市。

一周前，卡麦隆走进制图室，往洛克的制图台上扔下一座乡村宅第的粗略草图。“看你能不能将这个设计方案改成一座宅子。”他厉声说完，没有再作任何解释便出去了。接下来的几天里，他再没有走近过洛克的制图台。洛克昨天晚上完成了这份设计，把图纸放在卡麦隆的办公桌上。今天早晨，卡麦隆进来过，又扔给洛克几幅钢筋接缝的图纸，叫他晚一些到他的办公室去一趟。这一天中，他再没有进过制图室。

另外两个人都下班回家了，洛克拉过一块旧油布将自己的制图台盖好，就到卡麦隆的办公室去了。他完成的乡村宅第设计方案展开在卡麦隆的办公桌上。台灯的光线照在卡麦隆的脸颊上，也照在他下巴的胡须上，其间夹杂着的一根根银丝亮闪闪的。灯光照在他的拳头上，照在那张图纸的一角，黑色的铅笔线条看上去仿佛是压印在纸上的图案。

“你被解雇了。”卡麦隆说。

从长长的办公室那头走过来的洛克闻声站住了。他身体的重心落在了一条腿上，双臂垂在身体的两侧，一边的肩膀耸了起来。

“是吗？”他平静地问道，站着没有动。

“过来，”卡麦隆说道，“坐下。”

洛克顺从地坐下。

“你太出色了。”卡麦隆说，“你太出色了。你不能就这样糊弄自己。这样做是没用的，洛克，迟走不如早走。”

“您这是什么意思呢？”

“把你学到的东西浪费在一个你永远无法实现的理想上是没用的，他们永远不会让你实现。那没有用。你那么了不起的本事会把自己折磨得痛苦不堪。背叛它吧，洛克，现在就背叛它。虽然会有些不同，但是你学到的东西够你用的了。你有他们花钱想买的东西，而且如果你以他们的方式运用得当的话，他们会出很好的价钱的。接受他们吧，洛克。妥协吧，现在就妥协，因为你迟早得妥协。只是到了那个时候，很多你所不希望经历的事情你都已经经历过了。你不懂，可是我懂。不要让你自己走这条路。离开我。去找别的什么人吧。”

“那您当初背叛自己了吗？”

“你个放肆的狗东西！你以为我说你有多好？我什么时候叫你和我比来着……”他停住不说了，因为他看到洛克笑了。

他看着洛克，突然也以一笑作答，而这是洛克所见过的最最痛苦的表情。

“不，这样不行，哼！”卡麦隆轻声说，“不，不行的……这么说来，你是对的。你很出色，而这一点你比我清楚。但我还是要跟你讲，连我自己也不知道究竟该怎么办。我早就不习惯跟像你这样的人交谈了。是丢了这样的习惯吗？或许我根本就没有这样的习惯，或许那正是我现在所惧怕的。你愿意尽力听懂我的意思吗？”

“我懂。我想您是在白费口舌。”

“别这么没大没小的不懂规矩。因为我现在无法对你无礼。我要你听我讲。你能不能光听不打岔呢？”

“好的。真对不起。我不是故意要冒犯您的。”

“你清楚，在所有人当中，我是你最不应该来找的人。如果我把你留在我这儿，那简直就是在犯罪。本来是该有个人警告你要当心我的。我根本帮不了你什么。我不想让你气馁。我不会传授给你任何常识。相反，我还会驱使你干下去，我会逼着你朝你现在这个方向走下去。我会使你保持你身上固有的东西，甚至使你在这个泥坑中陷得更深，你不明白吗？再过一个月，我就无法放你走了。我现在都拿不准能不能放你走。所以别和我争辩了，趁早赶紧走。在你还能脱身的时候赶紧走。”

“可是我走得了吗？您不觉得对我们两人来说，都已经太晚了吗？对我来说，十二年前就已经太晚了。”

“尽力试试看，洛克。尽量理智些，哪怕一次也好。有很多有名气的大公司愿意聘用你呢。开除还是不开除，只要我一句话。尽管他们可能在茶余饭后的闲聊中嘲笑我，但是，只要发现有适合他们的东西，他们就会对我进行剽窃，而且他们心里清楚，对于好的制图师，我是不会看走眼的。我会写一封信把你推荐给盖伊·弗兰肯。他曾经为我工作过，是很久以前的事了。我想是我解雇了他，可没关系。你去找他。一开始你会不喜欢，不过你会适应的。再过很多年，你还会为此而感激我。”

“您为什么要对我说这些呢？那并不是您想说的话。您过去也并不是那样做的。”

“正因为如此，我才这样说！因为那不是我所做过的！洛克，你瞧，你身上有某种东西，这正是我所担心的。不仅仅是你所做的那种设计。我才不在乎你是不是一个爱表现的人。要一点花招或一些戏谑的小把戏，靠表现得与众不同来哗众取宠——那可是个赚钱的好营生。面对着人群，逗他们开心，穿插点杂耍来收取入场费。如果你那样做，我反倒不担心了。可你的情况不同。你热爱自己的工作。唉，真可怜！你热爱它！而这正是祸端。就等于你额头上贴着的商标，那是给所有人看的。你热爱你的工作，他们心里也明白这一点，所以他们清楚，他们拥有并支配着你。你有没有注意观察过街头的行人？你不惧怕他们吗？我就怕。他们头戴礼帽，背着包从你身边走过。但你看到的不是他们的本质。他们的本质就是对任何热爱工作的人都怀有仇恨。他们只害怕这样的人。我也不知道缘由。你把你自己暴露给了他们，洛克，你暴露在每一个人的眼皮底下。”

“可我从未留意过街头的行人。”

“那你有没有注意到他们对我所做的事呢？”

“我只注意到您并不惧怕他们。您为什么反而要我去惧怕他们呢？”

“那正是我要问你的问题。”他的身子向前探过来，放在桌上的拳头紧握着，“洛克，你非要我把它说出来不可吗？你忍心让我说，是吗？好吧，我就说出来。你也想落得我这样一个下场吗？你想成为第二个亨利·卡麦隆吗？”

洛克起身，就站在台灯光线的边缘，说：“如果到头来我能取得您今天这样的成就，也有这样一间事务所，我会感到那是一种莫大的荣耀。”

“坐下！”卡麦隆一声咆哮，“我可不喜欢示威！”

洛克低头看看自己，再看看办公桌，发现自己站着，不胜惊讶。他说：“对不起。我不知道我站起来了。”

“算了，坐下。听我说。我理解你。谢谢你的好意。但是你不明白。我原本以为在这里待上一些时日就会消除你头脑中的英雄崇拜。我发现它还没有消除。这就是你要的东西：心想，老卡麦隆多么伟大，是个多么高尚的斗士，一个坚守着失败事业的牺牲品，而你心甘情愿地与我一同死在路障上，和我一起吃糠咽菜度过余生。我知道，现在你才二十二岁，在你看来，这样做很纯洁，很美好。可是你知道这样做意味着什么吗？三十年如一日地坚守着一份失败的事业，那听起来非常壮烈，是不是？可你知道在三十年里有多少个日日夜夜吗？你知道在这么漫长的岁月里会有什么事发生吗？你知道吗？”

“您并不想谈起这些的。”

“是的！我并不想谈起这些！可是我现在要说。我想让你听听。我想让你明白，等待着你的将是什么。会有很多时候，你看着自己的双手，真想拿起什么东西来，把每一根筋骨都砸碎，因为，如果你能找到机会让它们施展才能的话，它们会用所有可能的事来折磨你，可是你又找不到这样的机会。所以你会无法忍受你活着的躯体，因为它在某些地方辜负了这双手。会有很多时候，当你挤上公共汽车时，汽车司机会大声斥责你，只因为一毛钱的车票。但你听到的不只这些，还有人会说你是废物。他们嘲笑你，说你脸上写着令他们憎恨的东西。会有这样的时候，你站在一座大厅的角落里，听一个家伙在台上大谈建筑，大谈你所热爱的工作，而他的满口胡扯使你只想等着什么人冲上台去用手把他那张嘴撕烂，但是接着，你却会听到人们为他鼓掌，而你只想尖叫，因为你不知道你和他们到底谁是真实的，不知道你是待在一间挤满了三角形脑壳的屋子里，还是有什么人刚刚为你洗过脑。你什么也不会说，因为你所能发出的声音在这个地方不再是一种语言。可是如果你想说话，你还是无论如何也说不成，因为你会被挡在一边，你会被当作一个没有建筑学方面知识和学问的人！这就是你想要的未来吗？”

洛克坐着没动。在灯光下，他的脸部轮廓显得清晰分明。深陷的脸颊上映出一个楔形的黑色影子，一个长长的三角形黑影横切过他的下巴。他凝视着卡麦隆。

“这还不够吗？”卡麦隆问他，“好吧，然后，有一天，在一张图纸上，你会发现你设计出一幢大厦，它美得足以让你为它折腰。你都不相信它竟然是出自你的手，但是你会设计出这样的作品。那时候，你会觉得大地是那么美好，空气中弥漫着春天的气息，而且你也热爱你的同行们，因为这个世界上没有了邪恶。你会带着这个设计走出屋去，想办法将它修建起来，因为你毫不怀疑，第一个看到这个设计方案的人就想修建它。可是你还没走出多远，就会被一个跑来要关掉煤气的人给拦住。你一直节衣缩食，因为你想省下钱完成你的设计，但你仍然得煮饭呀，而你没有支付煤气费……好吧，这都算不了什么，你完全可以一笑置之。但是最终你还得带着你的设计来到某个人物的办公室。你会怪自己在他的办公室里显得碍手碍脚，你只听见自己低声下气地求他、对着他摇尾乞怜的声音，你恨不得地上能开一道口子让你钻进去，让他看不到你，你会为自己的行为感到恶心。但是这一切你都不在乎，只要他能让你建起那幢高楼就行，因为你想，如果他看到那是什么样的建筑，他准会让你把它修起来的。但是他会对你说，他十分抱歉，只是建筑师行会刚刚已经移交给盖伊·弗兰肯了。然后你就会跑回家去，可你知道你会在家里做什么吗？你会痛哭。你会像个娘们儿，像个醉鬼，像个畜生似的哭号。那就是你的未来，霍华德，现在你还要这样的未来吗？”

“要。”洛克说。

卡麦隆垂下眼睛，接着他的头低下去一点，再下去一点，慢慢地垂下去，久久地一个劲儿地摇着，然后停住了。他一动不动地坐着，拱起双肩，将绞着的双手放在两膝之间。

“霍华德，”他几乎是在耳语，“这些话我从没对任何人说起过……”

“谢谢您……”洛克说。

过了好久，卡麦隆才抬起头来。

“现在回家去吧。”卡麦隆说话的声音听起来无精打采，“你最近太辛苦了。还有更辛苦的一天等着你呢。”他指着那座乡村宅第的草图说，“这个设计各方面都好，我本来只是想看看你会怎么设计。不过，要建起来，它还差点。你还得再做一遍，我明天再给你看我的想法。”

5

在弗兰肯-海耶事务所的一年里，吉丁赢得了“无冕王子”的美称。虽然仍旧是个制图师，他却深得弗兰肯他老人家的偏爱。弗兰肯带他出去午餐——对于该事务所的雇员来说，这可是一种空前的殊荣。弗兰肯与客户见面时也叫他来作陪。客户们似乎很开心在建筑师事务所看到一位装点门面的如此可人的年轻人。

卢修斯·N.海耶有个烦人的毛病，总爱出其不意地指着一名已经在此干了三年的员工问弗兰肯：“这个新人你什么时候招聘的？”但是，令事务所的员工们大跌眼镜的是，他居然记住了吉丁的名字，并且无论什么时候见到他，都以一个认可的微笑跟他打招呼。吉丁与他进行过一次长谈。那是在一个沉闷的十一月的下午，他们谈的话题是古董瓷器，那是海耶的业余爱好。他拥有一批珍贵的收藏品，都是他付出了极大的热情和心血收藏的。吉丁对这一话题表现得很内行，尽管在前一天晚上之前，古董瓷器是什么，他连听都没有听说过。因为在前一天，他在一家公立图书馆整整待了一个晚上。海耶喜出望外：事务所里从没有哪个人关心过他的爱好，更没有几个人注意到他的存在。海耶跟他的合伙人说过："盖伊，你很善于选拔人才。有个小伙子我希望你不要错过，他叫什么名字来着？吉丁。""是的，是有这么个小伙子。"弗兰克笑着回答，"是的，确实有。"

在设计部，吉丁把注意力集中在蒂姆·戴维斯身上。工作和制图只是他每天上班时无法回避的表面的琐事；蒂姆·戴维斯才是他的注意力所在，他将从蒂姆那里迈出他事业的第一步。

戴维斯把大部分工作都交给他来做；起初只交给他加夜班的任务，然后把一些日常工作也交给了他。起初，只是在私底下，后来便公开化了。戴维斯原本是不想让别人知道此事的。吉丁把它公开化了。他装出一副单纯而自信的样子，似乎在暗示他只是个工具，是他蒂姆手中的一支铅笔或是一把T型尺：他的帮忙增加了蒂姆在公司的重要性，而不是将这种重要性削弱了，因此，他并不希望隐瞒。

起初，戴维斯还下达一些指令给吉丁，后来总设计师认为这样安排是理所当然的，就带着一些本来要由戴维斯做的任务直接来找吉丁。吉丁总是满面笑容地说："我来做好了，不要拿这些小事去打扰蒂姆，我会解决好它的。"戴维斯放松了警惕，任凭自己被人抬举着。他大量地抽烟，懒洋洋地躺在那里，两腿松松地架在一条凳子的横档上，闭目养神，心里想着伊莲，偶尔问上一声："彼得，东西弄出来了吗？"

戴维斯在当年春天与伊莲结了婚。他上班经常迟到。他曾悄悄对吉丁说：“彼得，你去见老头子时，隔三岔五地为我美言两句，行吗？以便他们在有些事情上能通融通融。天呐，非得这么工作，我现在就厌烦了！”吉丁便会如此这般对弗兰肯说：“弗兰肯先生，我很抱歉，默里工程的地下室部分的设计方案送得迟了，可是蒂姆·戴维斯昨天晚上和他老婆吵架了，你知道新婚夫妻就是那样，你不想太为难他们吧。”要么就说：“弗兰肯先生，这次又是因为蒂姆·戴维斯，你一定得放他一马，他也是身不由己，他的心思压根就不在工作上！”

当弗兰肯瞥着员工的工资表时，他发现薪水最高的人，却是事务所最不需要的人。

当蒂姆·戴维斯丢了弗兰肯-海耶事务所的工作时，制图室的工作人员中，除了他自己，谁都不感到意外。这件事他想不通。他痛苦地噘着嘴，向这个他将永远痛恨的世界表示反抗。他感到除了吉丁之外，他一个朋友也没有了。

吉丁安慰了他，同时诅咒弗兰肯，大骂人性的不公正，并花了六美元在一家地下酒吧宴请了一位毫无名气的建筑师的秘书，为蒂姆·戴维斯重新安排了一份工作。

之后，每当想起戴维斯，吉丁心中便充满了温暖的快意。他已然左右了一个人的生活道路，把他从一条轨道推向了另一条。一个人——对他来说，那不再是蒂姆·戴维斯，而是一副骨架和一个灵魂，一个有意识的心灵——他干吗总是惧怕别人躯体里的那种神秘意识呢？——而他已经按照自己的意志扭曲了那副骨架和那个灵魂。经过弗兰肯、海耶和首席设计师的一致同意，由吉丁悉数接手了蒂姆的制图台、职位以及薪水。但这只是他志得意满的一部分，还有另一层意味，更加温馨，更加不真实，也更加危险。他常常满面春风地说："蒂姆·戴维斯啊？噢，对了，他现在的工作还是我给他找的呢。"

他写信给他的母亲，信中也提及了此事。她逢人便说："皮迪是一个多么无私的孩子。"

他每周都毕恭毕敬地写一封信给母亲。他的信短而充满敬意，而她的回信则冗长详尽，写满了忠告，可他很少读完过。

他偶尔也去看看凯瑟琳·海尔西。那次分手后的第二天晚上，他并没有如约去看她。次日一早他醒过来，想起对她说过的，便恨起她来。但他还是去找她了，那是在一周以后。她也没有责怪他。他们没有再提起她的舅舅。此后，他每月或隔月去看看她。见到她，他很开心，但绝口不提工作的事。

吉丁试图向洛克谈及工作方面的事，但枉费了心机。他去造访过洛克两次。他愤怒地爬呀爬，爬过五段楼梯才来到洛克的房间。他热切地问候洛克。他等待着对方让自己安心，他自己也不知道自己需要的到底是哪种安心，也不知道为何只有从洛克那里才能得到。他说起自己工作方面的事，还真诚而关切地询问起卡麦隆事务所的情况。洛克倾听他的讲述，也心甘情愿地回答所有的问题，但是在洛克那没有表情的目光里，他感觉自己仿佛撞在了一块钢板上，仿佛他们俩谈的根本就不是同一个话题。在告辞之前，吉丁注意到洛克磨破的袖口，注意到他脚上穿着的鞋和裤子膝盖处打上的补丁，他感到一种快意。他告辞而去，暗自哧哧地笑出声来，心中却异常不安。他也不清楚是什么原因，随即便发誓绝不再见洛克了，可是又弄不清自己为什么非得再来找他不可。

“哎呀，”吉丁说，“我不一定请得动她共进午餐，不过她打算后天和我一同去看莫森的画展。您看怎么办才好？”

他坐在地板上，头靠在长沙发边上，伸着两只脚，穿着弗兰肯的一套嫩黄绿色的睡衣裤，那身衣服在他身上显得格外宽松。

透过浴室开着的门，他看见弗兰肯正站在洗漱台前刷牙，腹部贴着亮闪闪的台沿。

“那太好了。”弗兰肯满嘴牙膏泡沫，“那样也行呀。你还不明白吗？”

“是啊。”

“老天爷！彼得，昨天动身前我就向你解释过了。邓洛普先生计划着要为他夫人建一座房子。”

“噢，对了。”吉丁有气无力地说，用手把乱蓬蓬的黑色卷发从面颊上撩开，“噢，是啊……现在我想起来了……老天！盖伊，瞧我这脑子！岂有此理！”

他朦胧地想起前一晚弗兰肯带他去参加一场聚会的情景，想起盛放在一座掏空的冰山中的美味佳肴，想起那一袭黑色的蕾丝晚礼服和邓洛普夫人漂亮的脸庞，可是他记不得他最后怎么会在弗兰肯的公寓里。他耸耸肩。在过去的一年里，他陪弗兰肯出席过许多聚会，而且常常像今天这样被带到他的公寓来。

“那座房子不大。”弗兰肯嘴里含着牙刷说。牙刷在他的腮帮子上撑起一个大包，绿色的柄伸在外面。“五万左右，这是我的理解。不管怎么说都是小菜一碟。不过邓洛普夫人的姐夫——就是昆比——你认识的，是个大块头，搞房地产生意的。而挤进这个家庭又无伤大雅，根本没什么大碍。到时候你就会知道这个任务的目的所在了。我能指望你吗，彼得？”

“当然。”吉丁说，耷拉着脑袋，“你一直可以信赖我的，盖伊……”

他一动不动地坐着，眼睛直直地盯着自己的脚趾，想到了弗兰肯的设计师斯登戈尔。并不是他有意去想，而是像往常一样不由自主地想到了，因为斯登戈尔代表着他的下一步计划。

在友谊面前，斯登戈尔简直就像一座坚不可摧的堡垒。都两年了，吉丁试图与他建立起友谊的种种尝试，无不在他那两片冰山似的镜片上撞得粉碎。斯登戈尔对他的成见在制图室悄悄地传开了，但是很少有人敢复述原话，只是引用几句。斯登戈尔说得很大声，尽管他知道从弗兰肯办公室拿回来的草图上的修改是吉丁做的。但是斯登戈尔也有一个弱点捏在吉丁手里：他打算离开弗兰肯开自己的事务所，已经计划很长时间了。他已经选好了合伙人，是一个没有什么才华的年轻建筑师，但是继承了相当可观的一笔遗产。斯登戈尔只等时机成熟。吉丁在这事上动了不少心思。除此之外，他无法去想别的。此时坐在弗兰肯卧室的地板上，他又想到了这件事。

两天以后，他陪着邓洛普夫人穿过艺术陈列室，欣赏弗雷德里克·莫森的油画。他的动作过程都是事先设计好的。他牵着她穿过稀落的人群，不时用他的手指扶一下她的胳膊肘，有意让她在不经意间捕捉到他的眼神——让她发现是她年轻的脸庞而不是那些画在左右着他的视线。

邓洛普夫人凝视着一幅废弃汽车场的风景画，竭力想在脸上装出该有的赞美表情。吉丁见状，便说："是啊，一幅很棒的作品。看看作品的色彩，邓洛普夫人……有人说莫森那家伙吃了很多苦头。说来话长——竭力想得到认可，老迈而且令人悲伤。这是所有艺术家的共同点，干我们这一行的也包括在内。"

"噢，真的？"邓洛普夫人问。此刻，她仿佛更偏爱建筑了。

"再看这幅。"吉丁停在另一幅画前，画作描绘的是一个老丑妇在街边抠她的光脚丫。他说："这就是记录社会现实的作品。

要欣赏这一点，需要勇气。”

“这实在是太棒了。”邓洛普夫人说。

“啊，是的，是需要有勇气。那是一种罕见的品质……听说当年史岱文森夫人发现莫森的时候，他在一间阁楼里快要饿死了。帮助一个青年才子成功是一件很光荣的事。”

“那一定很了不起。”邓洛普夫人说。

“假如我有钱的话，”吉丁做出若有所思的样子说，“我就会为某个新的艺术家安排一次画展，为某个新出道的钢琴演奏家提供资金，请一位初出茅庐的建筑师为我建造房屋……”

“吉丁先生，你知道吗？我丈夫和我正计划着在长岛修建一座小宅子。”

“噢，是吗？邓洛普夫人，您把这样的消息告诉我，真是太可爱了。您这么年轻，请允许我这样说。难道您不知道您是在冒险吗？我会变成个讨厌鬼整天缠着您，试图让您对我们公司产生兴趣的。或者，您已经选好了设计师——那您就安全了。”

“不，我一点儿也不安全。”邓洛普夫人妩媚地说，“而且我并不真的在意这种危险。最近这几天，我已经反复考虑过弗兰肯-海耶事务所了，我还听说他们的建筑师特别棒。”

“唔，那么，谢谢您了。邓洛普夫人。”

“弗兰肯先生是位伟大的建筑师。”

“噢，是啊。”

“有什么不对吗？”

“没什么，真的没什么。”

“不对，到底是怎么回事？”

“您真的想让我说出来？”

“唔，当然。”

“哎呀，您知道，盖伊·弗兰肯只不过是徒有虚名罢了。他恐怕跟您的房子扯不上关系。这是一个我本不该泄漏的商业秘密，但我不知道是什么原因，反正您让我觉得我必须对您坦诚相待。我们事务所最棒的建筑都是由斯登戈尔先生设计的。”

“谁？”

“克劳德·斯登戈尔先生。您从未听说过这个名字，但是总有一天您会的，只要某个人有发现他的勇气。您知道，所有的设计都是由他完成的，他才是幕后的天才，可是最终在图纸上面签名盖章的人却是弗兰肯，名望和声誉全归弗兰肯。现如今哪里不是这样啊。”

“可为什么斯登戈尔先生还能忍气吞声呢？”

“他能怎么样呀？又没有人给他机会让他重新开始。您也知道，大多数人只认一个死理，一条道走到黑，他们宁可花上三倍的价钱去买同一种商品，只认它的商标。是勇气呀，邓洛普夫人，他们就是缺乏勇气。斯登戈尔先生是一位伟大的艺术家，但是伯乐毕竟太少，人们看不到这一点。他准备自己干，只要他能找到一个像史岱文森夫人这样杰出的人来为他制造一个机会就行了。”

“真的吗？”邓洛普夫人道，“这多有意思呀！再多讲讲这方面的事给我听。”

他又讲了许多。等他们看完弗雷德里克·莫森作品的时候，邓洛普夫人握着吉丁的手，对他说：

“你心肠这么好，真是世间少有。如果你安排我和斯登戈尔先生见个面，不会使你在事务所感到难堪吧？我是不敢提出来，你这么善解人意，居然没有生我的气。你太没有私心了，换上任何一个人处在你的位置，都不能像你这样无私。”

吉丁向斯登戈尔提议共进午餐时，对方一言不发地听着。接着，斯登戈尔猛地扭过头来厉声问道：“你搞什么名堂？”

吉丁还未来得及回答，斯登戈尔又突然把头扭回去说：“噢，噢，我明白了。”然后他探过身来，撇了撇嘴，露出明显的不屑表情，“好吧，这顿午餐我去吃。”

当斯登戈尔离开弗兰肯 - 海耶事务所另立门户，并且接下了他的第一笔生意——邓洛普夫人的房屋设计时，盖伊·弗兰肯气急败坏地用尺子猛烈敲击着办公桌，对吉丁大发雷霆：

“这个杂种！这个卑鄙的杂种！我上了他的当！”

“你还指望他什么呢？”吉丁说，他摊开四肢躺在弗兰肯面前那把低低的扶手椅上，“人心叵测嘛。”

“但是令我摸不着头脑的是，那只卑鄙的鼬鼠是怎么得到的消息？到口的肥羊竟然被他抢了去。”

“哎呀，我从来就没有信任过他。”吉丁耸耸肩，“这就是人性啊……”

他话气中透出的苦衷倒是情有可原。斯登戈尔连声谢谢都没说，临走时只对他讲了这样一句话：“你是个比我想象的还要坏的杂种。祝你好运！有朝一日你会成为一名大建筑师的。”

就这样，吉丁又平步青云地爬上了弗兰肯 - 海耶事务所首席设计师的位置。

弗兰肯在一家奢华而又相对僻静的饭店举办了场不大的宴会庆祝他的荣升。他一再地说：“再过一两年，彼得……一两年以后，你就会看到事情的发展。你是个好孩子，我会为你办事的……难道我还没有为你做过什么吗？你也见了不少世面，彼得……再过上几年……”

“盖伊，你的领带歪了。”吉丁冷冰冰地说，“看你把白兰地洒得背心上到处都是……”

面对他的第一个设计任务，吉丁想到了蒂姆·戴维斯，想到了斯登戈尔，想到了其他许多想得到这个任务并为此付出努力却被他打败的人。那是一种成功后飘飘然的感觉。他的伟大已经是一个不争的事实。然后，他突然发现自己坐在用玻璃围起来的办公室里，正低头看着一张空白的图纸——他孑然一身。有某种东西从他的喉咙咽到了肚子里，冰凉而空洞，那是一种他似曾相识的下沉的空洞。他靠在制图台上，闭上眼睛。这就是他要做的事情。以前这一点从未像现在这样真实——去填充一张图纸，在图纸上进行某种设计。

那只不过是一间小小的房子。可他没有看到它在眼前矗立起来，相反，却看到它在陷落。他看到它形如地面上的陷阱，像他心里的陷阱，像个空洞，只有戴维斯和斯登戈尔在其中徒劳地破口大骂。关于这幢建筑，弗兰肯是这样对他说的："它必须体面，这你知道，体面……没有丝毫的神奇怪诞之处……外观优雅……费用要低于预算。"这就是弗兰肯传授给他的所谓设计师的理念，并且让他把这些理念表现出来。在一阵冰凉的茫然若失的麻木中，他仿佛看到客户在当着他的面嘲笑他。他似乎听到了托黑那令人不快的、至高无上的权威声音在提醒他，提醒他抓住向他敞开着的当管子工的机会。他厌恶地球表面的每一块石头。他恨自己选择了建筑师这一职业。

当开始着手绘制图样时，他竭力不去琢磨他正在做的事，而是想弗兰肯做过设计，斯登戈尔，甚至海耶，以及其他所有的人也都做过，他想，假如他们做得到，那他也一样做得到。

他花了许多天才完成初步设计图的绘制。在弗兰肯-海耶事务所的图书室里一待就是好几个小时，为他设计的房子挑选合适的门面照片。他感觉到那种紧张在他的胸中逐渐融化。那很正常，他感觉良好。那幢房子在他的笔下生长着，因为人们仍然崇拜着之前设计过它的那些大师们。他不用非得去疑惑，去畏惧，或是去冒险，已经有人将它设计好了。

当那些草图制好以后，他站在那里审视着它们，心里没谱。假如有人告诉他说，那是世界上最出色的或者最丑陋的建筑，他恐怕两种观点都会赞同。他并没有把握。他必须得有所把握。他想到了斯坦顿，想起了每次设计作业时他所依赖的东西。他拨通了卡麦隆事务所的电话，找霍华德·洛克。

当晚，他来到洛克的住处，将他第一座建筑物的设计方案、电梯分布图和透视图悉数展开在洛克面前。洛克站在那里，居高临下地看着它们。他的胳膊张开着，双手扶着桌子的两边，良久没有说一句话。

吉丁着急地等待着。他感觉到愤怒随着焦虑在一起疯长——而且他不明白有什么理由要如此焦急。当再也忍耐不住时，他开口说：

“霍华德，你也知道，谁都说，斯登戈尔是全纽约最出色的建筑师，而且我想他并不乐意退出公司，可是我逼走了他，并且接替了他的职位。我必须得有漂亮的思路去设计它，我……”

他没有往下说。那语气并不像在别的任何地方那样听起来快活而自豪。它听起来像是在乞讨。

洛克转过脸注视着他。他的眼睛里没有鄙视，只不过是比平常睁大了一些而已，是那么专注，却又是那么为难。他什么也没有说，又转身去面对着那些图纸。

吉丁感觉自己是赤裸的。戴维斯、斯登戈尔、弗兰肯在这儿没有任何意义。他们就是他用来对付人的保护伞。洛克的意识里没有他们。其他人都能使吉丁有一种对自我价值的认同感。洛克却什么也不能给他。他觉得应该抓起自己的草图逃跑。那种危险不在于洛克，而在于他自己。他并没有走。

洛克转身面对着他。

“彼得，你喜欢设计这种东西吗？”他问。

“噢，我知道。”吉丁说，他的声音很刺耳，“我就知道你不欣赏它，但这事很重要，我只想知道你对它的真实看法，而不是哲学上的，不是……”

“没有。我没想教导你什么。我只是好奇。”

“霍华德，如果你能帮我，如果帮我一点点忙。这是我设计的第一幢房子，而在事务所，它对我又至关重要，可我没什么把握。你觉得怎么样？霍华德，你愿意帮我一把吗？”

“好吧。”

洛克将那幅画着带凹槽的半露柱的建筑正面、分开的山形墙饰、窗户上方的罗马束棒，以及门口的两只帝国之鹰的透视图扔到一边。他拿起设计方案，取出一张描图纸蒙在上面，开始画起来。吉丁站在一边看着洛克手中的铅笔。他看到壮丽堂皇的门厅不见了，迂回曲折的回廊不见了，采不到光的死角也不见了。他原来觉得窄小的空间里出现了一个宽敞的起居室，一面开着宽大窗户的墙对着花园，还有一间宽敞的厨房。他看了好久好久。

“那正面呢？”当洛克将铅笔扔掉时，他问道。

“那个我帮不了你。如果你必须要设计成古希腊罗马式的风格，至少要设计成好一点的古典样式。你不必采用三个山形墙饰，一个就足够了。而且把门上的那些鸭子去掉，太多了。”

临走时，吉丁充满感激地冲洛克笑笑，胳膊下夹着他自己的草图。下楼后，他感到受了伤害，满腹怨气。他大干了三天，仿照洛克的草图制出新的蓝图，还有一幅新的、更简洁的电梯图。然后，他骄傲地挥舞着手臂，将设计好的房屋构造图呈交弗兰肯过目。

“哎呀，”弗兰肯一边说，一边审视着设计方案，“怪了！……彼得，你的想象力多丰富啊……我不知道……它是有点大胆，可是，我不知道……”他咳嗽着，又说，“它和我心目中的一模一样。”

“当然。”吉丁说，“我研究过你的建筑了，并且我努力地去揣摩你的设计意图，所以，如果它很出色，那是因为我觉得我知道怎样去捕捉你的思想。”

弗兰肯笑了。而吉丁突然间觉得弗兰肯并没有真正相信他的话，而且心知自己也不相信这样的话。然而，他们两人都心照不宣地得到了满足，被一种共同的手段和共同的罪恶紧紧地绑在了一起。

卡麦隆办公桌上的那封信不胜遗憾地通知他，经过认真的考虑，证券信托公司董事会无法接受他为奥斯托拉分公司大楼做的设计方案，并且说，该项目已经委托给了古尔德-潘丁吉尔事务所。随信附有一张支票，作为事先约定的初步设计图的报酬。可那点钱还不够支付那些图纸的开销。

那封信放在他的办公桌上。卡麦隆坐在桌前，身子向后仰，仿佛不敢碰桌子似的。他双手插在两膝之间，一只手背贴在另一只的手掌中，攥紧了手指。虽然那只不过是一张纸，可是他一动不动地坐在那里，缩成一团，仿佛那封信是某种超自然的东西，像放射性物质一样，如果他动一动，或者把他的皮肤暴露出来，它发出的射线就会灼伤他。

三个月来，他一直等待着证券信托公司董事会的答复。在过去的两年里，鲜有的机会一个接一个若隐若现地出现，随后又消失了；隐约出现在别人含糊其词的答应声中，明确消失在坚定的拒绝里。很久以前，他便不得不辞掉一名制图师。房东向他提及房租，起初是礼貌地，继而是冷漠地，再后来便是公开而粗暴地诘问。但是事务所里没有人介意这一点，也没有人介意一贯的工资拖欠：还有证券信托公司的业务。要求卡麦隆提交设计方案参加竞标的该公司副总裁说：“我知道，有些董事和我的看法不一致。可是，卡麦隆先生，放手干吧，和我一起把握住这个机会，我会为你据理力争的。”

卡麦隆抓住了这个机会。他和洛克拼命地干，为的就是递交设计方案——要准时，要提前递交，要赶在古尔德-潘丁吉尔事务所之前将设计方案提交上去。潘丁吉尔是银行总裁夫人的表兄，他是庞贝废墟研究的权威人士。银行总裁是恺撒大帝的狂热崇拜者，有一次他去罗马，还特意花了一小时零一刻钟的时间虔诚地参观了古罗马竞技场。

卡麦隆与洛克煮上一壶咖啡，住在办公室里，起五更睡半夜，连续苦干了许多天。卡麦隆下意识地想到电费账单，但又有意识地将这些事抛在脑后。清晨，当卡麦隆打发洛克出去买三明治时，制图室的电灯依然亮着。洛克在街上发现天已蒙蒙亮，而他们的办公室窗户面对着一堵砖墙，所以制图室里依然漆黑如夜。最后一天，还是洛克在午夜之后命令卡麦隆回家去的，因为卡麦隆双手不住地发抖，两膝发软，直往制图台前的一条高凳上靠。他慢慢地、小心翼翼地靠到凳子上，完全是病了的样子。洛克将他背下楼去，叫了一辆出租车。借着路灯，卡麦隆看见洛克疲倦的面庞，眼睛极力地睁大，脸都扭曲了，嘴唇发干。第二天早晨，卡麦隆走进制图室，看到咖啡壶掉在地板上，边上黑乎乎地洒了一摊咖啡，洛克的一只手落在咖啡里，掌心朝上，半握半开，四肢摊开，躺在地板上，头向上仰起，睡得很沉。在制图台上，卡麦隆看到了做好的设计方案……

他坐下来，读着桌上的这封信。此时他竟然颓丧到想不起熬过来的那些日日夜夜，他无法去想本应在奥斯托拉修建起来的大楼，也无法去想那座即将取代它的大楼，颓丧到心里只想着拖欠的电力公司的账单……

在过去的两年里，卡麦隆常常离开办公室，一走就是好几天不见人影。洛克到他家去也找不到他。他知道是怎么回事，可他只能等待，希望卡麦隆能平安归来。后来，卡麦隆甚至连痛苦的耻辱也不以为意，摇摇晃晃地来到办公室，谁也不认得，公然喝得酩酊大醉，在他的事务所门前以此招摇，这可是地球上他唯一尊重之地。

洛克学会了面对自己的房东，他平静地告诉房东说，他又连一周的房租也付不起了。房东怕他，也没再坚持。彼得·吉丁不知道怎么听说了这事。只要是他想知道的事，没有他打听不到的。一天晚上，他来到洛克冰冷的房间，坐了下来，没有脱掉大衣。他掏出钱包，抽出五张十美元的钞票，递给洛克，说："霍华德，你需要钱，这我知道。别，现在别不情愿。你可以在任何时候还我。""是的，我需要钱。谢谢你，彼得。"然后，吉丁说道："你到底在干什么呢？把自己白白地耗在卡麦隆这个老家伙身上。你这样生活是为了什么？霍华德，辞掉这份工作，到我们公司来干吧。我所能做的只有这些了。弗兰肯会很高兴的。我们每周先付你六十美元。”洛克又把钱从口袋里掏出来，还给吉丁。“噢，霍华德！看在上帝的分上，我……我并没有要冒犯你的意思。”“我也是。”“可是求求你，霍华德，不管怎样你还是收下它吧。”“晚安，彼得。”

洛克正在回想这件事时，卡麦隆突然走进制图室，手里拿着证券信托公司寄来的那封信，递给洛克，然后一语不发，又转身进了自己的办公室。洛克读完信后也跟了进去。洛克知道，无论哪一次丢掉生意，卡麦隆总想在办公室见他。不是与他谈论此事，只是为了看到他；谈谈别的事情，只是为了明确一下他还在。

在卡麦隆的办公桌上，洛克看到一份《纽约旗帜报》。

那是伟大的华纳德报业集团的主要报纸。他本以为在厨房里、理发店里、三流人家的起居室里，或者地铁里才能见到它。他本以为他可以在任何地方见到它，除了卡麦隆的办公室。卡麦隆看见洛克看着那份报纸，便咧嘴笑了。

“今天早晨来上班的路上买的。很滑稽对吗？没想到今天我们会……收到这封信。不过这种事凑在一块儿似乎很合适——这份报纸以及你手里的那封信。也不知道我怎么竟然鬼使神差地就买了这份报纸。我想，这里头具有某种象征意义。看看吧，霍华德。很有意思。”

洛克粗略地浏览了一下那份报纸。报纸的头版登载的是一个未婚妈妈的照片，肥厚的嘴唇上涂着闪亮的唇膏，她开枪打死了自己的心上人。图片上面加了标题，并分期连载她的自传和审讯情况的详细记录。其他各版分别刊登的是一篇讨伐公用事业公司的文章，一幅每日星运图，教堂布道词摘录，为新嫁娘提供的食谱，玉腿少女照片，关于如何制服丈夫的灵丹妙药，婴儿大赛，一首宣称洗盘子比创作交响乐更为高贵的歪诗，一篇证明生过一个孩子的妇女自然而然地就变成了圣徒的文章。

“那就是给我们的答复。是对你和我所做的答复。就是这份报纸——它存在，并受人喜爱。你斗得过它吗？你有什么妙语能宜人之耳并被人理解呢？他们本来是无须寄这封信的。买一份华纳德的《纽约旗帜报》就行了。那样反而更简单明了。你知道吗？过不了几年，那个不可思议的杂种盖尔·华纳德就将操纵整个世界。那会是一个美好的世界。而且，或许他是对的。”

卡麦隆拿着报纸伸直手臂，用手掌掂着它的分量。

“霍华德，他们要什么就给他们什么。让他们为此崇拜你，因为你舔了他们的脚趾——否则……否则还能怎么办呢？有什么用呢？……不过那没什么关系，没什么大不了的，甚至对我而言也是如此……”

然后，他看着洛克，又说：“要是我能撑到可以扶持你自立的那一天就好了，霍华德……”

“别提这些了。”

“我就是想说这个……真可笑，霍华德，明年春天，你来这儿就整整三年了。似乎不止三年，是不是？那么，我教了你什么？我来告诉你：我教了你很多东西，也可以说什么都没有教你。没有人能教你什么，实质和核心的东西是教不会的。你正在做的事，那是你的，而不是我的。我只能教你把它做得更好。我只能教你手段，可是目的——目的是你自己的。你不会只是詹姆士一世初期或者卡麦隆晚期的一名小学徒，一天只会摆弄一些无关痛痒的小玩意儿。你将来会有成就的……要是我能活着看到那一天就好了。”

“您会活着看到那一天的，而且您现在就明白这一点。”

卡麦隆站在那里，看着办公室光秃秃的四壁，看着办公桌上堆积的账单，看着被煤灰弄脏的雨水顺着窗玻璃慢慢地流淌下来。

“我没有找到这些问题的答案，霍华德。我打算让你来面对它们。你能回答它们。回答所有这些问题，回答华纳德的报纸以及所有使他的报纸成功的因素，以及这件事背后所隐藏的一切问题。它赋予了你一个奇怪的使命。我不知道我们的答案会是什么。我只知道有一个答案，而且它就握在你的手中。霍华德，总有一天，你会找到描述它的字眼的。”

6

埃斯沃斯·托黑撰写的《关于石头的论述》在一九二五年一月出版。

这本书采用了特别讲究的午夜蓝封套和素雅的银色字体，在书的一角还有一幅银色的金字塔图案。书的副标题是《民众的建筑》，它获得了非同寻常的成功。该书从一个街头行人的角度对整个建筑史做了全面介绍，从土坯小茅屋到摩天大楼，但是作者所采用的术语很具科学性。作者在前言中作了声明：这是一个尝试，“使建筑回归于它原来的主人——人民”。他进一步说明，希望看到普通民众“理解和评价建筑如同评价棒球一样”。他的文笔明白晓畅，没有“五大决议”里枯燥乏味的专业术语，没有柱、楣、横梁、飞檐和前扶垛，也没有钢筋混凝土。他以满纸温暖的家常语言叙述着埃及管家的日常生活、罗马的补鞋匠、路易十六的情妇，描写他们的饮食起居、购物消遣以及他们的建筑对其生存状态所产生的影响。但是看了他的书，读者会产生这样的印象：他们在学习“五大决议”和钢筋混凝土的必要常识。无论在过去还是现在，除了无名群众的日常工作，并不存在所谓的问题、成就和思想境界。科学一旦超越了它对这种日常规则的影响范畴，就没有了目标。仅仅在每一个微不足道的日子的度过中，他的读者便获得了所有文明的一切最高目标。该书论述精辟，逻辑严密，滴水不漏，完美无瑕。他的博学多识令人叹为观止，他关于古巴比伦的炊具以及拜占庭的门垫的描写无人敢提出异议。他用第一观察者的笔调娓娓道来，并没有对几个世纪来的建筑作冗长的论述。评论界说，他，作为一个爱说爱笑的人、一个朋友、一个先知，在时代的大道上一路欢舞。

他说建筑的确堪称伟大的艺术之最，因为它像一切伟大的艺术一样，是没有个性特征的。他说世界上有许多赫赫有名的建筑，却鲜有知名的建造者。理当如此，因为没有哪一个人能因此而消除建筑或其他方面的任何有价值的东西。那些名垂史册的极少数人其实不过是冒名顶替的骗子，他们如同其他人剥夺人民的财产一样去剥夺人民的荣誉。“当我们凝视着某一不朽的壮丽古代遗迹，把它的成就归功于某个人时，我们正在犯着盗用别人精神财富的罪行。我们忘了那千千万万未被歌颂的无名工匠。在那愚昧的时代里，他们才是先驱。他们低贱地辛苦劳作着——所有的英雄行为都是卑微的——他们每一个人都为创造那个时代的共同财富而尽了自己的微薄之力。一座伟大的建筑不是哪一个天才私人的发明创造，它仅仅是一个民族精神的缩影。”

他说当私有财产取代了中世纪的公共精神时，建筑的堕落就已经开始了，还说那些个体私有者搞建筑的目的不是别的，只是满足他们庸俗的品位。“凡主张个人品位的东西都属于低级品位。”他们的自私已经把城市有计划的布局破坏了。他证明自由意志这种东西是不存在的，因为像所有别的事物一样，它是由人们所生活的时代的经济结构决定的。他对所有伟大的历史风格表现出无比的敬仰，但是告诫人们注意它们荒唐的混杂。他对现代建筑未做充分的论述，只草草地交代：“迄今为止，它除了表现个人孤立的突发奇想之外并没有表现出任何东西，与自发的群众运动没有产生任何关系，而这是没有丝毫意义的。”他预言了一个更美好的时代的到来，到那时，普天之下的人们都将成为兄弟，而他们的建筑会与古希腊的传统——“民主之母”相称而且完全相似。他没有打乱一贯冷静的行文风格，便设法传达给读者这样的思想——现在印在纸上的规规矩矩的字眼，由于作者难以克制的澎湃激情，在他颤抖的手下，文笔有所毁损。他呼吁建筑师们摈弃对个人荣耀的追求，献身于对人民情绪的体现。“建筑师是仆人，而不是领导者。他们的使命不是去维护渺小的自我，而是去表现国家的灵魂和时代的节奏，不是去追求一己的幻想，而是寻求建筑的普遍特征，这种共性将使他们的作品与民众的心贴得更近。建筑师——啊，我的朋友们，他们的作品无须追问为什么，他们的建筑不是要支配我们，而是要为我们所支配。”

《关于石头的论述》一书的广告语引用了评论家们的原话：“宏大的作品！”“惊人的成就！”“在所有艺术史上都是无与伦比的！”“是你结识一位风趣的人物和一位博学多识的深刻思想家的大好机会。”“是任何胸怀抱负、渴望得到知识分子头衔的人士的必读之书。”

看来对这一头衔怀着强烈渴望的人为数众多。读者不用学习便能获得渊博的知识；不必付出代价便能获得权力；无须努力即可增长见识。看着身边的建筑物，回想着该书的第四百三十九页，摆出一种很在行的派头，对它们评头论足，这种感觉是令人愉悦的。或者举办艺术讨论会，彼此交换对同一段落的同一句话的观点。在高雅的起居室里，很快就听到人们谈论起来：“建筑？噢，对了，埃斯沃斯·托黑。”

根据他的原则，埃斯沃斯·托黑在书中并没指名道姓地列举建筑师：“那种造神的、英雄崇拜式的历史研究方法一直是我所憎恶的。”书中援引的建筑师的名字只是以脚注的形式出现。有好几个脚注中提到了盖伊·弗兰肯：“一个过度倾向于华美装饰的人，但值得一提的是他对于严格的古典主义的忠诚。”还有一个脚注中提到了亨利·卡麦隆：“所谓的现代主义建筑流派的重要创始人之一，随后即罪有应得地无人问津。Vox populi vox dei[1]！”

一九二五年二月，亨利·卡麦隆从建筑师行业隐退。

一年前，他便已清醒地认识到这一天终会到来。他并没有向洛克提起过，可是他们都清楚这一点，并且继续着他们的工作。只要还有可能，除了继续工作之外，他们没有别的期待。在过去一年里，陆续还有几宗设计任务光顾他们的事务所——乡村小屋，车库，旧楼改造等。有什么活儿，他们就接什么活儿。但是就连这样的点滴最后也停止了。水管干了——自来水被一个教区居民给关上了，卡麦隆从未支付过他的账单。

辛普森和接待室的那位老人早就被解雇了。只有洛克留了下来。在冬日的傍晚，他静静地坐在那里，看着卡麦隆萎靡不振地趴在办公桌上，伸出两只胳膊，头枕在上面。电灯下可以看见一只酒瓶在闪着亮光。

卡麦隆已经有两周滴酒不沾了。后来，在二月里的一天，他伸手去够架子上的一本书，一下子就瘫倒在洛克的脚边，站不起来了。事情来得那么突然，又那么简单。可是他永远地倒下了。洛克把他送回家中，医生说，企图下床会要了他的老命。卡麦隆自己也清楚这一点。他静静地躺在枕头上，听话地将两只手垂在身体的两侧，双眼一眨也不眨。然后，他说：“霍华德，你帮我把事务所关了吧，好吗？”

1　拉丁谚语，民众的呼声即天意。——译注

“好的。”洛克说。

卡麦隆闭上双眼，别的什么也不愿意说了。洛克整夜守在病床边，也不知道老人到底睡没睡着。

卡麦隆的一个妹妹从新泽西的某个地方赶来。她是一个温顺的小个子白发老太太，颤抖着双手，一张脸再平常不过，谁看过之后都不会记得。她已经听天由命，而且渐渐地绝望。她有一点微薄的收入，便自愿承担起了将哥哥接回新泽西的家里去照顾的责任。她从未结过婚，在世界上没有别的亲人了。她既不为这个负担感到高兴，也不为此感到难过。她在多年前就已经失去了流露强烈情感的能力。

离开纽约那天，卡麦隆把前一天晚上写好的一封信塞到洛克手中，那是他在疼痛中费力地写成的——膝上放着一个旧画板，后背垫着枕头。信是写给一位著名建筑师的：那是为洛克找工作的一封介绍信。洛克看完那封信，看着卡麦隆，随手把信从中间撕成两半，对折，然后再撕成碎片。

“不，”洛克说，“您不要去求他们任何事。别为我担心。”

卡麦隆点了点头，许久没有作声，然后说：

“霍华德，你把事务所关了。叫他们留着家具出租吧。不过，你把我办公室墙上的那张图纸拿下来托运给我，我只要那个。其余的东西你全烧了吧。所有的文件、文件夹、草图、合同，通通都烧掉。”

“好的。”洛克说。

卡麦隆小姐与抬着担架的护理员一起来了，他们乘坐一辆救护车赶到了渡口。在通向渡口的入口处，卡麦隆对洛克说：“现在回去吧。”随后又说，“霍华德，你要来看我……不要来得太频繁了……”

他们把卡麦隆抬向码头的时候，洛克转过身，走开了。那是个阴沉的早晨，寒冷的空气中弥漫着海水腐臭的气味。一只海鸥忽地降下，低低掠过街道，在一块潮湿的、有条纹的岩石映衬下，那灰灰的身躯就像一块飘飞的报纸。

当天晚上，洛克来到卡麦隆倒闭的事务所。他没有开灯。他在卡麦隆办公室的富兰克林式火炉里生了火，把抽屉里的东西通通倒进火里，并没有低头看它们。在静默中，他只听见那些纸张文件发出沙沙的声响。一丝淡淡的霉味随着燃烧渐渐地升起，并在黑暗中弥漫了整个屋子。火焰发出嘶嘶声和毕毕剥剥的爆裂声，色彩明亮的火苗跳动着。随时会有边角变得焦黑的纸片从火焰中飞起来，他用一把钢尺的一端又把它们拨回去。

这里有卡麦隆那些知名建筑的设计方案，还有从未建造起来的那些建筑的设计方案；这里有上面用细白线标出某道竖梁位置的蓝图；有与名人签署的合同；时而，从红色的火光里，还会闪出一组写在黄色纸张上的七位数字，倏忽一闪，便飘落下去，迸发出微弱的火花。

一张剪报从一个旧文件夹里装着的信件中飘落到地板上。洛克将它捡了起来。它已经变得枯黄易碎，在洛克的手指间，那些折叠过的地方碎裂开来。上面刊登的是亨利·卡麦隆所接受的一次专访，时间是一八九二年五月七日。文中写道：“建筑不是一门生意，也不是一种职业，而是为了一种能够证明地球存在的快乐而进行的一场圣战或献祭。”他将剪报丢进火里，伸手去拿另一个文件夹。他把卡麦隆抽屉里的所有铅笔头都收集到一起，通通扔进了火里。

他在火炉旁站着，一动不动，也不朝下看。他感觉着火焰的跳动，它们在他视线的边缘轻轻地颤抖着。他注视着墙上那栋从未建起的摩天大楼的图纸。

那是彼得·吉丁在弗兰肯-海耶事务所工作的第三个年头。他高昂着头，身体故意挺得笔直，看起来就像高档剃须刀或者中档小汽车广告画上的成功青年。

他着装考究，并且观察到人们在注意他的着装。他在离公园大街不远的地方买了一套公寓，虽然不大，但很时髦。他买了三幅贵重的蚀刻铜版画，还有他从未读过的某部古典名著的第一版，买来后连封套都不曾打开过。偶尔，他陪同客户到大都会歌剧院去。有一次，他在一场奇装异服的化装舞会上登台亮相，身着一款中世纪石匠的服装——那大红色的天鹅绒和紧身衣引起了轰动。报纸社会版上有关此事的报道中提到了他的大名——这是他头一次在媒体上被提到——他珍藏了这篇报道的剪报。

他已经淡忘了他设计的第一座建筑物，以及它诞生时给他带来的恐惧和疑虑。他已经知道，事情原来不过如此简单。只要他为客户设计一个庄严的建筑物正面，一个威风凛凛的大门和一间足以使他们的客人大跌眼镜的堂皇的起居室，他们就会全盘接受。这一招很灵，结果是皆大欢喜：吉丁才不在乎呢，只要他的设计能给客户们留下印象就行；客户们才不在乎呢，只要他们的客厅能给他们的客人留下印象就行；而客人们呢，什么样的客厅，关他们什么事呢?

吉丁太太将她在斯坦顿的房子租了出去，来到纽约和他一起生活。不是他需要她，而是他没法拒绝，因为她是他的母亲，他就不应该拒绝她。去接她的时候，他表现出一种十分热切的样子。至少他可以因为自己地位的提高而使她印象深刻吧。她并没有印象深刻。她视察了他的每一个房间，看了他购置的衣物和银行存折后只说了一句话:“还成，皮迪——暂时还成。”

她去他的办公室造访过一次，不到半小时就告辞了。当天晚上，他只得静静地坐着，抱着脑袋，头痛地聆听她的谆谆教诲，长达一个半小时之久。“皮迪，威泽斯那家伙的西服可比你的要高级多了哟。那可不行。你得在那帮小伙子面前注意你的形象。那个拿着蓝图进来的小个子——我可不喜欢他跟你说话的方式……噢，没什么，没什么，只是换成我，我就会监视他的一举一动……那个长鼻子的家伙可不是你的朋友哦……别介意，我只是心里有数……你要当心那个叫巴内特的。如果我是你的话，我就会除掉他。这个人很有野心。我能看出些苗头……”然后，她又问，“盖伊·弗兰肯……他有子女吗？”

“他有一个女儿。”

“噢……”吉丁太太说，“她长得好不好？”

“我从未见过她。”

“真的，彼得，如果你还没有想办法去会会他的家人，这对弗兰肯先生可是真正的无礼哦。”

“她在外地上大学呢，妈妈。总有一天我会去认识她的。时候不早了，妈妈，我明天还有一大堆事情要处理呢……”

可是，整个晚上他都在想这件事，第二天还在想。他以前便想过此事，常常想起此事。他知道弗兰肯的女儿很久以前就大学毕业了，而且知道她现在正为《纽约旗帜报》工作，负责写一个有关家庭装修的小栏目，除此之外，他对她一无所知。事务所里似乎没有人认识她。弗兰肯也对她的事绝口不提。

就在与他母亲谈话的次日，午餐时，吉丁决心面对这个话题。

“我听说了很多夸奖令爱的话。”他对弗兰肯说。

“你是从哪里听说的呢？”弗兰肯问道，语气里已经流露出不祥的兆头。

“噢，唔，您也知道这种事情。人总是要听说什么的。她文采不凡。”

“对，她文采出众。”弗兰肯猛地闭上了嘴。

“真的吗？盖伊，我想认识她。”

弗兰肯看着他，疲惫地叹了一口气。“你知道，她现在并不和我一起生活。她自己有一套公寓——没准儿我连她的地址都不记得了……噢，我想有一天你会认识她的。彼得，你不会喜欢她的。”

“哎呀！您怎么这样说呢？”

“就是那么回事，彼得。作为父亲，我恐怕是完全失败的……喂，彼得，关于楼梯扶手的事，梅娜隆太太怎么说？”

吉丁感到忿忿然，很失望，继而又感到释然。他看着弗兰肯矮胖的身材，暗自寻思，说不定她遗传了父亲的哪一点，从而落得如此不讨父亲的喜欢。富有，但是丑陋，犹如犯罪——就像大多数富家女一样，吉丁得出了这样的结论。他想，即便这样，也没必要遮遮掩掩嘛——总有那么一天——他唯一感到欣慰的是，这一天推迟了。他又怀着一种新的渴望，他今晚就想去看望凯瑟琳。

在斯坦顿的时候，吉丁太太见过凯瑟琳，她原本希望吉丁将凯瑟琳忘掉。现在，她知道他并未忘记，尽管他很少提到她，也从未带她到家里来过。吉丁太太从未指名道姓地提及凯瑟琳，不过她在闲聊中说起过一文不名的姑娘勾引青年才俊的事；说起过前程似锦的小伙子，却因为没有遇到门当户对的女人，事业毁于一旦的事。每当看到报纸上登载的有关某某名人与他们的糟糠之妻离婚的事，她都要读给吉丁听，因为她们与现在的丈夫不般配。

去凯瑟琳家的途中，吉丁回想着他对她为数不多的几次探望。虽然是不重要的几次相会，却是他在纽约的生活中唯一记得的东西。

当她开门让他进去时，在她舅舅的起居室中央，他看到一大堆的信件，满地毯都是，一台便携式打字机，许多的报纸、剪刀、盒子，还有一瓶胶水。

“噢，亲爱的！”凯瑟琳说着，“噗”的一声无力地跪在书信中间，“噢，亲爱的！”

她抬头看着他，脸上露出妩媚的微笑。她抬起手，伸开右臂，将雪片似的信件弄得沙沙响。她现在快二十岁了，可看起来还像十七岁时一样。

“坐，彼得。我原以为我会赶在你到来之前处理完呢，可是我想我还没干完。是舅舅的崇拜者们寄来的信件，还有舅舅的新闻剪报。我得把它们整理出来，做出答复，编档，写感谢信并且……噢，有些人写给他的信件，你真应该看看！真的很棒。

别站在那儿。坐下来，好吗？我一会儿就好。”

“你现在已经做完了。”他说着把她拉起来搂在怀里，将她抱到椅子上。

他拥抱着她，亲吻她，而她则幸福得笑出声来，把头埋在他的肩膀上。他说：“凯蒂，你是一个不可思议的小傻瓜，你的头发多好闻！”

她说：“别动，彼得，我很舒服。”

“凯蒂，我想告诉你，我今天实在是太高兴了。今天下午他们正式为宝德曼大楼剪彩。你知道，在百老汇南端，有二十层高，楼顶是哥特式的塔尖。弗兰肯消化不良，所以我以他的代表身份出席了宴会。不管怎么说，那幢楼是我设计的，而且……噢，算了，你对此事一无所知。”

“可是我懂，彼得。我已经看过你设计的所有建筑了。我还有它们的图片呢，是我从报纸上剪下来的。而且我还在设计一个剪贴簿，就跟舅舅的一样。噢，彼得，它真的好棒！”

“什么？”

“我舅舅的剪贴簿，还有他的信件……这一切……”她伸出双手朝地板上的那些报纸挥着，仿佛想要拥抱它们似的，“想想吧，所有这些信是从全国各地寄来的，完全是陌生人，然而他对他们来说却是如此重要。而我在这里帮助他。我只是个无名小卒，可是你看，我承担着多么重大的责任啊！那是多么令人感动，又是多么伟大的责任啊！这些发生在我们身上的小事——与关乎整个民族的事情相比——它们有什么意义？”

“是吗？他这样告诉你的？”

“他什么都没对我讲。但是与他一起生活了好几年，你不可能什么也学不到……他那种伟大的无私。”

他本来想发作，可是看到她灿烂的笑容，她身上迸发出的新的热情，他便只好以笑作答：“我要说的是这个，凯蒂，你也在改变嘛，该死的转变。你知不知道，如果你学一点服装方面的知识，你本来会很漂亮的。最近抽个时间，我要亲自带你进城去找一个好裁缝。改天我想让你见见盖伊·弗兰肯。你会喜欢他的。”

“噢？我想去。有一次你还说我不能见他。”

“我说过吗？哎呀，那是因为当时我还不了解他。他是个很了不起的家伙。我想让你认识他们所有的人。你将会非常……嗨，你去哪里？”她是注意到他腕表上的时间，就从他怀里挪开了。

“我……都快九点了，彼得，我得赶在埃斯沃斯舅舅到家前把这些工作做好。他会在十一点钟前回家。他今天要在一个劳工集会上发表演说。我可以在我们交谈的同时干我的工作，你介意吗？”

“我当然介意了！让你亲爱的舅舅的崇拜者们见鬼去吧！让

他自己去清理吧。你待着别动。”

她叹息一声，可还是顺从地将头靠在他的肩膀上。“你可不能这样说埃斯沃斯舅舅。你根本不理解他。你读过他写的书吗？”

“是的！我读过他的书，写得很棒，很了不起，可是无论我走到哪里，都只听到人们在谈那本该死的书，别的什么都不谈。我们换个话题好吗？”

“你还是不想认识埃斯沃斯舅舅？”

“什么？你怎么能这么说？我很想认识他。”

“噢……”

“怎么了？”

“你曾经说你不想通过我认识他。”

“我说过吗？你怎么老记着我偶尔说的这些胡言乱语？”

“彼得，我不想让你见埃斯沃斯舅舅。”

“为什么呢？”

“我也不清楚。我有点傻。可是现在我就是不想让你认识他。我也不知道为什么。”

“那么，忘了这件事吧。等时机成熟时，我会认识他的。凯蒂，听我说，昨天，我站在房间的窗前就在想你。我太希望和你待在一起了，我差点要给你打电话，只是天太晚了。因为你，我感到特别孤独，我……”

她听着，用胳膊搂着他的脖子。可是，他看见她的眼神突然从他身上移开，惊慌失措地张大了嘴。她跳了起来，匆匆穿过房间，俯身跪在地上去够一个扔在书桌下面的淡紫色信封。

“这到底是什么？”他生气地问道。

“是一封很重要的信。”她说，人还跪在地上，将那封信紧紧地攥在小手里，“是一封很重要的信，它在这儿啊，终于让我找到了。实际上等于进了废纸篓，险些让我不小心扫出去。信是一位有五个孩子的穷寡妇写来的，她的长子想要成为一名建筑师，所以埃斯沃斯舅舅打算为他安排一份奖学金。”

“好了，”吉丁说着站起身来，“这些我已经知道得够多了。凯蒂，我们出去吧。我们出去散散步吧。今晚外面天气很好。在这儿，你似乎都不属于自己了。”

“噢，好啊！那我们就出去散步。”

屋外，朦朦胧胧地下着雪，干燥的、纯洁的、轻飘飘的雪花静静地悬浮在空中，笼罩了大街小巷。他们一起走着，凯瑟琳的胳膊靠着他的。洁白的人行道上留下两串长长的棕色的脚印。

他们在华盛顿广场的一条长凳上坐下来。雪笼罩着整个广场，把他们与房屋、与外面的城市隔离开来。透过一座拱门的阴影，斑斑点点的亮光从他们眼前飞旋而过，金属白，绿色，还有深红色。

她与他紧挨着坐在一起。他看着这座城市。他一直对这座城市心存畏惧，现在仍对它心存畏惧。但是他有两把脆弱的保护伞：落雪，还有他身边这个女孩。

“凯蒂，”他轻声说道，“凯蒂……”

“我爱你，彼得……”

“凯蒂，”他说，没有了犹豫，没有了重音，因为他话语的肯定不容他激动，“我们订婚了，不是吗？”

他看到她的下巴微微地上下动了一下，说出一个词。

“是的。”她平静地说，如此严肃，以至于听起来像是满不在乎。

她从没允许自己对未来提出过质疑，因为那样就可能会允许怀疑。但是当她说出“是的”这两个字时，她知道，她期待着这个，而且如果她太高兴的话，她会把它弄碎的。

“再过一两年，”他紧紧握住她的手说，“我们就结婚。等我一站稳脚跟，一切就一劳永逸了。我有老母亲要照顾，不过，再有一年就好了。”他尽可能冷静地、实际地说出来，以免破坏他体验到的奇妙感觉。

“我愿意等，彼得，”她低声说，“我们不必操之过急。”

“我们不要告诉任何人，凯蒂……这是我们的秘密，就我俩，等到……”可是突然之间，一个念头使他惊呆了，他意识到，他无法证明这样的念头以前从未在他心里出现过。然而，他知道，坦诚地说，尽管这个念头真的使他惊讶，但他以前从未这样想过。他将她推向一边。他气冲冲地说：“凯蒂！你不会认为这是因为你那个令人讨厌的伟大的舅舅吧？”

她笑出声来，声音很轻，满不在乎。他知道，他为自己洗脱了罪名。

“主啊，不，彼得！他不会喜欢这个，当然，可是我们还在乎什么呢？”

“他不会喜欢这个，为什么？”

“噢，我想他是不赞成婚姻的。不是说他宣扬不道德的东西，而是他老跟我说，婚姻是过时的，是一种用来使私有财产延续下去的经济手段，或者类似的什么东西，或者不论什么原因，反正他不喜欢婚姻。”

“那好，那太好了！我们会做给他看。”

开诚布公地讲，他对此感到很高兴。这消除的不是他心里一直的怀疑，他知道自己是真心的，而是其他所有人心中可能产生的怀疑，怀疑他对她的感情中有某种其他考虑的暗示，就像对，比如说，弗兰肯的女儿。他觉得很奇怪，这竟然显得如此重要。他竟然如此无可救药地希望能保持他对她的感情，而不顾与别人之间的关系的束缚。

他的头缩了回去。他感觉到雪花落在他的嘴唇上，有一种刺痛的感觉。然后他转身亲吻她。她柔软的双唇在雪花里有点冰凉。

她的帽子滑落到一边，双唇半张着，眼睛睁得大大的，显得很无助，长长的睫毛闪着晶莹的光。他握住她的手，掌心向上，看着它：她戴着一只黑色的羊毛手套，她的手指笨拙地摊开着，像小孩子的手。他看见雪花融化在手套细细的绒毛里，变成了一颗颗小水珠，在一闪而过的车灯映照下跃动着灿烂的光芒。

7

《美国建筑师行会简报》在五花八门的专栏里，刊登了一条简短的新闻，宣布卡麦隆退休的消息，只用了六行文字概括他在建筑方面所取得的成就，还把他设计得最为出色的两座建筑的名字拼写错了。

彼得·吉丁走进弗兰肯的办公室，打断了他与一位古董商文绉绉的讨价还价。他们洽谈的古董是一只鼻烟盒，那是当年蓬巴杜夫人用过的。弗兰肯仓促之间出了九美元二十五美分，比他原来预想的价格高。那位商人走后，他气恼地转向吉丁，问："哎呀，什么事呀？彼得，什么事？"

吉丁把那份公报往弗兰肯的桌上一扔，大拇指在关于卡麦隆的那一段下面划了一下。

"我得把此人搞到手。"吉丁说。

"什么人？"

"霍华德·洛克。"

"谁是该死的霍华德·洛克？"弗兰肯问道。

“我曾经跟你说起过他。他是卡麦隆的制图师。”

“噢……噢，对，我想你提到过他。那就去把他请来。”

“您能放手让我去雇用他吗？方式由我来定？”

“搞什么鬼？再雇一个制图师有什么好说的？顺便说一句，你打断我的交易就为这件事？”

“他应该很难说服，所以我要赶在他决定去找别人之前，先把他搞到手。”

“真的？他很难请得动，是吗？你想求一个在卡麦隆的事务所工作过的人到这儿来？不管怎样，那里可不是推荐一个年轻人去工作的好地方。”

“得了，盖伊。”

“噢，哎呀……可是，话又说回来，从结构上来讲，而不是从美学上讲，卡麦隆也确实给他们打下了扎实的基础，而且……当然了，卡麦隆在他那个时代是举足轻重的人物。实际上，我自己就曾经是卡麦隆最好的制图师，那是很早以前的事了。当你需要那种东西时，老卡麦隆还是有些可说的地方。去吧。如果你需要他，那就去请你的洛克吧。”

“我也并不是真的需要他。可他是我的一位老朋友，又失了业，所以我想这样做能帮帮他的忙。”

“那就随你吧。只是再别拿这档子事来烦我了……喂，彼得，你不觉得这是你所见过的最可爱的鼻烟壶吗？”

当晚，吉丁没有事先打招呼，就爬上洛克的公寓顶楼，来到洛克的房间，敲门时紧张不安，进门时则欣喜若狂。他看见洛克一动不动地坐在窗台上，抽着烟。

“我只是顺便路过，有一晚上的时间要打发，正好想到——那不正是霍华德你住的地方吗？心想顺便上去问候一声，这么长时间都没有见过你了。”

“我知道你要的是什么。”洛克说，“好吧。多少钱？”

“霍华德，你这是什么意思？”

“你明白我是什么意思。”

“周薪六十五美元。”吉丁说漏了嘴。这并不是他精心准备的步骤，不过，他没有料到的是，根本无须什么方略，“先开六十五美元。如果你觉得不够，或许我能……”

“就六十五美元吧。”

“霍华德，你……愿意到我们公司来？”

“你想让我什么时候开始上班？”

“唔……尽可能早点上班。星期一怎么样？”

“行。”

“谢谢了，霍华德！”

“有一个条件。”洛克说，“我并不是什么设计都做。不是任何风格的都做。我绝不做路易十五式的摩天大楼。如果你真的想留住我，就不要让我搞美学。把我分派到工程部去。派我去监工，到工地上去。那么，你现在还要我吗？”

“当然行。我答应你的任何条件。你会喜欢那里的，等着瞧吧。你会喜欢弗兰肯的。他自己就是卡麦隆以前用过的人。”

“他可真不该以此来吹嘘。”

“那……”

“不，别着急。我不会当他面说的。我不会对任何人说任何事的。这就是你想要知道的吗？”

“什么？不，我着什么急呀。这个我连想都没想。那就这么说定了。那么，好吧……可我也不是特别急，实际上，我是来看你的，而且……”

“怎么回事，彼得？有什么为难的事吗？”

“也不是……我……”

“你想知道我为什么这么做吗？”洛克笑了，既无恨意，也不感兴趣，“想知道吗？如果你想知道的话，我来告诉你。我说不出第二个该去的地方。城里没有我想去效劳的建筑师。可是我总得找个地方工作啊。所以还是跟你的弗兰肯干好一点——如果我能从你那里得到我想要的。我将出卖我自己，我也遵守游戏规则，只是暂时的。”

“说真的，霍华德，你不必那样看问题，一旦你干习惯了，你在我们那儿干到什么时候，并没有限制。你换个环境，看看真正的办公室是什么样子。在卡麦隆的那个垃圾堆待过之后……”

“这个话题到此为止，彼得，说点正经的吧。”

“我并没有批评的意思，或者……我没有任何用意。”他不知道该说什么，也不知道应该怎么去想。这是个胜利，可是似乎很空洞。而且，明明是自己一方胜利了，他却反倒觉得想要为此而感激洛克。

“霍华德，我们出去喝一杯吧，就算是为此庆祝一下。”

“抱歉，彼得。那可不是我分内的工作。”

吉丁到这儿来时，想表现得谨慎、机智，将自己的才能发挥得淋漓尽致。他已经达到了他没预料到的目的，他知道他应该不再冒险，不发一言地走人。可是某种超出一切实际考虑的莫名其妙的东西在驱使着他。他一时疏忽地说：

“人活一辈子，你就不能通点人性？哪怕一次？”

“你说什么？”

“凡人皆有的人性！淳朴的，自然的。”

“可我是有人性的。”

“你难道就不能放松些？”

洛克笑了，因为他正坐在窗台上，懒散地靠着墙，所以他的两条长腿松散地耷拉着，手指间无力地夹着一根香烟。

“我不是那个意思！”吉丁说，“你为什么就不能和我出去喝上一杯呢？”

“为了什么？”

“你老是非得有个目的吗？你有必要整天板着个脸吗？难道你就不能像别人那样只管做事，不去想为什么吗？你这么严肃，这么老气横秋。一切对你都是那么重要，每一件事都是伟大的，具有重大的意义，每时每刻都是这个样子，甚至在你独处的时候也是如此。你就不能闲适一些——平凡一点？”

“不能。”

“做什么事都要像个英雄，你不累吗？”

“英雄跟我有什么相干？”

“要么是没什么相干，要么就是息息相关。我不知道。不是你所做的事，是你给周围的人这样一种感觉。”

“什么感觉？”

“不自然的感觉。紧张感。我和你在一起时——总像是在你与世界其余的部分之间作一种选择。我不想作那种选择。我不想做个局外人。我想有一种归属感。在这个世界上有多少简单而令人愉快的事呀，并不全是争斗和拒绝——那是和你在一起的感觉。”

“我拒绝过什么？”

“噢，你不会拒绝任何东西！为了得到你想要的东西，你可以从死人身上跨过去。你通过从不索取而拒绝一切。”

“那是因为鱼和熊掌不可兼得。”

“什么鱼和熊掌？”

“你看，彼得，我从未对你说起过关于我的任何事情。你是怎么看出来的？我从未要求你在我与别的事物之间做出选择。你为什么觉得我跟选择扯上关系了呢？当你有这种感觉时——既然你这么确信我是错的，是什么让你感到不舒服呢？”

“我……我不清楚。”吉丁又说，“我不明白你在说什么。”然后，他冷不丁地问，“霍华德，你为什么讨厌我？”

“我没有讨厌你呀。”

“好，这就对了！你为什么一点也不讨厌我？”

“我为什么要讨厌你呀？”

“就是给我点什么。我知道你不会喜欢我的。你不可能喜欢任何人，所以，通过恨他们来确认他们存在，反倒更具善意。”

“我并不善良，彼得。”

吉丁再找不到别的话题了，洛克说：“回家去吧，彼得。你得到了你想要的东西。那就着手干吧。星期一见。”

洛克站在弗兰肯-海耶事务所制图室的一张制图台前，手握铅笔，一缕橘红色的头发垂到了面颊上，那件按规定必须穿的珍珠灰罩衫在他身上就像是囚犯的制服。他已经学会了适应他的新工作。他画的是钢梁清晰的线条，而他竭力不去想象这些钢梁将来承载的是什么。有时候会很难。在他与他所从事的设计之间横亘着建筑本来应该具有的风格。他一眼就能看出他可以对此进行怎样的设计，如何修改那些已经画下的线条，怎样布局，以设计出一座蔚为壮观的建筑。他只能把这种认识咽进肚子里，把他的想象力扼杀在萌芽状态；只能遵照指示来构图画线。这令他异常痛苦，他愤恨地暗自耸耸肩，心想：吃不消？——那就试着学吧。

但是，痛苦如旧，还有一种绝望的怀疑。他所体验到的感受比任何图纸、办公室和设计任务更为真实。他无法理解是什么原因使别人对此视而不见，也不知道他们何以能如此漠不关心。他注视着面前的图纸。他不明白败笔何以比比皆是，还被奉为正统。他以前从来不懂这些。而允许这种现象存在的现实，对他来说，反而不那么真实了。

可是他明白这种现象不会持久的——他得等待——这是他唯一的使命，等待——他的感觉并不重要——这是必须做的事——他必须等。

“洛克先生，美国广播公司大楼的哥特式灯笼的钢罩设计好了吗？”

他在制图室没有交什么朋友。他在那里就如同一件家具——一样的与人无关，一样的沉默。只有设计工程部的主管——洛克被分派在他的部门——在洛克到来两周后，对吉丁说：“吉丁，你比我想象的更有见识和判断力，多谢你了。”“谢我什么？”“感谢你所做的，尽管我敢保证那绝非你的本意。”主管说。

时而，吉丁会在洛克的制图台前停下，轻声对他说："霍华德，今晚你做完后能不能顺便到我的办公室来一下？也没什么要紧的事。"

等洛克进了他的办公室，吉丁这样开口对他说："怎么样，霍华德，喜欢这儿吗？你有什么要求尽管提，我会……"洛克不等他说完便说："这次又是哪里？"吉丁从抽屉里拿出一摞草图说："我知道就这样子也完全可以，可是从全局来看，你有什么好建议？"看着那些草图，洛克真想将它们照着吉丁的脸扔过去然后转身离去，可是转念一想，他放弃了。他想，那可是一幢大楼，得挽救它，就像看到一个溺水的人你不能不去拯救一样。

然后，他就会连续干上几个小时，有时候甚至熬个通宵，而吉丁坐在一边看着。他忘记了吉丁的存在。他眼中只有那座建筑，只看到能够设计这样的建筑的机会。他知道他的设计可能会遭到篡改，甚至会被肢解。尽管如此，某种秩序和理性也会在这个设计上留下痕迹。即便如此，也要比因他拒绝而使用原来的设计好得多。

有时候，看到设计方案的结构更为简洁，更为纯正，比别的构图更为朴实，洛克便会说："彼得，很不错，有长进。"而吉丁内心就会有一丝奇怪的震惊，那是一种沉静的、隐秘的、珍贵的东西。那是一种他从弗兰肯的赞赏中，从他的客户们或其他任何人那里都从未感受过的东西。可是过后他便将这种感觉忘得一干二净。当一位有钱的女士在喝茶时说“吉丁先生，您是美国未来的大设计师”时，他会感到由衷的高兴，尽管那位女士根本连看都没看过他设计的作品。

他为自己在洛克面前所表现出的谦恭找到了些许补偿。他常常在早晨走进制图室，把一件本来是描图的伙计干的活儿往洛克的制图台上一丢，说：“霍华德，把这个给我做好，好吗？要快一点。”在中午的时候，他又会派一个小伙子到洛克的制图台前高声说：“吉丁先生要你马上去一下他的办公室。”然后他会从办公室出来朝着洛克的方向走，冲着全体人员说：“那些第十二街管道的详细说明到底跑哪儿去了？噢，霍华德，你能不能查阅一下那堆文件，帮我翻出来？”

起初，他还有点担心洛克的反应。当他看到洛克并无反应，只有沉默的顺从时，他便得寸进尺，更加肆无忌惮了。对洛克的发号施令使他从中感受到一种异常的快感，然而对于洛克的被动顺从他又心存怨怼。他一如既往，心里清楚只要洛克不生气，他便可以继续下去，然而他又特别希望激怒他。但洛克并没有爆发。

洛克喜欢被派到施工现场监工的日子。走在一座座钢筋建造的楼宇框架之间，比走在纽约大街的人行道上更让他自在。工人们惊奇地发现，他能在窄窄的厚板上、高悬在空中的裸露的桁条上行走，其自如的程度不亚于他们当中最棒的人。

那是三月的一天，天空泛着一抹淡淡的绿意，暗示着春的到来。中央公园里，五百英尺以下的大地捕捉到天空的气息，泛出一抹褐色，预示着她即将披上绿装。透过光秃秃的树枝望去，湖面仿佛一片片的碎玻璃，在阳光下熠熠发光。洛克步行穿过一座庞大的内部尚未竣工的公寓大楼，在一个正在操作的电工面前停下来。

那人正费劲地将管道电缆绕到卷轴上。在一块拥挤得无法计算的方寸之地，干这活儿可需要耐心细致地花上好几个小时。洛克站在那儿，手揣在衣服口袋里，看着那人痛苦而缓慢的进展。

那人突然抬起头来看着他。那人的头很大，一张脸丑得出奇，不是苍老，也不是肌肉松弛，而是上面刻满了深深的皱痕，他强有力的下巴像恶犬那样垂着，那双眼睛很吓人——那是一双又大又圆的蓝眼睛。

“怎么了？”那人怒气冲冲地问道，“有什么事，小毛头？”

“你是在浪费时间。”洛克说。

“是吗？”

“是的。”

“不至于吧！”

“你那样把管子绕到卷轴上得花好几个小时。”

“你知道更省事的办法？”

“当然。”

“走开！无聊的东西！我可不喜欢自作聪明的小白脸在我这儿指手画脚。”

“在卷轴上开一道口子，再把电缆管穿过去。”

“什么？”

“在卷轴上开一道口子。”

“我他妈的会！”

“你不会！”

“可不是这么个做法。”

“我就那么干过。”

“就凭你呀？”

“别处都这么干。”

“在这儿就是不能这么干。我就不这么干。”

“那让我来帮你干好了。”

“真是荒唐。”那人咆哮道，“坐办公室的白面书生什么时候学会干一个男人干的行当了？”

“把你的焊枪给我。”

“当心点，小伙子！它会把你那粉红嫩白的小脚丫烫坏的！”

洛克戴上那人的手套和护目镜，拿起乙炔焊枪，跪下来，用工具中喷出的细细的蓝色火焰对准卷轴的中央。那人站在一旁看着。洛克的手臂稳稳地举着那紧张的嗞嗞作响的火焰，随着它猛然喷射而微微发抖，但是一直瞄得很准。除了他的手臂之外，他身体的姿势没有显出丝毫的紧张和费力。似乎那股使金属卷轴慢慢腐蚀的膨胀之力不是来自火焰，而是来自那只控制着它的手。

切割完毕，他把喷枪放下，站起身来。

“天啊！”那名电工不禁赞叹道，“你连乙炔焊枪都会用啊！”

“好像会那么一丁点儿，不是吗？”他摘下手套和护目镜，递给对方，“从现在起就这么干吧。跟工头说是我叫你这么干的。”

电工怀着敬意瞪眼看着那道切割得整整齐齐的口子，嘀咕道：“这办法你是从哪里学来的，红毛小子？”

洛克脸上慢慢漾起的微笑算是认可了电工对他的成功所做的让步：“噢，我当过电工、管子工、铆接工，还干过很多别的工作呢。”

“而且除此之外，还上过学？”

“唔，算是吧。”

“想成为建筑师？”

“对。”

“哎呀，你可是第一个除了看电影和参加茶会之外还懂点什么的人。你真该看看他们从事务所派来的那些得意门生。”

“如果你这是在道歉，打住。我也不喜欢他们。快去穿你的电缆管吧。再见。”

“再见，红毛小子。”

下一次洛克再去监工时，那个蓝眼睛的电工老远就冲着他挥手致意，并把他叫过去，拿一些没必要的小问题向他讨教。他主动自我介绍说他叫迈克，还说好几天不见洛克，怪想他的。下一次洛克再去的时候，白班刚结束。迈克在工地外面等着洛克视察的工作结束。当洛克出来后，他主动提出邀请：“一起喝杯啤酒吧，红毛小子？”“好的。谢了。”

他们在大楼地下室一家地下酒吧的角落里找了张桌子坐下来。迈克喝着啤酒，讲起了他津津乐道的故事：说他如何脚下打滑从五层楼的高度掉落，如何断了三根肋骨而又幸运地活下来。洛克也讲起他在建筑工地干活的那段日子。迈克确实有过一个真名，叫作锡恩·克塞威尔·多尼根，可是大家老早以前就忘记他的真名了。他拥有一整套工具，还有一辆旧福特汽车，平生第一大乐事就是从全美国的大建筑工程队一家一家地跳槽。迈克这个人对人不怎么上心，对他们的行为却极其重视。他崇拜各种类型的行家里手。他无限热爱自己的工作，除了死心眼的祈祷之外，对别的什么都没有耐性。他在自己的领域成了行家，除此之外对别的任何事都不感冒。他的世界观很单纯：有能人，也得有蠢材，他与后者毫无干系。他对建筑物厚爱有加，不过，他瞧不起所有的建筑师。

“红毛小子，有一个人，”他在喝下第十五杯啤酒后说，“唯一的一个，你太年轻了，没听说过他，可他是唯一懂建筑的人。我像你这么大的时候就跟他干。”

“是谁呢？”

“他叫亨利·卡麦隆。我猜他过世了吧。都这么多年了。”

洛克注视他良久，才说：“他还没死，迈克。”接着又说，“我也为他工作过。”

“真的？”

“将近三年。”

他们默默相对，那是他们友谊的最后一道封印。

几周以后的一天，迈克在大楼旁拦住洛克，丑陋的脸上一副不解的神情。他问洛克：

“喂，红毛小子，听监工对承包商那边的一个家伙说，你是个难驾驭的刺儿头，是他见过的最讨厌的杂种。你对他都做了些什么？”

“没做什么。”

“那他那样说到底是什么意思？”

“我不知道。”洛克说，“你知道吗？”

迈克注视着他，耸了耸肩膀，咧开嘴笑了。

“不知道。”迈克说。

8

五月初，彼得·吉丁动身到华盛顿去监督一座博物馆的施工情况，那是一位大慈善家为求良心之安而捐资修建的。吉丁不无自豪地指出，这座博物馆大楼肯定不同凡响：它可不是帕特农神庙的复制品，而是位于尼姆的四方神殿的再现。

吉丁离开一会儿后，一个勤杂工走近洛克的制图台，告诉他说弗兰肯要他去一趟。当洛克走进那间宫殿似的办公室时，坐在办公桌后面的弗兰肯笑容满面，快活地说："坐，我的朋友，坐……"可是洛克眼睛里的某种东西使他的声音缩了回去。他没有往下说，以前他从未近距离看到过这样的眼神，然后他冷冷地说："坐。"

洛克坐下了。弗兰肯端详了他一秒钟，可除了断定此人有一张异常不讨人喜欢的面孔以外，无法得出什么结论，不过这张面孔看上去专心得恰到好处。

"你就是那个为卡麦隆做过事的人，是吗？"弗兰肯问道。

"是的。"洛克回答。

“吉丁先生一直在我面前说你的优点。”弗兰肯愉快地试探了一下又停住了。他的好意白费了。洛克只是坐在那里注视着他，等待着。

“听我说……你叫什么名字？”

“洛克。”

“听我说，洛克，我们有一位客户，他……他有点古怪，可他是个重要的人物，非常重要的人物，所以我们得令他满意。他给我们提供了一个价值八百万美元的办公楼设计任务，可难就难在他对自己想要的建筑式样已经了然于胸了。他要求把它设计成……”弗兰肯歉疚地耸耸肩，表示对这个十分荒谬的提议，他不应承担任何责任，“他想把它设计得跟这个一样。”他递给洛克一张照片。上面正是黛娜大厦。

洛克坐着没有动，那张照片垂在他的指间。

“你知道那幢大楼吗？”弗兰肯问道。

“知道。”

“那么，他就想要那样的风格。可吉丁先生又不在。我已经让巴内特、库珀和威廉姆斯制作好了草图，可是他拒绝了那个设计方案。所以我想我要把这个机会给你。”

弗兰肯注视着他，为自己的提议表现出的宽宏大量所感动。但没有反应。眼前坐着的人仿佛脑袋上刚刚挨了一闷棍。

“当然了，”弗兰肯说，“这对你来说是突然了点，是一件为难的事，可是我觉得我愿意让你来试试。别担心，我和吉丁先生事后会仔细审核的。你只需做出设计方案和一幅漂亮的草图就行了。那个人要什么，你一定心中有数。你知道卡麦隆那套把戏。不过，这么粗劣的东西当然不能出自我们事务所。我们必须让他满意，可我们得保住我们的声誉，以防把我们的客户吓跑。关键是把它设计得简洁一点，大体风格与这个一样就行，但是也要有些艺术性。这你知道，就是那种更为严格的希腊式古典风格。你不必采用爱奥尼亚式，就采用陶立克式好了。朴素的山墙和简洁的花边，或者类似的东西。懂了吗？那么把这个拿去，让我看看你能设计成什么样子。详情巴内特会跟你讲的……还有……怎么了——”

弗兰肯的声音中断了。

“弗兰肯先生，请允许我用黛娜大厦的设计风格来设计它。”

“嗯？”

“让我来设计它。不是抄袭那座大厦，而是按照卡麦隆先生可能想要的方式去设计它，按照我的意愿去设计。”

“你是指现代主义风格吗？”

“我……唔，您可以叫它现代主义。”

“你疯了吗？”

“弗兰肯先生，请听我说。”洛克的话语听着就像一个走钢丝者的脚步，缓慢，紧张，摸索着那唯一正确的点，虽然因脚下的深渊而颤抖，但是很准确。“我并不因为您做的事而责备您。我是在为您工作。我拿的是您发的薪水。我没有权利表示反对。可这次……这次是客户亲自要求的，您无须承担任何风险。是他要求设计成这种风格的。您想想，有这样一个人，他看见了，理解了，并且喜欢这种风格，还有能力建起这种风格的大楼。您是打算与一个客户作对吗——这可是您生平头一次啊——您作对的目的又是什么呢？是要欺骗他吗？是要把那堆一成不变的旧垃圾塞给他吗？已经有那么多客户想要那堆垃圾了，却只有一个客户，唯一的一个，带着这样的设计要求来找您。”

“你没忘记自己姓什么吧？”弗兰肯冷冰冰地反问了一句。

“它对您能有什么不好的影响呢？只要让我按我的思路设计，然后交给他就行了。只要给他看就行了。他已经否决了三个设计方案，要是他再拒绝怎么办？可是，如果他不……如果他不……”

洛克从不知道怎样去恳求别人，所以他现在表现得极为笨拙。他声音生硬，语调死板，显然费了好大的劲，可结果是恳求变成了对对方的污辱。要是吉丁能看到此时洛克所处的境地，会巴不得这样。但是弗兰肯却没法去享受他所取得的前所未有的胜利。他只意识到自己受了污辱。

“你是在批评我，在对我进行建筑方面的教育。我这样理解对吗？”弗兰肯问。

“我是在恳求您。”洛克说着闭上了眼睛。

“如果你不是吉丁先生的保护对象，我真懒得跟你再讨论下去。不过鉴于你显而易见的天真和缺乏经验，我就向你挑明，我可从来没有向我的制图师征求审美观点的习惯。请你把这张照片拿去——我不希望看到什么按照卡麦隆可能会采用的设计风格所设计的东西。我所希望的是适应我们原则的方案——你就按我的指示，用古典风格去设计建筑物正面吧。”

“我办不到。”洛克说，语气特别平静。

“你说什么？你是在跟我说话吗？你是在说‘抱歉，我办不到’，对吗？”

“我并没说‘抱歉’两个字，弗兰肯先生。”

“那你说什么了？”

“我说我办不到。”

“为什么？”

“您并不想知道原因。不要让我做任何设计，别的什么工作都行。但是不包括设计——不包括卡麦隆的工作。”

“你这是什么意思？不做设计？你期待有朝一日能成为建筑师吗——或者你这样想过吗？”

“不是像这样的建筑师。”

“噢……我明白了……所以你办不到？你的意思是你不愿意？”

“如果您想这样理解的话。”

“听着，你这个傲慢的不知礼数的蠢东西。真是不可思议！”

洛克站起身来：“我可以走了吗，弗兰肯先生？”

“在我一生当中，”弗兰肯吼道，“在我一生的经验中，我还从没见过这种事情！你来这儿就是要告诉我你愿意做的和不愿意做的事吗？你来这儿的目的就是对我指手画脚，并对我的审美品位评头论足和妄下判断吗？”

“我没有批评任何东西。”洛克平静地说，“我不是在下判断。君子有所不为。随它去好了。我现在可以走了吗？”

“你现在可以离开这间办公室。从今天起你就可以离开这家公司了！见你的鬼去吧！去给你自己再找个老板！你去找找看！去拿上你的支票滚蛋！”

“好的，弗兰肯先生。”

当晚，洛克步行来到那家地下室里的非法酒馆。每天下班以后他都能在这儿找到迈克。迈克现在受雇于同一个承包商，在一家工厂的建筑工地上干活。这个承包商包揽了弗兰肯最大的建筑工程中的大部分施工任务。迈克原本期望能在那天下午洛克视察工地时见到他，所以就气呼呼地向他打招呼：“怎么回事，红毛小子？不好好干活啊！”

听说洛克的事情后，迈克一动不动地坐着，像一只龇牙咧嘴的恶犬，接着便破口大骂起来。

“这些杂种，”他一时找不到更恶毒的词语，“狗杂种……”

“别骂了，迈克。”

“那……现在怎么办，红毛小子？”

“再找一个同样的老板，一直干到同样的事情发生吧。”

吉丁从华盛顿回来后，径直去了弗兰肯的办公室。经过制图室时他没有进去，所以没有听说任何消息。弗兰肯很夸张地问候他：

“孩子，看到你回来我太高兴了！你想来点什么？一杯威士忌加苏打还是来点白兰地？”

“不用了，谢谢。来根烟就行了。”

“喏……孩子，你看起来气色不错嘛！比以前更好了。你是怎么保养的？你个幸运的小杂种？我有太多的事情要跟你讲！华盛顿那边的情况怎样？一切都还好吧？”没等吉丁来得及答话，弗兰肯赶紧接着说，“我这边出了些糟糕透顶的事情，太令人失望了。你还记得莉莉·兰朵吗？我想我跟她两清了，可是我上次见到她时，却遭了白眼！你知道她在谁手上？你会大吃一惊的。竟然是盖尔·华纳德！这姑娘真是有雄心大志！你该看看，他的各种报纸上全是她的照片和她漂亮的大腿。那是否有助于她的演出呢？我拿什么来与之抗衡呢？可你知道他做了些什么吗？记得她是怎么说的吗？——没有人能给她最想要的东西——她儿时的家园——她出生的那个可爱的奥地利小村庄？可是华纳德很早以前就把它买下了，把那该死的村庄整个儿买下了，而且还把它搬到这儿来了，一点儿都没落下！让人把它在哈得逊河下游重新组装起来了。它现在就坐落在那里，鹅卵石呀，教堂呀，苹果树呀，猪圈呀，真是一应俱全！然后他给了莉莉一个惊喜！就是两周前的事。难道你还看不出来？如果巴比伦国王能为他喜欢的女人修建空中花园，为什么盖尔·华纳德就不能效仿呢？莉莉露出了千金一笑，不胜感激——可这可怜的姑娘实在是太可悲了。她倒是宁愿要一件水貂皮大衣。她从没想过要那个该死的村庄。而华纳德也清楚这一点。可它还是坐落在了哈得逊河畔。上周，他为她办了一场聚会，就在那个村庄里，一场化装舞会，华纳德自己穿得像凯萨·波吉亚[1]一样——可话又说回来，他不穿谁穿呢？而那又是怎样的盛大聚会呀！你都没法相信自己的耳朵，可你知道那是什么样子，你永远没法把握华纳德这个人。然后，第二天，他除了和那些从未见过奥地利小村庄的小学生们在摄像机前摆出造型合影留念之外还能做什么呢？他摇身一变又成了慈善家！接着，他的几家报纸上便充斥着这些照片，以及各种各样的文章，有关教育价值的感伤，还从妇女俱乐部得到各种感伤的评论！我倒想知道，他玩腻了莉莉之后，会怎么处理那个奥地利小

1　1476—1507，意大利文艺复兴时期的一位统治者，瓦伦西亚的大主教和枢机主教。——编者注

村庄！你知道他会厌弃她的，他有过那么多姑娘，没有一个能长久相处。那么，你觉得我有没有机会跟她重修旧好呢？”

“当然有。”吉丁说，“肯定会有的。事务所这边的情况怎么样？”

“噢，很好。还是老样子。卢修斯得了一场感冒，把我的下亚文邑白兰地全喝光了。喝酒对他的心脏不好，而且一箱要一百美元呢！……另外，卢修斯出了点小乱子，都是他那些讨厌的瓷器惹的祸。好像他到一家黑货市场买了一只茶壶。他明知道那是贼赃。我费了好大周折才使公司避免了一件丑闻……噢，顺便告诉你一声，我把你的那个朋友炒鱿鱼了，他叫什么来着？——洛克。”

“噢，”吉丁说，有意拖延了一秒钟，然后问道，“为什么？”

“那个蛮横无理的杂种！你从哪儿捡了这么个朋友？”

“出什么事了？”

“我原本以为我是出于好心，给了他一个真正出头的机会。我要他设计法莱尔大厦的草图——你知道的，就是巴内特最后完成的那个设计，我们终于让法莱尔接受了，你知道的，简化的陶立克式风格——你的朋友竟然跑上楼来，拒绝设计这个项目。仿佛他有什么理想似的。所以我就让他走人了……怎么了？你笑什么？”

“没什么。我就知道会这样。”

“你可别想求我再把他请回来！”

“不会，当然不会。”

有好几天，吉丁一直想着去拜访一下洛克。他不知道对洛克说些什么，可总是隐隐约约觉得该说点什么。他一再地拖延。他对自己的工作已经逐渐有了把握。最终，他认为他现在不需要洛克了。日子一天天地过去，他并没有去看望洛克。这么容易就能把他忘掉，他甚至为此深感欣慰。

洛克看得见窗外的一座座屋顶，一眼眼贮水池，林立的烟囱，地面上疾驰而过的汽车。在静寂的房间里，在空闲的日子里，在无聊地垂于体侧的双手里，他感受到一种威胁。还有另一种威胁从楼下的城市里升腾而起，仿佛每一扇窗户、每一英寸人行道都在冷酷地以无声的反抗自我封闭着。这一切并没有使他感到不安。他已经早就理解并接受了这一切。

他把那些自己尚能忍受其设计风格的建筑师们列出一个名单，按照自己讨厌的程度，由低到高进行了排序，然后便开始理智地、系统地着手找起工作来。他心中没有丝毫的怨怼，也不抱多大希望。这些日子是否令他伤心，他从不知道，只知道那是一件他必须做的事情。

他找过的那些建筑师迥然不同。有的隔着办公桌打量着他，态度温和而暧昧。他们的神态似乎在说，他要成为建筑师的抱负很令人感动，就像所有青年的梦想一样，一样的令人感动和值得称赞，一样的离奇古怪而又不可救药地具有吸引力。他们有的抿着薄薄的嘴唇冲着他微笑，看到他出现在自己的办公室似乎很高兴，因为那使他意识到自己所取得的成就；有些人说话冷冰冰的，仿佛洛克的雄心大志是对他个人的污辱；有些人说话唐突无礼，而他们锐利的高音似乎在说，他们需要好的制图师，他们一直需要，可是他连制图师的资格都不配拥有，并请他忍耐着点，不要那么无礼，他已经逼迫他们把话说得非常直白了。

那并不是恶意，并不是对他的优点所下的判断。他们并不认为他是无用的。他们只是不在意，不想去弄清楚他是不是优秀。有时候，他被要求打开他设计的草图。他就将它们在一张桌子上铺展开来，感到自己手上的肌肉在难为情地收缩。那种感觉就像有人将他身上的衣服扒光了一样，然而那种难为情并不是因为身体暴露了，而是因为它暴露在冷漠的眼睛底下。

偶尔，他会去一趟新泽西，看看卡麦隆。他们一起坐在位于一座小山上的房子的门廊里。卡麦隆坐在轮椅中，双手放在膝头盖着的毛毯上。“情况怎么样，洛克？很艰难吗？”“不。”“想不想让我为你给他们随便哪个杂种写封推荐信？”“不用了。”

然后，卡麦隆就不再提及此事，他不想说，洛克被他们的城市拒之门外——他不愿意让这种事情成为事实。当洛克来看望他时，卡麦隆怀着那种单纯的自信谈论起建筑，仿佛建筑只属于他一个人。他们坐在一起，越过河面，极目望去，看得见远在天际的城市。天空逐渐变暗，闪耀着蓝绿色的玻璃一般的光亮。那一座座建筑就像聚集在玻璃上的云朵，在形成直角和垂柱的刹那间凝固，而太阳还在云端朗照……

夏季一天天地过去，他名单上的名字也一个个地全划掉了。他再次来到曾经拒绝过他的地方。洛克发现人们了解了他的一些情况，而他听到的话千篇一律，要么说得粗鲁而直率，要么提心吊胆，或充满愤怒，或不胜抱歉——“你被斯坦顿理工学院开除过，你被弗兰肯事务所解雇过。”所有的声音都一样，用的都是一样的口气：一种如释重负的肯定的口气，因为已经有人为他们作好了决定。

傍晚，他静静地坐在窗台上，抽着烟，摊开手放在窗框上，城市就在他的手指下，他的皮肤蹭着冰冷的玻璃。

九月份，他读到一篇刊登在《建筑论坛》杂志上的文章《为未来开路》，作者是美国建筑师行会的高登·L.普利斯科特。这篇文章认为建筑这一职业的悲剧就在于，设置在有才华的新手面前的障碍不可逾越；伟大的天赋就在这样的挣扎中，尚未被人发现便夭折了；建筑业因为缺乏新鲜血液，缺乏新思想和独创性，缺乏洞察和勇气，正在走向枯萎。该文的作者还说，他把寻求有前途的新手，鼓励他们、造就他们、为他们提供应有的机会作为生平第一理想。洛克以前从未听说过高登·L.普利斯科特这样一个人，不过这篇文章中有一种令人信赖的诚挚论调。他便听凭自己的判断，第一次抱着一线希望，动身到普利斯科特的办公室去了。

高登·L.普利斯科特的办公室装修成灰色、黑色和大红的色调，这样的装饰集得体、严谨和大胆于一体。一位年轻漂亮的秘书告诉洛克，不事先预约是不能见到高登·L.普利斯科特先生的，不过她很高兴帮他进行预约，时间定在下周三两点一刻。到了周三两点一刻，那位秘书小姐朝洛克微微一笑，说请他稍坐片刻。到四点四十五分的时候，他才被允许进入高登·L.普利斯科特先生的办公室。

高登·L.普利斯科特身穿一件棕色格纹粗花呢上衣和一件高领的白色安哥拉羊毛毛衣。他个子高大，体型健硕，年纪有三十五岁左右。脸上皮肤细腻，小鼻子，学院英雄式的小而突起的厚嘴唇上透出一种爽快的老于世故的聪明气。他的脸被阳光晒得黝黑，金色的头发修剪成普鲁士军人式的短发。他坦率地流露出男子气概，坦率地对言谈举止漫不经心，而又坦率地在意效果。

他默不作声地听洛克讲述，他的双眼就像是一只记录着洛克说出每一个单词所耗费的时间的秒表。第一个句子他放过去了，当听到第二个句子时，他不客气地打断了洛克的话："让我看看你做的设计方案。"好像在借此说明，对洛克可能要讲的情况他已经了然于心。

他把那些设计草图拿在他古铜色的手中。还没看草图，他便先说：“啊，是啊。年轻人来向我请教的，有好多好多。”他瞟了一眼第一张草图，可是还没看清楚，就抬起头来说，“当然，对于新手来说，难以掌握的是实用主义与抽象普遍概念的结合。”他唰地将第一张插到最后一张下面，“建筑首先是一个功利主义的概念，问题是要把实用主义原则提升到抽象的审美范畴中来。其余的都是胡说八道。”他朝两张草图瞥了一眼，把它们滑到下面，“我受不了那些空想家，他们从‘为建筑而建筑’的角度来看待一场神圣的改革运动。伟大的动力学原理就是人类平等的普遍性原则。”他又瞥了另一张草图一眼，将它滑到下面，“公众的审美力和公众的情感就是艺术家的终极标准。而天才就是那个懂得如何去表现这种普遍原则的人。例外的东西是为了开拓出非例外的东西嘛。”他把那一沓图纸拿在手中掂了掂重量，注意到自己已经浏览了其中的一半，就把它们往桌子上一扔。

“啊，是的，”他说，“你的作品。很有意思。但是不实用。还不够成熟。没有焦点，训练不足。还是个少年呢，为创新而创新了。根本不符合时代精神。如果你想寻求一种人们迫切需要的新思路，瞧，我给你看样东西。”他从办公桌的抽屉中取出一幅设计草图，“这是个毛遂自荐来找我的年轻人，是个新手，以前从没工作过。等你能设计出这样的作品时，你就会发现完全没必要去找工作了。我看到这张图纸就马上雇用了他，起薪是每周二十五美元。毫无疑问，他是个潜在的天才。”他伸手将那幅草图递给洛克。上面是一座形似谷仓的房子，却不可思议地融入了一丝简洁的帕特农神庙的影子。

“那就是独创性，”高登·L.普利斯科特说，“在永恒中求新。你就朝这个思路试试吧。我也不能确切地说我可以预测你的大部分未来。我们必须坦诚地说，我可不想给你造成一种以我的权威为根据的错觉。你有很多东西要学。我无法冒险对你可能具有的才华和今后可能取得的发展妄加揣测。但是，通过勤奋，也许……不过，建筑是很难做的行业，竞争又是那么激烈。你知道，相当激烈……那么现在对不起了，我的秘书还有一个预约等着我呢……”

十月的一个夜晚，洛克很晚才步行回家。这是诸多延伸到他身后的岁月长河中的日子里的又一天。他也说不清楚在那一天的许多个小时里都发生了些什么事，他都见了些什么人，拒绝的话语又采取了什么形式。当他来到一间办公室时，他强烈地专注于他所得到的几分钟，别的一概忘在脑后。离开那间办公室，他就将它们通通都忘了。那是必须做的事，已经做了，便不再与他有任何关系。他又一次自由自在地走上了回家的路。

长长的街道在他面前延伸开去，两旁的建筑如同高墙，在前方似有合拢的趋势，窄得令他觉得仿佛可以伸开双臂，抓住那一个个尖顶，把它们分开。他走得飞快，脚下的人行道就像是把他的步伐朝前弹出去的弹跳板一样。

他看到一个亮着灯的三角形混凝土建筑悬在离地面好几百英尺高的半空中。他无法看清下面是什么在支撑着它。他很自然地就想到了他想在那儿看到的东西，换了他，他会让人们看到什么。接着，突然之间，就在此时此刻，他意识到了现实：除了心中那个坚定的信念之外，按照这个城市的逻辑，按照每一个人的逻辑，他将永远无法再做建筑了，永远不能了——在他开始之前。他耸耸肩。那些在陌生人的办公室里接连发生在他身上的事情，仅仅是一种次要的客观存在，而这些偶然事件背后事物的本质，则是那些人永远也无法领悟，无法触及的。

他转身走进通向东河的一条小巷。一盏孤零零的交通灯远远地悬在前方，在阴冷凄凉的黑暗中，只是一个小小的红点。那些破旧的房舍低低地蜷缩在地面上，仿佛在天空的重压下弓着腰似的。街道寂寥而空洞，传送着他脚步的回声。他继续走着，衣领竖起来，手揣在口袋里。经过一盏路灯时，他的影子从脚下升起，在一堵墙上画出一道长长的黑色弧线，犹如挡风玻璃上的雨刷一般。

9

约翰·埃瑞克·斯耐特仔细看了一遍洛克的设计方案，把其中三幅扫到一边，把其余的整理好摞在一起，又看了一眼那三幅，然后把它们一张接一张地扔在那摞设计方案上面。他重重地击了三下掌，说道：

“不同凡响。虽然有些极端，但是很出众。你今晚打算做什么？”

“什么？”洛克茫然地问道。

“你有空吗？马上动手干活你介意吗？把外套脱掉，到制图室去，借别人的工具用用，给我设计一幅我们正在改建的百货商店的草图。只是做一幅粗样，只要将大体的思路表现出来就行，但是我明天就要。介意今晚熬夜吗？暖气开着，我让乔把晚饭给你送上来。想喝不加糖的咖啡还是苏格兰威士忌或别的什么？只要告诉乔一声就行了。你能留下来吗？”

“能。”洛克说，他简直不敢相信自己的耳朵，“我可以通宵加班。”

“很好！太棒了！这正是我一直需要的，一个在卡麦隆那儿干过的人。别的类型的人手我都有。噢，对了，在弗兰肯事务所，他们付给你多少工钱？”

“六十五美元。”

“哎呀，我可不能像大美食家盖伊那样任意挥霍。五十个总统头像。行吗？好嘞！立刻到制图室去。我让毕林斯向你解释商店的情况。我要你把它设计成现代风格。明白吗？现代、狂暴、疯狂，让他们看了大跌眼镜。不要克制自己。要达到极致。把你能想到的绝活都用上，越愚蠢越好。来吧！”

约翰·埃瑞克·斯耐特迅速地站起身来，猛地推开一扇门，进入一间巨大的制图室，飞快地跑进去，滑到一张制图台前停下来，对一个表情冷酷的圆脸肥壮男子说：“毕林斯，这是洛克，我们的现代主义者。你把本顿商店的情况向他交代一下。给他找些工具。把你的钥匙留给他，给他演示一下今晚哪些东西要上锁。工资从今天早上算起。五十。我和道森兄弟的约会定在几点？我已经迟到了。再见。我今晚不回来了。”

他又飞身而出，砰地关上门。毕林斯没有表现出丝毫意外。他看着洛克，那神情仿佛洛克一直都在那儿工作似的。他讲话冷淡而毫无感情，有一种疲惫的拖腔。不到二十分钟，他就离开了洛克，把各种工具一股脑儿堆在洛克面前的制图台上：纸，铅笔，工具，一套设计方案和几张百货商店的照片，一组图表和一长串说明。

洛克看着眼前雪白的图纸，手里紧紧地攥住一支细细的绘图铅笔。他将铅笔放下，再将它捡起来，大拇指轻轻地来回抚摸着光滑的笔杆：他看到那支铅笔在颤抖。他赶快将它放下，为自己的不中用而生气——他竟然让一件如此简单的工作显得这么重要，因为他突然间理解了这无所事事的几个月对他真正意味着什么。他的指尖摁在纸上，仿佛是纸控制了他的手一样，如同一个带电的表面会吸住从它上面擦过的人的肌肉一样，他的手被吸住了，而且很痛。然后，他便开始工作……

约翰·埃瑞克·斯耐特五十岁，一脸滑稽逗人的表情透露出他的狡猾和一肚子坏主意。那神情给人一种感觉，好像他与其他男人的共同点就是他们都想到了一个淫猥的秘密，却不愿说出来，因为显然他们彼此心照不宣。他是一名卓越的建筑师。他这样说的时候面不改色心不跳。他认为盖伊·弗兰肯是一个不切实际的唯心主义者。他不受古典主义教条的束缚，他的设计技巧更为娴熟，风格更为自由。他什么类型的建筑都搞。他并不厌恶现代主义风格的建筑，当有一个罕见的客户要求这样的风格时，他就高高兴兴地去修建这种光秃秃的平顶水泥盒子，他称之为进步。他修建他认为过分讲究的古罗马风格的宅第，修建他称之为超凡脱俗的哥特式教堂。他认为它们并无什么不同。他从来不生气，可就是听不得人家称他是折中主义者。

他自己有一套完整的运作系统。他雇用了五名风格各异的制图师，每当接到一宗委托设计任务时，他便在他们中发动一场比赛。他挑选出获胜的作品，再拿另外四个设计的优点来完善它。他常说："六个头脑，总会胜过一个。"

看到为本顿商店设计的最终图纸时，洛克明白了斯耐特不怕雇用他的原因。他认得出作品中有自己亲手绘出的平面和空间，他设计的窗户，他的循环系统。他也看出除此之外，上面还添加了科林斯式的柱顶，哥特式的拱顶，殖民地风格的枝形吊灯和不可思议的线条，以及模糊的摩尔人式建筑风格。图纸是用水彩绘制的，装裱在硬卡纸上，蒙了一层薄绵纸，具有一种奇迹般的精巧。除非隔着一定的安全距离，否则，制图室的人是不许观看的；所有人都必须把手洗干净，所有的烟头都必须扔掉。向客户提交图纸时，约翰·埃瑞克·斯耐特一向非常重视得体的外观，还雇了一名年轻的建筑专业的中国学生专职负责这样的杰作。

洛克知道该从他的工作中期待些什么。他是永远不会看到自己的作品矗立在地面上的，除了一些不完整的碎片，而那是他所不愿看到的。但是，他能按照他的意愿进行设计，而且还将得到更多解决实际问题的经验。虽然不能如他所愿，但也只能期望这么多了。他认可了这个事实。他认识了他的竞争者——其余四位制图师，打过招呼后，得知他们私下在制图室都有一个绰号:“古典”“哥特”“复兴”和“大杂烩”。当他被冠以“现代主义”的头衔时，他的心一阵隐痛，收缩了一下。

建筑行业工会组织的建筑工人大罢工使盖伊·弗兰肯极为恼火。发起这次大罢工是为了反对正在修建诺伊斯·贝尔蒙特饭店的承包商，而这次罢工已经蔓延到纽约所有的新建筑工地。报纸上提到诺伊斯·贝尔蒙特饭店的建筑师来自弗兰肯-海耶事务所。

大多数报纸助长了斗争的继续——他们怂恿承包商不要让步。攻击罢工者的最大呼声来自伟大的华纳德报业集团的各种强有力的报纸。

“为了普通民众的权利，我们一直站在那些有特权的黄鲨阶层的对立面。”华纳德报业的社论里这么说，“但是我们不能支持他们破坏法律和秩序。”人们一直搞不清楚，到底是华纳德的报纸引导着公众，还是公众的舆论引导着华纳德的报纸，人们只知道这二者竟然保持着惊人的同步。不过，除了盖伊·弗兰肯和另外少数几个人外，并非人人都知道华纳德拥有一家公司，而该公司拥有诺伊斯·贝尔蒙特饭店。

这一点令弗兰肯极为不快。根据谣传，盖尔·华纳德的房地产业务要比他的新闻帝国庞大得多。这是弗兰肯第一次有机会接受华纳德的委托，所以他就急切地抓住了这个机会，心里想着它会给他带来的种种机遇。他和吉丁煞费苦心地设计了最为华美的洛可可式宫殿——其主顾将是每天支付得起二十美元的贵客，而且喜欢欣赏石膏雕塑的花卉和大理石雕刻的爱神丘比特，以及镶铜边的开放式电梯。这次罢工却使那些未来的机遇化为泡影。弗兰肯对此不负什么责任，可谁说得准华纳德会不会因为什么理由而怪罪下来呢？华纳德对于某种东西的偏爱是无法预言的，让人琢磨不透。而且众所周知，曾经受雇于他的建筑师，他很少会二度雇用。

弗兰肯心情郁闷，因此无端地骂人，尤其是冲着那个平时总能幸免的人——彼得·吉丁发火。吉丁耸耸肩，转过身去，以示无声的侮慢。然后，吉丁就在大厅里漫无目的地瞎转悠，无缘无故地冲着年轻的制图师们咆哮。他在门廊里与卢修斯·N.海耶撞了个满怀，便厉声喝道："瞧你是怎么走路的！"海耶瞪着他的背影，眨巴着眼睛，一时手足无措。

事务所里几乎没什么事可做，没什么话好说，他想躲避每个人。吉丁早早地离开办公室，穿过十二月寒冷的薄雾往家走去。

在家里，暖气管变得太热，室内弥漫着油漆的味道，他大声诅咒着。可是当他妈妈打开一扇窗户时，他又诅咒天太冷。除了这忽然闲下来的空虚外，他弄不清还有别的什么原因会令他如此坐立不安。他无法忍受这种落单的感觉。

他抓起话筒给凯瑟琳·海尔西拨了个电话。她清纯的声音就像一只手，温柔地抚摸过他滚烫的额头，一下子使他的痛苦减轻了许多。他很快镇定下来，说："噢，也没什么大事，亲爱的，我只是不知道你今晚在不在家。我原本打算晚饭后顺便去看看你。""当然在啦，彼得。我在家。""太好了。八点半左右？""好的……噢，彼得，你听说埃斯沃斯舅舅的事了吗？""是啊。该死，我是听说了你的埃斯沃斯舅舅的事情！……我很抱歉，凯蒂……原谅我，亲爱的，我不是故意这么粗鲁的，可是我整天满耳朵听见的全是你舅舅的事。我知道，真是太了不起了，只是……你瞧，我们今晚不要谈论他了！""是的，我们当然不谈他。对不起。我懂。我会等着你的。""再见，凯蒂。"

他已经听说了有关埃斯沃斯·托黑的事，可是他不愿意想起，因为那会让他想到罢工这一烦人的话题。六个月前，因为《关于石头的论述》一书正在走红，埃斯沃斯·托黑成为《微声》的签约撰稿人，那是在华纳德旗下所有报纸上同时发表的一个每日专栏。开始，这个栏目在《纽约旗帜报》上是一个艺术评论专栏，而最终却发展成一个非正式的论坛，托黑通过这个栏目发表有关文学、艺术、纽约的餐馆、国际危机以及社会学——主要是社会学——的一些见解。这个专栏获得了极大的成功。可是建筑行业大罢工将托黑置于两难境地。他没有掩饰对罢工者们的同情，可是在他的专栏里却什么也没有说，除了华纳德以外，谁也不能确定他想在报纸上取悦谁。不过今晚将有一场罢工同情者的集会。届时，许多著名的人物都将发表讲话，埃斯沃斯·托黑也在其中。至少，已经宣布了托黑的名字。

这一事件引发了大量稀奇古怪的投机活动，人们下注竞猜托黑是否敢公开露面。吉丁听到一个制图师满怀激情地说："他一定会的。他愿意牺牲自己的生命。他是新闻界最最诚实的人了。"另一个说："他不会的。你有没有意识到这样的噱头对华纳德意味着什么？一旦华纳德选准什么人，他准会像地狱之火一样把他给毁了。谁也不知道他什么时候下手，采取什么方式，可是他会的，而且他这个人谁也拿不准，你一旦让华纳德盯上，那你就完了。"吉丁对于这样的事避之唯恐不及，更别谈什么关不关心。这整个事情都让他感到窝火。

当晚，他冷酷地一语不发地吃着晚饭。每当吉丁太太说"噢，顺便问一句……"想以此来引发他意识到一个话题时，他便厉声说："你不要谈关于凯瑟琳的事了。你安静点行不行？"吉丁太太便不再说什么，只管往他的盘子里夹菜。

吉丁乘出租车赶到格林威治村，急匆匆跑上楼。他使劲摁了一下门铃，等待着有人开门。没人应门。他靠着墙，反复地长时间摁门铃。凯瑟琳明知道他要来的，她不会出去的。她不会的。他走下楼梯，不肯轻易相信，走到街上，抬头看她寓所的窗户。窗户里并没有灯光。

他站在街上，一直抬头看着她家的那几扇窗户，如同在审视一桩可怕的背叛。接着，他突然产生了一种不舒服的孤苦伶仃的感觉，仿佛他在这个大城市里形单影只、无家可归似的；此刻，他忘记了自己的住址或者说忘记了它的存在。然后，他想到了那场集会，那场群众大会——今晚，在那里，她的舅舅将当众成为一个殉道者。她准是去了那儿，他想。该死的小傻瓜！他大声说："见她的鬼去吧！"然而他还是迅速地朝着人们聚会的大厅走去。

在大厅的方形入口上方，吊着一只光秃秃的电灯泡，闪烁着一小团不祥的蓝白色的光。太冷了，也太亮了。灯光越过黑暗的街道，照亮了从上方某个边缘流下来的一线雨丝，那雨丝像一根亮闪闪的玻璃针，是那样的纤细而光滑，吉丁古怪地想到了那种有人被冰锥戳死的故事。入口附近，几个好奇的游手好闲的人漠不关心地站在雨里，还有几名警察。会场的大门是开着的。光线暗淡的门廊里挤满了人，他们根本挤不进已经满员的水泄不通的大厅。他就站在那里，聆听着从为此事特意安装的扬声器里传来的讲话。门口，三个模糊的身影在向路人分发传单。其中一个像是个害着痨病的青年男子，没有刮脸，脖子老长；另一个是个穿高档毛领大衣的漂亮年轻人；第三个就是凯瑟琳·海尔西。

她站在雨中，淋得像只落汤鸡。她累得身子都站不直了，她的鼻头上发着光，眼睛因为激动而分外明亮。吉丁停住脚步，瞪大了眼睛看着她。

她拿着传单机械地朝他递了过来，猛一抬头，看见是他。她毫不吃惊地冲着他微微一笑，高兴地说："真的是你呀，彼得！你来这儿太好了！"

"凯蒂……"他有点哽咽，"凯蒂，到底是怎么……"

"可我必须这么做。彼得。"她的语气中丝毫没有道歉的意思，"你不明白，可是我……"

"不要站在雨里了，到里边来。"

"可是我不能！我还得……"

"至少不要淋雨，你个傻瓜！"他粗暴地将她推到门里，站到门廊的一个角落里。

"彼得，亲爱的，你不生我的气，对吗？你看，事情是这样的：我原以为舅舅今晚是不会让我到这儿来的，可是在最后关头，他说如果我想来，我就可以来，还说我可以帮着散发传单。我知道你会理解的，我还在客厅的桌子上给你留了张便笺，作了解释，而且……"

"你给我留了张便笺？在屋里？"

"对……噢……噢，哎呀！我根本没想到这一点，你当然进不去了。看我有多蠢。可是我当时走得太急了！别，你不要生气，你不能气的！你不明白这对他意味着什么吗？你难道不清楚他到这儿来要做出多大的牺牲？可我知道他会来的。这些我都对他讲过了，人们这么说，自有他们的道理，他们绝不是偶然这么说说而已，这将是他的末日——而或许让他们说中了也不一定，可是他满不在乎。他就是这样。我吓坏了，可是我特别高兴，因为他所做的事情让我对全人类产生了一种信任感。不过我害怕，因为你瞧，华纳德可能会……”

“安静点！我全知道。一提这个我就腻烦。我不要听关于你的舅舅、华纳德或是什么罢工的事！我们离开这里吧。”

“噢，不，彼得！我们不能！我想听他讲话，还有……”

“那边的人闭嘴！”人群中有人冲着他们发出嘘声。

“我们什么都没听见！”她悄悄地说，“讲话的人是奥斯顿·海勒。难道你不想听他演讲吗？”

吉丁怀着某种敬意仰视扬声器，他对所有名人都怀有这种敬意。他并没怎么读过海勒的作品，不过知道他是《时事报》的一位著名专栏撰稿人，而《时事报》是一家极好的独立报纸，是华纳德报业的头号敌人。他还知道海勒出身名门，毕业于牛津大学；他一开始是做文学批评的，而最终却变成了一个沉默的能手，致力于反对各种形式的专制，不管是私底下还是在公开场合，在天上还是在人间。讲道者诅咒他，银行家诅咒他，俱乐部女会员诅咒他，劳工组织者也诅咒他。他比那些经常嘲讽社会的精英们更有修养，他总是为劳动者抗争，可是他具有比他们更为不屈不挠的品质。他可以应答自如地谈论百老汇新近上演的剧目，大谈中世纪的诗歌或者国际金融。他从不向慈善机构捐款，却为了替从各地来的政治犯辩护而入不敷出。

从扬声器里传来的声音语调有点平淡，吐字清晰，略带英国口音。

“……而且我们必须考虑，”奥斯顿·海勒用那种不易激动的语调说，“既然我们不幸地被迫生活在一起，那么我们必须记住的最重要的事情是，我们能够拥有法律的唯一方式就是让法律尽可能少。国家是个彻头彻尾的不道德的概念，除了在时间上，思想上，金钱上，在努力和顺从方面，我无法用任何道德标准来衡量它。这是社会强求每一个社会成员的东西。而社会的价值和文明的程度是与它对社会成员的掠夺成反比的。除了一个人自己选择要做的工作之外，你想不出有什么法律能以任何理由强迫他去工作。阻止他做出选择的法律是不可想象的——就像没有哪个人能强迫他的老板接受他一样。赞成或不赞成的自由是我们这种社会的基础——罢工的自由就是这种自由的组成部分。说到这个，我要向某个来自‘地狱厨房’[1]的佩特罗尼乌斯[2]提个醒——就是那个衣着考究的杂种，他最近特别嚣张，叫嚣什么罢工就是对法律和秩序的破坏。”

嘶哑的扬声器里传出一阵尖利的欢呼声和鼓掌声。门廊

1 Hell’s kitchen，指美国纽约曼哈顿西部，为盗匪出没地。——编者注

2 396—455，罗马贵族，在晚年发动宫廷政变，当上西罗马帝国皇帝，旋即被杀。——编者注

里的人们喘着粗气。凯瑟琳抓住吉丁的胳膊，对他耳语说："噢，彼得！他指的是华纳德！华纳德就出生在'地狱厨房'。他当然可以这么说了，可是华纳德一定会把气出在埃斯沃斯舅舅身上的！"

吉丁没法再听海勒演讲的其余部分，因为他头痛得异常厉害，有些眩晕，那种声响还让他的眼睛感到疼痛，他只好闭紧他的眼睑，靠在墙上。

当他意识到周围异常安静时，他猛地睁开双眼。他并未留意海勒演讲的结尾部分。他看见人们在紧张而严肃地期待着，扬声器发出的单调刺耳的吱吱嘎嘎声使人们都看向它那黑色的漏斗形出声筒。然后，一个声音打破了沉默，洪亮而缓慢：

"女士们，先生们，我荣幸地向你们介绍埃斯沃斯·蒙克顿·托黑先生！"

那么，吉丁想，巴内特在事务所的六美元赢定了。会场上有几秒钟的静默。接着发生的事对吉丁来说无疑等于当头一棒。他听到的不是一种声音，也不是轮胎爆炸——那是一种把时间劈开的东西，把这一时刻和以前的时刻分割开来的东西。起初他只感觉到震惊。清晰的、有意识的一秒过去之后，他才意识到那是怎么回事，那是人们的掌声。它是那么响亮，他简直觉得扬声器快要爆炸了。掌声经久不息，撞到门廊的墙壁上，他觉得墙壁朝大街方向塌陷了。周围的人们欢呼着。凯瑟琳站在那里，嘴唇张开，他敢肯定，她此刻一点呼吸也没有。

过了很久才突然静寂下来，和那种轰鸣到来时一样突然。扬声器哑了，只是高声地蜂鸣着。门廊里的人静静地站着。然后，那个声音又响了起来。

“我的朋友们，”那声音说，简洁而严肃，随后又轻声地不自觉地说，“我的兄弟们，”两句话都说得富有情感，而且说话人为这种多情报以了抱歉的笑，“这样的欢迎和待遇使我深受感动，使我无法克制自己。我希望大家对我这种人人皆有的孩子气不要见怪，然而我认识到了——也带着那种孩子气接受了——这不是给予我个人的礼遇，而是给予一个原则的，正是那个原则使得我今晚有机会来到这里，带着谦恭为它辩护。”

那不是人说话的声音，那简直就是个奇迹。它就像是展开了一面天鹅绒的旗帜。它是英语，可是那带着回声的每一个音节却使它听起来像是一种第一次有人说出的新语言，那是一个巨人的声音。

吉丁站着，张着嘴。他并没有听清楚那声音说了些什么内容。他听到的是声音的美。他觉得没必要知道它的含义；他可以接受一切，他心甘情愿地跟随着它的方向。

“……那么因此，我的朋友，”那声音在说，“从我们这次悲剧性的斗争中得来的教训就是团结。我们应该团结起来，否则我们就会失败。我们的意志——我们这些没有特权的人、被忘却的和被压迫的人的意志——将会使我们怀着共同的信念和目标，紧密结合成一座坚实的堡垒。该是我们每一个人抛弃那种个人的小思想、小问题，抛弃个人的得失、个人的安逸和自我满足的时候了；该是我们把自我融入一个巨大的潮流中，融入正在逼近我们的不断上升的浪潮中的时候了。那横扫一切的浪潮，不管我们情愿或不情愿，都会将我们扫入未来。我的朋友们，历史是从不质疑和默许什么的。它是不能倒流、不能改变的，因为群众的呼声决定了它。让我们倾听它的召唤吧。让我们组织起来，兄弟们。让我们组织起来。让我们组织起来。让我们组织起来！”

吉丁注视着凯瑟琳。哪里还有凯瑟琳，分明只有一张消融在扬声器的声浪中的苍白面孔。那不是她在听舅舅讲话。吉丁没有一丝一毫的妒忌之感，他但愿他能妒忌得起来。那不是爱。是某种客观的、与个人无关的东西洗劫了她，她的大脑一片空白，她的意志投降了：她没有了人的意志，取而代之的是吞噬着她的那种无可名状的东西。

“我们离开这里吧。”他小声说——声音很野蛮，凶巴巴的。他害怕了。

她转向他，仿佛此刻才慢慢地从无意识状态当中摆脱出来。他知道她是在设法理解他和他所隐含的意思。她小声说：“好吧，我们出去。”

他们漫无目的地走着，冒着雨，穿过街道。天很冷，可是他们一直走，感受着移动带给他们的感觉。

最后吉丁终于说：“我们都湿透了。”说得尽可能直率和自然。他们的沉默不语使他害怕，后来证明他俩理解得一模一样，而且是真实的。

“我们找个地方喝点什么吧。”

“好的。”凯瑟琳说，“走吧。这么冷……我不是在犯傻吗？现在我错过了舅舅的演讲，可我是那么想听。”好了，她终于提到了，以一种健康适度的遗憾很自然地提到了。这件事过去了。“可我想和你待在一起，彼得……我老想和你在一起。”情况来了个急转弯，不在于她说的是什么意思，而在于促使她这样说的理由。然后，一切都过去了，所以吉丁脸上泛起了微笑。他的手指在她的衣袖和手套之间搜寻着她光滑的手腕，她的肌肤暖暖地贴着他的……

好多天以后，吉丁听说全城都在流传这样一个故事。人们说，就在群众集会的第二天，盖尔·华纳德给托黑加了薪水。托黑一直很恼火，并且极力拒绝。“你贿赂不了我，华纳德先生。”他说。

“我不是在贿赂你。”华纳德回答，“别自以为是了。”

罢工的问题解决以后，一度中断的施工在城市各处突然开展起来。有那么多新业务源源不断地涌进事务所，吉丁发现自己在夜以继日地工作。弗兰肯高兴地对每一个人微笑，还为员工办了场小型聚会，有意消除他说过的话可能造成的影响。戴尔·恩斯沃斯先生和夫人在滨河大道旁修建的那座宫殿似的宅第——吉丁搞的那个用文艺复兴晚期风格和灰色大理石建成的特别项目，现在终于竣工了。戴尔·恩斯沃斯先生和夫人举行了一个暖房招待会，盖伊·弗兰肯和吉丁都在受邀之列，可是，就像最近时常发生的那样，卢修斯竟然被忽略了，十分偶然。在这次招待会上，弗兰肯玩得很开心，因为每一平方英尺的花岗岩都在提醒他，康涅狄格州的采石场又收到了一笔数目惊人的款项。吉丁很喜欢这次招待会，因为雍容华贵的戴尔·恩斯沃斯夫人用一种使人消除敌意的口气说："不过，我敢肯定，你是弗兰肯先生的合伙人！当然，牌子上写的是弗兰肯-海耶事务所！看我真是太粗心了！我借此想说的真心话是——如果你不是他的合伙人，人家会说，只有你才有资格做他的合伙人！"

办公室的生活就这样周而复始地过去了。在这样的日子里，一切都是那么顺利。

因此，参加完恩斯沃斯家的招待会后的一天早晨，看到弗兰肯带着一脸的紧张和焦虑走进办公室时，吉丁着实吃了一惊。"噢，没什么。"他冲着吉丁不耐烦地挥了挥手，"真的没什么。"在制图室里，吉丁发现，三个制图师正围成一圈，头凑在一起，以一种不曾有过的热心和兴趣阅读《纽约旗帜报》的某个栏目。

他听到了令人不快的嗤笑声。看见他过来时，那张报纸突然不见了，动作也太快了。他无暇过问此事，办公室里还有一位承包商的接待员在等着他呢，而且还有一大沓信件和很多设计方案要等他签字。

三个小时后，在匆忙的一大堆约会中，他已经把这个小插曲淡忘了。他感到神清气爽，不禁为自己的精力充沛而高兴。当他必须为一份新的草图到图书室去以便与它最好的样板进行比照时，他走出了办公室，吹着口哨，快乐地挥动着手中的图纸。他的动作驱使着他走过接待室，走到一半时，他突然停住了脚步。那幅图纸向前晃去，又晃回来拍打到他的膝盖上。他忘了在那种情形下他如此仓促的停驻是相当不得体的。

有一位年轻的女士站在楼梯扶手前，正在同接待员说话。她纤细的身段似乎是将正常人的体型按比例缩小了一样，她的线条如此修长、脆弱，如此夸张，使她看上去像一幅风格化的女性素描，使得正常比例的人体相形见绌。她身着朴素的灰色套装，衣服那简练的剪裁与她的外貌形成鲜明的对比——却具有一种不可思议的优雅。她把一只手的指尖放在扶手上，那是一只纤长的手，给她那笔直傲慢的手臂线条画上了句号。她有一双灰色的眼睛，却并非椭圆形，而是像两个长长的矩形切口夹在两条平行的睫毛线间。她神情冷漠而安详，嘴唇精致而漂亮。她的脸，她淡色的金发以及套装似乎都是无色的，是从真实色彩的边缘撷取了一点抹了上去，却反衬出整个真实世界的粗俗。吉丁一动也不动地站着，因为他第一次领会到了当艺术家在谈论美的时候，他们所说的真正意义上的美指的是什么。

“如果我要见他，那就是现在。”她正跟接待员这么说着，“他请我来的，而我只有现在才有空。”那并非一个命令，她说话的神气仿佛她并不想采用命令语气。

“是啊，可是……”接待台上的一只传呼器响了，接待员慌忙把线路接通，“是的，弗兰肯先生……”她转向来访者，“您现在就进去，好吗？”

那位年轻女子转身走向楼梯，经过吉丁时看了他一眼。她的眼神从他身上一掠而过，未做停留。他从呆呆的欣赏中清醒过来，及时地看见了她的眼睛。那双眼睛似乎是疲惫的，但透露出一种傲慢不恭的神情，留给他的印象是无情的冷酷。

他听见她上楼的脚步声，那种无情的冷酷感便也随之消失了。可是欣赏依旧留在他心里。他热切地走近接待台。

“刚才那位是谁？”他问。

接待员耸了耸肩膀。

“那是老板的小姑娘。”

“哎呀！这个幸运的小气鬼！”吉丁说，“他还一直瞒着我。”

“你误会我的意思了。”那位接待员冷淡地说，“那是他女儿。是多米尼克·弗兰肯。”

“噢，”吉丁说，“噢，天呐！”

“怎么？”那个姑娘挖苦地看了看他，“你读今天早晨的《纽约旗帜报》了吗？”

“没有。怎么了？”

“那就去读读吧。”

她控制台上的传呼器又响了，她转过身去。

他派了个小伙子买来一份《纽约旗帜报》，急不可待地翻到那个专栏——由多米尼克·弗兰肯撰稿的《你的家园》。他已听说她最近在描写纽约名人的家居方面很成功。她的话题范围是室内装修，可是偶尔也大胆地写一写建筑评论。今天，她的主题是戴尔·恩斯沃斯先生和夫人在滨河大道的新宅。他读到下面这段文字：

你进入一座金色大理石的庄严门廊，觉得仿佛置身于市政大厅或者是邮政大楼，可这里并不是。不过，它却一应俱全：带有柱廊的夹层，带凸起的楼梯，以及环形皮带状的涡卷饰纹，只是，那并不是皮革的，而是大理石的。餐室的门是上等黄铜做的，却阴差阳错地装在天花板上，外形像个缠绕着新鲜铜葡萄的葡萄架。墙壁的镶板上悬着些没有生命的鸭子呀、家兔呀什么的，蹲在一束束的胡萝卜啦、矮牵牛花呀还有豇豆之间。如果这些都是真实的，我想它们并没有什么吸引人的地方，不过，既然它们不过是些拙劣的石膏仿制品，那倒也无可厚非……卧室的窗户对着一堵砖墙，还是一堵不怎么整洁的墙，可是谁也没必要去看卧室嘛……正面的窗户很大，采光充足，也能看见那一尊尊栖息在窗外的大理石丘比特雕像。丘比特们个个营养充足，向街道展示了一幅可爱的画面，映衬着那严肃的花岗岩的建筑正面。每当你朝窗外一瞥，想看看是否在下雨时，你的目光便会落在它们微凹的脚底板上，如果你受得了这个，这一切还是可圈可点的；如果你厌倦了这些，你可以从三楼正中的窗户望出去。你能看见铸铁制的墨丘利的臀部，他就高居在大门口的山墙上方。那是个非常漂亮的大门。明天，我们将会参观史密斯·皮克林夫妇的家。

这幢房子是吉丁设计的。但是想到弗兰肯读着这篇文章时一定会有的想法，想到弗兰肯将怎样去面对戴尔·恩斯沃斯夫人时，他还是在狂怒之中忍俊不禁地哧哧笑出声来。接着他就把那幢房子和那篇文章忘了，只记得写那篇文章的姑娘。

他从桌子上随意捡了三幅草图，向弗兰肯的办公室走去请他批示，而他大可不必如此。

在通向弗兰肯关着的房门前的那段楼梯上，他停了下来。

隔着门，他听见了弗兰肯的声音，调门很高，愤怒而又无奈。弗兰肯受到打击时，常这样说话。

“……没想到这样的暴行竟然出自我女儿之手！我对你一贯的所作所为已经习以为常了，可这次你真是别出心裁，啊！我怎么办？我怎么向人家解释？你有没有考虑过我的处境？”

然后，吉丁就听见她哈哈大笑。那声音听起来是那样欢乐，又是那样冷酷，以致他明白还是别进去为好。他知道他不想进去，因为他又一次感到害怕，就像刚才看到她的眼睛时一样。

他转身走下楼梯，来到下一层。他想，他会认识她的，而且现在弗兰肯已经无法阻止这件事了。他热切地想着这件事，嘲笑着他构想了好几年的弗兰肯女儿的鲜明形象，再次修正了他美好的未来之梦，尽管他隐约觉得自己最好还是不要再遇见她。

10

罗斯通·霍尔科姆没有明显的脖颈，可是他的下巴却弥补了这点不足。他的下颚和嘴巴以完整的弧度直接堆在胸脯上。粉红色的面颊，触感柔软；无法跳回的岁月使得皮肤就像晒焦或烫伤的桃子皮。浓密的白发自前额向双肩垂下，一眼瞥去，还真有点像中世纪的长发老者呢。那头发在他的领背上留下了一层头皮屑。

他走过纽约的一条条街道，头戴一顶宽边帽，身着一套深色商务套装，一件淡绿色的缎纹衬衫，白色的锦缎西装马夹，领下系了一个硕大的黑色蝴蝶结。他持一根手杖，可不是用藤条或竹竿做的那种，而是一根长长的乌木制的权杖，顶上镶着一个金球。看起来，他硕大的身躯像是已经断了一切念头，转而决心接受单调的文明生活的习俗，以及那令人厌倦的衣着打扮，可是他那向前凸起的椭圆形的胸腹部依然放飞出他内心的缤纷色彩。

这一切对他来说都可以容忍，因为他是一个天才，是美国建筑师行会的主席。

罗斯通·霍尔科姆并不同意该组织中那些同僚的观点。他并不是一个孜孜不倦从事建筑行业的人，也不是一个生意人。他坚定地说，他是个有理想的人。

他谴责了美国建筑行业可悲的现状以及对从业者没有原则的选择。他指出，在任何一个历史时期，建筑师都是在遵循他所生活的那个时代的精神来进行建筑设计，而非挑选过去的东西。我们唯有在对历史规律的关注中，才能达到真实。而这就要求我们必须使艺术深深地植根于自己的生活现实中。他谴责建造古希腊式、哥特式或者罗马式建筑的愚蠢行径。他恳切地说，让我们做现代人，让我们以属于自己时代的风格来做建筑吧。他已经发现了那种风格。那就是文艺复兴时期的建筑风格。

他思路清晰，论说透彻。他指出，因为自文艺复兴时期以来，世界上再未有过重大的历史潮流，我们应该认为，我们仍然生活在那个时代；而且所有我们生存的外在形式都应忠实于十六世纪的大师们为我们树立起来的典范。

他说，他受不了少数一些人大谈现代建筑，使用一些与他完全不同的术语；他不理他们。他申明，那种想要摆脱过去的人是懒汉和没有知识的人，同时申明创新不能凌驾于美感之上。说美感这两个字时，他的声音都虔诚得发抖了。

除了大宗的项目委托以外，别的业务他概不接受。他专门搞那些不朽的和有纪念意义的建筑。他修建了很多州的议会会堂和纪念馆。他还为国际博览会作过设计。

他像一个受着某种神秘力量指引而即兴创作的作曲家那样去建筑。他会顿生灵感，在一座已经竣工的建筑物的平顶上添加一个穹顶，或者用金叶子形状的马赛克为一个长长的拱顶包上外壳，或者凿开水泥的建筑物正面代之以大理石。他的客户常常脸色煞白，瞠目结舌，可最终还是掏了腰包。他庄严的人格使他在任何客户的节俭面前都所向披靡，节节胜利。为他做后盾的是那严峻的、不言而喻的、势不可挡的断言——他是艺术家，而且声名显赫。

他出身位列社会名人录的名门，中年时娶了一位年轻小姐。这位小姐的家系虽然名不见经传，却有大堆的钞票，创建了一个口香糖帝国，并把资产都留给了这位独生女。

罗斯通·霍尔科姆现已六十五岁高龄。出于朋友们对他的美妙体魄的恭维，他常多报几岁。罗斯通·霍尔科姆夫人才四十二岁，但她总把实际年龄说得小很多。

罗斯通·霍尔科姆夫人维护着一个沙龙，每到星期天下午便正式聚会。她告诉朋友们："每个人，只要是在建筑业里有些身份的都可以来。"她随后又补充了一句，"他们最好来看看。"

三月里的一个星期天下午，吉丁开车来到霍尔科姆府上——一座佛罗伦萨式宅邸的翻版。他显得毕恭毕敬，但是有些不情愿。他是这类社会名流聚会上的常客，已经对此感到厌倦，因为每个他预料会来的人他都认识了。不过这一次，他觉得他非来不可，因为今天的隆重场面是为了庆祝霍尔科姆在不知哪个州修建的又一座州议会会堂的竣工。

一大群人迷失在了霍尔科姆家的大理石舞厅里，穿过原本计划当作庭院接待室的宽阔空地，散落进了被遗弃的一个个岛状地带。宾客们四下站着，有意识地不拘礼节，努力表现得卓越不凡。人们的脚在大理石地面上踩出清脆的声响，发出在教堂地下室里一般的回音。高脚烛台上蜡烛的火焰与街灯的灰黄色调极不协调，显得有些凄凉。街灯衬得烛光更加昏暗，给外面的天空染上了一抹淡淡的即将来临的黄昏的色彩。新的州议会会堂的缩模摆放在屋子中央的一个基座上，基座上装饰着的小灯泡耀眼地闪着光芒。

罗斯通·霍尔科姆夫人在茶桌上主持。每一位宾客都要接过一个易碎的透明瓷杯，优雅地啜上两小口，然后朝酒吧方向走。两位衣着华贵的男管事四处收集人们丢弃的杯子。

正如她的一位女友所描述的，罗斯通·霍尔科姆夫人“身材娇小，很有头脑”。她娇小的身材让她暗自悲伤，可是她已经学会了怎样寻找补偿。她可以大谈她穿的十号尺码的衣裙，大谈她在初中生用品部购物的事，她的确这么做过。她在夏季穿着高中生的学生服和短袜，露出她那纺锤形的细腿和那暴起的青筋。她崇拜名人。那是她一生的庄严使命。她以坚忍不拔的精神追逐名人。她睁大了敬慕的眼睛面对着他们，谈她自己的渺小和卑微，然后再谈自己的成就。每当他们中有谁不充分肯定她个人关于死后的生活、关于相对论、关于阿兹台克人的建筑艺术、计划生育和电影方面的观点时，她便耸耸肩膀表示轻蔑，抿紧嘴唇摆出一副充满仇恨的模样。她交了很多穷朋友，而且对此大肆宣传。如果有哪位朋友凭运气改善了自己的经济地位的话，她便与之绝交，觉得这是大逆不道。她开诚布公地表现出她对财富的憎恨：他们分享着她的殊荣。她把建筑行业纳入自己的私人版图和领地。她受洗礼时的教名为康斯坦斯，因此发现让人们叫她“琦琦”是个非常聪明的主意，在她早已年过三十之时，她开始强迫朋友们使用这个昵称。

霍尔科姆夫人在场时，吉丁从未感到舒服过，因为她太过咄咄逼人地冲他微笑，而且老爱对他的言行妄加揣测，眨着眼睛说：“哎呀，彼得，看你多调皮！”而其实他心里根本没这个意思。不过，今天，他像往常一样，拉着她的手深深地鞠躬，而她则在她的银茶壶后面对他报以微笑。她身穿一袭帝王般华贵的鲜绿色天鹅绒长袍，短发上系了一根品红色的缎带，前方还有一个可爱的蝴蝶结，黄褐色的皮肤很干燥，鼻头上有几个粗大的毛孔。她把一只杯子递到吉丁手上，一块切割成方形的绿宝石在烛光的映衬下，在她的手指上闪闪发光。

吉丁表达了他对州议会会堂设计的仰慕之情，然后逃也似的去看那个模型了。他一边喝着杯中那有丁香味的烫嘴的茶，一边在它面前站够了恰当的时间。霍尔科姆从来不朝建筑模型这边看，但从不放过任何一个在它面前驻足的人。他拍了拍吉丁的肩膀，说了几句关于年轻人学习文艺复兴艺术的话。然后，吉丁就踱步走开了，毫无热情地与一些人握着手，不时地看一眼他的腕表，计算着合适的离开时间。然后，他站住了。

在一座宽大的拱门外的一个小图书室里，他看见了多米尼克·弗兰肯，还有三个年轻人站在她旁边。

她靠在一根廊柱上，手里端着一杯鸡尾酒。她穿着一套黑色天鹅绒衣服。那不透光的厚重布料挡住了肆意穿过她的手、脖子和面颊的光线，将她定格在了现实之中。一束白色的华光在她手中握着的杯子里闪烁，如同一个冰冷的金属十字架，仿佛那是一组透镜，把她皮肤上散射出去的光线又聚拢了过来。

吉丁飞快地跑过去，在人群中找到了弗兰肯。

“哎呀，彼得！”弗兰肯满面春风地说，“想让我给你拿杯茶吗？还不那么烫。”随即他压低了嗓音说，“不过这儿的曼哈顿鸡尾酒还不错。”

“谢谢，我不喝。”吉丁说。

“此事你知我知。”弗兰肯说，冲着那座模型眨眨眼，“那个东西糟糕透顶，不是吗？”

“是啊，”吉丁说，“比例失调，真是糟糕透顶……那个圆形屋顶就像是霍尔科姆在用脸模仿初升的红日一样……”他们在一个能完全看见图书室的地方停下来，而吉丁的眼睛盯住了那名黑衣女子，还在提醒弗兰肯注意她。他很高兴为弗兰肯设了个圈套。

“还有那幅蓝图！那幅蓝图！你在二楼看见了吗？……噢。”弗兰肯说着，终于注意到了。他看看吉丁，又看看图书室，然后再看吉丁。

“唔，”他最后说，“以后可别怪我。是你自找的。来吧。”

他们一同来到图书室。吉丁得体地停住了脚步，却放任他的眼神透露出不合礼仪的热情。此时，弗兰肯露出牵强的微笑，对女儿说：

“多米尼克，我的宝贝！我可以介绍一下吗？这位是彼得·吉丁，我的左右手。彼得——这是我女儿。”

“你好。”吉丁说，他的声音很温和。

多米尼克庄重地鞠了一躬。

“弗兰肯小姐，我老早就想认识你了。”

“这会很有意思。”多米尼克说，“当然，你会尽力对我好的，不过，那可不能算是有外交手腕哦。”

“弗兰肯小姐，你指什么呢？”

“爸爸宁愿你对我坏些。我和爸爸相处得一点都不融洽。”

“为什么，弗兰肯小姐，我……”

“我想，一开始就应该告诉你，这样很公平。你可能想重新得出一些结论。”他搜寻弗兰肯的影子，可他早就逃之夭夭了。

“不，”她轻声说，“爸爸并不精于此道。他也做得太露骨了。你请他作介绍，可是他本不该搭这个茬儿。不过，还好，因为我们都接受了这一点。坐吧。”

她顺势坐在一把扶手椅上，所以吉丁也顺从地在她旁边坐下来。那几个他不认识的年轻人在一边站了好一会儿了。他们不知所措地微笑着，竭力地想加入他们的谈话。然后，他们踱着步走开了。吉丁略感安心了些，心想，多米尼克也没有什么可怕的，只是在她的话语和她讲话时所采用的那种天真无邪之间，有一种令人不安的反差。他不知道该相信哪个。

“我承认是我要求他介绍的。”他说，“无论如何这都是很明显的，不是吗？谁不会这么做呢？可是你不认为我可能得出与你父亲毫不相干的结论吗？”

“别对我说我很漂亮，气质优雅，别说我与众不同，不同于以往你所认识的任何一个，别说你恐怕要爱上我了。你最终会这么说的，可是让我们先放一放。除此之外，我想我们还是会相处得不错的。”

“可你这是让我为难，不是吗？”

“是的，爸爸早该告诉你的。”

“他说了。”

“那你就该听他的话。你得好好体谅我爸爸。我认识他太多的左右手，都快成为一个怀疑论者了。可你是第一个经受得住考验的。而且看起来还经得住剩下的考验。我听说了很多关于你的事情。我向你表示祝贺。”

“我盼望与你认识都有好几年了。我读你的专栏，是那么的……”他停住不往下说了，心知他本不该提起这个，而且，最重要的，他就不应该停下来。

“那么的？”她轻轻地问。

“……那么的有意思。”他终于说完了这个句子，满心希望她会放过去。

“噢，是的。是恩斯沃斯家的房子吧。是你设计的。我很抱歉。你碰巧成了我鲜有的诚实攻击的牺牲品。我并不经常写那种文章。如果你也读了我昨天的文章的话，你便会知道。”

“我读过了。嗯——那么我学你的样，也要十分坦率。别以为我会抱怨——一个人绝不能抱怨他的批评家。可实际上，霍尔科姆设计的那座州议会会堂比起所有那些你对我们大肆攻击的地方，要糟糕得多。昨天你为什么给他那么多溢美之词，或者说，你犯得着那样做吗？”

“别吹捧我。当然，我并非迫不得已。你以为任何一个关心报纸上家居装饰这一栏目的人会在乎我在栏目里谈了些什么吗？另外，照理我不应该写有关州议会会堂的文章。只是我厌倦了写家居装饰而已。”

“那你为什么还要称赞霍尔科姆呢？”

“因为那个州议会会堂太可怕了，以至于严厉的批评可能会导致人们对此话题突然失去兴趣。所以我就想，把它吹到天上或许会很有意思。果不出所料。”

“那就是你工作的方式吗？”

“那就是我做事的方式。可除了那些家庭主妇之外，没人会读我的专栏，而她们是永远没有机会去做家居装修的。所以那根本无关紧要。”

“可是在建筑方面，你到底对什么感兴趣呢？”

“在建筑方面，我不喜欢任何东西。”

“唔，你当然知道我是不信那一套的。如果你没有什么话要说，那你为什么还要写呢？”

“为了有事可做。比我能做的许多别的事情更令人作呕，而且更有意思。”

“说下去，那是个很好的论据。”

“我从来就没有好的论据。”

“可你一定喜欢你的工作。”

“我是喜欢。你没看出来吗？”

“你知道，实际上我很羡慕你。在华纳德报业集团这样一个大企业工作。美国最大的报业组织，网罗了最好的写作天才，而且……”

“瞧，”她说着，亲密地靠近些，“我来帮你说完。如果你刚刚认识我爸爸，而且他在为华纳德报业工作，那样说就很对。但是跟我这么说可不行。那是我预料到你要说的，而我不喜欢听预料之中的东西。如果你说华纳德报业是个可鄙的下贱的懦弱的新闻垃圾场，他们的作者加起来也不值几个铜子儿，那会有趣得多。”

“你真的这样评价他们？”

“根本不是。可我不喜欢人家只是一味地说他们以为我在想的事情。”

“谢谢你，我会需要你的帮助。我从未认识过任何人……噢，不，当然，那是你不让我说的。可我的确是这么看你们报纸的。我一直很钦佩盖尔·华纳德。我一直希望能认识他。他是怎样的一个人？”

“就像奥斯顿·海勒所说的——一个衣冠禽兽。”

他瑟缩了一下。他想起了听奥斯顿讲这句话的地方。在看着面前搭在椅子扶手上这只纤细白嫩的小手时想起凯瑟琳，似乎有些沉重和下流。

“但是，我的意思是，当面看起来，他怎么样？”他问。

“我不知道。我从来都没见过他。”

“你没见过他吗？”

“是的。”

“噢，我听说他这人很有意思。”

“毫无疑问。等我有心情做点堕落的事情时，我很可能会去认识他。”

“你认识托黑？”

“噢。”她说。她眼神里的东西——他以前也曾看到过，同时他也不喜欢她语气中透出来的那种甜甜的欢快。“噢，埃斯沃斯·托黑。我当然认识他。他很了不起。我很喜欢与他交谈。他出言不逊，是个十足的恶棍。”

“唔，弗兰肯小姐，你是我所认识的第一个……”

“我并不想危言耸听。我是指所有的方面。我钦佩他。他是那么完美。无论如何，你在这个世界上还没见过一个十全十美的人，不是吗？而他恰恰是完美的。纯粹是他自己的方式上的完美。任何其他的人都尚未完工，支离破碎，根本对不到一块。但托黑不是这样。他如一块磐石。有时候，当我对这个世界感到痛苦时，我就会聊以自慰地这样想：没什么大不了，一切都会遭到报应的。我就想，世界会变成它该变成的样子——因为埃斯沃斯·托黑就在那儿。”

“你想为了什么而遭到报应？”

她看着他，她的睫毛张开了有好几秒钟，她的眼睛不再是矩形的，而是那么温柔，那么清澈。

“你真聪明。”她说，“这是你说出的第一句聪明话。”

“为什么？”

“因为你知道从我说的一堆废话中挑选什么。所以我得回答你。我想为了自己没有什么可以被报应这一事实而遭到报应。现在让我们继续来谈埃斯沃斯·托黑。”

“喔，我老是听人们谈论他，每个人都在说。他是那种圣徒式的人物，一个纯粹的理想主义者，不能收买的人和……”

“你说的这些都没错。一个没有装饰的受贿者才更安全。但是托黑就像一块识别真伪的试金石。你可以通过人们对待他的方式去了解那些人。”

“为什么？实际上你是指什么？”

她又靠到椅子背上，把两臂伸开放到膝盖上，绞着手腕，手掌心向外，两只手的手指交叉在一起。她安适地笑出声来。

“居然在茶会上搞出一个讨论的主题，没趣。还是琦琦说得对。她讨厌看见我，可是隔三岔五还得请我来。而我也不能不来，因为她不想要我来的意图也太明显了。你知道，今晚我把我对那个州议会会堂的真实想法告诉了罗斯通，而他竟然不相信我。他只是咧开嘴笑，说我是一个非常有教养的小姑娘。”

“那么，难道你不是吗？”

“什么？”

“一个非常有教养的小姑娘。”

“不，今天不是。我让你那么难堪。所以我要弥补我的过失。我来告诉你我对你的看法，因为你会为此着急的。我觉得你长得很帅气，给人安全感，明明白白，很有抱负，你会侥幸成功的。而且我喜欢你。我会告诉爸爸，我对他的这个左右手很满意，所以你瞧，老板的千金也没什么可怕的。尽管我什么也不对他说可能会更好，因为我的推荐会起反作用。”

“我可不可以把我对你的一点看法告诉你？”

“当然可以。有多少看法你尽管说出来。”

“我想如果你不说你喜欢我，可能还好些。那样听起来比较真实。”

她笑了。“如果你明白这个，那我们会相处得不错。没准儿这会变成真的。”

高登・L.普利斯科特出现在舞厅的拱门下，手里拿着一个玻璃杯。他身穿一套灰色的西服和一件银白色的高领羊毛衫。他看上去像是刚刚擦洗过孩子气的脸，还像往常那样，浑身洋溢着香皂、牙膏和户外活动的气息。

“多米尼克，宝贝儿！”他一边叫着，一边挥舞着手中的杯子，“你好，吉丁。”他又敷衍了一句，“多米尼克，你躲到哪里去了？我听说你来了，找你找了老半天！”

“你好，高登。”她不失礼节地说。在她平静礼貌的话语里，听不出丝毫的反感，但是在他热情的高声之后，她采用的却是那种近乎死板的平淡语调——仿佛这两种声音围绕着她轻蔑的旋律线，交织成了一曲多声部的乐章。

普利斯科特没有听出来。“宝贝儿，”他说，“每一次见到你，你看起来都比以前更漂亮了。”

“这是第七次了。”多米尼克说。

“什么？”

“高登，这是你和我见面时第七次这么说了。我一直在替你数着呢。”

“你就不能严肃点吗？多米尼克。你永远也没个正形。”

“噢，你说得对，高登。我刚才正和我的朋友彼得·吉丁进行严肃的谈话呢。”

有一位女士朝普利斯科特挥了挥手，他赶紧抓住这个机会溜掉了，看起来很蠢。她为了希望继续和她的朋友彼得·吉丁谈话而打发走了另一个男人，想到这个，吉丁心里美滋滋的。

可是当他转向她时，她却甜甜地问：“我们刚才谈什么话题来着，吉丁先生？”然后她兴致盎然地环视了一下整间屋子，瞪大眼睛盯着一个形容干瘪、被威士忌呛得直咳嗽的小个子男人。

“嗯，我们在……”吉丁说。

“噢，那边是尤金·帕丁格尔。我最喜欢的朋友。我得去向他问好。”

她随即站起身来，穿过房间，身体后倾着向在场者中最不吸引人的一个七旬老人走去。

吉丁不知道他是不是也被划在高登·L.普利斯科特那一类人当中了。或者说，那只是一起意外的事故。

他不情愿地再次踱回舞厅里，强迫自己加入一群客人的谈话中。当多米尼克穿过人群走动时，当她站住和他人交谈时，他都在观察着她。她根本连看都没有再看他一眼。他无法断定，他与她之间的相处是成功的还是不幸地以失败告终。

当她要告辞时，他设法出现在了门口。

她停住了，向他露出迷人的微笑。

他还没来得及说出一个字，她便说："不，你不能开车送我回家。有辆车在等着我呢。不过还是要谢谢你。"

她离去了，而他站在门口，很无助，狂乱地思考着，相信自己的脸肯定红了。

他感觉到一只柔软的手搭在了他的肩上。他转过头去，发现是弗兰肯。

"打算回家吗，彼得？坐我的车吧？"

"可是我想你七点钟要去俱乐部。"

"噢，没关系的。我会稍晚一点，不要紧。我开车送你回家，完全没问题。"弗兰肯的脸上有一种特别期待的表情，那很罕见，与他极不相称。

吉丁默不作声地跟着他，觉得很好笑，当他们在弗兰肯车上那舒适的暮色中独处时，他一语不发。

“怎么了？”弗兰肯觉出苗头不对，问。

吉丁笑了：“你是只猪，盖伊。你不懂得如何去欣赏你所拥有的东西。你为什么没告诉我？她是我所见过的最漂亮的女性。”

“噢，是的。或许那正是问题所在。”弗兰肯神情黯淡地说。

“什么问题？你看出哪儿有问题了吗？”

“彼得，你认为她到底怎么样？忘掉外表吧。你会发现你很快就会忘记她的外表的。你怎么看她？”

“唔，我想她个性太强。”

“谢谢你的轻描淡写。”

弗兰肯神情阴郁，沉默不语，接着他用略为笨拙的、有点近似希望的语气对吉丁说：“你知道，彼得，我感到意外。我观察着你，你和她谈了很长时间。那太令人吃惊了。我满以为她会借一个优雅而讨厌的一流人物之手把你赶跑。或许你有可能与她很好地相处。我断定你不可能说出她的问题。或许……彼得，你知道，我是想告诉你：如果她对你说，我不想让你与她相处——你可千万别在意。”

他说出那个句子的严肃认真劲儿是多明白的一个暗示啊。吉丁不由自主地将嘴撮成要吹口哨的形状，可是他适时地忍住了，没有吹出来。弗兰肯又庄重地说：“我可一点儿也不想你对她凶。”

“你知道，盖伊，你不该就那样走开的。”吉丁用一种自命为恩人的口气责备弗兰肯。

“我从来不知道怎么跟她说话。”他叹息道，“我从来学不会怎样跟她讲话。我无法理解她到底是怎么回事。但是肯定有问题。她就是不能做得像个人样。你知道，她被两所女子精修学校开除过。我无法想象她大学是怎么念完的，不过我可以告诉你，整整四年来，我都害怕打开我的信件，我一直在等待着那最终要来的消息。后来我想，好吧，一旦她独立了，我就解放了，也就不必担心什么了，可是，她现在有过之而无不及。”

“你觉得你在担心什么呢？”

“我不担心。我尽量不去担心。不必去想她的时候，我就觉得开心。我也对此束手无策。我不是做父亲的料。可有时候，我又觉得那毕竟是我的责任，尽管天知道我并不想担那份责任，然而，问题就摆在我的面前。我应该做点什么，没有别的人能担此重任。”

“你让她把你吓住了，盖伊，其实也没什么好怕的。”

“你认为没什么可怕的吗？”

“是的。”

“或许你就是治得了她的那个人。现在我不后悔让你认识她了，可你清楚，我本不想让你认识她的。对，你能制服她。彼得，你……你很坚定，不是吗？——当你在追求什么的时候。”

“唔，恐怕经常是这样的。”吉丁说着，伸出一只手做了个漫不经心的手势。然后，他往后靠在垫子上，仿佛是累了，仿佛他并没听到什么重要的事。剩下的一段路程，他一直默不作声。弗兰肯也没出声。

约翰·埃瑞克·斯耐特说：“小伙子们，这件事你们可得不遗余力地去做。这是我们今年接受的一宗重大委托。你们明白，钱是没有多少，但重要的是名气，还有人际关系！如果我们中标的话，难道那些大建筑师们不眼红吗？奥斯顿·海勒已经坦诚地对我说了，我们是他打过交道的第三家事务所。那些大建筑师们硬要卖给他的东西他一概不会接受。所以机会该轮到我们了，小伙子们。你们清楚，要设计得与众不同，要不同凡响，但是要特别高雅，所以你们清楚，要与众不同。那就尽最大的努力去做吧。”

他的五个制图师在他面前站成半圆形。“哥特”神情看起来还不算很厌倦，而“大杂烩”似乎提前就打退堂鼓了，“复兴”的眼睛正跟着一只天花板上的苍蝇打转。洛克说：

“斯耐特先生，他究竟是怎么跟您说的？”

斯耐特耸耸肩，风趣地看着洛克，仿佛他与洛克共同保守着一个有关新客户的不可告人的秘密，根本无须说出来似的。

“也没说出什么重点——不过，小伙子们，我私底下跟你们说，他在新闻界也算文笔出众，却不怎么会表达思想。他承认他对建筑一窍不通。他没说他是想要现代主义的风格呢，还是某一个时期的别的什么。他的大意是说，他想要一座他自己的房子，但是他对于修建这座房子已经犹豫了好长时间，因为所有的房子在他看来都千篇一律，而且看起来就像是地狱，他不明白人怎么会对那样的房子怀有热情。然而，他有个理想，那就是他要一座他真正喜欢的房子。他的原话是这么说的：'一座有点意义的建筑。'尽管他又说，他也不知道是什么样的房子，怎么个设计法。喏，他就是这么说的。没什么参考性。而且，他要不是奥斯顿的话，我本来不想答应向他提交草图的。不过我向你们保证，他的话并没有什么意义……有什么事吗，洛克？"

"没什么。"洛克说。

就这样，关于奥斯顿宅邸的第一次主题会议结束了。

随后，就在当天，斯耐特让他的五个制图师挤上火车去康涅狄格州察看海勒选定的建筑场地。他们站在一块由海岸延伸过来的僻静之地，岩石丛生，离一个不怎么繁华的小镇有三英里远。他们嚼着三明治和花生，看着一段悬崖。它从凹凸不平的地面上拔地而起，又陡直地伸入海中。裸露的岩石寸草不生，如同一根垂直的巨石柱，与漫长而苍白的海平面构成了一个十字架。

"那儿，就在那儿。"斯耐特说。他手上旋转着一根铅笔。"该死，哼？"他叹了一口气，"我试图向他提议一个更有名望的地方，可他好像不怎么接受，所以我只好缄口不语。”他又转起铅笔来，“那就是他要建房子的地方。刚好在山顶上。”

他用铅笔头顶着自己的鼻尖：“我试图建议他把地址选得离海远一点，可以把那块该死的石头作为一个景致，但是白费口舌。”他用牙尖咬住橡皮头，“想想那一阵阵的强风，而且测量起来也够呛。”他用铅笔头擦着他的指尖，结果留下一片污迹，“那就这样吧……观察一下石头的倾斜度和品质。处理起来会很棘手……所有的测量图和照片都在我的办公室里……哎呀……谁有香烟？那么，我想就这样吧……我会随时向你们提出建议的……另外……那趟该死的火车到底什么时候返回？”

就这样，五个制图师开始着手他们的设计任务。其中四个人立刻动手在绘图板上忙活起来。洛克则独自一人几次三番到房址去察看。

在斯耐特事务所的这五个月，洛克就像那张在他面前铺开的白纸。假如曾经有什么感悟的话，他也是找不到答案的，唯有这样一个事实——这五个月在他脑子里留下一片空白。如果竭力去回想，他还能够想起那些设计草图的遭遇，可他并没有费力去想。

但是，他从未像他爱奥斯顿·海勒的房子这样爱过这些草图。一连好几个晚上他都待在制图室里，独自面对着一张图纸，想象着那座临海而立的悬崖。在绘制好以前，谁也没见过他的草图。

制好草图的那个夜里，他在制图台前坐下来，看着面前铺开的一张张图纸，一坐就是好几个小时。他一只手撑着头，另一只手垂在身体的一侧，血液在他的手指上聚集，使它们变得麻木，窗外的街道变成了深蓝，又变成浅灰。他并没有看眼前的草图。他感觉到一阵眩晕，异常疲惫。

那图上的房子不是由洛克设计的，而是由它所蹲踞的那座悬崖设计的。仿佛是那座悬崖自己成长，自己完善，最终完成了它一直在等待着的使命似的。那座房子分解成几个层次，依山势走向和地形起落而建，俯仰包合，错落有致，最终达到一种圆满和谐。屋墙与山体同为花岗岩，与山势互为依托。混凝土的阶梯宽阔而突出，银色似大海一般，在回应着海浪和笔直的地平线的线条。

当人们回到制图室开始新的一天时，洛克依然静坐台前。后来，那几张草图被送到了斯耐特的办公室。

两天以后，那份准备提交给奥斯顿·海勒的最终版本，由埃瑞克·斯耐特选择和修改，由那位中国艺术家执行的最后定稿，用薄绵纸蒙好放在一张制图台上。那是洛克的设计。他的竞争对手们都被淘汰了。那房子是洛克设计的，可是它的墙现在变成了红色的砖墙，它的窗户被分割成传统大小，还被装上了绿色的护窗板，房子突出的两翼被删去了，那座临海的大露台也不见了，代之以一款装饰性的铁制阳台，还增加了一个大门，爱奥尼亚式的廊柱支撑着一堵分开的山墙，还用一个锥形体支撑着风向标。

约翰·埃瑞克·斯耐特站在一张制图台前，两手在草图上方伸开，唯恐一不小心碰到那如处子般纯洁的精致颜色。

“这才是海勒心目中想要的东西呢，我敢肯定。”他说，“相当漂亮……不错，相当出色……洛克，我跟你说过多少次了，不要在最终的草图前抽烟？站开些。你会把烟灰弄到上面的。”

奥斯顿·海勒预计十二点钟来，但是在十一点半的时候，斯明顿夫人未经通报就闯了进来，要求立刻拜见斯耐特先生。斯明顿夫人是一位刚刚继承了亡夫遗产的贵妇人，一向专横跋扈。她刚刚搬进由埃瑞克·斯耐特设计的新宅。此外，埃瑞克·斯耐特希望能得到她兄弟的一座公寓的设计委托书。他不能拒而不见，便点头哈腰地将她让进自己的办公室。在办公室里，她滔滔不绝、毫不含蓄地诉说起来——她书房的天花板裂了一道缝，而且，起居室靠海湾的窗户笼罩在一片永久的大雾里，而她对此束手无策。斯耐特把他的首席设计师叫来。他们一起向她作了详细的解释：再三道歉，大骂工程承包商。当斯耐特办公桌上的个传呼器响起，接待员宣布奥斯顿·海勒到来时，斯明顿夫人还在气头上。

不可能请斯明顿夫人离开，也不可能让奥斯顿·海勒等待。斯耐特抛下她一个人去听设计师那些安抚的话语，自己先告退一会儿。紧接着他就进了接待室，握住海勒的手向他提议：“您介意走几步路到制图室去吗，海勒先生？那儿光线更好些，草图都为您准备好了，可是我没有冒险去挪动它。”

海勒似乎并不介意，顺从地跟着斯耐特走进制图室。他个子高大，肩膀宽阔，有一头沙色的头发，穿一身英格兰粗花呢衣服，诙谐平静的眼睛周围已经有数不清的皱纹。

那份草图摆放在中国艺术家的工作台上，而艺术家本人则羞怯而默不作声地闪到一边去了。旁边就是洛克的制图台。他背朝海勒站着，继续制他的图，并未转过身来。雇员们已经受过这样的训练——当斯耐特带领客户进来时不许打扰。

斯耐特用指尖捏着薄绵纸，轻轻地将它提起来，仿佛在揭去新娘的面纱一样。然后他退后几步，观察着海勒的脸色。海勒弯下腰拱着背，他的注意力被吸引了，目不转睛，专心致志地看着，半天没说一句话。

“我说，斯耐特先生，”他开口说话了，“这，我想……”又停住不说了。

斯耐特耐心地等待着，满心欢喜，感觉着某种他不想惊扰的东西的来临。

“这，”海勒突然大声地说，一拳砸在图纸上，斯耐特吓得缩了一下，“这跟我想要的东西最为接近了！”

“我知道您会喜欢的，海勒先生。”斯耐特说。

“我不喜欢。”海勒说。

斯耐特眨着眼，等着下文。

“不知怎么，它跟我想要的东西是如此接近。”海勒遗憾地说，“可是，差了点什么。我说不清楚是哪儿。可是，就差那么一点点。请原谅我，这话听起来很含糊。可我总是这样，要么立刻就喜欢上什么东西，要么就是不喜欢。比如说那个大门，我知道我不会喜欢，可你甚至都没有注意到，因为你对此太习以为常了。”

“呵，不过请容我指出一些原因，海勒先生。一个人当然要现代一点，可是也得保留一个家的外表吧。集庄严、华贵和安乐、舒适于一体，您明白的，像这样一座庄严的房子需要略作一些柔化的修整和处理。这从严格的建筑学意义上来讲，是正确的。”

“毫无疑问，我不想知道这么多。我在个人的生活中从来没有严格地正确过。”

“只要容我解释一下这个设计，您就会明白……”

“我知道，”海勒疲惫地说，“我知道。我确信你是对的。只是……，”在他说话的语气中有一种渴望，他希望对方能明白他的意思，“只是，要是它有一点整体感，一点……一点主题……似乎有，又似乎没有……如果它有点生命活力的话……可是没有……它缺少点什么，而且有过多的……如果它再简洁些，更简练……我听人家用什么字眼来着？——如果它浑然一体的话……”

洛克转过身来。他在台子的另一边。他抓起那份草图，手向前一闪，铅笔便从图上划了过去，把粗黑的线条深深地切进那碰都不能碰的水彩。铅笔的线条摧毁了爱奥尼亚式的廊柱、山墙、大门、塔尖、百叶窗、红砖，抛弃了两旁石制的侧翼，它们把窗户变宽了，它们劈碎了露台，并且在临海处画下一道阶梯。

他的这一动作开始的时候，别人还未反应过来是怎么回事。接着斯耐特向前冲过来，可是海勒抓住他的手腕阻止了他。洛克的手以愤怒的动作不停地毁坏着那些墙面，割裂着它们，使它们恢复着本来的面目。

洛克的头猛地抬起了一下，只有那么一眨眼的工夫，是为了看一眼对面的海勒。这就是他们需要的全部介绍，就像是握了一下手一样。洛克继续划着，改着，等他扔下铅笔的时候，那座房子一如他当初所设计的那样，完全以黑色的线条呈现出来。他这些动作持续了不到五分钟。

斯耐特试图说点什么。因为海勒一语不发，他就冲洛克发起火来：“你被解雇了，见你的鬼去吧！出去！你被解雇了！”

“我们俩都被解雇了。”奥斯顿·海勒一边说，一边冲洛克眨眨眼，“来吧，你中午吃东西了吗？我们找个地方，我有事要和你谈。”

洛克去储物柜取了他的帽子和外套。整个制图室都目睹了这一使人目瞪口呆的行为，所有工作着的人都停下来看：奥斯顿·海勒拿起那幅草图，一折为四，把那神圣的卡纸弄得哗哗响，然后将它塞进了衣服口袋。

“可是，海勒先生……”斯耐特结结巴巴地说，“容我解释一下……如果那就是您想要的，那好说。我们把草图重新做一遍……容我向您解释……”

“现在不用解释了，”海勒说，“不是现在，我会把支票送过来的。”

然后，海勒走了，洛克也跟着他走了出去。那扇门在海勒先生身后“砰”的一声关上了，就像他某篇文章的结尾段落一样响亮。

洛克一句话也没有说。

在洛克平生去过的最豪华的饭店里一间灯光柔和的包房，他们中间摆放着晶莹的玻璃杯和银光闪闪的餐具，海勒说：

“既然那是我想要的房子，既然那是我一直梦寐以求的房子。你能帮我把它建造起来吗？制出设计方案，并且监督工程？”

“能。”

“如果马上开工的话，得用多长时间？”

“大约八个月。”

“我在暮秋就要住，到时能完工吗？”

“能。”

“就跟那幅图一模一样？”

“一模一样。”

“瞧，我也不知道跟一个建筑师要签什么样的合同，而你肯定知道。下午起草一份协议书，让我的律师签字，好吗？”

“好的。”

海勒审视着坐在对面的这个人。他看见他的手放在面前的桌上。海勒的意识集中在那只手上。他看见那修长的手指，轮廓鲜明的关节，还有那清晰可见的血管。他有一种感觉，他并不是在雇用这个人，而是在向这个人的职业精神投降。

“你多大了？”海勒问，“你是什么人呢？”

“二十六岁。你想要我的个人材料吗？”

“该死。不要。我有。就在我口袋里呢。你叫什么名字？”

“霍华德·洛克。”

海勒掏出一本支票簿，在桌子上翻开，伸手掏他的钢笔。

“你看，我给你的账上划拨五百美元。给你自己找间办公室，或者买些必需品，去干吧。”

他撕下那张支票夹在两指之间，向洛克递过去。他的胳膊肘撑在桌子上，手腕以一种横扫一切的手势晃动着。他眯起眼睛，感觉很有趣，滑稽地观察着洛克。可是他的姿势像是在致敬。

那张支票被兑现后便有了“霍华德·洛克建筑师事务所”。

II

霍华德·洛克有了一家自己的事务所。

那是一幢旧楼顶层的一个大房间，透过宽大的窗户可以俯瞰下面的屋顶。他静静地站在窗前，极目远眺，能看见像一条玉带的哈得逊河。他把手按在玻璃上，河上船只在他的指尖下移动，留下一道道细细的条纹。他有一张办公桌，两把椅子，还有一张巨大的制图台。入口的玻璃门上贴着这样几个字：霍华德·洛克，建筑师事务所。他久久地站在大厅里，看着那几个字。然后他走进来，摔上门。他从制图台上捡起一把曲尺，再把它扔下去，仿佛轮船正在抛锚。

约翰·埃瑞克·斯耐特表示反对。当洛克回来取他的绘图工具时，斯耐特走进接待室，热情地握着他的手说："哎呀，洛克！你还好吗？快进来，赶快进来呀，我有话要跟你讲！"

待洛克在他的办公桌对面坐定，他大声地继续说道：

"瞧，好家伙，我希望你理智一点，不要拿我昨天说过的任何话来向我示威。你也知道是怎么回事，我有点昏了头。然而，并不是……而是你得再去做那幅草图。那幅草图……好了，千万别往心里去。没有想不开吧？”

“没有。”洛克说，“一点儿也没有。”

“当然，你没有被开除。你没有当真吧？你现在就可以回来上班。”

“为什么？斯耐特先生？”

“你是什么意思，为什么？噢，你还在想海勒先生的房子吧？你没有把海勒的话当真吧？你也看出他是怎样的人了，那个疯子一分钟要改六十次主意呢。他不会真的把那个委托交给你的，这你要弄清楚，事情可没有那么简单，生意不是那么好做的。”

“我们昨天刚签了合同。”

“噢，签了吗？那就太好了！哎呀，瞧，洛克，我来告诉你我们该怎么做：你把那项委托带回我这里，我允许你和我共同签名——‘约翰·埃瑞克·斯耐特-霍华德·洛克’。设计费我们平分，那算是你的额外工资，而且顺便说一句，也要给你加薪。那样我们就能以同样的方式处理其他任何你带来的业务了……我的老天，伙计，你在笑什么？”

“请原谅，斯耐特先生，对不起。”

“我想你并不明白我的意思。”斯耐特有点发慌，“难道你不明白吗？那是你的安全保障。你还不想让步。委托书不会像这次一样飞到你的手中来的。那么你想做什么呢？你会有一份稳定的工作，而且你能朝着独立开业的方向进行设计，如果那就是你所追求的东西的话。过上四五年，你就能做好准备迈出这一大步了。大家都是这么过来的。你懂我的意思吗？”

“我懂。”

“那你同意了？”

“不同意。”

“可是，我的老天，我说伙计，你发疯了！现在就想独立开业吗？没有经验，没有业务关系，没有……哎呀，根本连什么都没有！我还从没听说过这样的事情呢。你去问问建筑行业里的任何一个人，看看他们会怎么跟你说。简直是荒谬透顶！”

“很可能是这样。”

“听我说。洛克，你想不想听我说？”

“斯耐特先生，如果你想让我听，我就听着。可是我觉得我现在就应该告诉你，你说什么都没用了。如果你不介意的话，我倒不介意听一听。”

斯耐特滔滔不绝地说了大半天，洛克听着，毫无异议，毫不解释，毫无反应。

“那么，如果你执意这么做，等你在大街上讨饭吃的时候，别想我会再次收留你。”

“我并不指望你会收留我，斯耐特先生。”

“听了你对我的所作所为之后，也不会有建筑行业的其他任何人收留你！”

“那我也没想过。”

有好些日子，斯耐特想着要起诉洛克和海勒。可是最后他决定放弃诉讼，这种案子是没有先例可循的：因为海勒已经付给了他辛苦费，而那座房子实际上是洛克设计的；而且，也从没有人告过奥斯顿·海勒的状。

洛克事务所的第一位访客就是彼得·吉丁。

一天下午，他不告而来，径直穿过办公室，在洛克的办公桌上坐下来，快活地微笑着，伸开双臂做了个横扫一切的姿势。

“唷，霍华德！哎呀，真想不到！”他说。

他有一年没见过洛克了。

“你好，彼得。”洛克说。

“你自己的事务所，挂着自己的大名，而且一应俱全！万事俱备啊！想想看！”

“是谁告诉你的，彼得？”

“噢，没有不透风的墙嘛。你总不能阻止我密切关注你事业的动向吧？你知道我一直想着你。而且也没必要跟你说祝贺你、祝你一切顺利之类的话。”

“是的，你不必说那些。”

“你找了个很不错的地方嘛。既宽敞又明亮。或许不起眼，可是创业之初，还能期待些什么呢？如此说来，真是前途不可限量啊，对吗，霍华德？”

“可以这样说。”

“你可是冒了个可怕的风险。”

“很有可能。”

“你真的是铁了心要彻底干下去了吗？我是说，就你一个人？”

“似乎是这样，不是吗？”

“那么，现在回头还来得及。这你清楚。听说你的事以后，我满以为你一定会跟斯耐特重归于好，跟他好好做一笔交易呢。”

“我没那么做。”

“难道你真不想那么做？”

“是的。”

吉丁不明白，为什么他竟然体验到了那种令人作呕的怨愤之情；为什么他到这儿来，只不过是希望推翻人们的传言。他希望看到洛克犹豫不决，甘愿屈服。自从他听说洛克的事后，那种感觉便一直萦绕于心。在他忘记事情的缘由后，那种不愉快的感觉依然阴魂不散地缠着他。当某种怨愤之情无缘无故地袭上心头，心中荡起一阵空乏无味的愤怒波涛时，他就扪心自问：这到底是怎么回事？我今天听见的究竟是怎么回事？随后他就想起来了：噢，对，洛克，洛克已经开办了自己的事务所。他常常不耐烦地问自己：那又怎么样？但是同时他心里清楚，要面对那些字眼是痛苦的，就像受了污辱一样使他感到丢脸。

“霍华德，你清楚，我钦佩你的勇气。真的，这你知道。我有更丰富的经验，而且我在建筑行业也更有身份和地位，别介意我这么说。我只是在客观地讲，可是连我都不愿走这一步。”

“是的，你不会。”

“所以，让你抢了先。好了，好了。谁想得到呢？祝愿你在这一行走好运。”

“谢谢你，彼得。”

“你知道你会成功的。我确信这一点。”

“是吗？”

“当然了！当然。我有把握。难道你没有把握吗？”

“我从未想过。”

“你没有想过？”

“没怎么想过。”

“那你是没把握了，霍华德？是吗？”

“你为什么问得那么急切？”

“什么？唔……不，不是急切，不过当然了，我这是出于关心嘛。霍华德，处在你这样的状况，现在还拿不定主意，可不是好的心理素质。那么，你还心存顾虑？”

“我没有任何顾虑。”

“可是你说过……”

“彼得，我做事一向是有把握的。”

“你考虑过正式注册你的事务所吗？”

“我已经递交了申请。”

“你没有大学学位，这你知道。他们在审批时会为难你的。”

“很可能。”

“如果领不到营业执照，你打算怎么办？”

“我会领到的。”

“好了。如果你不因为你已经有了充分的资历，而我还是个晚辈就对我摆架子的话，我想我会在美国建筑师行会见到你的。”

“我不会加入美国建筑师行会。”

“你说什么？不打算加入？你现在有入会资格。”

“可能吧。”

“你会收到入会邀请的。”

“叫他们别来烦我。”

“什么？”

“彼得，你知道，我们在七年前就像这样交谈过。那时候，你一个劲儿地劝我加入斯坦顿的大学生联谊会。你又来了。”

“即使有机会，你都不愿加入美国建筑师行会？”

“无论什么时候，我都不会加入任何组织的，彼得。”

“可你没意识到那会对你有多大的帮助吗？”

“在哪方面？”

“成为一名好的建筑师。”

“我不想让别人帮助我成为建筑师。”

“你这是故意跟自己过不去。”

“我就是这样。”

“而且，这样做会让你有吃不尽的苦头，你明白的。”

“我清楚。”

“如果你拒不接受他们的邀请，你会树敌的。”

“我无论怎样都是他们的敌人。”

关于自己的事，洛克要告诉的第一个人就是亨利·卡麦隆。在与海勒签署合同后第二天洛克就去了新泽西。刚下过雨，他在花园里找到了卡麦隆。此时，卡麦隆正费力地拄着一根拐杖，一步一步地沿着潮湿的小路挪下坡。去年冬天，卡麦隆的身体恢复得很好，每天能走几个小时了。他佝偻着身子，走得很费劲。看到脚下的泥土中冒出了新芽，他便不时举起手杖，撑好他的身子稳稳地站一会儿，用手杖尖碰触含苞欲放的绿色花蕾，在薄暮微明中，看着它流出一滴晶莹的液体。他看到洛克正向小山丘上爬来，皱了皱眉头。洛克在一周前刚刚来过。由于这样的来访对于他俩来说都意义重大，谁也不敢奢望常有这种机会。

“怎么？你又来干什么？”卡麦隆没好气地问。

“我有事要告诉您。”

“可以等下一次再告诉我嘛。”

“我想我等不及了。”

“怎么了？”

“我自己的事务所就要开业了。我刚刚签了第一份设计合同。”

卡麦隆转动着他的手杖，用末端在泥土里画出一个大大的圈。他的两只手摁在手柄上，手掌交叠在一起，随着手的动作，慢慢地点了点头。他把眼睛闭上，如此良久。然后，他注视着洛克说：“那么，可不能自大哦。”随即又说，“扶我坐下来。”这是卡麦隆第一次说出这样的句子。他妹妹和洛克老早以前就知道了，当着他的面，最使不得的就是流露出帮助他的意图。

洛克搀扶着他的胳膊肘，两人坐到一条长凳上。卡麦隆直视着前方的落日，生硬地问：“什么建筑？客户是谁？付多少钱？”

他静静地听着洛克的讲述，久久地端详着那张被铅笔划烂的卡纸。上面的水彩被铅笔的线条盖住了。接着他又问了许多问题，石头啦，钢筋啦，道路啦，承包商啦，成本啦，什么的。他并没有说祝贺的话，也没有发表什么意见。

只是当洛克快要走时，他才突然说：“霍华德，等你开业了，拍张快照——拿来给我看。”

然后，他摇着头，有罪似的把视线挪开，郑重地说：“我年老体衰，还是算了吧。”

洛克没有说话。三天后，他又来了。“你的麻烦事儿可真是越来越多了。”卡麦隆说。洛克一语不发地将一个信封递给他。卡麦隆看着那些快照，看着其中一张照片上宽敞的、光秃秃的四壁，看着一张照片上的大窗户，还有一张照片上的事务所门口。他把其余的放下，久久地攥着门口的那张照片。

“哎呀，我真是活着看到了这一天。”他最后说。

他丢下那张快照，随即又说：“和我原先想的并不完全一样，可是我的确想象过。它就像那些影子——有人说我们会在另一个世界里看到地球的影子。或许那正是我将要看到的其余部分的样子吧，我越来越认识到这一点。”

他又捡起那张快照，说：“霍华德，你来看。”他把照片放到他们中间。“并没有多少字。只有‘霍华德·洛克，建筑师事务所’几个字。可它们就如同那些刻在一座城堡的大门上，让人们为之赴汤蹈火的箴言一样。那是对庞大黑暗的挑战——人世间所有的痛苦——你知道人世间有多少痛苦吗？——一切的痛苦都源自你即将面对的东西。我不知道是什么样的痛苦，我不知道为什么它应该冲着你来。我只知道它会来的。我知道，霍华德，如果你抱定这几个字的宗旨不放，坚持到最后，那就是胜利，不仅仅是你的胜利，而且，对于那些应该取胜，那些推动着世界前进，却从来得不到承认的力量来说，也是一种胜利。它将证明，许许多多在你之前倒下的，那些遭受过和你将来要遭受的一样的痛苦的人们是正确的。愿上帝保佑你——也保佑任何一个能够看到人类心灵中至善、至高的可能的人。洛克，你已经踏上地狱之旅了。”

洛克走上那条通向悬崖顶部的小路，海勒宅邸的钢筋骨架已经耸入蓝天了。外壳已经建起，正在往上面浇注水泥。那些宏伟的阶梯一级级倾斜而下，伸向大海。大海宛若一面银镜，在远处涌动着波澜。管道工和电工已经开始铺设管道和电缆了。

洛克看着由大梁和撑柱的纤细线条所划分出来的一个个四方的空间，看着他在空中开辟出的这一个个空荡荡的六面体。他的手不自觉地填补着那些即将成为墙体的平面，它们将合拢为一个个房间。一块石头从他脚下滚落，沿着山坡弹跳而下，铿锵有声，在阳光灿烂、空明澄澈的夏日空气中发出一声声清脆的共鸣和回响。

他站在崖顶上，两腿叉得很开，倚天而立。他看着眼前的建筑材料，看着那些钢制铆钉头在大块的石头上迸射出的火花，看着那未加工的黄色板材上缠绕的弯弯曲曲的螺线。

接着，他看见一个结实的身影正绊在一堆电线中，一张恶犬似的脸咧嘴一笑，蓝色的眼睛洋溢着一种邪恶的胜利神气。

“迈克！”他叫道，无法相信这是真的。

几个月前，迈克到费城接了一笔大活儿，那还是海勒出现在斯耐特事务所以前的事，他还没听说洛克自立门户的消息——或许他料到了。

“你好，红毛小子。”迈克说，有点过于随便，接着又说，“你好，老板。”

“迈克，你是怎么……”

“你可真是个糟糕的建筑师。如此玩忽职守。我到这儿都已经三天了，就等着你露面呢。”

“迈克，你怎么到这儿来了？为什么如此屈尊？”他以前从没听说迈克会不怕麻烦地做这种小私宅的活儿。

“你别装傻了。你知道我是怎么到这儿来的。你总不会以为我会错过你承建的第一栋房子吧？你以为我这是屈尊？也许是吧。不过也许我是高就了。”

洛克伸出手去，迈克用力地攥住，仿佛留在洛克皮肤上的污迹把他想要说的话全都说出来了。而且由于担心自己会说出来，他拉长了声音说：“快走吧，老板，快走。可别这么妨碍工人施工哦。”

洛克从房子中间穿过去。有时候，他可以精确客观地停下来发号施令，仿佛这并不是他的工程，而只不过是一个机械的问题；他的意念中只剩下了管道和铆钉，自我却不复存在了。

有时，他的内心升腾起某种东西，既非思想也非情感，而是肉体热烈的起伏与波动。然后，他想停下来，想靠过去，来体味他自身的真实性。他的身体被那些灰暗的拔地而起的钢筋框架托起，围在中间，显得愈加光亮而突出。他没有停，而是继续镇定自如地走着。他的手却将他想要掩饰的东西暴露无遗。他的双手伸展开来，慢慢地抚摸着桁条和接缝处。建筑队的工人们注意到了这一切。他们说："那小子八成是爱上这玩意儿了。他的手都拿不开了。"

工人们喜欢他。可是承包商的监工却讨厌他。他在寻找承包商承建这座房子时就大费周折。好几家大建筑公司拒绝了这个项目。"我们不建那种东西。""不，我们不找那个麻烦。像那种小工程也搞得太复杂了。""到底是谁想要那种房子？完工后，从这种想法古怪的人那儿多半连工程款都收不回来。见他的鬼去吧。""从来没有承建过这样的房子。也不想学着怎么去搞这种工程。我还是要坚持建筑就是建筑这个理儿。"有一位建筑承包商将那些设计方案看了看，便丢到一边，下断言说："它修不起来的。""会修起来的。"洛克说。承包商漠然地说："是吗？你算老几，竟然这样跟我说？"

他找到了一家小建筑公司，对方需要这个活儿，便把它承包了下来，比正常的收费还要高——理由是他们要冒险进行一个奇怪的实验。工程进展着。监工整天绷着脸，听任洛克的指挥，以沉默表示不满，仿佛他们在等待着自己的预见变成现实，而且似乎如果房子从他们头顶上坍塌下来，他们会很高兴。

洛克买了一辆旧福特牌汽车，经常开车去施工现场，本来没必要去得那么频繁。坐在他事务所的桌前，站在一张制图台前，强迫自己不去建筑工地——这对他来说有些勉为其难。有时候，在工地上，他希望忘掉他的事务所和绘图板，抓过工人手中的工具干起实际的修建工作，就像他儿时所做的那样，用他自己的双手来修建那幢房子。

他穿过房子，灵活地从成堆的木板上和一盘盘电线上跨过去。他发出严厉而苛刻的命令。他避免朝迈克那个方向看。不过，迈克在观察着他，透过房子在心里追随着他的脚步。每当他从旁边经过时，迈克总是心领神会地朝他眨眨眼。有一次，迈克说：

“红毛小子，要控制好自己。你就像一本摊开的书一样坦白。兴高采烈，喜形于色，这可不怎么得体！”

洛克站在施工中的建筑物前的悬崖上，眺望着周围一带的景色。道路像一条灰色的缎带，顺着海岸线蜿蜒而去。一辆敞篷车疾驰而过，遁入乡村。车上挤满了人，是要去野餐的。五颜六色的圆领绒衣或毛衣挤作一堆，围巾和领带迎风飞舞，各种各样的声音毫无目的地混杂在一起，淹没了汽车发动机的声音，使咯咯的笑声格外响亮。一位姑娘侧身而坐，腿搭在汽车的边上，鼻梁上垂着一顶男式草帽。她使劲儿地拉着一把尤克里里[1]的琴弦，驱逐着周围的吵闹声，嘴里高叫着：“嘿！”这些人都在享受着他们这一天的生活。他们高声地向天空讲述他们摆脱工作的自由，将数日的重负抛在脑后。他们努力地工作，承受这种重负，为的

1　一种夏威夷四弦乐器。——编者注

就是达到一个目标——而这就是他们的目标。

他看着那辆汽车闪电般从眼前飞驰而过。他觉得在他与他们内心对于这一天的认识上，有着某种区别，某种重大的区别。他觉得他必须努力去领会。可是他忘了——他看到一辆卡车喷着气，满载着切割好的亮闪闪的花岗岩。

奥斯顿·海勒经常来察看房子的工程进展情况，看着它一天天地升高、长大，觉得有些好奇，更多的则是惊讶。他用审视房子一样的眼光，细致地审视着洛克。他感觉好像无法将他同房子区分开。

海勒是一个反对专制的战士，面对洛克却感到困惑——洛克是一个如此不受专制干扰的人，结果他本身就变成了某种专制，那是某种与海勒所无法界定的东西相反的结论。在不到一周的时间里，海勒知道自己找到了最好的朋友。他明白这种友谊来自洛克根本上的中立。在深层的现实生活中，洛克并没有意识到海勒的存在，不存在对海勒的需要，没有恳求也没有要求。海勒感觉他们之间画了一条界线，那是他无法逾越的。在那条界线之外，洛克对他无所要求，也无所给予。可是当洛克赞赏地注视着他的时候，当洛克微笑的时候，当洛克称赞他的某一篇文章的时候，海勒感受到一种陌生的纯净，感受到一种欢愉，一种既非贿赂也非施舍的认可。

在那些夏日的傍晚，黄昏慢慢地爬上头顶的屋梁，他们一起坐在半山腰的岩礁上，促膝长谈，直到落日的光辉退到钢柱的顶端。

“霍华德，为什么我这么喜欢你为我修建的这幢房子？”

“就像一个人一样，一幢房子也有整体感。”洛克说，“二者都很罕见。”

“那么整体感从何而来呢？”

“唔，你看它。它的每一部分都是因为房子本身的需要而存在的，而绝不是因为任何别的什么。你从此处看和从它内部看都是这样的。是你要住的房间决定了它的外形。主体之间的关系是由内部的空间分布决定的。而装饰是由建筑手法决定的，它强调房屋设计所遵循的原则。你可以看出每一个重心、每一处支撑点都符合这一原则。当你看着这座房子的时候，你的目光穿过的是它构造的过程，你能看懂它的每一个步骤，你看见它日渐升高，你知道它的构造和它所存在的理由。但是，你也见过那样的建筑，它们采用了廊柱，可是无物可以支撑；采用上楣，可是毫无用处。它们有壁柱，有线脚，也有虚假的拱廊和窗户。你见过那样的建筑：它们看似只有一个大厅，有坚固的廊柱和高达六层楼的单扇窗户。可是等你走进去，却发现里面有六个楼层。还有那样的建筑：只有一个大厅，但是有一个分割成好几个楼层的建筑正面，有带状装饰层，有一层层的窗户。你明白它们之间的不同了吗？你的房子是根据它自身的需要而修建的，而其他房子的修建则是出于哗众取宠的需要。你的房子的必要性在于房子本身，而其他房子的必要性在于观众。”

“你知道吗，那正是我或多或少有所感悟的地方。我已经感觉到，当我搬进这幢房子的时候，我将会有一种新的生活，而且就连我的日常行动都会有一种无法定义的真诚和尊严。如果我告诉你说，我觉得我必须配得上那幢房子，你可不要感觉吃惊。”

“我的用意正在于此。”

“而且，顺便说一句，你似乎为我的舒适花了不少的心思，谢谢你了。我发现了很多我以前从未想到的东西，你仿佛知道我的内心需要什么一样，都为我设计进去了。譬如，我的书房是我最需要的，所以你就把它当作一个要点来进行设计——而且，顺便说一句，我从房子外面也能看见你把它作为主要的部分进行设计。还有，书房与图书室之间那部分的处理，以及起居室，都恰到好处地避开了我的路线，还有客厅，我不想听见太多的噪声——这一切，你真的替我考虑得很周全。”

洛克说：“你知道，我根本没有考虑你，我考虑的是房子。”他又说，“也许正因为这样，我才知道如何考虑你。”

海勒的房子于一九二六年十一月竣工。

一九二七年一月，《建筑论坛》上发布了一份过去一年美国所修建的最佳宅邸的调查。它用了整整十二个光面彩页刊登了编辑精心挑选、最具有建筑价值的二十四幅房屋照片。海勒宅邸却未被提及。

纽约各大报纸的周日版房地产栏目，都有关于邻近地区最引人注目的住宅的介绍。上面并没有对海勒房子的描述。

美国建筑师行会的年刊上，每年都要以《前瞻》为标题，庄严地再现它所挑选的全美最出色建筑，可是它对海勒宅邸只字未提。

很多场合中，演说家们对着准备就绪的观众，登台就美国建筑的发展发表讲演，却没人提到过海勒的房子。

在美国建筑师行会的俱乐部里，人们表达了他们的看法。“那是我们国家的耻辱。”罗斯通·霍尔科姆说，“像海勒家的房子这种东西竟然堂而皇之地修建起来。那是给建筑行业脸上抹黑。应该有一条法律管管这事。”

“就是这个原因，把客户都吓跑了。”约翰·埃瑞克·斯耐特说，“他们看到那样的房子，心想，所有的建筑师都疯了。”

“我倒看不出什么表示愤慨的理由。”高登·普利斯科特说，“我想那简直教人笑掉大牙。它看起来就像是一个加油站和一个登月火箭的滑稽想法的混合物。”

“你观察好几年了，”尤金·帕丁格尔说，“也看到了所发生的事情。那东西就像一座纸牌搭的房子一样，一瞬间便会轰然倒塌。”

“干吗要提到几年？”盖伊·弗兰肯说，“那些现代主义的花招和噱头从来就没维持过一季——兔子的尾巴长不了。房主很快会厌倦它，并且会一路跑着回到他那座早期殖民风格的旧房子里去。”

海勒家的房子在周围一带的乡村出了名。人们总要绕道把车停在它前面的大路上，凝视着它，一边对它指指点点，一边哧哧地笑着。海勒的车经过时，加油站的服务员会窃笑。海勒家的厨师出去办事时，只好对那些杂货店老板投来的嘲弄眼神忍气吞声。海勒家的房子在四乡八邻得了个“鲣鸟窝”的绰号。

彼得·吉丁宽容地微笑着对他的业内朋友们说：“好了，行了！你不该这么说他的。我认识霍华德很久了，而且他相当有才华，可以这么说吧。他甚至还为我工作过。他只是在那座房子的设计上出了点毛病。他会学习的。他还有前途……噢，你以为他没有吗？你真的以为他没有前途了吗？”

埃斯沃斯·托黑，一个对于美国的地面上耸立起的每一块石头都不肯放过、都要加以评论的人物，从他的专栏来看，好像并不知道海勒宅邸已经建起来了似的。他认为这件事没有必要告诉他的读者——如果只是为了咒骂的话。他并未对此发表评论。

19

一个名为“观察与思索”、由爱尔瓦·斯卡瑞特撰稿的栏目，出现在每天的《纽约旗帜报》头版上。那是全国各地小镇可信的指南、灵感的源泉和大众世界观的楷模。一年前，在这个栏目里出现了这样一段著名的论述：“如果我们能忘记对我们异想天开的文明那种夸张空泛的观念，而对野蛮人早已拥有的认知加以关注的话，我们的经济状况就会好上十万八千倍——为我们的母亲争光。”爱尔瓦·斯卡瑞特是个单身汉，已经赚了两百万美元，高尔夫球打得极为专业，是华纳德报业的主编。

是爱尔瓦·斯卡瑞特想到了这个主意——发起一场反对贫民窟和“地主鲨鱼”的生存状况的运动，这场运动在《纽约旗帜报》上持续了三周的时间。这就是爱尔瓦·斯卡瑞特津津乐道的东西。它具有人文的吸引力和社会学意义上的判断力。它适合刊登在周日增刊的图片说明上——姑娘们纵身跳入河中，她们的裙摆在膝盖上方引人注目地摇曳着。它增加了发行量。它使得拥有东河一带一连好几个街区房地产的“鲨鱼”们感到窘迫——这个区域被选为这场运动悲惨的实例。“鲨鱼”们拒绝把这几个街区卖给一家身份低微的无名房地产公司；运动的结局是——他们束手就范，将这一带的房地产通通出售了。谁也无法证明那家房地产公司就是华纳德所拥有的某公司的下属单位。

华纳德报业离开运动时间长了便寸步难行。他们刚刚议定了一场运动，主题是现代飞行。他们在《周日家庭杂志》的增刊上连载关于科学发展史的故事；刊登从达·芬奇画的飞行器素描到最新款轰炸机的故事；刊登更具吸引力的蜡翼人伊卡洛斯[1]在红色的火焰中痛苦而扭曲的图片，他赤裸的身体是青绿色的，他的蜡翼是黄色的，而烟雾为紫色；还刊登了一张丑八怪的图片，长着火红的眼睛，拿着一个水晶球，它早在十一世纪就曾经预言，人类将有能力飞行；还有蝙蝠的图片，吸血蝙蝠和神话中的变形狼人的图片。

他们还主办了一次模型飞机制造大赛。参赛对象是所有十岁以下的男童，只要愿意将报纸的订阅费寄到《纽约旗帜报》报社就行。盖尔·华纳德本人，一个有执照的飞机驾驶员，曾做过一次从洛杉矶到纽约的单人飞行。他驾驶着一架价值十万美元的飞机，创下了横越美洲大陆飞行速度的最高纪录。在飞机快要到达纽约时，他在时间计算上出了点小小的失误，结果被迫降落在

1 希腊神话中代达罗斯之子，以其父制作的蜡翼飞离克里特岛。其父逃脱了，而他因飞得太高被太阳熔化了蜡翼，坠海而亡。——编者注

一个岩石丛生的牧场，那可是一次性命攸关的降落，他却完成得天衣无缝；无巧不成书，碰巧《纽约旗帜报》的一帮摄影师就在那一带。盖尔·华纳德从飞机上走了下来。一个一流的飞行员都可能早就被这样的经历吓得趴下了，可是盖尔·华纳德站在摄像机前，飞行服的翻领上佩着一朵洁白无瑕的栀子花，举起一只手，两指间夹着根香烟，手指竟然连抖都没有抖一下。当被问及活着回来的第一愿望是什么时，他表示了这样的强烈愿望，说他想亲吻在场的最最漂亮的女人，并且在人群中选了一个最最邋遢的丑八怪，然后弯下腰，庄重地去亲吻她的前额，并解释说，她让他想起了自己的母亲。

后来，在贫民窟运动之初，盖尔·华纳德对爱尔瓦·斯卡瑞特说："勇往直前，乘胜追击！尽量把你所能得到的都榨取出来。"随即便登上他的游艇，踏上了周游世界的旅程，陪同他的是一位令人销魂的芳龄二十四岁的女飞行员，他把横越美洲大陆的飞机当作礼物送给了她。

爱尔瓦·斯卡瑞特勇往直前。他制定了许多战略步骤，其中之一就是让多米尼克·弗兰肯去调查贫民窟的家庭生活状况，搜集有关的人文材料。多米尼克刚刚从拜阿瑞兹避暑回来。她总是休一整个夏天的假，而这是爱尔瓦·斯卡瑞特特许的。因为她是他最偏爱的雇员之一，因为他被她迷住了，还因为他知道，只要她高兴，她随时都可以辞去她的工作。

多米尼克·弗兰肯去纽约东区一座廉价公寓里的一个过道隔成的小卧室住了两周。那间屋子有一个天窗，可是没有窗户，要爬五段楼梯而且没有自来水。她在楼下一个庞大家庭的厨房里自己做饭吃。她到邻居家串门，傍晚时分坐在安全通道的平台上，还与左邻右舍的小姑娘们一起去看一毛钱的电影。

她穿一条磨得破破烂烂的短裙和一件宽大的衬衫。正常外表下那种反常的脆弱使她看起来就像是被这一带的穷困弄得筋疲力尽。邻居们都确信她得了肺结核。但是她的行为举止就如她在琦琦家的客厅里一样沉着和自信。她擦洗她房间的地板，削土豆皮，还在一只装冷水的锡桶里洗澡。她以前从来没做过这些事情，却做得很老练。她天生有表演的才能，这是一种与她的外表极不相称的才能。她并不介意这种新的背景。她对贫民窟不感兴趣，一如她对起居室不感兴趣一样。

两周结束后，她回到了她的顶楼公寓，它位于一家酒店的屋顶，透过她的窗户可以俯瞰中央公园，而关于贫民窟生活的文章则出现在《纽约旗帜报》上。那篇文章文采飞扬，对贫民窟的生活进行了冷酷无情的报道。

她在一次晚宴上听到了这样令人困扰的问题。“亲爱的，你写那些事情不是真的吧？”“多米尼克，你该不是真的在那种地方住过吧？”“噢，住过。帕默夫人，您在东十二街的那所房子有一条下水道，隔一天堵一次，并且污水横溢，弄得满院子都是。”她回答道。她一边说，一边吊儿郎当地在袖口下转着一只绿宝石的手镯，那东西戴在她纤细的手腕上显得又大又重。“污水在阳光下泛出青紫的颜色，好像一道彩虹。”“布鲁克斯先生，你为克莱瑞奇房地产公司管理的那个地段，所有的天花板上都长出了漂亮的钟乳石呢。”她满头金发的脑袋歪在她那白色栀子花装饰的肩膀上，那单调的花瓣上还闪烁着晶莹的小水珠。

她应邀到社会工作者的集会上讲话。那是一个重要的会议，在该领域最知名的一些妇女引领下，充满了激进的、斗志昂扬的、富于战斗性的基调。爱尔瓦·斯卡瑞特很高兴，祝福她，并且说：“去吧，小家伙，只管乱夸赞、乱恭维就行。我们需要社会工作者。”在一个没有空调的大厅里，她站在发言席上，看到一张张板起来的脸孔，因为各自的欲望而表现出贪婪的神情。她讲话时采用了一种平静的、没有变化的语调。她讲了好多事，其中有这样一件，她说：“在一楼最边上的那家人付不起房租，孩子因为没有衣服而无法上学。父亲在街角的非法地下酒馆里开了个赊账的户头。他身体健康，还有一份好工作……楼上那对夫妇刚刚花六十九美元九十五美分的现金买了一台收音机。在四楼的最前边，那家的父亲一辈子所干的活加起来连一天都不到，而且也不打算工作。他有九个孩子，都是靠当地的教区养活，还有一个孩子马上就要出生了……”她说完后，响起几声稀稀落落的愤怒的掌声，她抬起手说，“你们没必要鼓掌，我也不期望有掌声。”她彬彬有礼地问，“还有问题要问吗？”没有问题。

回到家时，她看见爱尔瓦·斯卡瑞特在等她。他坐在她顶楼公寓的客厅里，显得极不相称。大块头坐在一把精巧柔弱的椅子上，映衬在坚固的玻璃墙外那一片光辉灿烂的城市背景上，活像一个形状奇特的大肉堆。城市就像是一幅壁画，好像是她公寓的最后一个组成部分，专门设计来照亮和完善这个小屋：城市里塔尖的脆弱线条正好是家具的脆弱线条的延续；远处窗户里闪烁的灯光在光秃而又单调的地板上投下生动的倒影；外面精密而冷淡生硬的建筑回应着屋内冷冷的优雅。爱尔瓦·斯卡瑞特打破了这种和谐。他看着就像个和蔼的乡村医生，也像一个玩纸牌的老手。他那张笨重的大脸上流露出仁慈和父亲一样的微笑，而那便是他的万能钥匙和商标。他有一种诀窍，使他的和蔼跟他那威严的外表相辅相成，长长瘦瘦的鹰钩鼻子没有降低他的和蔼程度，反而增添了几分威严；他的肚皮悬在他的两条腿上，的确有损形象，却为他的和蔼增色不少。他站起身来，咧开嘴笑着，拉起多米尼克的手。

“本想在我回家的途中顺便来看你的。我有事要告诉你。事情办得怎么样，小家伙？”

“和我料想的一样。”

她扯下帽子扔在她看到的第一把椅子上。她的头发压歪了，成了扁平的曲线，前面盖住额头，后面则直直地垂在肩上。她的头发光滑而细密，就像一顶浅色的、抛了光的金属浴帽。她走过去站在窗前，俯瞰下面的城市。她没有转身，问：“你想对我说什么？”

爱尔瓦·斯卡瑞特愉快地观察着她。除了在没必要的时候握握她的手或者拍拍她的肩膀之外，他早就放弃了任何别的企图。他已经不想那个话题了，可是他有一种朦胧的感觉，用他自己的话说出来就是：你永远无法断定。

“孩子，我有好消息告诉你。”他说，“我一直在设计一个小小的方案，只是一个小变动，我想到了该从哪里把一些事务整合到一块儿，成立一个妇女福利部。你知道，学校啦，家庭财务啦，幼儿保健啦，青少年犯罪啦，等等，加上其他一些事务，全部划归一个人负责。我看除了我的小姑娘之外，再无合适的人选了。”

“你是说我吗？”她问，还是没有转身。

“非你莫属。就等盖尔回来，我会让他点头的。”

她转过身注视着他，抱着双臂，双手握住胳膊肘。她说：“谢谢你，爱尔瓦。可是我不想做。”

“你是什么意思？你不想？”

“我的意思是我不想管那样的事。”

“看在老天爷的分上，你知道那是多大的飞跃吗？”

“朝什么方向？”

“你的事业。”

“我从没说过我在计划什么事业。”

“可是你总不想永远经营一个微不足道的小栏目吧？”

“不是永远。干到我厌倦为止。”

“可是想想你在真实的游戏中能做的事吧！想想一旦你引起盖尔的注意后，他可能为你做的事吧！”

“我可没期望去引起他的注意。”

“可是，多米尼克，我们需要你。在今晚之后，那些妇女将会死心塌地跟着你。”

“我想她们不会的。”

“什么？我已经吩咐他们留下两个栏目的版面来报道那场会议和你的讲话。”

她伸手拿过话筒，递给他，说：“你最好叫他们取消这个报道。”

“什么？”

她在一张桌子上七零八碎的文件里翻出几张用打字机打印的文件，把它们递到他手里。“这就是我今晚的讲话稿。”他把那篇稿子匆匆看了一遍，一语不发，只是用手摸了一下他的额头，接着就拿起话筒，打电话吩咐他们对会议的事尽量一笔带过，越简要越好，对发言者的姓名要只字不提。

多米尼克看他放下了话筒，说：“好了。我被解雇了吗？”

他神情悲哀地摇了摇头，说：“你想被解雇吗？”

“不是非此不可。”

他低声抱怨说：“我要压下此事，别让盖尔知道。”

“如果你想那么做的话，随你好了。反正我是无所谓的。”

“听我说，多米尼克——噢，我明白，我不想提任何问题——只是你为什么总要这样做呢？”

“什么也不为。”

“瞧，你知道的，我听说你参加了一场虚张声势、大摆排场的晚宴，你在那里发表了讲话，谈的也是这个话题。可是后来你又把这样的东西拿到一个激进分子的集会上去讲。”

“但是，它们是真实的，在两方面看都是这样，不是吗？”

“噢，当然，可是既然你选择了这个话题，难道就不能把场合变一变吗？”

“那没有任何意义。”

“那你做的事里就有了？”

“没有。完全没有。不过它让我觉得有趣。”

“多米尼克，我真是搞不懂你。你这已经不是一次两次了。你生活得那么精彩，又有那么卓越的工作才能。可是正当你的工作即将迈出一大步时，你却干出这么档子事来，把它给弄砸了。为什么？”

“或许这正是原因所在。”

“你能不能告诉我——作为朋友，因为我喜欢你，而且我对你很感兴趣——你真正追求的是什么呢？”

“我想那很明显，我根本不追求什么。”

他摊开双手，做了个无可奈何的耸肩姿势。

她开心地笑了。

“有什么事让你这么悲哀？我也喜欢你，爱尔瓦，而且也觉得你有意思。我甚至喜欢和你交谈，这样更好。好了，现在坐着别动，放松一下，我给你拿杯酒。你需要喝上一杯，爱尔瓦。”

她给他拿了一只磨砂玻璃杯，里面正六面体的小冰块碰撞的声音在静寂中听起来格外清脆。

“多米尼克，你还是个可爱的孩子。”他说。

“当然了。那就是我。”

她在一张桌子沿上坐下来，手掌平平地撑在身后，向后靠过去，两条腿慢慢地摆来摆去。她说：“你知道，爱尔瓦，如果有一份我真正想要的工作，那就太糟糕了。”

“啨，偏偏有这样的事！哎呀，偏偏要说这样的傻话！你是什么意思？”

“就这个意思。就是说有一份我喜欢的工作，而我又不想失去它，那太糟糕了。”

“为什么？”

“因为那样我就必须依靠你——你是个极好的人，爱尔瓦，可这未必就是好事，而且我想，在你手中的鞭子下战战兢兢地工作也不好看——噢，可别说你没有，可能会是那种殷勤而礼貌的小鞭子，正是因为那样，事情反而更不好看了。我得依靠咱们的老板盖尔——他是个了不起的人，这我敢肯定，只是我还从来没碰到过他呢。”

“你这种怪诞的想法是从哪里冒出来的？你明明知道盖尔和我愿意为你效犬马之劳，而且就我个人而言……”

“爱尔瓦，不仅是那一个方面，不仅是你一个人的问题。如果我找到一份工作，一个计划，一个观念，或者说一个我想要的人——那我就得依靠整个世界。万事万物皆有联系。我们所有的人都系在同一根绳子上。我们都置身于一个网中，而那张网专等着有人钻进去呢——我们就是被一种渴望推进这张无形的大网的。我们需要某种东西，而且它对于我们来说是珍贵的。你知道有谁在一边准备好了要将它从你的手中抢走吗？你不得而知，你要的东西也许那么复杂那么遥不可及，可是有人已准备好了，而你惧怕他们所有的人。所以你就卑躬屈膝，摇尾乞怜，然后接受他们——这样他们才不会把它抢走。看看你最终要接受的是什么人吧。”

“如果我没有理解错的话，你是在对人类进行批判……”

“你知道，这件事是如此特别——我是说我们对于一般人的观念。每当我们在描述某种严肃的、重大的见解时，我们总会有某种笼统的、强烈的想象。可是我们对它的了解只限于我们在一生中所认识的人。你看看他们。你知道这样的事吗——你觉得哪一件才是重大和庄严的呢？没有什么是重大的事情——除了在手推车前讨价还价的家庭主妇，除了那些在人行道上乱写脏话的流着口水的臭娃娃，还有那些喝得酩酊大醉的初登舞台的女演员，抑或那些在精神信仰上与他们相当的人。实际上，当人们痛苦的时候，别人才感觉到对他们怀有某种尊敬之情。他们有某种尊严。但是，在他们开心的时候，你注意过他们吗？那才是你看得出真相的时候。看看那些人——他们把自己攒下来的钱花在游乐园里和一些细枝末节的小事上。看看那些有钱人吧，他们拥有面前的整个世界。观察他们拿什么寻开心吧。到时髦一些的非法酒馆里观察他们吧。那就是你所谓的普通人类。我连碰都不想碰他们。”

“可是，该死！那不是看待这个问题的方式。那并不是整体的体现。在我们最邪恶的人身上也还有一些善的成分。总还是有一些可取的地方。”

“这反而更糟糕。看着一个人装出一副英雄模样，可是后来却听说他常常以看杂耍作为消遣？或者看见一个男人画出了一幅伟大的油画，却得知他常常把时间浪费在陪他所认识的每一个妓女睡觉上。”

“你想要什么呢？十全十美吗？”

“——否则就什么都不要。所以，你明白吗，我一无所求。”

“我不懂你的意思。”

“我选择我唯一向往的东西——那是一个人真正可以允许自己得到的东西。自由，爱尔瓦，是自由。”

“那就叫自由吗？”

“无物可求，无望可期，无所傍依。”

“倘若你找到了自己想要的东西怎么办？”

“我不会找到我想要的东西的。我会选择对它视而不见。它会是美好世界的组成部分。如果我选择看见它，那我将不得不与你们其余的人分享，可是我又不愿分享。你知道，我从来不再打开我所读过和深深喜爱过的巨著。一想到别人的眼睛已经看过它，一想到读那本书的是怎样的人，就让我痛苦。这样的东西是不可能分享的，不能与那样的人分享。”

“多米尼克，对事物感受如此强烈可不正常。”

“那是我能感受的唯一方式。否则就根本无法感受。”

“多米尼克，我亲爱的，”他诚挚而充满关心地说，“但愿我是你的父亲。在你童年的时候发生过什么不幸的事情吗？”

“唔，一次也没有。我度过了一个幸福的童年。自由自在，宁静而美好。没有任何人给我太多的干扰。喔，对了，我的确常常感觉无聊。可是我对此已经习以为常了。”

“我想，你只不过是我们这个时代的不幸弃儿——正如我常说的。我们过于玩世不恭和愤世嫉俗，我们太过颓废和堕落。假如我们以一种完全谦恭的态度回归到那些朴素的价值观上来……”

“爱尔瓦，你怎么谈论起那些不中用的东西了？那些话题只能用在你的社论里，而且……”看见他眼睛里的神情，她停住了，没有往下说。那眼神看起来很迷茫，而且有点受伤的样子。接着她便放声大笑起来，“我错了，你真的相信那一切。如果那真是信仰，或者换成你所做的任何别的事情。噢，爱尔瓦，正因为如此，我才那么喜欢你。正因为如此，我现在才又做出了今晚我在那个集会上所做的事情。”

“什么？”他大惑不解地问。

“就像我现在这样煞有介事地高谈阔论啊——而且是与你，一本正经地。与你这样谈论这样的事情可真好。爱尔瓦，原始人把他们的神像做得跟人很像，你知道吗？如果为你做个塑像，那会是什么样子呢——如果你脱光了衣服，腆着你的大肚皮，等等，等等。”

“这都什么跟什么呀，看你都扯哪儿去了！”

“与一切都毫无关系，亲爱的，原谅我。”她又说，“你知道，我喜欢男子的裸体雕像。别露出你那副傻样子。我是说雕像。我有过一个很特别的。它应该是赫利俄斯[1]。我把它从欧洲的一家博物馆里买了出来。为了得到它真是大费周折，吃尽了苦头——

1　希腊神话中的太阳神。——译注

当然，那是不出售的。我想我当时是爱上它了，爱尔瓦。我把它带回了家。”

“它在哪里？咱们换一下花样，我想看看你喜欢的东西。”

“它打碎了。”

“碎了？一件博物馆的珍品？怎么打碎的？”

“我把它从通风道扔了下去。下面是水泥地面。”

“你彻底发疯了吗？为什么要打碎它？”

“为了让谁都无法再看见它。”

“多米尼克！”

她猛地一甩头，仿佛要抖落那个话题似的；她那本来被压直了的浓密金发卷起大大的波浪，如同一池半液体状的水银中漾起的一个浪头。她说：“我很抱歉，亲爱的。我并不想吓着你的。我能说给你听，是因为你是处变不惊的那种人。我真不该告诉你。这没什么用，我猜。”

她轻快地从桌子上跳了下来。

“爱尔瓦，赶紧回家去吧。”她说，“时候不早了。我累了。明天见。”

盖伊·弗兰肯读了他女儿写的文章，听说了她在招待会上的讲话以及她在社会工作者的集会上所做的发言。他什么也没看懂，可是他清楚，那些东西都在他的预料之中。这件事折磨着他的心，每念及此，他总是手足无措，惶惶不安。他有时扪心自问，他是不是恨自己的女儿。

但是，每当他问自己这个问题时，总有一幅画面映入他的脑海，来得不合时宜。那是她儿时的一个情景，是在很久以前某个早已被他淡忘的夏季里，发生在康涅狄格州乡村庄园里的一幕。那天所发生的其他事情他早已忘了，不知道是什么原因促使他想起那一幕。但是他还清楚地记得，当时他怎么站在台阶上，看见她从草坪尽头的树篱上跳过去。对她小小的身体来说，那道篱笆太高了，就在他想着她跳不过去的时候，她突然成功地从那个绿色的屏障上飞身跃过。他记不得她是怎么开始跳的，也记不得跳完以后的情形，可他仍然能看见那一瞬间的情景。它是那么清晰，那么真切，如同一帧电影画面被剪切下来，定格成静止不动的永恒。她的身体高悬于空中，双腿突然迈开，细瘦的胳膊向上一挥，小手在空中拉紧，白色的衣裙和金色的头发在风中平平地展开。刹那间，一个小小的身躯在一阵自由的欣喜中一闪而过——这是他平生所目睹的最让人心驰神往的自由境界。

他不知道为什么这一刻令他终生难以忘怀。它是何等的意义重大，竟然无视时间的存在，为他永久地保留了下来，而许多别的更为重要的事情都已经被时间抹去了。他不知道为什么每当他为女儿感到难过时，他眼前就必定会闪现出这一幕，也不知道当他看到这一情景时，为什么会感到一阵难以忍受的温柔的刺痛。他告诉自己那都是他的父爱在起作用，完全违背了他笨拙的意愿，在跟自己过不去。可是，他要笨拙地、不假思索地去帮助她，不知道，也不想知道她有什么困难需要人帮她对付。

所以他便更加频繁地注视着吉丁。他开始接受那个他不曾向自己承认过的决定。他在吉丁的人格中找到了慰藉，他觉得吉丁单纯而稳定的健全性格正是他女儿反复无常的病态性格的支柱。

吉丁不愿承认他是多么想再次见到多米尼克，那种愿望固执而毫无结果。他老早以前就从弗兰肯那里得到了她的电话号码，而且经常给她打电话。她接了电话，并且开心地哈哈笑着，告诉他说，她当然想见他，说她也知道她无法逃避，可是她在未来的几周里都太忙，还请他在下个月月初之前给她打电话。

弗兰肯猜到了事情的真相。他告诉吉丁他将请多米尼克共进午餐，让他们俩再聚一次。他说："我的意思是，我会设法请她来。当然，她会拒绝的。"多米尼克又一次使他大感意外：她立刻欣然应允了。

她在一家餐馆里与他们碰了头。她面带微笑，好像那是她所期待的一次家庭团聚。她谈笑风生，使吉丁着迷而放松。他奇怪自己过去为什么竟然惧怕她。半个小时过后，她看着弗兰肯说：

"爸爸，你真好，特别是你那么忙，约会缠身，还专门放下手头的事来与我见面。"

他装出一脸的惊愕："天呐，多米尼克，你反倒提醒了我！"

“你有个约会忘记了？”多米尼克温柔地说。

“讨厌！哎呀！我怎么完全把这件事给疏忽了呢？老安德鲁·考森今天早上打过电话，可我忘了做备忘录，他坚持今天下午两点钟要见我，你也知道是怎么回事。我只是确实无法拒绝老安德鲁·考森，该死！今天一切都……”他起了疑心，又说，“你是怎么知道的？”

“哎呀，我根本不知道。完全没有关系，爸爸。吉丁先生和我会谅解你的，我们会吃顿开开心心的午餐，而且我今天没有任何约会。所以你不必担心我会从他身边逃走。”

弗兰肯想，她是否知道那是他为了让她与吉丁单独相处而事先准备好的一个借口。他无法确定这一点。她直直地看着他，她的眼神似乎坦率得有点过分。他想躲开她的眼睛。

多米尼克转头瞥了一眼吉丁，是那么温柔的一瞥，除了蔑视之外还能有什么别的意思呢？

“现在，我们放松一下。”她说，“我们都知道爸爸的目的，所以完全没有关系。不要为此感到为难。你能牵着我爸的鼻子走，真行。可是如果让他在前面拉着你，对你就没什么好处了。来，还是把它忘了，专心吃我们的饭。”

他想站起来走出去，但又愤怒而无奈地知道，自己不会走开。

她说：“不要皱眉了，彼得。你还是叫我多米尼克的好，因为我们无论如何都要这样，这是迟早的事。我很可能会经常与你见面，我见过很多人，如果让你加入他们的行列能使爸爸开心的话——何乐而不为呢？”

剩下的时间里，她像个老朋友那样谈笑风生、开诚布公地跟他说话。那是一种令人不安的坦率，那种坦率似乎表明，没有什么可以隐藏的，但是也表明最好不要有深究下去的企图。她的言谈举止中表现出来的那种微妙的亲切，暗示他们是不可能有什么结局的，暗示她不会给予他敌意。他清楚他对她怀有一种强烈的厌恶感。可是，观察着她的唇形，以及那两片嘴唇说话时翕动的样子；观察她将两腿相叠的姿势所表现出的平滑和流畅——那种准确和严密，仿佛叠起来的是一件贵重的仪器；他忘不了第一次见到她时所产生的那种不可思议的欣赏之情。

要走时，她说：“彼得，今晚你愿意带我去看电影吗？我不在乎他们放什么电影，随便什么都行。晚饭后给我打电话。把这个告诉爸爸，他听了会高兴的。”

“当然了，他应该了解更多的实情，而不是被哄着开心。”吉丁说，“对我来说，也是一样。不过我还是会很开心，多米尼克。”

“为什么你要了解得更清楚呢？”

“因为你并没有看电影的欲望，或者说你今晚并不想见我。”

“没有的事。我开始喜欢上你了，彼得。八点半时给我打电话。”

吉丁回到他的办公室时，弗兰肯立刻把他叫到楼上。

“怎么样？”弗兰肯急切地问。

“你怎么了，盖伊？”吉丁说，声音听起来天真无邪，“你为什么这么关心？”

“唔，我……我只是……说实在的，我很有兴趣知道你们两人到底是不是能相处好。我想你会对她产生好的影响。发生什么事了？”

“没什么。我们很开心。你知道你对选餐馆是很在行的——饭菜好极了……噢，对了，今晚我会带你女儿去看电影。”

“不会吧！”

“怎么了？是真的。”

“你是怎么办到的？”

吉丁耸耸肩：“我跟你说过了，不必非得害怕多米尼克嘛。”

“我不是害怕，可是……噢，已经叫她‘多米尼克’了？祝贺你，彼得……我不是害怕，我只是琢磨不透她的心思。没有人能接近她。她从来都连个女友都没有，甚至在幼儿园时就这样。她身边总围着一帮乌合之众，但他们不是她的朋友。我不知道该做何感想。现在她又是这样，独自一个人生活着，总是有一大帮男人围着她转……”

“好了，盖伊，你不能把你女儿想象得那么无耻。”

“我没有想！这正是问题所在——我没那么想。我倒希望我能那么想。可是，彼得，她都二十四岁了，还是个处女——我清楚，我对此确信无疑。光是看一个女人，难道你分辨不出来吗？彼得，我并不是个道学家，我想那是不正常的。在她那个年龄，以她的气质，以她极端自由的行为举止和她所过的不受约束的生活来说，那是不正常的。我向上帝祈求：让她结婚吧。我老老实实地……好了，那么，当然，不要再这样说了，也不要误解我的意思。我并不是在请求你做什么事。”

“当然不是。”

“彼得，顺便告诉你，你不在的时候，医院打来过电话，说可怜的卢修斯好多了。他们认为他会脱离危险的。”卢修斯·N.海耶中风了，吉丁对他的病情发展非常关注，可是还没去医院探望过他。

“我太高兴了。”吉丁说。

“可是我想他没法再来上班了。他老了，彼得……是啊，他老了……人到了一定年龄，就再也不能承受任何工作上的负荷了。”他用两指夹着一把裁纸小刀，若有所思地敲打着一幅台历的边沿，“凡人都有这样的时候，彼得，这是迟早的事……人得向前看……”

吉丁坐在起居室的地板上，就在壁炉里那仿造的圆木火堆跟前。他双手抱膝，听妈妈询问他多米尼克的情况：多米尼克的长相如何啦，她穿什么衣服啦，她对他说什么话啦，以及他估计她的母亲实际上留给了她多少钱啦，等等。

他现在频繁地跟多米尼克见面。他刚刚回来，又一个与多米尼克一起度过的夜晚，他和她到各处的夜总会转了一圈。她对他的约请来者不拒。他琢磨她的态度：是否这样频繁的约会，比起拒绝见他更能使她彻底地忽略他。可是每次与她约会后，他总是苦心地计划着下一次的约会。他有好几个月没见过凯瑟琳了。她正忙于她舅舅委托给她的研究工作，为他准备着一系列报告。

吉丁太太坐在灯下，缝补着吉丁晚礼服衬里上一块绽线的地方，一边询问他，一边不时地数落他几句，责备他穿着他的晚礼服裤子和他最高档的衬衫就坐在地板上。尽管他毫不在意，甚至表面上厌烦，但他内心有一种奇特的如释重负的感觉，仿佛她那顽固的唠唠叨叨在推着他前进，替他辩护一样。他不时地答上一句：“是的……不是……我不知道……噢，是的，她很可爱。她非常可爱……太晚了，妈妈。我困了。我想睡觉去了……”

门铃声响了起来。

“哎呀，”吉丁太太说，“会是什么事呢？都这么晚了。”

吉丁站起身，耸耸肩，慢吞吞地走到门前。

是凯瑟琳。她站在门外，手里攥着一本不成样子的袖珍手册。她的样子既果决又踌躇。她退缩了一下，说：“晚上好！彼得。我可以进来吗？我得和你谈谈。”

“凯蒂！当然！你好！快进来。妈妈，是凯蒂。”

吉丁太太打量着那姑娘仿佛走在摇晃的轮船甲板上似的步子。她看看她的儿子，心里清楚发生了什么事情，需要谨慎处理。

“晚上好，凯瑟琳。”她温和地说。

一看见她，吉丁只感觉到一种突如其来的强烈的欢乐，别的什么都没有意识到。那种快乐告诉他，什么都没有改变，他又有一种确定的安全感了，她的出现消除了他的一切疑虑。他忘了去想天有多么晚，忘了去想这是她初次出现在他的公寓，而且是不请自来。

“晚上好，吉丁太太。”她说，语气听上去既快活又空洞，“希望我没有打扰您。可能太晚了，不是吗？”

“唔，不必客气，孩子。”吉丁太太说。

凯瑟琳急于说话，语无伦次，只听见她不停地说：“我把帽子摘下来……吉丁太太，我把它放在哪儿好呢？放在这桌子上吗？那样行吗？……不，也许我还是放在这个镜台上好。不过从外面进来，它有点湿了，这帽子，它也许会把清漆弄坏的。这个镜台很漂亮，我希望不要把清漆弄坏了……”

“你怎么了，凯蒂？”吉丁问她，他终于发现有点不对头。

他注视着她，看见她眼中流露出一种恐慌的神色。她翕动着嘴唇，试图露出一点微笑。

“凯蒂！”他说，有些透不过气来。

她没有说话。

“把大衣脱下来。到这儿来，靠着火暖暖身子。”

他把一只矮凳推到壁炉前，扶她坐下。她穿着一件黑色的毛衣和一件黑色的旧衬衫，那是女学生气十足的家居服，来访前她都没有换下来。她躬身坐着，两个膝盖紧紧地靠在一起。此时她的嗓音已经低了些，也自然了些，语气中流露出刚才所没有的痛苦，她说：“你有这么好的一个地方……这么暖和，这么宽敞……你随时想开窗户都行吗？”

“凯蒂，亲爱的，”他轻轻地说，“出什么事了？”

“什么事也没有。并不是真正发生了什么事。就是我必须要跟你谈谈。就现在。就在今晚。”

他看着吉丁太太：“如果你宁愿……”

“不。完全没有关系。吉丁太太可以听的。或许让她听到会更好些。”她转向他的母亲，非常单纯地说，“您明白的，吉丁太太，彼得和我订婚了。”她转向他又说，声音有些变调，“彼得，我现在想结婚，明天，越快越好。”

吉丁太太的一只手慢慢地落到了膝盖上。她注视着凯瑟琳，眼睛里毫无表情。她说话了，语气平静，以一种吉丁从来未曾期望过的体面：

“我并不知道此事。我很高兴，我亲爱的孩子。”

“您不介意吗？您真的一点都不介意吗？”凯瑟琳拼命地问。

“哎呀，孩子，这种事情只能由你和我儿子来决定。”

“凯蒂！”他有点透不过气，重新恢复了他的嗓音，“出什么事了？为什么要尽快结婚？”

“噢！噢，那听起来好像……好像我真的出了那种女孩子理应……”她生气地红了脸，“噢，上帝！不！不是那样的！你知道这不可能！噢，彼得，你无法……想象……我……”

“是的，我说的当然不是那个意思。”他笑出声来，在她旁边的地板上坐下来，顺手用一只胳膊搂着她，“但是你振作起来。是什么事？你知道如果你想这么做的话，我今晚就要娶你。只是，发生了什么事？”

“没发生任何事。我现在没事了。我要告诉你，你会认为我疯了。我只是有一种突如其来的直觉，觉得我这辈子不可能嫁给你了，而且觉得某种可怕的事正发生在我身上，我必须逃脱。”

“你有什么地方不对吗？”

“我不知道。没有一点不对的地方。我整天都在做研究笔记，而且根本什么也没发生。没有电话，也没有来访者。然后，就在今晚，突然之间，我就有了那样的直觉。你知道，那就像是一个梦魇，一种让你无法描述的恐惧，那与任何正常的感觉都不一样。就是仿佛置身于致命的危险当中，就像有什么东西正在向我逼近，就像我永远也无法逃脱似的，因为它不会让我逃脱，而且为时已晚。”

“你永远无法逃脱什么？”

“我也不清楚。一切。我全部的生活。你知道，就像是流沙，平滑而自然。没有一丝可警觉可怀疑的地方。而你继续安心地走着。猛然间你注意到了，可是为时已晚……我感觉到它会抓住我，感觉到我将永远不能嫁给你，感觉到我必须逃跑，现在就逃，否则就永远不能脱身了。你难道从没有过直觉吗，一种无法解释的恐惧？”

“有过。”他小声说。

“你不觉得我发疯了吗？”

“不，凯蒂。只是到底因何而起？有什么特别的事吗？”

“唔……现在似乎显得很傻。”她认错似的咯咯笑了，“是这样的，我当时正坐在房间里，有点冷，所以我就没有开窗户。桌子上放着那么多的文稿和书本，我几乎没有写字的地方，而且我一做笔记，我的胳膊肘就会把什么东西碰下桌子，在我周围的地板上掉了一地，全是纸张。它们沙沙响了一阵，因为我把通向起居室的门留了一条缝，所以我猜，是吹过来了一阵穿堂风。舅舅也在工作，他在起居室里。我进展得很顺利，我已经连续干了好几个小时，甚至不知道几点了。就在那时，突然间那种感觉就俘虏了我。我也弄不清是什么原因。或许是因为屋子里太闷了，或许是因为寂静。我听不见一点动静，起居室里也没有丝毫响动。而那纸却在沙沙作响，是那么轻，就像是一个人快要窒息而死一样。然后，我四下里看了看，可是……我看不到起居室里坐着的舅舅，只看见他映在墙上的影子，那是个巨大的阴影，蜷作一团，纹丝不动。我只觉得那个阴影好大。”

她战栗了一下。那件事对她来说似乎不再显得那么愚蠢了。她小声说：“就是在那一刻，我忽然产生了这种直觉。那个阴影，它动也不动，可是我想那纸张整个儿在移动，我觉得它从地板上慢慢地、慢慢地升了起来，它就要升到我的嗓子眼了，而且我马上就要被淹没了。就在那一刻我尖叫了一声。然而，彼得，他竟然没听见。他没听见我的尖叫声！因为那个影子没有动。然后我一把抓起我的帽子和外套就往外跑。当我穿过起居室的时候，我想他说了一句：‘喂，凯瑟琳，几点了？——你去哪儿？’他大概是这么说的，我不太确定。可是我既没有回头也没有作答——我做不到，我对他感到害怕。我竟然惧怕一辈子都没有对我说过一句严厉和苛刻的话的埃斯沃斯舅舅！……这就是全部的经过。彼得。我无法理解这件事，可我就是害怕。现在，在这儿与你在一起，我害怕得没有那么厉害了，可是我害怕……”

古丁太太说话了，她的声音听起来单调而有力。

“哎呀，发生了什么事，这不明摆着吗？我的孩子。你工作太辛苦了，而且劳累过度。你只不过是有一点点轻微的歇斯底里罢了。”

“是的，很可能是吧……”

“不，”吉丁迟钝地说，“不，那并不是……”他想到了罢工集会上在门廊里听到的扬声器里的声音。然后他赶紧又说，“是的，妈妈说得对。你这样工作会累死你自己的，凯蒂。你的那位舅舅，哪天我会扭断他的脖子。”

“噢，可那并不是他的过错！他并没有叫我工作。他常把书从我手里拿开，并叫我出去看看电影。他自己也说过我工作得太辛苦了。可是我喜欢那样。我觉得我所写的每一个注解、每一点信息——都是要教给全国各地成百上千个青年学生的，而且我想，我是在帮忙教育人们，是在为如此伟大的事业尽一点绵薄之力——而且我感到自豪，我也不想停止。你明白吗？我真的感到无怨无悔。然后……后来，就是今晚，不知道我这是怎么了。”

“瞧，凯蒂，我们明天早上就去注册登记，然后我们马上就结婚，任何地方都行，随你喜欢。”

“那好吧，彼得。”她小声说，“你真的不介意吗？我并没有什么真正的理由，可是我想结婚。我非常想。那样，我就知道一切是正常的。我们会努力的。我可以找个工作，如果你……如果你还没有完全做好准备，或者……”

“噢，荒唐。别再提那个了。我们会努力的。不要紧的。只要我们结了婚，一切自然会好起来的。船到桥头自然直嘛。”

“亲爱的，你能理解？你真能理解？”

“是的，凯蒂。”

“既然事情都解决了，”吉丁太太说，“我给你沏杯热茶，凯瑟琳。你回家前需要喝杯热茶。”

她准备好了茶，凯瑟琳充满感激地喝完了，微笑着说：

“我……我一直担心您会不同意呢，吉丁太太。”

“你怎么会有这种莫名其妙的想法呢？”吉丁太太拖长了腔调说，她的语调并不是在问问题，“现在像个乖女孩那样，赶紧回家去，睡个好觉。”

“妈妈，今晚凯蒂不能就待在这儿吗？她可以和你一起睡。”

“哎呀，好啦！彼得，别歇斯底里了。她舅舅会怎么想？”

“噢，不，当然不行。我完全没事儿了，彼得。我还是回家吧。”

“你如果不……就别……”

“我不害怕。现在不怕了。我好好的。你不是真的以为我惧怕埃斯沃斯舅舅吧？”

“那好吧。但还是别走。”

“行了，彼得，”吉丁太太说，“现在走还不算太晚，你不想让她在更晚的时候在街上乱跑吧？”

“我送她回家。”

“不，”凯瑟琳说，“我不想显得更傻气。不行，我不让你送我。”

他在门口亲吻了她，然后说：“我明天早晨十点钟来接你，然后我们去登记。”

“好的，彼得。”她小声说。

她走后，他关上门，站了一会儿，并没有意识到自己那握紧的拳头。然后他挑战似的大胆地回到起居室，面对自己的母亲站着，双手插在口袋里。他看着她，那眼神本身就是一种无声的请求。

吉丁太太坐在那儿，平静地注视着儿子，并没有装作对他视而不见，可是也没有作答。

然后，她问：“你想睡觉去吗，彼得？”

一切尽在预料之中，唯独这一点出乎他的意料。他有一种强烈的冲动，想抓住这个机会，转身跑开，逃离这个屋子。但是他得知道她是怎么想的，他得为自己辩护。

“行了，妈妈，我不听任何的反对意见。”

“我没表示过任何异议。”吉丁太太说。

“妈妈，我想让你明白我爱凯蒂，让你明白现在没有什么可以阻止我。就是这样。”

“很好，彼得。”

“我没看出你有什么不喜欢她的地方。”

“我喜欢或不喜欢对你来说已经不再重要了。”

“噢，不，妈妈，当然重要了！这你是知道的。你怎么能那样说？”

“彼得，就我个人来说，无所谓喜欢不喜欢。我根本就没有自己的思想，因为除了你，一切对我来说都无关紧要。这也许过时了，可这就是我的方式。我知道我本不该如此，因为当今的孩子不赞成这样，可我身不由己。”

“噢，妈妈，你知道我是赞成这样的！你知道我不想伤害你。”

“你伤害不了我的，彼得，除了伤害你自己。而那是……很难让我忍受的。”

“我怎么是在伤害自己呢？”

“那么，如果你不拒绝听我……”

“我从来没有不听你的！”

“如果你想听听我的想法，我会说我这二十九年的生活算是走到头了，我这二十九年对你的所有期望完全破灭了。”

“可是为什么？为什么？”

“并不是因为我不喜欢凯瑟琳，彼得。我非常喜欢她。她是个好姑娘——如果她不是经常把自己搞得精神崩溃，如果她不是那么过于敏感的话。可她还是一个体面大方的姑娘，而且我敢说，对于她所嫁的任何一个勤奋努力、品格端正的小伙子来说，她都会成为一个好妻子的。可是想想她要给你做妻子，彼得！她要配得上你！”

“可是……”

“彼得，你为人谦逊。你过于谦逊了。那一直是你的问题所在。你不懂得欣赏自己。以为你只是和别的任何人一样。”

“我肯定和别人不一样！而且我也不能容忍他人这么想！”

“那么就动点脑子想想吧！你难道不明白前方的目标是什么吗？你难道不知道自己已经走了多远，还有多少路要走吗？你有机会成为——好吧，在建筑行业中，尽管算不上是最出色的，但也是相当接近一流的人物，而且……”

“相当接近一流？那就是你所想的吗？如果我不能成为最好的，如果我不能成为这个时代唯一的建筑师——那我就不干建筑这行了！”

“哎呀！可人不是只靠埋头工作就能达到目标的，人不能毫无牺牲就样样占先。”

“可是……”

“你的生活并不属于你，彼得。如果你真的有宏图大志的话。你不可能允许自己沉迷于一时的怪念头，这些事一般人可以做，因为对于他们来说，事业无论如何都不重要。这不是你或我或者我们怎么看的问题，彼得，那是你的事业。为了赢得别人的尊敬，是要花一些气力否认自己的。”

“你只是不喜欢凯蒂，所以就听凭你的偏见……”

“我有什么不喜欢她的呢？可话又说回来，当然了，我不能说我赞成一个姑娘这么不体谅自己心爱的男人——有事没事地跑来烦他，就因为她自己有些怪诞的想法，而要求他把他的未来都抛到九霄云外。这足以说明，在这样一个妻子身上，你能得到什么样的帮助。不过就我来说，如果你以为我是在为自己担忧——那你就大错特错了，跟瞎子没什么两样，彼得。你难道不明白吗？就我个人来说，你和凯瑟琳可以算是一对绝配，因为我不会找凯瑟琳的麻烦，我可以与她相处得和和美美，她会尊敬和孝顺她的婆婆。然而，另一方面，弗兰肯小姐……”

他畏缩了。他早就知道这一切会来的。他怕的就是听她提起这个话题。

“噢，是的，彼得，”吉丁太太平静而坚定地说，“我们必须谈谈这个问题。现在，我确信我对付不了弗兰肯小姐，而且像那样一个上流社会的姑娘根本无法忍受我这样一个邋遢的、没受过教育的妈妈。她很可能会把我从这个家里挤出去。噢，会的，彼得。可是你明白，我想的不是我自己。”

“妈妈，”他声音刺耳地说，“你别胡说了！——关于我和多米尼克可能成的机会。那个泼妇——我都不确定她会不会看上我呢。”

“你又忘了，彼得。你曾经都不愿意承认这个世界上会有你得不到的东西。”

“可是我不想要她，妈妈。”

“噢，你不想要，是吗？哎呀！瞧你。那不正应验了我常说的那句话吗？看看你自己！你不是还有那个弗兰肯，纽约最出色的建筑师吗？那正是你需要他的地方！他实际上是等于在恳求你做他的合伙人——以你的年纪，你超越了多少人，超越了多少年龄比你大的人啊！他不是默许，他是在恳求你娶他的女儿！可是你明天却要走进去向他介绍你娶来的一个无名小卒！你就稍稍停止为你自己打算，也为别人想一想吧。你想他会怎么想？当你让他看到你更愿娶一个穷途末路的流浪儿，而不要他的女儿时，他又怎么会高兴？”

“他不会喜欢这样的。”吉丁小声说。

“他当然不会！他绝对会把你踢到街上去！找个人代替你还不容易？急巴巴地等着抓住机会的人多的是！巴内特那小子怎么样了？”

“噢，不！”吉丁气得说不出话来。她知道戳到他的痛处了。“绝不是巴内特！”

“是他，”她得胜似的说，“是巴内特！将来的情况正是如此——弗兰肯-巴内特事务所，而那时你正沿着大街找工作呢！不过，你会有一个妻子的！噢，是的，你会有一个妻子的！”

“妈妈，求你……”他低声说。他是如此绝望，连她都不容许自己再这样肆无忌惮地说下去了。

“这就是你要娶的妻子。一个不知道举手投足为何物的笨手笨脚的小姑娘，一个见了你想请到家里来的大人物就会躲躲闪闪的胆怯腼腆的小东西。就这样你还觉得自己了不起？你别自欺欺人了，彼得·吉丁！绝没有哪个伟大的男人是单枪匹马打天下的。伟大的男人背后总是有人帮衬的。你别一个劲地耸肩膀对此表示不以为然，找一个好女人，能帮最杰出的男人多少忙！你的弗兰肯娶的就不会是一个女仆，他是绝对不会那样做的！透过别人的眼睛仔细瞧瞧吧！他们会对你的妻子作何感想？会怎么看你？你不是靠给冷饮柜台的店员修鸡舍为生的，你可别忘了！你必须按照这个世界上的大人物的游戏规则办事。你必须配得上他们。一个娶了个普普通通的'精神包袱'的男人，他们会怎么看？他们会仰慕你吗？他们会信赖你吗？他们会尊敬你吗？"

"别说了！"他哭出声来。

可她继续说了下去。她说了好长时间，而他则坐着，发疯似的揪着自己的脑袋，时而悲叹，时而呻吟："可是我爱她……我不能，妈妈，我办不到……我爱她……"

直到屋外的街道随着晨光变成灰白色，她才放了他。她任凭他踉踉跄跄地走进他的房间，用温和疲惫的嗓音最后说道：

"彼得，你能做到的。就几个月的事。求她只要等上几个月的时间。海耶随时都会死的，然后，一旦你成了合伙人，你就可以娶她，说不定到时就没有人跟你计较了。如果她爱你，她是不会介意再等那么一丁点儿长的时间的……再好好考虑考虑，彼得……而且在考虑这件事时，你也稍微替妈妈想一想，如果你现在这样做的话，你会伤透妈妈的心。妈妈的心并不重要，你略微关照着点儿就足够了。用一个小时来想自己，留出一分钟来想想别人……”

他并没有睡觉的意思。他没有脱衣服，而是久久地坐在床上，他心中最清醒的意识只是一个强烈的愿望——看到自己在时空中被输送到一年后，那时一切都将有定局，他不管那是怎样的结局。

当他在十点半按响凯瑟琳公寓的门铃时，他根本没有做出任何决定。他只是模糊地想，她会拉着他的手，牵引着他，她会坚持——就这样，决定就会做出来了。

凯瑟琳开了门，微微一笑，快乐而自信，仿佛什么也没有发生过。她带他来到房间里，大片阳光洒满了她的小屋，照着整齐地码放在书桌上的一本本书卷。房间又干净又整齐，角落里还有一堆用地毯吸尘器收集起来的带花边的碎纸。凯瑟琳穿着一件整洁的玻璃纱衬衫，袖头在她的肩部欢快地翘着；她头发里装饰的绒毛状的针在阳光下闪闪发光。他感到一种突如其来的失望——在她的房子里并没有威胁等着他。他觉得如释重负，同时也感到失望。

“我准备好了，彼得，”她说，“帮我把大衣拿过来。”

“你告诉你舅舅了吗？”他问。

“噢，是的。我昨天晚上告诉他的。我回来时他还在工作。”

“他说什么了？”

“他没说什么。他只是大笑起来，并且问我要什么样的结婚礼物。可是他笑得很厉害！”

“他现在在哪儿？难道他连见都不见我一下？”

“他必须到报社去。他说他有的是机会见你。不过他说得很有技巧。恰到好处。”

“听我说，凯蒂，我……有一件事我要告诉你。”他犹豫不决，没有看她。他的语调很平直，“你看，是这样的，卢修斯·N.海耶，就是弗兰肯的合伙人，他现在病得很重，而且预计活不长了。弗兰肯一直公开暗示说，我即将取代海耶的位置。可是弗兰肯有个疯狂的想法——他想让我娶他女儿。哎呀，不要误会我。你知道那是不可能的，可是我不能这么告诉他。而且我想……如果我们再等一等……就等几周的时间……我就会在公司站稳脚跟，那时候，我再对他说我已经结婚了，他便不能把我怎么样了……不过，当然，还是你来决定吧。”他注视着她，语气中透着急切，“如果你想现在就结婚，那我们马上就走。”

“可是，彼得，当然，我们会等。”她说得沉着而镇定，但也有一丝惊讶。

他微笑了，笑得如此赞同和宽慰。可是他闭上了眼睛。

“当然，我们会等。”她说得很坚定，“我并不知道这事，可是那很重要。的确是没有理由急着结婚。”

“你就不怕弗兰肯的女儿可能把我抢走？”

她笑出声来：“噢，彼得！我太了解你了。”

“可是如果你宁愿……”

“不，这样好得多。你知道，说真的，我今天早晨就在想，如果我们等一等，那样会更好一些。可是如果你已经下定了决心，我就不想再说什么了。既然你都愿意等，那我更愿意等，因为，你知道，我们今早得到消息说，舅舅今年夏天要被邀请到西海岸一所非常有名的大学去做一系列的专题报告。我感觉，要背弃他我好难过，那些工作都还没有做完。然后，我也认为我们是在犯傻。我们都这么年轻，而且埃斯沃斯舅舅笑得那么厉害。你看，稍微等一等的确更明智些。”

“是的。那样很好。不过凯蒂，如果你还像昨晚那样想……”

“可是我不那样想了！我太为自己感到羞耻了。我不能想象昨晚是怎么了。我竭力去回想，可是我无法理解。你知道那是怎么回事，事后你会觉得这很愚蠢。到了第二天，一切都是这么清楚明了。我昨晚是不是说了很多荒唐的话？”

“算了，别再提了。你是一个懂事的小姑娘。我们都很通情达理。我们只需要稍稍等上一段时间，不会太久的。”

“好的，彼得。”

他突然狂热地说：“现在坚持住，不要放弃，凯蒂！”

然后，他愚蠢地放声大笑，仿佛他一直都不怎么认真似的。

她愉快地以笑作答。“你明白了？”她说，伸出了双手。

“算了……”他嘀咕道，“那好吧，凯蒂，我们就等吧。这样更妥善些，当然，我……那么，时候不早了，我该走了。我上班要迟到了。”他觉得他必须逃离她的房间，逃避这一刻，这一天，“我会给你打电话。明天我们一起吃晚饭吧。”

“好的。彼得。那太好了。”

他走了，感觉到一种宽慰和凄凉，咒骂着自己——因为有一种单调而强烈的感觉在反复地告诉他，他错过了一个机会，而这个机会将永不复返；告诉他某种东西正从四面八方向他们逼近，将他们包围，而他们已经屈服了。他诅咒着，因为他说不出他们本来应该抗拒的到底是什么。他急匆匆地赶往办公室，他快要赶不上与默海德夫人的约会了。

他走后，凯瑟琳站在屋子中央，她不知道自己为何突然间感到浑身发冷，心里空荡荡的。此时，她才知道自己本来希望他会强迫她听他的。接着，她耸耸肩，自责地笑了笑，又回到桌前继续工作。

13

十月里的一天，在海勒家的房子快要竣工时，房子前面的路上有很多人驻足观看。一个穿工作服的细高挑年轻人也在人群外看着，然后他向洛克走过来。

“你就是修建这个‘鲣鸟窝’的家伙？”他问，神态中有点缺乏自信。

“如果你指的是这所房子，是我修的。”洛克回答说。

“噢，请你原谅，先生。那只不过是他们的叫法。并不是我要这么叫的。你知道，我有一档子工程活儿……唔，确切地说，也不完全是个工程。我要在离此十英里的地方修建一座私人加油站，就在南边的邮政路上。我想和你谈谈。”

后来，在他工作的汽车修理厂前面，吉米·高文端坐在条长凳上，又向洛克作了详细的解释。他说：“洛克先生，我是怎么偏偏想到你的呢？因为我喜欢它，就是你修建的那座滑稽的房子。我也说不出是为什么，可我就是喜欢它。我能理解它的意义。而且，我也明白人们为什么目瞪口呆地凝视着它，对它评头论足。对于一座房子来说，那并没什么用处，可对于一门生意来说，却挺时髦的——让他们傻笑去吧，但是要让他们谈论它。所以我想我要让你来修这个加油站，那样他们就会说我是疯了，可是你在乎吗？我是不在乎的。”

吉米·高文像头驴子似的辛辛苦苦干了十五年，为了自己做一门生意而省吃俭用。人们对他所选择的建筑师表示了愤怒和不满。吉米未作任何解释，也不为自己辩解，他彬彬有礼地说：“或许是这样吧，乡亲们，或许是这样。”然后继续让洛克修建他的加油站。

那个加油站在十二月底的一天开张了。它矗立在波士顿邮政路的路边上，两个小型的玻璃混凝土建筑在树林间形成了一个半圆形：圆柱形的办公室和长长的椭圆形餐厅，两者中间是加油处，一排排油泵像一条柱廊。那是一篇圆的习作，没有角，也没有直线。它看起来像是流动的形体，定格于液体被泼洒出的那一瞬间，定格于它们达到一种和谐的精确时刻——那和谐太过于天衣无缝了，仿佛不像是有意为之。它看起来像是一簇簇的气泡，低低地悬在地面上方，还不曾接触到地面，就被一阵突如其来的风卷到了一边；它看起来那么欢快，那么坚固，使人精神振奋，就像一个强大的飞机引擎。

开业那天，洛克就待在加油站。他一边用一只洁净的白色马克杯在餐厅的柜台边喝着咖啡，一边看着络绎不绝地停到门口的汽车。夜深他才离开。开着车在漫长空寂的路面上行驶时，他回望过一次。加油站的灯光飞快地离他而去。它矗立在那里，就在两条公路的交会处。汽车会日日夜夜地呼啸而过，它们从城市开来，在那样的大城市里是不会有这种建筑物的立足之地的；它们又是开往城市去的，在那里同样不会有这样的建筑物。他转过脸，一边看着前方的路，一边用眼角的余光看着汽车的后视镜——那里面依然淡淡地反射着那遥远的星星点点的灯光……

他开车回去了，等着他的是几个月的门庭冷落。每天早晨他都静静地坐在办公室里，因为他知道必须坐在那里。他看着那扇永不开启的门，手指摁在电话上忘记了拿开，那电话是从来不响的。在他每天离开前都会清空的烟灰缸里，已经盛满了烟蒂。

“你想了点什么办法没有，洛克？”奥斯顿·海勒在一天晚上一起吃饭时这样问他。

“什么办法也没想。”

“可是你必须得想点办法。”

“我无计可施。”

“你必须学会和人打交道。”

“我做不到。”

“为什么？”

“我不知道怎么去待人接物。我天生就缺少某种特定的功能。”

“那是后天学来的。”

“我没有学习这种能力的感官。我不知道是不是我缺乏这种东西，或者是我具有某种额外的东西，它妨碍我去获得这种能力。此外，我不喜欢那种得让人去对付的人。”

“可是你不能静坐在这里无所事事啊。你得去寻找项目。”

“我该对人们说什么才能得到委托书呢？我只会出示我的作品。如果他们连我对作品的解释都听不进去，那他们也不会听我所说的任何事情。在他们眼里，我是个无名小卒，我给他们的只有我的作品——那是我们唯一要共同面对的东西。除此之外，我不想跟他们说任何事情。”

“那你打算做什么呢？你不着急吗？”

“不，我早料定了会这样。我在等。”

“等什么？”

“和我一样的那种人。”

“那是什么样的人？”

“我不知道。不，我知道，可是我无法解释。我经常希望我能解释。肯定有某一条原则是适用于它的，可我又不知道那条原则是什么。”

“是诚实吗？”

“对……不，只是一部分。盖伊·弗兰肯是个诚实的人，可不是他那样的诚实。是勇气吗？罗斯通·霍尔科姆就有勇气，是以他自己的方式…… 我不知道。我对于别的事情没有那么含糊和暧昧。但我可以凭人们的面貌辨别出像我一样的人。通过他们面孔上的某种东西。会有成千上万的人经过你的房子，经过加油站。如果千千万万的人当中，有一个人驻足看见了它，那就是我所需要的。”

“那么说，霍华德，你到底还是需要别人的，不是吗？”

“当然。你笑什么？”

“我一直觉得你是我有幸见过的最反社会的动物。”

“我需要人们给我工作。我修建的又不是陵墓。你以为我会在其他方面需要他们吗？在更亲密、更为个人的方面吗？”

“在个人方面，你并不需要任何人。”

“是的。”

“你根本不是在吹嘘。”

“我犯得着吗？”

“你不会。你太傲慢，傲慢得不会吹嘘了。”

“那是我吗？”

“你难道不知道你是什么样的人？”

“不。我对自己还没有了解到你了解我的程度，或者说别的任何人了解我的程度。”

海勒默不作声，手指间夹着根香烟，用手腕画着圈，然后笑出声来，说：“非常与众不同。”

“什么？”

“你并没有央求我告诉你，我眼中的你是什么样的。换成任何别的人都会这么做。”

“对不起。那并不说明我不在乎。你是为数不多的几个我想保持友谊的人之一。我只是没想到要问你而已。”

“我知道你没想到。这就是问题的重点。你是个以自我为中心的魔鬼，霍华德。因为你是全然没有恶意的，这就显得愈发的荒谬可笑。”

“你说对了。”

“既然你承认了这一点，那你应该稍微注意一点。”

“为什么？”

“你知道，有一件事使我为难。你是我所认识的最冷漠的人。然而尽管知道你实际上是个让自己处于安静之中的魔鬼，我却无法理解为什么每当看见你时，我总觉得你是我所认识的人当中最能给予人生命的。”

“你是指什么？”

“我不知道，就是这样。”

几个星期过去了。洛克每天步行去他的办公室，在桌前坐上八个小时，大量地阅读。五点钟的时候，他步行回家。他已经搬到了一个好一点的屋子，在办公室附近。他花钱很细心，他有足够的钱来对付未来的很长一段时间。

二月的一个早晨，他办公室的电话铃响了。一个活泼而引人注目的女性声音要求与建筑师洛克先生定个约会。当天下午，一位生气勃勃的深色皮肤的小个子女人走进洛克的办公室。她穿着一件水貂皮大衣，每次她的头一动，那对具有异国情调的耳环便玎玲玎玲地响。她使劲儿地摇头，像小鸟似的猛地转来转去。她是长岛的维恩·威尔默特夫人，她希望建一座乡间别墅。她解释说，她之所以请洛克先生来修建它，是因为奥斯顿·海勒的家就是他设计的。她崇拜奥斯顿·海勒。她认为，对于那些假装并不觊觎知识分子头衔的人来说，他是一个圣人。她认为——“难道你不这么认为吗？”她就像一个狂热者一样追随着海勒，“是的，从字面上来讲，像个狂热的追随者。”洛克先生很年轻，不是吗？可是她不在乎，她是个思想非常自由的人，而且喜欢帮助青年人。她想要一幢大房子，她有两个孩子，她相信应该表现出他们的独立个性，“难道你不是这样想的吗？”——而且每个孩子都得上各自的托儿所，她得有个图书室，“我爱读书爱得发狂。”——一间琴房，一间温室，“我们种铃兰，我的朋友告诉我说，那是我的幸运花。”给她丈夫一间小而舒适的书房，他绝对地信赖她，所以让她来设计这所房子，“因为我很擅长设计，如果我不是女人，我肯定是一个建筑师。”还有佣人住的房间什么的，以及三间车库。过了半个小时，她的细节才讲了一半，她说:“而且当然了，至于房子的风格，那将是英国都铎王朝时期的风格。我崇拜都铎王朝。”

他注视着她，慢吞吞地说:“你见过海勒的房子吗？”

“没有，尽管我确实想去看看，可是那怎么可能呢？我从不认识海勒先生，我只是他的发烧友，仅此而已，一个普普通通、平平常常的发烧友。他人怎么样？你一定得告诉我，我渴望听到他的事。不，我没有见过他的房子，它在缅因州的什么地方，不是吗？”

洛克从抽屉里拿出照片递给她。

“这就是海勒宅邸。”

她看着那些照片，她的眼神就像从照片光滑的表面上滴落下来了一样，她把它们往桌上一扔。

“很有趣，”她说，“特别不同凡响。极其漂亮。不过，当然，那不是我要的。那种房子不能表达我的个性。我的朋友说我具有伊丽莎白的个性。”

他平静地、耐心地试图向她解释他不能建都铎式房子的原因。

“瞧，洛克先生，你不是在对我指手画脚吧？我对自己的品位有相当的把握，而且我对建筑颇有研究，我还在俱乐部学习过专门的课程。我的朋友说，我比很多建筑师懂得的知识都要多。我已经彻底拿定主意要一幢都铎式的房子了。我可不想再争论了。”

“你只能请别的建筑师了。威尔默特夫人。”

她难以置信地瞪大了眼睛看着他：“那么你是说你拒绝了我的委托？”

“是的。”

“你不想接受我的委托？”

“对。”

“为什么？”

“我不设计这样的东西。”

“可我以为建筑师……”

“是的。建筑师会建造你要求的任何东西。城里别的建筑师都会的。”

“可是我把第一次的机会给了你。”

“威尔默特夫人，请你帮个忙行吗？你能不能告诉我，既然你要的不过是都铎式的房子，你为什么还要来找我？”

“唔，我当然以为你会喜欢这个机会。然后，我就可以告诉我的朋友说，我用的是奥斯顿·海勒用过的设计师。”

他努力地去解释，试图让她理解。他说的时候，明知那是毫无用处的，因为他的声音听起来就像是碰在真空管上一样。仿佛没有威尔默特夫人这个人，只有一个空壳，一个装着她朋友的观点，装着她见过的那些带有图画的明信片，她读过的有关乡村的小说的空壳。他就是在对着这样的空壳讲话，对着这样一个既不可能听他说，也不可能回应他的无形的东西，一个不具人格的棉花团讲话。

“我很抱歉，”维恩·威尔默特夫人说，“可是我极不善于与一个极其没有理性的人打交道。我相当有把握——乐意为我效劳的更有名的建筑师多的是。我的丈夫首先就反对我雇用你，而且我很遗憾地发现他竟然是对的。日安，洛克先生。”

她很体面地走了出去，却把门摔得很响。他把那些照片抹进了抽屉。

三月份来洛克办公室的罗伯特·芒迪先生是奥斯顿·海勒派来的。芒迪先生的嗓音和头发都像铁一样灰，而他蓝色的眼睛既柔和又充满渴望。他想在康涅狄格州修建一座房子，他说到它的时候声音发抖，像一个年轻的新郎，又像一个在探索最后的秘密目标的人。

“它不仅仅是一座房子，洛克先生，”他腼腆而羞怯地说，仿佛在对一个比他年龄大的、更有威望的人讲话，“它就像……对我来说……它就像是一个象征。它就是这么多年来我所等待的并且为之奋斗不息的东西。现在，都这么多年了……我必须告诉你这个，好让你明白。我现在有很多钱，我都不愿去算了。我过去并不总是有钱。也许它来得太晚了。我不知道。年轻人以为人在到达目的地时就会忘记路途上所发生的事情。可人是忘不掉的。有些东西还历历在目。我永远会记得儿时的情形——在佐治亚州的一个小地方，我怎样为一个做马具的人跑腿，而每当马车经过时，那些小娃娃们就会大声取笑我，而且马车会溅得我的裤子上到处是泥巴。就在那时，我下定决心：总有一天我会拥有自己的房子——就是人们坐着马车要去的那种房子。从那以后，无论境况多艰难，我总想着那幢房子，那有所帮助。后来，又有很多年我很害怕它——本来早就应该盖起来的，可是我很害怕。好了，现在时间终于到了。洛克先生，你明白吗？奥斯顿说，你就是那个善解人意的人。”

“是的，”洛克说，“我懂。”

“有个地方，就在我的家乡附近。”芒迪先生说，“整个那一带的大庄园，伦道夫家的房子。是座老式的种植园，现在人们已经不再建了。我过去常到那儿送东西，是从后门送进去的。我就要那样的房子。洛克先生，就跟它一样。不过不是在佐治亚州，我不想回那里去。我已经买好了地，你得帮我把它周围的风景规划成跟伦道夫家的房子一模一样的。我们要种上树木和灌木丛，就种他们在佐治亚州种的那种花草。我们会想办法让它们生长。我不在乎花多少钱。我们当然要用电灯和车库，而不是四轮马车。不过我要你把所有的电灯都设计成蜡烛的样子，还得把车库设计成马厩的样式。每一件东西都跟过去一样。我有伦道夫家房子的照片。我还买了他们的部分旧家具。”

当洛克开始说话的时候，芒迪先生听着，一脸礼貌的惊讶。他似乎并不是讨厌那些字眼。它们根本就不会往他心里去。

“你不明白吗？”洛克说，“你想建的那叫纪念馆，但不是为你自己修建的，不是为你自己的一生和你自己的成就修建的。那是为他人修建的。是为他人在你面前的优越感而修建的。你这不是在向那种优越感和至高无上提出挑战，而是在使它们永垂不朽。你并没有摆脱它们对你的束缚——你在为自己戴上永远的精神枷锁。如果你把自己的余生就消耗在这样一栋抄袭来的房子里，你会感到快乐和幸福吗？还是为自由而抗争一次，为自己建起一座崭新的房子？你要的不是伦道夫家的房子。你要的是它所象征的东西。可是它所代表的正是你一辈子都在与之抗争的东西。”

芒迪先生茫然地听着，面无表情。而洛克再一次地感觉到一种在现实面前的迷茫和无奈：眼前没有芒迪这个人，有的只是那些在伦道夫家的房子里居住过的人们的余烬，早就没有了生命；人是无法与余烬辩论的，也无法去说服它们。

芒迪先生最后终于说：“不，不。你也许是对的，可这根本不是我想要的。我不是说你讲的没有道理，它听起来很在理，可是我喜欢伦道夫家的房子。”

“为什么？”

“就因为我喜欢。就因为那正是我喜欢的东西。”

当洛克说他得另请高明时，芒迪先生颇感意外地说：“可是我喜欢你。为什么你就不能为我设计呢？那对你来说又有什么影响？”

洛克没有解释。

后来奥斯顿·海勒对他说：“果不出我所料。我就担心你会拒绝他。我不是在怪你，霍华德。只是他那么有钱。那个项目本来能对你有很大帮助。而且，毕竟，你得生存。”

“不是以那种方式。”洛克说。

四月份的时候，詹因斯－斯图亚特房地产公司的纳撒尼尔·詹因斯先生把洛克叫到他的办公室。詹因斯先生粗鲁而又直率。他说他的公司在计划修建一幢小型办公楼，三十层，就在百老汇大街南部，还说他并不相信洛克，实际上他或多或少是反对他的，可是他的朋友奥斯顿·海勒坚决要求他见见洛克并与他谈谈这个问题。詹因斯先生对洛克拙劣的作品不以为然，可是海勒的确露骨地威胁过他，说他最好在决定用任何人以前先听听洛克的想法。他问洛克：对这个话题有什么高见？

洛克有很多话要说，他说得从容而镇定，刚开始很难做到，因为他想要那个工程，因为他感觉到，如果他有一把枪的话，他有一种用武力威胁，硬把那幢大楼从詹因斯手里夺过来的渴望。

但是几分钟之后，事情就变得轻而易举了。枪的念头消失了，甚至他的渴望也消失了；没有要争取的项目，他在这儿也不是为了争取什么，他只是在谈论建筑。

“詹因斯先生，当你要买一辆汽车的时候，你并不想在它的窗户上装饰玫瑰花环，不想在挡泥板上装饰狮子，更不想车顶上蹲着一个天使。这是为什么呢？”

“那样会很愚蠢。”詹因斯说道。

“为什么很愚蠢呢？我认为那会很漂亮。而且，路易十四就有一辆那样的马车，那么对路易十四来说好的东西对我们也差不了。我们不应该追求轻率的创新，而且我们不应该与传统决裂。”

“得啦，你明知道你不信那一套的！”

“我知道我不相信。可那正是你所相信的，不是吗？那么，譬如人体。你为什么不喜欢长着一条卷曲的尾巴，尾巴尖上还长着几根翎毛的人体呢？还有长着叶子形耳朵的人？你知道，那会富有装饰效果，而不像我们的身体，刻板、光秃秃的丑陋。那么你为什么不喜欢这种想法呢？因为那是毫无用处的，而且是不得要领的、空洞的、无意义的。因为人体的美就在于它没有一块肌肉不具有自己的目的，没有一根线条是多余的，每一处细节都切合某种思想，切合人的思想和人的生活。你能否告诉我，当说到一幢大楼时，你为何不想让它看起来具有目的和意义，却要用装饰品来扼杀它，你想舍弃它的功能而取它的外壳——却连为何需要那样的外壳都不清楚？你想让它看着就像十个不同品种杂交生出的杂种畜生？直到它们不断地混合后变得没有肠子，没有心脏和大脑，变成一个浑身都是皮毛、尾巴、脚爪和羽毛的怪物时，你才喜欢？为什么？你必须告诉我，因为我从来都不能理解它。”

詹因斯先生说：“可我从来没有那样想过。”他又不十分确信地补充说，“但是我们想让我的大楼看起来有威严，而且要有美感，这你知道，也就是他们称之为真正的美的东西。”

“什么样的人所说的什么样的美呢？”

“唔……”

“詹因斯先生，告诉我，你真的认为在一座钢筋结构的现代办公楼上采用希腊式的门柱和水果篮子就是美的？”

“我不知道，我不知道我是否思考过什么样的建筑物是美的这类问题。”詹因斯先生承认说，“可是我想美就是公众想要的东西。”

“你怎么就以为他们想要它呢？”

“我不知道。”

“那么你还在乎他们想要什么吗？”

“你必须考虑公众。”

“难道你不知道大多数人之所以接受事物是因为那是人们所给予他们的东西，而他们是什么观点都没有的吗？他们期待你考虑他们所想的东西，你是愿意听从他们的期待，还是听从自己的判断？”

“牛不喝水你不能强按牛头呀。”

“你不必非得强迫他们接受。你只需要有耐心就行了。因为理性会站在你这边——噢，我知道，理性是一种没人真正想要的东西，而反对你的只有某种含糊的、迟钝的、盲目的惰性。”

“你为什么认为我不想要理性呢？”

“詹因斯先生，不是你，而是大多数人。他们不得不冒险一试，他们所做的一切都是在冒险，可是当他们抓住了某种丑陋、愚蠢和徒有其表的东西时，他们会更有安全感。”

“的确是这样。”詹因斯先生说。

在面谈结束时，詹因斯先生若有所思地说：“我不能说你讲的没有道理，洛克先生。容我再好好想想。你会很快得到我的答复的。”

詹因斯先生一周后给他打来电话，说：“将由董事会做出选择。洛克先生，你愿意试一试吗？做一个设计方案，并制一些初步的草图。我会把它们提交董事会。我不能向你作任何保证，不过我是支持你的，我会为你据理力争。”

洛克夜以继日地工作了两周，终于完成了设计方案。方案提交上去了。然后，他被叫到詹因斯 - 斯图亚特房地产公司的董事们面前。他站在长长的会议桌一边阐述自己的观点，目光慢慢地挨个儿从他们的脸上扫过。他竭力不去看桌子，但是桌子上那一点白色始终停留在他视野的下沿——他制的草图铺在十二个董事面前。他们向他提了很多问题。有时候詹因斯跳起来代他回答，用拳头砰砰地捣着桌子，咆哮着说："难道你们不明白吗？难道这还不清楚吗？……格朗特先生，怎么了？有什么问题吗？即使从来没有人建造过那样的大楼，又有什么关系？……哥特式的吗，赫巴特先生？我们为什么非得要哥特式的呢？……如果你拒绝这个计划，我倒十分愿意辞职！"

洛克说话时语气平静。他是这间会议室里唯一对自己说的话有把握的人。同时他也感觉到他是没有希望的。他面前的十二张脸表情各异，但是具有某种共同的特性，那既不是肤色，也不是容貌，却将他们的表情融化了，最终它们不再是一张张面孔，只剩下空洞的椭圆形的肌肤。他向所有的人讲话。他没有向任何一个人讲话。他感觉不到回应，甚至连自己的话语反射到耳膜上的回音都听不到。他的话语从墙上掉下来，中途撞击在凸出的石角上，而每一个凸角都不愿承载它们，反而把它们抛得更远，使它们摇摆颠簸，把它们送到那并不存在的无底深渊。

他被告知他们将会通知他董事会的最后决定。他已经预先知道了结果。当他收到那封信时，他毫无感觉地读着。信是詹因斯先生写来的，开头这样写道："亲爱的洛克，我很遗憾地告诉你，我们的董事会认为他们无法将此项目交付于你，因为……"

在这封信粗暴的、攻击性的礼节中有一种请求：一个无法面对他的人的请求。

约翰·法果当初是靠推着手推车做小商贩起家的。到了五十岁这年，他有一笔数目不大的财产和第六街南端一个生意很红火的百货商店。多年来，他成功地与街对面的一个大商家抗衡，那是一个人数众多的大家族继承的诸多商店中的一家。在去年秋天，那个家族将该分店搬迁到了一个远离商业区的新址。他们确信城区的零售商业中心将向北移，因此决定清空他们的老店，以此加速旧社区的萧条。这对于他们对街的竞争者来说，既是严峻的警示，也颇为尴尬。约翰·法果做出了回应，他宣布，他将建一个新店，就在同一个地点，在他的老店隔壁。他要建一个比这个城区拥有过的任何商店都更新潮、更漂亮的店，他宣称要保住旧社区的名气。

当他把洛克叫到他的办公室时，他并没有说他必须迟一些做出决定或者考虑考虑情况之类的话。他说："你就是我商店的建筑师了。"他坐在那里，脚搭在办公桌的边沿上，嘴里一边大声吆喝着说话，一边喷出一股股的烟雾。"我会告诉你我要多大的空间和我要投资的数目。如果你觉得不够，你就说出来。其他的事由你来决定。我虽然不大懂建筑，可是看见一个懂建筑的人，我识货。干吧。"

法果之所以选择了洛克，是因为有一天开车经过高文的加油站时，他停下车，走了进去，还问了几个问题。之后，他又买通了海勒家的厨师，趁海勒不在家时参观了海勒的房子。法果不需要更多的证据。

五月下旬，当洛克办公室的制图台上堆满了法果商店的草图时，他又接到了一宗委托。

这位客户惠特福德·桑伯恩先生拥有一幢多年前由亨利·卡麦隆设计修建的办公大楼。当决定修建一座乡间庄园的时候，桑伯恩先生驳回了他妻子请其他建筑师的建议。他给亨利·卡麦隆写了一封信。卡麦隆写了一封十页的长信作答。前三行述说他已经不再执业，退休了，其余的几页讲的都是关于洛克的事。信中写了些什么，洛克不得而知。桑伯恩不会给他看，而卡麦隆也不会告诉他。但是，桑伯恩无视夫人的强烈反对，与洛克签了合同，让他来修建这座乡间宅第。

桑伯恩夫人担任着很多慈善机构的主席，这使她对独裁统治上瘾，而这种瘾是其他副业所不能带来的。桑伯恩夫人希望在他们哈得逊的新庄园里修建一座法式城堡。她希望这座城堡看上去庄重肃穆而古风盎然，好像是她的家族先辈遗留下来的似的；当然，她也承认，人们会知道那城堡不是先辈留下来的，但是它看起来应该像是那样。

在听洛克详细地阐述了他对房子的理解以后，桑伯恩先生与他签订了合同。桑伯恩先生心甘情愿地点头认可，甚至都没有表示要等待审定草图的意思。“不过，芬妮，”桑伯恩先生疲惫地说，“当然，我想要一幢现代风格的房子。我早就对你说过。那正是卡麦隆可能设计出来的风格。”“卡麦隆现在到底意味着什么？”她问。“芬妮，我不知道。我只知道，在纽约没有一座房子像他为我设计的那样。”

争论在桑伯恩夫妇家那间黑暗、杂乱无章，却擦得发亮的维多利亚式起居室里持续了好多个漫长的晚上。桑伯恩先生犹豫不决。洛克问：“这就是你们想要的？”挥动胳膊示意周围的整个房间。“怎么？如果你想说无礼的话……”桑伯恩夫人开口说道。可是桑伯恩勃然大怒：“岂有此理！芬妮！他说得对！这正是我不想要的东西！我对此已经厌烦透顶！”

洛克在制好草图前谁也不见。那幢朴素的粗石房子位于临河的花园里，有宽大的窗户和许多阶梯。房子像河床一样宽敞，与花园一样开阔。人们必须仔细地顺着路线走，才能找到与花园连接的台阶。阶梯的起伏非常平缓，通向每堵墙壁的路以及真实的墙体都处理得非常自然；似乎是树木川流不息地进入房子并从中穿过；仿佛房子并不是阳光的障碍，而是一个收集阳光的碗，把它聚成比户外的光线更为明亮的光辉。

桑伯恩先生是第一个看到草图的人。他仔细地研究了一番，然后说："我……我不知道该如何形容，洛克先生。它太棒了。卡麦隆对你的评价一点不假。"

等到其他人看过草图以后，桑伯恩先生对此就不再那么肯定了。桑伯恩夫人说那房子丑陋无比。于是又回到了整晚的争论中。"哎呀，唔，为什么不在那个角落里增加一个塔楼呢？"桑伯恩夫人问，"这些平屋顶上可是有足够的地方呀。"当她被说服不使用塔楼后，她又问："为什么我们不采用带中梃的窗户呢？那又有什么影响呢？天知道，那些窗户可真够大的——尽管我看不出它们为什么非得这么大，可真是一点个人隐私都没有了——可是，洛克先生，如果你还是对此那么固执的话，我愿意接受你设计的窗户，可你为什么不在窗格上装上中梃呢？那样会使事物变得柔和些，而且还能增添一种帝王般的气派，你一定记得，就是那种封建时代的情调。"

桑伯恩夫人急着将那些草图拿给她的朋友和亲戚们过目，他们一点儿也不喜欢那座房子。渥玲夫人说它荒谬可笑，而胡珀夫人认为那是粗制滥造。米兰德先生说白送给他他都不要。艾珀比夫人说它像一个制鞋厂。戴维特小姐瞥了一眼那些草图，赞赏地说："噢，亲爱的，多么富有艺术性啊！是谁设计的？……洛克？……从来没听说过他……喔，老实说，芬妮，它看起来像是冒牌货。"

家里的两个孩子对此各持己见。十九岁的珍·桑伯恩一直认为建筑师都是罗曼蒂克的，所以得知他们会请一位非常年轻的建筑师，她很高兴。但是她不喜欢他的样子，不喜欢他对她的暗示所持的冷漠态度，所以她宣称那幢房子是可怕的，还有，至少她是拒绝住进去的。理查·桑伯恩二十四岁，他在上大学时是个出类拔萃的学生，现在却快要醉死了。他一改往日的无精打采，宣称那房子太棒了，这使他的家人大为震惊。没人说得清他的话到底是审美的评价，还是对母亲的敌意，或者两种成分都有。

惠特福德·桑伯恩随着各种新趋向摇摆不定。他常常嘀咕："算了，那就不用中梃了，当然，那完全是垃圾，不过，洛克先生，你就不能为它装个檐口吗？好让我的家人安静一些。就那种钝锯齿状的檐口，它又不会破坏任何东西。会吗？"

直到洛克说除非桑伯恩先生赞成原来的草图，并且在每一张图纸上面签字，否则他就不修了，争论才终于结束。桑伯恩先生签了字。

桑伯恩夫人不久以后便高兴地得知，没有一个有名气的承包商愿意承包这座房子的建筑工程。"你明白了？"她得意扬扬地说道。桑伯恩先生拒绝明白。他找了一家不出名却愿意接受这个项目的工程公司，他们极不情愿，说接这个工程是对他的特别照顾。桑伯恩夫人得知承包商跟自己站在同一战线上，便破坏了社交惯例请他一起喝茶。她对这幢房子早已失去了前后一致的见解，她只是恨洛克，而她的承包商则是恨一切有原则的建筑师。

桑伯恩宅第的建筑工程从夏季一直持续到秋季，每天都有新的战斗。“可是，当然，洛克先生，我告诉过你，我的卧室要三个衣柜，我记得很清楚，那是在一个星期五，我们都坐在起居室里，桑伯恩先生就坐在靠窗户的一把大椅子上，而且我在……那些草图怎么样？什么草图？你怎么能指望我看懂什么草图？洛克先生，罗莎莉姑妈说她不可能爬螺旋楼梯，我们该怎么办？为了适应你的房子还得对我们的客人进行挑选吗？”“赫尔伯特先生说，那种天花板没法……噢，是的，赫尔伯特先生可是很懂建筑的行家。他在威尼斯过了两个夏天呢。”“我可怜的宝贝女儿珍说，她的房间会像地窖一样黑暗……哎呀，洛克先生，她就是那样想的。即使不是真的黑暗，可是如果让她觉得黑暗，那还不是一样？”洛克熬上几个通宵，重新绘制草图，做一些他无法避免的改动。而这就意味着一天天地拆掉地板、楼梯，已经砌好的隔墙；这就意味着承包商的账单上预算数目在不断地增加。那位承包商耸耸肩说：“我早告诉过你了。既然你请一个异想天开的建筑师，这样的事情就是难免要发生的。在完工之前他还要花你多少钱，你就等着瞧吧。”

后来，随着房子逐渐成形，是洛克发现了还需要做一处改动。房子东边的一翼从未让他满意过。看着它矗立起来，他才看出自己所犯的错误和修改的方法；他知道那将使房子更具有一种逻辑上的整体感。他在施工中迈出了最初的几步，而那是他初次的试验。他可以老老实实地承认这一点。可是桑伯恩先生拒绝做这样的改动。这次轮到洛克了，洛克反过来去恳求他。一旦洛克的脑子里已经形成了对房子东翼新的清晰构思，他便再也无法忍受房子保持原样。桑伯恩先生冷冰冰地说："不是我不同意你的意见，实际上，我确实觉得你是对的。可是，对不起，我们付不起那么多的费用。""这点改动比桑伯恩夫人强迫我做的那些无意义的改动花的钱要少得多。""别再对我提那件事了。桑伯恩先生，"洛克缓缓地说，"如果这处改动不花你一分钱，你肯签字正式认可吗？""当然行。如果你能变个戏法做到的话。"

他签了字。东翼重新修了一遍。这笔费用由洛克自己承担。它的成本比洛克挣的设计费还要高。桑伯恩先生又有些犹豫不决了。他想支付这笔费用。桑伯恩夫人阻止了他："那只是一种卑鄙的手段。只是一种强行推销的方式罢了。他在借你高尚的感情对你进行敲诈勒索呢。他料定你会出钱的。等着瞧吧。他会张口要的。别让他的诡计侥幸得逞。"洛克并没有开口要那笔钱。桑伯恩先生也一直没有支付给他。

房子竣工以后，桑伯恩夫人拒绝搬进去住。桑伯恩先生愁眉苦脸地看着新房子，他已经累得无法承认他喜欢它了，累得无法说他一直想要的就是那样一座房子了。他做出了让步。房子没有布置。桑伯恩夫人携了她本人、她的丈夫和她的女儿到佛罗里达过冬去了。“在那边，我们有一幢像样的西班牙风格的房子，谢天谢地！——因为我们买了现成的房子。每当你冒险自己修房子时，你常常会落到这样的下场！谁叫你要请一个半吊子的建筑师呢！”令每个人大吃一惊的是，她的儿子却突然爆发出野性的力量。他拒绝到佛罗里达去；他喜欢这座新房子，除了这里，别的地方他哪儿也不去。所以，他们特意为他布置了三间屋子。家里人都走了，而他独自一人搬进了哈得逊河畔的这幢房子里。每当夜晚来临，人们可以从河上看见，那座庞大的、死寂的房子中央，有一小方被人遗忘的、昏黄的灯火。

美国建筑师行会的简报上登载了这样一则消息：

> 一桩奇怪的事情，虽然说不上可悲，但可说是可笑。据报道，最近著名实业家桑伯恩先生出资兴建了一座庄园。该庄园由霍华德·洛克设计，耗资超过十万美金，但全家人发现其不适于居住。现在，该庄园已被遗弃。这正是不称职的有力证据。

14

卢修斯·N.海耶的生命力很顽强，他拒绝死去。他已经从中风中恢复过来，并且不顾医生和盖伊·弗兰肯的反对，回事务所来上班了。弗兰肯想出钱买下他的全部股份，海耶拒绝了。他时常淌着眼泪的苍白双眼顽固地瞪着，其实什么也没有看。他每隔两三天便到办公室来一次；他按照惯例翻阅他信件栏里的信件；他坐在桌前，在干净的吸墨纸本上画着花朵；然后他再回家。他慢慢地拖着脚走路；他的胳膊肘压住两胁，前臂向前伸出，手指半开半合，就像动物的爪子；手指打着战；左手根本就不能用了。他不愿意退休。他喜欢看印在事务所的信纸上的他的名字。

他朦胧地感觉到他们不再把他介绍给那些重要的客户了，他不知道为什么，他奇怪为什么直到大楼修了一半他才看到设计草图。如果他提起此事，弗兰肯便向他提出抗议说："可是，卢修斯，在你这种身体状况下，我不可能想到要去打扰你。换上任何一个人，老早以前就退休了。"

弗兰肯只是让他略感迷惑，而吉丁简直令他大为困惑。当他们相遇的时候，吉丁都懒得向他问声好，事后才想起来补上。在与他说话时，吉丁一句话还没说完便转身走了。有时候海耶向某个制图师传达一些次要的指令，却得不到执行，那个制图师告诉他说，命令已经被吉丁先生取消了。海耶无法理解。他一直记得吉丁是那样一个跟他愉快地谈论着古董瓷器的小伙子。一开始他宽恕了吉丁，继而便低声下气地、笨拙地去软化他，然后他对吉丁便有了一种没有缘由的畏惧。他向弗兰肯抱怨过此事。他采用一种不曾使用过的权威者的口吻发脾气说："盖伊，你的那个小伙子，吉丁那小子，他现在变得让人无法忍受了。他对我无礼。你应该除掉他。"

"卢修斯，你现在知道我为什么说你应该退休了。你神经过分紧张，而且你开始猜疑别人了。"

接着考斯摩-斯劳尼克大楼的设计竞标开始了。

好莱坞的考斯摩-斯劳尼克影业公司决定在纽约建一个宏伟壮观的中心办事处——修建一幢能够容纳一个电影院和四十层办公室的摩天大楼。为了挑选最好的建筑师，他们提前一年宣布开展一场世界范围内的设计比赛。据说，考斯摩-斯劳尼克不仅是电影艺术的领军者，而且涉足所有的艺术门类，因为它们都对电影创作有所贡献；而建筑艺术尽管曾一度遭到忽视，但作为一种高尚艺术的分支，考斯摩-斯劳尼克公司乐意使它出人头地。

随着电影《我愿选择一位水手》演员的选定和电影《出售妻子》的开拍，关于帕特农神庙和万神殿的故事开始流传开来。莎莉·奥多恩小姐站在雷姆斯大教堂的台阶上拍照——穿的是泳装，而普拉特·珀赛尔先生，她的“搭档”也接受了记者采访，说假如没有成为一名演员的话，他一直梦想着要当一位建筑大师。罗斯通·霍尔科姆、盖伊·弗兰肯和高登·L.普利斯科特有关美国建筑的未来的论述被一篇文章引用，该文章是由狄米珀斯·威廉姆斯小姐撰写的，而且一篇假想的人物专访还引用了克里斯托弗·雷恩先生有可能会发表的关于电影的看法。周日增刊刊登了穿着运动短裤和厚运动衫的考斯摩-斯劳尼克新星的照片，他们手里拿着直角尺和计算尺，站在画板前面。画板上面一个巨大的问号上方写着“考斯摩-斯劳尼克大楼”。

这次比赛是面向所有国家的所有建筑师的。这幢大楼将矗立在百老汇大街，预计耗资一千万美元。它将象征着现代技术的天才和美国人民的精神。它被提前宣称是“世界上最漂亮的建筑”。竞赛的评审员中，有代表考斯摩的舒普先生和代表斯劳尼克的斯劳尼克先生，以及斯坦顿理工学院的彼得金教授，纽约市市长，罗斯通·霍尔科姆，美国建筑师行会的主席，以及埃斯沃斯·托黑。

“你去参赛吧，彼得！”弗兰肯热情地对吉丁说，“尽你最大的努力。把你所有的才能都给我展示出来。这是一个绝好的机会。如果你赢了这次比赛，你就闻名于世了。我们这样来：我们将以事务所的名义参赛，附带地缀上你的名字，如果你胜出，你可以得到五分之一的奖金。你要知道，最高奖金为六万美金。”

“海耶会反对的。”吉丁谨慎地说。

“让他反对去吧。这正是我这么做的原因。或许他脑子能转过弯来——怎么做才是合适的。而且我……好了，你知道我是怎么想的。我已经把你当成我的合伙人了。我欠你这个名分，而你已经赢得了它。这个机会就是你能否成为合伙人的关键。”

吉丁把他的方案修改了五次。他憎恶它。他在它设计出来之前就讨厌起它的每一根大梁了。他发奋地工作着，手在颤抖。他想到的不是他手底下正在制的草图，而是其他参赛选手，是那个可能会赢得比赛并被宣布比他优秀的人。他不知道那个“另一位”会做什么，那个“另一位”会怎么解决那个难题从而最终超越他。他必须打败那个人；其他的事都不重要。没有彼得·吉丁这个人，他只剩下一个吸气的心室，就像他听说过的那种热带植物，把一只小昆虫吸入它的空心，将它吸干，就这样维持自己的生存。

他的草图制好了，当一座白色大理石大厦精巧的透视图出现在他面前时，他却只感觉到一种无穷的怀疑。它看起来就像一座橡胶做成的延伸到四十层高度的文艺复兴时期的宫殿。他之所以选择文艺复兴风格，是因为他清楚所有的建筑评委都喜欢门柱，还因为他记得罗斯通·霍尔科姆也在评委席上。他借鉴了所有霍尔科姆偏爱的意大利宫殿。它看上去漂亮……它或许很漂亮……他没有把握。他没有一个人可以请教。

他倾听着自己这个心声，感到一阵难解的愤怒。在弄明白原因之前，他就感觉到了那种愤怒，而他几乎是在同一瞬间便知道了愤怒的原因：他有一个可以去请教的人。他不愿意想到那个名字；他不愿去找他；他的怒气已经上升到了脸上，而且他能感觉到眼睛下方的热辣。他知道他会去找他的。

他把这个念头从心中抛开。他哪里也不去。当下班时间到了以后，他把草图往文件夹里一放，便到洛克的办公室去了。

他发现洛克独自坐在那间大屋子里的办公桌前，房间里没有任何活动迹象。

“你好，霍华德！”他快活地说，“你好吗？我没有打搅你，对吧？”

“你好，彼得。你并没有打搅我。”洛克说。

“不太忙，是吧？”

“是的。”

“介意我坐一会儿吗？”

“坐吧。”

“哎呀，霍华德，你干得很了不起。我见过法果的商店了。棒极了。我向你表示祝贺。”

“谢谢你。”

“你可真是奋勇前进啊，对吧？都已经接到三宗委托了吧？”

“四宗。”

“噢，是啊，当然，四宗，很好。我听说你跟桑伯恩家有点小麻烦。”

“是的。”

“不过，不是所有的人都会一帆风顺的，不是所有的，你知道……从此再没有接到新的委托？什么活儿也没有？”

“是的，一件都没有。”

“算了，会有的。我就常说，建筑师们没必要相互残杀，我们大家干的工作有的是，我们必须建立一种团结和合作的精神。譬如说，就拿这次比赛来说……你的报名表寄去了吗？”

“什么比赛？”

“哎呀！就这次大赛。考斯摩-斯劳尼克设计大赛。”

“我不想报名。”

“你……不想报？一点儿也不想？”

“是的。”

“为什么？”

“我不参加比赛。”

“为什么？务必告诉我？”

“拜托，彼得，你并不是来讨论这个问题的。”

“事实上，我觉得我确实得让你看看我的参赛作品。你明白，我这不是在求你帮忙，我只需要你的反应。只是一个大概的看法。”

他迫不及待地打开文件夹。

洛克仔细端详着他的草图。吉丁厉声说：“怎么样？还行吗？”

“不行。很臭。你也清楚。”

然后，一连好几个小时，吉丁在一边看着。天色暗了下来，都市里的窗口亮起了灯光。洛克侃侃而谈，作着解释。他将草图上的线条一顿猛砍猛删，解开剧院窗户外出口的曲径，拆散大厅，打碎毫无用处的圆拱，将楼梯改直。吉丁结结巴巴地说了一句：“霍华德，老天！如果你能像这样修改，你为什么不报名参加比赛呢？”洛克回答说：“因为我不可能参赛。即使报名参加，我也不会成功。我失去了创造力。我如一张白纸，不可能给他们想要的东西。不过当我看到别人乱七八糟的东西时，我能纠正。”

当他把草图推到一边时，天已大亮。吉丁低声说：“正视图怎么办？”

“噢，去你的正视图！我不想看你的该死的文艺复兴式的正视图！”可是他看了。他无法阻止自己的手去删除透视图中一根根的线条。“好吧，去你的！如果你必须给他们文艺复兴时代的东西，就给他们优秀的文艺复兴时代作品。只是我可不能帮你弄这个。你自己去估算好了。大概就像这个样子。再简洁些。彼得，再淳朴些，再直接些，把一个不诚实的东西尽可能地改得诚实些。现在回家去，就按这个整出个像样的东西来吧。”

吉丁回家去了。他照着洛克的草图复制了一份。他把洛克仓促描出来的正视图改成一幅整洁的、完整的透视图。然后，这些图纸就被寄出去了，地址栏准确地注明：

“世界最美的建筑”大赛

纽约市考斯摩－斯劳尼克影业公司

信封上，连同报名表上，写着如下的名字：“弗兰肯－海耶，建筑师事务所，彼得·吉丁，联合设计者。”

整个冬天的几个月，洛克没再找到别的机会，没有客户主动找上门来，也没有潜在客户的业务。他坐在桌前，有时候，在黄昏，他甚至忘了去打开灯。仿佛时间那种沉重凝滞已经流入办公室，流进那扇门，流入室内的空气中，正在逐渐渗入他的肌肤。他会站起身来将一本书朝墙上扔过去，去感觉胳膊的动作，去倾听书所迸发出来的响声。他苦笑一下，觉得开心，捡起书，再整整齐齐地摆在办公桌上，打开电灯。然后，在从台灯下面的锥形光线中把手缩回来以前，他停住了。他看着自己的手，慢慢地伸出手指。接着，他想起了很久以前卡麦隆对他说过的话。他将手猛地缩回去。他伸手拿自己的外套，关掉灯，锁好门，回家去。

随着春天的临近，他清楚自己的钱已经维持不了多久了。他在每月的第一天就赶紧去把办公室的房租付了。他希望有那种还有三十天的感觉，在这三十天内，他仍然可以拥有这间办公室。每天早晨他镇定自若地走进办公室。只是他发现在黄昏降临时分，他知道三十天中又有一天过去了，便不想看日历。当他注意到这一点时，他便迫使自己看一眼日历。现在，正在举行一场赛跑，是他与他的租金之间和……他不知名的另外一个对手。或许那个对手就是在街上与他擦肩而过的路人。

当他向办公室走去时，电梯工用一种怪异的、懒洋洋的、好奇的方式看他；每当他开口讲话时，他们并不是蛮横无礼地回答他，而是以一种漠不关心的拖腔，那种腔调似乎是说，它马上就会变成无礼了。他们不知道他在干什么，或者说为了什么；他们只知道一个客户也不登他的门。他也出席海勒偶尔举办的聚会，因为奥斯顿·海勒要求他这样做；他听到客人们这样问他："噢，你是个建筑师吗？请原谅，我一向跟不上建筑的潮流——你修建过什么？"当他回答了他们时，他听见他们说："噢，是的，的确。"既而他就看到他们刻意表现出来的礼貌态度，那种礼貌告诉他，他是一个自己臆想中的建筑师，他们从未见过他设计出来的作品。

那是一场战争，他被邀请去参战，可又不知道对手是谁，然而他被推出去战斗，他必须战斗，他别无选择——可是没有敌手。

他从正在施工的大楼旁经过，停下来看着它的钢骨结构。有时，他仿佛觉得那些桁条和纵梁没有变成房子的形状，而是变成了阻止他前进的路障。人行道上，那几级台阶将他与工地周围的木栅栏隔开，那是他永远无法跨越的障碍。但那种伤痛已经钝化，没有了穿透力。他便对自己说，那是真实的；而他的身体——那个陌生而无法触及的健全之身会回答说，不是，那不是真实的。

法果的商店开业了。可是一座建筑保全不了整个街区；法果的竞争对手们说对了，潮流变了，正在向非商业区流动，他的客户们正在逐渐地离他而去。人们公开评论法果的衰退：这个人，他的商业判断力竟然差到极点，竟然投资修建了一座十分荒谬而且不合时宜的建筑。据说，这件事证明了公众不会接受这种建筑上的创新。人们并没有说那家商店是全城最洁净最明亮的一家；并没有说它的设计技巧使它的施工比以往更为容易了；并没有说那个街区早在它修建起来之前就注定要衰落。这座建筑物承担了全部的罪责。

埃瑟尔斯坦·比斯利是建筑专业的才子，也是美国建筑师行会委员会里的开心果。他似乎从来没有修建过任何一座建筑，却组织了所有的慈善舞会。《美国建筑师行会简报》上他的专栏中，他写了一篇文章《挖苦话与双关语》：

> 好了，小伙子和小姑娘们，我来讲一个有哲理的童话故事。似乎是这样的，从前有一个小男孩，长着像万圣节前夕的南瓜一样的头发，他以为他比你们任何一个普通的男孩女孩都出色。所以嘛，为了证明这一点，他建了一座房子，那是一座漂亮的房子，可就是没有人能住进去；还建了一座商店，也是一座非常可爱的商店，可就是让商店破产了；他还建起了一座杰出的建筑，即一条土路上的一辆狗拉车；而这最后一座建筑据报道，运作得确实不错，而也许这正是这个小男孩应该努力的领域。

三月底，洛克在报纸上读到了洛格·恩瑞特的故事。此人拥有百万资产和一个石油公司，性格无拘无束。这使他的大名频频出现在报纸上。他心血来潮时所做的各种各样的风马牛不相及的冒险，激起人们对他半是赞美、半是嘲弄的敬畏。最近的冒险便是一个新型的住宅开发项目——一座公寓大楼，每个单元都像一座豪华的私人住宅一样完整和独立。该大楼将被称作“恩瑞特公寓”。恩瑞特宣称他不想让它看起来和任何地方的任何建筑雷同。他已经和城里最好的建筑师接洽过，并把他们都拒绝了。

洛克感觉报纸上的消息似乎是一个向他发出的个人邀请，

是特意为他创造出来的机会。生平第一次，他萌生了努力去谋求一宗委托业务的念头。他请求与洛格·恩瑞特先生见面。对方的秘书，一个看起来很烦的年轻人，问了几个有关他的经历的问题。秘书问得很慢，仿佛在这种情况下，决定要问什么得体的问题需要做一番努力似的，因为无论洛克怎么回答都是无关紧要的；秘书瞥了一眼几张洛克设计的作品的照片，断言说，恩瑞特先生不会感兴趣的。

在四月的第一个星期，洛克交付了最后一笔房租，他可以在这间办公室再待上一个月。此时，有人要求他提交一份曼哈顿银行新大楼的设计方案。这个要求是魏德勒先生提出的。他是董事会成员，是年轻的理查·桑伯恩的一位朋友。魏德勒对他说："洛克先生，我与他们进行了激烈的争吵，不过我觉得我们赢了。我私下带他们参观了桑伯恩家的房子，我和迪克向他们解释了一些情况。不过，董事会必须先看图纸才能最终做出决定。所以，我必须坦白告诉你，仍然不是十分确定，可这几乎是确定的了。他们已经拒绝了另外两个建筑师。他们对你非常感兴趣。放心干吧。祝你好运！"

亨利·卡麦隆病情恶化，医生警告他妹妹说，没有康复的希望了。她无法相信这个事实。她感觉到了一丝新的希望，因为她看见卡麦隆静静地躺在床上，面色安详——而且几乎是高兴的，她本来觉得这个词是不可能与她的兄长有任何联系的。

可是，有一天晚上，当他说“给洛克打电话，请他到这儿来”时，可把她吓坏了。自他退休以后，这三年来，他从未召唤洛克到这里来过，他一直是等着洛克来访的。

洛克一小时之内就到了。他坐在卡麦隆的床边，而卡麦隆也像往常一样地和他交谈着。他没有提及这次特意的邀请，也没有作任何解释。那晚，天气很暖和，卡麦隆卧室的窗户没有关，向黑漆漆的花园敞开着。突然，在话语的停顿之间，卡麦隆意识到了窗外树木和深夜的寂静。他叫来妹妹，对她说：“为霍华德准备好起居室里的沙发，他今晚就住这儿了。”洛克注视着他，一下子明白了，颔首表示同意。他只能通过与卡麦隆一样严肃无声的一瞥来表明他听到了对方刚刚所作的宣布。

洛克在这座房子里待了三天。他们并没有再提起他待在这儿的事——也没有提过他在这儿得待多久。他的到来被当作一个无须赘言的事实。卡麦隆小姐明白这一点，也清楚她必须保持缄默。她以一种温顺的听天由命的精神和勇气默默地走来走去。

卡麦隆不想让洛克持续守在他的房间里。他会说：“霍华德，出去吧，到花园里散散步。很美。青草都发芽了。”他会躺在床上，欣慰地看着洛克的身影映衬着淡淡的蓝天，看着那身影在光秃秃的树木之间走动。

他只要求洛克与他一道吃饭。卡麦隆小姐会将一个托盘放在卡麦隆膝头，而把洛克的饭菜放在卡麦隆床边的一只小茶几上。对于这种他从未拥有过和从未寻求过的东西，卡麦隆似乎乐在其中：他在履行这种日常行为中体会到一种温馨，一种如同家一样的感觉。

到了第三天的傍晚，卡麦隆向后靠在枕垫上，像平常一样说着话，可是那些话语来得很慢，他的头不动了。洛克倾听着，并集中注意力，尽量不表现出他清楚那些断断续续的话语之间的沉默意味着什么。那些话语听起来很自然，而它们所耗掉的气力将如他所愿地把他的最后遗言留下来。

卡麦隆说到了建筑材料的未来：“密切关注那些轻金属工业，霍华德……过不了……几年……你就会看到他们做出惊人的举动……密切关注塑料，将会有一个全新的时代……来自塑料……你将找到新世界和新工具，新的途径，新的形式……你将必须向……那些该死的傻瓜……展示……人类的智慧为他们创造出了怎样的财富……有什么样的前景……上周我在报纸上看到……一种新的合成弹性地砖……而且我已经想出一个办法在别的什么也……不能取代的地方使用……比如，一座小型的房子……大约五千美元左右……”

过了一会儿，他停住了，没有再说话，他闭着眼睛。然后洛克听见他突然小声说：“盖尔·华纳德……”

洛克向他靠得更近些，慌得不知所措。

“我再也……不恨谁了……唯独盖尔·华纳德……不，我从来就没有正眼瞧过他……可是他代表着……这个世界的每一个不正常的地方……庸俗下流和专横跋扈的行为……的胜利……霍华德……你要斗争的正是盖尔·华纳德。”

然后，他好长一段时间都没有说话。等他再睁开眼睛时，他微笑着说：

“我知道……目前你在事务所所经受的一切……”洛克从来没有对他提起过此事。“不，不要否认……而且什么也不要说……我知道……可是……没关系的……不要担心……你还记得我试图开除你的那一天吗？忘掉我当时对你说过的话……那还不是整件事情的始末……这是……不用害怕……是值得的……”

他的嗓子发不出声音了，而且他再也不能用它了。可是他的视觉功能还是正常的，他可以静静地躺在那里，毫不费力地注视着洛克。半小时后，他去世了。

吉丁常与凯瑟琳见面。他并没有宣布他们订婚的事，可是他的妈妈知道，而且现在，那件事对他来说，也不是什么宝贵的秘密了。有时候，凯瑟琳想，他已经降低了他们约会时那种神圣感。她不用再去承受那种等待他的孤独和寂寞，可她对于他必然会回来的那种把握性却再也没有了。

吉丁曾经对她说：“凯蒂，我们等那个影业公司的大奖赛结果出来吧。不会太久。他们五月份就会宣布结果。如果我获奖了——我就一辈子都有了保障。然后我们就结婚。而那才是我要认识你舅舅的时候——到时候他会想见我。所以我必须赢。”

“我知道你会赢得这次大奖赛的。”

“此外，老海耶再也拖不了一个月了。那位医生告诉我们说，他随时都有再次中风的可能，而且肯定会的。即使再次中风不把他送到坟墓里去，也肯定会叫他离开事务所的。”

“噢，彼得，我不喜欢你这样说。你不能如此……自私。”

“对不起，亲爱的，可是我想，我是有些自私。每个人都是自私的。”

他与多米尼克在一起的时间更长。多米尼克得意地观察着他，仿佛他不再是个问题了。她似乎觉得他适合在一个无聊的夜晚做一个临时的、无趣的伙伴。他觉得她喜欢他。他心里清楚那可不是一个鼓舞人心的乐观兆头。

有时，他忘了她是弗兰肯的女儿，他忘了所有促使他要她的理由。他觉得没必要被促使。他想要她。除了她在场时的那种兴奋，没有别的理由。

然后，在她面前，他感到很无助。一个女人居然会在他面前表现得无动于衷，他不愿接受这个想法。可是他甚至连她到底是否无动于衷都无法确定。他等待着，并且努力地去揣测她的情绪，并按照他认为她所期望的那样做出反应。她却对他未作任何表示。

在一个春日的夜晚，他们一起去参加舞会。他们跳着舞，他把她拉近了一些，将接触到她身体的手压得更重了一些。他知道她注意到了并且明白他的意思。她并没有缩回去，她用一动不动的目光注视着他，那几乎可以说是一种期待。当他们要离开时，他拉着她的围巾，将他的手指放在她的肩头没有拿开。她并没有动，也没有拽紧她的围巾。她等着；她让他抬起了他的手。然后，他们一起朝出租车走去。

她默不作声地坐在出租车的角落里，她从来没有觉得他的在场重要到让她沉默的地步。她坐着，双腿交叉在一起，围巾已经紧紧围好了，她的指尖慢悠悠地在膝盖上轮流打着拍子。他的手轻轻地捏着她的手臂。她没有反抗，没有做出反应，只是指尖不再敲了。他的嘴唇触到了她的头发。那并不是一个吻，他只是让自己的嘴唇在她的头发上贴了很久。

当汽车停下来后，他轻声地对她说："多米尼克……让我上去……就一会儿……"

"好吧。"她回答说。那个词说得平板单调，没有任何情感因素在里面，没有任何邀请的意思。在以前，她可是从来都不允许的。他跟着她，心怦怦直跳。

在她走进公寓时，有那么一秒钟的时间，她停下来，等待着。他无助地凝视着她，高兴得不知所措。只有当她再次走动，从他身边走开，进入起居室时，他才意识到那片刻的停留。她坐下来，双手了无生气地垂在身体两侧。她的胳膊与身体有一些距离，使自己处于一种不设防的状态。她矩形的双眼半闭着，空洞而无神。

“多米尼克……”他小声说，“多米尼克……你真可爱啊……”

接着，他便坐在她旁边，语无伦次地对她耳语：

“多米尼克……多米尼克，我爱你……别笑我……求你别笑了……我的一生……只要你愿意……你不知道你有多美……多米尼克……我爱你……”

他停住了，他的胳膊还搂着她，他的脸还俯视着她，他想捕捉些许的反应或者说抵抗，他什么也没有看到。他猛地将她抱紧，亲吻着她的双唇。

他松开了胳膊。他任凭她的身体靠回到沙发靠背上。他瞪大了眼睛看着她，吃惊了。那不是一个吻。他怀里搂着的并不是一个女人，他所拥抱所亲吻的不是个活人。她的双唇没有做出任何反应，她的胳膊并没有拥抱他，那甚至连反感都算不上——反感他倒是可以理解。似乎他可以永远那样地抱着她，或者说放下她，再次亲吻她或者更进一步地去满足他的渴望——而她的身体是不会知道的，也不会注意到的。她正注视着他，却对他视若无睹。她看见旁边桌上一个烟头从烟灰缸里掉出来了，便抬起她的手将烟头放进了烟灰缸。

“多米尼克，你难道不想让我亲吻你吗？”他愚蠢地低声问她。

“不。”她没有嘲笑他，她是在坦白而无奈地回答他。

“难道你以前没有被人吻过吗？”

“不。很多次了。”

“你经常是那样的吗？”

“一直是，就像那样。”

“你为什么想让我吻你呢？”

“我想试一下。”

“你不通人性，多米尼克。”

她抬起头，站起身来，又恢复了她那敏捷而轻快精确的举止。他清楚，从她的语气中，他不会听到她率真地承认自己的无助。他清楚那种亲昵已经结束了，尽管当她说话的时候，用词更为亲密，比她所说过的任何话都透露出更多的心思，可是她说话的样子好像她根本不在乎她透露了什么，或者对象是谁。

“我想我就是你听说过的那种怪胎吧，一个性冷淡的女人。彼得，我很抱歉。你明白了吧？你是没有情敌的，包括你自己。有点大失所望吧，亲爱的？”

“你……你会随着年龄的增长而摆脱这种痛苦的……总有一天……”

“我实际上并不那么年轻，彼得。我二十五岁了。和男人睡觉一定是一种有趣的经历。我一直想要这样做。我觉得变成一个放荡的女人应该很刺激。你知道，我是……在一切方面……可实际上，彼得，你看起来像是马上就要脸红了，而那才有趣呢。”

“多米尼克！你难道根本没有恋爱过吗？连一点儿都没有过吗？”

“没有过。其实，我真的想爱上你。我原以为那会是件顺水推舟的事。我与你之间会什么问题也没有。可是，你明白吗？我根本没有任何感觉。我感觉不出任何不同，无论你是爱尔瓦·斯卡瑞特，还是卢修斯·N.海耶。”

他站起身，不想看她。他走过去，站在窗口凝望着窗外，他的双手在身后钩住。他已经忘了他的渴望以及她的美丽，可是他现在想起她是弗兰肯的女儿了。

“多米尼克，你愿意嫁给我吗？”

他知道他必须现在就说。如果他再让自己想到她，那他便永远不会说了。他对她的感觉不再重要了，他不能让那种感觉挡在他和他的未来中间，而且他对她的感觉正在变成仇恨。

“你不是认真的吧？”她问道。

他转身向着她。他说得很快，说得轻而易举。他现在开始撒谎了，所以他对自己很有把握，而且说得毫不费力：

“我爱你，多米尼克。我爱你爱得发疯。给我一个机会吧。如果你没有别人的话，为什么不选择我呢？我会耐心地等待。我会让你幸福的。”

她突然战栗了一下，接着便放声大笑。她笑得率真、欢畅。他看见她浅色衣服的轮廓整个儿都在发抖。她站得很直，她的头向后扬起，仿佛一根弓弦，随着弹奏出的一阵阵令人昏厥的侮辱，在不断振动。那是一种侮辱，因为她的笑声既非讥讽也非嘲笑，而是相当单纯的快乐。

然后那笑声停下来。她站在那儿注视着他，认真地说：

“彼得，如果我想因为什么可怕的事而惩罚自己的话，如果我想用什么令人作呕的方法来惩罚自己的话——我会嫁给你。”接着她又说，“你可以把它当作一个诺言。”

“我会等待——不管你选择什么样的理由。”

接着她又快活地微笑了起来，是那种让他恐惧的、冷酷的微笑。

“真的，彼得，你不必非得这么做，这你知道。你无论如何都会拿到合伙人契约的，而且我们一直会做好朋友。现在是该回家的时候了。别忘了，星期三你还要带我去看马术表演呢。我很喜欢马术表演。晚安，彼得。”

他离开了，穿过暖暖的春夜往家走去。他愤怒地走着。如果此刻有人把弗兰肯-海耶公司的全部所有权都给他，代价是和多米尼克结婚的话，他都可能会拒绝。而且他也知道，他恨自己，他恨的是如果在明天早晨再给他的话，他是不会拒绝的。

15

这就是恐惧。这就是一个人处在梦魇里的感觉，彼得·吉丁心想。只有当这种恐惧变得无法忍受时，人才会惊醒，但他既无法惊醒，又无法再去忍受这种恐惧。这种恐惧在不断地扩大，一连数日，连续几周，而且现在它终于慑住了他——这是一种对失败的恐惧，邪恶而无法形容。他会在大奖赛中失败的，他肯定会失败，而且随着期待着的每一天的过去，这种肯定性与日俱增。他无法工作。当人们与他讲话时，他猛地扭过头去；他彻夜难眠。

他朝着卢修斯·N. 海耶家走去。他竭力不去注意其他行人的脸，但是他必须得注意。他一直注视着人们，而人们也像他们经常做的那样注视着他。他想冲着他们大声叫喊，命令他们走开，让他一个人待着。他们在盯着他看，他想，因为他注定要失败，这一点他们心里清清楚楚。

他打算到海耶家去，他明白这是他把自己从即将来临的灾难中拯救出来的唯一方式。如果他在大奖赛中失败——而他清楚他是注定要失败的——弗兰肯一定会大为震惊，大失所望；然后，如果海耶死了，就像他随时可能的那样，而弗兰肯，在这种当众出丑后的羞愤的余波里，就会对接受吉丁为他的合伙人一事犹豫不决；如果弗兰肯犹豫，那他在这场游戏中就输了。还有别的人等着这个机会呢。巴内特，那个他一直无法从事务所除掉的家伙。克劳德·斯登戈尔，他独立后干得很不错，而且主动与弗兰肯接洽，愿意出钱买海耶的职位。除了弗兰肯对他那种犹豫不决的信心外，他什么都指望不上。一旦另一个合伙人取代了海耶的位置，那他吉丁的前途也就完蛋了。唾手可得却又失之交臂。功败垂成是永远不可饶恕的。

经过这些不眠之夜，这一决定在他心里逐渐清晰，并不容怀疑——他必须马上解决这件事情。他必须赶在大赛的优胜者被公布之前对弗兰肯自欺欺人的幻想加以利用。他必须强迫海耶退休并取代他的职位。他只剩下不多的几天时间了。

他还记得弗兰肯所说的关于海耶品格的闲话。他仔细地翻阅了海耶办公室的文件，找到了他要找的东西。那是一封来自某位承包商的信，是十五年前写的。信上说，那位承包商随信奉上一张两万美元的支票，写明是付给海耶的。吉丁查找了有关那幢建筑的记录，看起来那幢大楼的修建成本高于它的实际成本。那一年正是海耶开始收藏瓷器的时间。

他发现海耶独自一人待在书房里。那是一间光线暗淡的小屋子，屋里空气很闷，仿佛多年都没有人来过了。那些深色的红木镶板、壁毯，以及一件件无价的古董家具都擦得干干净净，一尘不染，可是不知为何，从屋子里能嗅出一种贫穷和腐败的气味。仅有的一盏台灯在墙角的一张小桌上亮着，五只精致的、价值连城的古瓷杯就放在那张桌子上。海耶躬身就着灯光在仔细地查看那些瓷杯，脸上有一种呆滞无神的欢喜神色。当老男仆将吉丁让进来时，他茫然而迷惑地眨了一下眼睛，但还是请吉丁坐下了。

开口说话时，吉丁已经完全没有了一路上伴随他的那种恐惧。他的语气残忍而镇定。他想，蒂姆·戴维斯，克劳德·斯登戈尔，而现在只要再除掉一个。

他说明了想要的东西，在这间屋子寂静的空气里，展开了他思想的一个简明扼要的段落，它完美得如同一块边角切割得整整齐齐的小松饼。

“所以，要是你明天早晨不向弗兰肯申明你要退休的话，”他最后说，用两指的指尖捏着那封信的一角，“这个将被送到全美建筑师行会去。”

他等待着。海耶坐着没有动，他那鼓起的苍白眼睛一片茫然，张开的嘴巴像一个完美的圆。吉丁一阵战栗，心下疑惑自己是不是在对着一个白痴讲话。

接着，海耶的嘴唇动起来了，淡粉色的舌头露了出来，在他的下牙上忽隐忽现。

“但是我不想退休。”他说得简单而无辜，有点不耐烦地发牢骚的意味。

“你必须退休。”

“我不想。我不打算退休。我是个著名的建筑师。我一直是个著名的建筑师。我希望人们不要再来打扰我。他们都想让我退休。我要告诉你一个秘密。”他身子向前探过来，狡猾地低语，“你也许不知道，可是我知道，他骗不了我。盖伊想让我退休。他以为他的机智胜我一筹，可是你能看穿他。我早玩过他了。”他低声地哧哧笑起来。

“我想你没有明白我的意思。你知道这个是什么吗？”吉丁说着将那封信往海耶半拢着的手指间一塞。

吉丁看见海耶拿着的那张薄纸在颤抖。接着那张纸掉到了桌子上，而海耶瘫痪的左手兀自对着它没头没脑地乱戳一气，就像一个钩子。他哽咽着说：“你不能把它交给美国建筑师行会。他们会吊销我的执照的。”

“他们当然会的。”吉丁说。

“而且这事儿还会登在报纸上。”

“在所有的报纸上。”

“你不能那么做。”

“我会这么做的——除非你退休。”

海耶的双肩扑倒在桌边上。他的头依然露在桌子上面，仿佛要把那封信挡住似的。

“你不会那么做的，求你不要，”海耶一刻不停地哀求着，他的嘴闭着，似乎用牙根发着咕噜噜的声音，“你是一个好孩子，你是一个非常有教养的孩子，你不会那么做的，是吧？”

那一小方黄色的信纸摊在桌子上。海耶伸出不中用的左手去够它，他的手慢慢地在桌边上挪着。吉丁向前靠过去，一把将那封信从他手底下夺走了。

海耶注视着他，头歪到了一边，嘴张开着，看上去好像是预料到吉丁要打他似的，带着一种令人作呕的、恳求的眼神，那眼神似乎在说，他会允许吉丁打他的。

海耶小声地说：“求你了，不要那样做，好吗？我觉得不舒服。我从没伤害过你。我似乎记得，我还做过一件对你十分有益的事。”

“你说什么？”吉丁厉声说，“你为我做过什么？”

“你的名字是彼得·吉丁……彼得·吉丁……你是盖伊信任的小伙子。不要相信盖伊。不过我喜欢你。我们最近就会让你成为首席设计师了。”说完这句话，他的嘴巴依然大张着，一缕细细的口涎从他的嘴角流了下来，“求你……不要……”

吉丁的眼睛因为厌恶而分外明亮。厌恶驱使着他，他必须变本加厉，因为他忍无可忍了。

“你会被当众揭穿。”吉丁说道，放开了嗓门，“你将作为一个贪污分子和受贿者而受到谴责。人们会戳你的脊梁骨。他们会把你的照片印在报纸上。那幢大楼的持有者将会起诉你。他们会把你关进大牢。”

海耶没有作声。他动都没有动一下。吉丁听到桌子上的古董杯子突然玎玲玲响起来。他看不见海耶的身体在抖动。在这间屋子的寂静里，他只听到一声细微的玻璃质的玎玲声，仿佛那些杯子自己在发抖似的。

“滚出去！”吉丁说，提高了他的嗓门，他不想听到那种玎玲声，“滚出这个公司！你赖着不走还想要什么？你不中用了！你从来就没有任何价值。”

那张倒在桌子边上的蜡黄的脸张开它的嘴，发出一阵汩汩的伤感的呻吟。

吉丁自在地坐着，身子前倾。他的两腿叉得很开，一只胳膊肘支在膝盖上，手耷拉着，摇晃着那封信。

“我……”海耶哽住了，说不出话来，“我……”

“闭嘴！你没什么可说的，除了是或不是。脑子转快点。我不是到这儿来和你争论的。”

海耶停止了颤抖。一抹阴影斜斜地从他的脸上横切过去。吉丁看到一只眨也不眨一下的眼睛，半边嘴张开着，黑暗流进那个洞里，流进他的脸庞，仿佛他正在被水淹没。

“回答我！”吉丁尖叫了一声，突然之间，他很害怕，“你为什么不回答我？”

那半张脸摇动了一下，吉丁看见那颗头颅向前歪了过来。它倒在桌子上，然后又掉下去，当它停止时，便滚落到地板上。有两只杯子跟着掉了下去，轻轻地掉在地毯上摔碎了。吉丁首先感受到的是一丝慰藉——他看见那具躯体随着那颗头颅掉到地板上，别扭地倒作一堆，完整无损。没有发出任何声响，只有碎裂的瓷器掉在地毯上时所发出的声音，如同消过音一样，美妙动听。

吉丁看着那些杯子，心想，他会发火的。他跳了起来，跪下去，不得要领地捡着那些碎片。他看到它们是无法修补了。他知道他同时也在想，终于来了，他们一直期待着的第二次中风，而且一会儿之后，他还得做点什么，可是那没有关系，因为现在海耶将不得不退休了。

接着，他趴到海耶的身体跟前。不知道为什么他不想碰他。“海耶先生！”他叫了一声。嗓音很温和，几乎是谦恭的。他抬起海耶的头，感到有点好奇。他又让它掉下去。他听不到它落下的声音。他听到了自己喉咙里打嗝的声音。海耶死了。

吉丁跪坐在那具尸体的旁边，臀部压在脚后跟上，两只手平放在双膝上。他两眼直视前方，目光停留在门口帘子的褶层上。他不知道那灰色的光彩是尘土呢还是天鹅绒上面的呢绒，而且如果是天鹅绒的话，那么，在门边挂上那样的装饰是多么过时啊。接着他感觉到自己在发抖。他想呕吐。他站起身，穿过房间，突然把门开大，因为他想起这座公寓的什么地方还有人，还有一个男仆，所以他大声喊叫起来，努力地尖声呼救。

吉丁像往常一样来到事务所。他回答人们的提问。他解释说，那天海耶邀请自己晚饭后到他家里去一趟，想和自己谈谈退休的问题。谁也没有对这个说法心存怀疑，而且吉丁很清楚，没有人会怀疑。海耶的结局就跟每个人预料的一模一样。弗兰肯所能感觉到的只有欣慰。“我们知道他会的，这是迟早的事，”弗兰肯说，“他让他自己和我们都免去了长期的苦恼，干吗还要为他感到遗憾呢？”

几周以来吉丁的举止平静多了。那是一种漠然的麻木和茫然若失。那个念头尾随着他，那么柔和，没有重音，一成不变，在他工作时，在家里，在夜晚：他是一个杀人犯……不，可几乎是一个凶手……几乎……是一个……凶手……他明知那不是一次事故。他清楚他当时是期待那种震惊和恐怖的。他指望过第二次的中风——它会把他送进医院去度过余生。可那就是他所期待的一切吗？难道他心里不清楚第二次中风意味着什么吗？他难道不是指望着这又一次的中风吗？他竭力地回忆着。他努力绞尽脑汁地回想着。他麻木了，没有一点感觉。他本来就以某种方式期待着麻木，只不过他想证实这一点罢了。他没有注意到事务所里他身边所发生的事情。他忘记了与弗兰肯敲定合伙人一事只剩下了不多的时间。

海耶去世几天后，弗兰肯把他叫到了办公室。“彼得，坐。”他带着比往常更快活的微笑说，“哎呀，我有一些好消息要告诉你，小子。他们今天早晨宣读了卢修斯的遗嘱。人们都知道，他没剩下什么亲戚。不过，我很吃惊。我想，我是不够相信他。可是似乎他偶尔也能表现出一些雅量来。他把一切都留给了你……很伟大，不是吗？那么等我来安排……你不用担心投资的事了。彼得，你怎么了？……彼得，我的孩子，你病了吗？”

吉丁将他的脸埋在他支在桌角上的胳膊里。他不能让弗兰肯看见他的脸。他要病了，病了，因为透过那种恐怖，他发现他正在盘算海耶实际上留给了他多少……

那份遗嘱在五个月前就立好了。也许是出于对那个在事务所唯一向海耶表现出体谅和关心的人的爱意，也许是因为一时愚蠢的心血来潮，也许是作为一种向他的合伙人挑衅的姿态，那份遗嘱被立好了并且被遗忘了。遗产共计二十万美金，还要加上海耶在公司的利润和他的瓷器。

那天，吉丁早早离开了办公室，对人们的祝贺置若罔闻。他回到家里，把这个消息告诉了他的妈妈。她在起居室里吃惊得透不过气来。他则把自己锁在卧室里。晚饭前，他出去了，什么也没有说。那一晚，他没有吃晚饭，却在自己偏爱的那家非法酒馆里疯狂地喝酒。在那愈加灿烂的幻象里，他端着酒杯点头打瞌睡，可是他的头脑异常清醒。他告诉自己说，他没什么可后悔，他做了任何人都会做的事。凯瑟琳说过，他很自私。每个人都是自私的。自私是不太好，可是自私的人不止他一个，他只是比大多数人更为幸运罢了，因为他比大多数人更为出色。他自我感觉良好。他希望那个没用的问题不要再来烦他。人不为己，天诛地灭……他低声咕哝着，趴在桌子上睡着了。

那个没用的问题再也没有来烦他。在随之而来的日子里，他没有时间再去搭理它。他赢得了考斯摩-斯劳尼克设计大赛。

彼得·吉丁知道那个胜利早在意料之中。可是，实际上所发生的事情却又在意料之外。他曾经梦想的只不过是小号的声音，不料听到的却是交响乐的爆发。

先是细声细气的电话铃声，宣布了获奖者的名字。继而事务所的每一部电话都加入进来，尖声叫着，从几乎无法控制交换机的接线员的手指间迸发出来。来自各大报社的、来自著名建筑师的电话，询问，采访的要求，以及道贺。接着那股潮水从电梯中涌出来，涌进了各个办公室的门。短消息，贺电，吉丁认识的人和不认识的人。接待员一时不知所措，不知道应该允许谁，又该拒绝谁。而吉丁不停地握着手，那些手的洪流像是一个长着许多柔软潮湿的钝齿的轮子，在不停地拍打着他的手指。他不知道他在第一次采访时说了些什么，弗兰肯的办公室里挤满了人和摄像机；弗兰肯大开着酒柜的门。弗兰肯气喘吁吁地告诉所有的人，考斯摩 - 斯劳尼克大楼是由吉丁一个人设计的；弗兰肯不在乎，他在一阵心血来潮中表现出无比的宽宏大量，而且，那会成为一个好故事的。

那个故事比弗兰肯预计的还要好。彼得·吉丁的脸从各大报纸上注视着这个国家，那张英俊、健全而生气勃勃的笑脸，那双才气焕发的、明亮的眼睛，还有那乌黑的卷发。这个故事给新闻栏目加上各式各样的标题：贫穷，奋斗，远大抱负，坚持不懈；辛勤劳动得到了应有的回报；关于为了儿子的成功而辜负了大好青春、牺牲了一切的母亲的坚强信念；建筑业的灰姑娘。

考斯摩 - 斯劳尼克很满意。他们没有想到，大奖得主竟然也会年轻、英俊而且一贫如洗——应该这么说，至少不久之前还是一文不名。他们已经发掘出了一个青年才俊。考斯摩 - 斯劳尼克喜爱青年才俊，斯劳尼克先生本人就是其中之一，他年仅四十三岁。

吉丁的“世界最美的建筑”的图纸被各大报纸翻印，下方附上了颁奖词：“……对此方案卓越和简洁的设计手法……其干净利落和无情的实效性……其对空间别出心裁而富有独创性的充分利用……将现代与传统在艺术上进行了巧妙的融合……颁给弗兰肯 - 海耶和彼得·吉丁……”

吉丁出现在新闻短片里，与舒普先生和斯劳尼克先生握着手，而下方的白色字幕展示着这两位先生对吉丁建筑作品的看法。吉丁在新闻短片中与狄米珀斯·威廉姆斯小姐握手，下方字幕展示着他对她目前所拍摄的电影的看法。他出席建筑业的宴会，同时也在电影界的宴会上、在享有荣耀的场合露面，而且他必须发表讲话。他忘记了自己到底谈的是建筑还是电影。他出现在建筑业行会俱乐部和发烧友俱乐部。考斯摩-斯劳尼克印发了一套吉丁和他的建筑作品的图片集锦，索取者只要寄一个写清收信人姓名和地址的信封，再附上两毛五分钱就可以了。有整整一周，他每晚亲临考斯摩影院的舞台，参加考斯摩-斯劳尼克最新特别影片的第一轮上映。他在舞台的脚灯前鞠躬，穿着黑色的无尾礼服，身材修长，举止优雅得体；他还做了关于建筑的重要意义的长达两分钟的讲话。他以评委的身份参加了亚特兰大市的一次选美大赛，优胜者将获得在考斯摩-斯劳尼克电影公司试镜的机会。他与一位著名的职业拳击手合影，图片说明是“冠军们”。他设计的大楼的缩模连同这次参赛的其他优秀作品都被送去巡回展出，并将陈列在全国各地所有考斯摩-斯劳尼克影院的门厅和休息室里。

一开始，吉丁太太哭了。她抱住吉丁的胳膊，喘着气说，她简直没法相信那是真的。她结结巴巴地回答着有关吉丁的问题，摆着各种姿势拍照，她既窘迫，又渴望取悦于人。后来她就对此习以为常了。她耸着肩膀不以为然地告诉吉丁，他当然赢了，没什么可大惊小怪的，再没有别的人能赢了。她很快就学会了一种专门用来对记者说话的轻快而高高在上的腔调。当彼得的照片上没有她时，她也露出明显气恼的神情——她新近买了一件水貂皮大衣。

吉丁听任着这股湍急洪流的摆布。他需要人们以及他周围的人声鼎沸和舆论哗然。站在发言席上，居高临下地看着一片脸的海洋时，他便再也没有疑虑或怀疑。空气是稠密而饱和的——那唯一的溶剂便是钦佩和赞美，再也容不下别的东西了。他是伟大的。说他伟大的人有多少，他就有多伟大。他是正确的。信任他的人数是多少，他不会弄错。他注视着那一张张面孔和无数双眼睛；他明白他生来就是属于他们的。他明白他们赋予了自己生命的厚礼。那才是彼得·吉丁，就是他——在那些目不转睛地凝视着他的小学生眼里，他的躯体只不过是那个形象的影子罢了。

有一天晚上，他抽出时间与凯瑟琳共度了两个小时。他把她搂在怀里，而她则在他耳边低语——描绘着他们未来的辉煌蓝图。他心满意足地瞥了她一眼——他并没有听到她说的话。他心里所想的是——如果他们就像现在这样一起被拍成照片，那会是什么样子，又有多少家报纸会同时刊登这张照片。

他见过多米尼克一次。她即将离开纽约外出度暑假。多米尼克令人大失所望。她非常合乎礼节地向他道贺，可还是像往常那样注视他，仿佛什么事情也没有发生过。在所有的建筑类出版物当中，唯独她的专栏对考斯摩 - 斯劳尼克设计大赛优胜者只字未提。

她告诉他说：“我打算到康涅狄格州去，今年夏天我要取代爸爸在那边的位置。爸爸任凭我独占那座别墅。不，彼得，你不能来看我。一次也不行。我去那里就是不想见任何人。”他有点失望，可那并没有破坏那些天他胜利的喜悦。他不再惧怕多米尼克了。他感觉很自信，他相信他可以使她的态度改变，而且相信等她秋天回来时，他就会看到这个转变的。

不过有一件事确实破坏了胜利的喜悦。它来得并不频繁，也不响亮。他从来都不厌烦倾听人们对他的议论，可是他不喜欢人们过多地议论他的建筑作品。而且当他不得不听他们议论他的建筑作品时，他并不介意他们评价它的正面“将现代与传统在艺术上进行了巧妙的融合”。可是当提及那个设计方案——而他们过多地提到那个设计方案——当他听到有关“卓越而简洁的设计手法……其干净利落和无情的实效性……其对空间别出心裁而富有独创性的充分利用……”时，当他听到或是被人们这么看的时候……他感到不以为然。他的头脑中没有概念。他不会容忍它们的。他心里只有一种阴暗的沉重感觉和一个名字。

颁奖后，有两周的时间，他都将此事抛在脑后，如同一件不值得他去关心的东西一样，和他那惴惴不安的卑微的过去一起埋藏了起来。整个冬天，那些由另一只手删减过的铅笔线条的大楼草图他都保存着。颁奖的那天晚上，他把它们烧了。那是他做的第一件事。

但是这件事却不愿放过他。然后，他突然间明白过来——那并不是一种模糊的威胁，而是一个实际存在的危险，而他现在已经对它没有任何顾虑了。他能应付一个实际存在的危险，他可以相当简单地处理好它。他释然了，咯咯笑出声来。他拨通了洛克办公室的电话，约好跟他见面。

他自信地去赴约。平生第一次，他觉得自己摆脱了那种在洛克面前所感觉到的无法解释和无法逃避的奇怪的不安。现在他感到安全了。他与霍华德两清了。

洛克坐在办公室的桌前等着。那天早晨，电话响过一次，只不过是彼得·吉丁要求见一面的电话。现在，他忘了吉丁要来。他在等那个电话。在过去的几周里，他已经开始依赖起电话。他要随时听到他为曼哈顿银行公司所做的那份设计方案的消息。他这间办公室的租期很久以前就到了。他现在住着的那间屋子也是一样。那间屋子他倒不在乎，他可以告诉房东等一等。房东等着。如果房东不等了，那也没多大关系。可是办公室就关系大了。他告诉租赁代办人说他得等一等，他并没有请求延迟，他只是直截了当地、平静地说会拖一拖，他只能这么做了。可是他认识到，他要请求代办人施舍，他认识到太多的事要取决于这件事，而这种认识使他说出来的话在他心里听起来就像是在乞讨似的。那简直是一种折磨。没关系，他心想，是折磨。可那又怎么样？

电话账单已经到期两个月了。他已经收到了最后通牒。电话再过几天就要被切断了。他只好等。几天以内要发生这么多的事。

虽然魏德勒先生很早前向他保证过，但是银行董事会的答复却拖了一周又一周。董事会无法做出决定。有反对者，也有强烈的支持者。开了好几次会。关于实际情况，魏德勒对他讲得不多，可是他能猜到不少。有很多天，都是石沉大海，杳无音讯。办公室里的沉寂，整个城市的沉寂，他内心的沉寂。他等待着。

他坐着，身子横摊在桌子上，脸枕在胳膊上，手指放在电话架上。他朦胧地想，他不应该这样坐着，可是他今天感觉特别累。他觉得他应该把手从电话上拿开。他可以把它砸碎，可他依然要依赖它。他，他的每一次呼吸，以及他身上的每一点都要依赖它。他的手指一动不动地放在电话上。不只电话，还有信件。关于信件，他也欺骗着自己。每当他强迫自己不要跳起来的时候，他便撒谎，因为鲜有信件从门上那道窄缝里塞进来，他欺骗自己不要跑上前去，而是要等待，要站着看地板上那个白色的信封，然后慢慢地走过去把它捡起来。门上的窄缝和电话——除此之外，这个世界上他已经一无所有。

因为想到了信件，他便抬起头朝门下方的窄缝看去，看着门的底边。什么也没有。已经是傍晚时分了，很可能已经过了最后一趟送信的时间。他抬起手看表，看到的却是光秃秃的手腕。那块表已经被当掉了。他把脸转向窗户。在一个遥远的塔楼上，依稀能看见一个时钟。时间是四点半，今天不会再有信件送来了。

他看到他的手正拿起话筒。他的手指在拨号。

“没，还没有。”电话里，魏德勒的声音对他说，“我们本来计划昨天开个会的，但是不得不取消了……我像个凶神似的逼着他们……我可以向你保证，我们明天会给你一个肯定的答复。我可以向你保证。如果不是明天，那就只得等过了这个周末，可是在星期一之前，我可以肯定地向你承诺……洛克先生，你对我们真是表现出了极大的耐心。我们很欣赏这一点。”洛克丢下话筒。他闭上了眼睛。他觉得他需要休息一下，像这样茫然地休息一小会儿，然后再开始想那个电话通知是哪一天发来的，考虑用什么办法才能拖到星期一。

“你好，霍华德。”吉丁说。

他睁开了眼睛。吉丁已经走进来了，站在他面前，一脸的微笑。他穿着一件浅棕黄色的春装大衣，衣襟敞开着，衣带两头的两只扣环就像长在他身体两侧的两个手柄，衣服扣眼上插着一朵蓝色的矢车菊。他站在那儿，两腿分开，两只拳头垂在臀部，帽子扣在后脑勺上，他的黑色卷发衬在苍白的额头上，是那么鲜艳而卷曲，仿佛可以期待春天的晶莹露珠闪烁其上，如同那朵矢车菊上的晨露一样。

“你好，彼得。”洛克说。

吉丁舒服地坐下来，摘掉他的帽子，把它扔在桌子中央，两手轻快地往两边的膝盖上那么一拍，说：

“咳，事情还真有点意外，不是吗？”

“祝贺你。”

“谢了。你怎么了，霍华德？你看起来好像不妙。听我说，你不是劳累过度吧？”

这不是他原本要采取的方式。他本来计划让这次会谈既温和又友好。他想，算了，等一下我会改变话题和方式的。不过他得先显示出他并不惧怕洛克，而且他永远也不会再惧怕他了。

“不是，我不是劳累过度。”

“瞧你，霍华德，你干吗不把它丢掉？”

那是他根本无意要说的话。他的嘴仍然吃惊地微张着。

“丢掉什么？”

“那种架子。噢，那些理想，如果你更喜欢这样说的话。你为什么不下来食点人间烟火？为什么你就不能像其他每个人一样开始工作？你别再那么犯傻了好不好？”他觉得自己像是从山上滚下来，收不住势了。他没法停止。

“怎么了，彼得？”

“你希望怎么在这个世界上混？你得与人们一起生活，这你知道。只有两种途径。要么加入到他们的行列中去，要么就与他们对抗。可你似乎哪一样也没有做。”

“是的，哪一样也没有做。”

“所以人们不需要你。他们不要你！你不害怕吗？”

“不。”

“你都一年没干活了。而且以后也不会干。谁会给你活儿干呢？你或许还剩下几百块钱——然后，就完蛋了。”

“你说得不对，彼得。我还有十四美元，外加五十七美分。”

“怎么？哎呀，瞧我！我自己倒不在乎那样说是不是有些无礼。那不是问题的关键。我不是在吹牛。是谁说的并不重要。可是看看我吧！还记得我们是怎么起步的吗？再看看现在的我们。然后想想，问题全在于你。放弃那个愚蠢的错觉吧——以为你比每一个人都强——然后去工作。再过一年，你就会有一间像样的办公室，那时候想到这间破陋的房子，会让你脸红。你会有很多的追随者，你会有客户，你会有朋友，你还会有一大帮制图师归你呼来唤去……见鬼！霍华德，对我来说无所谓——那对我意味着什么呢？——我这又不是为自己捞什么好处。实际上，我知道你会成为一个危险的竞争对手，可是我必须跟你说这些。

你就想想吧，霍华德！你会有钱，你会出名，你会受人尊敬，你会被人称赞，你会受人崇拜——你将成为我们中的一员！……怎么？你说话呀！你为什么不说话？”

他发现洛克的眼神并非空洞傲慢，而是专注和惊奇。对于洛克来说，那已经近乎某种意义上的屈服了，因为他没有给他的眼睛挡上拒绝的铁皮，因为他允许他的眼睛流露出困惑和好奇——而且几乎是无助。

“瞧，彼得，我相信你。我知道你这么说并不是想得到什么。我知道的还不止这些。我知道你并不想让我成功——那没关系，我不是在责怪你，我一直明白这一点——你甚至连你给予我的这些东西都不想让我得到。而你却在怂恿我去得到它，还说得那么诚恳。而且你明知道，如果我听从了你的忠告，我就会得到它们。然而那不是对我的爱，因为爱不会让你那么愤怒——而且那么害怕……彼得，我现在这样子到底妨碍你什么了？”

“我不知道……”吉丁低声说。

他明白他的回答等于是在坦白，是令人恐怖的坦白。他不知道他所承认的事情的实质，而且他确信洛克也不知道。可是，事情已经赤裸裸了，他们无法把握它，不过感觉得到它的形状。而正是这一点，使他们愕然而听天由命地面面相觑，缄默不语。

“振作起来，彼得，”洛克轻轻地说，就像在对一个志同道合的人讲话，“我们以后绝不要再提这个了。”

然后吉丁突然说话了，他的声音明显地依仗着它的新语调，明快而粗俗。

“哦！见鬼，霍华德，我刚才只是吹了个十足的大牛。那么假如你想要像一个正常人那样去工作的话——”

“闭嘴！”洛克厉声说。

吉丁向后一靠，精疲力竭。他没有别的话可说。他已经忘了他到这儿来是想干什么了。

“那么，关于大奖赛，你原本是想来跟我说些什么呢？”

吉丁猛地向前探过身来。他不知道洛克是怎么猜着的。然后，事情就变得好办多了，因为在一股汹涌而势不可挡的怨恨的怒涛里，他将别的一切都淡忘了。

“噢，是的！”吉丁干脆地说，声音里明显带有一种锋芒毕露的怒气，“是的，我确实想跟你谈谈那件事呢。多谢你提醒了我。当然，你会猜到的，因为你知道我不是个忘恩负义的蠢猪。我确实是到这儿来向你道谢的，霍华德。我并没有忘记那个设计也有你的一份，关于那个设计，你确实给我提了一些忠告。我会是第一个把你的荣誉还给你的人。”

“那是没必要的。”

“噢，并不是我介意，而是我觉得你肯定不想让我提起这件事。而且我确信你自己什么也不想说，因为你知道是怎么回事，人们太可笑了，人们对一切都是这么愚蠢地曲解……可是既然我将得到一部分奖金，我想只有让你也拿一部分才是公平的。我很高兴正好赶上你急需它的时候。”

他掏出一个钱夹，从中抽出一张他事先填好的支票，把它放在桌子上。上面写着：“记名付给霍华德·洛克——共计五百美元。”

“谢谢你，彼得。”洛克收下了支票。

接着他把它反过来，拿出他的钢笔，在背面写上“记名付给彼得·吉丁”，签了名又把支票递给吉丁。

“这是我对你的贿赂，彼得。”他说，“为了同一个目的，管好你的嘴。”

吉丁茫然地瞪着他。

“我现在所能给你的就这么多了。”洛克说，“目前你不可能从我这里勒索任何东西，但是过一段时间，等我有钱了，我想求你不要再敲诈我。我老实告诉你，你以后会的。因为我不想让任何人知道我和那座建筑有任何关系。”

看到吉丁脸上那反应迟钝的表情，他大声笑起来。

“不会吗？”洛克说，“你不想就那件事来敲诈吗？回家去吧，彼得。你百分之百地安全了。关于那件事我会守口如瓶的。那是你的，那座大楼连同它的每一根大梁，每一英寸波导管，还有报纸上你的每一张照片。”

然后，吉丁跳了起来。他在发抖。

“去你的！”他尖叫道，“去你的！你以为你是谁？谁跟你说你可以对人这样做？那么你是太出色了，不屑于承认和那个设计有关系吗？你想让我为此感到耻辱吗？你这个卑鄙龌龊的、自负的杂种！你是谁啊？你是一个失败者，一个不够格的，一个乞丐，一个失败者！失败者！失败者！而你甚至连弄清楚这一点的才智都没有！可你竟然站在那里下起判断来了！你，与全国的人作对！你与每一个人作对！我为什么要听你的？你吓不倒我的。你没法伤害我。我有全世界的人支持！……你别那样瞪着我看！我一直都恨你！你不知道，是吗？我一直憎恨你！我会永远恨下去！总有一天我会整垮你，我发誓我会的，即便那是我最不愿意做的事！”

“彼得，你为什么无意中流露出这么多内心的东西？”洛克说。

吉丁透不过气来，发出了一声窒息的呻吟。他倒在一把椅子上，坐着不动，两只手抓紧了他身体下面的椅座。

过了一会儿，他抬起头来，木然问道：“噢，天呐！霍华德，我在说些什么？”

“你现在还好吧？你能够走回去吗？”

“霍华德，对不起。我向你道歉。如果你想让我这么做的话。”他的语气单调而生硬，毫无诚意，“我失去了理智。我想我是精神失常了。我根本无意于此。我不知道我为什么要说那些话。老实说，我不知道。”

“把你的领子弄好，它松了。”

“我想，我是因为你对那张支票的态度才生气的。可是我想，你也受到了侮辱。对不起。我有时候就是那么愚蠢。我本来无意冒犯你。我们实际上会把那件该死的事情弄砸的。”

他拿起支票，擦着了一根火柴，小心翼翼地看着支票燃烧，直到剩下最后的一小片纸，他才不得不扔掉。

“霍华德，我们会忘了它吗？”

“难道你不觉得你最好现在就走吗？”

吉丁费力地站起来，伸出手做了几个无用的手势，嗫嚅着说：“好吧，那么，晚安，霍华德。我……我不久还会再来见你的……那是因为最近我发生了这么多的事情……我想我需要休息一下……再见，霍华德……”

走到外面的大厅，并随手关上门时，吉丁有一种冰冷的放松感。他感觉很沉重，很疲倦，觉得自己令人生厌。他已经认识到一件事情——他恨洛克。再也没必要怀疑和惊诧，再没必要为自己的惴惴不安、辗转反侧而感到不好意思了。事情很简单。他恨洛克。理由呢？没必要去想出一个理由。只有恨，无缘无故、没头没脑地去恨，持续不断地去恨，毫无怒意地去恨，才是他必须做的；唯有恨，不要让任何东西介入，而且永远不要让自己忘记。

星期一下午很晚的时候，电话铃响了起来。

“洛克先生？”魏德勒说，“你能马上过来吗？电话里我什么也不想说，赶快过来。”那语气听起来既爽朗又快活，预示着好兆头。

洛克看了一下窗外遥远的塔楼上的时钟。他坐下来，嘲笑那个时钟，如同嘲笑一个友好的老对手：他将不再需要它了，他会再拥有一块自己的手表。他猛地一扬头，以示对那个高悬于城市上空的浅灰色的时钟的藐视。

他站起身，伸手去拿外套。他挺直了肩膀，顺势穿好衣服；通过肌肉的运动，他感觉到一种快感。

在外面的大街上，他叫了一辆出租车，那是他负担不起的。

董事会主席在办公室里等着他，在座的有魏德勒，还有曼哈顿银行公司的副总裁。房间里有一张长长的会议桌，洛克的图纸铺在桌上。当他进去时，魏德勒站起身来，向前伸出两只手来迎接他。这间屋子的气氛就像是已经为魏德勒的话拉开了序幕，洛克却不确定他是什么时候听到这些话语的，因为他觉得，一进门时他就已经听过一遍了。

“那么，洛克先生，这份委托书是你的了。”魏德勒说道。

洛克鞠了一躬。这会儿最好还是不要相信他的声音。

那位董事会主席和蔼可亲地微笑着请他就座。洛克就在放着他的设计方案那边坐了下来，将手放在桌上。用手指摸上去，那光洁的桃花心木温暖而富有生气。他有那样一种感觉，仿佛他的手就压在他设计的大楼的地基上一样。那是他所设计过的最大的一座建筑，有五十层高，矗立在曼哈顿的中心。只听那位主席说：

“我必须告诉你，我们对你所设计的那座建筑进行了多次争论。谢天谢地，总算过去了。我们的一部分董事就是无法轻信你那种极端的创新。你也知道有些人是多么愚蠢和保守。不过我们已经找到了一种使他们满意的办法，并且得到了他们的同意。魏德勒先生为了你的利益，可真是做得特别令人心悦诚服啊。”

在场的三位又说了很多话。洛克几乎都没有听进去。他在想象着挖掘机开工后机器的第一次啮合。接着，他听见董事长说：“……所以这份设计委托就交给你了，只有一个小小的条件。”他听见了这句话，便注视着主席。

“你得做点小小的让步，等你同意了，我们就可以签合同。那只是大楼外观上一个不重要的小问题。我知道你们现代主义风格从不把重点单单放在楼面上，正因为如此，设计要尊重你的意见。这样做相当正确，所以我们不会想着以任何方式改变你的设计方案。因此我肯定你不会介意的。”

“你想干什么？”

“只是对正面做一点轻微改动，这是一个小小的问题。我拿给你看。我们帕克先生的儿子也在学习建筑学，我们请他为我们画了一幅草图，只是个大概的轮廓，用来说明我们心目中的一些设想，是给董事们过目的。因为他们无法将我们所做的让步具体化。你来看。”

他从桌子上的图纸下面抽出一张草图，递给洛克。

草图上是洛克设计的大楼，线条非常干净整洁。那是他的设计，可是它的前面加了一个简化的陶立克式门廊，楼顶还增加了檐口，而他原来设计的装饰不见了，取而代之的是典型的古希腊式装饰。

洛克站起身。他必须站着。他凝神努力地站着。那样才能使其余的人感觉舒服些。他伸直一条手臂，那只攥着的手按在桌边上，身体的重心就支撑在这只手臂上，手腕皮肤下青筋突起。

“你明白了吧？”主席安慰似的说，“我们的一些保守派的确不愿意接受像你这种奇特简陋的建筑，而且他们声称公众也不会接受这种风格。所以我们就想出了个折中的办法。这样一来，虽然它当然不再是传统风格的建筑了，但是至少还能给公众留下一点他们所习惯的东西。它还增添了某种正统的稳定可靠的高贵气派——而那正是我们银行所需要的，不是吗？虽然没有明文规定银行必须要有一个古典风格的门廊——但是银行也未必就是标榜打破常规和宣扬思想反叛的恰当场所吧。你知道，要去挖掘这种难以捉摸的信赖感。人们并不信赖创新。而这是一个皆大欢喜的两全之策。从我个人的角度看，我不会坚持这个方案，不过我确实看不出有什么妨碍。而这是由董事会做出的决定。当然，这并不意味着我们想让你仿照这个草图去设计。不过它描绘出了我们大致的想法，而你要自己去画出来，并对正面的古典主题做一些你自己的改动。”

然后，洛克做出了他的答复。在座的人分辨不出他的话语用的是哪一种语调，他们无法确定它的语调是过于平静，还是过于感情强烈。最后，他们断定他的语调是平静的，因为他说话时的声音一直是高低相同的，没有重音，没有色彩，每一个音节之间留出的间隔都是一样的，就像是用机器分隔开似的那么均匀，只不过那间屋子里面的空气并不能使平静的语调产生振动。

他们断定，正在讲话的这个人并没有不正常的地方，只有一点除外——他的右手不愿意从桌边拿开，而当他必须翻动桌子上的那些图纸时，他用的是他的左手，就像是一条胳膊瘫痪了似的。

他说了很久。他对为什么不能在建筑物正面采用古典主题进行了解释。他解释了为什么一座诚实正派的建筑，像一个诚实正派的人一样，必须是一个有着统一信念的统一整体；他解释了是什么构成了生命的源泉，是什么构成了现存的事物和生物的思想信念，他还解释了如果一个最微小的部分违背了这个思想，那个生物的整体便会死亡的原因；解释了为什么人世间那些美好的、高贵的和宏伟壮丽的事物，只是那些保持了自身完整性的东西。

主席打断了他的话："洛克先生，我同意你的观点。你所说的东西并没有定论。可是不幸得很，在现实生活中，人并不能始终保持言行一致，做到十全十美。总是有一些难以预测的人为情感因素在里面。我们不可能运用冷冰冰的逻辑与之对抗。这个讨论实际上是多余的。我能理解你的观点，可是我无法帮助你。这件事已经确定了。这是董事会的最终决定——如你所知，它是经过了非比寻常的长期的慎重考虑的。"

"您能让我在董事们面前亲口对他们说吗？"

"十分抱歉，洛克先生，董事会不会为了更进一步的讨论重新召开一次。那是最后一次会议了。我只能请你说明，根据我们的条件，你是同意接受这份委托书呢，还是不同意。我必须承认，董事会已经考虑到你有拒绝的可能性。在此情况下，已经有人推举了另一个人，一个名叫高登·L.普利斯科特的建筑师，他很有希望作为替补。不过我告诉董事会说，我认为你肯定会接受这个条件的。"

他等着，洛克一言不发。

"你明白你当前的处境吗，洛克先生？"

"是的。"洛克说。他垂下了眼睛。他正在看桌子上的图纸。

“怎么？”

洛克没有回答。

“洛克先生，是同意还是不同意？”

洛克向后仰起了头，闭上了眼睛。

“不。”洛克说。

过了一会儿，主席问：“你意识到了你在做什么吗？”

“我很清楚。”

“天啊！”魏德勒突然叫出声来，“难道你不知道这是多大的一宗生意吗？你是个年轻人，你不会再有这样的机会了。而且……好吧，该死，我要说！你需要它！我知道你太需要它了！”

洛克从桌子上收起那些图纸，把它们卷好，夹在胳膊下面。

“十足的神经病！”魏德勒哼了一声，“我需要你。我们需要你设计的大楼。你需要这份委托。你有必要对它这么狂热和自私吗？”

“什么？”洛克不相信地问。

“狂热和自私。”

洛克笑了一下。他低头看着自己的图纸。他的胳膊肘动了一下，把它们夹紧。他说：“这是你所见过的、一个人所做过的最自私的事。”

他步行回到了自己的办公室。他把他的设计工具和他放在那儿的一些零碎东西收拾好，打了一个包裹。他将它夹在胳膊下面，锁好了门，把钥匙交给了租赁代理人。他告诉那个代理人说，他将关闭他的事务所。他走回家，把包裹放在那儿。然后他便向迈克家走去。

“不会吧？”看了他一眼后，迈克才这么问道。

“是真的。”

“发生什么事了？”

“我改天再跟你说。”

“那些杂种！”

“别去管它了，迈克。”

“事务所现在怎么样了？”

“我把它关闭了。”

“永久关闭吗？”

“是暂时的。”

“老天诅咒他们所有的人，红毛小子！老天诅咒他们！”

“住嘴。迈克，我需要一份工作。你能帮我吗？”

“我？”

“这儿的各行各业里，肯要我的人我一个都不认识。而你全都认识。”

“在哪一行？你在说什么？”

“在建筑行业。施工方面的工作。就像我以前做过的。”

“你是说……一般工人的工作？”

“是的。”

“你疯了。你这个该死的傻瓜！”

“别打岔！迈克。你愿意帮我找份工作吗？”

“可到底为什么呀？你可以在一个建筑师事务所找一份体面的工作。你知道你能行的。”

“我不会的。迈克。再也不会了。”

“为什么？”

“我不想看见它，我连碰都不想碰它。我不想帮他们做他们正在做的事。”

“你可以在别的行业找一份体面的好工作。”

“那我还得去想关于一份体面的好工作的事。我不想去想。不想以他们的方式。无论我去哪里，那都必须是以他们的方式。我要一份我不需要去想这些问题的工作。”

“建筑师是不做工人的工作的。”

“可那就是我这个建筑师所能做的一切。”

“你可以立刻去学点什么。”

“我什么也不想学。”

“你是说你想让我把你介绍到一个建筑队去，就在这儿，在城里？”

“我就是那个意思。”

“不，去你的吧！我办不到！我不想！我不会那么做的！”

“为什么？”

“就像演出一样把你晾在那儿，让这个城市里的所有那些杂种观看吗？让所有那些狗娘养的知道他们把你整成这个样子吗？让他们都来幸灾乐祸地看你的笑话吗？”

洛克大笑起来。

“迈克，我自己都毫不介意，你为什么要在乎呢？”

“反正，我不会让你去的。我才不会让那些婊子养的那么高兴呢。”

“迈克，再没有别的我可以做的事了。”洛克轻轻地说。

“胡说，有的，当然有。我以前就跟你讲过。你要服从理智。我有你需要的全部现金，直到……”

“我来告诉你我对奥斯顿·海勒说过的话吧：如果你再给我钱的话，那我们俩就做不成朋友了。”

“可这是为什么？”

“别争了，迈克。”

“可是……”

“我再求你帮个人一点的忙。我要那个工作。你没必要为我感到遗憾。我不觉得遗憾。”

“可是……可是你可怎么办？”

“什么？”

“我是说……你的将来？”

“我会存足够的钱，而且我会回来的。也许有人在此之前会请人来找我呢。”

迈克注视着他。他在洛克的眼睛里读出了某种东西，他知道洛克并不想去那儿。

“好吧，红毛小子。”迈克温和地说。

他又反复考虑了好半天，说：“听我说，红毛小子。我不会在城里给你找工作的。我就是不能那么做。一想到那个我就恶心。不过我会在同一行业帮你找个事儿做。”

“好吧。任何事都成。对我来说没什么区别。”

“我为弗兰肯这个杂种偏爱的所有承包商都干过，干了这么长时间。我认识为他工作过的每一个人。他在康涅狄格州有一家采石场。其中有一个工头是我的铁哥们儿。眼下他正好在城里。你以前在采石场干过吗？”

“干过。很久以前的事了。”

“想想你会喜欢那种活儿吗？”

“当然。”

“那我去找他。我们不要告诉他你是谁，只说是我的一个朋友。就这样。”

“谢谢你，迈克。”

迈克伸手去拿他的衣服，可又把手缩了回来，看着地板。

“红毛小子……”

“没事儿的，迈克。”

洛克步行回家。天黑了，街上一片荒凉。刮着大风。他感觉到面颊上那种呼啸而来的冰冷的压力。那是气流撕裂空气的唯一证据。他身边用石头砌成的路上，没有任何东西动。没有一棵树在风中摇晃，没有窗帘，没有布篷，只有大堆裸露的石块、玻璃、柏油，以及陡急的拐角。他的脸被猛烈撞击，给人一种陌生的感觉。街角的一只垃圾筐里，一份揉皱的报纸在风中沙沙地响，痉挛似的拼命扑打着铁丝网。它使风显得那样真实。

两天后的傍晚，洛克动身去了康涅狄格州。

当窗外城市的天空从眼前闪过，在车窗外略为定格的一刹那，洛克在火车上回头望过它一眼。薄暮已经将建筑物的细节抹去。它们似箭杆一样屹立于柔和的瓷青色中，那种色彩并不属于真实的东西，而属于夜晚和距离。它们只露出空虚的轮廓，如同等待去填充的空心模具。距离像将城市拉平了。唯独那些箭杆以它们难以计量的高度屹立着，超越了地球上其余的一切。它们属于自己的世界。它们向天空举起一份声明，展示出人类已经想到和已经实现的一切。它们是空心的模具。可是人类已经走了这么远，他们还能走得更远。远在天际的城市里有一个疑问——和一个许诺。

星光屋顶饭店的玻璃窗反射出某座著名塔楼的最高点——一个小东西突然迸射出火焰般的光芒。然后，火车在一个弯道上突然改变了方向，城市从视野里消失了。

那天晚上，星光屋顶饭店的宴会厅里正在设宴庆祝彼得·吉丁获许成为公司的合伙人——这家公司就是后来的弗兰肯-吉丁建筑师事务所。

那张长长的宴会桌上铺着的似乎不是台布，而是一层光，盖伊·弗兰肯坐在桌前。今晚，不知为何，他毫不在意两鬓染上的一缕缕银白，它们与他头上黑色的头发形成了鲜明的对比，一如那刻板的白色衬衫反衬着他的黑色晚礼服一样，为他增添了一份洁净而高雅的气质。吉丁端坐在荣誉席上。他挺着肩膀坐得笔直，手紧握住玻璃杯的杯柄，黑色的卷发衬着白皙的额头，显得格外光亮。在那片刻的静默中，来宾们没有怨恨，没有恶意，也没有妒忌。这个苍白帅气的小伙子脸上露出领圣餐时才有的严肃表情。在他面前，整个屋子流露出一种庄严的兄弟情谊。罗斯通·霍尔科姆起身发表讲话。他手拿玻璃杯站着。他提前为他的演讲作了准备，可是，令他自己惊讶不已的是，他讲了一些完全不同的话，以一种非常诚挚的声音：

“我们是人类一项伟大事业的守护者，这项事业极有可能是人类最为伟大的一种奋斗。我们取得了卓越的成就，而我们也常常犯错。我们愿意以无比的谦恭为我们的后人开路。我们只是人，我们只是探索者。但是我们怀着心中最美好的东西去寻求真理。我们以上帝赋予人的庄严和崇高进行探索。那是一种伟大而神圣的追求。为了美国建筑业的未来——干杯！”

第二部

PART TWO

埃斯沃斯·M. 托黑

Ellsworth M. Toohey

I

他紧紧地攥着拳头，好像手掌的皮肤和他紧握着的钢条粘在了一起。为了站稳当些，他使劲向下踩着，平滑的岩石向上顶着他的脚掌，他感觉到的不是身体的存在，而是血流的紧张——他的膝盖、手腕、肩膀和手中握着的电钻——感觉到电钻在长时间地颤动，也感觉到胃在颤动，肺在颤动。他面前岩层的笔直线条消失了，在颤抖中变成了锯齿的条纹。他感觉到电钻和他的身体汇聚成一股单纯的意志——压力，那钢铁的钻头正慢慢下沉到花岗岩中。这就是霍华德·洛克的全部生活——他两个月以来每天的生活。

阳光下，他站在那块炙热的石头上。他的脸已被晒成了青铜色。打着补丁的衬衫由于被汗水浸湿而大块地贴在了后背上。周围凸起的采石场里，岩石互相碰撞着。这里没有曲线、青草和泥土，而是一个只有石头平面的、棱角分明的、简化的世界。这些岩石不是经过若干世纪风化沉积而成，而是在一个未知的深度里逐渐冷却后的沉淀。它被抛掷，被挤压出地表。它仍然保持着暴力的外形，以对抗人类在它表面施加的暴力。

每一处的切割都产生整齐的平面，每一次重击都形成了笔直的线条，连续的打压使石头裂开，电钻发出低沉的、持续的嗡嗡声，紧张的声音穿过神经，穿过头颅，似乎那颤抖的工具正在慢慢粉碎石头和拿着工具的人。

他喜欢这个工作。他有时感到这是肌肉和岩石之间的一场摔跤比赛。到了晚上，他累极了。他喜欢那种精疲力竭后身体空空如也的感觉。

每天晚上，他都会步行两英里，从采石场回到工人住的小镇。他穿越那片树林，脚下的泥土令他觉得柔软而温暖。在采石场度过一天后，他会有一种奇异的感觉。每天晚上，他会暗自发笑，似乎感觉到一种别样的快乐。他低头看自己脚踩着的地面，地面似乎也做出回应——它们让步了，身后留下的隐约可见的脚印便是让步的标记。

他住的那间房子的阁楼上有个浴室。地板上的漆早就已经脱落了，只剩下灰白的木板。他在浴盆里躺了很长时间，让凉水将他身体上的灰尘浸泡掉。他头向后仰，闭着眼睛，靠在浴盆边上。全身的疲倦渐渐消除，只剩那种让全身紧张的疲倦缓缓远离肌肉的快感。

他和采石场的其他工人一起在厨房里吃了晚饭。他一个人坐在角落里，大炉灶上烧着油，发出噼啪的声音，使房间的其他部分都藏在湿热的阴霾之中。他吃得很少，但喝了很多水，干净的玻璃杯里那闪着光的、凉凉的液体让他有些迷醉。

他躺在一张小木床上。屋顶的天花板是倾斜的。下雨时，他能听见雨水落在房顶的声音，要费好大的劲才能意识到雨滴并没有落在自己身上。

晚饭后，他有时会去屋后的树林里走走。他会趴在地上，胳膊肘向前撑起，双手托着下巴。他观察眼前绿色草叶上的花纹。他朝它们吹了口气，看到草叶颤了颤，又停了下来。他翻了个身，平躺着，感受到身下地面的温热。头顶上，叶子还是绿色的，但那是浓密的绿，好像要在黄昏将它融解之前，浓缩成最稠密的颜色。在发亮的柠檬色天空的映衬下，树叶一动也不动：那耀眼的苍白凸显出光线在渐渐变得黯淡。他向下压了压屁股，后背紧贴身下的泥土；泥土似乎试图抵抗，但最终还是让步了。这好似一种无声的胜利，他感到腿部的肌肉有一种隐约的快感。

有时，但不是经常，他会坐起来长时间不动。然后他浅浅地笑了，笑得像一个行刑人正在看着面前的罪犯。他想到了时光一天天过去，想到了他本来可以设计，也应该设计的建筑，也许永远都不能再设计了。他怀着好奇和冷静，漠不关心地看着那不招而至的痛苦。他自言自语：“哦，又来了。”他想看看那痛苦能持续多久，这给他带来了一种奇怪而又生硬的快感。看着自己跟它抗争，他忘记了那是自己的痛苦。他轻蔑地笑了，没有意识到他在嘲笑自己的痛苦。这样的时候很少，但是当它们来临的时候，他就觉得他在采石场，他必须钻开花岗岩，他得用楔子劈开自己身体内的某种东西，那种东西一直在呼唤他的怜悯。

那个夏天，多米尼克·弗兰肯独自住在她爸爸那座宏伟的庄园里，那是一栋殖民地风格的老房子，离采石场有三英里。她从不接待任何客人。一位上了年纪的管家和他的妻子是她唯一肯见的人，而且也不常见——除非在必要时。他们住的地方离房子还有段距离，靠近马棚。管家照看农场和马匹，他的妻子负责家务和多米尼克的饮食。

管家的妻子优雅而安静地把饭菜端上来。这种方式是她向多米尼克的母亲学的，那时多米尼克的母亲就在这间宽敞的餐厅里以这种方式招待客人。到了晚上，多米尼克发现桌边只有她自己的座位，桌上的摆设像是在准备一场正式的宴会，点亮的蜡烛一动不动地立在那里，淡黄色的火苗一闪一闪，像仪仗队队员手中发亮的长枪。黑暗使整个房间看起来像座礼堂，高高的窗户像一队哨兵笔直地站在走廊里。在长桌中央是一只浅浅的水晶碗，碗里盛着一株莲花，白色的花瓣开在烛光般的黄色花心周围。

老妇人默不作声地准备着晚宴，然后就离开了。多米尼克走上楼来到卧室时，发现那件精致的蕾丝睡衣已经叠好了放在床上。早上她走进浴室，发现浴盆中的水有一股风信子的味道，脚下打磨过的浅色瓷砖熠熠发光。她的大浴巾堆在那里，像个要包裹住她身体的雪堆。她听不到脚步声，也感觉不出屋子里有人。就像对待客厅橱柜里的威尼斯玻璃器皿一样，老妇人恭敬、谨慎地照看着多米尼克。

此前的几个冬夏，多米尼克都把自己放在人群中间来感觉自己的孤独。实际上，那种与世隔绝的感受对她来说是一种乐趣，是对一种她从来不允许的软弱的背叛，那便是享受人群陪伴的软弱。她伸直胳膊，慵懒地垂下，上臂有着一种甜蜜而又昏昏欲睡的沉重感觉，俨如第一杯酒刚刚喝下。她穿了连衣裙，在走动的时候，她感受到了膝盖、大腿与布料之间那种含糊的、有点儿抵抗性的摩擦，这使她能感觉到的不是布料，而是自己的膝盖和大腿。

房子孤零零地坐落在庄园中央，四周都是树林，几英里之内不见人烟。她骑在马背上沿着那条荒废的小路向前行进。那条小路没有任何出口。叶子在阳光下发着亮光，树枝在风中沙沙作响。有时她会屏住呼吸，突然有一种感觉，在下一个路口的转弯处，会遇到一些美妙且至关重要的东西，她无法判定希望看到什么。她不知道那会是一处风景、一个人还是一件事。她所知道的只有它的实质——一种玷污贞洁的快感。

有时她会离开房子走上几英里，毫无目标，也不去想回来的时间。路上的汽车从身旁经过，采石场的人们认识她，向她点头致意。她是乡下城堡的女主人，就像很久以前她母亲活着的时候那样。她在路口拐弯处走进了树林，继续向前走，胳膊慵懒地前后摆动，头向后仰去，看着树顶。她看见叶子后面的云彩在游动，好像是一棵大树在面前移动、倾斜，随时会倒下来把她压在底下。她停了下来，等待着。然后她耸了耸肩，继续向前走。她不耐烦地把挡住她去路的茂密树枝推向一边，让它们划过她裸露的胳膊。她继续向前走，直到走累了。她伸展双臂来消除肌肉酸痛，然后倒下来，平躺着。她的四肢伸展开，好像地上的一个十字。她松了口气，感到大脑一片空白，空气像一股力正在紧压着她的胸。

有几天早上，在卧室醒来时，她听到了采石场的爆炸声。她伸了个懒腰，将胳膊放到枕着白色丝绸枕头的脑袋上方。她听着，那是一种破坏性的声音。但她喜欢那种声音。

因为那天早上的太阳太毒了，她知道采石场会更热，她不想看见任何人，但是她知道自己必须去面对他们。多米尼克走到采石场，在这晴朗的天气里，她的想法改变了，她喜欢这样的景色。

走出树林来到采石场旁边时，她感到好像被推进了一间充满滚烫蒸汽的行刑室。那种炙热不是来自于太阳，而是来自于地上那些被炸开的裂缝，来自于平滑岩石的反光。她的肩、头和后背在天空下裸露着。当她感到岩石的热气升到腿、下巴、鼻孔的时候，似乎又凉爽了一些。地表附近的空气发着微光，火花直穿花岗岩。她想岩石正在被搅拌、熔化，翻滚着变成一道道白色的熔岩。电钻和锤子打破了空气中的沉寂。站在岩石架上的男人看上去猥琐不堪。他们不像是工人，而像是因某种无法启齿的罪行而被人用链子串在一起的囚犯，正在遭受着无法形容的惩罚。她无法不去面对他们。

她站在那里，似乎对脚下这个地方十分无礼。那件浅绿色的裙子，样式简单但价格不菲，精致的裙褶严密得像酒杯的边缘。她那两个尖尖的鞋跟远远地分开着，牢牢地踩在岩石上，头发柔顺亮泽，亭亭而立，身体显得愈加脆弱——显示出她先前所处的花园和客厅的惬意是如何不堪一击。

她向下看，眼睛停留在一个橘红色头发的人身上，那个人正抬起头看她。

她一动不动地站着，因为她首先感受到的不是视觉，而是触觉：不是意识到了一个视觉的存在，而是被人打了一个耳光。她笨拙地把一只手从身边挪开，手指张着，停留在空中，就像顶着一面墙。她意识到，没有得到他的允许，她无法移动。

她看到了他的嘴，看到了他无声的轻蔑：在他嘴巴的形状中，在消瘦、空洞的脸颊和那冰冷闪亮而不带一丝怜惜的双眸里，她看到了那无声的蔑视。她知道这是她见过的最为动人的一张脸，因为有一种内在的力量。她忽然感到一阵愤怒、抗议、抵抗和欣喜。他站在那儿，看着她，不是轻轻一瞥，而是一种占有。她想自己必须要让他知道他应该得到的。但是她转而把目光看向他那被晒伤的胳膊和那上面的灰尘，紧贴着肋骨的湿透的衬衫，还有他的长腿。她想起了她一直在寻找的男人的形象。她好奇如果他光着身子会是什么样子。她看见他正看着她，好像他知道似的。她想她已经找到了生命的目标，那就是对那个人的一种突如其来的、彻底的憎恨。

是她先动了。她转身离开，在前面采石场的小路上看见了采石场的工头。她摆了摆手，工头快步走到她跟前。“嗨，弗兰肯小姐！”他喊道，“嗨，您好，弗兰肯小姐！”

她希望这些话被下面的那个男人听到，有生以来她第一次成为弗兰肯小姐，第一次喜欢父亲的地位和财产，而以前她总是对那些东西深恶痛绝。她突然想到下面的那个人不过是一个普通工人，是属于这个采石场的普通工人，而她几乎就是这个地方的主人。

工头毕恭毕敬地站在她面前。她笑了，说道：“我猜有一天我会继承这个采石场，所以我想应该时不时地表示一下兴趣。”

工头走在她前面，沿着这条小路，向她介绍自己的管辖范围并解释自己的工作。她跟着他来到采石场的另一边，走下满是灰尘的浅绿色小溪谷，那里到处是工棚。她检查着杂乱的机器，用了足够的时间，以说明自己的视察是卓有成效的，然后一个人沿着花岗岩形成的碗状边缘往回走。

她向他走去，一边走一边望着他。她看见一缕橘红色的头发滑落在他脸上，随着电钻的颤动而摇摆。她想——充满希望地想——颤动的电钻会弄痛他，弄痛他的身体，以及他身体里的一切。

她站在他上方的岩石上。他抬起头，看了看她。她没有发觉他已经注意到了自己。他向上看，似乎已料到了她会在那儿，好像他知道她会回来。她看到了一丝微笑，那比言语更加无礼。他就这样无礼地注视着她，不会走开，不会让步——不会承认他没有权利以那样的方式看着她。他不仅要实施权利，而且还无声地展示出这个权利是她给他的。

她飞快地转身，继续向前走，走下满是岩石的斜坡，离开了采石场。

她能记得的不是他的眼睛，也不是他的嘴，而是他的手。那一天的意义，似乎都蕴含在了她所注意到的唯一一幅画面中：他一只手停留在花岗岩上的瞬间。她又看见了，他的指尖压着岩石，长长的手指，从腕关节到指关节修长的肌腱。她想象着他。但是所有的想象只是花岗岩上那只手的画面。这令她害怕，令她无法理解。

她想，他只是个普通的工人，一个雇来做苦力的工人。她坐在梳妆台的镜子前，想着这些。她看了看面前随意摆放的水晶饰品，它们就像冰雕一样宣示着她冰冷而又优美的脆弱。她想起了他紧绷的身体，想起了被汗水和灰尘浸湿的衣服，想起了他的手。她不想这样强烈地对比，因为这样会贬低自己。她向后仰去，闭上眼睛，想起了被自己拒之门外的那么多优秀的男人，想起了采石场的工人，想起了自己被击败——不是被她倾慕的人，而是被她憎恶的人。她让头垂到胳膊上，这种想法让她由于快乐而虚弱。

她用了两天的时间努力使自己相信：她要逃离这个地方。她在旅行箱里找到了旧旅行手册，研究了一下，挑选度假的胜地、酒店和房间，查找要乘坐的火车、船和头等船舱。她发现这样做是一种略带恶意的消遣，因为她知道她不会去完成她想要的旅行，她会回到采石场。

三天后她回到了采石场，她在他开凿岩石的地方停住了，站在那儿公然地看着他。当他抬起头时，她也没有转过头去。她的目光告诉了他，她明白这个动作的含义，而且不屑隐藏。他看着她，他的目光只是在告诉她，他早已料到她会回来。他弯腰拿起电钻，继续工作。她在那里等着，希望他抬起头，希望他明白自己的意思。他却不会再看她了。

她站在那儿，看着他的手，等着他钻开石头的时刻。她忘记了电钻和炸药，她喜欢想象花岗岩被他的双手劈开的情景。

她听见工头在喊她的名字。当工头走近时，她转过身。

“我喜欢看他们工作。”她解释道。

“是的，很像一幅画，对吧？”工头也表示赞同。“那边又有一辆满载的火车要开了。”

她没有看那辆火车，她看见下面那个人正看着她。

她看到了一种快乐而傲慢的眼神，那告诉她：他知道她现在不想让他看着她。她转过头去，工头的眼睛掠过矿井，停留在下面那个人的身上。

“嗨，下面的！”他喊道，“你是来这儿挣钱的还是发呆的？”

男人一言不发，弯腰拿起电钻。多米尼克高声地笑了。

工头说：“这儿的人可真是让人头疼，弗兰肯小姐。他们中有些人还坐过牢。”

“这个人有犯罪记录吗？”她向下一指，问道。

“哦，我说不好。不能凭外表来了解他们。”

她希望他有。她很好奇，他们今天是否还在鞭打囚犯。她希望他们那样做。想到这儿，她感觉到一阵下沉的窒息，就是那种在童年时代的梦中从长长的楼梯上掉下来的感觉，但是她感到那种感觉在胃里。

她唐突地转过身去，离开了采石场。

几天后她回来了，出乎意料地，她在小路旁平滑的岩石上看见了他。她猛地停住脚步，她不想走得太近，看到他这样毫无防范和没有理由地站在面前，感觉很奇怪。

他站在那儿，盯着她。他们知道这样的亲密有些冒犯的意味，因为他们之间从没说过一句话。她首先打破了沉默。

“你为什么总盯着我看？”她尖锐地问道。

她轻松地想，交谈是最好的疏远方式。她否定了一切。他一句话也不说，站在那儿，看了她一会儿。当她想到他不会回答的时候，她有些害怕了。

他应该用自己的沉默来清楚地告诉她不作答是必要的，但是他回答了。他说：“和你盯着我看的原因一样。”

“我不知道你在说什么。”

“如果你不知道，你会表现得多一些惊奇，少一些愤怒，弗兰肯小姐。”

“你知道我的名字。”

“你一直在大声地到处叫喊。”

“你最好不要这样无礼，你知道，我可以马上让人解雇你。”

他转过头，在下面的人群里寻找着。他问：“用我喊工头来吗？”

她蔑视地一笑。

“不，当然不用，这太简单了。但是既然你知道我是谁，最好在我来的时候，不要再那样看着我，那样会被人误会的。”

“我不这么认为。”

她转过身，不得不控制自己的音量。她向旁边的岩架望去，问道：“你没发现在这里工作很辛苦吗？”

“是的，苦得可怕。”

“你累吗？”

“累得不像个人样儿。”

“那是怎样的感觉？”

“当一天工作结束的时候，我都走不动了。到了晚上，连胳膊都动不了。我躺在床上，能数清身上疼痛的地方的数量——那恰好跟身上的肌肉块数相同，疼痛分散在各处，各种各样。”

她突然明白，他不是在说他自己，而是在说她。他说的正是她想听到的。他正告诉她，他知道她想听这些特别的话。

她觉得气愤，一种令人满意的气愤，因为它冷静而坚决。同时她感到一种渴望，渴望可以与他肌肤相触，渴望自己裸露的胳膊压在他的长胳膊上——就是这种渴望。

她平静地问：“你不是这里的，对吧？你的谈吐不像个工人，你以前是做什么的？”

“电工，管道工，粉刷匠，很多。”

“你为什么在这儿工作？”

“因为你付给我工钱，弗兰肯小姐。”

她耸了耸肩，转身走上了小路。她知道他还在身后看着她。她没有回头看，继续走，穿过采石场，尽可能快地离开了。但是她没有回到可能会再次遇到他的那条小路上。

9

每天早晨，多米尼克都在对一天的期待中醒来。这是因为，为了达成一个目标，这一天被渲染得格外有意义——这一天，她不会去采石场。

她已经失去了自己所热爱的自由。她知道那会是一场持续的战斗——抵抗由单纯的渴望带来的冲动——这本身也是一种冲动，但这都是她喜欢接受的方式，也是唯一能使他走进她生活的方法。她发现痛苦中有一种隐藏的满足感——因为那种痛苦来自于他。

她去拜访远处的邻居，一个富裕、优雅的人家。在纽约时，她很讨厌他们。整个夏天，她没有拜访过任何人，他们看见她，既惊讶又高兴。她和一些成功人士一起坐在游泳池边。她感觉到她的周围到处是优雅的气息。当他们和她交谈时，她看到了这些人对她的尊重。她瞥了一眼池中的倒影，她比周围的任何一个人都更美丽大方。

带着一丝恶意的兴奋，她想到：如果这个时候他们能读懂自己内心的想法，会有怎么样的反应呢？如果他们知道她在想着采石场的一个男人，想象着和他身体的亲密接触，就像一个人不是在想另一个人的身体，而只想自己的。她笑了，但从她脸上纯洁的表情中看不出那微笑的含义。她多次去拜访过那些人——为了在他们对她的尊重中拥有同样的想法。

一天晚上，一位客人提出开车送她回家。他是一位著名的年轻诗人，面色苍白，身材挺拔。他的嘴唇柔软而性感，眼神满是忧郁，似乎受尽了全世界的伤害。她没有注意到他那充满渴望的注视，更没有注意到那注视已持续很久。当他们在暮色中行驶时，她发现他有些犹豫不决地向她这边靠过来。她听见他呢喃着那些曾多次从男人那儿听过的慌乱企求。他停下车。她感觉他的嘴唇压上了她的肩膀。

她猛地躲开他，静静地坐了一会儿。因为如果她动的话，就会轻碰到他。她不愿意碰他。然后她猛地推开门，跳了下去，用力把门在身后一关，好像那种撞击声能掩盖他的存在。她漫无目的地跑着，跑了一会儿，停下来，浑身哆嗦着向前走，沿着漆黑的小路向前走，直到她看见了自己家的屋顶。

她停了下来，带着惊讶第一次清楚地打量周围。这样的事情过去经常发生在她的身上，只是那时她以为很好笑，没有任何反感，也没有任何感觉。

她慢慢地走过草坪，走向家门。在楼梯上她停住了，她想起了采石场的那个人。她清楚地意识到采石场的那个男人需要她。她之前就知道。他第一眼看到她时，她就知道了，但是从来没有向自己承认过。

她笑了。她看了看周围，房子寂静、华丽，令她的想法显得无比荒谬。她知道那样的事情不会发生在自己身上，她知道自己将施加给他怎样的痛苦。

有好几天，她心满意足地来回穿梭于几个房间。这是她的领地。她听着采石场的爆破声，脸上露出微笑。

但是她太确定了，家里也太安全了。她渴望通过挑战这种安全来强调它。

她选中了卧室火炉前的那块大理石板，想把它弄碎。她手握铁锤，跪在地上，尽力砸它。她猛击，瘦弱的胳膊掠过头顶，带着无助的狂怒使劲地敲下来。她感到胳膊的骨头和肩窝都有些酸痛。但她只在大理石板上砸出一道长长的划痕。

她来到采石场，远远地就看见了他，径直向他走去。

“你好。”她漫不经心地说。

他停下电钻，靠在花岗岩上，回答道：“你好。”

“我一直在想你。”她温柔地说，停了下来，又补充说，是一种强迫式的邀请口吻，“因为我家里有些很脏的活要干。你想挣点外快吗？”

“当然，弗兰肯小姐。”

“你今晚能来我家吗？佣人进出的入口就在里奇伍德路上。卧室的火炉那儿有块大理石板坏了，需要换一下。我想让你把它拿出去，然后为我换块新的。”

她期待着愤怒和拒绝。

他问：“我什么时间可以去？”

“七点，你在这儿什么工钱？”

“每小时六十二美分。”

“好的，我确信你值那个价，也相当愿意付给你同样的工钱。那么你知道怎么找到我家吗？”

“不知道，弗兰肯小姐。”

“问村子里任何人都可以，他们会给你带路的。”

“好的，弗兰肯小姐。”

她走了，很失望。她感觉他们之间那种隐蔽的暗示没有了，他说话的口气好像这只是一份简单的工作，是一份她同样可以提供给其他任何工人的工作，然后她感觉到了体内的深呼吸，那种常常带给她羞愧与快乐的感觉。她意识到他们之间的沟通比以前更明白，更可怕——因为他自然地接受了这份不自然的提议。他已经告诉了她，他知道很多，因为他一点儿也不惊讶。

那天晚上，她让管家和他的妻子留在家里。他们的存在使这栋封建大宅显得尽善尽美。七点的时候，她听见佣人入口处的铃声。老妇人陪着他来到大厅，多米尼克正站在宽敞的楼梯平台上。

她看着他走近，抬头看向她。她长时间保持着这个姿势，好让他怀疑这是个精心策划的优美姿势。就在他可能对此深信不疑的时候，她说话了：“晚上好。”声音极为柔和。

他没有回答，只是偏偏头，直接上了楼梯。他穿着工作服，背了个工具包，动作迅速而放松，是这个房子里不曾有过的。她本来想他在这座房子里会显得格格不入；现在却是这座房子在他周围似乎显得并不协调。

她用手指了指卧室的门，他顺从地跟在后面。他好像没太注意他所进入的这个房间，好像只是进入了一个工作间。他直接朝壁炉走去。

“就是这儿。”她说着，一只手指向大理石板。

他什么也没说，跪下来，从包里拿出一个薄薄的金属楔子，用楔子尖顶住划痕，又拿出一把锤子，干净利落地砸了下去。大理石裂开了一道很长很深的口子。

他抬头看了她一眼。她畏惧那样的表情，那是一种无须回答的表情，那暗含的笑只能感觉而无法看到。他说：“现在已经裂开了，得换了。”

“你知道这是哪种大理石吗？哪里有卖的？”

“知道，弗兰肯小姐。”

“那接着干，把它拿出来。”

“好的，弗兰肯小姐。”

她站在那儿，看着他。很奇怪，这是一种荒唐的感觉。她感觉自己必须看着他工作，好像自己的眼睛能帮助他，然后她知道是因为自己害怕看周围这个房间。她抬起了头。

她看到了梳妆台。它的玻璃镶边就像昏暗之中一条窄窄的绿色缎带，还有那个水晶容器。她看见了一双白色拖鞋，镜子旁的地板上有一条浅蓝色毛巾，一双长袜扔在椅子扶手上，白色缎带散落在床上。他的衬衫满是灰尘、潮湿的汗渍和像补丁一样破旧的石屑。衣服上的灰尘勾勒出胳膊的线条。她感觉到房间里的每一件物品都被他触摸过。空气好像是满满的池水，他们已经一起跳进去了，水流抚摸着他，也抚摸着她，同样抚摸着房间里的每一件东西。她想让他抬头向上看，他却一直在那儿工作，没有抬头。

她走近他，悄无声息地站在他身旁。她以前从没离他这么近过。她低头看着他脖子后面光滑的皮肤，她能数清他的每一根头发。她扫了一眼凉鞋尖儿，就在地板上，离他只有一英寸，她只需要挪动一步，轻轻的一步，就能碰到他。她向后退了一步。

他回过头，没有抬头看，只是从包里拿出另一件工具，然后又弯腰工作。

她大声地笑了。他停了下来，看了她一眼。

“有什么事情吗？”他问。

她表情严肃，回答的声音却柔柔的。

“哦，很抱歉，你可能以为我在笑你，但不是，绝对不是。”

她接着说：“我不想打扰你。我肯定你很着急完成这项工作，然后离开这里。当然，我的意思是说，你累了。但是，另一方面，我是按小时付给你钱的，所以，如果你想挣得多一些的话，将时间拖延一点儿也没什么。你肯定有愿意谈论的话题。”

“哦，是的，弗兰肯小姐。”

“哦？”

“我看这是个不怎么样的壁炉。”

“真的？这间房子是我父亲设计的。”

“当然，弗兰肯小姐。”

“你现在讨论一个建筑师的工作没什么意义。”

“根本没意义。”

“我们应该谈论其他话题。”

“好吧，弗兰肯小姐。”

她从他身边走开，坐在床上，用胳膊支撑着向后仰去，两腿交叉着放在一起，成了一条又长又直的线。她的整个身体从肩膀开始无力地下垂，面部严肃的表情与身体的姿势形成鲜明的对比。

他工作时，时不时地看她一眼。他谦恭地说：“我要确定大理石的品质，要十分精确。能够辨别不同种类的大理石是很重要的。总的来说，一共有三种。白色大理石是石灰岩再次结晶的结果；黑色大理石是二氧化碳和钙化学反应后的沉积物；绿色大理石主要成分是硅酸镁。最后这种肯定不是真正的大理石。真正的大理石是变形的石灰岩，是由热和压力的作用产生的。压力是主要因素，它能决定最后的结果，而且一旦有了压力，就不能控制。”

“什么结果？”她问，身体往前靠过来。

“石灰岩微粒的再次结晶和周围泥土外部成分的渗入，这些组成了大多数大理石上的彩色花纹。粉红色大理石是由于含有氧化锰。灰色大理石是碳化物。黄色大理石是铁的氢氧化物。当然，这块是白色大理石。白色大理石有很多种类。弗兰肯小姐，你应该小心一些。”

她坐着，身体前倾，缩成了昏暗的一团。灯光照在她的一只手上，那只手无力地搭在膝盖上，掌心向上，半握着，火苗勾画出每个手指的轮廓，黑色的裙子使手显得光洁漂亮。

“一定要看准。订制的那块新的绝对要和这块品质一样。比如，用白色佐治亚大理石代替白色阿拉巴马大理石是不可以的，质地不如这个好。这是阿拉巴马大理石，品质很高，价格昂贵。”

黑暗中，他看见她的手紧握着。他什么也没说，继续工作。

完成的时候，他站起来，问道：“我要把这块石头放在哪儿？”

“就放那儿吧！我会让人弄走的。”

“我会订购一块新的。货到后付款，你想让我订吗？”

“是的，当然，货到的时候我会通知你的。我应该付给你多少钱？”她看了一眼旁边桌子上的钟，“让我看看，你在这里已经有四十五分钟了，那就是四十八美分。”她伸手去够她的包，拿出一张支票，递给他，“不用找了。”她说。

她希望他能把支票扔到她脸上，他却顺手把支票揣进兜里，说：“谢谢你，弗兰肯小姐。”

他看见她的黑色长袖在紧握的手指上方晃动着。

“晚安。”她的声音因愤怒而变得空洞无力。

他向她鞠了一躬：“晚安，弗兰肯小姐。”

他转身下了楼梯，离开了。

她不再想着他了，而是想着他订购的那块大理石。她等待着，焦急、狂躁、紧张地等待着。那些天她不断盘算着，直到有一天看见一辆卡车停在草坪外面。

她郑重地告诉自己，她只是在等待大理石的到来，就是这个，没有其他的东西，也没有深藏的理由，任何理由都没有，这是最后的、可笑的结果。她感觉不到任何东西，大理石来了，一切也就结束了。

大理石到了。她只是扫了一眼。送货车还没有走，她已坐到桌子旁，在一张精美的纸上写道：“大理石到了，我想今晚就装上。”

她让管家把纸条带到采石场。她叮嘱说：“我不知道他的名字，把它交给那个红头发的人。”

管家回来了，带回了一张从棕色纸袋上撕下来的纸条，上面用铅笔写道：“今晚会装上的。”

她不耐烦地在卧室的窗户旁等着，空气有些令人窒息。七点时，佣人入口处的门铃响了。有人敲卧室的门。“进来！”她高声喊道——为了掩饰自己有些奇怪的声音。门开了，管家的妻子走进来，并示意后面的人进来，跟在后面的是一个矮胖的中年意大利人，弯着腿，耳朵上戴着一只金色的耳环，手里拿着一顶磨破边的帽子，十分谦恭的样子。

“弗兰肯小姐，这人是从采石场来的。”管家的妻子说。

“你是谁？”多米尼克问道，她的声音并不尖锐，也不像是提问。

“帕斯堪·奥斯尼。”男人谦恭地答道。答案却令人有些费解。

“你想干什么？”

“哦，我，我……刚从采石场来。听说要修壁炉。他说你想让我修壁炉。”

“是的，是的，当然。”她站起来说，“我忘了，去吧。”

她要出去，必须跑掉，不能让任何人看见。如果能跑掉的话，也不想让她自己看见。

她在花园里停了下来，站在那里，浑身哆嗦，愤愤地把拳头压在眼睛上。这种纯粹简单的情感扫清了一切，除了生气、恐怖之外的一切。恐怖是因为她知道现在不能去采石场，她将来会去的。

几天后的黄昏，她去了采石场。她骑着马，走了很长时间，穿过村子。她看见草地上长长的影子。她知道她不能等到明天晚上了。她要在工人离开前赶到那儿。她飞一般地来到了采石场。风很猛，刮在她的脸上。

她到采石场的时候，他并不在那儿。她很快就知道他不在那儿，尽管人们刚刚开始离开，还有很多人排队从采石场上沿着小路下来。她站在那儿，紧闭双唇。她在找他，但是她知道他已经走了。

她骑马走进树林，在浓浓的暮色中，她任由马儿随意地在树林中跑。她停了下来，从树上折下一根又长又细的树枝，把叶子扯掉，继续走。她把这根软棍当作鞭子，抽打着马，让它跑得更快些，让它比时间更快些，好在明天早上来临之前赶上时间。接下来她看见他一个人走在前面的小路上。

她快马加鞭，赶上了他，然后猛然停了下来。她前后摇摆，像刚刚被放开的弹簧。他停住了。

他们什么也没说，互相看着对方。她想每个无声的瞬间都是一次背叛。此时无声胜有声，必须承认任何的问候都是没有必要的。

她声音平静地问：“你为什么不来装大理石？”

“我认为对于你来说，谁来装并没有什么不同，弗兰肯小姐。”

她感觉到的不是声音，而是像被直接掴了一个嘴巴。她举起手里的树枝，猛抽向他的脸，然后飞快地骑马走了。

多米尼克坐在卧室的梳妆台前。已经很晚了。身边巨大而空旷的房子里没有一点声音。卧室的落地窗一直开到台阶上。外面漆黑的花园里，树叶一动不动。

床上的毛毯已经铺好了在等她。白色的枕头靠在高高的漆黑的窗户旁。她想她应该试着去睡。她已经三天没有看见他了。她的手插进头发里，弯曲的手掌掠过光滑的头发。她用指尖蘸了香水，压了一会儿太阳穴。肌肤上冷冷的短暂的刺痛让她感到放松。梳妆台的玻璃上有一滴溅出的香水，起着泡泡，像一颗昂贵的宝石。

她没听见花园里的脚步声，直到那脚步走上楼梯台阶的时候她才听见。她坐了起来，皱着眉，看着落地窗。

他进来了，穿着工作服，衬衫很脏，卷着袖子，裤子上面是石头的灰尘。他站在那儿看着她，脸上没有一丝理解的笑意。

他的脸紧绷着，表情严峻冷酷，显然在克制着自己的激情。他两腮深陷，嘴唇下垂且紧闭着。她跳起来，站在那儿，胳膊背在身后，手指张开。他没有动。她看见他脖子上的青筋鼓起，抖动着，又消了下去。

然后他走向她，抓住了她，好像他的肌肉要陷进她的肌肉里。她感到他胳膊上的骨头碰到了她的肋骨。她的腿紧紧地顶住了他的腿。他的嘴唇压在她的嘴唇上。

她不知道这种惊人的恐怖是否先震惊了她，使她用胳膊肘顶住他的喉咙，挣扎着扭身要跑，还是在那一瞬间要躺在他胳膊里。他的皮肤紧挨着她的皮肤，这些都是她曾经想过、曾经期待过但从未经历过的东西，一种她从来不可能知道的东西。因为这不是她生活的一部分，而且是她连一秒钟都不能忍受的。

她试着从他手中挣脱。这样的努力白费了，他的胳膊根本没有感觉到她的挣扎。她的拳头捶打着他的肩膀和脸。他用一只手抓住她的手腕，将它拧到她身后，压在他胳膊下，然后猛地拉过她的肩头。她扭过头，感觉他的嘴唇压在她的胸上。她挣扎着把他甩开了。

她后退几步，靠在梳妆台上。她蹲在那儿，双手抓住身后梳妆台的边，她的眼睛睁得很大，毫无光彩，满是恐惧。他笑了，笑容挂在脸上，却听不到声音。也许他是故意放开她的。他站在那儿，两腿分开，胳膊垂在身旁，让她更强烈地感觉到他的身体要跨过他们之间的距离，那感觉甚至比在他怀里时更加强烈。她看了看身后的门，他看到她想动的第一丝迹象，那只是想跑到门那儿的想法。他伸出胳膊，没去碰她，又放下了。他的肩膀轻轻地向上收着，向前走了几步。她的肩膀低了下来，蜷缩成一团，靠着梳妆台。他让她等着，然后走向她，毫不费力地将她扶起来。她用牙狠狠地咬着他的手，感觉舌尖有血。他把她的头扭过来，强迫她把嘴张开，顶在他的嘴上。

她反抗，像动物那样。但是她没有弄出声音，没有喊救命。她在他喘的粗气中听见自己捶打他的回声，她知道那是愉快的呼吸。她伸手去够梳妆台的灯。他打掉她手中的灯，黑暗中，水晶灯掉在地上，摔成了碎片。

他把她扔在床上。她感到血液涌到喉咙、眼睛，血液里充满着憎恨和无助的恐怖。她感觉到了憎恨和他的双手。他的手在她身体上移动，那是凿开花岗岩的双手。她反抗着，最后抽搐了一下，突然一种阵痛袭来，穿过她的身体，抵达她的喉咙。她大叫了一声，然后直挺挺地躺了下去。

这一切本该温柔，作为爱的见证，抑或被蔑视、被侮辱与被征服的象征；本该是情人的举止，或者是一个士兵在侵犯一个女俘虏。他做着这一切，像个该受鄙视的人。这不是爱而是亵渎。她顺从地平躺着。只消他的一个温柔动作——她就能冷却下来，不会为发生的一切所触动。但是她特别喜欢那种耻辱的、被蔑视的占有。她感到他在颤抖。一种难以忍受的快感袭来，甚至使他都不能忍受。她知道那是她给予他的，来自她，她的身体。她咬着嘴唇，知道他想要她知道什么。

他横躺在床上，和她分开，头垂在床边。她听见他缓慢、持续的喘息。她仰躺着，和他把她扔在床上时一个姿势，一动不动，嘴张着。她感到空荡、轻盈、平静。

她看见他起来，看到他在窗边的侧影。他走出去，既没有和她说话，也没有看她一眼。她注意到了，但是没关系，她清楚地听到了他在花园里的脚步声，但她面无表情。

她静静地躺了很长时间，然后动了动舌头。她听到体内某个地方发出一种声音，那是干巴巴的、短促的、令人厌烦的哭泣声。但是她没有哭，她干涩的眼睛一动不动地睁着。声音没有了，一种从喉咙到胃的抽动使她弹了起来，艰难地站起来，弯腰，前臂压着肚子。黑暗中她听见床边的桌子当啷作响。她感到茫然、惊讶，桌子怎么会动呢？然后她明白了是自己在晃动。她没有害怕，像那样的晃动太傻了。那是短促的突然一动，像是打了个没有声音的嗝。她想，必须先洗个澡，无法再忍受了，好像她已经忍受了很长时间。什么都不重要了，只想洗个澡。她拖着脚步慢慢地挪进了浴室。

打开浴室的灯，她在一面大镜子里看见了自己，看见自己的身体到处都是他的嘴留下的青紫色的咬痕，她听见一声近乎无声的呻吟，声音不是很大，不是由于所看到的景象，而是由于豁然开朗。她知道不用洗澡了。她知道她想留住他身体的感觉，他留在她身上的痕迹，以及她那暗含的渴望。她跪在地上，紧抓住浴盆边缘。她不能让自己爬过浴盆边，她的手滑了下来，静静地躺在地上，身下的瓷砖很硬，很冷，她一直在那里躺到了早上。

早上醒来时，洛克想起了昨晚。那好像一个触手可及的点，又好像生命进程中的一个停顿。他活着就是为了这样的停顿，就像他走进尚未竣工的海勒家的那些时刻，就像昨天晚上。从某种无法阐明的角度来说，昨晚对他而言，与建筑对他的意义相同，他体内的某种反应使他意识到了自己的存在。

他们因理解而结合在一起，远胜于暴力，更远远超越了他行为上的故意猥亵。如果那种意义对他来说不那么重要的话，他就不会对她那样。同样，如果她认为他的意义不那么重要的话，她也可能不会那样不顾一切地反抗，那不可重现的狂喜已经让他们都明白了这一点。

他来到了采石场，像平常一样工作。她没来，他不希望她来，但是他还想着她。他好奇地看着自己的想法。意识到另一个人的存在，感觉那是一种亲近而焦急的需要，真是很奇怪。那种需要没有任何资质，既不高兴也不痛苦，只是结果像是最后通牒。知道她在这个世界上存在是很重要的。想起她，想起今天早上她怎么醒来，怎么走动，会想些什么；想到那属于他的，永远都属于他的她的身体；想着她在想什么，这一切都很重要。

那天晚上，坐在满是烟灰的厨房里吃晚餐的时候，他打开了一份报纸，在漫谈专栏里看到了洛格·恩瑞特的名字。

他看到了那篇短文：

> 看起来这次石油大王洛格·恩瑞特可是被难住了，看起来好像是一件宏伟壮丽的东西在走向衰败。他不得不暂停恩瑞特公寓——最新的但不切合实际的妄想。据传，是建筑方面出了点麻烦，好像恩瑞特先生对六位建筑师设计的门都不满意，他们可都是一流的建筑师。

洛克感到了痛苦，那种他一直与之对抗以使自己免受其害的痛苦；面对自己可以做的、应该做却不能做的事情的痛苦。接着，没有任何原因，他想起了多米尼克·弗兰肯，尽管她和他心里想的这些事情没有任何关系。他只是很震惊，虽然有这么多事情，她却依然在他的脑海里。

一周过去了。一天晚上，他在家里发现了一封信，信是从他以前的办公室发到他在纽约的最后住址，又从那里转给迈克，又从迈克转到康涅狄格的。信封上石油公司的地址对他来说毫无意义。他打开了信，上面写道：

亲爱的洛克先生：

我们一直在努力与您取得联系，却一直没有找到您。在您方便的时候，请尽早与我取得联系。如果您曾经修建过法果商店，我很想与您一起讨论已经开始筹建的恩瑞特公寓一事。

您忠诚的

洛格·恩瑞特

半小时后，洛克已经在火车上了。当火车开动的时候，他想起了多米尼克，想起了他要离她远去。这个想法似乎非常遥远，而且不怎么重要了。他只是很惊讶，即使在此时此刻，他仍然想着她。

多米尼克想，她能接受也会尽快忘记发生在她身上的一切，只保留一个记忆：在这一切里她找到了快乐。他已经知道，而且知道得更多，在他来她这儿之前，他就知道，如果不是有那种理解，他是不会来的。她不能告诉他那个她一直知道的答案：单纯的憎恶——在憎恶、恐惧和他的力量中她找到了快乐。那是她想要的堕落，因此，她恨他。

一天早上，她在餐桌上发现了一封信，是爱尔瓦·斯卡瑞特寄来的。“多米尼克，你什么时候回来？我无法告诉你我们在这里有多么想你。有你在身边让人不是很舒服，实际上，我很怕你，但我同样会在一定程度上尊重你那膨胀的自我，并且承认我们都已经等不及了，就像等待一位女明星的归来。”

她读着那封信，笑了。她想，如果他们知道……那些人……那些过去的日子，还有那些人在她面前表现出的敬畏……我被强暴了……我被采石场的橘红色头发的暴徒强暴了……我……多米尼克·弗兰肯……那种极度羞辱的话语所带给她的快感，与在他臂膀里感受到的一样。

当她走过村子的时候，她想起了这些。她遇见了路上的人，他们向她鞠躬点头，她是这座城镇的女主人，她想大声喊，让每个人都听见。

她没意识到，好多天已经过去了。在她不断重复的自言自语中，她感到冷静和满足。一天早上，在花园的草坪上，她知道一周过去了。她已经一周没看见他了。她转身，很快走过草坪，来到小路上，她要到采石场去。

她沿着小路走了几英里，就这样，没戴帽子在阳光下走，终于来到了采石场。她不着急，不必着急，这是意料之中的，不需要什么目的。然后……她背后还有其他的事情，那些可怕的、重要的事情。这些模糊的想法在她的头脑里膨胀，但是最重要的是再次见到他。

她来到采石场，慢慢地、仔细地、傻傻地看着周围，傻傻地是因为她所看见的凶恶没有进入她的头脑中。她立刻看出他不在那里，采石场满是飘荡的灰尘，正是一天最热的时候，她没看见一个懒散的人。他不在那些人当中。她站在那里很长时间，麻木地等着。

然后她看见了工头，示意他过来。

“下午好，弗兰肯小姐……多好的天气啊，对吧？弗兰肯小姐，好像仲夏又来了，秋天也不太远了，是的，秋天要来了，看这些叶子，弗兰肯小姐。”

她问道：“你这儿有个人……一个头发是橘红色的人……他在哪儿？”

“哦，是的，那个人，他已经走了。”

“走了？”

“不干了，我想他是去纽约了，特别突然。”

“什么？一周前？”

“哦，不，就是昨天。”

“是谁……”

然后她停住了。她想问“他是谁”，却问道：“是谁昨晚在这儿工作得很晚，我听见了爆炸声。”

“那是为弗兰肯先生准备的一笔特别订单。考斯摩 - 斯劳尼克大厦，你知道，很棘手。”

“是的……我明白。”

“很抱歉打扰您了，弗兰肯小姐。”

“哦，没关系……”

她走开了，她不会去问他的名字。这是她自由的最后机会。

她突然感到轻松，走得很快，很轻松。她有些奇怪为什么从来没有意识到：自己不知道他的名字，为什么没有问过他。也许因为在看他第一眼时，她就已经知道了所有应该知道的一切。她想，没人能在纽约找到一个不知名的工人，她安全了。如果她知道他的名字，她现在就该在去纽约的路上了。

未来简单了，除了不用知道他的名字，她也没有什么其他事情可做。她有了种解脱的感觉。她有了战斗的机会——她要击败它，否则就会被它击败。如果被击败，她就要去询问他的名字了。

3

彼得·吉丁走进办公室，开门的声音像是谁忽然吹响了嘹亮的喇叭。门向前开启，好像为了迎接一个人的到来而自动打开了，在那个人面前，似乎所有的门都要行这样的礼节。

他到办公室的第一件事就是读报。秘书把一摞报纸整齐地堆在他的桌子上。他喜欢在报纸上看到有关考斯摩-斯劳尼克大厦或者是弗兰肯-吉丁公司的最新消息。

当看到今天早上的报纸对这两点只字未提时，吉丁皱了皱眉，但是他看到了一则关于埃斯沃斯·托黑的消息。这是个惊人的消息，著名慈善家托马斯·弗特的巨额遗产中，有十万美元遗赠给埃斯沃斯·托黑。“赠送给我的朋友和我的精神领袖——表彰他杰出的思想和对人类的真诚奉献。”埃斯沃斯·托黑接受了这笔遗赠并将之悉数转赠给“社会研究工作室”。那是一所进步学院，他在那里担任“作为社会象征的艺术”这门课的讲师。他曾经简单地讲解过，他不相信私人能传承学术，他拒绝进一步评论。“不，朋友们，”他说，“不说这个吧。”他又补充道，有一种破坏自己此时热情的感觉，“我最喜欢尽情享受奢华，我只想对吸引人心的事情畅所欲言，而我本人并不属于此范畴。”

彼得·吉丁看了这则消息，对托黑的行为佩服得五体投地，因为他知道自己永远不会那样做。

继而，带着习惯性的烦躁，他思忖着，自己直到今天也没能和埃斯沃斯·托黑见上一面。托黑在考斯摩-斯劳尼克大厦大赛颁奖典礼后不久就去巡回演讲了。吉丁参加了那次盛大的聚会，但是因为他最最希望见到的人没有到场，于是感觉没什么意思。托黑在专栏里从未提过吉丁的名字。像每天早上那样，吉丁满怀希望地翻到了《纽约旗帜报》的《微声》专栏，今天的题目却是“歌曲和一切”，讲的是民歌的重要意义如何在其他音乐艺术之上，以及合唱的重要意义如何在音乐会表演之上等问题。

吉丁扔下《纽约旗帜报》，站起身来，恶狠狠地走到办公室的另一头，因为他现在必须面对一个令人头疼的问题。他已经拖延好几个早上了。这个问题就是要为考斯摩-斯劳尼克大厦挑选一位雕塑师。几个月前，他将要放在大厦大堂里那个名为“工业”的巨型雕塑项目暂时交给了斯蒂文·马勒瑞。这项授权使吉丁很困惑，但这是斯劳尼克先生做出的决定，所以吉丁只能赞成。他已经与马勒瑞碰过面，并对他说：“您确实有非凡的能力，当然您还没什么名气。但是在完成这次委托任务后，您会声名鹊起的。像我们这样一幢建筑物，可不是随处可见的。”

他对马勒瑞没什么好感。马勒瑞的眼睛像是没扑灭的大火留下的黑洞，从不露出笑容。他只有二十四岁，办过一场个人作品展览，但能够拿到的委托项目并不多。他的作品奇怪而充满力量。吉丁记得埃斯沃斯·托黑很久以前曾经在《微声》里说过："如果不是建立在上帝创造了世界和人形的假设基础之上，马勒瑞先生塑造的形象应该是很不错的。如果我们用他的石雕人体作品来作为评判依据的话，把这项工作委托给马勒瑞先生，也许他会比上帝干得更出色。或者，他会比上帝干得还出色吗？"

斯劳尼克的选择一直让吉丁感到不解，直到他听说迪姆·威廉姆斯曾经和斯蒂文·马勒瑞同住过一间格林威治村的公寓。而斯劳尼克对迪姆·威廉姆斯的要求是来者不拒。马勒瑞被雇用了，开始设计，并且交上了"工业"雕塑的模型。看到模型时，吉丁知道这个雕像在他整齐典雅的大堂里看上去会像一个流血的伤口，一抹燃烧的火焰。这个雕像是一个修长的赤裸人像，看上去似乎能在沙场上折断钢筋铁骨，冲破任何阻挡。它立在那里，像是一场挑战。它在人们的眼睛里留下了奇怪的印记。它使周围的人看上去比往常更为渺小而忧伤。看着那个雕像，吉丁觉得自己有生以来第一次理解了"英勇"这个词的含义。

他什么也没说。但是当模型送到斯劳尼克先生那里时，许多人愤慨地说出了和吉丁一样的感觉。斯劳尼克先生让吉丁再找一个雕塑师，并把决定权交给了他。

吉丁重重地跌坐在扶手椅上，向后靠去，打了个响舌。他琢磨着是否应该委托给波森，一位雕塑师，是考斯摩的总裁夫人沙普夫人的朋友，或者委托给潘默，他是由哈斯比先生推荐的。哈斯比先生正计划建一个价值五百万美元的新化妆品工厂。吉丁发现他非常享受这种犹豫的过程，他掌握着两个人的命运，还有许多其他有潜力的人的命运，他们的命运，他们的工作，他们的希望，也许还包括他们肚子里的食物。无论如何，他要按照他的意愿来挑选，随便找个原因，甚至不需要任何原因，他可以抛起一枚硬币，可以用自己马夹上的纽扣来定分晓。因为依赖于他的那些人的恩赐，他是一个伟大的人。

然后他注意到了那个信封。

信封就在桌上那堆信的最上面，普通且薄薄窄窄的。但信封的一角有《纽约旗帜报》的报头标志。他急忙将信封拿在手里，里面没有信，只有明天《纽约旗帜报》的一块校样。他看到了，在熟悉的埃斯沃斯·托黑的《微声》的标题下，用大字体、宽间距写了一个词作为副标题，一个词，因它的唯一而显得极其醒目，用省略的方式在向他致意。

“吉　丁”

他扔下报纸校样，随即又捡起，读了出来。这一大段尚未斟酌的文字使他激动。校样在他手中抖动着，他的前额拧成了一个紧紧的粉色疙瘩。托黑写道：

> 说伟大是一种言过其实，就像所有的言过其实一样，它必然导致无知。这使我们联想到膨胀的玩具气球，不是吗？但是，在很多场合中，我们不得不承认有近乎伟大的人和事——太接近了——接近我们笼统所指的伟大。这样一种伟大正在我们建筑界的天际隐隐浮现——体现在一个叫作彼得·吉丁的青年才俊身上。
>
> 公正地说，我们已经听到了很多关于他设计的著名的考斯摩-斯劳尼克大厦的报道，这一次，让我们超越建筑本身，来一睹那位把个性印在大厦上的建筑师的风采。
>
> 建筑物上没有任何个性的印迹，我的朋友，却蕴含着伟大的个性。这是伟大而年轻的无私灵魂。它可以同化一切事物，并把它带回它的源头——它所来自的那个世界。这个灵魂因自己光辉的才华而得以自我完善。这样一个平凡的人出现了，不是孤身一人像个怪物，而是代表着所有同道中人，来实现他们的所有抱负。
>
> 那些被赋予辨别能力的人能够从考斯摩-斯劳尼克大厦的外形中获得彼得·吉丁向我们传递的信息，能够看出那朴实厚重的地上三层代表了支撑整个社会的工人阶级；那

毫无二致的、窗格向着太阳的玻璃窗象征着普通人的灵魂，象征着兄弟大同阵营里，那无数无名者的灵魂正迎向阳光；那一根根壮美的壁柱稳稳扎根于地基之中，耸入那科林斯式的壁顶，象征着只有扎根于广阔的沃土才能盛开不败的文化之花。

为了回应那些把批评家当作只想毁灭敏感天才的魔鬼的人，本专栏希望对彼得·吉丁表示感谢，感谢他为我们提供了难得的——太难得了——证实我们真正使命的机会，那就是发现年轻的天才——当他在那里等待被发现的时候，如果彼得·吉丁能偶然读到这几行文字，我们不希望得到他的感激，应该感激的是我们。

当吉丁第三次读这篇文章时，他注意到了标题下面用红色铅笔写的几行字。

亲爱的彼得·吉丁：

请近日来我办公室面谈。十分盼望与您会面相识。

埃斯沃斯·托黑

那块校样飘落在桌子上。他站起来，用手捻着一缕头发，他简直高兴得快要晕过去了。然后他转过身，来到考斯摩-斯劳尼克大厦的图纸前，图纸挂在帕特农神庙和卢浮宫的巨幅照片中间。他看着大厦的壁柱。他从未把它们想成大众之中开出的文化之花，但是他知道，人们会把它们想象得很美，想象成其他所有的美丽事物。

然后他抓起电话，与声音很高但语调平淡的托黑秘书通了话。他约定明天下午四点半拜访托黑。

接下来的几个小时里，他的日常工作变得新奇而兴味盎然，好像以前的日常活动只是一幅明亮的、单调的壁画，现在却成了一幅名贵的半浮雕，向前突出着，由于埃斯沃斯·托黑的几句话变成了三维的现实。

弗兰肯偶尔会从他的办公室漫无目的地下来，衬衫和袜子与太阳穴上斑白的头发很相配。他站在那里憨笑，态度和善，一句话也不说。吉丁在制图室里走过他身旁，看见他在，没有停下来的意思，只是放慢脚步，把报纸放在他胸前口袋中浅紫色手帕的折缝里，然后说："亲爱的，有时间看看吧！"在下一个房间中走到一半时，吉丁又补充说，"亲爱的，今天想和我共进午餐吗？在大厦等着我。"

吃完午饭回来时，吉丁被一个年轻的制图师拦住了。那个年轻人问道："吉丁先生，谁朝埃斯沃斯·托黑先生开的枪啊？"由于激动，他的声音变得很高。

吉丁好不容易才喘着气说："谁做了什么？"

“枪击托黑先生。”

“谁？”

“这正是我想知道的。谁？”

“枪击……埃斯沃斯·托黑？”

“刚才在饭店一个小伙子手里的报纸上看到的，我还没来得及自己买一份看。”

“他……被杀死了？”

“那我就不知道了。只是看到上面说是枪击。”

“如果他死了，是否意味着他明天不会发表自己的专栏了？”

“不知道，怎么了，吉丁先生？”

“去给我买份报纸。”

“但是我得……”

“给我买那份报纸，你这个蠢货！”

这则新闻刊登在晚报上。今天早上，当托黑在电台前走出自己的车时，枪击发生了。他正要去那里发表一篇关于“无声与不自卫”的演讲。子弹没射中他。整个过程中埃斯沃斯·托黑一直很冷静，很理智。他的行为完全缺乏任何戏剧性，反而显得戏剧性了。他说：“我们不能让听众等。”然后就匆忙上楼来到播音间，根本连提都没有提到这次事故。他凭记忆做了半个小时的脱稿演讲，就像以前那样。枪击者在被逮捕时什么也没说。

吉丁瞪大了眼睛——喉咙发干——他看到了枪击者的名

字，是斯蒂文·马勒瑞。

正是那种无法解释吓到了吉丁，尤其是这种无法解释存在于他心中毫无来由的恐惧感里，而不是那些有形的事实中。发生的事情和他没有任何直接的关系。只是他希望枪击者是其他人，除了斯蒂文·马勒瑞以外的任何人。但他不知道为什么希望这样。

斯蒂文·马勒瑞一直保持沉默。他没有对他的行为做出任何解释。起初，据猜测，可能是由于失去了考斯摩-斯劳尼克大厦项目的委托权，他被失望激怒了，因为据说他一直处于令人憎恶的贫困中。但是无疑埃斯沃斯·托黑与他的损失没有任何关系。托黑从未对斯劳尼克先生谈论过斯蒂文·马勒瑞。托黑也从未看过“工业”雕像。关于这一点，马勒瑞打破了沉默，承认此前从未与托黑会过面，也没见过他本人，也不认识托黑的任何朋友。“你是否认为托黑先生在某种程度上要为你失去这次委托权负责？”他被这样询问。他回答说：“不。”“那为什么？”马勒瑞什么也不说。

看到枪击者在电台外面的人行道上被警察抓住的时候，托黑没有认出对方。直到广播结束后，他还不知道对方的名字。然后，托黑走出直播间，来到挤满等待着的记者的接待室，说：“不，我当然不会起诉。我希望他们能放他走。顺便问一下，他是谁？”听到名字的时候，他的目光凝聚在了一个地方，在一个人的肩膀和另一个人的帽檐中间的某个地方。然后，这个在子弹擦身而过、击中离他一英寸远的玻璃时仍然能保持冷静的人，只说了一句话，这句话满是恐惧，沉重得像要掉到他的脚上：“为什么？”

没有人能回答。此时，托黑耸了耸肩，笑了，说道：“如果这是一次免费宣传的尝试——哦，多残忍的口味！”但是没人相信这一解释，因为所有的人都感觉托黑自己也不相信。在接下来的采访中，托黑轻松愉快地回答着问题。他说：“我从没认为自己是这么重要，能被人暗杀。这可能是人们所希望的最伟大的敬意——如果这不是一场轻歌剧的话。”他设法传达出一种迷人的印象——没什么重要的事情发生过——因为事实上确实没什么重要的事情发生过。

马勒瑞被送进监狱等待审判。所有的讯问努力都失败了。

那天晚上，一个想法让吉丁不安地失眠了好几个小时，他毫无理由地确信，托黑想的和他一样。吉丁想，他知道，我也知道，斯蒂文·马勒瑞的动机要比这次暗杀更危险，但是我们永远不会知道他的动机。我们会吗？然后，他触到了恐惧的核心：他突然希望，在未来的岁月里，直至死亡来临，他都应该保护自己不去得知那个动机。

吉丁进门的时候，秘书不慌不忙地站起来，为他打开埃斯沃斯·托黑办公室的门。

吉丁已经超越了会见名人时感觉焦急的阶段，但是在看到秘书把门打开那一瞬间，他又感觉到了焦急。他很好奇，很想知道托黑本人长什么样。他想起了在罢工集会大厅曾经听过的洪亮声音。他想象他是一个魁梧的人，一头浓密的头发，也许刚刚开始变得灰白，有着一个难以形容的仁者那些醒目而显著的特征，依稀长得有些像上帝。

“彼得·吉丁先生——托黑先生。”秘书说道，然后把他身后的门关上了。

第一眼看到埃斯沃斯·托黑，你会想给他一件厚实的夹棉大衣——他瘦小的身体太虚弱了，就像刚从鸡蛋壳里孵出的小鸡，全然未受保护，脆弱得好似骨头还没长硬。看了第二眼，你就能确定，大衣应该是制作非常考究的，遮盖他身体的衣服要非常精致。黑色礼服将他的身体曲线暴露无遗，没什么可挑剔的。凹陷的狭窄的胸部，长长瘦瘦的脖子，削尖的肩膀，突出的前额，楔子形的脸，宽宽的太阳穴，小而尖的下巴。头发乌黑，喷了发胶，往两侧分去，中间是一条很细的白线。这样使脑袋显得紧凑整齐，但是让耳朵显得太突出，露在外面，像双柄汤碗的把儿。鼻子又窄又大，一撇黑色的胡子使鼻子显得更大。那黑色明亮的眼睛充满智慧，闪烁着欢乐的光芒，眼镜片磨损得太厉害了，好像不是要保护眼睛，倒是要保护他人不受那双眼睛过多光辉的侵害。

“你好，彼得·吉丁。”埃斯沃斯·托黑说道，声音令人肃然起敬，“你对胜利女神庙有什么看法？”

“你……好，托黑先生，”吉丁停顿了一下，满是疑惑，“我对……什么……的看法？”

“请坐，我的朋友。胜利女神庙。”

“哦，哦，我……”

“我肯定你没有忽略这件小珍品。帕特农神庙篡夺了本该授予那代表了希腊伟大自由精神的小作品的知名度——通常不都是那样吗？大型的更为壮观的东西盗取所有的荣耀，而无名小卒的美从不被歌颂。你注意到了，我肯定，它主体中美妙的平衡，它朴素的比例中至高无上的完美——啊，是的，你知道，朴素中的至高无上——以及细节上的精细工艺？”

“是的，当然，”吉丁低声说，“我一直非常喜欢胜利女神庙。”

“真的？”埃斯沃斯·托黑笑着说，吉丁说不好那是一种什么笑，“我确定这一点，我确定你会这样说。你很帅，彼得·吉丁，只要你别这么瞪着看——其实真的没必要。”

托黑突然高声笑了，笑得非常明显，非常傲慢。他在笑吉丁和他自己，好像是在强调整个过程都是个错误。吉丁惊恐地坐了一会儿，然后他发现自己也轻松地笑了，好像是在家里和一个老朋友在一起。

“这样好一些，”托黑说，“难道你没发现最好不要在重要的时刻谈论太严肃的话题吗？这对我们来说可能是个重要的时刻，你说呢？当然，我知道你会有些怕我——哦，我承认——我开始也有点怕你，所以这样不是更好吗？”

“哦，是的，托黑先生。”吉丁高兴地说。他平时的自信荡然无存。但是他感觉很放松，好像所有的责任都离他而去。他不必担心如何说出正确的话，因为不需要任何努力，他就已经轻松地说出来了，“我一直知道，与您相见将会是一个十分重要的时刻。托黑先生，几年来我一直这么认为。”

“真的？”埃斯沃斯·托黑说，镜片后的眼睛亮了起来，“为什么？”

“因为我一直希望能使您高兴，希望您会认可我……认可我的工作……当这一刻来到的时候……哦……我甚至……”

“怎么了？”

“……我甚至想，经常想，制图的时候，我会想，埃斯沃斯·托黑会认为这种建筑是优秀的吗？我尽力像那样去看它，通过您的眼睛……我……我已经……”托黑听得很认真，“我来见您是因为您是一位知识渊博的思想家，是一名文化的……”

“哦，”托黑说，他的声音很友善，但有些不耐烦，他的兴趣在最后一句上，“根本不是，我并不是不领情，但是我们不要谈论这样的事情，好吗？不管这听起来有多不自然，我真的不喜欢听这些有关个人称颂的话。”

吉丁想，是托黑的眼睛让他放松了，托黑的眼睛包含着无比的理解和一种无所苛求的友善——不，想想那个词——是无限的友善。似乎一个人不能在他面前隐藏任何东西，也没有必要隐藏，因为他会原谅一切。那是吉丁见过的最不会责备的眼睛。

“但是，托黑先生，”他低语说，“我确实想……”

“你想对我写那篇文章表示感谢。”托黑说，脸上有一种失望但又愉快的怪异表情，“我已经努力阻止你这样做了。让我摆脱它，好吗？你没有理由要感谢我。如果你碰巧配得上我说的那些——哦，应该感谢的是你，而不是我，不是吗？”

“但是我很高兴你认为我是……”

“……一位伟大的建筑师？但是，是的，小伙子，你知道这一点。或者，难道你不是非常确定吗？从来都不是非常确定吗？”

“哦，我……”

只是停顿了一秒钟。吉丁感觉，这个停顿正是托黑想听到的；托黑没有等他再说别的什么，而是像已经得到一个圆满的答案那样开口说起来，这个答案令他很高兴。

“至于考斯摩-斯劳尼克大厦，谁能否定它是一个杰出的成就呢？你知道，我被这个设计方案迷住了，这是一个最有独创性的方案，一个非同寻常的方案，与我所观察到的你之前的作品截然不同，不是吗？”

“当然，”吉丁说，他的声音第一次变得清晰明朗，“这次的问题和以前大不一样，所以我做出那个方案，就是为了满足这次的问题的特殊要求。”

“当然，”托黑温柔地说，“一个优秀的作品，你应该感到自豪。”

吉丁注意到托黑的目光聚焦在镜片中间。而镜片也聚焦于他的瞳孔。吉丁突然明白，托黑知道他没有设计考斯摩 - 斯劳尼克大厦的方案。这并不让他感到害怕，让他感到害怕的是他在托黑的眼中看到了赞许。

“如果你必须感觉到——不，不是感激，感激是一个让人困窘的词——那么，我们可以说欣赏吗？”托黑接着说，他的声音柔和了，好像吉丁是一个阴谋家，好像吉丁知道这些词从现在开始是具有秘密含义的代码，“你可能会感谢我对你的建筑的象征含义的理解。我用文字表述，就像你用大理石表述一样。当然，你不是普通的泥瓦匠，而是石头方面的思想家。”

“是的。”吉丁说，“那就是我的抽象主题，在我设计这座建筑时——伟大的劳动者和文化之花。我一直相信真正的文化来源于普通人，但是我并不指望人们理解。”

托黑笑了。他张开薄薄的嘴唇，露出了牙齿。他没有看吉丁。他低头看他的手，修长、柔软、敏感，是音乐会上钢琴家的手，把桌上的一张纸推来推去。然后他说："吉丁，也许我们是精神上的兄弟。人类的精神。这就是生命中唯一重要的东西。"他没有看吉丁，他的目光掠过了吉丁，镜片明目张胆地聚焦在吉丁脸部上方的一条线上。

吉丁明白，托黑知道，在看这篇文章之前，他没想过任何抽象主题，而托黑又一次表示了赞许。当镜片移到吉丁脸上的时候，那双眼中满是爱意，冷静而真切的爱意。然后吉丁感觉屋子里的墙正在慢慢压向他，把他挤进一种可怕的亲密关系之中，这种关系不存在于他和托黑之间，而存在于他和某种未知的内疚之间。他真想马上拔腿跑出去。但他只是静静地坐着，半张着嘴。

不知道是什么鼓励了他，在沉寂中吉丁听到了自己的声音："我本来真的想说我很高兴昨天你躲过了那个疯子的子弹，托黑先生。"

"哦？哦，谢谢，那个？哦！别理会那个了。只是一个人因为在公众生活中过于张扬而受到的一次小小的惩罚。"

"我从来没喜欢过马勒瑞。很奇怪的一个人，太紧张。我不喜欢紧张的人。我也不喜欢他的作品。"

"就是一个喜欢自我表现的人，成不了大器。"

"当然，不是我想给他机会的。你知道，是斯劳尼克的主意。但是最后斯劳尼克把他看得更清楚了。"

“马勒瑞对你提过我的名字吗？”

“没有，从来没有。”

“你知道，我从没见过他。以前从来没看到过他。他为什么要那样做？”

然后，在看到吉丁的表情之前，轮到托黑静静地坐着了。托黑第一次这么警惕，又有些信心不足。吉丁想，这就是他们之间的纽带，这纽带就是恐惧，不，不只是恐惧，远远不只是恐惧，恐惧只是唯一可以识别的名字而已。他知道，这是个没有理性的结局，他喜欢托黑，胜于喜欢他所见过的任何人。

“哦，你知道怎么回事。”吉丁高兴地说，希望他要说的这些老生常谈能够接近主题，“马勒瑞是个没能力的人，他也清楚这一点，他决定拿你——这个伟大和能力的象征来出气。”

然而吉丁看到，托黑没有笑，只是匆忙扫视了他一眼，不是扫视，是远望，他想他能感觉到那一眼慢慢地滑过，从他的骨头里面滑过去。然后托黑的脸似乎在变硬，平静地拢在一起。吉丁知道托黑在什么地方找到了解脱，或者是在自己的骨头里，或者是在自己的目光中和一脸困惑里。深藏于他内心的一些无知，给了托黑一定的信心。然后托黑说：“你和我，我们会成为很好的朋友，彼得。”声音缓慢，带着奇怪的并有些嘲弄的口吻。

吉丁顿住了，好一会儿之后才反应过来，急忙说：“哦，我也希望如此，托黑先生。”

“真的，彼得！我还不算老，是吧？叫我‘埃斯沃斯’，可以纪念我父母在给我起名时的一点特殊口味。”

“是的……埃斯沃斯。”

“这样叫更好一些。这么多年来，跟一些公开的或者私下里对我的称呼相比，我真的不介意我的名字。哦，好了，太好了。当一个人有了敌人时，他会知道该危险的地方就是危险的。必须摧毁一些东西，不然它们就会摧毁我们。我们以后会经常见面的，彼得。”他现在说话的声音平缓、确定，宣告着一个决定已经达成了，现在可以肯定，对他来说，吉丁已经不是个问号了，“比如说，我一直想聚集一批年轻的建筑师——我认识很多——不用很正式的场合，你知道，只是交换一些看法，发展合作精神，如果有必要的话，为了共同的行业利益从事一些公共活动。不必像美国建筑师行会那么古板。只是个年轻人的组织。我想你会感兴趣的吧？”

“哦，当然！你会来做主席吗？”

“哦，亲爱的，不会的。我不做任何主席。彼得，我不喜欢官衔。不，我认为你是我们最合适的主席人选，想不到更好的人选了。”

“我？”

“你，彼得，哦，这只是个建议——还没有定下来——只是我偶尔胡思乱想出的一个点子。我们以后再找时间讨论吧。我想让你做点事情——这才是我想见你的真正原因。”

“哦，好的。托黑先生，不，埃斯沃斯。有什么需要帮忙的？”

“不是为我，你认识洛伊丝·库克吗？”

“洛伊丝……谁？”

“库克，你不认识。但是你会认识的。这个年轻女人是继歌德之后最伟大的文学天才。彼得，你必须读读她的书。只是辨别一下，不是一定要做。她的头脑远远超过那些喜欢张扬的中产阶级。她正计划盖一座房子，在鲍威利街[1]的一座私人住宅。是的，在鲍威利街。她请我推荐一位建筑师。我知道要推荐一个像你一样的人，才能理解像洛伊丝一样的人。我要把你的名字告诉她——如果你对这座虽小但造价昂贵的私宅感兴趣的话。”

“但是当然！你……太好了，埃斯沃斯！你知道，我本来以为，当你说的时候……当我读到你的信时，我以为你想——从我这得到什么利益，你知道，礼尚往来嘛！可现在你是想……”

“亲爱的彼得，你多天真啊！”

“哦，也许我不该那么说！很抱歉。我并没有冒犯你的意思，我……”

“没关系。你会学着更加了解我的。听起来也许很奇怪，彼得，在这个世界上还存在着对同伴的那种完全无私的兴趣。”

1　美国纽约的一条街，以低级旅馆、廉价酒吧众多而著称。——编者注然后，他们讨论了洛伊丝·库克和她出版的那三本书——“小说？不，彼得，准确地说不是小说……不，也不是故事集……那就是，就是洛伊丝·库克——完全是一种新的文学形式……”还谈论了她从一长串成功的商人那里继承的财富，还有她计划要建的那所房子。

托黑起身送吉丁出门的时候，吉丁注意到托黑的脚很小，有些站不稳。这时，托黑才突然停下来说：“顺便提一句，好像我记得我们之间应该有些私人关系，尽管我还没有弄清……噢，是的，当然，我的外甥女，小凯瑟琳。”

吉丁感到脸上发紧，知道不应该讨论这件事，但是他尴尬地笑了，没有辩解。

“我理解你和她订婚了？”

“是的。”

“真好，”托黑说，“太好了。很高兴将成为你舅舅，你非常爱她？”

“是的，”吉丁说，“非常爱。”

吉丁的回答没有任何强调的成分，所以显得很严肃。在托黑面前，他第一次显示出自己的一点真诚和重要之处。

“多美啊，”托黑说，“年轻人的爱情。春天，黎明，上帝，还有杂货店里一块两毛五一盒的巧克力。这是神仙的特权，只有在电影里才能见到……哦，彼得，我绝对赞成。我认为很好。你不会有比凯瑟琳更好的选择了。世界都会为她而着迷——充满着为伟人准备的问题与机会的世界——哦，是的，为她着迷是因为她纯真、甜美、漂亮和从容。”

“如果你想……”吉丁开口说道，但是托黑和蔼地笑了。

“哦，彼得，我当然明白，而且我也赞成。我是个现实主义者，男人们总是洋相百出，做些傻事。哦，来，我们从不缺少幽默感。除了幽默感，没什么是神圣的。当然，我一直很喜欢特里斯坦与伊索尔德[1]的传说。那是我听过的最美的故事——然后就是米奇和米妮了。”

1 欧洲中世纪的一个骑士爱情故事。——编者注

4

"……嘴里的牙刷，刷刷牙，嘴里的泡沫像罗马的圆屋顶，回家吧！家就是罗马的圆屋顶，牙，牙刷，牙签，扒手，插座，火箭……"

彼得·吉丁眯起眼睛，他的目光没有焦点，好像在注视着远方，但是把书放下了。书很薄，是黑色的，标题是红色的字体:《云和幕》，洛伊丝·库克著。封皮上写着，本书是库克小姐环球旅行的记录。

吉丁向后靠着，感觉舒服而温暖。他喜欢这本书。这本书让他平淡无奇的周日早餐时间变成了一次深奥的精神享受。他确定是深奥，因为他读不懂。

彼得·吉丁从来没有感到需要阐述一些抽象的理念，因为他有一条工作格言：够得着就不算高，能理解就不算伟大，看得到底就不算深奥——这一直是他的信条，未经说明也未经质问。这样他就免除了去尝试够、理解和看。这也反映出对那些试图尝试的人的一种嘲笑。所以他喜欢洛伊丝·库克的书。他觉得自己对抽象、深奥和理想的理解得到了提高。托黑说过："彼得，就是这样，声音就是声音，书中的语言就是语言，风格就是对风格的反抗。但是只有最崇高的精神才懂得欣赏它。"吉丁想，他可以向他的朋友们谈起这本书了，而如果他们不理解，就说明他要比他们高一个层次。他不必解释自己的高明——这就够了。"高明就是高明。"——他自动把那些要求解释的人否定了。他喜欢这本书。

他伸手去够另一片烤面包，看见桌边堆着他母亲给他留的那厚厚一沓周日版报纸。他拿起报纸，感觉在这一刻，在秘密的精神上的崇高带来的信心中，他强壮得足以去面对报纸中的整个世界。他抽出影印页部分，停住了。他看到了一张图纸的复印件：霍华德·洛克设计的恩瑞特公寓。

他不用看说明，也不用看草图一角潦草的签名。他知道其他人不会构想出那座房子，而且他也知道那种绘图的方法，平静而充满力量，铅笔画出的线条像是纸上的高压线，细细的，可以看，但不容触及。这座房子建在东河边一处宽敞的地方。看第一眼时，他没有把它当作一个建筑，而是把它当作了一块正在升起的水晶石。同样适用严格的数学定律，以一种随意、不合实际的速度增长，直线和光滑的屋角，用刀砍出的空间，然而结构一致，精细得就像是珠宝作品。难以置信的多种形状，每一个单独的单元都绝不相同，但是必然影响到下一个甚至全部。因此，它将来的住户不会有住在一个正方形鸟笼里的感觉，每一所房子对于其他的房子来说，都像一块水晶之于整块岩石。

吉丁看着草图。他早就知道霍华德·洛克被选中了去建造恩瑞特公寓。他在报纸上看到有人提过洛克的名字，不过不是很多，加起来也只是“出于某种原因，恩瑞特先生挑中了某位年轻的建筑师，一个很有意思的年轻建筑师”。从图下面的说明文字可以看出，整个工程马上就要开始了。吉丁把报纸放下，想道，噢，即便如此，又有什么了不起？报纸掉落在黑红色的书旁。他看了看书和报纸。他模糊地感觉到洛伊丝·库克好像是他对付霍华德·洛克的最好防护。

“那是什么，彼得？”身后传来他母亲询问的声音。

他把报纸从肩膀上方递给母亲。很快，报纸掉在了他身后的桌子上。

“哦，”吉丁太太耸了耸肩，“喔……”

她就站在他身旁，她那整洁的丝质连衣裙把她裹得太紧了，里面硬硬的紧身内衣看起来很明显，领口处一枚小小的胸针闪闪发亮，太小了，好像故意显出那是真正的钻石做的。她就像他们刚搬进去的那套新公寓，昂贵得有些显眼。公寓的装修是吉丁为自己做的第一次专业工作。家具全是最新的维多利亚时代中期的风格。样式守旧，但是很气派。客厅里的壁炉上方挂着一幅巨大的老画像，上面的人看起来像是个著名的祖先，虽然实际并非如此。

“彼得，我的宝贝儿子，周日早上我确实不喜欢催你，但是不用梳洗打扮了吗？我得走了，我不喜欢你忘记时间，也不喜欢你迟到，托黑先生让你去他家，太好了！”

“是的，妈妈。”

“还有其他的著名客人吗？”

“没有，没有客人。但是还有一个人会在那儿，没什么名气。”母亲满怀期望地看着他。他补充说，“凯蒂会在那儿。”

这个名字对她好像没有任何影响。一种奇怪的安心笼罩住了她，像一层脂肪，这个特殊的问题也不会再刺伤她了。

“就是在家里喝点茶。”他强调，“他就是那么说的。”

“他真是太好了。我敢肯定托黑先生是个聪明人。”

“是的，妈妈。”

他不耐烦地站起来，走进自己的卧室。

这是吉丁第一次来到这家著名的酒店式公寓，凯瑟琳和她舅舅刚刚搬进来。他没太注意这间公寓，只记得那里简单、干净、整齐和质朴，里面有好多书，画不多，却是珍品。或许没人会记得埃斯沃斯·托黑是谁，却会对这间公寓的主人记忆深刻。在这个周日的下午，托黑穿着如制服一般合体的灰黑色西服，还有一双红边漆皮黑拖鞋。拖鞋嘲笑着西服的庄重优雅，同时又像是一个大胆的创意，使优雅变得更加完备。他坐在一把宽宽的矮椅子上，脸上有着谨慎的亲切，过于谨慎，让吉丁和凯瑟琳有时会感觉它们像是无关紧要的肥皂泡。

吉丁不喜欢凯瑟琳那样坐在椅子边，弓着腰，腿别扭地绞在一起。他希望她不要再穿那已经穿了三年的衣服过秋，但她还是穿了。她一直在盯着地毯中间的某一点。她很少看吉丁。她从来不看舅舅。吉丁看不出她有一丝以前一谈起托黑就有的神采飞扬的崇敬之情。他希望托黑在场的时候，能看到她脸上有那样的崇拜。可是，凯瑟琳显得很沉重，面色苍白，很累的样子。

托黑的男仆端着茶盘进来了。

“你来倒，好吗，亲爱的？”托黑对凯瑟琳说，“啊，本来下午没有喝茶的习惯，英国皇室衰败的时候，历史学家发现英国皇室对文明有两项贡献——喝茶的礼节和侦探小说。凯瑟琳，亲爱的，你不必那样握着壶把儿，好像那是把砍肉的斧子，好吧？但是别介意，那样很美，我和彼得，我们真的很爱你，如果你像个公爵夫人那样优雅，我们就不会爱你了——现在谁还想要个公爵夫人？”

凯瑟琳倒了茶，有一点儿洒在了玻璃桌上，她以前可从来没这样过。

“我真的想见到你们俩在一起一次。”托黑说，手里拿着精巧的茶杯，稳稳地端着，若无其事，“我太傻了，是吧？没有什么可大惊小怪的。我有时是挺愚蠢，挺敏感，我们都这样。凯瑟琳，对你的选择我表示祝贺。我要向你道歉，我从没怀疑过你有这么好的品位。你和彼得很般配。你会为他付出很多的。你会为他做大麦茶，熨烫他的手帕，还要为他生孩子，当然了，孩子还会一个接着一个地出麻疹，那可真是让人头疼啊。”

“但是，毕竟，你……你还是赞成的吧？”吉丁焦急地问。

“赞成？赞成什么，吉丁？”

“当然是我们的婚姻。”

“真是个多余的问题，彼得！我当然赞成。但是你们还年轻啊！这就是年轻人的方式——无风起浪。你这么一问，好像这整件事情重要得只能不赞成了。”

“我和凯蒂是七年前相遇的。”吉丁辩解道。

“当然是一见钟情了？”

“是的。”吉丁说，感觉自己有些可笑。

“那肯定是个春天，”托黑说，“通常都是春天，在一个漆黑的电影院里，两个人将全世界都置之度外，他们的手紧紧地握在一起——但是握的时间太长，手也要出汗的吧？然而，相爱仍然是美丽的。那是我听到的最美的故事——也是最陈词滥调的。别转过脸去，凯瑟琳。我们从来不允许自己没有幽默感。”

他亲切地笑了。笑意包围着他们两个人。托黑太亲切了，显得他们的爱情渺小而自私，因为只有那些见不得人的事情才能引起这么大的同情。托黑问道："顺便提一句，彼得，你们打算什么时候结婚？"

"哦……我们还没有定下一个确切的日期，你知道，最近的事情，我身上发生了那么多事情，而且现在凯蒂还有她自己的工作，而且……顺便说一句，"吉丁突然又说道，因为凯蒂工作的事情毫无理由地困扰着他，"我们结婚以后，凯蒂就得放弃她的工作了。我不赞成她工作。"

"但是，当然，"托黑说，"如果凯瑟琳不喜欢，我也不赞成。"

凯瑟琳在柯利福德收容所做日班陪护。这是她自己的主意。她以前经常和她舅舅去那里，她的舅舅在那里上经济课，而她对那份工作很感兴趣。

"但是我喜欢！"她突然激动地说，"彼得，我不知道你为什么生气！"她的声音有些刺耳，带着挑衅和不高兴，"我这辈子还从来没有这么喜欢过做一件事情：帮助那些无助和痛苦的人。我每天早上去那里——我不是必须去，但是我想去——而且当我急匆匆回家时，我都没有时间换衣服，但是没关系，谁会在意我是什么样子呢？而且——"声音不再那么刺耳了，她着急，所以说得很快，"埃斯沃斯舅舅，你想象一下，小比利·汉森嗓子疼——你还记得比利吧？护士不在。我要用酒精把他的喉咙擦净，好可怜啊！他的喉咙里有最恶心的白色黏液！"

她的声音似乎在发光，似乎在说着一件特别美好的事情。

她看了看舅舅。吉丁第一次看见了他一直希望看到的表情。她继续说着她的工作、孩子和工作的地方。托黑严肃地听着。他什么也没说。但是他的眼神变得热切专注，嘲讽的欢快消失了，他忘了自己的建议。他严肃起来，真的很严肃。当注意到凯瑟琳的盘子空了的时候，他用一种简单的姿势递给她一盘三明治，并且莫名其妙地让这姿势显得亲切而尊重。

吉丁不耐烦地等着。这时凯瑟琳停了一会儿。吉丁想转变话题。他扫了一眼房间，看见了周日版报纸。有一个问题，他很长时间以来一直想问。他小心地问道："埃斯沃斯……你认为洛克这个人怎么样？"

"洛克？洛克？"托黑问，"谁是洛克？"

他重复着这个名字，非常天真，非常轻率，末尾带着一个听得见的模糊而鄙视的问号。这让吉丁明白，托黑很熟悉这个名字。如果一个人完全不知道一件事情，他不会那么强调他的无知。吉丁说："霍华德·洛克。你知道，是一个建筑师。他在做恩瑞特公寓的工程。"

"哦？哦，是的，最后总算是有人在做了，是他？"

"今天的《时事报》上有一幅那座房子的图片。"

"是吗？我还真看了一眼《时事报》。"

"哦……你认为那座建筑怎么样？"

"如果它很重要，我会记得的。"

“当然！”吉丁说得有些激动，好像他的呼吸要抓住每一个音节，“那简直是太可怕了，疯了！跟你看过的和想去看的任何东西都不同。”

他有一种释然的感觉，好像他在用一生去相信他得了先天性疾病，最后突然最权威的专家宣布他很健康。他想笑，随意地笑，傻傻地笑，毫无顾忌地笑。他要说话。

“洛克是我的一个朋友。”他高兴地说。

“你的一个朋友？你认识他？”

“我当然认识他！哎呀，我们一起上学——斯坦顿理工学院，你知道的——哎呀，他在我家住了三年。我都能告诉你他内裤的颜色，还有他是怎么洗澡的——我看过的！”

“在斯坦顿的时候，他住在你家？”托黑又说了一遍，小心翼翼地说。声音很小，很干脆，但是很确定，像是火柴划着时发出的噼啪声。

吉丁想，真是奇怪。托黑问了这么多关于霍华德·洛克的问题，但是所有的问题都毫无意义，与建筑无关，根本没有任何关系。那些问题都是毫无意义的私人问题——很奇怪，他会打听一个他以前从没见过的人。

“他经常笑吗？”

“很少。”

“他看起来不高兴吗？”

“从来不。”

“他在斯坦顿有很多朋友吗？”

“他在任何地方都没有朋友。”

“男孩子们都不喜欢他吗？”

“没人会喜欢他。”

“为什么？”

“他会使你感觉喜欢他是对他无礼。”

“他出去吗？喝酒吗？出去玩吗？”

“从来不去。”

“他喜欢钱吗？”

“不。”

“他喜欢别人崇拜他吗？”

“不。”

“他相信上帝吗？”

“不。”

“他很健谈吗？”

“很少说话。”

“如果别人与他讨论一些观点，他会听吗？”

“他会听的。如果他不听，会更好一些。”

“为什么？”

“不会觉得那么无礼——如果你理解我的意思的话，当一个人像那样倾听的时候，你会知道你的话对他没有什么意义。”

“他一直想成为一名建筑师吗？”

“他……”

“彼得，怎么？”

“没什么。我刚刚想到，多奇怪，我以前从没问过自己这么多关于他的事情。现在真的很奇怪，你不要再问了。他是个建筑迷。对他来说，丢弃所有人性的观点简直该死的太重要了。他一点儿幽默感都没有……埃斯沃斯，现在有个没有幽默感的人。如果他不想成为建筑师，你是不会问他要做什么的。”

“不，”托黑说，“如果他不能成为建筑师，你得问问他要做什么。”

“他会从尸体上跨过去，所有那些尸体，我们所有人的尸体。但是他会成为一名建筑师的。”

托黑在他的膝盖上把餐巾叠成小小的正方形。他叠得很仔细，一次一个方向，他的指甲沿着餐巾边刮过，每个边都有了直直的折痕。

“彼得，你还记得我们的年轻建筑师组织吗？”他问道，“过段时间我会安排第一次的会面。我和很多未来的成员说了。他们说了你很多好话，他们已经把你看作他们未来的主席了。”

他们高兴地又谈了半个小时。吉丁起身要走时，托黑大声说：“噢，是的，我确实和洛伊丝·库克说起了你。她很快会联系你。”

“埃斯沃斯，太感谢你了。顺便说一句，我正在读《云和幕》。”

“怎么？”

“哦，那本书太好了。埃斯沃斯，你知道，它……它让你对以前考虑过的事情有了不同的认识。”

“是的。”托黑说，“难道不是吗？”

他站在窗边，向窗外看，看着这个冷静、明亮的午后里最后一抹阳光。然后他转过身，说：“今天天气不错啊，也许这是今年最后一个好天气了。彼得，你为什么不带凯瑟琳出去散散步呢？”

“哦，我想去。”凯瑟琳着急地说道。

“好吧，去吧。”托黑高兴地笑了，“凯瑟琳，怎么了？还用等我的允许吗？”

当他们一起出去的时候，当他们孤单地走在满是夕阳余晖的冷清街道上的时候，吉丁感到自己又一次体会到了凯瑟琳对他来说意味着什么，这种奇怪的感情在其他人面前从来没有过。他紧紧地握住她的手。她抽回手，摘下手套，把手指悄悄地插进他的手指中。然后他突然想到手握的时间太长，肯定要出汗。然后他莫名其妙地走快了。他想他们好像米奇和米妮在街上走，在路人看来，他们肯定很可笑。为了摆脱这些想法，他瞥了一眼她的脸。在金色的阳光下，她一直向前看。他看到她精致的侧脸和嘴角微微的笑意，那是高兴的笑。但是他注意到她的眼睑很苍白，他开始怀疑她是不是贫血。

洛伊丝·库克坐在客厅中间的地板上，像土耳其人那样盘着腿，露出硕大的裸露的膝盖，卷到吊袜带上的灰白长袜，还有一件褪了色的粉色衬裤。吉丁坐在紫色的缎子躺椅边上。在此之前，他在与客户初次见面时从未感到过不舒服。

洛伊丝·库克三十七岁。在以前无论是公开还是私人的谈话中，她都一直声明她已经六十四岁了。这一说法一再重复，感觉像是个突发奇想的玩笑，这使她给人留下了一个永远年轻的模糊印象。她很高，干巴巴的，肩膀很窄，屁股很大。她的脸很长，蜡黄色，眯着眼。头发一直垂在耳朵那里，油乎乎，一绺一绺的。她的手指甲裂了。她看起来有些邋遢，不讨人喜欢。这种刻意的邋遢和精心修饰一样小心翼翼——为的是同一个目的。

她一直在说，腿上的肉前后晃动。"……是的，在鲍威利街。一个私人住宅。就在鲍威利街。我选了个位置，想要那儿，就买了，就这么简单，或许是我的那个傻律师给我买的，你必须和我的律师见见面。他有口臭。我不知道你会花掉我多少，但是这不重要，金钱太俗了，剽窃也太俗了。这座房子必须要有三层，客厅必须是木地板。"

“库克小姐，我已经读过《云和幕》了，那对我来说是一次精神的体验。请允许我把自己算在为数不多的一类人中，能理解您单打独斗的勇气和重大意义，同时……”

“哦，胡扯。”洛伊丝·库克说，朝他眨了眨眼睛。

“但我确实是那个意思！”吉丁生气地厉声说，“我喜欢你的书，我……”

她看上去感到厌烦。

“真是太俗了，”她慢吞吞地说，“被所有人理解……”

“但是托黑先生说……”

“啊，是的，托黑先生。”她的眼睛马上亮了起来，有一种无礼的内疚感，就像是一个小孩子刚刚开了个善意的玩笑，“托黑先生。我是一个年轻作家小组织的主席，托黑先生对这个组织很感兴趣。”

“你是？”他高兴地说，好像这是他们第一次直接的交流，“那不是很有趣吗！托黑先生现在正在召集一个年轻建筑师的组织。他太好心了，想让我做那里的主席。”

“哦，”她说，眨了眨眼，“我们中的一个？”

“什么人中的？”

他不知道自己做了什么，但是他知道自己在某种程度上令她失望了。她开始笑，她坐在那里，看着他，刻意看着他的脸笑，笑得不客气也不欢快。

“怎——”他控制着自己，“库克小姐，怎么了？”

“哦，天呐！”她说，“你真是一个招人喜欢的男孩，太可爱了！”

“托黑先生是位伟人。”他生气地说，“他是最……我见过的最具有高贵品质的人。”

“哦，是的。托黑先生是个很不错的人。”她的声音不太清楚，感觉很奇怪，明显有不敬之意，“我最好的朋友，世界上最好的人。有世界，便有托黑先生——自然法则。除此以外，想想看这么押韵多好听：托黑——伤悲——呸——胡嘞。虽然如此，但他还算是个无私的人。只是那样的人很少，就像天才那样少。我是个天才。我想要个没有窗户的客厅，你做设计方案的时候，千万记住，绝对不要窗户。不要窗户，要木地板，黑色的天花板，不用电。我的房间里不要电灯，只要煤油灯。带烟囱的煤油灯，还有蜡烛。该死的托马斯·爱迪生！他以为他是谁？”

她的话没有像她的微笑那样令他不安。那不是笑，而是她那张大嘴旁边挂出的一丝永恒的假笑，使她看起来像个狡猾、恶毒的顽童。

“吉丁，我想让那所房子难看，非常难看。我想让它是纽约最难看的房子。”

“最难看……库克小姐？”

“亲爱的，美丽实在是太俗了。”

“是的，但是……但是我……噢，我不明白我怎么能允许自己……”

“吉丁，你的勇气呢？你不是不时能做出令人赞叹的举动吗？他们都努力地工作、斗争、承受痛苦，尽可能创造美丽，尽可能地超过一个又一个美丽。让我们超过他们！让我们把汗水甩到他们脸上。让我们一举破坏他们。我们就是上帝，我们就是要难看。”

他接受了委托。几周后，他不再感到不安了。无论他在哪里说起他的新工作，他都会看到一种带着尊敬的好奇。这种好奇有些好笑，但是确实有些尊敬的意味。洛伊丝·库克的名字在他去过的最好的客厅里人人皆知。人们在谈话时总会提到她的书，就像是谈论着智慧王冠上的一颗钻石。谈话中总有挑战的意味，听起来好像那些谈论者都很勇敢，勇敢得令人满意。但是从来没有引起过对立。对于一个书卖不出去的作家，能如此出名又受人尊敬，很是奇怪。她是才华与反叛的旗手。只不过他不是特别清楚要反叛什么。不知什么原因，他更倾向于不知道。

他把那所房子设计得像她希望的那样，是一座三层的宏伟建筑，一半是大理石，一半是水泥，用滴水兽和马车灯笼装饰，看起来好像是游乐园里的建筑。

这幢房子的草图比他以前所制的任何图纸都更多地出现在报刊上，除了考斯摩-斯劳尼克大厦。一位评论员说："彼得·吉丁在向我们展示一种希望，他不仅是一个能令那些古板的商业巨子愉悦的聪明的年轻人。他正通过像洛伊丝·库克这样的顾客闯入知识实验的领域。"提到这所房子时，托黑说它是"天大的玩笑"。

但是吉丁总有一种特别的感觉：有一种回味。当他设计他喜欢的重要建筑时，他会体会到那种一闪即逝的、模糊的感觉。当他为自己的工作而自豪的时候，他也能体会到。他无法判定那种感觉，但是他知道那是一种羞愧。

有一次，他对埃斯沃斯·托黑说了那种感觉。托黑笑了："彼得，那太好了。一个人不应该对自身的重要性有过高的评价。没有必要给自己增加负担。"

5

多米尼克回到了纽约。她回来没有任何目的，只是自从最后一次去采石场，她在那所乡村房子里停留的时间无法再超过三天。她要到这个城市里来，这是突如其来的一种必要性，不能抗拒，也毫无意义。她对这里不抱任何期望。但是她想感受周围街道和建筑的拥抱。早上醒来的时候，她听到远处传来隐约的汽车声，这声音使她觉得自己堕落，提醒她现在在哪里，为什么在这里。她站在窗边，胳膊向外伸，抓住窗框的两边，就好像是抓住了城市的一部分，所有街道和屋顶的轮廓都显现在她两手之间的玻璃上。

她一个人出去走了很长时间。她走得很快，两手插在一件旧大衣的口袋里，衣领立着。她告诉自己，她不希望遇见他，不想找他。但是她要出来，每次都面无表情、漫无目的地在街道上走好几个小时。

她一直不喜欢城市的街道。她看见身边鱼贯而过的每一张脸，每一张脸都因害怕而相似——害怕成为一个公分母，害怕自己，害怕所有人，害怕每个经过他们的人所带给他们的攻击。她无法解释害怕的本质和原因。但是她总能感觉到害怕的存在。她曾经通过一种情感保持着自己的纯净与自由，那就是不触碰任何事物。她喜欢在街上面对他们；她喜欢他们恨意的软弱，因为她没有什么可被伤害。

而她不再自由了。现在，在街上每走一步对她来说都是一种伤害。她和他连在一起——就像他和这个城市的每一部分连在一起一样。他是一个无名的工人，做着不知名的工作，消失在茫茫人海中，依赖着他们，还会被他们中的任何一个所伤害，被她和整个城市共享。她不喜欢他走在别人走过的人行道上，不喜欢商店里的售货员递给他一包烟，不喜欢他在地铁站和其他人摩肩接踵。走了这些路后，她回到家，因发烧而打着冷战。但第二天她又出去了。

假期结束时，她回到《纽约旗帜报》的办公室，打算辞职。对她来说，她的工作和专栏不再好玩了。她打断了爱尔瓦·斯卡瑞特热情的问候。她说："爱尔瓦，我回来只是想告诉你，我要辞职。"他傻傻地看着她。他只说了一句："为什么？"

很长时间以来，这是她第一次听到外面的声音。她行事总是很冲动，并为自己行事从不需要理由的这份自由而骄傲。现在她要面对"为什么"，而且这个答案她躲不过。她想：因为他，因为她让他改变了她的生活轨迹。这是另一种冒犯：她能看见他笑，就像他在树林里小路上的笑一样。她没有选择。对每一种轨迹的选择都是在冲动下做出的：她可以离开她的工作，因为他让她想要离开；或者她可以留下，憎恨它——只是为了使她的生活没有变化，并无视他的存在。后者更为艰难。

她抬起头说：“爱尔瓦，只是开个玩笑。只是想看看你会怎么说，我不会辞职的。”

回来工作几天后，埃斯沃斯来到了她的办公室。

“你好，多米尼克。”他说，“刚听说你回来。”

“你好，埃斯沃斯。”

“我很高兴。你知道，我一直有这样的感觉，有一天你会毫无理由地离我们而去。”

“埃斯沃斯，感觉？或者说是希望？”

他看着她，眼神里满是和善，他的笑容和以前一样迷人，但是在迷人中有些许自嘲，好像他知道她并不赞许，还有些许自信，就像他正在展示自己可以一如既往的善良迷人。

“你知道，你现在在这里是错误的。”他说，心平气和地笑着，“在这个问题上，你一直是错误的。”

“对，我不适合，埃斯沃斯。对吧？”

“当然，我可以问：适合什么？但是假设我不问，假设我只是说，适合的人有他们的用处，不适合的人也有他们的用处，你觉得这更好吗？当然，最简单的说法是，我一直是你的狂热崇拜者，将来也一直会是。”

“那不是赞美。”

“不知为何，我认为我们永远不会成为敌人，多米尼克，如果你愿意的话。”

“是的，埃斯沃斯，我认为我们不会成为敌人。你是我认识的人当中最让人欣慰的。”

“当然。”

“在我所指的那种意义上？”

“随便你怎么认为。”

她面前的桌上放着《时事报》的周日版。报纸折叠着，露出了印有恩瑞特公寓的那页。她拿起来，递给托黑，眯上眼睛露出一种无声的疑问。

托黑看着那幅图纸，把报纸扔回了桌子上：“像个侮辱一样独立，对吧？”

“嗯，埃斯沃斯，我认为设计这个的人应该自杀。一个能构想出如此美好的事物的人，永远不该让它建造起来。他不该存在于世。但是他会让它建起来，这样女人们就会把尿布晾在他的台阶上，男人们就会在他的楼梯上吐痰，在他的墙上画下流的画。他把它给了他们，把它变成了他们的一部分，变成所有事情的一部分。他不应该把它提供给像你这样的人去观看，去谈论。你说出的第一句话就已经亵渎了他的作品。他使他自己变得比你更坏。你只是做得有些不体面，他却是在亵渎。一个人，如果知道如何创造这个东西，他就不该还活着。”

“要写一篇评论吗？”他问。

“不。那是重复他的犯罪行为。”

“那么和我谈谈？”

她看向他。他笑得很高兴。

“是的，当然，”她说，“这也是那种犯罪的一部分。”

“多米尼克，这些天我们找个时间一起吃顿晚饭。”他说，“你真的没有让我看够。”

“好吧，”她说，“随时都可以。”

在袭击埃斯沃斯一案的庭审中，斯蒂文·马勒瑞拒绝公开他的动机。他没有作陈述。他好像对任何可能的判决都不在乎。但是埃斯沃斯的出现引起了一阵小轰动。他不请自来，为马勒瑞辩护。埃斯沃斯请求法官宽大，解释说他不愿意看到马勒瑞的未来和事业被毁。每一个在法庭里的人都被感动了——除了斯蒂文·马勒瑞。斯蒂文·马勒瑞听着、看着，好像在承受某种特殊的酷刑。法官判了他两年缓刑。

对托黑的极度宽容有很多评价。托黑没有理会那些赞扬，他很高兴，又很谦虚。“我的朋友们，”他说——这句话出现在了所有的报纸上——“我拒绝去做制造殉道者的帮凶。”

在计划成立的年轻建筑师组织的第一次会议上，吉丁总结说，托黑有很强的能力，可以把志同道合的人团结起来。在场的十八个人身上有一种东西，他无法定义，但那种东西给他一种舒适感，一种他在独处时或者其他聚会上从未经历过的安全感；部分是由于知道在场的每个人都因某种难以言表的理由而分享着同样的感觉。它是兄弟的情谊，但不知为何不是神圣的或者高贵的兄弟情谊，然而，这正是那种舒适感——他们感觉，在他们中间，没必要那么神圣或高贵。

如果不是因为这种亲密关系，吉丁会对这次聚会感到失望。在托黑家客厅坐着的十八个人里，除了他自己和高登·普利斯科特以外，没有一个是出名的建筑师。高登穿着一件米黄色高领毛衣，看起来有些屈尊俯就的感觉，但很热心。吉丁从来没有听过其他人的名字。他们中的大多数都刚起步，年轻、寒酸、好斗。一些人只是制图师。其中有一位女建筑师，建过一些小型的私人住宅，大部分是为有钱的寡妇设计的。她举止富有攻击性，紧绷嘴唇，头发上别了一朵新鲜的喇叭花。还有一个男孩，眼神单纯而天真。还有一个名不见经传的承包商，呆板的脸很胖。一个干巴巴的高个子女人，是一个室内装饰师。还有一个女人根本没有固定的职业。

吉丁不能理解这个组织的真正目的，尽管他们谈论了很多。没有一次谈话是有条理的，但是所有的谈话里好像都有一种相同的暗流。他感觉这种暗流是所有含糊而笼统的谈话中唯一清晰的东西，尽管没有人会提到它。它将他留在那里，就像将其他人留在那里一样，他不想去定义它。

这些年轻人讨论了很多，关于不公平、不公正，这个社会对年轻人的残酷，并且建议每个人在大学毕业时，都应该确保他未来的职业。女建筑师简短地大声说了些关于富人的事情。承包商大叫着说："这真是个艰难的世界，大家应该互相帮助。"长着天真的大眼睛的男孩恳求说："我们要多做……"他的声音里有种无所顾忌的真诚，似乎困窘而不合时宜。高登·普利斯科特宣称美国建筑师行会的人是一群没有社会责任感的老顽固，他们中没有一个有男子气概，现在是把他们一脚踢出去的时候了。没有固定职业的那个女人谈到了理想和事业，尽管没人明白那是什么东西。

他们一致同意彼得·吉丁当选为主席，高登·普利斯科特当选为副主席和财务主管。托黑谢绝了所有的任命提名。他说他只愿当个非正式的顾问。大家一致决定将这个组织命名为"美国建筑家委员会"，不只针对建筑师，也对"同盟的行业成员"开放，对"所有那些对伟大的建筑行业有兴趣的人"开放。

然后是托黑讲话。他站起来，一只手的手指分开，撑着桌子，讲了很久。他洪亮的声音既柔和又富有说服力。他的声音响彻整个房间，但每个人都认识到它可以响彻古罗马竞技场；在为了他们而控制着的有力声音里，这种认识中有些巧妙的恭维。

“……因此，我的朋友们，建筑行业缺乏的是对其自身社会价值重要性的认识。这种缺乏基于两个原因：一个是我们整个社会的反社会本性，另一个是你自身与生俱来的谦虚。你一直习惯于只把自己当作一个养家糊口的人，除了赚取生存的费用和方法，没有更高的目标。我的朋友们，现在难道不是停下来重新定义你社会地位的时候吗？在所有的行业中，你们建筑业是最重要的。重要，不在于你挣钱多少，不在于你表现的艺术技巧的高低，而在于你用什么服务来回报你的同胞。你们是为人类遮风挡雨的人。记住这一点，然后看看我们的城市，看看贫民区，你会意识到艰巨的任务在等着你。但是为了迎接挑战，你必须对你自己、对你的工作有更深入的认识。你不是被雇来给有钱人做仆人的。你是为了那些贫穷和没有房屋的人而奋斗的十字军战士。我们不是被我们应该做的，而是被我们的服务对象所判断的。让我们以这种精神团结在一起，让我们——无论在什么情况下——对这一崭新的、更广阔的、更高的前景满怀忠诚。让我们建立——哦，我的朋友们，我可以这么说吗——一个更高贵的梦？”

吉丁听得如饥似渴。他一直认为自己只是个依靠工资养家糊口的人。他选择这个行业是因为他母亲想让他选择这个。他高兴地发现自己不仅仅是个可以养家糊口的人，而且每天的工作也有了更重要的意义，这令他既高兴又痛苦。他知道房间里的人都和他有同样的感受。

“……即使当我们的社会步入衰败期，建筑行业也不会被压制，它将会更突出，得到更大的承认……”

门铃响了。接着，托黑的男仆出现在门口，为多米尼克·弗兰肯打开了客厅的门。

托黑优雅地停下来，嘴边的话还没有说完。吉丁知道多米尼克并没有受到邀请，也没有谁期待她来。她冲托黑笑了笑，摇了摇头，一只手示意他继续。托黑朝她点了点头，只是动了动眉毛，然后继续他的演讲。就是这样一个简单的动作，让听众们再次回到兄弟般的氛围中，但吉丁还是觉得那个动作稍慢了一拍。他以前从没见过托黑错失如此的良机。

多米尼克坐在其他人后面的一个角落里。吉丁有一阵儿都忘了听演讲，试图去吸引她的注意。他等着她的眼睛掠过整个房间，看过每一张脸，最后停在了他这里。他向她鞠躬，用力点了点头，带着老熟人固有的微笑。她也点了点头。他看见她闭上眼睛，轻轻拍打了一会儿脸颊，然后又看着他。她坐在那里，看了他一会儿，没有笑，好像她在他的脸上重新发现了什么。从春天起，他就没见过她。他想她看起来有点累，比记忆中的更可爱了。

然后他又转回头听。他听到的语句还是那么令人激动，但是他在高兴之余又有一丝不安。他看了看多米尼克。她不属于这个房间，不属于这次聚会。他说不出为什么，只是有这种强烈的、痛苦的感觉。不是她的美丽，也不是她的高雅。但是有某种东西使她成了局外人。好像他们都舒服地光着身子，突然一个衣着整齐的人进来了，使他们感到不自然而又猥琐。然而她什么也没做。她坐在那里，认真地听。然后，她向后靠去，跷起腿，点了一根烟。她粗鲁地晃动手腕，熄灭火柴，然后把火柴放在她旁边桌子上的烟灰缸里。他看见她把火柴放在烟灰缸里，却感觉她手腕的那个动作是把火柴扔在了他们的脸上。他想自己有些愚蠢，但是他注意到，埃斯沃斯·托黑在演讲时一直没有看她。

会议结束时，托黑匆匆向她走来。

“亲爱的多米尼克，”他高兴地说，“我可以说自己受宠若惊吗？”

“如果你希望的话。”

“如果早知道你有兴趣，我会对你发出特别的邀请。”

“但是你没想到我会感兴趣吗？”

“不，坦白地说，我……”

“埃斯沃斯，那是个错误。你忽视了我女记者的直觉。不错过任何抢先报道新闻的机会。不是经常有机会见证重罪发生的。”

“多米尼克，你到底什么意思？”吉丁尖声说道。

她转过头：“你好，彼得。”

“哦，你认识彼得·吉丁？”托黑对着她笑。

“哦，是的。彼得曾经爱过我。”

“多米尼克，你时态用错了。”吉丁说。

“彼得，你不要对多米尼克说的话太认真，她不希望我们认真的。多米尼克，你要加入我们的小组织吗？你的职业资历特别合适。”

“不，埃斯沃斯。我不想加入你们的小组织。我再讨厌你也还没到那个程度。”

“你为什么不赞成它呢？”吉丁厉声说道。

“彼得，为什么？”她慢吞吞地说，“要我怎么给你解释？我根本就没有不赞成。不是吗，埃斯沃斯？我认为它是一个正当的事业，是为了满足一个显而易见的需求。那正是我们全都需要的——也是我们应得的。”

“我们能在我们下次的聚会上看到你吗？”托黑问，“很高兴有你这样一个宽容的听众，一点都不会妨碍我们　我的意思是说在下次聚会上。”

“不，埃斯沃斯，谢谢你。我只是好奇。虽然你们是一个有趣的组织，年轻的建筑师。顺便说一句，为什么不邀请设计恩瑞特公寓的那个人呢？他叫什么名字？——霍华德·洛克？”

吉丁感觉下巴绷紧了。但是她天真地看着他们，说话声音也很轻，是随便的口吻——他想，是的，她不是那个意思……什么？他问自己，然后又想到，她不会是刚才他想到的那个意思，不会是刚才让他害怕的那个意思。

“我还没有机会与洛克先生会面。”托黑说。

“你认识他？”吉丁问她。

“不认识。”她回答说，“我只是看到了恩瑞特公寓的草图。”

“然后呢？”吉丁又问道，“你觉得怎么样？”

“我没想过。”她回答说。

当她转身离开时，吉丁陪着她。他在下降的电梯里看着她。她戴了一副黑色紧身手套，手捏着钱包的一个平角。手指柔软细腻，傲慢而充满诱惑。他感觉自己又向她屈服了。

“多米尼克，真的，你今天为什么来这儿？”

“哦，我很长时间没出来了，所以决定就从这里开始。你知道，当我去游泳的时候，我不喜欢慢慢地进入冷水折磨自己。我扎个猛子跳进去，那是一种令人难以忍受的刺激，但是过后就没那么难了。”

“你什么意思？你真的看出今天的聚会有什么问题了吗？毕竟，我们还没有计划做什么明确的事情。我们还没有实际的程序。我甚至不知道我们为什么在这里。”

“那就是了，彼得。你甚至不知道为什么在这里。”

“只是一群同行聚在一起。主要是谈谈。有什么坏处吗？”

“彼得，我累了。”

“好，你今晚的出现是不是意味着你走出了你的隐居生活？”

“是的，只是……我的隐居生活？”

“我一再努力地联系过你，你知道。”

“是吗？”

“我应该告诉你又见到你我有多高兴吗？”

“不要了。就当你已经告诉过我了。”

“你知道吗，你已经变了，多米尼克。我无法准确说出是哪方面，但是你变了。”

“是吗？”

“我曾经告诉过你，你有多么可爱，因为我现在找不到语言去形容。”

街上很黑。他叫了一辆出租车。他坐在她身旁，转过头，面对着她，他的专注像是一种公开的暗示，希望他们之间的沉默能变得意味深长。她没有转头避开他。她坐在那里，研究着他的脸，好像对她自己的一些想法很奇怪，很警觉。他猜不出她在想什么。他慢慢地把手伸过去，抓住她的手，感觉出她在用力，通过她僵直的手指可以感觉出整个胳膊都在用力，不是要抽回她的手，而是要让他更好地握住。他抬起她的手，翻过来，把嘴唇压在她的手腕上。

然后他看向她的脸，把她的手放下。那只手在半空中悬了一会儿，手指僵硬，半张着。这不是他记忆中的那种冷淡，这是反感，这种反感强烈得已经不属于个人了。它不能冒犯他，它包裹住的似乎不只是他的身体。他突然意识到她的身体，既没有渴望，也没有怨恨，只是意识到它在裙子下面，在他身边。他无意识地小声说："多米尼克，他是谁？"

她转过头面对着他。然后他看见她眯着眼睛，嘴唇松弛下来，变得更饱满、更柔软了。她的嘴慢慢拉长，露出浅浅的微笑，双唇并没有张开。她直视着他，回答说："采石场的工人。"

她成功了。他大笑。

"是我活该，多米尼克。我不应该怀疑那不可能的事。"

"彼得，是不是很奇怪？我想之前我确实是需要你。"

"为什么奇怪？"

"只是在想我们对自己了解得太少了。某一天你会真正了解你自己的。彼得，这对你来说要比对我们大多数人来说更糟。但是你不必考虑那个。它还不会那么快到来。"

"你确实需要我，多米尼克？"

"我想我永远不会要任何东西，而你是那么符合我的想法。"

“我不知道你是什么意思。我不知道你想没想过你在说什么。我知道我一直爱着你。我也不会再让你消失。既然你回来了……”

“彼得，既然我回来了，我不想再看见你。哦，我们还会偶然相遇，但是别邀请我，不要来看我，我不是要冒犯你，彼得，不是。你没有做什么事情让我生气，是我自己的原因，我不想再面对了。很抱歉，我拿你做了例子。但你是那么符合。你——彼得，你是我在这个世界上最深恶痛绝的东西，我不想把对你的深恶痛绝留在记忆里。如果我让自己记住了——我会屈服的。对你来说那不是侮辱。试着理解一下。你不是最坏的。你是最好的。那才是可怕的。如果我什么时候要回到你身边——不要让我回来。我现在说这个是因为我还有能力说出来，但是如果我回到你身边，你是阻止不了我的，所以我只能现在就警告你。”

“我不知道你在说什么。”他有些生气地说，双唇僵硬。

“不要知道了。没关系，让我们就此分开吧，好吗？”

“我不会放弃你的。”

她耸了耸肩：“好吧，彼得。这是唯一一次我能这么和善地对你，或者是对任何人。”

6

洛格·恩瑞特是从在宾夕法尼亚做煤矿工人开始他的人生的。在他成为百万富翁的致富路上，没有人帮助过他。“那也正是，”他解释说，“没有人妨碍过我的原因。”然而，有很多事情和人都妨碍过他，只是他从来不去注意。在他漫长的职业生涯中发生过很多不光彩的事，但没有一件传播开来。他的事业就像露天广告牌一样光彩与公开。对于敲诈者和专门揭人隐私的传记作家来说，他不是一个好对象。他在富人中不受欢迎，因为他的财富来得过于赤裸裸。

他不喜欢银行家、工会、女人、传道士，还有股票经纪人。他从来没有买过一张股票，也没有卖过他自己任何一家公司的一点儿股份。他一手掌握他的财产，简单得好像他把所有的现金都装在了口袋里。除了他的石油产业外，他还拥有一家出版社、一家餐厅、一家无线电商店、一家修车厂和一个生产电冰箱的工厂。每一次新的商业冒险之前，他都会长时间地研究那个领域，然后好像之前没有听说过这个领域似的，开始推翻所有先例。他的一些冒险很成功，另一些则失败了。他从不停歇，精力旺盛，每天工作十二个小时。

决定建造这座建筑之后，他花了六个月的时间寻找建筑师。在跟洛克的第一次会面结束时，他雇用了洛克，那次会面持续了半个小时。后来，当图纸出来时，他要求立即开始建设。当洛克开始谈论图纸时，恩瑞特打断了他："不用解释。对我解释那些抽象的理想一点用处也没有，我不需要理想。人们说我是个一点儿都不道德的人。我只做我喜欢的事情，但是我确实知道我喜欢什么。"

洛克从来没有提过他为接触到恩瑞特所做的努力，也没提过和恩瑞特那个不耐烦的秘书会面的事。恩瑞特不知怎么知道了。五分钟后，那个秘书被解雇，十分钟后，秘书遵照命令走出办公室，在一个繁忙的日子里，将一封打了一半的信留在了打印机上。

洛克重新开了一家事务所，在一座老建筑顶层一个和以前一样的大房间。他又在旁边租了一个房间，使整个事务所扩大了——那个房间是给他雇的制图师用的，以便能赶上已计划好的紧急建设进度。制图师都很年轻，而且没什么经验。在这之前，他从未听说过他们，也没要求他们拿推荐信。他从很多申请人中挑选出他们，只是匆匆看了一眼他们制的图纸。

接下来的几天异常紧张，除了谈论他们的工作以外，他从不和他们说话。他们在早上一进办公室的时候就感觉到，他们是没有私人生活的，除了他们桌上堆积如山的纸张外，没有任何意义和现实感。这个地方像工厂一样冷清、枯燥，直到他们看见了他。然后他们想这不是工厂，而是一个以他们身体为原料的熔炉，从他自己开始。

有几个晚上，他通宵工作。他们发现第二天早上他们回来的时候，他仍然在工作。他好像一点也不累。有一次他连续在办公室干了两天两夜。在第三天的下午，他半躺在桌子上睡着了。几个小时后他醒了，什么也没说，从一张桌子走到另一张桌子，看看工作进展到了什么程度。他作了一些修改，听起来好像根本没有什么事情打断他几个小时之前的思路。

“霍华德，当你工作时，你真让人无法忍受。”一天晚上奥斯顿·海勒告诉他，尽管他根本没有谈论他的工作。

“为什么呢？”他惊讶地问。

“和你在同一个房间很不舒服。你知道，紧张是容易传染的。”

“什么紧张？只有工作的时候，我才感到完全自然。”

“那就是了。只有距离粉身碎骨一步之遥时，你才那么自然。霍华德，你究竟是什么做成的？毕竟，这只是一座建筑，不是一个像你所理解的圣餐、印度酷刑和性快感的混合物。”

“它不是吗？”

他并不经常想起多米尼克，但是当他想起的时候，那种想法不是突然的回忆，而是对其持续存在的承认，而这是不需要去承认的。他想要她。他知道在哪里可以找到她。他等着。等待对他来说是一种快乐，因为他知道等待是她难以忍受的。他知道，他的不在会比他在更为完全和屈辱地将她和他捆在一起。他是在给她时间尝试逃跑，以便在他选择再去见她时，她能够知道自己是多么无助。她会知道逃跑的尝试本身就是他的选择，只是控制的另外一种形式。然后她会准备好——或者杀了他，或者按照她自己的意愿来到他身边。这两种做法在她的头脑中是平等的。他希望她带给他这些，他等着。

当洛克被召到乔·萨顿的办公室时，恩瑞特公寓正要开始动工。乔·萨顿是一位成功的商人，正计划建造一座宏伟的办公楼。乔·萨顿的成功建立在他对人的理解之上——除此以外，别的一切他都一无所知。他爱每一个人，没有任何差别。这是一个伟大的标准，没有顶峰也没有低谷，就像装满糖浆的碗口一样。

乔·萨顿是在恩瑞特举行的晚宴上认识洛克的。乔·萨顿喜欢洛克。他欣赏洛克。他没有看到洛克和其他人有什么不同。当洛克来到他办公室的时候，乔·萨顿大声说：

“现在我还不肯定，不肯定，一点儿也不能肯定，但是我想我会考虑由你来做我心中的那个小建筑。你的恩瑞特公寓有点……特别，但是很吸引人，所有的建筑都是很吸引人的，爱建筑，对吧？——而且洛格·恩瑞特是个很聪明的人，非常聪明的人。他在没人认为可以赚到钱的地方都赚到钱了。每次我都会听取洛格·恩瑞特的建议。恩瑞特觉得好，我肯定也会觉得好。”

那次会面后，洛克又等了几周。乔·萨顿从来没有匆忙做过决定。

在十二月份的一个晚上，奥斯顿·海勒意外地拜访了洛克，宣称洛克必须在下周五陪他去参加罗斯通·霍尔科姆夫人举行的一场正式宴会。

“见鬼，我不去，奥斯顿。”洛克说。

“听着，霍华德，为什么不去呢？哦，我知道你不喜欢这种事情，但那不是个好理由。相反，我可以给你很多好理由让你去。那是建筑师的聚会，而且，当然，你为了建筑可以出卖一切——哦，我知道，是为了你那种类型的建筑，但你还是可以出卖你还没有弄到的灵魂，所以，你不能为了将来的可能在那里忍上几小时吗？”

“当然，只是我不相信这样的事情会产生什么可能性。”

“这次你会去吗？”

“为什么非要这次呢？”

“哦，首先，这是那个讨厌的琦琦·霍尔科姆要求的。她昨天缠了我两小时，害得我错过了一次午餐约会。如果这个城市建起了一座像恩瑞特公寓那样的房子，而她不能在她的沙龙上展示一下那个建筑师，会有损她的声誉，她有这个爱好。她收集建筑师。她坚持要我把你带来，我答应说我会的。”

“为什么呢？”

“尤其因为一点，她下周五会把乔·萨顿也请去。如果他那座建筑真的折磨你，就试着对他好些。从我听到的消息来看，他实际上已经决定把那座建筑委托给你了，而一个小小的私人接触会把它最后搞定。他有很多追随者。他们都会在那里的。我希望你去。我希望你得到那座建筑。在接下来的十年里，我不想再听到任何关于采石场的事情。我不喜欢采石场。”

洛克坐在桌子上，两手紧握着桌边，使自己保持不动。他已经在办公室工作了十四小时，太累了，他想他应该是筋疲力尽了，但他感觉不到。他努力垂下肩膀，想让自己放松一些，但放松不下来。他的胳膊紧张而疲惫，一只胳膊肘在轻微地颤抖。他的两条长腿分开，一条腿弯曲不动，膝盖搭在桌子上，另一条腿直直地下垂，不耐烦地晃动着。他这些天很难强迫自己休息。

他的新家在一条寂静的街上，是一座现代化小公寓里的一个大房间。他之所以选择这个房子，是因为窗户上没有檐口，里面的墙上没有镶板。他的房间里只有几件简单的家具，整个房间看起来干净、空旷。人们会想听到角落里的回音。

“为什么不去，就一次？”海勒说，“不会太糟糕的，甚至可能会让你高兴。在那里你会看到你的很多老朋友。约翰·埃瑞克·塞特、彼得·吉丁、盖伊·弗兰肯，还有他的女儿——你应该见见他女儿。你读过她的作品吗？”

“我去。”洛克突然说。

“你就是通情达理时也让人难以琢磨。我周五八点来找你，要系黑色领结，顺便问一句，你有晚礼服吗？”

“恩瑞特给我弄了一件。”

“恩瑞特先生真是通情达理。”

海勒离开以后，洛克仍然在桌子上坐了很久。他已经决定去参加宴会了，因为他知道那是多米尼克最不希望再次见到他的地方。

“亲爱的琦琦，没有什么比像有钱女人把自己搞成招待专家更没用的了。”埃斯沃斯·托黑说，“但是所有没用的东西都很有魅力。比如说，贵族就是所有概念中最没用的。”

琦琦·霍尔科姆责备地皱了皱鼻子，噘起了小嘴，很可爱，很招人喜欢，但是她喜欢被拿来和贵族作比较。三盏枝形水晶吊灯悬挂在佛罗伦萨式舞厅的上方，闪闪发光。当她抬头看托黑的时候，灯光反射到她的眼睛里，浓密的、挂着汗珠的睫毛上闪着一串儿潮湿的火花。

“埃斯沃斯，你说得真恶心。我都不知道为什么我总是要邀请你。”

“亲爱的，我想这就是原因。我想我会像我所希望的那样经常被邀请到这里来。”

“一个弱女子能如何反对呢？”

“永远不要和托黑先生争论。”吉利斯派夫人说，她是一个高个子女人，戴着一条大钻石镶嵌的项链，钻石大小和她笑的时候露出的牙齿差不多，“那没用。我们没开口就已经败了。”

“争论，吉利斯派夫人，”他说，“是一种既没用又没魅力的事情。把争论留给那些有头脑的人吧。头脑，当然，是对软弱的一种危险的承认。据说人们是在其他一切事情都失败之后才开发大脑的。”

“好了，你根本不是那个意思。”吉利斯派夫人说，她的微笑却说明她接受了这个愉快的事实。她得意扬扬地占有了他，然后把他带走，就像是从霍尔科姆夫人那里偷来的一个奖品。此时，霍尔科姆夫人已经走到一边去欢迎新到的客人们了。“但是你们这些聪明的男人就是这样的孩子。你们太敏感了。要人宠着才行。”

“我不会那样做的，吉利斯派夫人。我们会利用它。展示自己的头脑是很粗俗的，比展示财富更粗俗。”

“哦，亲爱的，你会听进去的，不是吗？现在，当然，我听说你是某种激进分子，但是我不会当真的，一点也不。你有什么感受呢？”

“我非常喜欢。”托黑说。

“不要取笑我。你不能让我把你想成危险人物。危险人物都很龌龊，而且说话前言不搭后语。你的声音多好听啊！”

“吉利斯派夫人，是什么让你认为我会引发危险？我只是——哦，怎么说呢？最温柔的那一个，是良心。你自己的良心，化身在另一个人的体内，关注这个世界上那些不幸的人，如此一来，你便清闲了。”

“哦，多么离奇有趣的想法！我不知道那到底是可怕还是聪明。”

“两者都是，吉利斯派夫人，所有的智慧都是这样。”

琦琦·霍尔科姆满意地审视着舞厅。她抬头看向微亮的天花板，无人碰触地高居于枝形吊灯之上，接着，她注意到了天花板离客人有多么远，多么的超然而平静。拥挤的客人没有使她的舞厅显得窄小。它立在他们之上，就像一个装着空间的四方盒子，奇异地不合比例；正是被禁锢在他们之上的这大片浪费掉的空气给这个场合带来一种王室的奢华，就好像一个珠宝盒的盖子，盖在盛着一颗小宝石的平面上，大得毫无必要。

客人们缓缓而入，就像是两股宽宽的、变化的水流，迟早会形成漩涡。埃斯沃斯·托黑站在其中一股的中心，另一股的中心是彼得·吉丁。晚礼服不适合埃斯沃斯·托黑：衬衫正面的长方形使他的脸看上去很长，把他拉成了一个平面；领结的两翼使他细长的脖子看起来像是一根拔了毛的鸡脖子。他的脖子苍白，泛青，一个有力的拳头轻轻一下就可以把它拧得稀巴烂。但是他的衣服比在场的其他人都像样。他漫不经心地穿着这身衣服，在不得体中怡然自得，而他古怪的样子则装饰了他的那种高人一等——那种姿态足以警告人们要忽略这些不雅。

他正和一位表情深沉的年轻女士交谈着——这位女士身穿低领晚礼服，戴着一副眼镜："亲爱的，除非你超越自己，投身到某种事业中去，否则你永远都只能是一个半瓶醋的知识分子。"

他正和一个特别胖的绅士交谈着，他们争论得面红耳赤："但是，我的朋友，我可能也不喜欢，我只是说那是历史进程中不可避免的。你或者我，是谁在反对历史的进程？"

他正和一个不快乐的年轻建筑师交谈着："不，兄弟，我反对的不是你设计的那座糟糕的建筑，而是你在抱怨我批评它时所展露的低劣品位。你应该仔细些。有人会说吃不了可要兜着走啊……"

他正和一个百万富翁的遗孀交谈着："是的，我确实认为，捐助社会研究工作室是个好主意。加入到人类文化成就的滚滚洪流中，不会干扰你的日常工作，也不会让你吃不消。"

那些围绕在他身边的人说："他多风趣啊！多有勇气！"

彼得·吉丁笑得光彩照人。他感觉关注和欣赏从舞厅的每个角落向他涌来。他看着人们，那些衣着整齐，香味袭人，身上的丝绸沙沙作响的人们涂了一层光，沐浴在灯光里，好像他们几个小时前都冲过淋浴，准备好到这里，恭恭敬敬地站在一个叫彼得·吉丁的人面前。有时他都忘记了他就是彼得·吉丁，他看了一眼镜子里的自己，他想加入这种一致的欣赏。

当人流退去，让他与埃斯沃斯·托黑面对面时，吉丁笑得就像是站在夏天小溪旁的一个小男孩，生气勃勃、精力充沛而坐立不安。托黑站在那里，看着他，手随意地插在裤兜里，这使他的夹克下摆显得很宽，盖住了瘦瘦的屁股。他的脚很小，站得不稳，前后晃动。他的眼睛带着高深莫测的估量，留意地看着。

“现在，埃斯沃斯……这……不是个美妙的夜晚吗？”吉丁说，就像一个孩子在问能够理解他的妈妈，还有点像个醉汉。

“彼得，很愉快吧？你今晚十分引人注目，小彼得好像一跃成为大名人了。事情就是这样，人们从来无法准确判定什么时候或者为什么……尽管这里有个人似乎一直在故意忽视你，不是吗？”

吉丁瑟缩了一下，他奇怪托黑是什么时候又是怎么有时间注意到的。

“哦，好了，”托黑说，“例外证明了规则。但是，太遗憾了。我总是有一种荒谬的想法，能让多米尼克·弗兰肯感兴趣的肯定是一个最不一般的人。所以当然，我曾经想到过你，只是个没有根据的想法。不过，你知道，得到她的那个男人一定拥有你无法匹敌的东西，他会在这方面击败你。”

“没有人得到她。”吉丁大声说。

“对，肯定没有，还没有，真是令人惊讶，哦，我猜那会是一个十分奇特的男人。”

“喂！你究竟在干什么？你不喜欢多米尼克·弗兰肯，对吧？”

“我从没说过我喜欢。”

过了一会儿，吉丁听见托黑在一场真诚的讨论中庄重地说：“幸福？那是中产阶级的事。什么是幸福？在生活中还有很多事情比幸福更重要。”

吉丁缓缓地朝多米尼克走去。她站在那儿，身体后倾，好像空气对她脆弱、裸露的肩膀是个有力的支撑。她的晚礼服像玻璃一样光洁透明。他感觉他能透过她的身体看见身后的墙，她好像太脆弱了。那种脆弱就像是某种危险的力量，把她绑在这里，在现实面前，她的身体实在太虚弱了。

当他走近时，她注意到了他。她转过头，回应着。但是那种无聊的回应阻止了他，让他很无助，让他在几分钟后就离开了她。

当洛克和海勒进来时，琦琦·霍尔科姆在门口迎接着。海勒把洛克介绍给她，她说话还是和平时一样，声音刺耳得像全速飞行的火箭，把一切对手都扫到了一边。

“哦，洛克先生，我特别想见到你！我们都听说你了！现在我必须警告你，我丈夫不赞同你——哦，纯粹从艺术的观点，你明白——但是不要担心，在这里你有个同盟，一个热情的同盟！”

“谢谢你，霍尔科姆夫人，”洛克说，“不过也许没必要。”

“哦，我特别喜欢恩瑞特公寓！当然，我不能说那只代表我个人的审美标准，但是文化人必须对一切敞开胸怀，我的意思是，包括创造性艺术中的任何观点，我们首先必须心胸开阔，你觉得是这样吗？”

“我不知道，”洛克说，“我从来不曾心胸开阔。”

她肯定他不是故意无礼的。他的言谈并不粗鲁，方式上也没有野蛮之处，但是他给她的第一感觉就是无礼。他穿着晚礼服，和他瘦高的身躯搭配很好看，却不知为何似乎他不属于它们。橘红色的头发配着正式的晚礼服显得很荒诞，除此以外，她还不喜欢他的脸，那张脸应该是工人或者军人的脸，不属于她的客厅。她说：“我们都对你的作品很感兴趣。这是你的第一个建筑？”

“第五个。”

“哦，真的？当然，多有意思。”

她扣紧自己的手，然后转身招呼新来的客人。海勒说：

“你想先见谁？多米尼克·弗兰肯正在那边看着我们，过去吧。”

洛克转过身，看见多米尼克一个人站在房间对面，面无表情，甚至没有努力避免露出表情。他看到一张只是骨架和肌肉组合的人脸，真是很奇怪，但是没什么意义：一张脸就是简单的解剖学上的脸，像一个肩膀或者一条胳膊，不再是感知能力的一面镜子。当他们走近的时候，她看着他们。她的脚姿势很古怪，两个小三角形直直地指着，互相平行，好像周围没有地板，只有她脚下那几平方英寸，只要她不动，不向下看，还是很安全的。他感到了一种暴力的快感，因为她好像太瘦弱了，经不起他正在实施的暴行；因为对这暴行她接受得太好了。

“弗兰肯小姐，我可以介绍霍华德·洛克吗？”海勒问。

他没有抬高声音说出这名字，他奇怪为什么听起来好像是加了重音，然后他想可能是沉默突出了名字；但是没有沉默啊！洛克的脸礼貌得面无表情，多米尼克也得体地说：“你好，洛克先生。”

洛克点了点头：“你好，弗兰肯小姐。”

“恩瑞特公寓。”她说得好像她不想说出这三个字；好像她说的不是房子的名字，而是超越了房子本身的很多东西。

洛克说：“是的，弗兰肯小姐。”

接着她笑了，带着初次见面时常有的敷衍笑容说：“我认识洛格·恩瑞特。他基本上算是我家的朋友。”

“我还没有这样的荣幸去见恩瑞特先生的众多朋友。”

“我记得有一次父亲邀请他共进晚餐。那真是一次痛苦的晚餐。父亲被人们称作最好的谈话者，但是他没能让恩瑞特先生说出一句话。洛格只是坐在那里。父亲意识到对于他来说，那次是个失败。”

“我曾经为你父亲工作过。”——她正在移动的手停在了半空中——“几年前，做过制图师。”

她的手放了下来：“那么你能看出，我父亲不可能和洛格·恩瑞特先生融洽相处。”

“是的，他不能。”

“我想恩瑞特几乎称得上是喜欢我，但是他从没原谅过我为华纳德的报纸工作。”

海勒站在他们中间，他想他错了，这次聚会没什么奇怪的；实际上，这儿什么都没有。他感觉有些恼火，多米尼克没有像人们希望的那样谈到建筑；他遗憾地得出结论：她不喜欢洛克，就像她不喜欢她见过的大多数人。

这时吉利斯派夫人抓住了海勒，把他带走了。洛克和多米尼克单独留在那里。洛克说：“恩瑞特先生阅读城里的每一份报纸，它们都被送到他的办公室——社论页全被裁掉了。”

“他一直那样做。洛格入错了行，他本应该是个科学家。他热爱事实，对评论不屑一顾。”

“还有，你认识弗莱明先生吗？”他问道。

“不认识。”

“他是海勒的一个朋友。弗莱明先生除了社论那一页什么也不看。人们喜欢听他谈话。”

她观察着他。他也很有礼貌地直视着她，任何人第一次看见她都会那样看的。她希望在他的脸上找到某种暗示，即使是原来那种嘲弄的微笑，即使嘲笑也是一种认可和交流的纽带。她什么都没有找到。他说起话来就像是个陌生人。他只接受一个现实，那就是他在这间客厅里被介绍给她，并且绝对地服从于每一条传统礼仪。她面对着这种规规矩矩的尊重，想到自己的礼服曾经在他面前没有任何保护作用，想到他曾经利用她来满足一种更为亲密的需要——比他吃的食物更为有用——而现在他站在离她只有几步远的地方，就像一个人不能允许自己走得更近。她想这是他嘲笑的方式，在他已经忘记并不会再承认的那件事之后。她想，他希望由她先把那件事说出来，他会将她带入过去的耻辱——通过先吐出那个词把它带回现实中来——因为他知道她不会放任它不被回忆。

“那么，弗莱明先生靠什么生活？”她问。

“他是个削笔器生产商。”

“真的？是奥斯顿的朋友？”

“奥斯顿认识很多人。他说那是他的生意。”

“他做得成功吗？”

“谁，弗兰肯小姐？我不太清楚奥斯顿，但是弗莱明先生很成功。他在新泽西、康涅狄格和罗德岛都有分厂。”

“洛克先生，你对奥斯顿的看法不对。他很成功。如果你不接触他和我们的领域，你也很成功。”

“那怎么做得到呢？”

“有两种方法：根本不看别人，或者看他们周围的一切。”

“哪种更好呢，弗兰肯小姐？”

“哪种更难，哪种就更好。”

“但是要选择最难的那种欲望，本身就是对软弱的承认。”

“当然，洛克先生，然而是最不恼人的承认。”

“如果软弱必须要承认的话。”

这时有人飞快地穿过人群，一只胳膊搭在了洛克的肩膀上，是约翰·埃瑞克·斯耐特。

“洛克，你竟然在这里，”他喊道，“真高兴啊，真高兴！好几年了，不是吗？听着，我想和你谈谈。多米尼克，让我和他谈会儿。”

洛克向她躬了躬腰，胳膊放在两侧，一缕头发垂到了前面，所以她没有看到他的脸，只有橘红色的头很有礼貌地低下去了一会儿，然后他就跟着斯耐特走进人群。

斯耐特说：“这几年你干什么去了？听着，你知道恩瑞特是不是真的计划要大规模地从事房地产开发，我的意思是，他还留着任何其他的建筑吗？”

是海勒把斯耐特赶走了，他把洛克带到了乔·萨顿那里。乔·萨顿很高兴，他感觉洛克的出现消除了他最后的几个疑问，洛克的身躯就是安全的保证。乔·萨顿的手握着洛克的胳膊肘，黑色袖子上是五根粉红的短粗手指。乔·萨顿信任地喘着粗气说：

“听着，孩子，一切都定了，就是你。不要把我的最后一分钱都榨出来。你们建筑师全是凶手和拦路强盗，但是我会给你一个机会，你是聪明人，套住了老洛格，不是吗？所以现在你也套住了我，是几乎已经套住我了。过几天我会给你打电话，我们会就合同打个狗血喷头的。”

海勒看着他们，想他们在一起是多么不协调啊。洛克很高，苦行僧般的轮廓，带着那种修长身材特有的干净利索，他旁边的这个人像个肉球，可就是这个人的决定具有很大意义。

然后洛克开始谈论这座未来的建筑，但是乔·萨顿抬头看他，震惊而受伤。乔·萨顿来这里不是谈论建筑的，举办宴会的目的就是为了玩得高兴，还有什么比忘记生活中那些重要的事情更快乐呢？所以乔·萨顿谈起了羽毛球，那是他的爱好。这是个贵族的爱好，他解释说，他不像其他浪费时间打高尔夫的人一样普通。洛克礼貌地听着，什么也没说。

“你打过羽毛球，不是吗？”乔·萨顿突然问。

“没有。”洛克说。

“你没有？”乔·萨顿大喊说，“你没有？哦，真遗憾，哦，太遗憾了！本以为你肯定打过。你这瘦高的身材，会打得不错，你会成功的。我本想等那座建筑开工时，我们可以随便找个时间打败老汤普金斯。”

“萨顿先生，等那座建筑开工，我不会再有时间玩了。”

“你什么意思，不会有时间？那你用那些制图师干什么？再雇几个，让他们操心去，我会给你足够的报酬，好吗？但是，你不打，真是遗憾透顶，我想……在凯诺大街为我建房子的那个建筑师是个羽毛球高手，但是去年他去世了，在一次交通事故中丢了命，该死的，他也是一名优秀的建筑师。现在你却不打。”

“萨顿先生，你不是真的对此表示难过，是吗？”

“我真的特别失望，孩子。”

“但是你雇我事实上是要干什么呢？”

“我什么？”

“为什么要雇我？”

“为什么，当然是建房了了。”

“你真的认为我如果打羽毛球，会建造出更好的房子？”

“哦，有生意也有乐趣，有实践也有人类的目标，哦，我不介意，我仍然想像你这么瘦，你肯定……但是，好了，好了，我们不能把所有的事情……”

乔·萨顿离开以后，洛克听见一个欢快的声音说：“祝贺你，霍华德！”然后转过身发现彼得·吉丁正对他笑着，既神采飞扬，又带着冷嘲热讽。

“你好，彼得。你说什么？”

“我说，祝贺你攀上了乔·萨顿。只是，你知道，你处理得不太好。”

“什么？”

“老乔啊，哦，当然，我听到了大部分——为什么不行呢——那非常有趣。霍华德，那么做不对。你知道我会怎么做吗？我会发誓说自己两岁就开始打羽毛球了。它是王公贵族的游戏，它让灵魂与众不同，懂得欣赏自己。而当他与我实战时，我会把球打得像个贵族。这又能花费你什么呢？”

“我没想过。”

“霍华德，这是一个秘密，一个罕见的秘密。我很乐意免费与你分享：永远要成为人们希望你成为的样子。这样一来，在你需要的时候，人们就会帮助你。我愿意免费和你分享，是因为你永远都不会用它。是的，你永远不会。霍华德，在某些方面你很聪明——这一点我一直承认——在其他方面你却像个白痴。”

“可能。”

“你应该试着学些东西，如果你来这里是要到霍尔科姆的沙龙里来玩的话。你是吗？长大了，霍华德？尽管我在这里看到你很震惊。哦，是的，祝贺你的恩瑞特公寓，还是像以前一样漂亮的工作——整个夏天你去哪里了？——提醒我要给你上一课，教你如何穿晚礼服，上帝啊，你穿着它看起来多傻啊！这是我喜欢的，我喜欢看你穿成这傻样儿，我们是老朋友了，对吧，霍华德？”

“彼得，你喝醉了。”

“我当然醉了。但是我今晚没沾一滴酒，一滴也没有。是什么让我醉了——你永远也不知道，永远，你学不来的，那是让我沉醉的东西，它不适合你。你知道，霍华德，我爱你，我真的爱你，我爱你——今晚。”

“是的，彼得。你会永远爱我的，你知道。”

洛克被介绍给很多人，很多人和他交谈。他们对他微笑，好像很真诚，努力和他接近，把他当作一个朋友，很欣赏他，表现出美好的愿望和浓厚的兴趣。但他听到的是：“恩瑞特公寓很壮观，差不多可以和考斯摩-斯劳尼克大厦媲美了。”“洛克先生，我相信你会有很好的前途，相信我，我有预感，你会成为下一个罗斯通·霍尔科姆。”他已经习惯了敌意，而这种仁慈要比敌意更让他反感。他耸了耸肩，他想赶快离开，回到自己的办公室，那是一种简单、清楚的现实。

在剩下的时间里，他没有再看多米尼克。她在人群中望着他。她看着那些在他身边停下来和他交谈的人。她看到他在听的时候，有礼貌地躬着背。她想这也是他嘲笑她的方式，他让她的眼睛追随着他，让她看到他对每一个想拥有他片刻的人所做出的屈服。他知道这要比让她看采石场的太阳和电钻更令她难以接受。她顺从地站在那里，看着。她不希望他又注意到她。可是只要他在这个房间里，她就得站在那里。

那天晚上还有一个人反常地注意到洛克的出现，从洛克进入这个房间开始就注意到了。埃斯沃斯·托黑看见他进来了。托黑以前从来没有见过他，也不认识他。但是托黑站在那里看了他很长时间。

托黑穿过人群，冲他的朋友们笑着。但是在笑容和交谈中间，他又转回头看那个橘红色头发的人。他看着那个人，就像他偶尔站在三十层楼的窗户旁看人行道时一样，想着如果他的身体被抛下去，撞到那条人行道，会发生什么呢？他不知道那个人的名字、职业或者过去，他也不想知道，对他来说那不是一个人，而是一种力量，托黑从来都看不到人。也许是看到那种特殊的力量如此明显地隐藏在一个人的体内让他着了迷。

过了一会儿，他指着那个人问约翰·埃瑞克·斯耐特："那个人是谁？"

"那个人？"斯耐特说，"霍华德·洛克。你知道，恩瑞特公寓。"

"噢。"托黑说。

“什么？”

“当然，应该是他。”

“想见他吗？”

“不，”托黑说，“不，我不想见他。”

这个晚上剩余的时间里，无论什么时候，一旦有人挡住托黑的视线，他都会不耐烦地甩过头再去找洛克。他不想看见洛克，却不得不看；就像他总是不得不看向下面遥远的人行道，他害怕那景象。

那天晚上托黑除了洛克之外没有注意任何人。洛克并不知道托黑在这个房间里。

当洛克离开的时候，多米尼克站在那里计算着时间，她要确定在自己走出去之前他已经消失在街上了。然后她动身准备离开。

琦琦·霍尔科姆张开纤细柔嫩的手指，心不在焉地抓住她的手，滑上去抓了一会儿她的手腕。

“亲爱的，”琦琦·霍尔科姆问，“你认为那个新来的人怎么样？你知道，我看见你和他交谈了，那个霍华德·洛克。”

“我认为，”多米尼克说得很坚定，“他是我见过的最反叛的人。”

“哦，唉，真的？”

“你喜欢那种无拘无束的傲慢吗？我不知道人们会说他些什么，除非说他非常帅，如果那很重要的话。”

“帅？你在开玩笑吗，多米尼克？”

琦琦·霍尔科姆唯一一次看到多米尼克迷惑了。多米尼克意识到，她在他的脸上看到的东西，使他的脸对她来说像上帝的脸庞的东西，并没有被其他人看见。他们对它不感兴趣。这种在她看来最为明显而不合逻辑的标记，实际是在承认她内心的某种东西，是不为别人分享的某种特质。

“哎呀，亲爱的，”琦琦说，“他长得根本就不帅，但是非常有男子气概。”

“别吓着你，多米尼克，”她身后传来一个声音，“琦琦的审美观不是你的，也不是我的。”

多米尼克转过身，埃斯沃斯·托黑站在那里，仔细看着她的脸，笑着。

“你……”她开口说，又停了下来。

“当然，”托黑说，微微俯首，理解地赞成她没有说出的话，“多米尼克，一定要相信我的洞察力，有点和你的一样。尽管不是为了美的享受，我要把那个留给你，但是有时我们确实看到一些东西，不是那么明显，你和我，对吧？”

“什么东西？”

“亲爱的，那是个需要讨论的哲学问题，多么，多么——没必要。我一直告诉你我们应该是好朋友。我们在才华上有这么多共同之处。我们最初截然相反，但是那没什么区别，因为你看，我们汇合在同一个点上，多米尼克，这是一个非常有意思的夜晚。”

“你是什么意思？”

“比如说，发现什么样的东西对你来说是帅，这很有趣。能让你这么断然又准确地辨别出来很好。不用语言——看到那张脸就够了。”

“如果……如果你能明白你正在谈论什么，你就不是你了。”

“不，亲爱的，我必须是我，准确地说，正是因为我所明白的。”

“埃斯沃斯，你知道，我认为你比我想象的更坏。”

“也许比你现在想的坏。但是很有用。我们对彼此都有用处，就像你会对我有用一样，就像，我想，你会希望的那样。”

“你在说什么？”

“多米尼克，那不好。太不好了。真没有意义。如果你不知道我在说什么，我不可能解释清楚，如果你知道——我就已经读懂你了，不用再多说什么。”

“你们说的是哪门子话？”琦琦说，她有些迷惑不解。

“我们只是在互相开玩笑。”扎黑高兴地说，“不要让这件事烦扰你，多米尼克和我总是互相开玩笑。不是很友好，因为你看——我们做不到。”

“埃斯沃斯，有一天，”多米尼克说，“你会犯错误的。”

“太可能了，亲爱的，而你已经犯错误了。”

“晚安，埃斯沃斯。”

“晚安，多米尼克。”

多米尼克走后，琦琦转过头对着他。

“埃斯沃斯，你们两个怎么了？怎么这么说话——根本没谈什么？人们的脸和第一印象不代表什么。”

“亲爱的琦琦，”他回答说，声音柔和而冷漠，好像他不是在回答她，而是在回答他自己的想法，“那是我们最伟大的谬论之一。没有什么东西比人的脸更能说明一切。除非我们看到他，不然我们永远不会真的了解一个人。就是那么一瞥，我们知道了一切。尽管我们并不总是聪明得足够让那些知识清晰。琦琦，你考虑过灵魂的风格吗？”

“什么？”

“灵魂的风格。你记得吗？曾有位著名的哲学家谈论过文明的风格。他称之为‘风格’。他说这是他能找到的最贴近的词。他说每一种文明都有它的一个基本原则，一个简单的、最高的、有决定性的主题，在那个文明之内的人类所作的努力，都不自觉而真实地反映了那个原则……我想每一个人的灵魂都有自己的风格，也是一个基本的主题。你会看到这一点体现在那个人的每一个思想、每一个动作、每一个愿望上，在那个人身上是绝对的、势在必行的。对一个人的多年研究不会把这一点展示给你。

他的脸则会。要描述一个人，你不得不写下长篇大论。而想想他的脸，你便不需要其他的了。”

“埃斯沃斯，听起来有些荒诞。如果是真的，就太不公平了。人们在你面前是赤裸裸的。”

“要比那更糟。你在他们面前也是赤裸裸的。你对某一张脸的反应也就暴露了你自己。对某一张脸……你灵魂的风格……除了人，这个世界上没有什么重要的了，没有比人与人之间的关系更重要的了……”

“哦，你在我的脸上看出了什么？”

他看着她，好像刚刚注意到她的存在似的。

“你说什么？”

“我说，你在我的脸上看出了什么？”

“哦，对，好，告诉我你喜欢的电影明星，我会告诉你你是什么样子。”

“你知道，我就是喜欢被别人分析。现在让我想想看。我最喜欢的一直是……”

但是他没有听，他转身背对着她，没有说抱歉就走开了。他看起来很累。她以前从没见过他这么粗鲁——除非是故意的。

过了一会儿，她听见他浑厚、响亮的声音从一群朋友那边传来：

“……因此，世界上最高贵的概念就是人类的绝对平等。”

7

“它会矗立在那里，像一座纪念碑一样，它纪念的是恩瑞特先生和洛克先生的自我主义。房子会耸立在一排褐砂石房屋和一些煤气厂的大罐子中间。也许这不是个意外，而是为了证明什么叫适合。在傲慢无礼方面，没有其他设施能够与之媲美。它的建造是对这个城市中所有的建筑和建造它们的人们的嘲笑。我们的建筑毫无意义，还很虚假。这个建筑使它们更显如此。但是这种对比对它并不利。通过这种对比，它会使自己成为不合时宜的一部分，最为荒谬的一部分。一束阳光射入猪圈里，是阳光让我们看到了粪便，也是阳光冒犯了我们。我们的建筑有着模糊而羞怯的优势，还有，它们适合我们。恩瑞特公寓既明亮又大胆，就像一条羽毛围巾。它会引人注意——但是只会让人注意到洛克先生的厚颜无耻。当这座建筑建成时，它会成为我们这个城市脸上的伤口。也是一个绚丽的伤口。”

参加琦琦·霍尔科姆的宴会一周后，这段话出现在多米尼克·弗兰肯的《你的家园》专栏里。

在刊出的那天上午，埃斯沃斯·托黑走进了多米尼克的办公室。他拿着一份《纽约旗帜报》，印有她专栏的那页冲着她。他站在那里没有说话，因为脚小有点摇晃。他眼里的神情看起来似乎只能被听到，而不能被看到：那是一抹看得见的狂笑。他的嘴唇一本正经地抿着，带着点无知的样子。

"怎么？"她问道。

"那次宴会前，你在哪里见过洛克？"

她坐在那里，看着他，一只胳膊搭在椅子的后背上，手指间的铅笔随意晃动着。她好像在微笑。她说："我在那次宴会之前没见过洛克。"

"那是我错了。我只是奇怪，"他把报纸弄出唰唰声，"情绪的改变。"

"噢，那个？啊，我见到他的时候——在宴会上——不喜欢他。"

"所以我注意到了。"

"埃斯沃斯，坐下。站着不是你最好看的姿势。"

"你介意吗？你不忙吗？"

"不忙。"

他坐在她桌子的一角，若有所思地拿着折起来的报纸轻轻敲着膝盖。

"多米尼克，你知道，"他说，"你写得不好，一点也不好。"

“为什么？”

“你没意识到字里行间可以读出的言外之意吗？当然，没有多少人会注意的。他会。而我已经注意到了。”

“我不是为他也不是为你写的。”

“为了其他人吗？”

“为了其他人。”

“那么对他和我来说都是个烂把戏。”

“你这么想？我本以为写得还是不错的。”

“哦，每个人都有他自己的方法。”

“关于它你打算写点什么？”

“关于什么？”

“关于恩瑞特公寓。”

“什么都不写。”

“什么都不写？”

“什么都不写。”

他把报纸扔到桌子上，没有动，只是手腕向前拂了拂，他说：“多米尼克，谈起建筑，你为什么不写些关于考斯摩-斯劳尼克大厦的文章？”

“那值得写吗？”

“噢，是的。那会惹恼很多人的。”

“那些人值得我们去惹恼他们吗？”

“好像值得。”

“什么人？”

“哦，我不知道。我怎么知道谁会读我们的东西？所以这才有趣，我们从没见过那些人，也没有跟他们说过话，那些我们很少与之交谈的人——他们会在这张报纸上读到我们的答案，如果我们想给出答案的话。我真的认为你应该快点写出几篇关于考斯摩-斯劳尼克大厦的文章。”

“你看起来对彼得·吉丁非常感兴趣。”

“我？我非常喜欢彼得。你也会这样——是的，如果你了解他多一点。彼得值得去了解。你为什么不花些时间，哪怕是一天，让他给你讲讲他的故事呢？你会听到很多有趣的事。”

“比如？”

“比如，他上过斯坦顿。”

“我知道那个。”

“你不认为那很有趣吗？我认为很有趣。斯坦顿，多好的地方，是哥特式建筑的杰出范例。它那小教堂的彩色玻璃窗是我们这个国家里最好的了。还有，想想，那么多年轻的学生，全都与众不同。一些人拿到了学位，还有一些被开除了。”

“那又怎么样呢？”

“你知道吗，彼得·吉丁是霍华德·洛克的一个老朋友。”

“不知道。他是吗？”

“是的。”

“彼得·吉丁是每个人的老朋友。”

“太正确了，一个优秀的男孩子。但是这不一样。你不知道洛克曾在斯坦顿上过学吗？”

“不知道。”

“你好像不太了解洛克先生。”

“我对洛克先生一无所知。我们不是在谈洛克先生。”

“我们不是在谈吗？不，当然。我们在谈彼得·吉丁。好了，你看，一个人能够通过对比来充分解释自己的话，就像你今天在你这篇小文章里写到的一样。给彼得应有的赏识。让我们进一步比较，让我们画出两条平行线，我倾向于同意欧几里得，我认为两条平行线永远不会交会。好了，他们都去过斯坦顿。彼得的妈妈经营着一家供膳食的宿舍，洛克和他们一起生活了三年。这并不重要，除了让对比更加明显——好了，后来，说得更具体一些。彼得以很高的荣誉毕业了，是他班里最好的学生。洛克被开除了。不要那样看着我。我没有必要解释他为什么被开除，你和我，我们理解。洛克去为你父亲工作，又被开除了。是的，他被开除了。顺便说一句，这不可笑吗？那时候，没有借助你的帮助，他就做到了。彼得设计了考斯摩-斯劳尼克大厦，赢得了信誉。洛克在康涅狄格有了一席之地。彼得开始给别人签名了——洛克呢，连浴室安装商都不知道他。现在洛克做了一个公寓，这对他来说太可贵了，就像是他唯一的儿子。而彼得如果得到恩瑞特公寓，大家都不会注意到——他每一天都会拿到这样的项目。现在我觉得洛克对彼得的工作不屑一顾。无论发生什么，他都没有注意过，以后也不会。进一步说，没人喜欢被打败。但是，被一个他眼中特别平庸，一个从平庸开始，事业蒸蒸日上的人打败，而他却在挣扎着，最后只是被一脚踢出去，看到平庸的人从他这里一个接一个地抢走他愿付出生命换回的机会，看到平庸的人被崇拜，他失去他想要的地方，却看到平庸的人被装在神龛里放在那个地方上面：迷失，被牺牲，被忽视，一次又一次被打败——不是被伟大的天才，不是被上帝，而是被这个彼得·吉丁——哦，我可爱的外行，你认为西班牙宗教法庭的刑罚会有这残酷吗？”

“埃斯沃斯，”她喊道，“出去！”

她已经跳了起来。她直直地站了一会儿，然后跌坐了下来，她的两只手平放在桌子上。接着，她站起来，俯下身去。他看见她柔顺的头发激烈地甩动着，然后静止不动地垂在那里，遮住了她的脸庞。

“好了，多米尼克，”他高兴地说，“我只是想告诉你，彼得·吉丁为什么是一个如此有趣的人。”

她的头发像拖把一样向后飞去，脸也跟在后面，她跌到椅子上，看着他，嘴张着，很难看。

“多米尼克，”他温柔地说，“你很明显，太明显了。”

“出去。”

“好，我一直说你低估了我。下次你需要帮助的话来找我吧。”在门口，他又转身说，“当然，我个人认为，彼得·吉丁是我们最伟大的建筑师。”

那天晚上，当她回到家时，电话响了。“多米尼克，亲爱的，”一个焦急的声音从电话那边喘着粗气传来，“你真的是那个意思吗？”

“你是谁？”

“乔·萨顿，我……”

“你好，乔，我什么意思？”

“你好，亲爱的，你怎么样？你那位魅力十足的父亲还好吧？我是说，那些关于恩瑞特公寓和那个叫洛克的小伙子的话，真的是你的意思吗？我是说，你今天在你的专栏里所写的话。我有点不安，有一点儿。你了解我的那座房子吗？哦，我们都谈好了要进一步合作，这是很大一笔钱，我想我是认真考虑后才做出这个决定的，但是我信任你们所有的人，我一直信任你，你很聪明，十分聪明。如果你为华纳德那样的人工作，我猜，你了解自己的工作。华纳德懂得建筑，哦，他在房地产上做的努力要比他在报纸上做的全部还要多，他肯定已经做了，别人还不知道，但是我知道。你在为他工作，而我不知该怎么想。因为，你看，我已经决定了，是的，我十分坚决并且明确地做出了决定——几乎——决定用洛克，实际上我已经告诉他了，实际上他明天下午会过来签合同，而现在……你真的认为他的建筑看起来会像条羽毛围巾吗？”

“听着，乔，”她说，牙齿紧咬在一起，“明天你能和我一起吃个午饭吗？”

在一家著名酒店的大餐厅里，她和乔见了面。那里很静，只有几个客人分散着单独坐在白色的餐桌旁，所以每个人都很显眼，空出来的桌子像是优雅的摆设，用来衬托客人的别具一格。乔·萨顿露出大大的笑容。他从未陪伴过像多米尼克这么好看的“花瓶”。

“你知道，乔，”她坐在桌子的另一侧，面对着他说，她的声音平静而坚决，没有丝毫笑意，“你选择洛克，眼光不错啊。”

“哦，你也这么认为吗？”

“我是这么认为的。你将会有一座漂亮的建筑，像一首圣歌。这座建筑将会让你大吃一惊——也会让你的租户大吃一惊，从现在开始一百年的时间里，他们都会把你写进历史——会在贫民墓地寻找你的坟墓。”

“天呐，多米尼克，你在说什么？”

“关于你的建筑。关于洛克将要为你设计的那种建筑，那将会是一座伟大的建筑，乔。”

“你的意思是，好？”

“我的意思不是好，而是‘伟大’。”

“那不一样。”

“不，乔，不，不一样。”

“我不喜欢‘伟大’这个词。”

“是的，你不喜欢，我认为你也不会喜欢。那么你想让洛克做什么呢？你想要一座建筑，但是不想让任何人吃惊，一座平凡、舒适、安全的建筑，像是家里有着蛤肉杂烩汤香味的客厅，一座每个人都会喜欢的建筑。成为英雄很不舒服，乔，你没有那副长相。”

“哦，当然我想要一座人人都喜欢的建筑。你认为我是为了什么去建造它，我的健康？”

“不，乔，也不是为了你的灵魂。”

“你的意思是，洛克不好？”

她坐直了，有些僵硬，好像全身的肌肉都为了忍受疼痛而绷紧了。但是她的眼睛变得深邃，半闭着，好像一只手在抚摸着她的身体。她说：“你见过他做很多建筑吗？你见过很多人雇用他吗？在纽约这个城市里有六百万人口，六百万人不会错的，他们会吗？”

“当然不会。”

“当然。”

“但是我想恩瑞特……”

“乔，你不是恩瑞特。他不怎么爱笑。还有，你明白，恩瑞特不会征求我的意见，你却会，这正是我喜欢你的原因。”

“多米尼克，你真的喜欢我？”

“难道你不知道你一直是我最好的朋友？”

“我……我一直信任你。我会随时听你的话。你认为我该怎么做？”

“很简单，你想用钱买最好的东西——只要能买到。你要一座公寓——像样的公寓。你想用一位其他人都用的建筑师，然后你就可以告诉他们，你刚好和他们一样好。”

“对，太对了……看，多米尼克，你几乎都没动你的食物。”

“我不饿。”

“好，你会推荐哪位建筑师呢？”

“乔，你想想，这个时候，每个人都在那儿谈论谁？谁得到了所有的工作？谁为自己和代理人挣得最多？谁既年轻又有名气、令人放心又受到大家的喜欢？”

“哦，我猜……我猜是彼得·吉丁。”

“是的，乔，彼得·吉丁。”

“洛克先生，我很抱歉，真的很抱歉，相信我，但是毕竟，这和我的健康需要无关……不是为了我的健康需要也不是为了我的灵魂，那是，我的意思是，哦，我确信你能理解我的处境。不是我要反对你，正相反，我认为你是个伟大的建筑师。你看，这就是麻烦，伟大是好，但是不实际，洛克先生，那就是麻烦，不实际，而且你毕竟要承认吉丁更出名，他已经……已经很受欢迎了，可是你还没达到这一点。”

萨顿先生有点迷惑不解，洛克并没有抗议。他希望洛克能够辩解，然后他可以说出多米尼克几个小时前对他说的那些令人无法回应的正当理由。但是洛克什么也没说，只是在听到他这个决定时点了点头。萨顿特别想说出那些正当的理由，但是好像说服一个似乎已经被说服的人没有什么意义。萨顿先生仍然热爱每一个人，而且不想伤害任何人。

“事实上，洛克先生，我不是独自做出这个决定的。实际上，我确实想用你，我已经决定用你了，坦诚地说，是多米尼克做出的决定，我特别看重她的评价，是她说服我，你不是这个工作的合适人选——她很公平，她让我告诉你这是她做出的决定。”

他看见洛克突然看向他。然后他看见洛克脸颊凹陷的地方扭曲了，好像陷得更深了，嘴张着：他在笑，没有笑出声，却深吸了一口气。

“洛克先生，你到底在笑什么？”

“弗兰肯小姐想让你告诉我这些？”

“她没想让我这么做——没理由嘛。她只是说如果我愿意——我可以告诉你。”

“是的，当然。”

“那只说明她很诚实，她对自己的判定有很好的理由，她会公开维护它们的。”

“是的。”

“哦，怎么了？”

“萨顿先生，没什么。”

“看，像那样笑可不好。”

“不好。”

他的房间里已经半黑了下来。一幅海勒公寓的草图钉在长长的空白墙壁上，没有装框，使这间屋子显得更空了，使墙显得更长了。他没有感到时间在一分一秒地流逝，对他而言时间静止了，在这个房间里，时间是一种具体的东西。时间清除了所有的现实意义，除了他一动不动的身体。

听到敲门声，他说：“进来。”但是他没有起身。

多米尼克走了进来，就好像她以前进过这个房间。她穿着一身厚料黑色套装，简单得就像是孩子的衣服，好像穿着只是为了保护，而不是为了装饰。高高的领子很男性化，一直立到了脸颊两边，帽子半遮着脸，让人看不清。他坐在那儿看着她。她等着看那种嘲笑，但是没有出现。在这个房间里，当她站在那里，站在房间的中央，那嘲笑似乎隐藏了起来。她摘下帽子，像个刚进屋的男人，用僵硬的手指尖捏着帽檐儿，把帽子夹在胳膊下面。她等待着，她的脸严肃而冷酷，但是她光滑的浅色头发却毫无防备，卑微恭顺。她说："看到我你并不惊讶。"

"我想你今晚会来。"

她抬起手，轻轻屈了一下胳膊肘，用最微小的动作把她的帽子朝桌子对面扔了过去。帽子滑翔了好长一段，显示出在她手腕那克制的一动里用上的暴力。

他问道："你想怎样？"

她回答说："你知道我想怎样。"她的声音沉重而平缓。

"不错。但是我想听你说出来，全部都说出来。"

"如果你希望的话。"她的声音有一种功效，遵循着金属般精密的秩序，"我想和你睡觉。现在，今天晚上，任何你愿意打电话给我的时候。我想要你赤裸裸的身体、你的肌肤、你的嘴、你的手。我想要你——像这样——不是那种欲望焚烧着的歇斯底里——而是冷静而清醒的——抛弃尊严、没有遗憾——我想要你——我没有自尊来和自己讨价还价，嘲笑我吧——我要你——像只动物，像是栅栏上的猫，像个妓女。"

她的语调简单而平缓，好像是在背诵关于信念的严肃教义。她站着没有动，穿着平跟鞋的双脚分开，肩膀向后仰着，胳膊笔直地垂在身体两侧。她看起来很冷淡，没有被她自己的话影响，纯真得像个小男孩。

“洛克，你知道我恨你。我恨你的人，恨我想要你，恨我非得要你不可。我要和你战斗——我要毁掉你——我告诉你这些，平静得和我像只动物向你乞讨一样。我要祈祷你不会被毁掉——我也告诉你这个——尽管我什么也不相信，没有什么好祈祷的。但是我会力争阻止你前进的每一步。我会破坏你每一次得来的机会。我会通过唯一能伤害你的事情去伤害你——通过你的工作。我会力争让你饿死，在你做不到的事情上勒死你。昨天我已经开始了——这就是今天晚上我要和你睡觉的原因。”

他深深地坐在椅子里，四肢伸展着，他的身体很放松，但在放松中又有紧张，一切都是静止的，即将来临的狂风暴雨正慢慢把它注满。

“我今天伤害了你，我还会接着做的。什么时候打败了你，我就会来到你身边——无论什么时候我知道我伤害了你——我会让你占有我。我想被占有，不是被情人，而是被一个将挫败我对他的胜利的对手，不是用一阵光荣的重击，而是用他身体与我身体的接触，洛克，那就是我想要你做的。那就是我。你想听到全部，你都听到了，现在你想说什么？”

“把衣服脱了。”

她一动不动地站了一会儿，嘴角下有两个小硬块突起、变白。然后她看到他的衬衫动了，是控制着的呼吸颤抖了一下——轮到她笑了，带着嘲讽，就像他一直对她笑的那样。

她举起两只手，放到衣领那儿，解开外套的纽扣，动作简单、准确，一个接着一个把纽扣解开。她把外套扔到地上，脱下一件薄薄的白色衬衫。她注意到黑色的手套还紧紧地套在裸露的手腕上，她挨个手指摘下手套。她满不在乎地脱着衣服，好像是她一个人在自己的卧室里。

接着，她看向他。她光着身子站着，等待着，感觉他们之间的距离像是顶在她腹部的压力。她知道这对他也是一种折磨，这是他们都想要的。他站起来，走过去。当他搂住她的时候，她主动抬起胳膊，抱住他，指尖滑过他的肋骨、他的腋窝、他的脊背、他的肩膀，她觉得他身体的轮廓印在了她胳膊的内侧。她的嘴唇压着他的嘴唇，她投降了，不像之前那样反抗，但里面蕴含了更多的暴力。

之后，她躺在他身边的床上，躺在他的毯子下面，看着他的房间。她问："洛克，你为什么要在采石场工作？"

"你知道的。"

"是的。其他任何人都会在建筑师事务所找个工作。"

"那样的话，你根本不会有毁掉我的欲望。"

"你明白？"

"是的。别说了。现在这不重要。"

“你知道吗？恩瑞特公寓是纽约最漂亮的建筑。”

“我知道你明白这一点。”

“洛克，你在采石场工作时，心里面就有恩瑞特公寓，以及其他像它一样的作品，而你钻着花岗岩，像个……”

“多米尼克，过一会儿你就会变得软弱了，而明天你就会后悔的。”

“是的。”

“多米尼克，你很可爱。”

“不。”

“你可爱。”

“洛克，我……我还是想毁掉你。”

“如果你不想毁掉我，你认为我还会要你吗？”

“洛克……”

“你要再听一次吗？或者只是其中的一部分？我要你，多米尼克。我要你。我要你。”

“我……”她停住了，可她的呼吸中几乎可以听到那个词。

“不，”他说，“还不到时候，你还不会把它说出来。睡觉吧。”

“在这里？和你？”

“在这里，和我。早上我会为你做早餐的。你知道我会自己做早餐吗？你会喜欢看的，就像看我在采石场里工作一样。然后你就回家，考虑怎么毁掉我吧。晚安，多米尼克。”

8

客厅的百叶窗拉到了窗户上面，城市的灯光爬上了玻璃窗中间那条黑暗的地平线。多米尼克坐在书桌旁，修改着文章的最后几页，忽然门铃响了。客人不会不打招呼就来打扰她——她抬起头，铅笔停在半空中，有些生气又有些好奇。她听见走廊里的脚步声，接着女佣进来了，说：“小姐，有位绅士要见你。”她的声音中有微微的敌意，解释说这位绅士拒绝说出他的名字。

一个橘红色头发的人？——多米尼克想问，但是她没有。铅笔僵硬地停在那里，她说：“让他进来。”

然后门开了，在走廊灯光的映衬下，她看到了长长的脖子和斜斜的肩膀，像是一个瓶子的侧影。一个浑厚而柔滑的声音说道：“晚上好，多米尼克。”她认出了埃斯沃斯·托黑，她从没邀请过他来她家里。

她笑了，说道：“晚上好，埃斯沃斯。好久不见啊。”

“现在你该期望我来的，对吗？”他转过身对女佣说，“请给我来杯橘味香酒，如果你有的话，我相信你有。”

女佣睁大了眼睛，看向多米尼克，多米尼克静静地点了点头，然后女佣出去了，关上了门。

“肯定很忙吧？”托黑扫了一眼杂乱的桌子说，“相当不错啊，多米尼克，也有了收获，你最近写的东西越来越好了。”

她让铅笔从她手里落下来，把一只胳膊放在了椅子背上，半转过身来对着他，平静地看他：“你想怎么样，埃斯沃斯？”

他没有坐下来，而是站在那里用一种专家的沉稳和好奇审视着这间屋子。

“还不错，多米尼克。就像我希望你会拥有的房子一样，有点冷。你知道，我不会要那边的冰蓝色椅子。太显眼了。搭配得太好了，就在人们希望它在的那个位置上。我会要个胡萝卜红色的。一种难看的、耀眼的、放肆的红色，像霍华德·洛克先生的头发。那太……顺便说一句——只是顺便说一句——不带私人恩怨的，只有一点都不适合的颜色，才会造就整个房间——这种东西会带来优雅。你的花摆放得很好。这些画，太……还不错。”

“好吧，埃斯沃斯，好吧，什么事情？”

“你不知道我以前从没来过这里吗？不知怎么回事，你从没邀请过我。我不知道为什么。”他舒服地坐下来，一只脚踝放在膝盖上，一条瘦腿平搭在另一条腿上，紧紧的铁灰色短袜从裤脚下完全露了出来，袜子上面露出一小块皮肤，白得发青，还带有几根黑毛。“不过，你一直不怎么合群。过去时，亲爱的，过去时。你不是说过我们很长时间没见面了吗？那是真的。你一直这么忙——忙得不同寻常。拜访、晚宴、酒吧，还开茶话会。对吧？”

“对。”

“茶话会——我想那是最好的了。这个房间很适合办聚会——大——有足够的空间来容纳——特别是当你不挑剔来客时——你不挑剔的，现在不挑剔了。你拿什么招待他们？凤尾鱼糊？切成心形的肉末鸡蛋？”

“鱼子酱和切成星星形状的肉末洋葱？”

“年老的女士呢？”

“奶油乳酪和剁碎的胡桃——螺旋形的。”

“看到你把事情料理得那么好，我真是高兴。真是好极了，你为年老的女士想得这么周到。特别是那些极其有钱的——有个从事房地产的女婿。比起陪卡门多·海碧去看《把我打倒》，还不那么糟糕。海碧有一口假牙，还在百老汇街和钦伯斯街的夹角处有一片不错的空地。”

女佣拿着托盘进来了。托黑拿了一个杯子，小心地端着，呷了一口，这时女佣退了出去。

“你能告诉我吗？为什么你有特务部门——我不会问是谁——为什么你有关于我活动的详细报告？”多米尼克冷漠地说。

“你可以问是谁，任何人，每个人。难道你不认为人们都在谈论多米尼克·弗兰肯小姐，把她当作一个著名的女主人吗——这么突然？多米尼克·弗兰克小姐是第二个琦琦·霍尔科姆，但是要好多了——哦，好多了——敏锐多了，更有能力，然后，只是想想，漂亮多了啊。是你展示你出众容貌的时候了，你太漂亮了，任何一个女人都会为了那份美貌而割了你的喉咙。当然，如果联系到它的功能来看，它还是被浪费了。不过，至少有人能从中得到好处。例如你的父亲。我敢肯定，看到你的新生活，他乐坏了。小多米尼克对人友善。小多米尼克终于成为正常人了。当然，他错了，但是他感到高兴是件好事。还有其他几个人，比如我，尽管你从没做过什么让我高兴的事情，但是，你看，这就是我有幸拥有的能力——能够绝对无私地从那些与我无关的事情中汲取快乐。”

“你不是在回答我的问题。”

“但我是在回答。你问为什么对你的活动感兴趣——而我回答：因为它们令我高兴。另外，看，如果说我是在收集自己对手的活动信息，人们肯定会震惊，尽管目光短浅。但是，对我这方的行动却不知情——真的，你知道，你认为我不是一个这么拙劣的将军，不管你对我有其他任何看法，你从来都没有认为我是拙劣的。”

“你那一方，埃斯沃斯？”

“看，多米尼克，那就是你写作和说话风格的问题，你用了太多的问号，不好，从哪方面来说都不好，特别是在不必要的时候。我们不要这么盘问了——只是谈一谈。既然我们都明白，我们之间没有太多的问题要问。如果有——你早就会把我撵出去了。但是你没有，反而给了我一杯非常昂贵的烈性酒。”

他握着酒杯的边缘，拿到鼻子下面，享受地慢慢啜了一口，就像是在餐桌上响亮地咂了一下嘴巴，在那里很粗俗，而在这里，一只雕花水晶玻璃杯的杯沿压在一绺整齐的小胡子上，却显得特别优雅。

“好吧，”她说，“谈吧。”

“那就是我一直在做的。我很体贴——因为你还没有准备好要谈话。有那么一会儿没有准备好。哦，让我们谈谈吧——以一种绝对深思熟虑的方式——谈谈看到人们热切地欢迎你到他们中间，接受你，涌向你，是多么有趣的事。这是为什么，你想过吗？他们自己傲慢得很，却让一个一直都怠慢他们的人垮下来，变得合群了——他们打着滚儿，躺在那里，弯着爪子，等着你去挠他们的肚子。为什么？我认为，有两种解释。好的那一种是他们慷慨大方，希望用他们的友谊来向你致敬。只是好的解释从来都不是真实的。另一种解释是，他们知道，你需要他们就是在贬低自己，你正从顶峰跌落——每一种孤独都是一个顶峰——他们很高兴用他们的友谊把你拉下来。当然，尽管他们中没有人意识到这一点，除了你自己。这就是你为什么要经历巨大的痛苦来做这件事，而没有一个崇高的原因，不是为了那个你选择的结局，你是永远不会这么做的，那结局比手段更卑鄙，同时让手段变得可以忍受。”

“埃斯沃斯，你知道，你说了一个你永远不会用在你专栏里的句子。”

“我吗？我肯定对你说了很多我不会用在专栏里的东西。哪一句？”

“每一种孤独都是一个顶峰。”

“那句？是的，太正确了。我不会的。送给你——尽管不怎么好。非常粗劣。有一天我会给你更好的句子，如果你想的话。很抱歉，你从我的小小发言中只挑出来那么一句。”

“你想让我挑什么？”

“哦，例如，我的两个解释。那是个有趣的问题。什么更善良——相信人类中最好的那部分并给他们加以他们不能忍受的崇高——或者就按他们原本的样子去看待他们，并且接受它，因为那会让他们感觉舒服？当然，善良比公正更重要。”

“埃斯沃斯，我不在乎。”

“对抽象思维没有兴致吗？只是对具体的结果感兴趣？好吧。过去的三个月你给彼得·吉丁弄了多少项目？”

她站起来，走到女佣留下的托盘边上，为自己倒了一杯酒。“四个。”她把杯子举到嘴边。然后她转过身站在那里，拿着杯子看着他，又说道，“那就是著名的托黑技术，从来不在你专栏的开头或结尾加以重击，而是把它悄悄地放在人们最防不胜防的地方。整个专栏都填满胡言乱语，只是为了加入那最重要的一笔。”

他礼貌地点了点头：“太对了，那就是我之所以喜欢和你交谈的原因。在与那些根本不知道你的微妙和恶毒的人交谈时把它们流露出来，是一种浪费。但是胡言乱语绝不是偶然，多米尼克。而且，我不知道我专栏里的技巧变得这么明显，我要考虑用一招新的了。”

“不要麻烦了。他们喜欢。”

“当然，他们会喜欢我写的一切。那么是四个？我漏掉了一个。我数成了三个。”

“如果这就是你想知道的，我不明白你为什么要来这儿。你很喜欢彼得·吉丁。我正在帮助他，比你做的还好，所以如果你想和我谈彼得·吉丁的话——没有必要，是吧？”

“多米尼克，你这一句话中有两处错误。一处是诚实的错误，还有一处是在撒谎。诚实的错误是那种假设，我希望帮助彼得·吉丁——顺便说一句，我要比你更能帮助他，我有这个能力，我也会帮助他的，但是那需要长远的考虑。撒谎就是你认为我来这里是谈论彼得·吉丁的——看见我进来时，你就知道我来这里是要谈论什么了。而且——哦，天呐！——你会允许比我自己更讨厌的人来骚扰你，只为了谈论那个话题。虽然我不知道在这时候，对于你来说，谁能比我更讨厌。”

“彼得·吉丁。”她说。

他做了个鬼脸，皱了皱鼻子：“哦，不。他还不够格。但是让我们谈谈彼得·吉丁吧。真是太巧合了，他碰巧是你父亲的合伙人。你努力为你的父亲寻找项目，像是个孝顺的女儿，没有比这再自然的了。你已经在过去的三个月里为弗兰肯-吉丁事务所创造了奇迹。只是对几位遗孀笑笑，在我们更好的聚会上穿上华丽的时装。想想吧，如果你决定就这样走下去，靠出卖你无与伦比的身材，不是为了审美的意图——而是为了给彼得·吉丁拿到项目。”他停了下来。她什么也没有说。然后他又说道：“多米尼克，我的赞美，你配得到我对你的最高评价——因为你没有吃惊。”

“埃斯沃斯，那是指什么？惊讶价值还是暗示价值？”

“哦，那可以是好几样事情——比如，初步的试探。但是，事实上，那什么都不是。只是一些庸俗。同样也是托黑技术——你知道，我总是在适当的时间建议错误的调调。我是——本质上——一个过于认真、过于表里如一的清教徒，我得允许自己偶尔有别的色彩——去缓解一下单调乏味。”

“你是吗，埃斯沃斯？我不知道你是什么——本质上。我不知道。”

“我敢说没人知道。”他高兴地说，“尽管根本没什么秘密。很简单，所有事情减少到最基本的部分就简单了。如果你知道基本原理有多少，你会很惊讶的。我想可能只有两个。那是一种清理头绪的工作，是一种艰难的缩减过程——这就是人们不喜欢自找烦恼的原因。我想他们也不会喜欢这个结果。”

“我不介意。我知道我是什么。你就说吧。我是个婊子。”

“不要愚弄自己，亲爱的。你还不如婊子。你是个圣徒。事实上圣徒是危险的，是不受欢迎的。”

“你呢？”

“事实上，我确实知道我是什么。仅此一项就能解释关于我的很多东西。我再给你一个很有用的暗示——如果你愿意用的话。当然，你不会愿意的。然而，也许——将来你会的。”

“为什么呢？”

“多米尼克，你需要我。你也许也有一点理解我。你明白，我不怕被理解，不怕被你理解。”

“我需要你？”

“是的，来吧，拿出一点勇气来。”

她坐直了，冷冷地沉默地等待着。他笑了，明显很高兴，丝毫没有试图去隐藏。

“让我们看看，”他一边说，一边漫不经心地研究着天花板，

“你为彼得·吉丁弄到的这些项目。修建克瑞恩办公室令人讨厌——霍华德·洛克从没有那样的机会。林德塞的家还好一点儿——洛克肯定被考虑过，我想要不是因为你，他会得到那个项目的。斯顿布克俱乐部也是——他有那个机会，只是被你毁掉了。”他看了看她，轻声地笑着，“多米尼克，对我的技巧和重击不加以评价吗？”笑声徜徉在他美妙的嗓音里，如同油脂漂浮在水流中一样顺畅——“你疏忽了诺瑞乡村公寓——上周他得到的，你知道。哦，你不可能百分之百地成功。毕竟，恩瑞特公寓是个大工程，引起了很多讨论，还有很多人对霍华德·洛克先生表示了兴趣。但是你做得很出色。祝贺你。现在你认为我对你很好吗？每个艺术家都需要欣赏——没有人赞美你，因为没有人知道你在做什么，除了洛克和我。而他不会感谢你。转念一想，我觉得洛克并不知道你在做什么，而那就没意思了，不是吗？”

她问道：“你怎么知道我在做什么？”她的声音很累。

“亲爱的，你肯定已经忘记了是我先给你出的主意。”

“噢，是的，”她茫然地说，“是的。”

“现在你知道我为什么来这儿了吧？现在你知道我的立场是什么了吧？”

“是的，”她说，“当然。”

“亲爱的，这是行规。一个联盟。盟友从来不互相信任，但是这并不破坏他们的效能。我们的动机可能相反。实际上，是相反。但是没关系，结果会是相同的。没必要有一个共同的高尚目标。唯一必要的是有一个共同的敌人。我们有共同的敌人。”

“是的。”

“那就是你之所以需要我的原因。我曾经很有用。”

“是的。”

“我可以比你参加过的任何一次茶话会更能伤害你的洛克先生。”

“为什么？”

“省略为什么。我没有询问你为什么。”

“好吧。”

“那么我们能相互理解了？我们在这方面是盟友了？”

她看着他，无精打采地向前坐了坐，专注地，脸上一片空白，说道：“我们是盟友。”

“太好了，亲爱的，现在听着。不要隔三岔五地在你的专栏里再提起他。我知道你每次都会对他进行恶意攻击，但太多了。你使他的名字总出现在报纸中，而你不想那样做。还有，你最好邀请我参加你的那些聚会，有很多我能做而你不能做的事情。还有一点，吉尔伯特·考顿先生——你知道，加利福尼亚考顿陶器厂——正计划在东部建立分厂。他考虑用一个优秀的现代主义者。实际上，他正考虑洛克先生。不要让洛克得到那个项目。

这是个大工程，会得到很多的公众注意力。去为考顿夫人发明一种新的茶点三明治。随便你做什么，就是不要让洛克得到那个项目。”

她站起来，走到桌前，胳膊快速地来回摆动，拿起一根烟。她点着它，转向他，冷冷地说：“你可以谈得非常快，并且直奔主题——当你想的时候。”

“当我发现有必要的时候。”

她站在窗前，看着窗外的城市。她说：“实际上，你没有做过什么反对洛克的事情。我原本不知道你这么在意。”

“哦，亲爱的，我没有吗？”

“你在报纸上从来没提到过他。”

“亲爱的，那就是我所做的反对他的事情，到目前为止。”

“你最早是在什么时候听说他的？”

“当我看到海勒公寓的图纸时。你不会认为我没看到吧，对吗？你呢？”

“当我看到恩瑞特公寓的图纸时。”

“以前没有？”

“以前没有。”

她吸着烟，并没有转向他，说道：“埃斯沃斯，如果我们当中的一个要去重复我们今晚在这里的谈话，另一个就会否定它，它永远都不会得以证实。所以无所谓我们彼此是否真诚相对，对吧？这相当安全。你为什么恨他？”

“我没说过我恨他。”

她耸了耸肩。

“至于其余的，”他又说道，“我想你能回答你自己。”

她缓缓地冲着玻璃窗反射的微弱的烟头火光点了点头。

他站了起来，从她身边走过，站在那里看着下面的城市灯光，看着有棱有角的建筑物轮廓，看着那些黑乎乎的墙壁被窗户上的强光映衬成半透明状，好像墙只是覆盖在坚硬发光物体上的一层薄薄的黑色方格面纱。埃斯沃斯·托黑温柔地说：

“看看。伟大的成就，对吗？英雄的成就。想想成千上万努力工作创造这些的人，想想数以百万从中受益的人。据说，如果不是因为从古至今各处那十二个人的精神，不是因为那十二个人——或许不到十二个——这一切都是不可能的。那也许是真的。如果是这样，则再一次有——两种可能的态度。我们可以说那十二个人是伟大的救世主。他们伟大的精神财富哺育了我们。我们怀着感激和手足之情愉快地接受。或者，我们可以说，通过他们那些我们既比不了也跟不上的显赫成就，那十二个人已经让我们明白了我们是谁。我们不要他们那些宏伟的礼物，我们觉得沼泽旁的洞穴和木棍摩擦生的火要胜过摩天大楼和霓虹灯——如果洞穴和木棍就是你创造力的极限。多米尼克，这两种态度，你把哪个称为真正的人道主义？因为，你明白，我就是个人道主义者。”

过了一段时间，多米尼克发现与人交流更容易了。她学会了把接受自我惩罚当作一次对容忍度的考验，好奇心促使她去发现她能忍受多少。她穿梭于正式的宴会、戏剧招待会、晚宴、舞会——优雅大方，满面春风，她的微笑使她的脸看起来更为明亮而寒冷，就像冬天里的太阳。她漫不经心地听着那些空泛的话语，说话的人仿佛会被听众表现出来的任何浓厚兴趣所污辱，好像只有沉闷才是人们之间唯一可能的关系，是他们不稳定的尊严唯一的保护。她对每件事都点头接受。

“是的，霍尔特先生。我认为彼得·吉丁是这个世纪的英雄——我们的世纪。”

“不，英斯基普先生，霍华德·洛克不行。你不能选霍华德·洛克……一个冒牌货？当然，他是个冒牌货——要用你敏感的诚实去评价一个人的正直……没什么？对，英斯基普先生，当然，霍华德·洛克什么都不是。只是个大小与距离的问题——距离……不。我不那么认为，英斯基普先生——很高兴你喜欢我的眼睛——是的，当我高兴的时候，它们总是像那样——我很高兴听到你说霍华德·洛克什么都不是。”

“琼斯夫人，你见过洛克先生？你不喜欢他吗？哦，他是让人无法同情的那种人。真的。同情是一种美妙的东西。当一个人看到压扁的毛毛虫时会有这样的感觉，是一次思想升华的体验。一个人能让自己前进，伸展——你知道，就像是脱下紧身束带。你不必压抑你的胃、你的心和你的精神——当你有同情心的时候。你所能做的就是向下看，这个要容易得多。当你抬头向上看时，你的脖子会痛。同情是最高尚的美德。它证明受苦受难是合乎情理的。世界上是必然存在苦难的，不然怎么会有高尚的美德和同情心啊……哦，它有一个反面，但那是艰难而苛求的……欣赏。琼斯夫人，欣赏。但那样的话，要脱下的不仅仅是紧身束带……所以我说，我们不能为其感到可怜的都是邪恶之人，比如霍华德·洛克。”

夜深的时候，她经常会来洛克的房间。她来的时候并没有告诉他，只是确定他会一个人在那里。在他的房间里，宽恕、撒谎、认同和忘却自我都是多余的。在这里，她自由地去抵抗，自由地看到她的抵抗被对手所欢迎。那个对手太强大了，对比赛无所畏惧，甚至需要她的抵抗。她发现她渴望认同自己的实体，没有被触碰过，也不会被触碰，除非是在一场干净的战斗中，胜利或者失败，但是无论胜利还是失败，都会被保存于其中，而不会被埋在那毫无意义的冷漠泥浆里。

当他们一起躺在床上的时候——那是——必须是，那是那个动作最基本的要求——一种暴力。那是屈服，由于他们的反抗变得更完整了。那是一种紧张的行为，就像地球上伟大的东西都是紧张的一样。是紧张，让电流穿过金属线传递；是紧张，让水流通过水坝的遏制而产生电力。他的皮肤贴着她的，那不是爱抚，而是一种痛苦的浪潮，太多的渴望、欲望和否定在最后时刻全面爆发出来，就转化成了痛苦。这是牙关紧咬、满腔仇恨的行为，是不可忍受的剧痛的时刻——这是一个用痛苦来破坏和分解自我的时刻，痛苦的元素被破坏了，颠倒了，战胜了，卷到了对苦难的拒绝中，卷到了痛苦的反面，卷到了狂喜之中。

她从一个派对中回来，来到了他的房间，还穿着昂贵精致的晚礼服，就像是一层冰罩在她身上——她向后靠在墙上，感觉着身后粗糙的灰泥墙，慢慢地环视着周围的每一件物品，看到了铺满纸的粗陋餐桌，看到了钢尺，看到了五个黑手指印弄脏的毛巾，看到了光秃秃的地板——她的眼神滑过自己身上发亮的缎子，滑到那只银色拖鞋的小小三角形鞋尖上，想着自己将怎么在这里脱去衣服。她喜欢在这个房间里乱逛，喜欢把手套扔在一堆杂乱的铅笔、橡皮和抹布中，把她的银色小包放在一件脏衬衫上，喜欢啪的一声扯开钻石手镯上的扣儿，把它丢在还剩有一小块三明治的盘子里，放在一幅没有完成的图纸旁。

“洛克，”她说，她站在他的椅子后面，胳膊搭在他的肩膀上，手放在他的衬衫底下，手指张开着，紧紧压着他的胸，“我今天已经要西蒙先生承诺，把他的活儿交给彼得·吉丁。三十五层楼，他希望一切都有价值，钱不是问题，只是艺术，纯粹的艺术。”她听到他偷偷地笑了，但是他没有转过头来看她，只是用手指扣紧了她的手腕，把她的手拉下来，更深地探进衬衫里，紧贴着他的皮肤。然后她把他的头扳过来，弯下身子，亲吻着他的嘴唇。

她进来时，看到一份《纽约旗帜报》摊开在桌子上，打开的那一页上登有多米尼克·弗兰肯的《你的家园》。她的专栏里有这样几行：“霍华德·洛克是建筑界的萨德[1]。他爱上了他的建筑——看看吧。”她知道他不喜欢《纽约旗帜报》，他把报纸放在那里只是看在了她的分上。他看见她已经注意到了，他脸上是那种她所恐惧的似笑非笑的表情。她生气了，她想让他去读她写的每一样东西，她更愿意认为这会深深伤害他，他会因此躲避。后来，她横躺在床上，他的嘴吻着她的胸，她看到了他一头橘红色的乱发，看到了桌子上的那张报纸。他感觉到了她在由于兴奋而颤抖。

她坐在地板上，他的脚旁边，头靠在他的膝盖上，抓着他的手，整个拳头被握在他的手指中。她让拳头滑过他的手指，感觉关节处硬硬的、小小的疙瘩。她温柔地问道：“洛克，你想得到考顿工厂吗？你非常想得到吗？”“是的，非常想。”他回答说，没有微笑也没有痛苦。然后她把他的手抬起放到嘴边，就这样握了很长时间。

1　1740—1814，法国作家，其著作多描写性变态。——译注

黑暗中她下了床，光着身子穿过房间，从桌子上拿了一根烟。她弯下腰，凑到火柴的亮光前，她的小腹随着她的走动若隐若现，显得十分圆润。他说："给我点一支。"她把烟放到他双唇之间，然后在漆黑的屋子里走来走去，抽着烟，而他躺在床上，用胳膊肘支着身体，看着她。

有一次她进来，发现他在桌边工作。他说："我就快做完了。坐下，等一会儿。"他没有再看她。她坐在那里等着，不说话，在屋子最深处的角落里蜷缩在一张椅子上。她看到他由于全神贯注的工作，眉毛拧成了直线，看他嘴的形状，脖子上紧绷在皮肤下的静脉，他的手像是外科医生的手。他看起来不像是艺术家，而像是个采石场的工人，像是一辆在拆墙的拖车，像一名修道士。她不想让他停下来或是看她一眼，因为她想看到他那种苦行者的纯洁，毫无一丝肉欲，想看到——那些她所能想起的记忆中的东西。

有些晚上，他来到她的公寓，也像她那样，没有预约。如果她有客人，他就说："让他们走。"他会直接去她的卧室，而她就会把客人打发走。他们之间有一种无声的约定，不用说明就都明白，从来不会被人看见他们在一起。她的卧室布置得很优雅，全是玻璃与淡绿色。他喜欢穿着在建筑工地上弄得脏兮兮的衣服来，他喜欢掀开床罩，然后坐在那里平静地谈论一到两个小时，不看床，也不提及她写的东西或者建筑或者她为彼得·吉丁找到的最新工作，轻松安逸，在这里，像这样，让这些时间比被他们耽搁的那些时间更令人高兴。

有些晚上，在她的客厅里，他们坐在一起，坐在俯瞰这座城市的巨大窗户旁。她喜欢看见他在那扇窗户的旁边。他站在那里，侧身对着她，吸着烟，看着下面的城市。她会从他身边走开，坐在屋子中央的地板上，看着他。

有一次，他起床时，她打开灯，看见他光着身子站在那里。她看着他，然后带着一种绝对真诚的绝望轻声说道："洛克，我一生中所做的每一件事都是因为这个世界让你去年夏天在采石场工作。"

"我知道。"

他坐在床角。她向前挪了挪，把脸放在他的大腿上，蜷起身子，脚放在枕头上，胳膊下垂着，手掌慢慢地在腿上游走，从脚踝一直摸到膝盖，然后再摸回脚踝。她说："但是，当然，去年夏天，你一分钱都没有，也没有工作，如果由我来决定，我也会正好把你送到那个采石场去做那种工作。"

"我也知道。但是也许你不会。也许你会让我成为美国建筑师行会会所里的一名洗手间服务生。"

"是的，可能。把你的手放在我的后背上，洛克，就这样放在那里，像这样。"她趴在那儿，脸埋在他的膝弯，胳膊垂在床边，一动不动，好像她身体里没有了生气，只是他手下她的肩胛骨还在活动。

她到过的客厅里、饭店里、美国建筑师行会的办公室里，人们都爱谈论《纽约旗帜报》的多米尼克·弗兰肯小姐有多么不喜欢霍华德·洛克，就是那个洛格·恩瑞特挑选的建筑业的怪人。这使洛克臭名远扬。有人说："洛克？你知道，就是那个让多米尼克无法忍受的家伙。""弗兰肯小姐太了解建筑了，如果她说他不好，他就会比我想象的更坏。""天呐，但是他们两个一定恨死对方了！虽然我知道他们从来没有见过。"她喜欢听到这些。埃瑟尔斯坦·比斯利在《美国建筑师行会简报》上他的专栏里谈到中世纪城堡建筑时这样写道："为了理解这些建筑的威严残暴，我们必须记住，封建君主之间的战斗是野蛮的——有点像是多米尼克小姐和霍华德·洛克先生之间的世仇。"这让她很高兴。

奥斯顿·海勒曾经是她的朋友，他和她谈到了这件事。她从未见他这么生气过：平时脸上挖苦的魅力一扫而光。

"你以为你究竟在做什么，多米尼克？"他低声说，"这是我看过的公众刊物上，新闻业的流氓行径最突出的表现。你为什么不把那种东西留给埃斯沃斯·托黑呢？"

"埃斯沃斯很厉害，是吗？"

"至少，他很正派，没有给洛克设下不干不净的陷阱——虽然，当然了，那也只是不下流罢了。但是你到底怎么了？你意识到了你在谈论谁，在谈论什么吗？你通过赞美霍尔科姆爷爷那些可怕的夭折项目来找乐子，极力贬低你父亲还有那个彼得·吉丁——那个屠夫家的帅小伙，他现在已经是合伙人了——这些都没什么。一点也不要紧。但是把这种理性的方式用在赞扬像洛克那样的人身上……你知道，我真的认为你正直又有判断力——如果你有机会去训练它们的话。实际上，我想你表现得像是个流浪汉，只是在强调你所写到的那些作品的蠢货主人的平庸。我以前没认为你是一个不负责任的婊子。”

“你以前错了。”她说。

一天早上，洛格·恩瑞特来到她的办公室，没有问候，直接说：“拿上帽子，和我一起来看看。”

“早上好，洛格。”她说，“去看什么？”

“恩瑞特公寓。我们要建好了。”

“啊，当然，洛格。”她笑着站起来，“我想看看恩瑞特公寓。”

在路上，她问：“洛格，怎么了？想贿赂我？”

他挺直身子坐在豪华轿车宽宽的灰色坐垫上，没有看她。他回答说：“我能理解愚蠢的恶意。我能理解无知的恶意。我不能理解故意的腐朽。当然，你有写任何东西的自由——在看了之后。但那不会是愚蠢或无视。”

“你高估我了，洛格。”她耸了耸肩，路上再也没说什么。

他们一起穿过木栅栏，进到只有光秃秃的钢铁和木板的丛林里，那里就要建成恩瑞特公寓了。她的高跟鞋轻轻地踩在满是石灰的板子上，她走着，身体后倾，带着一种漫不经心而又天真的优雅。她停了下来，看向钢铁框架里的天空，天空好像比平时更加遥远，被这些横扫一切的大梁向后推去了。她看向这些未来工程的钢铁笼子，角度分明，轮廓复杂得令人难以置信，却充满生气，看起来是一个简单而合乎逻辑的整体。这个裸框中间的平面是未来的墙壁，这个裸框在这个冬日里，好像带着诞生与许诺的气息，像是一棵光秃秃的树，带着春天临近的第一抹绿色。

“哦，洛格。”

他看向她，看到了复活节时人们期待在教堂里看到的表情。

“我并没有低估，”他冷淡地说，“既没有低估你，也没有低估这座建筑。”

“早上好。”他们身旁响起了一个低沉、生硬的声音。

看到洛克，她没有惊讶。她没有听见他走近的声音，但是这座建筑里没有他是不自然的。她感觉他就在这里，她穿过外面的栅栏时，他就一直在这里。这座建筑就是他，比他的身体更个人化。他站在他们面前，他的手揣在敞开的大衣的口袋里，寒风中，他没有戴帽子。

“弗兰肯小姐——洛克先生。”恩瑞特说。

“我们见过一次。”她说，“在霍尔科姆家里，如果洛克先生还记得的话。”

“当然，弗兰肯小姐。”洛克说。

“我想让弗兰肯小姐来看看。”恩瑞特说。

“我可以带你们四处看看吗？”洛克问他。

“好的，请吧。”她先回答了。

他们三个一起穿过这座建筑，工人们都好奇地盯着多米尼克看。洛克解释着将来这些房间的布局，电梯系统，供暖设备，还有窗户的布置——他好像是在给承包商的助手讲解。她问了几个问题，他回答了。“洛克先生，一共多少立方英尺啊？用了多少吨钢材？”“弗兰肯小姐，小心这些管子，走这边。”恩瑞特先生向前走着，他的眼睛盯着地上，可什么也没看。但是随后他问：“洛克，进展如何？”洛克笑着回答说：“比预期的要提前两天。”他们站在那里，谈论着工作，就像兄弟一样，有一段时间都忘记了她的存在，周围机器的轰鸣声淹没了他们的声音。

站在这座建筑的中心，她想，如果除了他的身体，她和他没有任何关系，那么，这里把剩下的他全都给了她。可以看，可以摸，开放给所有人。这些主梁、大水管，还有这些空间，都是他的，而不会是这个世界上其他任何人的；是他的，就像是他的脸、他的灵魂。这里都是他创造的形状，他内在的东西让他有这样的创造力，原因和结果都在一起，动力清晰地体现在每一根钢材里，一个男人的自我，这一刻是她的，因为她的看见和理解而成了她的。

“弗兰肯小姐，你累了吗？”洛克看着她的脸，问道。

“不累。”她说，“不累，一点也不累。我一直在想——你打算安装什么样的管道装置，洛克先生？”

几天后，在他的房间里，她坐在桌前，看着报纸，看到她的专栏里有这么几行字：“我参观了恩瑞特建筑工地。我希望在不久的将来，会有一颗突然袭击的炸弹炸毁这间房子。这个结果很值得，比看到它变旧，变得烟熏火燎要好。家庭照片，脏袜子，鸡尾酒搅拌器，还有这些住户的柚子皮，都会使这座建筑被贬低。纽约的任何人都不应该被允许在这栋建筑里居住。”

洛克走过来，站在她身旁，他的腿顶着她的膝盖。他低头看向报纸，笑了。

“你写的这些，让洛格完全糊涂了。”他说。

“他读过了？”

“今天早上，他看这篇文章的时候我正在他办公室。刚开始，他用我从没听过的词语把你骂得狗血喷头。然后他说，等等，便又看了一遍，之后他抬起头，很困惑的样子，绝对不是生气，然后他说，如果你以一种方式来读……但是换一种……”

“你说什么了？”

“我什么也没说。你知道，多米尼克，我很感激你，可你准备什么时候停下你对我的那些溢美之词？也许有其他人会看出来。你不会喜欢那样的。”

“其他人？”

“你知道，从你写第一篇关于恩瑞特公寓的文章我就知道了。你想让我得到这个工程。但是你不认为其他人也许会明白你这么做的用意吗？”

“哦，是的，但是效果——对你来说——会比他们不知道更糟。他们更不喜欢你了。可是，我甚至不知道有谁会去费心去理解，除非……洛克，你怎么看埃斯沃斯·托黑？”

“天呐，人们为什么要去想埃斯沃斯·托黑是个怎样的人？”

她喜欢在那些聚会上遇见洛克的罕有时刻，是海勒或恩瑞特带他来的。她喜欢洛克彬彬有礼、不带任何个人感情地叫她“弗兰肯小姐”。她享受着女主人紧张的关心——努力不让她和他碰到一起。她知道，周围的人们希望看到某种爆发，某种从未有过的令人震惊、敌意的迹象。他们从来没有表现出这种迹象。她没有去找洛克也没有回避他。他们交谈，好像他们是碰巧来到同一个聚会的，就像他们和其他人说话一样。这不需要任何努力，这是真实的、适当的。他们使一切，使这次聚会都是适当的。她在这些人中找到了一种浓重的契合感，他们应该是陌生人，陌生人和敌人。她想，这些人能想象很多我和他之间的事情——除了我们之间的真相。这使她把那些美妙的时刻记得更为牢固——那些时刻没有被他们看见，没有被他们说起，甚至不为他们所知。她想，这里除了我和他，其他人都不存在。她有了一种占有感，这种感觉是她在别处无法产生的。在一屋子的陌生人中间，偶尔向他那边望去，可以让她比任何时候都拥有他更多。

如果她的视线穿过房间瞥到他，看见他在和一些空洞、冷淡的面孔交谈，她会漠不关心地转身走开；如果那些面孔带有敌意，她会高兴地观察一会儿；看到一张微笑、赞许的面孔转向他的时候，她会生气。这不是嫉妒。她不关心这张面孔是男人还是女人的。她憎恨那种赞许，她把它当作一种无礼。

一些特别的事情折磨着她：他居住的街道，房子门口的台阶，住宅区拐角处的汽车。她尤其憎恨汽车。她希望能把它们开到另一条街上去。她看向隔壁人家门口的垃圾桶，琢磨着他早上去办公室经过那儿时，垃圾桶是否就在那里。他是否看到了垃圾桶上有一个压扁的烟盒。有一次，在他公寓的大厅里，她看见一个男人走出电梯，有一秒钟她惊呆了。她一直以为这栋房子里只有他一个人住。当她坐上窄小的自操作电梯时，她靠墙站着，双手交叉放在胸前，紧紧抱住肩膀，感觉自己缩成了一团，感觉到一种亲密感，就像在一个小房间里洗着温热的淋浴。

当某位绅士介绍给她百老汇最新的演出时，当洛克在房间的另一头小口喝着鸡尾酒时，当她听到女主人小声对某个人说："上帝啊，我可没想到高登会带多米尼克来——我知道奥斯顿会对我大发雷霆，因为你知道他的朋友洛克也在这里。"她就会想起那些。

后来，她横躺在他的床上，闭着眼睛，脸颊发红，嘴唇湿润，失去了她强迫自己遵守的规则，失去了对自己语言的感觉。她小声说：“洛克，今天有个人在外面和你谈话了，他一直冲着你笑，傻瓜，十足的傻瓜。上周他看见两个喜剧电影演员就爱上了他们。我想告诉那个人，不要看他，你将无权看其他的东西。不要喜欢他，你会憎恨世界上的其他东西，就像那样，你这个傻瓜，一个或者另一个，不要在一起，不要用同一双眼睛看，不要看他，不要喜欢他，不要赞许他，那就是我想告诉他的，不能把你和世界上其他东西放在一起。我受不了看到这个，我受不了，真希望有什么东西能把你从那里面，从他们的世界，从他们之中带走，任何东西都行，洛克……”她没听见自己在说什么，她没看见他在笑，她没看清他脸上理解的表情。她只看见他的脸离她很近，她对他无所隐藏，无所不言，一切都已经准许了，回答了，找到了。

彼得·古丁很是困惑。多米尼克突然热衷于他的事业，有些让人头晕目眩，充满奉承，还带来了巨大的利润，每个人都这样告诉他。但是有时候他不那么晕，没感觉受了奉承，便会感到不安。

他尽量回避盖伊·弗兰肯。

“彼得，你怎么做到的？你怎么做到的这个？”弗兰肯会问，“她肯定是对你着了迷！谁能想到多米尼克会在所有人中……谁认为她会呢？如果她在五年前就做这些，早让我成为百万富翁了。但是，当然，那不一样，父亲的感召和……”他看到吉丁的脸上有一种不祥的表情，就把句子的结尾改成，“和她的男人不一样。我们可以这样说吗？”

“听着，盖伊，”吉丁开口说道，又停了下来，叹了口气，咕哝着说，“拜托，盖伊，我们不能……”

“我知道，我知道，我知道。我们不能仓促行事。但是天呐，彼得，就咱们两个说，那样公开难道还不像你们已经订婚了吗？不止啊，比订婚还要张扬。”然后，笑容没有了，弗兰肯看起来很认真，心平气和，明显地上了年纪，带着他少有的真正的尊严。“彼得，我很高兴，”他说得很简单，“那就是我想看到的要发生的事情。我猜我的确爱着多米尼克。这令我很高兴。我知道你会好好照顾她。她的，和所有其他的事情，终于都……”

“喔，老兄，你能原谅我吗？我实在是太忙了——昨天晚上我只睡了两个小时，考顿的工厂，你知道，上帝啊，那是什么样的作品——感谢多米尼克——那作品真叫绝活，但是你等到建起来再看吧！等到拿支票的时候再看！”

“她是不是太棒了？你能告诉我她为什么做这些吗？我已经问过她了，我不太明白她说的话。她对我说了些没头没脑的疯话，你知道她是怎么说话的。”

“哦，只要她还在这样做，我们就有的急了！”

他没有告诉弗兰肯他没有答案，他没有承认他已经好几个月没单独见过多米尼克了。她一直拒绝见他。

他还记得和她最后一次的私下谈话——还是那次参加完托黑的聚会回家途中坐在出租车里时。他记得她对他冷淡而平静的侮辱——没有伴随着愤怒的那种十足的蔑视的侮辱。他对其后的什么结果都能想到——却没想到看到她加入他的大本营，变成了他的媒体代理，几乎就是——他的皮条客。那就是问题所在，他想，当我想到这件事时，会想到那样的词。

自从她开始她那自发的行动以来，他就经常看到她。他曾经被邀请参加她的宴会——被介绍给他未来的客户。他从来没有机会和她单独在一起。他想谢谢她，还要问她几个问题。但是在周围那群好奇的客人当中，他无法强迫她与自己进行她不想继续的谈话。所以，当她告诉周围那些充满欣赏的人她如何看待考斯摩-斯劳尼克大厦时，他一直随和地笑着——她则站在他旁边，很随意地拉着他晚礼服的黑色衣袖，她的大腿挨着他的，姿势充满了占有欲和亲密感，她对此好像没有注意到，这让这种亲密变得公开。他从所有朋友那里都听到了嫉妒的评价。他苦涩地想，他是纽约唯一一个不认为多米尼克在和他谈恋爱的人。

但是他知道她的奇想很不稳定，而这些奇想太重要了，不能被打扰。他躲开她，给她送花。他开着车，试着不去想它，但还是有一点——有一点不安。

一天，在一家饭店，他碰巧遇见了她。他看见她一个人在吃午餐，就抓住了这个机会。他径直走到她的桌前，决定表现得像老朋友那样，只记得她那难以置信的善行。在她对他的幸运做出诸多高度的评价后，他问道："多米尼克，你为什么一直拒绝见我？"

"我为什么应该见你？"

"但是无所不能的上帝啊！"这句话纯属无意，却带着一种长期受到压迫的尖利的愤怒，他很快就调整过来了，笑着说，"哦，你不觉得你应该给我一次感谢你的机会吗？"

"你已经谢过我很多次了。"

"是的，但是你不觉得我们真的要单独见一次吗？你不认为我有点……困惑？"

"是的，我想你可能会很困惑。"

"噢？"

"噢什么？"

"这一切是怎么回事？"

"是……到目前为止是五万美元，我想。"

"你太淘气了。"

"想让我停下来吗？"

“哦，不！那不是……”

“不是指委托。很好。我不会停下来的。你明白吗？我们有什么好谈的？我在为你做些事情，你很高兴让我来做这些事——所以我们达成了绝对的一致。”

“你说的着实可笑！达成绝对的一致。那是多余的重复，同时也是一种轻描淡写，不是吗？我们在这样的情况下还能怎么样？你不会希望我去反对你正在做的事情吧？”

“不，我不会。”

“但是‘一致’不是我感觉到的词。我太感激你了，我都有点晕了——我惊呆了——别以为我现在在犯傻——我知道你不喜欢那样——但是我特别感激你，我都不知道对自己如何是好了。”

“很好，彼得。现在你已经谢过我了。”

“你看，我从来不敢自作多情地想你会这么为我的工作着想，这么在意，这么关注。然后你……那让我很高兴并且……多米尼克，”他问，说得有些着急，因为这些问题好像是拉着一条线的钩子，长长的，隐藏了起来，他知道这就是他不安的核心，“你真认为我是一个伟大的建筑师吗？”

她缓缓地笑了，说道.“彼得，如果人们听到你问这个，他们一定会笑的。尤其你是在问我。”

“是的，我知道，但是……但是你说过的话，说过的全部关于我的话，都当真是你的意思吗？”

“那些话很管用。”

“是的，但是那就是你为什么挑中了我？因为你认为我优秀？”

“你是香饽饽，这难道不是证明吗？”

“是的……不……我的意思是……不同的方式……我的意思是……多米尼克，我想听你说一次，就一次，我……”

“听着，彼得，我一会儿就要走了，但是走之前，我必须告诉你，你明天或者后天会收到兰斯代尔夫人的消息。现在记住，她赞成禁酒令，喜欢狗，讨厌女人吸烟，相信转世说。她想让她的房子比普蒂夫人的好——霍尔科姆设计了普蒂的房子——所以如果你告诉她普蒂夫人的房子看起来太过炫耀，真正的简单要花费更多，你就过关了。你还可以谈点针绣法，那是她的爱好。”

他走了，愉快地想着兰斯代尔夫人的房子，把他的问题忘得一干二净。后来，他记起来了，很是愤恨，耸了耸肩，告诉自己多米尼克的帮助里最好的一部分，就是她那不想看见他的欲望。

作为补偿，他在参加托黑的美国建筑家委员会会议中找到了快乐。他不知道他为什么要把这个看作一种补偿，但他的确这么做了，而且觉得很舒服。他认真地听着高登·普利斯科特作关于建筑意义的演讲：

“因此我们的工艺的内在意义就在我们视若无物的哲学事实中。我们创造了空间，一些肉体会进入其中——为了方便起见，我们把这些肉体称为人类。我所说的空间，是被人们称为房间的东西。因此只有十足的门外汉才会认为我们建造的是石墙。我们不做这种东西。我们建造了空间，如我证明的一样。这把我们引向一个极其重要的推论：接受了‘不存在’比‘存在’更高级这种绝对的假设。也就是说，接受了不接受。我会用更简单的词语来说明这一点——以便更清晰明了：‘没有’要比‘有’更为高级。因此就很明白了，建筑师要比砖瓦匠更重要——因为不管怎么说，砖的存在是次要的幻觉。建筑师是一个处理基本要素的形而上学的牧师，他有勇气像面对非现实那样去面对现实的最初构想——因为什么都不存在，而他也创造着虚无。如果这听起来很矛盾，并不证明这是糟糕的逻辑，反而是更高层次的逻辑，是所有生命和艺术的辩证法。如果从这个基本概念演绎开来，你就会得出广泛的社会意义上的结论——你就可以看见一个美丽的女人还不如一个不美丽的女人，有文化还不如没文化，有钱人还不如穷人，有能力的人还不如没能力的人。建筑师是对一个极大的矛盾的具体诠释。让我们在对于这一认识的巨大自豪面前保持谦逊吧，其他的东西都是胡言乱语。”

听到这些的时候，一个人不用担心自己的价值和伟大。这些话让自尊显得没那么重要了。

吉丁听得特别满意。他看了一眼其他人，听众们都在注意地听，非常安静，他们像他一样喜欢听这些。他看见一个小男孩在嚼着水果软糖，一个男人在用折断的火柴棍清理指甲，一个年轻人伸着懒腰。那也让吉丁高兴，好像他们在说，我们很高兴听到这么伟大的讲演，但是没有必要过于恭维这种伟大。

美国建筑家委员会一个月碰头一次，没有什么明确的活动，就是听听演讲，喝几口劣质的果汁饮料，成员的质量和数量发展得都不快，还没有取得什么具体的进展。

会议在西区[1]一家修车厂楼上的一间宽敞、空旷的房子里举行。一条长长的、窄窄的、闭塞的楼梯直通标有委员会字样的门，里面有很多折叠椅，还有一张为主席准备的桌子和一个废纸篓。美国建筑师行会认为美国建筑家委员会是个愚人的笑话。“你为什么要在这些怪人身上浪费时间呢？”弗兰肯在美国建筑师行会的一个满是玫瑰花和丝绸的房间里问吉丁，十分高兴地皱了皱鼻子。“如果我知道就怪了，”吉丁也高兴地回答，“我喜欢。”埃斯沃斯参加委员会的每一次会议，但是不发言，就坐在角落里听着。

一天晚上开完会后，吉丁和托黑一起走回家。西区的街道漆黑、破旧，他们在一家破烂不堪的杂货店停下喝了杯咖啡。

1　West Side，指纽约曼哈顿西区。——编者注

“为什么不是杂货店呢？”当吉丁提醒托黑有几家很不错的餐馆因为托黑的光顾，现在很有名气的时候，托黑笑了。“至少，这里没有人会认出我们，没有人打扰我们。”

他向那个褪了颜色的可口可乐标记吐了一口他的埃及香烟，要了一份三明治，讲究地小口咬着一小薄片泡菜，那泡菜没有斑点，可看上去好像被苍蝇弄脏了似的。他和吉丁交谈着，漫无边际。开始，他说的内容并不重要，重要的是他的声音，独一无二的埃斯沃斯·托黑的声音。吉丁觉得好像站在一望无际的大草原中央，在星空之下，被怀抱，被拥有，安全，踏实。

“善良，彼得，”那个声音温柔地说，“善良。那是第一戒律，也许是唯一的。那就是我之所以要在昨天的专栏中极力贬低那部戏剧的原因。那部戏缺少基本的善良。彼得，我们必须对我们周围的每一个人都善良。我们必须接受和原谅——在我们每个人身上都有很多要原谅的东西。如果我们学会去爱一切，所有谦虚、无知、刻薄，以及你身上最刻薄的东西，都会为别人所喜爱，然后我们就会发现宇宙中的平等，兄弟一般的和平，一个新的世界，彼得，一个美丽的新世界……”

9

用水管冲约翰尼·斯多克时，埃斯沃斯·托黑只有七岁。当时约翰尼正经过托黑家的草坪，穿着他最好的衣服。为了这身衣服，约翰尼等了一年半，因为他的母亲很穷。埃斯沃斯没有偷偷躲藏，而是经过仔细考虑后，公然地做出了那个行为。他走到水龙头那里，打开它，站在草坪中间，将水管对准约翰尼。他的目标没有错——约翰尼的母亲就在他身后几步之遥的街道上，他自己的父母还有前来拜访的牧师在托黑家的门廊里全看到了。约翰尼·斯多克是个长着酒窝、拥有一头金色卷发的漂亮孩子，人们总是要回头去看他。从来没有人回头看过埃斯沃斯·托黑。

那些成年人对此感到非常吃惊，同时也觉得很有趣，因此很久都没有人冲过去阻止埃斯沃斯。他站在那里，靠着手里死拽着的喷嘴的力量支撑他瘦弱、单薄的身体，直到他感到满意才停止。然后他扔下水管，向门廊走了两步，水嘶嘶地流过草坪，然后他停住了，等着，头抬得高高的，将自己送来受罚。如果不是斯多克夫人抓住他的儿子，抱住他，约翰尼肯定会教训他。埃斯沃斯没有回过头去看斯多克母子，而是看着他的母亲和牧师，慢慢地、清楚地说：“约翰尼是个卑鄙的小霸王，他把学校里所有的男孩子都打了。”这是真的。

如何惩罚他变成了一个道德难题。因为他虚弱的身体和脆弱的健康状况，在任何情况下都很难惩罚他。除此以外，严惩一个为了打击非正义而勇于牺牲自己，毫不顾及自己体质弱点的孩子好像是错误的。他看起来像是个殉道者。埃斯沃斯没有这么说，他没有再说什么，但是他的妈妈说了。牧师好像很同意他妈妈的说法。埃斯沃斯被关进自己的房间里，没有吃晚饭。他没有抱怨，只是待在那里——嚼着他妈妈偷偷给他送来的食物。晚上晚些时候，她违背了她丈夫的意愿，偷偷给埃斯沃斯送了饭。托黑先生坚持要为约翰尼的衣服赔钱给斯多克夫人，托黑夫人闷闷不乐地同意了，但她不喜欢斯多克夫人。

埃斯沃斯的父亲管理着一家全国连锁鞋店的波士顿分店。他收入中等，在波士顿一个不出名的郊区有一个简朴、舒适的家。他一生的隐痛就是没有自己的事业。但他是一个平静、谨慎、不爱想象的人，过早的婚姻结束了他所有的志向。

埃斯沃斯的母亲是个瘦弱而闲不住的女人，在九年时间里，她先后接受又放弃了五种宗教。她长得小巧，这种特质让她在生命中的短短几年里异常美丽。那段时间里，她拥有数不尽的鲜花——这种风光在此之前没有，之后也没有。埃斯沃斯是她的精神支柱。埃斯沃斯的姐姐海伦要比他大五岁，是一个温顺、不出众的女孩，不漂亮但是很可爱、很健康。她没有什么问题。可是，埃斯沃斯生来就很瘦小。他的妈妈从医生宣布他可能无法活下来的那一刻起就非常喜欢他，这让她的精神境界得到了提升——因为知道自己可以对一个毫无指望的事物怀有无私的爱；埃斯沃斯看起来越是没有活力、丑陋不堪，她对他就越有一种强烈的爱。当他活下来并且没有变成残疾儿时，她几乎失望了。她对海伦没什么兴趣，因为在对海伦的爱中没有折磨。那个女孩明显更值得那份爱，以致似乎只能拒绝给她。

托黑先生，由于某种他自己也说不清楚的原因，不太喜欢自己的儿子。不过，父母双方都默许了，埃斯沃斯在这个家里说了算，尽管他的父亲不明白这是为什么。

晚上，在客厅的灯下，托黑夫人会气愤和未言先败地以一种紧张的、挑战的声音说："霍勒斯，我要辆自行车，给埃斯沃斯要辆自行车。他这个年龄的男孩子都有自行车。威利·拉维特前几天刚买了辆新的。霍勒斯，霍勒斯，我想给埃斯沃斯要辆自行车。"

"不是现在，玛丽，"托黑先生厌倦地回答说，"可能是明年夏天……现在我们还买不起……"

托黑夫人会与他争论，声音猛地抬高，像是一种尖叫。

"妈妈，怎么了？"埃斯沃斯说，声音温柔、浑厚、清晰，比他父母的声音要低一些，然而却穿透了他们的声音，威严而有一种奇怪的说服力。“我们有比自行车更急需的东西，你为什么那么关注威利·拉维特呢？我不喜欢威利。威利是个笨蛋。威利买得起自行车，因为他爸爸有个自己的干货店。他爸爸是个爱炫耀的人。我不想要自行车。”

他说的每一句话都是真的。埃斯沃斯不想要自行车。但是托黑先生奇怪地看着他，纳闷是什么让他说出这样的话。他看见他儿子镜片后的眼睛在毫无顾忌地看着他。他的眼神里没有炫耀的甜蜜，没有责备，没有恶意，只有毫无顾忌。托黑先生感觉他应该为儿子的理解而高兴——同时他想告诉儿子不要提那家私人商店。

埃斯沃斯没有得到自行车。但是在家里，他得到了礼貌的关注、尊敬和关心——由于母亲的温柔和内疚，父亲的不安和怀疑。托黑先生宁肯做任何事，也不愿意和埃斯沃斯交谈——那种感觉，像是对他自己的恐慌感到气愤。

“霍勒斯，我要身新衣服，给埃斯沃斯买身新衣服。我今天在商店的橱窗里看见一身，我已经……”

“妈妈，我已经有四身衣服了。我怎么还能再要一件呢？我可不想像派特·努南看起来那样傻，他每天都要换衣服。那是因为他爸爸有个自己的冰激凌店。派特穿着他的衣服，高傲得像个女孩。我可不想成为一个娘娘腔。”

有时候托黑夫人既高兴又害怕地想，埃斯沃斯几乎要成为圣人了：他根本不关心物质上的东西，一点也不。这是真的。埃斯沃斯不关心物质生活。

他是一个瘦弱的、面色苍白的男孩，胃不好，他的妈妈不得不照顾他的饮食以及他频繁的感冒。他身材瘦小，却竟然有圆润低沉的声音，真是令人惊奇。他在合唱队里唱歌，并且无人匹敌。在学校，他是一个模范学生。他功课总是学得很好，有最整齐的抄写本和最干净的指甲，喜欢主日学校[1]，和体育运动相比更喜欢阅读，在运动方面他可能没有出头的机会。他不太擅长数学——他不喜欢数学——但是历史、英语、公民学和书法却很出色。后来，他的心理学和社会学也很出色。

他学习很认真，也很刻苦。他不像约翰尼·斯多克。约翰尼在课堂上从不听讲，在家里也很少打开书，却能在老师解释之前就清楚一切。学习似乎是自己主动找到约翰尼的，就像很多其他事情一样：他有力的小拳头，健康的身体，俊俏的容貌，过于旺盛的精力。但是约翰尼做的事情却都很让人吃惊，又出其不意，而埃斯沃斯做的事情就像人们期待的那样完美，有时甚至超乎人们的想象。当他们开始创作的时候，约翰尼的作品展示出某种反叛的东西，让全班目瞪口呆。有一次，就一篇主题是“上学时光——金色时代”的作文，约翰尼写了一篇他是如何讨厌学校

1 基督教教会为了向儿童灌输宗教思想而在礼拜日开办的儿童班。——译注

以及为什么会讨厌它的文章。埃斯沃斯则写了一首赞美学校生活的散文诗。这首诗发表在了当地的一家报纸上。

除此以外，在记姓名和日期方面，托黑远胜于约翰尼；埃斯沃斯的记忆就像是流动的、黏合一切的水泥，能包含所有的东西。如果说约翰尼是一眼正在喷涌的泉水，那埃斯沃斯就像是一块海绵。

孩子们叫他“埃斯·托黑”，他们通常让他为所欲为，并尽可能地回避他，但不是公开的；他们不理解他。当他们在学习上需要帮助的时候，他是乐于助人的，可以信赖的。他才思敏捷，可以通过起绰号毁掉任何孩子的名声；他在栅栏上画让人吃惊的漫画；他有胆小鬼的所有特征，却不能归为那一类。他太自信、太安静、太聪明了，足以蔑视每一个人。他什么也不怕。

他会在街道中间直接走到最强壮的男孩们面前，不喊叫，不生气，而是清楚地与他们攀谈——没有人见过埃斯沃斯·托黑生气——“约翰尼·斯多克屁股上打着补丁，约翰尼·斯多克住在一个租来的公寓里。威利·拉维特是个笨蛋。派特·努南是天主教徒。”约翰尼从来没有打过他，其他男孩子们也没有打过他，因为埃斯沃斯戴着眼镜。

他无法参加球类比赛，却是唯一一个对此感到自豪的人，而其他体质不好的孩子常为此感到失落和遗憾。他认为运动是粗俗的，他也是这样说的；他说，头脑要比强壮的肌肉更有力，他就是这个意思。

他没有亲密的私人朋友。别人认为他公正廉洁。在他的童年时代，有两件事让他的母亲引以为豪。

一次，富有而招人喜欢的威利·拉维特举行了一场生日宴会，同一天也是戴培·姆恩的生日。戴培是一个寡居女裁缝的儿子，爱发牢骚，还经常流鼻涕。除了那些没有被威利邀请的孩子，没有人愿意接受戴培的邀请。在那些双方都邀请的人里，埃斯沃斯·托黑是唯一一个拒绝威利·拉维特而去参加戴培·姆恩生日宴会的人。那是一次可怜的聚会，从中他不可能期望快乐——也得不到快乐。此后，威利·拉维特的敌对者对着威利大吼并嘲笑了好几个月——因为埃斯沃斯为了参加戴培·恩姆的生日宴会而拒绝了他。

还有一次，派特·努南为了能偷看一眼埃斯沃斯的考试卷，说要送给埃斯沃斯一袋软糖豆。埃斯沃斯收下了软糖豆，让他抄了考试卷。一周后，埃斯沃斯来到老师那里，把那袋没有动过的软糖豆放在桌子上，承认了自己的错误，但没有供出其他人。老师努力让他说出那个人的名字，可是没有用。埃斯沃斯保持了沉默。他只是解释说，那个犯错的男孩是最好的学生之一，他不会因为良心不安就去牺牲那个男孩的成绩。他是唯一受到惩罚的——放学后被留校两个小时。后来老师不得不把这件事放在一边，保留了原来的考试成绩。但是除了埃斯沃斯·托黑之外，包括约翰尼·斯多克、派特·努南，所有这个班最好的学生的成绩都遭到了怀疑。

埃斯沃斯十一岁的时候，他的母亲去世了。爱德琳姑姑，他父亲还没有结婚的妹妹，搬来和他们住在一起，照看着托黑一家。爱德琳姑姑是个身材很高、很有能力的人。一张脸奇长无比，而她的见识也似乎很长。她一生中的隐痛是没有经历过浪漫。海伦立刻成为她最喜欢的人。她认为埃斯沃斯是从地狱中逃出来的小鬼。但是埃斯沃斯对待爱德琳姑姑一直都很礼貌。当有一群朋友——特别是男性朋友在的时候，他会跳过去给姑姑捡手帕，挪椅子。在情人节的时候，他送给她美丽的情人节礼物——用纸做的缎带、玫瑰花蕾还有爱情诗。他像城里的小贩一样，高声唱着“甜美的爱德琳”。“你是条蛆，埃斯。”她以前曾经告诉过他，“你以痛苦为营养。”他回答说：“这样一来我便不会饿死。”过了一段时间，他们彼此保持了中立。埃斯沃斯便以自己喜欢的方式长大了。

在高中的时候，埃斯沃斯就成了当地的名人——有名的演说者。即使在很多年以后，学校也不再指望还能把其他有希望的孩子培养成一个“托黑”式的演说家。他赢得了每次比赛。后来，观众们常会说“那个漂亮的男孩子”。他们没有记住瘦弱、平肩、瘸腿、戴着眼镜的小男孩，而是记住了他的声音。每一次的辩论他都赢了，他能证明每一件事情。在一次题为“文字要比武力更有力”的辩论中，埃斯沃斯是正方，他击败了威利·拉维特；然后，他要求改为反方来挑战威利，他又赢了。

直到十六岁，埃斯沃斯才感觉自己对牧师的事业很感兴趣。关于宗教，他想了很多，他谈论上帝和精神。他广泛阅读了大量这方面的书籍，更多的是关于教堂的历史，而不是信仰的实质。在一次主题为“温顺要在地球上传承”的辩论中，他的演讲让观众流泪了。

在这个时期，他开始结交朋友。他喜欢谈论信念并且找到了一些乐意倾听的人。只是，他发现他班里聪明、强壮、有能力的男孩子们并不需要他的教导，也不需要他本人。只有屡遭不幸和秉性不高的人才来找他。戴培·姆恩开始像一只无声奉献的狗那样追随着他。比利·威尔逊失去了母亲，晚上，他徘徊着来到埃斯沃斯家，和埃斯沃斯一起坐在门廊上，颤抖着倾听，什么也不说，眼睛大而空洞，带着乞求的眼神。斯科尼·迪克斯有小儿麻痹——他常常躺在床上，看着窗外的街角，等待着埃斯沃斯。鲁斯蒂·哈泽顿考试没有及格，坐在那里几个小时，不停哭泣，埃斯沃斯冰冷、坚定的手一直拍着他的肩膀。

已经说不清是他们发现了埃斯沃斯，还是埃斯沃斯发现了他们。这些事情的发生好像是一条自然法则——就像自然不允许真空一样，痛苦和埃斯沃斯·托黑也形影不离。他用那浑厚、美妙的声音对他们说：

“痛苦是好事，不要抱怨。忍受、顺从、接受——感谢上帝让你经历痛苦。因为这样，你会比那些只会大笑和幸福的人们生活得完整。如果你不能理解这个，就不要试着去理解。一切不好的东西都来自人的大脑，因为大脑总要问太多问题。只要相信就好了，不需理解。所以，如果你考试没及格，你要高兴。那意味着你比那些聪明的男孩子更好，因为他们想得太多、太简单。”

人们说埃斯沃斯的演讲很能打动人，也因为这个，埃斯沃斯的朋友们始终和他在一起。在和他接触一段时间以后，他们就离不开他了，像染上了毒瘾。

十五岁的时候，埃斯沃斯在《圣经》课上向老师提了几个奇怪的问题，让全班都很震惊。老师一直在详细解释课文：“如果一个人赢得了整个世界，却丢失了自己的灵魂，这对于他有什么益处？”埃斯沃斯问了下面这个问题：“那么，如果想成为真正富有的人，一个人就要收集灵魂吗？”老师很想问他究竟要干什么，但是控制住了自己，问他是什么意思。埃斯沃斯没有解释。

十六岁的时候，埃斯沃斯对宗教失去了兴趣。他发现了一种崭新的意识形态。

他的转变令爱德琳姑姑很惊讶。“首先，那是亵渎神灵的，全是胡言乱语。”她说，“其次，没有任何意义。埃斯，我对你感到很惊讶。精神上的‘穷人’——还不错；但是‘穷人’——听起来一点也不体面。除此以外，那不像你，你不会去制造这么大的麻烦——或者是小麻烦。埃斯，你在有的地方、有的事情上有些疯狂。那不好。那根本不像你。”

“首先，我亲爱的姑姑，”他回答说，“不要叫我埃斯；其次，你错了。”

对埃斯沃斯来说，变化是好事。他没有成为一个爱攻击的狂热者。他变得更温顺、更安静、更温和了。他更广泛地关注人们。好像有什么东西把焦虑从他的性格中拿走了，并且给了他新的自信。周围的那些人开始喜欢他，爱德琳姑姑不再担心了。好像没有什么现实的原因能让他对革命理论这么全神贯注。他没有参加任何政党。他读了很多书，参加了一些有争议的会议，在那里他讲过一两次，不是太好，大多数时候他都坐在角落里，听着，看着，思考着。

埃斯沃斯去了哈佛。为了接受良好教育这个特殊的目标，他妈妈立遗嘱时给他留下了自己的保险金。在哈佛，他主修历史，学习成绩一直是最好的。但爱德琳姑姑希望他研究经济和社会学。她害怕他成为一名社会工作者。他没有。他对文学和高雅艺术产生了兴趣。这令她有些困惑。他身上有新的特性了。他从来没有显示出自己有喜爱文学艺术的倾向。

“你不是那种有艺术家气质的人，埃斯。”她说，“那不合适。”

“你错了，姑姑。”他说。

埃斯沃斯和同学的关系是他在哈佛的成就中最不同寻常的。他容易被别人接受。在那些骄傲的年轻的名流后裔面前，他没有隐瞒他卑微的出身，还夸大了它。他没有告诉他们他的父亲是一家鞋店的经理，他说他的爸爸是个补鞋匠。说这些的时候，他没有丝毫的挑衅和痛苦，也没有流氓无产者的自大。他说，这些对于他来说就是一个玩笑——如果有人洞察他的微笑——对他们来说也是个玩笑。他做事像个势利小人，但不是不能容忍的势利小人，而是很自然、很天真——努力使自己不要成为一个势利的人。他很有礼貌，不是讨人喜欢，而是让人愿意接受。他的态度能感染人。他如此优秀，人们对此没有疑问。他们认为有一些原因，但这是理所当然的。接受“修道士”托黑，首先是一件有趣的事，接着会变得特殊而有意义。如果这是一个胜利，那么埃斯沃斯好像还没有意识到这一点，好像也不在意这一点。他在这些还没有得到充分发展的年轻人中前进，带着一个计划，一个长期的计划，每个细节都很明确，除了能分享一路上细微琐事带来的快乐之外，没有其他的了。他的微笑神秘而让人亲近，好像是店主在计算利润时的微笑——尽管没有什么特别的事情发生。

他没有谈论过上帝和痛苦的重要性，而是在谈论大众。在一次持续到黎明的会议上，他对那些全神贯注的听众说，宗教滋生着自私自利，宗教过分强调了个人精神的重要性；宗教除了鼓吹一个简单的原则——一个人要对自身灵魂进行拯救以外，并没有别的什么意义。

“为了得到纯粹意义上的美德，”埃斯沃斯·托黑说，“为了他的兄弟们，一个人要愿意将最邪恶的罪行凌驾在他的灵魂之上。苦修肉体根本没用。苦修灵魂是唯一具有美德的方式。所以——你热爱广大的人民群众吗？你根本不懂什么是爱。送给罢工基金会两只雄鹿，你就尽责了吗？太愚蠢了！任何礼物都无关痛痒，除非是你最宝贵的东西。交出你的灵魂吧！能去撒谎吗？能，如果别人相信的话。能去欺骗吗？能，如果别人需要的话。能去叛逆，干一些流氓行径或者犯罪吗？能！为了你们眼中最低级、最卑鄙的东西。只有当你开始蔑视自己——对你那无限渺小的自我感到蔑视的时候，你才会得到真正宽广的无私，你的精神才会和巨大的人类精神结合在一起。在守财奴拥挤而狭小的自我洞穴里，已经没有爱的空间。空无一物是为了被填满。对生活的热爱会使他失去生活，在这个世界上，只有对生活的憎恨才会让生命永恒。教堂中贩卖鸦片的人拥有一些东西，但是他们不知道他们有什么。是自我牺牲？是的，我的朋友们，一定是的。但是人们不会放弃，还要坚持自己的纯洁，以自己的纯洁为荣，牺牲甚至毁灭自己的灵魂——啊，但是我现在在说什么？只有英雄才能去领会并实现它。”

在那些努力升入大学的贫穷男孩身上，他没有获得太多成功；而在那些百万富翁的年轻后嗣中，在他们的第二代、第三代中，他获得了相当多的追随者。他使他们认为自己有能力。

他以很高的荣誉毕业了。来到纽约时，他便已领先于其他人，有了小小的名声。已经有一些传闻从哈佛传出来了——关于一个名叫埃斯沃斯·托黑的不寻常的人。那些特别有才华、特别富有的人们听到这些传闻后，很快忘记了他们听到的内容，但是记住了这个名字。留在他们头脑中的只是对出色、勇气、理想主义的一种含糊的定义。

那些适合埃斯沃斯·托黑的人开始走近他。他们很快便发现，他是他们精神上的必需品。不适合他的人则没有接近他，好像这是一种本能。当有人对托黑追随者的忠诚做出评价的时候——他没有任何头衔、程序、组织，但他的圈子从一开始就追随着他——一个满怀嫉妒的竞争对手说："托黑吸引的是黏糊糊的那一种。你知道有两种东西能够粘得最牢，泥土和胶水。"托黑无意中听到了这些话，他耸了耸肩，笑了，说："哦，来来来，还有更多的有黏性的灰泥、水蛭、太妃糖、湿袜子、橡胶腰带、口香糖和含淀粉的甜点心。"然后，他走开了，声音越过他的肩膀继续传来，"还有水泥。"说这话时，他并没有笑。

他从纽约的一所大学获得了硕士学位，写了一篇论文《十四世纪城市建筑的集体模式》。他的生活格外繁忙而多姿多彩。没有人数得清他所有活动的足迹。他在大学里担任就业顾问，他给小说、戏剧、艺术演出写评论，他写文章，针对少数无名听众做了几次演讲。他的作品已经明显地流露出一定的倾向。他给小说写书评——与城市题材的小说相比，他更喜欢乡土题材的小说；与天才相比，他更倾向于普通人；与健康人相比，他更倾向于病人。当他提到关于“小人物”的故事时，在他的作品里，有一种特别的光芒。“人”是他最喜欢的形容词。与对人的实际行动的关注相比，他更倾向于对性格的研究和性格描写。他更喜欢没有故事情节的小说，毕竟，这样的小说中没有一个英雄。

他被公认为一个出色的就业顾问。他在大学里那间小小的办公室成了一个非正式的咨询室。在那里，学生们带来了他们所有的问题——学术上的，还有私人的。他愿意讨论——带着同样温柔、认真的关心——无论是对课程的选择，或者是爱情事件，或者，尤其是，对未来事业的选择。

当被请教关于爱情的问题时——如果是一个迷人的容易搞定的小可爱，埃斯沃斯会劝他们接受，可以摆上几桌，让那些酒鬼喝个痛快——“让我们现代一些”；如果涉及深厚而强烈的激情，就放弃——“让我们都长大吧”。一个男孩经历过某种讨厌的性体验之后，会到他这里来承认自己有一种羞愧感，托黑告诉他应该忘记——“这对你没什么，有两种东西我们必须尽早在生活中忘掉，一个是个人高人一等的感觉，另一个就是对性行为言过其实的尊重”。

人们注意到埃斯沃斯很少让一个男孩去继续从事他所选择的事业。

“不，如果我是你，我就不会喜欢法律。你过于紧张，对法律充满了过分的热情。对事业的过于狂热不会带来快乐和成功。选择一个能使你平静、健全和实事求是的专业更明智。是的，即使你憎恨它，但它会让你实际些。”

“不，我不会建议你继续你的音乐梦想。事实上，这对你来说太容易了，很明显，你的天才只是表面的。这就是问题的所在——你热爱它。你不认为那听起来像是个幼稚的原因吗？放弃吧，是的，如果它会像地狱一样伤害你。”

“不，很抱歉，我特别想说我赞成，但是我不会说。当你想到建筑时，那是纯粹的自私的选择，不是吗？除了你自己满意，你还考虑过其他的吗？一个人的事业和全社会都有关系，迎面而来的问题是你在哪里会对你的朋友们最有用。你不能脱离社会，应该把自己奉献给社会。至于在什么地方会有服务的机会，没有什么事业可以和外科医生的工作相比了。好好想想吧。”

在离开大学后，他指点过的人有几个做得相当好，其他人则失败了。只有一个人自杀了。据说埃斯沃斯·托黑对他们有一种良性的影响——以至于他们从来没有忘记过他：他们在很多事情上请教他，而多年以后，他们还在写和托黑在一起的日子。

他们就像是不能自主的机器，不得不借助外部的手来开动。他从来也不会忙得没时间照顾他们。

他的生活排得满满的，公开而不带个人色彩，就像是一个城市的广场。他结交的人里没有一个单纯的私人朋友。人们来到他身边，他却没有走近任何人。他接受一切。他的影响是金色的、光滑的、平静的，像是一望无垠的沙子。没有风吹过时，沙子只是静静地待在那里，而太阳则高高地照射着。

他从微薄的收入中拿出一部分捐给很多组织。别人知道他从不借一块钱给某个个人。他从来没有要求过他富有的朋友真正捐助过哪一个人，但是他从他们那里得到了给慈善机构的大笔捐款：建社教中心，建康复中心，为堕落女孩提供家园，为残疾儿童提供医院。他为所有的机构工作——没有报酬。大量的慈善机构和基础公用设施，尽管是各种各样不同的人开办的，却都被一个共同点联系在一起——那就是文具上都印有埃斯沃斯·托黑的名字。他拥有一群利他主义的追随者。

在他的生活中，女人不起任何作用。他对性没有兴趣。他对年轻、苗条、胸部丰满、头脑简单的女孩——那种穿着粉色或紫色衣服，脑后戴着小巧帽子，胸前垂着大团金色卷发的咯咯笑的年轻女服务员，口齿不清的美甲师，有一种短暂但强烈的欲望。他对聪明的女人很冷漠。

他主张家庭应是一个中产阶级的机构，但是他没有建立家庭，没有谈过恋爱。性的问题困扰着他。他感到这些乱七八糟的东西过于忙乱，没有一点理性。世界上还有太多更有分量的问题。

几年过去了，他生活中的每一天都很繁忙，像是大型自动贩卖机里缓缓掉入的小而洁净的硬币，来不及看一眼那些符号的组合，也没有得到回报。渐渐地，他的活动之一开始凸显出来。他成了众所周知的杰出建筑评论家。他为三家杂志写过关于建筑的专栏，这些杂志勉强发行了几年后，一个接着一个地失败了——《新声》《新路》《新起点》。第四个，《新前沿》，幸存了下来。埃斯沃斯·托黑是唯一一个从这一系列失败中脱险的人。建筑批评似乎是一个被忽视的领域。没有几个人去写关于建筑的东西，更没有几个人去看。托黑获得了在建筑评论方面的名声和非正式的权威地位。一些更为优秀的杂志，在它们需要和建筑业有联系时，开始向他约稿。

在一九二一年，托黑的个人生活发生了一个小小的变化。他的外甥女凯瑟琳·海尔西，他姐姐海伦的女儿，来和他一起住了。他父亲去世很久了，爱德琳姑姑消失在某个小城镇，过着贫困潦倒的生活。父母双亡后，凯瑟琳无人照顾。托黑本来不想把她留在自己家里。但是当她走下来纽约的火车时，她平凡的小脸有一阵儿看起来很漂亮，好像未来已经为她打开，未来的光芒已经照射到她的前额；好像她很渴望很自豪，已经准备好迎接它了。这是一个很少见的时刻，就是最卑微的人也会突然知道作为宇宙中心是一种什么样的感觉，并因为这种认识而变得美丽起来；世界——在别人眼中的世界——因为有了这样的中心而更加美好。埃斯沃斯看到了这点，便决定让凯瑟琳留下和他在一起。

一九二五年，《关于石头的论述》名声大振。

埃斯沃斯·托黑成了时尚人物。聪明的女主人们争相邀请他。一些人不喜欢他，嘲笑他。但是他们对埃斯沃斯·托黑的嘲笑很少得到满意的结果，因为他总是最先对他自己发表最骇人的言论。在一次聚会上，一位自鸣得意的粗鲁商人听了一会儿托黑热忱的社会理论，扬扬得意地说："哦，我对建筑了解得不太多，我做股票投机。"托黑说："我做的是灵魂的投机，而且只做短线。"

《关于石头的论述》最重要的结果是托黑和盖尔·华纳德的《纽约旗帜报》签订了一份每日专栏的合同。

起初，合同的签订令双方的支持者都很惊讶，也很生气。托黑曾经频繁地谈起过华纳德，而且出言不逊；华纳德的报纸也曾经把能登在报纸上的骂名都用在了托黑身上。但是华纳德报业只有一个原则：只反映最大多数人最大的偏好，这就导致了一种奇怪的却被认可的方式：一种前后矛盾、不负责任、陈腐和伤感的方式。华纳德的报纸反对特权，赞成人人平等，但是它们采用的不是一种礼貌的、有说服力的方式。当它们希望成功的时候，它们就垄断；当它们希望失败的时候，它们就支持罢工。它们谴责华尔街，谴责新的意识形态，它们呼唤纯净的电影时也同样满怀热忱。它们尖锐，明目张胆——虽然大体上是沉闷的温和。埃斯沃斯·托黑是一种过于极端的现象，不适合躲在《纽约旗帜报》第一版的后面。

整个《纽约旗帜报》都像它的政策一样模糊，它包括了每一个可以取悦于公众的人或者由此而来的任何大团体。据说，“盖尔·华纳德不是猪，可他什么都吃”。埃斯沃斯·托黑是一个巨大的成功，公众突然对建筑有了兴趣。《纽约旗帜报》没有建筑方面的权威。《纽约旗帜报》争取到了埃斯沃斯·托黑。这是个简单的三段论。

因此，《微声》诞生了。

为了解释它的出现，《纽约旗帜报》发表声明说：“周一，《纽约旗帜报》会为大家介绍一位新朋友——埃斯沃斯·托黑——他最出名的书是《关于石头的论述》，你们都读过而且很喜欢。托黑先生的名字代表了伟大的建筑业。他会帮助你们去理解你们想要知道的关于现代建筑奇迹的每一件事。期待周一的《微声》。《纽约旗帜报》独家报道。”托黑先生代表的其余部分被忽略了。

埃斯沃斯·托黑没有对任何人发表声明和解释。他没有理会那些呼喊着“他出卖了自己”的朋友。他只是去工作。他把

《微声》献给建筑师，一个月一次。其余时间里，埃斯沃斯经常对人群发表演讲。

托黑是唯一一个有这样一份合同的员工，他得到华纳德允许，可以写任何他喜欢的东西。他一直坚持如此。这是一个巨大的胜利，除了他自己，每个人都这样认为。他意识到这可能意味着两件事情：一个是华纳德在他名字的威严下恭敬地屈服了；另一个则是华纳德认为他太卑鄙，不值得约束。

《微声》似乎从来没说过危险的革命性言论，很少提及政治。它只是鼓吹大多数人已达成一致的观点：无私、手足情谊、平等。“与公正相比，我宁愿善良。”“仁慈要高于正义，尽管小心眼与之相反。”“按照解剖学的理论来说——也许在某些方面——心脏是我们最有价值的器官。大脑是一种迷信。”“在精神上有一种简单的、极为准确的测验：每一件因自我而发生的事情都是罪恶的。每一件因关爱他人而发生的事情都是美好的。”“服务是高贵的标志。把肥料比作人类命运的最高象征，我看恰如其分：是肥料产出了小麦和玫瑰。”“最糟糕的民歌要比最好的交响乐好听。”“一个比他兄弟更勇敢的人会默默地伤害他的兄弟。我们不要不能与人分享的美德。”“我还没看过一个天才或者一个英雄，被点燃的火柴扎到时，感觉自己的痛苦比他那平凡的兄弟要少。”“天才是很大程度上的夸张，就跟象皮病一样——只是一种病而已。”“我们内心都是兄弟——我，或者任何一个愿意具有人性的人。”

在《纽约旗帜报》的办公室，人们尊敬埃斯沃斯，却让他一个人待着。人们窃窃私语，说盖尔·华纳德不喜欢他——因为华纳德总是对他很礼貌。爱尔瓦·斯卡瑞特对他很诚恳，但是和他保持了距离。在托黑和斯卡瑞特之间有一种无声的、充满警觉的平静。他们相互了解。

托黑完全没有试着去接近华纳德，他好像对所有《纽约旗帜报》的人都很冷淡，相反，他却注意到了其他人。

他组建了一个华纳德员工俱乐部，不是工会，只是个俱乐部。每月在《纽约旗帜报》的图书馆聚会一次。它不涉及工资、工作时间和工作条件，完全没有具体的程序。人们彼此熟悉，相互谈论，一起听演讲。埃斯沃斯做了大多数的演讲。他谈论新视野和作为大众声音的新闻报纸。盖尔·华纳德有一次走了进来，出乎意料地出现在会场中间。托黑笑了笑，邀请他加入俱乐部，并且当众宣布华纳德有资格加入。但华纳德没有加入，他坐在那里听了半小时，然后打着哈欠站了起来，在会议结束前离开了。

爱尔瓦·斯卡瑞特感谢托黑没有试着进入他的领域，没有进入政策的实质层面。作为回报，斯卡瑞特让托黑推荐新雇员。当时还有几个空职位，都不太重要。斯卡瑞特并不关心，而托黑一直很在意——即使只是一个抄写员的职位。通过托黑的推荐，有些人得到了这些工作。他们中大多数都年轻、盛气凌人、能干、眼神诡诈，喜欢无可奈何地晃动双手。他们有些什么共同的东西，但是又不明显。

托黑定期参加很多每月例会：美国建筑家委员会、美国作家委员会、美国艺术家委员会，全是他组织的。

洛伊丝·库克是美国作家委员会的主席，委员会地址在保沃瑞家的客厅。她是唯一一个有名气的成员。其他的成员包括：一个在她的书里从来不用大写字体的女人；一个从来不用逗号的男人；一个写过一本千页小说却没用一个字母o的年轻人；还有一个写过诗，却不押韵，而自己也从不细看的人；一个长着胡子的饱经世故的男人，喜欢在他的手稿中隔十页就用一次不宜刊印的四个字母[1]；还有一个模仿洛伊丝·库克的女人，她的风格不那么清晰，当被要求做出解释时，她说，那是她想要的生活，当她被自己潜意识的棱镜击倒时——她说："你知道棱镜怎么对付光线，对吧？"还有一个凶恶的年轻男人被认为像个天才，但他们除了知道他爱所有的生活以外，没有人知道他是做什么的。

委员会签署了一份声明，声明中说，作家是无产阶级的公仆——但是声明听起来不那么简单，涉及的更多也更长。声明被送往全国的各家报纸，除了在《新前沿》的第三十二页上刊出之外，没有任何地方的任何报纸刊登。

1　指英语中骂人的脏话。——译注

美国艺术家委员会也选出了主席，一个面色苍白的年轻人，他画的都是他夜晚梦境中的情景。有一个小男孩，画画不用帆布，而用鸟笼和节拍器；另一个发现了一种新的绘画技巧，他涂黑一张纸，然后用橡皮作画；还有一个矮胖的中年妇女，她用自己的潜意识画画，她说她从来不看她的手，不知道她的手在做什么——她说她的手被死去情人的精神指引着，而她在地球上还从未遇见过那个情人。在这里，他们没有谈论太多的无产阶级，只是反抗现实中和客观存在着的专制。

有几个朋友对埃斯沃斯·托黑指出：他似乎是矛盾的人。他强烈地反对个人主义，他们说，这里所有的作家和艺术家，每个人都是偏激的个人主义者。“你真的这么认为吗？”托黑说，大声地笑了。

没有人把这些委员会当回事。人们谈论它们，是因为他们认为这是个很好的话题，就像是个天大的玩笑，他们说，也没有什么害处。“你真的这么认为吗？”托黑说。

埃斯沃斯·托黑现在四十一岁了。他住在一套不错的公寓里。与他能够得到的收入相比，他的生活显得很朴素。他只喜欢在一个方面用形容词“保守的”来修饰自己，那就是他对衣服的品位。没人见过他发脾气。他的方式一成不变——在客厅里，在劳动集会上，在演讲台上，在浴室里或者在做爱中，他都是一个样儿：平静、愉快，还带着点屈尊俯就的意味。

人们欣赏他的幽默感。他们说，他是一个可以嘲笑自己的人。“我是个危险人物。有人应该警告你反对我。”他对人们说，好像是在说世界上最荒谬的事情。

他那些头衔中，他最偏爱的是：埃斯沃斯·托黑，一个人道主义者。

10

恩瑞特公寓在一九二九年的六月对外开放。

没有正式的仪式。但是洛格·恩瑞特想记住这个令他自己满意的时刻。他邀请了他喜欢的几个人，打开了入口处高大的玻璃门，让空气中充满阳光。一些报社的记者来了，因为这个新闻报道涉及了洛格·恩瑞特，因为洛格·恩瑞特不想让他们在那里。他忽视了他们。他站在马路中间，看着高楼，然后穿过大厅，无缘无故地停了一小会儿，又开始向前走。他什么也没说，眉头紧皱，像是要激动地欢呼。他的朋友们知道他很高兴。

这座高楼就坐落在东河岸边，像一条高高举起的手臂。水晶一样的岩石在流畅的台阶上爬行，好像整个建筑不是固定的，而是持续向上移动的水流——然后人们意识到那只是眼睛在移动，眼睛被迫随着特殊的节奏移动。灰白的石灰墙在天空的映衬下好像发着银色的光芒，闪着干净的、淡淡的金属光泽，而这种金属俨然是温暖的、鲜活的、用最先进的切割工具雕刻出来的，带着人的主观意愿的生命。这让整座建筑都有了一种奇怪的、个人的、属于它自己的活力，以至于观摩者的意识中隐约呈现出几个字，没有目的或清晰的联系：“……依照上帝的模样和喜好……”[1]

一个《纽约旗帜报》的年轻摄影师注意到霍华德·洛克一个人站在街对面，靠在河边的栏杆上。他向后倚着，双手紧握栏杆，没有戴帽子，抬头看着高楼。这是个意外的无意识时刻。年轻的摄影师扫了一眼洛克的脸——想起了那件已经困扰他许久的事情：他一直奇怪一个人在梦境中的感情为什么会比现实中能够感受到的更强烈——为什么恐惧如此绝对，狂喜如此完美——那种醒来后抓也抓不住的特别品质是什么；就是他在梦境中沿着小路穿过杂乱的绿叶，沉浸在那满是期待的气氛中，沉浸在那没有原因的纯粹的狂喜中时感觉到的品质——当他醒来时，他也不能解释，好像刚刚只是穿过某片树林中的一条小路而已。他想起这些，是因为他第一次在清醒状态下看到了这种品质，从洛克那仰望高楼的脸上。摄影师是个年轻人，一个新手。他对这个了解得不多，但是他热爱他的工作，他从孩童时开始就是个业余摄影爱好者，所以在那个时刻，他抓拍了一张洛克的照片。

后来，《纽约旗帜报》的美术编辑看到了这张照片，大叫道：“那究竟是什么？”“霍华德·洛克。”摄影师说。“谁是霍华

1 出自《圣经·创世记》。——译注

德·洛克？”“建筑师。”“究竟谁想要这个建筑师的照片？”“噢，我只是觉得……”“另外，真是疯了。这个人怎么了？”然后这张照片被扔进了杂物间。

恩瑞特公寓很快就租出去了。搬进去的住户都是一些想居住在绝对舒适的环境中的人，他们不关心其他的。他们没有谈论过这座房子的价值，只是喜欢住在那里。他们是那种引领实用主义、崇尚积极生活的人，一直默默无闻地生活在公众中。

但是有好几周，人们谈起很多关于恩瑞特公寓的事情。他们说那栋建筑荒诞不经，太过招摇，是个冒牌货。他们说："天呐，如果住在那样的地方，想象一下怎么邀请莫莱兰德夫人！她的家可很有品位！”一些刚刚开始小有名气的人说："你知道，我更喜欢现代建筑，现在一些非常有趣的事情正在发生，在德国就有一家这种风格的学校，非常典型，但是这个根本不像样，真是荒诞。”

埃斯沃斯·托黑从来没有在他的专栏里提过恩瑞特公寓。一位《纽约旗帜报》的读者写信给他："亲爱的托黑先生：我有个朋友，他是室内装潢师。他谈了很多关于恩瑞特公寓的事情，说那是很糟糕的建筑。建筑和各种艺术都是我的业余爱好，我不知道你怎么想。你能在你的专栏里告诉我们吗？”埃斯沃斯回复了一封私人信函："亲爱的朋友，每天世界上都有很多重要的建筑建成，很多重大的事件发生。我不能让我的专栏去理会那些琐事。”

但是有人来找洛克——他想要的那少数一部分人。那年冬天，他接到了修建诺瑞斯公寓的项目，一座中等的乡村住宅。次年五月，他签了另一份合同——他的第一个办公楼设计合同，曼哈顿中心一座五十层的摩天大楼。房主叫安索尼·高德，在几个光彩照人、横冲直撞的年头里，他在华尔街积攒了大笔财富。他想要一栋自己的办公楼，于是找到了洛克。

洛克的事务所扩大到了四间。他的职员爱戴他。他们没有意识到，对这位冷酷、难接近、没有同情心的老板使用“爱戴”这个词是令人震惊的。那些就是他们曾用来形容洛克的词，就是过去他们在那些标准和概念的训练下用来形容洛克的词。只有和他在一起工作时，他们才知道他根本和那些词无关，但是他们无法解释他是什么，也无法解释他们对他的感觉。

他没有对他的雇员笑过，没有带他们出去喝过酒。他从没有问过他们的家庭、他们的爱情生活以及他们是否去教堂。他只关心人的本质：创造力。在他的事务所，必须能干。没有另一种选择，没有将就的考虑。但是如果一个人工作很出色，他便不需要其他的东西来赢得老板的认可：认可会被自然而然地给予，不像是礼物，而像是债务。而认可的给予，不是因为喜欢，而是因为承认。这让事务所每个人的心中都充满着无比的自尊。

“噢，但是，那不是人。”当洛克的一个制图员在家里试图对此做出解释的时候，有人说，“这么一个冷酷而有才华的家伙！”一个男孩，就像年轻的彼得·吉丁，尝试着要把人性而不是才华带到洛克的办公室，他没能坚持两周。有时候洛克会在选择雇员上犯错误，但不是经常。在他那里待到一个月的那些人成了他终生的朋友。他们没有称自己为朋友，他们没有对外面的人称赞他，他们不谈论他。他们只是隐约知道，那不是对他的忠诚，而是对自己内心最佳品性的忠诚。

多米尼克整个夏天都待在这个城市，她苦涩而又快乐地想起她喜欢旅行的习惯；想到她不能去旅行，甚至不能想去旅行，这让她很生气。她喜欢生气，这驱使她来到他的房间。他不在她身边的几个晚上，她走过城市的街道，来到恩瑞特公寓或者法果商店，站在那里，长时间地看着那些建筑。她一个人开车出城——去看海勒公寓、桑伯恩的房子、高文加油站。她从没和他说过这些。

一次，早上两点钟，她来到斯塔滕岛的渡口，乘船去小岛，个人站在一块空甲板的栏杆旁。她看着这个城市离她而去。在天空和海水的巨大空旷中，城市只是个小小的、有V形缺口的固体，好像是被凝结后紧紧挤压在一起；这不是一个拥有街道和分散的建筑物的地方，而是一个被简单雕刻的模型。这个模型是一串不规则的步伐，起落之间没有连贯性，像一张曲线图，缓缓升高又突然落下。但是它继续向上攀升——向着几个点，奔向那矗立在斗争之外的摩天大楼的胜利桅杆。

船行过自由女神像——绿色灯光下的一个身影，一只胳膊像身后的摩天大楼那样高高举起。

多米尼克站在栏杆旁边，而城市在慢慢变小，她觉得那越来越远的距离好像在她体内越收越紧，好像是一条有生命的绳索，不能被放得太长。她在那静静的兴奋之中站立着；船往回行驶，她看到城市再次慢慢变高来迎接她。她把双臂伸开，仿佛城市延展到了她的胳膊肘、她的手腕，并超过了她的指甲。接着，摩天大楼高耸在她的头顶，她回来了。

她上了岸。她知道要去哪里，她想快点到那儿，但是她感觉自己必须走到那里去。所以她走过了半个曼哈顿，穿过长长的、空旷的、有回音的街道。她敲门的时候已经四点半了。他已经睡着了。她摇了摇头。“不，”她说，“不回去睡觉，我就是想在这里。”她没有打扰他，摘下帽子，脱了鞋，缩成一团坐在一把扶手椅上，睡着了，胳膊垂在扶手椅旁，头枕着胳膊。早上他什么也没问。他们共进了早餐，然后他急急忙忙地去了办公室。离开之前，他把她搂在怀里，亲吻了她。他走了出去，她站在那里待了一会儿，然后离开了。所有的交谈没有超过二十个字。

一些周末，他们一起离开城市，开着她的车来到岸边一些隐匿的角落。在阳光下，他们摊开四肢，躺在空无一人的沙滩上。他们在海里游泳。她喜欢看他在海里的身体。她会跟在后面，站在那里。海浪冲击着她的膝盖。她看着他在浪尖上划过一道直线。她喜欢和他躺在水边。她趴在那里，离他有几英尺远，脚趾伸到海浪里。她没有碰他，但是能感到身后的浪向他们冲过来，冲击着他们的身体。她看着浪卷起来，然后从他和她的身体上流回去。他们在某个乡村客栈的单人房里度过了几个晚上，从未谈论起身后那个城市里遗留的事情。但是，正是那些未阐明的东西让这几个小时的简单放松有了意义。当他们对视时，他们的眼睛无声地嘲笑着那荒谬的约定。

她努力证明她对他的影响力。她远离他的家，她等着他来她这里。他来得太快，破坏了这一切；他立刻投降了，破坏了她在等待时的期望和跟欲望做斗争时的想象。她会说："洛克，吻我的手。"他会跪下来，亲吻她的脚踝。通过承认她的影响力，他击败了她。她对此并不感到喜悦。在他躺在她的脚边时，他会说："当然，我需要你。当我看见你时，我都疯了。你想让我做什么我就去做什么。这就是你想听到的吗？几乎是这样，多米尼克。那些你不能让我做的事情——你要求我放弃它们，让我痛不欲生，而我只有拒绝你。你则痛不欲生，多米尼克。那样会让你高兴吗？你为什么想知道你是否占有了我呢？那很简单。你当然占有我，占有我能被占有的全部。你永不会再要求其他任何东西了。但是你想知道你是否能让我痛苦。你能。那又怎么样呢？”这些话听起来可不像是投降，因为他不是在挣扎和辗转反侧中说出来的，而是简单而心甘情愿地承认了。她没有感到征服后的兴奋，反而觉得自己从未像现在这样被人占有过，被一个男人，这个男人说了这些话，这些话是真实的，然而依然保持着控制和被控制——就像她希望他保持的那样。

六月底，一个叫肯特·兰森的男人来见洛克。他有四十岁，穿戴入时，看起来像是个得过大奖的职业拳击手。尽管他不魁梧、不强壮，也不结实，但是显得很瘦而且棱角分明。他只是让人想起了拳击运动员，想起了其他和他外表不相称的东西，甚至让人想起了用坏的撞锤、坦克和水下鱼雷。他是一个公司的人，这个公司的成立就是为了在中央公园南部修建一座豪华酒店。这里牵扯了很多有钱人，公司有庞大的董事会，他们买下了那个地方；他们还没有确定建筑师，但是肯特·兰森自己已经决定用洛克了。

“我不会告诉你我有多想做。”在第一次会面结束的时候洛克说，“但是我没有机会得到它。我能和人们相处——在他们独自一人的时候。当他们是一个集体时，我和他们什么也做不了。没有哪个董事会雇用过我，将来也不会。”

肯特·兰森笑了。“你见过能决定一切的董事会吗？”

“什么意思？”

"就是说，你见过能真正决定一切的董事会吗？"

"哦，他们看起来的确存在，并发挥着作用。"

"他们是这样吗？你知道，每个人都曾经想当然地认为地球是平的。对人类幻想的本质和原因做出推断是很有趣的。也许有一天我会写一本这方面的书，不会很畅销。我会有一个章节写董事会。你看，他们不存在。"

"我愿意相信你，但结果是什么呢？"

"不，你不会愿意相信我。幻想的原因并不漂亮。它们要么是邪恶的，要么是悲剧的。董事会两者兼具，主要是邪恶的。这不是笑话。但是我们现在还没有开始。我的意思是董事会是一个或者两个有野心的人，其余的都是些沙袋。我的意思是那个群体是空的，太大就意味着空无一物。他们说我们不能把一个整体想象得一无是处。好吧，坐到任何一场委员会会议上看看吧。关键只是那个选择填充空白的人。这是一场残酷的战争。对付任何敌人都很简单，只要他在那里准备战斗。但是当他不……不要那样看着我，好像我疯了似的，你应该知道，你一生都在和真空做斗争。"

"我那样看着你是因为我喜欢你。"

"你当然喜欢我，就像我知道我喜欢你一样。你知道，人们是兄弟。他们有着成为兄弟的巨大本能——除了在董事会、团体、公司和其他拉帮结伙的群体里。但是我说得太多了。这就是我之所以是一个优秀商人的原因。但是，我没什么可以卖给你的。你知道，所以，我们相信你将会修建阿奎亚娜——这是我们酒店的名字——我们就这么做。”

如果那些人们从未听说过的战役的残暴可以用材料统计来衡量的话，那么肯特·兰森反对阿奎亚娜公司董事会的战役就会被列入历史上最为惨烈的大屠杀的名单。但是，他反对的东西没有实体，不足以在战场上留下像尸体一样的有形的东西。他不得不与一些现象做斗争，比如：“听着，柏波，兰森正在说的那个人叫洛克，你要怎么投票，是赞成还是放弃？”“知道了哪些人赞成哪些人反对，我才会决定。”“兰森说……但是另一方面，托比告诉我……”“泰博在六十岁的时候，在第五街上建了一座漂亮的酒店——他，还有弗兰肯-吉丁事务所。”“哈博以这个年轻人——高登·普利斯科特的名义发誓。”“听着，贝希说我们疯了。”“我不喜欢洛克的脸——他看起来不怎么能够合作。”“我知道，我感觉到了，洛克不是那种很好配合的人。他可不是个寻常人物。”“什么是寻常人物？”“噢，你非常清楚我的意思，寻常。”“托普森说，普里切特夫人说她肯定知道，因为马西先生告诉她如果……”“噢，孩子们，我不在乎任何人说的话，我有自己的决定，我来这儿是要告诉你们我认为洛克不怎么样。我不喜欢恩瑞特公寓。”“为什么？”“我不知道为什么。我就是不喜欢，就这样。我没有发表自己意见的权利吗？”

战争持续了几周。除了洛克，每个人都发言了。兰森告诉他:“一切都会好的。休息，不要做事情了。让我去谈谈，没有什么。面对社会的时候，受关注最多的人、做得最多的人、贡献最多的人，往往也都是最没有发言权的人。他不说话被认为是理所当然，他要提供的理由已经被先前的偏见否定了——因为没有人会关注他说什么，只会关注这个说话者。通过一个人来做出判断要比通过一个想法做出判断容易得多。尽管我永远无法理解，一个人如何能够不考虑对方脑子里的东西就对他做出判断。但是，那就是事情的进展。你看，理由需要通过天平来衡量。天平不是用棉花做成的。人的精神是用棉花做成的——你知道，那些东西没有形状，没有存在的形式，可以被扭曲，然后塞进饼干里。你比我更能告诉他们，为什么应该雇用你，这要比我说的强得多。但是他们不会听你的，他们会听我的。因为我是中间人。两点之间的最短距离不是直线——是中间人。中间人越多，距离越短。这些就是饼干心理学。”

“你为什么要为了我而斗争？”洛克问。

“你为什么是一个优秀的建筑师？因为你对优秀有一定的标准，你自己的标准，你遵循着这些标准。我想要一座出色的酒店，我对出色有一定的标准，我自己的标准。你就是那个可以给我我想要的东西的人。当我为你斗争的时候，我所做的——站在我自己的立场——正是你在设计时也会做的。你认为正直是艺术家的专利吗？顺便提一句，你认为什么是正直？是不从邻居的口袋里偷手表？不，不是那么简单。如果那就算全部的话，我要说人性的百分之九十五都是诚实正直的。只是你也知道，没那么多正直的人性。正直是支持一个观点的能力，那假定了思考的能力，而思考是不能借的。如果要我为人性选择一个标志，我不会选择十字架、鹰，或者狮子和麒麟。我会选择三个镀金的球。”

当洛克看他的时候，他又说道：“不要着急。他们都反对我。但是我有一个优势：他们不知道他们想要什么，而我知道。”

在七月底，洛克签署了修建阿奎亚娜的合约。

埃斯沃斯·托黑坐在办公室里，看着铺在桌上的报纸，有一条关于阿奎亚娜合约的新闻。他嘴角叼着一支烟，两根长长的手指夹在上面，其中的一根手指缓慢而有节奏地敲着烟，敲了很长时间。

他听见了开门的声音，抬头看见多米尼克站在那里，靠着门框，胳膊交叉在胸前。她看起来像是对什么都感兴趣，但仅此而已。不过，这样有趣的表情出现在她的脸上，不免会令人警觉。

“亲爱的，”他站起来说，“这是你第一次主动来我办公室——四年来我们一直在同一栋楼里，真是太巧了。”

她什么也没说，只是温柔地笑了，一种令人更加警觉的笑。他接着说道，声音很动听：“当然，我简短的演讲等同于提了一个问题。或者说，难道我们不再相互理解了吗？”

“我认为是的——如果你觉得有必要问我为什么来这儿的话。但是你知道，埃斯沃斯，你知道。你桌子上就有。”她走到桌子前，用手指轻轻弹起报纸的一角，笑了，“你希望自己已经把它藏起来了吗？当然你不希望我来，这没什么区别。但我只是想看到你坦白一次。就在你桌子上，像那样。还是翻到房地产那一页。”

“听起来那条新闻好像让你很高兴。”

“是的，埃斯沃斯，确实是。”

“我想你已经做了很多工作来阻止那份合约的签订。”

“我做了。”

“如果你认为你是在演戏，多米尼克，你是在骗自己，这不是演戏。”

“是的，埃斯沃斯，这不是。”

“洛克得到了，你很高兴？”

“我很高兴。我可以和这个肯特·兰森睡觉。无论他是谁，如果我见到他，如果他要我的话。”

“那么我们的条约作废了？”

“绝对没有。我应该尽力阻止他的任何工作。我应该继续努力。尽管现在不会再像以前那样简单了。恩瑞特公寓、高德大厦——还有这个。对我来说不容易——对你也是。他正在打击你，埃斯沃斯。埃斯沃斯，要是你和我，要是我们对这个世界理解错了怎么办？”

“亲爱的，你总是这样。原谅我。我原本就应该清楚地知道，而不应该惊讶。这会令你高兴，当然，他得到了它。我不介意承认这一点，这令我很不高兴。那，你看到了吗？现在你到了我的办公室，这对我而言就是一次完整的成功。所以我们要把阿奎亚娜写成一次重大失败，忘记它吧，像我们以前那样继续。”

“当然，埃斯沃斯，就像以前一样。今天的晚宴上，我要给彼得·吉丁争取一座漂亮崭新的医院。”

埃斯沃斯回家了，整个晚上都在想着霍普顿·斯考德。

霍普顿·斯考德是一个身家两千万的小个子男人。他继承了三笔财产，并且他七十年的忙碌生活只有一个目的，那就是挣钱。霍普顿·斯考德是投资天才，他什么都投资——名声不好的公寓，各种各样的百老汇演出，尤其偏爱宗教、工厂、农场抵押和避孕用具。他瘦小，驼背，容貌很丑。人们只会认为是丑，因为他只有一个简单的表情：微笑。他的小嘴在高兴时就像一个“V”，眉毛也呈颠倒着的“V”形悬在圆圆的蓝眼睛上方；他的头发浓密，花白卷曲，看起来像假发，却是真的。

托黑认识霍普顿·斯考德很多年了，对他有很大的影响力。

霍普顿·斯考德没结过婚，没有亲戚和朋友；他不相信人，认为他们总是想着他的钱。但是他对埃斯沃斯·托黑十分尊重，因为托黑与他截然相反，托黑对世俗钱财漠不关心，就因为这个，他认为托黑具有人类的美德；他没有想过这一点对他自己的生活有什么意义。他认为自己的生活很不舒服，这种不适与日俱增，但他知道，这一天终会结束，并且已经越来越近了。他通过赠予在宗教里找到了安慰。他学习几种不同的教义，做礼拜，捐大笔的钱，然后又去信奉另一种宗教。几年过去了，他追求的拍子越打越快，带着一种惶恐的声调。

作为朋友和导师，托黑唯一令他感到不安的缺点是其对待宗教的冷漠。但是托黑宣扬的每一件事似乎都符合上帝的旨意：仁慈、牺牲、帮助穷人。无论什么时候，只要遵照托黑的建议，霍普顿·斯考德都会感到安全。他不需要敦促就将大笔的钱捐给托黑推荐的学院。在精神层面，他敬仰尘世里的托黑，就如同敬仰天国里的上帝。

但是今年夏天托黑第一次与斯考德产生了分歧。

霍普顿·斯考德决定实现自己的一个梦想，像他所有的其他投资一样，这个梦想他已经秘密而又慎重地计划多年：他决定建一座神庙，不是那种信奉特别教义的神庙，而是一座界于各派系间、不属于任何宗教派别的神庙，一座有信仰、对所有人开放的教堂。霍普顿·斯考德不想冒风险。

当埃斯沃斯·托黑建议他放弃这个工程时，他感到自己要崩溃了。托黑需要一座建筑，给那些智商低于正常值的孩子当新家。他已经建立了一个组织，是一个著名的赞助人委员会，一个捐款机构——但是没有这样的建筑，也没有资金去建造。托黑一再向霍普顿·斯考德申明，如果他想为他的名字修建一个相称的纪念馆，一个他慷慨大方的里程碑，没有什么比把钱捐给霍普顿·斯考德低能儿之家，捐给那些没有人关心的苦孩子更高贵。但是霍普顿·斯考德对这样一个家或任何世俗机构都没有丝毫热情。这座建筑必须是“人类精神的霍普顿·斯考德神庙”。

他无法与托黑出色的言论争辩；他什么也没说，除了“不，埃斯沃斯，不，不对，不对”。问题没有解决。霍普顿·斯考德没有动摇，但是托黑的不赞成令他很不舒服，于是便日复一日地推迟做出决定。他只知道他必须在这个夏天结束前做出决定，因为秋天他要去做一次长时间的旅行，一次遍及所有宗教圣地的全球旅行，从卢尔德到耶路撒冷到麦加到贝拿勒斯。

在阿奎亚娜合约宣布几天后的一个晚上，托黑去见霍普顿·斯考德。斯考德的私人住所非常宽敞，是滨河大道上一套装饰过度的公寓。

“霍普顿，”他高兴地说，“我错了。在建神庙的事情上，你是对的。”

“不！”霍普顿·斯考德说，吓了一跳。

“是的，”托黑说，“你是对的。没有比建神庙更合适的了。你必须建一座神庙。一座人类精神的神庙。”

霍普顿·斯考德咽了一下口水，他的蓝眼睛湿润了。他感觉，如果他能教自己的老师一点美德，那他一定是在通往正义的路上取得了很大的进步。那之后，其他事情都不重要了。他坐在那里，像个温顺、起皱的婴儿，听着托黑说的话，点头，对每件事都表示赞成。

“霍普顿，这可是个野心勃勃的事业。要做就得做对。你知道，这样做有点放肆——为上帝提供礼物——除非你尽最大可能，否则就是冒犯，而不是虔诚了。”

“是的，当然，必须做对。必须是最好的。你会帮助我的，不是吗，埃斯沃斯？你对建筑、艺术和所有的事情都了解——那一定会是对的。”

“为你提供帮助我会很高兴，如果你真的需要我的话。”

“如果我需要你！你什么意思——如果我需要……崇高的上帝啊，没有你我可怎么办？我对什么都一无所知……像那样的事我都不懂。但它必然是对的。”

“如果你想它对，你会严格按照我说的去做吗？”

“是的。是的，当然。”

“首先，是建筑师。那是很重要的。”

“是的，真的很重要。”

“你不要想那些穿金戴银、浑身都是铜臭的商业化年轻人。你要的是一个对工作有信仰的人——就像你对上帝的信仰。”

“是的，完全正确。”

“你必须用我说的这个人。”

“当然，他是谁？”

“霍华德·洛克。”

“哦？”霍普顿·斯考德面无表情，“他是谁？”

“他就是要建造人类精神神庙的人。”

“他很优秀吗？”

埃斯沃斯转过身，直视着他的眼睛。

“用我不朽的灵魂担保，霍普顿，”他缓缓地说，“他是最优秀的。”

“哦……”

“但是很难请到他。除非有一定的条件，要不然他是不会工作的。你必须仔细考虑这些条件。你必须给他完全的自由。告诉他你想要什么以及你想为这些支付多少钱，然后离开，把其余的都留给他。让他按照自己的想法去设计和修建。否则他不会工作。坦白地告诉他，你对建筑一无所知，你选中他是因为你感到他是唯一一个值得信任，并且不需要任何建议和干涉的人。”

“好的，如果你推荐他的话。”

“我推荐他。”

“那好。我不介意花多少钱。”

“但是你必须小心地接近他。我认为他刚开始会拒绝。他会告诉你他不相信上帝。”

“什么？”

“不要相信他。他是个特别有宗教信仰的人——以他自己的方式。你可以从他的建筑上看出来。”

“哦。”

“但是他不属于任何已经被修建起来的教堂。所以你不要表现得有偏见。不要伤害任何人。”

“很好。”

“现在，当你在处理有关信仰的事情时，你必须是第一个有信仰的人。对吗？”

“是的。”

“不要等着看他的图纸。那需要一些时间——你不能耽搁你的旅行。雇用他——不要签合约，没有必要——安排银行管好你的资金，让他做剩下的事情。你回来的时候再付给他钱。大约一年以后，当你看完所有那些伟大的神庙再回到这里的时候，将会有一座属于你的更好的神庙在这里等着你。”

“那正是我想要的。”

“但是你必须想好如何对公众揭幕，合适的献词，正确的宣传。”

“当然……那是，宣传？”

“当然。你知道任何一件伟大的事情都要有一个良好的宣传，不这样做的很少。如果你要省掉，那就是彻底的不敬了。”

“真是这样。”

“现在，如果你想要合适的宣传，你必须仔细计划，最好提前。你想要的，什么时间揭幕，把它作成雄伟的乐曲，像歌剧的序曲或者是加百利的号角声[1]。”

“听起来很好，就按你说的办。”

“哦，要达到那种效果，你万万不要允许一大堆新闻小流氓对我们还未成形的故事胡言乱语，那样做会影响你的效果。不要泄露神庙的图纸，要秘密保存。他不会反对的。建造的时候在那个地方加一层防护墙。没有人会知道那是什么，直到你回来亲自主持揭幕仪式。然后——全国的报纸上都会有照片！”

“埃斯沃斯！”

“什么？”

“这个想法很对。我们就是这样让《圣母玛利亚的传说》成功的，那是十年以前了，有九十七个演员。”

“是的。但是同时，让公众保持兴趣。让自己有一个优秀的新闻代言人，告诉他你想怎么操作。我会告诉你一个出众者的名

1　指天使长加百利吹响号角宣布最后审判日的到来。——编者注

字。一定要注意——大约每隔一周就让斯考德神庙在报纸上出现一次，以此保持神秘。让他们猜、等。当时间到了的时候，他们便已经准备就绪，状态良好。”

“好。”

“但是，最重要的，不要让洛克知道是我推荐他的。不要和任何人说我跟这件事有关系。不要说。你发誓。”

“但是为什么？”

“因为我有太多的建筑师朋友。这是个十分重要的工作，我不想伤害任何人的感情。”

“是的，没错。”

“你发誓。”

“哦，埃斯沃斯！”

“发誓。为了拯救你的灵魂。”

“我发誓。为了……”

“好了。现在你不用考虑建筑师了，他是个不同寻常的建筑师。你不想把这件事搞砸了吧？所以我会精确地告诉你如何跟他对话。”

第二天，托黑走进了多米尼克的办公室。他站在她的桌前，笑了，但说话的声音平淡如水：“你记得霍普顿·斯考德吗？还有他已经谈论了六年的神庙？”

“我不太明白。”

“他要修建这个。”

“是吗？”

“他要把这个工作交给霍华德·洛克。”

“不是真的！”

“是真的。”

“哦，真是难以置信……不会是斯考德！”

“是斯考德。”

“哦，好吧。我会去做他的工作。”

“不，你歇歇吧。是我让他把这个交给洛克的。”

她一动不动地坐着，好像那些话抓住了她，她脸上愉快的表情消失了。他又说道：“我想让你知道，是我让他这么做的，以便战术上不会有矛盾。没有其他人知道，也不会有人知道。我希望你记住这一点。”

她问，双唇僵硬地动着：“你想干什么？”

他笑了。他说：

“我要让他出名。”

洛克坐在霍普顿·斯考德的办公室里，麻木地听着。霍普顿·斯考德说得很慢，听起来真诚而感人，而这是因为事实上他几乎已经把他的发言逐字背了下来。他那婴儿般的眼睛带着迷人的请求注视着洛克。有一次，洛克几乎忘记了建筑，而只意识到人性至上；他想站起来走出办公室；他不能忍受这个人。但是他听到的每句话都抓住了他；这个人说的话和他的脸、他的声音都不相配。

“所以你看，洛克先生。尽管这是个宗教建筑，却不只如此。你注意到了，我们称之为人类精神的神庙。我们想创造——用石头，就像其他人用音乐那样——不是简短的教义，而是所有宗教的本质。什么是宗教的本质呢？人类精神对最高、最尊贵、最好的伟大渴望。人类精神就像是理想的创造者和胜利者。宇宙中创造生命的伟大力量。英勇的人类精神。这就是你的任务，洛克先生。”

洛克无助地用手背擦了擦眼睛。这不可能，就是不可能。那不会是这个人想要的；不是这个人。听到他说这个太可怕了。

“斯考德先生，恐怕你犯了个错误。”他说得很慢，有些疲倦，“我认为我不是你想要的人。我认为我不适合做这个。我不相信上帝。”

看到霍普顿·斯考德脸上高兴和胜利的表情，他很惊讶。霍普顿·斯考德表现出一丝欣赏——那是对埃斯沃斯·托黑的洞察力和智慧的欣赏，他总是很正确。他找回了自信。他第一次以一位老人对年轻人的口吻，坚定、睿智、温柔地说：“没关系，你是个极其虔诚的人。以你自己的方式，洛克先生。我能在你的建筑里看到。”

他很奇怪洛克为什么那样盯着他看，一动不动，看了很长时间。

“没错。”洛克说，几乎是在耳语。

这个人在他知道之前就已经看到了，知道了，他应该从这个人身上去了解自己，了解自己的建筑；这个人带着容忍一切的自信说出来，暗示着他完全理解——这些消除了洛克的疑虑。他告诉自己他没有真正理解人类，因为印象可能会骗人。霍普顿·斯考德要去另一个遥远的大陆；对于这个项目来说，没什么比这更要紧；尤其是当一个人的声音——即使是霍普顿·斯考德的——还在继续说着：

“我希望把它叫作上帝。你可以选择任何其他的名字。但是在这座建筑里我想要的是你的精神。你的精神，洛克先生。给我最好的——你可以做你的工作，就像我做我的一样。不要担心我希望表达的意思，让你的精神塑造建筑——无论你知道与否，它都会具备那种意义的。”

于是洛克同意了修建斯考德神庙——这座人类精神的神庙。

II

十二月份，考斯摩 - 斯劳尼克大厦举行了盛大的开业仪式。庆祝活动、花篮、新闻照相机、可旋转的探照灯和三个小时的演讲，都一样。

“我应该高兴，”彼得·吉丁告诉自己——可是他不高兴。他从窗户向外看，一张张凝重的脸填满了百老汇的马路。他尽力说服自己要高兴。但他没有什么感觉。他不得不承认他厌倦了。但是他微笑，摆手，让大家拍照。考斯摩 - 斯劳尼克大厦屹立在街边，像一个巨大的白色的陈词滥调。

仪式结束后，埃斯沃斯·托黑带着吉丁离开。他们来到一家安静、昂贵的餐厅的淡紫色隔间里。为了庆祝开业，有很多人邀请吉丁参加精彩的聚会，但是吉丁答应了托黑的邀请，拒绝了其他所有人。他拿着他的酒，重重地跌坐在椅子上，托黑观察着他。

“不壮观吗？”托黑说，“彼得，那是你所希望的生命顶峰。”

他小心地举起玻璃杯，“为了你将拥有的胜利，比如这次，就像今晚。”

“谢谢。”吉丁说，没看一眼就急忙去够他的杯子并举了起来，然后才发现是空的。

“难道你不感到自豪吗，彼得？”

“是的，是的，当然。”

“那就好。我是多么喜欢看你。你今晚看起来真是帅极了。在那些新闻片里你会光彩照人的。”

吉丁的眼中闪过一丝兴趣：“哦，我的确希望如此。”

“你没结婚真是太糟糕了，彼得。今晚妻子本应该是最好的装饰。与公众相处融洽，与电影观众也相处得很好。”

“凯蒂不上相。”

“哦，对。你和凯蒂订婚了。我真傻。我总是忘记这个。对，凯蒂完全不上相。我也是。我不能想象凯蒂在社交场合会有魅力。我们有很多美好的形容词可以用在凯蒂身上，但‘泰然自若’和‘超然出众’不在其中。你必须原谅我，彼得。我的想象力天马行空。像我这种总跟艺术打交道的人，总是倾向于单纯从艺术的角度看事情。看着今晚的你，我忍不住想起一个原本可以和你一起组成完美图画的女人。”

“谁？”

“哦。不要在意我说的话。只是美学上的奇思异想。生活从来没有如此完美过。人们可以嫉妒你的东西太多了。你不能把那也加到你的成就里。”

“谁？”

“不要再问了，彼得。你得不到她的。没有人能得到她。你很优秀，但是你还没优秀到能够得到她。”

“谁？”

“当然是多米尼克·弗兰肯。”

吉丁坐直了，托黑在他的眼里看到了警惕、反抗和一种真实存在的敌意。托黑眼神平静。最后还是吉丁让步了。他又跌坐在椅子上，祈求似的说：“哦，上帝，埃斯沃斯，我不爱她。”

“我从来不认为你爱她。但我总是忘记人们附加在爱上那非常夸张但又非常重要的一点——性爱。”

“我不是一般人。”吉丁疲倦地说，这是自我保护——没有发火。

“坐起来，彼得。你那样蜷缩着，看起来不像是个英雄。”

吉丁猛地坐起来——焦急又生气。他说：“我总觉得你想让我和多米尼克结婚。为什么？这对你有什么好处？”

“彼得，你已经回答了你的问题。这对我有什么好处？但是我们说的是爱。性爱，彼得，是一种极为自私的情感。自私的情感带不来快乐。对吗？比如今晚，这是一个可以令自我主义者趾高气扬的夜晚。彼得，你高兴吗？不要担心，亲爱的，不用回答。我希望的只是一个人不必信任自己最自私的欲望。人的需要实际上一点也不重要！人只有在完全认识到这一点的时候才会找到快乐。想想今晚吧。你，我亲爱的彼得，是那里最不重要的人。重要的不是做事的人，而是给你事情，让你为他们做的那些人。但是你不能接受那一点——所以你感受不到本应属于你的那种兴高采烈的情感。”

“的确如此。”吉丁小声说。他本来不想对任何人承认。

“你错过了完全无私的美妙的自豪感。只有当你学会完全否定自我的时候，只有学会把那些微不足道的多愁善感，比如你的小小的性冲动，当成消遣——只有那样，你才会得到我一直希望你拥有的伟大。”

“你……你相信我会的，埃斯沃斯？你真的相信？”

“如果不相信，我现在不会坐在这里。但是回到爱的话题。自私的爱，彼得，是一种危险的罪恶——就像每个自私的东西一样。那总会带来痛苦。你不明白为什么吗？自私的爱是一种歧视，一种优先选择的行为。那是不公正的行为——对于每个生活在地球上的人来说，因为你专横地抢走了他的爱。你必须平等地爱所有的人。但是如果你不能摒弃你自私的一个个小选择，你就不会有高尚的情感。它们都是不道德的、无用的，因为它们和宇宙第一法则——人类最基本的平等互相抵触。”

“你的意思，”吉丁说，突然很感兴趣，“从哲学上讲，太深了，你的意思是，我们都平等？我们所有人？”

“当然。”托黑说。

吉丁纳闷为什么这种想法让他感到如此快乐。他不介意这使他和今晚庆祝人群里的扒手平等。对他来说很模糊——让他很安定，尽管这与他一贯对优越感的狂热追求背道而驰。矛盾并不重要。他没有想今晚，也没有想那些人。他在想一个今晚没有出现的人。

“你知道，埃斯沃斯，”他说，身体向前探，高兴得有些不自在，“我……我宁愿和你谈话也不愿做其他任何事，什么事都不愿意。今晚我有很多地方可以去——但和你坐在这里更高兴。有时我很困惑，没有了你，我可怎么办。”

托黑说：“就应该是那样。不然朋友是什么？”

那个冬天，一年一度的艺术舞会要比往年更精彩，更有创意。阿瑟尔斯坦·比斯利，这个组织的精神领袖，已经做出了如他自己所言的“天才一举”：所有的建筑师都被邀请来了，穿成他们各自最佳建筑的样子。舞会获得了巨大的成功。

彼得·吉丁是那天晚上的明星。他打扮得就像考斯摩-斯劳尼克大厦一样出众。他那著名建筑的纸质复制品从他的头盖到了脚。人们看不到他的脸，但是他明亮的眼睛可以从顶层窗户向外看，头上是高高的锥形屋顶；柱廊撞在他身上的地方像是横隔板，他从高大的入户门伸出一根手指晃了晃。他的腿可以以平日的优雅自由行动，上面套着完美的礼服裤子和漆皮鞋。

穿成弗林克国家银行大厦的弗兰肯给人留下了深刻印象，尽管这个建筑显得比原来扁了一些，那是为了给弗兰肯的肚子留出地方：头顶的哈德良火炬使用了一个真的电灯泡，还有一块微型电池供电；罗斯通·霍尔科姆穿成州议会大厦的样子；高登·普利斯科特像粮仓一样充满男子汉气概；尤金·帕丁格尔拖着他那骨瘦如柴的衰老双腿蹒跚而行，小而弯曲，那是令人难忘的公园大道酒店，角质架眼镜从庄严的塔底下向外张望着。两种智慧在进行决斗：他们彼此以自己身上建筑的塔尖指着对方的腹部，而这些建筑一直是这个城市的伟大的里程碑——每天都在向那些横穿大洋、慢慢驶近的船只问好。今晚，每个人都玩得很痛快。

很多建筑师，特别是阿瑟尔斯坦·比斯利，对霍华德·洛克恶语相加，因为洛克被邀请了却没有来。他们希望看到他穿成恩瑞特公寓的样子。

多米尼克在大厅里停住了，站在那里看着门，看着那个名牌：“霍华德·洛克，建筑师事务所。”

她从没看过他的事务所。她斗争过很长时间，不让自己来这里。但是她得看看他工作的地方。

当多米尼克说出名字的时候，接待室的秘书很吃惊，但是仍向洛克通报了拜访者的名字。“直接进去，弗兰肯小姐。”

当她走进办公室的时候，洛克笑了，一种没有惊讶的淡淡微笑。

“我知道你有一天会来的。”他说，“想让我带你参观一下吗？”

“那是什么？”她问道。

他的手上沾有陶土，长桌上一堆没有完成的草图中间，立着一个建筑的陶土模型，一个棱角和平台构成的粗样。

“阿奎亚娜？”她问道。

他点点头。

“你总做这个？”

“不，不总是，有时候。有个棘手的问题。我喜欢琢磨它。它可能是我最喜欢的建筑——真是困难。”

“继续。我想看着你做。你介意吗？”

“一点儿也不介意。”

有一阵儿，他忘记了她的存在。她坐在角落里，观察他的手。那双手正雕塑着墙体，抹掉了构造的一部分，耐心地再次开始，犹豫中带有一种奇怪的确定。她看见他的手掌抚平了一个长长直直的平面，随着他的手在泥土中运动，一个角猛然呈现在她眼前。

她站了起来，走到窗前。下面城市的建筑看起来并不比他桌子上的模型大。她好像能看见他的手在雕塑出下面所有那些建筑的凸出部分、角落和屋顶，拆掉了又建起来。她的手茫然地移动，跟着远处建筑的起落，感受到了一种实实在在的占有，为他而感受着。

她走回桌子旁。一绺头发垂在他俯在模型上方的脸庞前面。他没有看她。他在看着手指下的模型，几乎就像她正看着他的手在另一个女人身上移动。她靠在墙上，强烈的身体上的快感让她虚弱。

一月初，高德大厦和阿奎亚娜酒店的第一根钢柱从地基上拔地而起时，洛克在制作神庙的图纸。

第一份草图完成的时候，他对秘书说："给我找到斯蒂文·马勒瑞。"

"马勒瑞？洛克先生，谁……哦，是的，开枪的那个雕塑师。"

"什么？"

"他向埃斯沃斯·托黑开了枪，不是吗？"

"他吗？是，对，是他。"

"你想找的就是那个人吗，洛克先生？"

"就是那个人。"

两天中，秘书给艺术品商人、艺术陈列室、建筑师、报社打电话。没有人能告诉她斯蒂文·马勒瑞现在是什么情况，或者在哪里能找到他。第三天，她向洛克报告：“我已经找到了一个地址，在格林威治村，有人告诉我他可能在那儿。没有电话。”洛克口述了一封信，信上说请马勒瑞给他的办公室打电话。

信没有被退回，但是一周过去了也没有答复。接着斯蒂文·马勒瑞打电话来了。

“你好？”当秘书把电话转过来的时候，洛克说。

“我是斯蒂文·马勒瑞。”一个年轻、生硬的声音说，之后是急躁、好战似的沉默。

“我想见你，马勒瑞先生。我能约你来我的办公室吗？”

“你要见我干什么？”

“当然，是关于一份工作。我想让你为我的建筑做些工作。”

长时间的沉默。

“好吧。”马勒瑞说，声音听起来死气沉沉的，又说道，“哪个建筑？”

“斯考德神庙，你可能听说过……”

“是的，我听过。你正在做。谁没听过？你会付给我和新闻代言人一样的酬劳吗？”

“我没有付钱给新闻代言人。我会支付你想要的酬劳。”

“你知道，不会太多。”

“你什么时间方便来这里？”

“哦，你说个时间。你知道我不忙。”

“明天下午两点？”

“好吧。”他又说，“我不喜欢你的声音。”

洛克笑了：“我喜欢你的声音。挂了吧，明天两点来。”

“好的。”马勒瑞挂断了电话。

洛克放下听筒，张嘴笑了。但是笑意突然消失。他坐在那儿，看着电话，脸沉了下来。

马勒瑞没有赴约。三天过去了，没有一点儿他的消息。于是洛克亲自去找他。

马勒瑞住的房子是租来的，是一座摇摇欲坠的褐砂石建筑，在一条满是鱼腥味的昏暗街道上。一楼窄窄的入口旁边，有一家洗衣店和一个补鞋匠。一个邋遢的女房东说：“马勒瑞？后面五楼。”然后漠不关心地拖着脚步走了。洛克爬上有些下垂的木楼梯，横七竖八的管子里有一些灯泡照明。他敲了敲那扇脏兮兮的门。

门开了，一个憔悴的年轻人站在门口，凌乱的头发，倔强的嘴，方形的下唇，以及洛克所见过的最善于表达的眼睛。

“你想干什么？”他突然说。

“马勒瑞先生？”

“是。”

“我是霍华德·洛克。”

马勒瑞笑了，靠在门柱上，一只胳膊横在门口，没有要请人进门的意思。很明显，他喝醉了。

“哦，哦！”他说，“亲自来的。”

“我可以进去吗？”

“干什么？”

洛克坐在楼梯扶手上。“你为什么不赴约呢？”

“哦，约会？哦，是的，哦，我会告诉你。”马勒瑞一脸严肃地说，“是这样，我真的想去。我去了，我出发去你的办公室，但是路上我经过一家电影院，那里正在放映《同床异梦》，所以我进去了。我非看《同床异梦》不可。”他咧嘴笑了，头垂在了横着的胳膊上。

“你最好让我进去。”洛克平静地说。

“哦，该死的，进来吧。”

房间是个狭窄的洞。角落里有一张没有整理的床、一堆杂乱的报纸和旧衣服、一个煤气炉、一幅从杂货店买的带框风景画，上面画着牧场和绵羊；没有其他的画稿，也没有雕像，没有一点儿有关住户职业的痕迹。

洛克把唯一一把椅子上的书和一个煮锅拿掉，然后坐下了。马勒瑞站在他面前，咧着嘴笑，身体有点儿晃。

“你完全错了。”马勒瑞说，“事情不是这样做的。追逐一个雕塑师时，你一定要非常强硬。方法是这样的：你让我来你的办公室，我第一次来的时候你不能在那儿。第二次你必须让我等一个半小时，然后出来到接待室，握手，问我是否知道无名小镇的威尔逊，然后说很高兴我们有共同的朋友，但是你今天很忙，你会很快给我电话约我吃午饭，然后我们再谈论公事。然后你保持这样两个月。然后你把工作交给我。然后你告诉我，我做得不好，一点儿也不好，然后你把那些东西扔进垃圾箱。然后你雇用了沃利瑞恩·布森，他做了这份工作。事情应该这样做。但这次不是。”

他的眼睛正专心致志地研究洛克，里面有种职业的肯定。他说话时，声音里狂妄自大的喜悦渐渐消失了，说到最后一句时，声音已经变成了一个呆板的平面。

“不。”洛克说，“这次不是。”

他站起来，没有说话，看着洛克。

“你是霍华德·洛克吗？”他问，“我喜欢你的建筑。那就是我为什么不想与你会面的原因。这样每次我看到它们才不会感到恶心。我想继续认为那个建筑师配得上它们。”

“如果我配得上呢？”

“那种事情不会发生的。”

但是他在皱巴巴的床边坐下了，身体向前倾。他打量着洛克的容貌，像敏感的天平，无礼地公开评价着。

“听着，”洛克说，清楚又认真，“我要你为斯考德神庙做一个雕像。给我一张纸，我现在就给你写一个合同，声明如果我雇用另一名雕塑师或者如果你的作品没有被使用，我就欠你一百万的赔偿金。”

“你可以正常说，我没喝醉。根本没有。我明白。”

“噢？”

“你为什么挑我？”

“因为你是一个出色的雕刻家。”

“那不是真的。”

“你出色不是真的？”

“不，那不是你的理由。谁让你来雇用我的？”

“没有人。”

“我睡过的某个女人？”

“我不认识你睡过的任何女人。”

“超过了你的预算？”

“不。预算不受限制。”

“为我感到悲哀？”

“不。我为什么要感到悲哀。”

“想把公众从枪击托黑事件中拉出来？”

“天呐，不！”

“哦，那么是什么？”

“你为什么要找出所有的废话而不找出最简单的原因？”

“哪一个？”

“那就是我喜欢你的作品。”

“当然。那就是他们说的。那是应该说的，应该相信的。想象一下如果有人打开天窗说亮话会怎么样！所以，好吧，你喜欢我的作品。真正的原因是什么？”

“我喜欢你的作品。”

马勒瑞认真地说，声音显得冷静：“你的意思是你看到了我做的东西，你喜欢——你——你自己——你一个人——没有人告诉你你应该喜欢它们或者为什么你应该喜欢它们——你决定你需要我，为了那个原因——只是那个原因——不知道我的其他任何事情或者不感兴趣——只是因为我做的那些东西和……和你在它们身上看到的——只是因为那个，你决定雇用我，你不厌其烦地找到我，来到这里，承受侮辱——只是因为你看到了——你所看到的使我对你来说很重要，让你需要我，那就是你的意思？”

“是的。”洛克说。

什么东西让马勒瑞睁大了眼睛，令人不敢逼视。然后他摇了摇头，说得很简单，语调像是在抚慰自己：“不。”

他向前探身，声音听起来毫无生气，像是在乞求：

“听着，洛克先生。我不想冲你发火。我只是想知道。好了，我明白你一开始就想让我为你工作，你知道你能得到我，你说的一切，你不必写那份一百万美元的合同，看看这间屋子，你知道你需要我，所以你为什么不告诉我真相呢？这对你来说没有什么不同——对我来说却很重要。”

“什么对你来说很重要？”

“不是对……不是对……好了，我原本觉得不会有人再需要我了。但是你需要我。好吧。我会再做一次。只是不再想我是在为谁工作了……那些喜欢我作品的人。那个，我不能再经历一次。如果你告诉我，我会感觉更好一些。我会……我会感觉更平静一些。你为什么要对我装模作样？我什么也不是。我不会低估你，如果你是担心这个。你不明白吗？告诉我真相更像个正人君子。更简单更诚实。我会更尊重你。真的。我会的。”

“你怎么了？他们对你做了什么？你为什么要这么说？”

“因为……”马勒瑞突然大吼，声音刺耳，然后他的头低了下来，声音平缓、低沉，“因为我用了两年时间，”——他用一只手无力地挥了一圈，指着房间——“那就是我怎么度过了这两年——尽力习惯一个事实，那就是你所说的不存在的事实……”

洛克走过去，抬起下巴，向前探去，说道：

“你这个该死的傻瓜，你没有权利关心我是怎么评价你的工作的，我是干什么的，或者我从哪里来。你太出色了，不需要知道那些。但是如果你想知道——我认为你是我们见过的最好的雕刻家。我认为是。因为你的雕像不是人物现在的样子，而是他可能的样子——应该的样子。因为你已经超越了所谓的合适，让我们看到了什么是可能——只有通过你才有这样的可能。因为你的雕像很少有对人性的侮辱，比我见过的任何作品都少。因为你对人类怀着莫大的尊重。因为你的雕像是人类英雄的雕像。所以我来这儿不是为了帮助你，不是为你感到悲哀，或者是觉得你非常需要一份工作。我来的原因很简单，很自私——就是一个人要挑选他能找到的最干净的食物。这是生存法则，不是吗？寻找最好的。我不是为你而来，是为我自己。”

马勒瑞猛地从他身边走开，把脸埋在床上，两只胳膊伸开，分别放在头的两侧，紧握拳头。他后背上的衬衫在隐隐颤抖，说明他在哭泣。衬衫和拳头慢慢地扭动，钻进枕头里。洛克知道他见到的这个男人以前从没哭过。他坐在床边，无法将目光从马勒瑞扭曲的手腕上移开，尽管这情景很难让人忍受。

过了一会儿，马勒瑞坐了起来。他看了看洛克，看到了一张最平静、最和善的脸——没有一丝的怜悯。那脸色看起来不像因为欣赏另一个人的剧痛而暗暗高兴，不像因为看见乞丐需要他们的同情而振奋；那不是一个无法忍受饥饿的灵魂，也不是一个以另一个人的羞耻为生的懦夫。洛克的表情看起来很累，太阳穴紧绷着，好像刚打完架。但他眼神平静，安详地看着马勒瑞，直率、纯净的注视里充满理解和尊重。

“现在躺下。”洛克说，“静静地躺一会儿。”

“他们怎么让你活下来的？”

“躺下。休息。我们一会儿谈。”

马勒瑞起来了。洛克把他的肩膀按下去，强迫他躺下去，把他的腿从地板上抬起来，把他的头放低在枕头上。马勒瑞没有反抗。

走回来时，洛克碰倒了桌子，桌子上全是垃圾，什么东西哗啦一声掉到了地上。马勒瑞猛地坐起来，想先去够它。洛克把他的胳膊推到一边，把东西捡了起来。

那是个小石膏板，便宜礼品店里卖的那种。上面有个趴着的小孩，屁股朝前，回过头害羞地看着。几道线条、几块肌肉的结构，显示出无法隐藏的非凡天才，与其余部分截然分开；其余部分是刻意的尝试，明显、粗俗而陈腐，是一种笨拙的努力，没有说服力，而且令人饱受折磨。这是一件属于恐怖密室的东西。

马勒瑞看见洛克的手在晃动。然后洛克的胳膊折回来，慢慢举过头顶，好像是在积攒力量，只是一瞬间，但是好像持续了几分钟，胳膊就这样高举着，不动——然后猛地向前一甩，石膏板飞过整个房间，撞在墙上摔成了碎片。这是唯一一次有人看见洛克这样出离愤怒。

“洛克。”

“怎么了？”

“洛克，我希望在你有工作给我之前就认识你。”他说话时没有任何表情，头枕着枕头，闭着眼睛，“这样就不会有其他原因掺杂进来。因为，你看，我很感激你。不是因为你给了我一份工作；不是因为你来这儿；不是因为你为我所做的一切。只是因为你本身。”

然后他躺着没有动，笔直而无力，像是一个人经历了长时间的痛苦。洛克站在窗边，看着这个扭曲的房间，看着床上的男孩。他很奇怪为什么他感觉自己像是在等待，等待着头顶发生一场爆炸。这似乎是无意义的。然后他明白了。他想，这就是人们被困在这样的洞穴中时的感觉；这个房间不是穷困的附属品，它是一场战役，比储存在兵工厂里的炸药破坏力更强。一场战役……和谁……敌人既没有名字也看不见面目。但是这个孩子是一个战友，在战争中负伤了。洛克站在他身边，有一种奇怪的新感觉，一种要用臂膀把他扶起，将他带到安全地带的渴望……只是那见鬼的安全地带还没有一个名称……他一直在想肯特·兰森，努力回想一些肯特·兰森说过的话……

然后马勒瑞睁开了眼睛，抵着一个胳膊肘坐了起来。洛克把那张椅子拉到床边，坐了下来。

“现在，”他说，“谈谈。谈谈你真正想说的。不要给我讲你的家庭、你的童年、你的朋友，还有你的感情。就告诉我你想的事情。”

马勒瑞看了看，不敢相信，小声说道：“你怎么知道的？”

洛克笑了，什么也没说。

“你怎么知道是什么一直在谋杀我？这么多年以来，它让我渐渐地恨上了我本不想去恨的人们……你也有过那种感觉吗？你见过你最好的朋友是怎么看重你的一切的吗——除了那些真正重要的东西？对他们来说，你认为重要的东西一文不值，什么也不是，他们甚至不会去辨认它的声音。你的意思是，你想听？你想知道我做什么，我为什么这么做，你想知道我想什么。这对你来说不会无聊吗？这重要吗？”

“接着说。”洛克说。

然后他坐在那里几个小时，听着，而马勒瑞谈起了他的工作，工作中的想法，生活中的想法，说了很多，像是一个快要溺死的人被冲到了岸上，沉醉于辽阔而干净的空气中。

第二天上午，马勒瑞来到了洛克的办公室，洛克让他看了神庙的草图。站在设计桌旁，有了需要思考的问题时，马勒瑞改变了。没有了不确定，没有了对痛苦的记忆；他拿起草图，干净利落，像是一个值班的士兵。这个姿势表明没有什么能改变他现在的动作中承载的东西。他有一种不屈的、不受个人影响的信心；他平等地面对洛克。

他长时间地研究那些图，然后抬起头。他脸上的所有器官都被很好地控制着，除了眼睛。

“喜欢吗？”洛克问。

“别说傻话。”

他拿着一幅图纸，走到窗前，站在那儿，看着草图，接着看向街道，看向洛克的脸，然后又看了回来。

“看起来似乎不可能，”他说，“不是这个——也不是那个。”他朝着街道挥舞着草图。

下面的街角里有一家弹子房，一座带有科林斯式门廊的出租房，一块百老汇音乐剧的广告牌，一条粉灰色的内裤在屋顶上飘动。

“不在同一个城市，不在同一个星球上，”马勒瑞说，“但是你让这一切发生了，可能……我不再害怕了。”

“害怕什么？”

马勒瑞小心地把草图放在桌子上。他回答说：“你昨天说了些关于第一法则的事情。法则要求人们寻求最好的……真有趣……没有被承认的天才——那是个古老的故事。你想过更坏的吗？一个被大家所承认的天才……有很多人都是可怜的傻子，看不到最好的——什么也不是。一个人不能和那样的事情生气。但是你能理解那些看到了却不想得到的人吗？”

“不能。”

“不能。你不会的。我整个晚上都在想你说的话。我根本没有睡觉。你知道你的秘密是什么吗？就是你可怕的天真。”

洛克大声笑了，看着那张孩子气的脸。

“不，”马勒瑞说，“没有什么有趣的。我知道我在说什么——你不知道。你无法知道。因为你绝对健康。你太健康了以致都无法想象疾病。你知道。但是你并不真的相信。而我相信。在一些事情上，我比你更聪明，因为我是弱者。我明白另一面。那就是影响我的东西……你昨天看到的东西。”

“那已经结束了。”

“可能吧。但不是全部。我不再害怕了。但是我知道恐惧还存在着。我知道是哪种恐惧。你想象不出的那种。听着，你能想象出的最可怕的经历是什么？对我来说——是不带任何武器被关在一个笼子里，身边有一只对着它的猎物流口水的野兽，或者一个大脑被某种疾病吞噬了的疯子。而你什么也没有，除了你的声音——你的声音和思想。你冲着那东西大喊，问它为什么要碰你，你拥有最雄辩的语言，不可辩驳的语言，你成了绝对真理的容器。你看到活生生的眼睛在注视着你，你知道那个东西听不见你说的，它碰不到、摸不着，无论以什么形式，可是它在你面前喘着气，动来动去，带着它自己的目的。那就是恐惧。哦，就是那个东西悬在世界之上，在某个地方的人类身上潜伏着，那同样的东西，封闭的，无知的，绝对不怀好意，带着自己狡猾的目的。我认为我不是个懦夫，但是我害怕它。那就是我所知道的全部——它存在着。我知道那不是它的目的。我不知道它的本质。”

“是系主任背后的那条原则。”洛克说。

“什么？”

“是我曾一度疑惑的事情……马勒瑞，你为什么要枪击埃斯沃斯·托黑？”他看见了男孩的眼睛，又说道，“如果你不喜欢谈论这个，就不必告诉我。”

“我不喜欢谈论这个。”马勒瑞说，声音发紧，“但这是个正确的问题。”

“坐下，”洛克说，“我们要讨论你的工作。”

当洛克说起这座建筑和他要从雕刻家那里得到什么的时候，马勒瑞聚精会神地听着。洛克总结说：“就是一个雕像，将会立在这里。”他指着草图，“建筑就建在它的四周。一个赤身裸体的女人雕像。如果你能够理解这个建筑，你就会理解雕像应该是什么样子。人的精神，人类的英勇。抱负和满足，二者并存。寻找上帝而发现自己。表明在自身形式之外没有更高的限度……只有你能做到。”

“是的。”

“你会以我为我的客户工作那种方式为我工作。你知道我想要的——其余部分你决定。按照你希望的去做。我想给你建议一个模特，但是如果不能达到你的目的，那就挑选一个你喜欢的。”

“谁是你的选择？”

“多米尼克·弗兰肯。”

“哦，天呐！”

“认识她？”

“我见过她。如果我能有她的……上帝！没有其他女人更合适了。她……”他停了下来，又说道，有些尴尬，“她不会当模特的。当然不会为你当。”

“她会的。”

听说这个消息的时候，盖伊·弗兰肯极力反对。

“听着，多米尼克，”他生气地说，“有个限度。真的有个限度——即便是对你来说。你为什么做这个？为什么——为了洛克的一个建筑，其他所有事情都不顾了？你对他说的和做的都与他背道而驰——你不想知道人们在谈论什么吗？如果是其他人，没有人会关心和注意。但是你——和洛克！无论我去哪儿，人们都会问我。我要怎么做？”

“为你自己订一个那座雕像的复制品，爸爸。会很漂亮的。”

彼得·吉丁拒绝讨论这个。但是在一个宴会上遇见多米尼克时，他还是问了，他本来不想问。“你在为洛克神庙的雕像做模特，是真的吗？”

“是的。”

“多米尼克，我不喜欢。”

“不喜欢？”

“哦，对不起，我知道我没有权利……只是……只是在所有的人当中，我不想看见你对洛克友好。不是洛克。除了洛克，任何人都行。”

她看起来很感兴趣：“为什么？”

“我不知道。”

她看了一眼，很好奇，这令他不安。

“可能，”他嘀咕说，“可能因为你蔑视他的作品这件事看上去从来都不对劲儿，你的蔑视让我很高兴，可是……可是这从来都不对劲儿——对你来说。”

“似乎不对劲儿，彼得。”

“是的，但是你不喜欢他这个人，是吧？”

“是的，我不喜欢他这个人。”

埃斯沃斯不高兴了。“你太不明智了，多米尼克。”他在她的办公室私下说，他的声音听起来不是很平和。

“我知道。”

“你不能改变主意拒绝吗？”

“我不会改变主意的，埃斯沃斯。”

他坐下来，耸了耸肩。过了一会儿，他笑了。“好吧，亲爱的，走你自己的路吧。”

她用一支铅笔顺着一行文字划过去，什么也没说。

托黑点了一支烟。“所以他选中斯蒂文·马勒瑞做这个工作。”他说。

“是的。滑稽的巧合，不是吗？”

“根本不是巧合，亲爱的。像那样的事情都不是巧合，后面有个基本的法则。尽管我确定他不知道这个法则，而且没有人帮他去选。”

“我想，你赞成？”

“全心全意的。这让所有的事情都恰到好处，比任何时候都好。”

“埃斯沃斯，马勒瑞为什么要杀你？”

“我一点也不知道。我不知道。我想洛克先生会知道，或者应该知道。顺便说一句，谁选你为那个雕像当模特的？”

“那不关你的事，埃斯沃斯。”

“我明白。洛克。”

“另外，我已经告诉了洛克是你让霍普顿·斯考德雇用他的。”

他的香烟停在半空中，然后又动了，被放在了嘴里。

“你告诉了？为什么？”

“我看见了神庙的图纸。”

“有那么好？”

“比那还好，埃斯沃斯。”

“你告诉他的时候，他说了什么？”

“什么也没说。他笑了。”

“他笑了？太好了，我敢说，过一段时间会有很多人追随他的。”

在那年冬天的几个月里，洛克每晚睡觉都很少超过三个小时。他雷厉风行，好像身体为周围的一切都灌输了能量。能量穿过办公室的墙壁来到城市的三个地方：曼哈顿中心的高德大厦，是一座铜和玻璃建成的塔；中央公园南部的阿奎亚娜酒店；还有位于哈得逊河畔岩石上的神庙，在北边的滨河大道。

当他们有时间会面的时候，奥斯顿·海勒看着他，既惊讶又高兴。“霍华德，等这三项工程完成的时候，”他说，“再没有人能够阻止你。永远不会再有了。也许我偶尔还会推测你能走多远。你知道，天文学一直是我不熟悉的东西。”

三月的一个晚上，洛克站在高高的围栏中。根据斯考德的命令，神庙周围建起了围栏。第一批石块，未来墙壁的地基已经拔地而起。已经很晚，工人们都离开了。这个地方就这样空无一人，与世隔绝着，消失在黑暗中。但是天空还发着光，对下面的夜晚来说太亮了，就像光线在正常时间过去之后还保留着，告诉人们春天要来了。一艘船的汽笛在河上的某个地方响起过一次，声音好像是经过几英里的沉寂从遥远的乡村传来的。木制的小屋里还亮着一束光，那是斯蒂文·马勒瑞的工作室，多米尼克就在那里为他当模特。

神庙被建成后将会是一座灰色石灰石的小建筑。它的线条是水平的；不是通向天堂的那种线条，而是地球的线条。它在地面上伸展开来，就像是胳膊平伸在肩膀的高度，手掌朝下，无声而伟大地承受着。没有依附于泥土之上，也没有蹲伏于天空之下。它好像抬起了地球，而几根直立的柱子好像要拉下天空。它没有让人们显得矮小，而是作为一个背景，衬托着的人类轮廓是唯一的绝对，是一切空间得以被衡量的完美尺度。一个人走进神庙时，会感到周围的空间在为他塑造着形状，好像是在等待他的进入，好让自己被完成。这是个快乐的地方，带着因安静而来的兴奋的喜悦。人们来到这里是为感觉无罪和强大，是为找到除了自己的荣耀之外无人可赋予的精神上的平静。

除了墙壁的分级突起和宽敞的窗户外，里面没有装饰。这里还没有封顶。它对着周围的土地，对着树、河水、太阳——对着远方城市的地平线、摩天大楼，还有地球上人们塑造出来的所有其他轮廓敞开着。在房间的尽头，对着入口的地方，城市的背景前立着一个裸体人像。

此刻，漆黑中除了第一批石头，洛克面前什么也没有。但是他想着完成后的建筑，用手指的关节感觉着它，仍然记得移动铅笔把它画下来的时刻。他站在那儿，想着它。然后他穿过粗糙不平的土地，来到工作室的小屋。

“就一会儿。”他敲门的时候，传来了马勒瑞的声音。

小屋里，多米尼克从台子上走下来，拉过一条长袍披上了。然后马勒瑞开了门。

“哦，是你？”他说，“我以为是警卫呢。这么晚你在这儿做什么？”

“晚上好，弗兰肯小姐。”洛克说。她简单地点了点头，“对不起，打扰了，斯蒂文。”

“没关系。我们一直干得不怎么好。多米尼克不能领会我今晚想要的。坐下，霍华德。现在究竟几点了？”

“九点半。如果你想多待一会儿，要我准备晚餐吗？”

“我不知道，我们抽根烟。”

屋里的木质地板没有刷漆，是光秃秃的木椽子，一个铸铁火炉在角落里冒着火光。马勒瑞像是领地的主人，前额上粘着黏土。他焦急地吸着烟，在屋里走来走去。

“穿上衣服吧，多米尼克？”他问，“我认为我们今晚做不了什么了。”她没有回答。她站在那儿，看着洛克。马勒瑞走到屋子的一头，转过身，对着洛克笑，“霍华德，你以前为什么没来？当然，如果我真的忙，我会把你撵出去。顺便问一句，这个时候你来做什么？”

“我只是今晚想来看看这个地方。早点儿来不了。”

“这就是你想要的吗，斯蒂文？”多米尼克突然问。她脱下长袍，光着身子走到台子那儿。马勒瑞看了看她，又看了看洛克，又看了看她。然后他看到了他一直努力想看到的东西。他看到她的身体就在他面前，笔直、紧张，她的头向后甩，胳膊在身体两侧，掌心朝外，就像她这几天的姿势一样。但是现在她的身体充满了活力，就这样不动，却像是在颤抖，表达出了他想要听到的东西：一种骄傲、尊严、狂喜——对自己身体的屈服，就在那个时刻，那个轮廓就要晃动和破碎之前的时刻，那个她被自己看到的映像触动的时刻。

马勒瑞的香烟飞过房间。

“就这样，多米尼克！”他喊道，“就这样！就这样！”

烟头落地之前，他已经在台子那儿了。

他工作着，多米尼克站着，没有动，洛克靠墙站着，面对着她。

四月的时候，神庙的围墙已经陆续从地面升起。在月朗星稀的夜晚，围墙发出柔和、浑浊、像地下水一样的光芒。高高的围栏在周围守护着它们。

一天的工作之后，有四个人经常会留在工地上——洛克、马勒瑞、多米尼克，还有迈克·多尼根。迈克没有错过洛克的任何一栋建筑。

其他人都离开后，四个人会围坐在马勒瑞的小屋里。一块湿布盖在还没有完成的雕像上。小屋的门开着，迎接春天夜晚的第一缕温暖。一根树枝在外面悬挂着，上面有三片新叶映衬着漆黑的天空。星星一眨一眨，就像落在树叶边上的水滴。小屋里没有椅子。马勒瑞站在铸铁火炉旁，准备着热狗和咖啡。迈克站在模特台上，抽着烟斗。洛克四肢伸开躺在地板上，胳膊肘支撑着他。多米尼克坐在厨房的凳子上，身上披着薄薄的丝织长袍，光脚踩着厚厚的木地板。

他们没有谈论工作。马勒瑞讲着一些令人吃惊的故事，多米尼克像个孩子似的笑。他们没有谈论特别的东西，所有的话语只是声音，他们仿佛停留在温暖的愉悦里，沐浴在完全放松的安逸中。他们只是简简单单地喜欢四个人像这样待在一起。黑暗中门外屹立的墙壁为他们的休息提供了支持，赋予了他们光明的权利。那是他们一起为之工作的建筑，它就像是一声听得见的和谐低语，应和着他们的声音。洛克大笑，多米尼克从未见他在其他地方这样笑过，他的嘴因为放松而显得年轻。

他们这样一直在那里待到很晚。马勒瑞把咖啡倒进一堆各式各样的有裂口的杯子里。咖啡的味道和外面新叶的气味混合在一起。

五月，阿奎亚娜酒店的工程停了下来。

两名业主被股票市场扫地出门；第三个因为和某人有遗产纠纷被提起诉讼，所有资金被扣押；第四个挪用了其他人的股份。公司在一堆官司中陷入混乱，那些官司需要几年的时间去清理。尚未竣工的工程不得不等着。

“我会解决的，如果我必须干掉他们当中的几个。”肯特·兰森告诉洛克，“我会把它从他们手中拿来的。某一天，你和我，我们会完成它的。但是那需要时间，可能是很长时间。我不会告诉你要有耐心。如果他们没有刽子手那样的耐心的话，你和我在他们的第一个十五年到来前不会幸存下来。”

埃斯沃斯·托黑笑了，他坐在多米尼克的桌边上说：“未完成的交响乐——感谢上帝。”

多米尼克把这些用在了她的专栏里。“中央公园南部未完成的交响乐”，她写道。她没有说“感谢上帝”。这个绰号被一再重复。陌生人注意到，在一条重要的街道上有一座昂贵的建筑，只有空空的窗户、半遮住的墙壁、光秃秃的横梁，这副景象很是奇怪。当他们问起这是什么的时候，那些从来没有听说过洛克或这座建筑背后的故事的人，会窃笑着回答说：“哦，那是未完成的交响乐。”

夜深的时候，洛克会穿过街道，站在公园的树下，看着这个漆黑的、死气沉沉的东西屹立在这个城市辉煌的建筑之中。他的手会像当初在泥土模型上那样移动。在这样的距离，一处破损的凸起可以在这双手下被抚平，但是这种本能的动作除了空气以外，什么也没碰到。

有时他强迫自己在这座建筑中穿梭。他走在悬空的颤抖的厚木板上，穿过没有屋顶没有地板的房子，走到开阔的边缘，屋子里的横梁伸出来，就像穿透破损皮肤的骨头。

一个上了年纪的守夜人住在一楼后面的一个小房间。他认识洛克，允许他四处转。一次，他叫住了洛克，突然说："我曾经有一个儿子——几乎有。他一出生就死了。"什么东西让他想说出这些，他看着洛克，不知道该说什么。但是洛克笑了。他闭上眼睛，用手按了按这个老人的肩膀，像是握手，然后他走开了。

这只是最初的几周。然后他让自己忘记了阿奎亚娜。

十月的一个晚上，洛克和多米尼克一起来到建好的神庙。神庙一周后就要剪彩了，就在斯考德回来的第二天。除了那些曾经在这里工作过的人，还没有人看过神庙的样子。

这是个清澈、安静的夜晚。神庙空旷而沉寂。红红的落日映照在石灰石墙上，就像早上的第一束阳光。

他们站在那里看着神庙，然后站在神庙里的大理石雕像前，相互之间什么也没说。那矗立在他们周围的影子，似乎同样是被那只塑造了墙的手塑造出来的。光线暗淡下来，极有规则地流动着，好像是语句给墙壁赋予了声音。

“洛克……”

“什么事，亲爱的？”

“不……没事……”

他们一起走回汽车旁，他的手紧握着她的手腕。

12

斯考德神庙的剪彩仪式将在十一月一日下午举行。

新闻媒体的工作很出色。人们谈论着这件事，谈论着霍华德·洛克，谈论着这个城市所期待的杰作。

十月三十日上午，霍普顿·斯考德环球旅行回来了。埃斯沃斯·托黑在码头与他会面。

十一月一日的早上，霍普顿·斯考德发表了一份简短的声明，宣布不会举行剪彩仪式。没有任何解释。

十一月二日的上午，《纽约旗帜报》在《微声》专栏登出了一篇埃斯沃斯·托黑的文章《亵渎》，内容如下：

“时间到了，海象说，

“来谈些事情吧：

“关于船——关于鞋——关于霍华德·洛克——

“关于垃圾——关于国王——

“关于大海为什么要沸腾——

“关于洛克是否有翅膀。

“我们的职能——一位我们不喜欢的哲学家解释说——不是苍蝇拍，但是如果苍蝇需要有庄严的错觉，我们当中的佼佼者一定要直冲下来，将其灭绝。

“最近有很多关于霍华德·洛克的谈论。因为自由言论是我们神圣的传统，包括自由浪费一个人的时间，这样的谈论无伤大雅——除了一个事实，那就是，人们会发现，有很多努力都比谈论一座已经开始却不会完成的建筑更有意义。没有任何名誉可言。这是无伤大雅的——如果那些愚蠢没有变成悲剧——和欺骗。

“霍华德·洛克——正如你们中的大多数人没有听说过，也不可能再听说的——是个建筑师。一年前，他承担了一项非凡的责任。他受命建造一座伟大的纪念碑，他的雇主十分信任他并给了他创作的自由，修建过程中雇主不在场。如果我们的犯罪学术语能够适用于艺术领域，我们不得不说洛克递交的东西是精神剽窃。

“霍普顿·斯考德先生，著名的慈善家，想为纽约修建一座宗教神庙，一个无派别的大教堂，以此象征人类信仰的精神。洛克为他修建的可能是个仓库——尽管看起来不实用；可能是个妓院——如果我们考虑到里面的一些雕刻装饰品，那就更像了。那肯定不是一座神庙。

“似乎在这座建筑中，一场精心策划的预谋把宗教建筑的每个概念都颠覆了。它不是被严格地关闭着，而是对外洞开，像是西方的沙龙。它不会让人感觉到悲伤，不会让人想去感受这里的神圣并察觉自身的渺小，反而有一种松弛的、放荡的兴奋。它不像所有的神庙那样直入云霄，就像人们在呼唤比自身更高尚的东西，而是躺在地平线上，肚皮扎在泥土里，像在宣称它对肉欲的沉溺。一个裸体女人塑像放在那里，让男人感到兴奋，一切已经不言而喻，不需多加评论。

“一个进入神庙的人是为了自己的解脱，贬低自己的骄傲，忏悔自己的无用，祈求宽恕。人们在可怜的谦卑中找到满足感。在上帝的处所里，人的正常姿势是跪着。而没有一个有正常思维的人会在洛克先生的神庙里跪拜，这个地方禁止这样。这里暗示的情感是不同的：自大、无耻、蔑视、自鸣得意。这不是上帝的处所，而是自大狂患者的所在。这不是神庙，而是完美的对立面，是对所有宗教的傲慢嘲笑。若非那些无宗教信仰者都是众所周知的好建筑师，我们其实可以说它是没有宗教信仰的。

“这个专栏不是任何特定宗教的支持者，但是单纯的礼仪要求我们尊重别人的宗教信仰。我感觉我们必须向公众解释这场早有预谋的对宗教的攻击。我们不能宽恕这样蛮横的亵渎。

“如果我们看起来忘记了自己作为纯建筑价值批评者的使命，只能说是这个事件不需要那个使命。在严肃的批评中赞扬平庸是个错误。我们能回忆起这个霍华德·洛克以前所修建过的其他建筑，同样不称职，同样是野心勃勃的业余爱好者的通俗作品。上帝所有的天使都有翅膀，不幸的是，天才却没有。

“就是这样，我的朋友们，很高兴今天讨厌的工作结束了。我们真的不喜欢写讣告。”

十一月三日，霍普顿·斯考德提起了对霍华德·洛克的诉讼，控告他违反合同，玩忽职守，要求赔偿；他要求足够金额的赔偿来找另一名建筑师对神庙进行整修。

说服霍普顿·斯考德很容易。旅行归来后，他被这个世界的宗教景观压垮了，特别是被他所面对的全世界各种形式的地狱规则压垮了。他得出结论，他的生活已经使他有资格被打入任何信仰体制下的最残酷的地狱。这动摇了他脑中原本的观点。在回程中，船上的乘务员相信这位上了年纪的绅士已经老年痴呆。

他回来那天的下午，埃斯沃斯·托黑带他去看神庙。托黑什么也没说。霍普顿·斯考德瞪着眼睛看，托黑听到斯考德的假牙在断断续续地发出声响。这个地方可不像斯考德在世界上任何地方看到过的，也不是他所期待的东西。他不知道自己该怎么想。他回头看了一眼托黑，那是让人绝望的乞求。他的眼睛看起来就像是两颗吉露牌果冻。他等待着。在那个时候，托黑可以说服他做任何事情。托黑说话了，说出了后来在他的专栏里出现的话。

“但是你告诉我这个洛克很出色！”斯考德惊慌地埋怨道。

“我本来希望他是出色的。”托黑冷漠地回答说。

“但是那么——为什么？”

“我不知道。”托黑说——他带有责问的一瞥让斯考德知道这后面是一种不祥的罪恶。这罪恶属于斯考德。

回斯考德公寓的路上，在豪华轿车里，斯考德求托黑说话，托黑却什么也没说。他没有回答。沉默让斯考德感到恐惧。在公寓里，托黑让斯考德坐在一把扶手椅上，自己站在他面前，严肃得像个法官。

“霍普顿，我知道为什么会这样。”

“哦，为什么？”

“你能想出我对你撒谎的理由吗？”

“不能，当然不能，你是最伟大的专家，最诚实的人。我不明白。我只是一点都不明白！”

“我明白。当我推荐洛克的时候，我有所有理由希望——用我最真诚的判断力——他能给你带来杰作。但是，他没有。霍普顿，你知道什么力量能扰乱一个人所有的思考吗？”

“什——什么力量？”

“上帝选择这种方式阻止你的献礼。他认为你不配为他献上一座神殿。我猜你能愚弄我，霍普顿，愚弄所有人，但是你愚弄不了上帝。他知道你的记录要比我想象的更黑暗。”

他接着说了很长时间，平静而又严肃，对方沉寂而恐惧地缩成了一团。最后，他说：

“看起来很明显，霍普顿，如果从上层开始，你就不能取得原谅。只有心底的纯净才能建起神庙。在你到达那一阶段之前，你必须经历很多谦卑的赎罪步骤。在你对上帝进行弥补之前，你必须对你的追随者进行弥补。这座建筑不应该是一座神庙，而应该是人们所需要的慈善之地，好比低能儿之家。”

霍普顿·斯考德无法接受。“以后，埃斯沃斯，以后，”他抱怨说，“给我时间。”按照托黑的建议，他同意控告洛克，要求赔偿改造的费用，然后再决定做何改建。

“不要被我要说的和我要写的吓着。”托黑离开的时候告诉他，“我被逼上演一些不真实的东西。我必须保护自己的名声不受辱。那是你的过错，不是我的。记住你曾经发过誓，不会说出是谁建议你雇用洛克的。”

第二天，《亵渎》出现在《纽约旗帜报》上，点燃了导火索。

没有人认为需要对一座建筑发起运动，但是宗教受到了攻击；而新闻媒体已经准备了充足的证据。公众的情绪受到了伤害，很多人都可以利用这个。

反对霍华德·洛克和神庙的愤怒呼声高涨，令所有人都大吃一惊，除了埃斯沃斯·托黑。牧师在布道时说这个建筑是道义上的耻辱。妇女俱乐部通过了保护决议。母亲委员会的声明占满了报纸的第八版，声嘶力竭地呼吁着对孩子的保护。一位著名的女演员写了一篇文章，主题是所有艺术在本质上都是一致的，解释说斯考德神庙没有建筑所应有的意义，并谈起了她曾经在大型《圣经》剧中扮演过的抹大拉的玛利亚。一位社交界的女士写了一篇关于异国神庙的文章，她在一次危险的丛林旅行中见过这样的神庙，她赞扬了野蛮人那令人感动的信仰，并表达了她对现代犬儒主义的责备。她说，斯考德神庙是软弱和颓废的代表。插图上的她穿着马裤，一只细长的脚踩在一只死狮子的脖子上。一位大学教授给编辑写了一封信，讲述了他的精神经历，表明他不能在像斯考德神庙这样的地方有庄严的感受。琦琦·霍尔科姆给编辑写了封信，讲述了她对生活和死亡的观点。

美国建筑师行会发表了一份庄严的声明，谴责斯考德神庙是对精神和艺术的欺骗。美国建筑家委员会、作家委员会、艺术家委员会也发表了类似的声明。这些声明都少了点装腔作势的威严，多了些行业特色。没有人听说过这些委员会。但是，它们是委员会。它们的声音有分量。一个人会对另一个人说："你知道吗？美国建筑家委员会曾说这个神庙是建筑垃圾。"他的语调仿佛与艺术世界相当熟稔。另一个人不想说他没听说过这样一个团体，回答说："早就料到他们会这样说的，你也料到了吗？"

霍普顿·斯考德收到了很多同情信。他开始感到很高兴。在此之前，他还从来没有这么受欢迎过。他想，埃斯沃斯是正确的。他的伙伴在原谅他。埃斯沃斯总是正确的。

过了一段时间，一些高品位的报纸便不再刊登此事。但是《纽约旗帜报》一直在继续。这让《纽约旗帜报》受益匪浅。盖尔·华纳德不在市里，他正在印度洋上开着他的游艇冲浪呢。爱尔瓦·斯卡瑞特一直参与这场运动，并且已经得心应手。斯卡瑞特不需要埃斯沃斯·托黑的任何建议，完全可以自己应付。

他写了一篇关于文明衰落的文章，对缺乏单纯的信仰表示悲痛。他出资在高中生中间发起了一次关于“我为什么去教堂”的论文比赛。他写了一系列关于“我们孩童时代的教堂”的插图文章。他还提供了不同年代的宗教建筑的照片——狮身人面像、怪兽饰、图腾柱——突出了多米尼克雕像的照片，并附有极为愤慨的说明文字，但是略去了模特的名字。他提供了洛克的漫画，把洛克比作一个披着熊皮、拿着棍棒的野蛮人。他写了很多隽词妙语，讲述不能通天的巴别塔和鼓动蜡翼的伊卡洛斯。

埃斯沃斯·托黑坐下来，观察着。他提出了两点小小的建议：他在《纽约旗帜报》的资料库里找到了洛克在恩瑞特公寓开放仪式上的照片——那是一个男人神情兴奋的瞬间。他把它印在《纽约旗帜报》上，标题为：“你快乐吗，超人先生？”等待审判开始的同时，他让斯考德把神庙向公众开放。神庙吸引了很多人，他们在多米尼克雕像的底座上留下了淫秽的图画和题字。

有少数一些人来了，看了，无声地景仰这座建筑，但他们是那种不会加入公开讨论的人。奥斯顿·海勒写了一篇慷慨激昂的文章为洛克和神庙辩护。但他不是建筑和宗教方面的权威，文章在风浪中被淹没了。

霍华德·洛克什么也没做。

他被要求发表声明，他在办公室接待了很多记者。他发表了讲话，但没有生气。他说：“关于这座建筑，我对任何人都无可奉告。如果我准备一些苛刻的话去塞满别人的脑子，对他们对我都是一种伤害。但是你们来到这里，我很高兴，我确实想说些事情。我想请每一位对这件事感兴趣的人都去看看这座建筑，去看看，然后使用自己的思想去说——如果他想说的话。”

《纽约旗帜报》刊印如下：“洛克先生似乎是位新闻制造者。他以一种自以为是的高傲态度接待了记者，声明说公众是一锅大杂烩。他没有选择发言，但是他似乎清楚地意识到那种态度的广告效应。他还说，他唯一希望的就是有尽可能多的人去参观这座建筑。”

洛克拒绝雇用律师代表他上法庭。他不顾奥斯顿·海勒如何愤怒地抗议，说他会为自己辩护，并拒绝解释他要如何辩护。

“奥斯顿，我很愿意遵守一些规则。我愿意穿每个人都穿的衣服，吃同样的食物，搭乘同样的地铁。但是有些事情我不能以他们的方式去做——这就是其中之一。”

“你了解法庭和法律吗？他会赢的。”

“赢什么？”

“他的案子。”

“这个案子很重要吗？我没有办法阻止他改建那座建筑。他是那里的主人。他能毁掉这座建筑或者将它改建成一个胶水工厂。无论我赢还是输，他都能做。”

“但是他会用你的钱去干。”

“是的。他会用我的钱。”

斯蒂文·马勒瑞没有对任何事情进行评价，但是他的脸看起来就像洛克第一次看见他的那晚一样。

“斯蒂文，说说吧，如果这样能让你好受些。”一天晚上洛克对他说。

“没什么可以说的。”马勒瑞冷漠地回答，“我告诉过你，我认为他们不会让你活下来的。”

“瞎说。你没有权利为我害怕。”

“我不是为你害怕。那有什么用吗？是别的事情。”

几天后，马勒瑞坐在洛克房间的窗户旁，安静地看着窗外的街道，突然说：“霍华德，你还记得我曾告诉过你的，令我害怕的那个怪兽吗？我对埃斯沃斯·托黑一无所知。在我枪击他之前，我从来没有见过他。我只是读过他写的东西。霍华德，我枪击他是因为我认为他知道关于那个怪兽的一切。”

斯考德宣布起诉的那天晚上，多米尼克来到了洛克的房间。

她什么也没说。她把包放在桌上，站在那儿，慢慢地摘下手套，似乎希望延长在他房间里表演例行动作这种亲昵。她低下头看她的手指，然后抬起了头。她的脸看起来就像她知道他最深的痛苦，那也是她的痛苦，她希望这样冷冷地承受它，而不要求缓解的言语。

“你错了，”他说，他们总是这样说话，这样继续一场并未开始的谈话，他的声音很温柔，“我没有那样的感觉。”

“我不想知道。”

“我想让你知道。你想的要比事实更糟。我不认为他们毁了它跟我有什么关系。可能是太伤人了，我反而不知道自己受了伤。但我不这么认为。如果你想承受我的痛苦，不要比我承受得更多。我从来不能完全承受痛苦，从来不能。痛苦只能沉到一个特定的点，然后停下来。只要有这个不被触及的点，那痛苦其实就不是痛苦。你不能像现在这副样子。”

“在哪里停下来？”

“除了我设计了神庙这个事实外，我可以什么都不想，什么都感觉不到的地方。我修建了它。别的东西似乎都不重要。”

“你真不该修建它。真不该让事情变成这样。”

“没关系。即使他们毁掉它也没关系，只要它存在过。”

她摇了摇头：“你明白我从你这里夺走那些项目时，是想从什么里面拯救你吗？不让他们有权利对你做这些……他们没有权利生活在你的建筑里……没有权利碰到你……无论以哪种方式……”

当多米尼克走进托黑的办公室时，托黑笑了，那是一种真诚欢迎的笑容——意想不到的真诚。当他眉头紧皱表现出失望时，他忘记了去控制，皱眉和微笑可笑地并存了一会儿。他失望了，因为她没有像平时那样戏剧性地进门。他没有看到气愤，没有看到嘲笑，她进来时就像个有公务在身的簿记员。她问：“你想得到什么？”

他尽力找回平日里争吵的愉快感觉。他说：“坐下，亲爱的。很高兴看到你，非常坦率而又无助的高兴，真是太久了。早就盼着你来。我收到了很多有关那篇小文章的溢美之词，但是，说实话，那不算什么。我想听听你会说什么。”

“你要做什么？”

“看，亲爱的，我确实希望你不介意我说那座雕像会令人兴奋。我想你能理解我，我不能跳过那个。”

“起诉的目的是什么？”

“哦，你想让我说。我这么做是想听你说。但是有一半快乐总比没有好。我想说，我焦急地等着你来。但是我确实希望你能坐下，那样我会更舒服一些……不？哦，你喜欢怎样就怎样吧，只要你不跑掉。起诉？哦，原因不是明摆着吗？”

“怎么能阻止他？”她问话的语气就像在背一串儿数字，“无论他是输是赢，那都说明不了什么。整件事情就是一次愚人的狂欢，肮脏而毫无意义。我认为你不会在臭气弹上浪费时间的。一切都会在圣诞节之前被人们忘记。”

“上帝啊，我一定是个失败的人！我从没把自己想象成一个可怜的老师。在和我长达两年的亲密接触中你学到的太少了！真令人气馁！因为你是我知道的最有才华的女人，这是我的错。哦，让我们看看，你确实说对了一件事情：我不会浪费我的时间。非常正确。我不会。是的，亲爱的，一切都会在下一个圣诞节之前被人们忘记的。你看，那就是成就。你能为活生生的事情而战。你不能为过去的事情而战。过去的事情，像所有死去的东西一样，不会立即消失，会留下一些分解物。一个令人不快的东西会挂在你的名字上。霍普顿·斯考德先生会被彻底忘记。神庙也会被忘记。起诉会被忘记。但是还有一些会保留下来：‘霍华德·洛克？为什么，你怎么能信任那么一个人？他是宗教的敌人。他是彻底不道德的。首先你知道，他会欺诈你的建筑成本。’‘洛克？他不怎么样——为什么，一个客户不得不起诉他，因为他建的建筑太拙劣了。’‘洛克？洛克？等一会儿，不是那个登上所有报纸，把一切都弄得乱七八糟的小子吗？现在怎么样了？一些堕落的丑闻，某个建筑的主人——我认为那是座杂乱不堪的房子——无论如何主人都得起诉他。你不想和那样一个声名狼藉的人扯到一起吧。为什么呢？有那么多正派的建筑师可供挑选。’抗争吧，亲爱的。告诉我一种抗争的方法。特别是当你除了天赋以外，再也没有其他武器的时候。天赋不是一种武器，而是一种伟大的责任。”

她的眼睛充满失望，它们耐心地听着，没有移开，也没有生气。她笔直而克制地站在他的桌子前，像是暴风雨中的哨兵，知道他必须接受，而且她必须继续站在那儿，即便他无法接受。

“我相信你想让我继续，”托黑说，“现在你已经看到了过去的事情的奇特效力。你摆脱不开它。你无法解释，你无法为自己辩护，没有人会听。得到名声实在不容易。一旦你得到了，就完全不可能改变它的本质。你永远无法通过谈论一个建筑师的平庸而毁掉他。没有人会听。但是你可以毁坏他，因为他是无神论者，或者因为有人起诉他，或者因为他和某个女人睡觉，或者因为他拔掉了苍蝇的翅膀。你会说这没意义？是没意义，但起作用了。理性可以和理性进行战斗。你能和非理性战斗吗？亲爱的，你和大多数人的麻烦就在于你对无知没有充分的尊重。无知是我们生活的主要因素。如果它是你的敌人，你就没有机会了。但是如果你让它成为你的同盟——啊，亲爱的！看，多米尼克，我还是停下来吧，你害怕了。”

“继续。”她说。

“我认为你现在应该问我一个问题，也许你不喜欢表现得太明显，觉得我必须自己猜出问题。但我认为你是对的。这个问题是，我为什么要选霍华德·洛克？因为——引用我自己文章里的话——我的职能不是做一个苍蝇拍，现在引用这个另有含义，但我们先放过去。而且，这也帮助我从霍普顿·斯考德那儿得到了一些我企盼已久的东西，当然，那仅仅是微不足道的次要问题，纯粹的、偶然的意外收获。但是，主要来说，整件事是一次试验。仅仅是一场试验性的小规模战斗，我们可以这样说吗？战果非常令人满意，如果你没像现在这样卷入其中，你会是欣赏这个壮观场面的人。真的，你知道，在你考虑接下来如何进展时，我几乎什么都没做。难道你没发现这很有意思吗？一台复杂的大型机器很有意义，例如我们的社会，所有的杠杆、传送带和咬合的齿轮，看上去似乎需要一个军队来操纵那种——而你发现把你的小手指按到一个位置，一个至关重要的位置，所有重力的中心，你就能把这台机器粉碎成一堆分文不值的废铁，完全办得到，亲爱的，但需要花很长时间，需要几个世纪。和我之前的很多专家相比，我有优势。我觉得我将是那个队列中最后并且最成功的一个，因为——虽然比起他们我不一定更能干——但是我更清楚我在追求什么。当然，这说起来抽象了。但说到看得见、摸得着的现实，你难道没有发现在我这个小试验里令人开心的事吗？我发现了。你注意到了吗？所有错误的人都站在错误的一边。例如，爱尔瓦·斯卡瑞特、大学的教授、报纸的编辑、受人尊敬的母亲、所有商会，都应该趋之若鹜地为霍华德·洛克辩护——如果他们尊重自己的生命。但是他们没有，反而在鼎力支持霍普顿·斯考德。另一方面，我听说，在自助餐馆里，一伙号称‘新无产阶级艺术联盟’的愚蠢的激进分子试图积极支持霍华德·洛克——他们说，他是资本主义的牺牲品——他们应该明白，霍普顿·斯考德才是他们的大本营。顺便说一下，洛克有充分的理由拒绝那种支持。他明白，你明白，我也明白，但其他许多人不明白。噢，算了。废铁自有它的用处。”

她转身想离开房间。

“多米尼克，你不是要走吧？”他的声音里充满了受伤害的味道，“你不想说点什么吗？一点儿也不想说吗？”

“的确不想说什么。”

“多米尼克，你让我失望了。我是如何苦苦等候着你！通常情况下，我是一个非常自负的人，但偶尔，我的确需要一个听众。只有和你在一起时，我才会感到我是在做我自己。我认为那是因为你对我如此蔑视，以致我能对你畅所欲言，说什么都无关紧要。我知道，你心里明白这一点，但是我不介意。而且，我用在其他人身上的手段永远不会对你起作用，很奇怪，只有诚实才会对你起作用。见鬼，你已经完成了一项技术娴熟的工作，别人却一点儿也不知道，那用处何在呢？如果你还是过去的你，此时，你会告诉我，那是一种凶手的心理，那个凶手犯下了完美无瑕的罪行，然后又向人坦白，因为想到没人知道这是一次完美的犯罪，他便无法忍受。我想说，你是对的。我想要一名听众。这是那些受害者的问题——他们甚至不知道自己是受害者，好像天经地义似的，这件事正变得越来越单调枯燥，只剩下一半的乐趣了。你真是个罕见的尤物——一个能够观赏自己被处以极刑的受害者……看在上帝的分上，多米尼克，你要在我求你留下来的时候离我而去吗？”

她把手放在门把手上。他耸了耸肩，遗憾地坐回了他的椅子里。

“好吧，”他说，“顺便说一下，不要试图买下斯考德神庙，我刚刚说服了他，他不会卖的。”她已经打开了门，但是停下来又关上了。“噢，是的，当然，我知道你已经试过了，但没用。你没那么富有，你没能筹集到足够的钱，买不起那座神庙，而且，霍普顿不会从你这儿接受任何钱去支付改建费用的。我知道你已经提出了这样做。他想从洛克那儿要钱。还有，我认为，如果我让洛克知道你做过的一切，他不会好受。”

他笑了，似乎在期待对方的抗议。她的脸上没有任何反应。她又转向了门。

“还有一个问题，多米尼克，斯考德先生的辩护律师想知道，他是否可以打电话给你，请你做证人。你是建筑方面的专家，当然，你将为原告作证，是吗？”

“是的，我将为原告作证。”

霍普顿·斯考德状告霍华德·洛克的案件在一九三一年二月开庭。

法庭里挤得水泄不通，群众的反应只能从他们移动的头上看出来，这舒缓的移动如同轻风吹拂下水面的涟漪，如同海狮紧绷皮肤下起伏的波纹。

棕色的人群中有各种浅色的条纹，看上去就像一块完美的水果艺术蛋糕，顶端那层厚重的奶油便是美国建筑师行会。这里有卓尔不群的男士和衣着时髦、嘴唇紧闭的女人；每个女人似乎都认为自己对艺术拥有独家所有权，并对其施加自己的保护；他们都拥有一种唯我独尊的眼神，并憎恶地瞥着彼此。大家几乎都互相认识。整个房间里笼罩着大型会议、开幕晚会和家庭野餐的混合气氛，有一种“我们的一群”“我们的小伙子们”“我们的节目”的感觉。

斯蒂文·马勒瑞、奥斯顿·海勒、洛格·恩瑞特、肯特·兰森还有迈克一起坐在一个角落里。他们尽力不去看四周。迈克担心斯蒂文·马勒瑞，他一直离他很近，坚持坐在他旁边，不管何时，只要谈话中有一点攻击性的东西，他就会看一眼马勒瑞。

马勒瑞最后注意到了这一点，说道：“不要担心，迈克，我不会尖叫的，我也不会向任何人开枪。”

“亲爱的，注意饮食，”迈克说，“一定要注意你的饮食。一个人不能为生病而生病。”

“迈克，你还记得那个晚上吗？我们待到那么晚，天差不多都快亮了，多米尼克的车胎没气了，没有公共汽车，我们一致决定走回家。我们中的第一个人到家时，太阳已经爬上了屋顶。”

“是的，你想起了那件事，我想起了那座大理石采石场。”

“什么采石场？”

“它曾经令我非常厌恶，可后来，从长期看，什么都无关紧要。”

窗户外面的天空是单调的白色，平坦得像上了霜的玻璃。灯光像是从屋顶和壁架的层层白雪中反射出来的，极不自然，使房间里的每件东西看上去都一丝不挂。

法官弓着背坐在他那高高的法官席上，好像正在打盹儿。他的脸小而干瘪，完全被道德的威严所淹没。他把双手在胸前合十。霍普顿·斯考德没有出席。他的代理律师是位眉清目秀的绅士，高高的个子，严肃得像个外交官。

洛克独自坐在被告席的桌子旁。人们看着他，愤愤地放弃了他们试图寻找的满足。他看上去没有崩溃失落，也不傲慢无礼。他看上去冷漠，平静。他不像公共场合的公众人物，反而像是独自待在自己房间里，听着收音机。他没有做记录，他面前的桌子上没有纸，只有一个棕色大信封。这伙人可以原谅任何事，唯独不能原谅在山洪般的嘲讽中依然冷静的人。他们中的一些人在来这儿的时候已经准备怜悯他了，但在最初的几分钟之后，所有的人都开始憎恶他。

原告律师用简单的开场白陈述了案情；确实，他承认，霍普顿·斯考德给了洛克设计和建造神庙的全部自由。但问题是，斯考德先生曾详细、具体地说明要建筑一座什么样的神庙。正在讨论中的这座建筑，无论用怎样已知的标准来衡量，都不能被看作一座神庙，正如这个领域里最好的专家所做出的验证一样。

洛克放弃了向陪审团做公开陈述的权利。

埃斯沃斯·托黑是原告传唤的第一个证人，他坐在证人座椅的边缘，向后倚着，以脊柱末端为支撑点，抬起一条腿，把它水平地放在了另一条腿上。他看上去怡然自得——却在尽力表明，他的怡然自得是有教养地保护自己不被人看出自己的厌烦。

律师浏览了有关托黑专业资格的一长串问题，包括他的书《关于石头的论述》的销售数量，接下来，他大声朗读托黑的专栏文章《亵渎》，请他陈述他是否写了这个专栏。托黑做了肯定的回答。接下来是关于这座神庙是否有建筑学价值的一系列问题，净是些有学问的建筑术语，托黑证实它没有。再下来就是具有历史意义的回顾。托黑随意、轻松地说着，对所有著名文明和其代表性宗教建筑作了简短的概述——从印加人到腓尼基人到复活节岛人——包括，凡有可能，这些建筑开始建造的时间和完成的时间，参与建筑的工人数量和按当代美元折合的大概花费。听众听得呆若木鸡。

托黑证实，斯考德神庙与历史上的每一块砖、每一块石头、每一句历史箴言都互相矛盾。“我已经竭力表明，”他做结论说，“神庙概念的两个本质，是敬畏感和人类的谦恭感。我们已经注意到宗教建筑物的庞大体积，高耸入云的线条，恐怖得像怪兽一样的神灵，或者，后期，还有怪兽状的滴水嘴。所有这一切往往让人类看到自己的个体并不重要，纯粹的宏大胜过了他自身，使他沉浸在那种对神圣的恐惧之中，那种恐惧通向温顺的美德。斯考德神庙是对我们过去一切的一种厚颜无耻的否定，在历史的面孔上刻上了无礼的‘不’字。我可以冒险猜猜这起案件令公众如此关注的原因。我们所有人已经本能地意识到，它所涉及的道德问题远远超过它所涉及的法律问题。这座建筑是对人性刻骨仇恨的纪念物。它是对全人类最神圣的理念——对街道上走着的每一个人、对这个法庭里每一个人最神圣的理念的否认。”

这不是在法庭上作证，而是在为一场会议发表演讲——回应是不可避免的，观众中爆发了雷鸣般的掌声。法官敲着法槌，试图让法庭安静下来。秩序恢复了，但人们的表情还没有恢复过来：那些脸上依然是那种高傲的自以为是的表情，仿佛在案子里被称为受侵犯的一方是一件很惬意的事。他们中有四分之三从没见过斯考德神庙。

“谢谢你，托黑先生。”律师说着微微鞠了一躬。然后他转向洛克，非常谦逊地说道：“你有问题吗？”

“没有。”洛克说道。

埃斯沃斯·托黑扬起了一条眉毛，遗憾地离开了证人席。

“彼得·吉丁先生！”律师叫道。

彼得·吉丁的脸看上去光彩照人，极具吸引力，好像刚刚睡了一夜好觉。他登上了证人席，带着学生般的兴高采烈，毫无必要地摇晃着肩膀和手臂。他发了誓，兴致勃勃地回答了最初的几个问题。他在证人椅上的姿势很奇怪：身体肆无忌惮地倒向一侧，肘部倚在扶手上，双脚却直直地杵在地上，两个膝盖紧靠在一起。他没看洛克。

“请说出一些你设计的著名建筑物的名字，吉丁先生？”律师问道。

吉丁说出了一系列给人留下深刻印象的名字，刚开始的几个说得快，后面的越来越慢，好像希望有人阻止他继续说，最后一个名字夭折在空气中，没说完。

“你忘掉了最重要的一个吧，吉丁先生？”律师问道，“难道你没设计考斯摩-斯劳尼克大厦吗？”

“设计了。”吉丁小声说。

“那么，吉丁先生，你像洛克先生一样，也在斯坦顿理工学院上过学，是吗？”

“是的。”

“你能把洛克先生在那儿的学习记录告诉我们吗？”

“他被开除了。”

“他被开除了，是因为他无法达到学院高水平的要求吗？”

“是的，正是这样。”

法官看了一眼洛克。如果是一个律师，这时可能会反对说“与本案无关”。但洛克没有反对。

“当时，你认为他在建筑专业里表现出了一定的天赋吗？”

“不认为。”

“请你声音稍大一点儿，吉丁先生。”

“我认为……他没有任何天赋。”

吉丁的语气发生着奇怪的变化：一些话语干脆利落，清清楚楚地蹦了出来，好像每句之后都点了个惊叹号；其他的话语则杂糅在一起，好像他不愿停下来让自己听见自己说的话。他没有看律师，而是自始至终看着听众。有时，他看上去像一个戏耍的男孩，一个刚刚在地铁牙膏广告上漂亮女孩的脸上画完胡子的男孩。接着，他看上去好像正在乞求人群的支持——好像他正在他们面前接受审判。

“有一段时间，你的事务所雇用了洛克先生？”

“是的。”

“你发现自己不得不解雇他？”

“是的……我解雇了他。”

“因为不胜任吗？”

“是的。”

“对于洛克先生后来的职业生涯，你能跟我说些什么吗？”

“噢，你知道，职业生涯是一个术语，就成绩和数量来说，我们事务所任何制图师的工作都比洛克先生多。我们不能把一两幢楼就叫作职业生涯。每一个月，我们都要建起许多建筑。”

“你能向我们提供一下你对他工作的专业性意见吗？”

“噢，我认为不够成熟。有时令人瞠目结舌，甚至非常有意思，但是从本质上来说——不够成熟。”

“那么洛克先生不能被称为羽翼丰满、能够独立翱翔的建筑师？”

“和罗斯通·霍尔科姆先生、盖伊·弗兰肯先生、高登·普利斯科特先生相比——不是。当然，我这样说是公正的。我认为洛克先生确实有很大潜力，尤其是在解决纯工程学难题方面。他也许有他自己独到的地方。我已经尽我所能跟他谈过了这点，我已经尽我所能帮过他了，我诚心诚意地做了这些。但这就像和他最钟爱的那种强力水泥板谈话一样。我就知道他会遇上这种事。当我听说客户最终起诉了他时，我一点儿也不惊讶。”

“你能告诉我们洛克先生对顾客是什么态度吗？”

“噢，问到点子上了，这是全部问题的症结所在。他不在意客户想什么，希望什么，他不在乎世界上任何人想什么，希望什么。他甚至理解不了其他建筑师为何会在意。他甚至不会给你解释，这还不够……他也不会给你一点点儿尊重。我不明白竭尽全力取悦人有什么错误，我不明白渴望友善、喜欢受欢迎有什么错误。那为什么是错误呢？你为什么要人们为此嘲笑你呢？而且是自始至终地、一刻不停地、日日夜夜地讥讽你，不给你留下片刻的宁静，就像是水刑。你知道，那可是将水一滴接一滴地滴到你的头盖骨上。”

听众开始意识到彼得·吉丁醉了。律师皱了一下眉，证词本来已经预演过，现在却跑题了。

“噢，现在，吉丁先生，也许你应该告诉我们洛克在建筑学上的见解。”

“如果你想知道，我会告诉你的。他认为，谈到建筑的时候应该脱掉鞋，跪下来，这就是他想的一切。你为什么要这样做？为什么呢？这和其他任何事情一样，不是吗？对建筑用得着顶礼膜拜吗？我们为什么必须那么紧张呢？我们只是人。我们想要生存。所有的事情为什么不能简单容易点呢？我们为什么一定要成为某种伟人的英雄呢？”

“现在，吉丁先生，我认为我们有点儿偏离主题了，我们……”

“不，我们没有。我知道我在说什么。你也知道。他们全都知道。这儿的每一个人都知道。我正在谈论那座神庙，难道你不明白吗？为什么挑选一个魔鬼建造神庙？只有非常人性化的人才适合去做那件事。一个理解……并且宽恕的人……宽恕的人……那正是你要去教堂寻找的——被……宽恕……”

“是的，吉丁先生，但是说说洛克先生吧……”

“噢，洛克先生怎么样？他根本不是一个建筑师，他一点儿也不优秀，我为什么会不敢说他一点儿也不优秀呢？你们为什么全都害怕他呢？”

“吉丁先生，如果你不舒服的话，我们先停下来，好吗？”

吉丁看着他，好像清醒了。他尽力地控制自己的情绪。过了一会儿，他说话了，声音平淡，顺从：

“不，我很好，我要告诉你你想知道的一切。你想要我说什么？”

“你能否告诉我们——从专业方面——你对被称为斯考德神庙的那个建筑结构有什么看法？”

“是的，当然。斯考德神庙……斯考德神庙规划十分不明确，这导致了一种空间上的混乱，没有整体上的平衡。它缺少对称感，比例不合适。”他语调毫无变化地说着，脖颈僵直，尽力不向前垂，“它比例失衡，和布局的基本原则矛盾，整体的效果是……”

“请大声点儿，吉丁先生。”

“整体的效果是粗鲁浅薄的，缺乏建筑常识。它表明……它没有设计感，没有原始的美感，没有创造和想象力，没有……”他闭上了眼睛，“……没有艺术上的完美……”

“谢谢你，吉丁先生，这足够了。”

律师转向洛克，加重语气说道：“你有问题吗。”

“没有。”洛克说。

第一天审判结束了。

那天晚上，马勒瑞、海勒、迈克、恩瑞特和兰森聚集在洛克的房间里，他们没有事先约定，但是都来了，受同一种感情的驱使。他们没有谈论审判，但是也没有故意回避这个话题。洛克坐在制图台上，和他们谈论着塑料工业的未来。突然，马勒瑞毫无原因地哈哈大笑。“怎么了，斯蒂文？”洛克问。“我只是想到……霍华德，我们来这儿是为了帮助你，让你高兴起来。但相反，是你在帮助我们。你正在支持你的支持者们，霍华德。”

那天晚上，彼得·吉丁在一家酒吧的桌子上半趴着，一只胳膊摊在桌子上面，脸枕在胳膊上。

在接下来的两天里，证人继续替原告作证。提问都是从证人的职业成就开始的。律师就像一个专业的新闻发言人那样引导着他们。奥斯顿·海勒简短地评述道，建筑师们一定会为站到证人席上而战，因为这是他们寂静的职业生涯中能够引人注目的最好方式。

证人中没有一个人看洛克，但他看着他们。他倾听着证词，对每个人说:“没有问题。”

罗斯通·霍尔科姆站到了证人席上，领带飘飞，拄着一根镶着金头的拐杖，外表极像一位沙皇大公或者一个啤酒花园的设计者。他的证词又长又有专业性，可归纳如下：

“这些纯属一派胡言，全都是些孩子般的谎言。我不能说我对霍普顿·斯考德先生非常同情。他应该更明白，这是科学事实。文艺复兴时期的建筑风格是唯一和我们时代相适宜的，如果我们最好的人，像斯考德先生，拒绝认识这一点，你还能从各式各样的暴发户、所谓的建筑师和一帮乌合之众那里期望什么呢？文艺复兴已经被证明是所有礼拜堂、神庙和大教堂里唯一被许可的风格。克里斯多夫·列恩爵士怎么样？笑笑就忘了吧。记住所有时代最伟大的宗教纪念物——罗马的圣·彼得大教堂。你要在圣·彼得上做手脚吗？如果斯考德先生没有明确地坚持文艺复兴，他就该得到他应得到的一切。活该。”

高登·普利斯科特的格呢外衣里穿着一件高领套头羊绒衫，下着苏格兰粗呢裤子，笨重的高尔夫球鞋。

“正在讨论的这座建筑的纯粹空间与超越的相关性是完全扭曲的，”他说，“如果我们把水平的当作一维，把垂直的当作二维，把对角的当作三维，把空间的相互交叉当作四维——建筑是四维艺术——我们可以很直接地看到这幢建筑是同一平面的——用门外汉的话说是——平的。流动性来源于紊乱中的秩序感，或者，用你的话说，来自于多样性的统一，反之亦然，这是生活中的矛盾在建筑中所能实现的和解。这种和解在斯考德神庙里却完全不存在。我正在尽可能清晰地表述我自己，但如果为了不善思考的门外汉着想，犯下‘一叶障目，不见泰山’的错误，就不可能呈现一场辨证的陈述了。”

约翰·埃瑞克·斯耐特有节制地、谨慎地提供了证词，他雇用过洛克，洛克是一个不可靠、不忠实、不严格认真的雇员，洛克从他那儿挖走了一名客户，开始了个人的事业。

审讯的第四天，原告律师请出他的最后一名证人。

“多米尼克·弗兰肯小姐。”律师庄重地宣布。

马勒瑞倒吸一口气，但没有人听见。迈克的手紧紧地压在了他的手腕上，让他保持安静。

律师让多米尼克压轴，一部分是因为他对多米尼克期望很高，另一部分是因为他对她有些担心。她是唯一没有事先做过证词排练的证人，她拒绝被指导。她的专栏里从没提到过斯考德神庙，但是他查看了她早期写的有关洛克的东西，而且埃斯沃斯·托黑建议他让多米尼克出庭作证。

多米尼克在证人席的台子上站了一会儿，缓缓地扫视了一眼人群。她的美貌令人惊羡，但是全无个性，好像那并不属于她。她似乎是出现在这个房间里的独立个体。人们想到了一幕不经常出现的景象——在绞刑架上的受害者，暮色沉沉中站在海轮栏杆旁的人。

“你叫什么名字？”

“多米尼克·弗兰肯。”

“从事什么职业，弗兰肯小姐？”

“新闻工作者。”

“你就是《纽约旗帜报》那个声名显赫的专栏《你的家园》的作者吗？”

“我是《你的家园》的作者。”

“你的父亲是著名建筑师盖伊·弗兰肯吗？”

“是的，我的父亲被要求来这儿作证。他拒绝了。他说，他对诸如斯考德神庙那样的建筑不感兴趣，但是他认为我们的所作所为不像正人君子。”

“噢，现在，弗兰肯小姐，是否应该将我们的回答限制在问题上呢？我们非常荣幸你和我们站在一起，因为你是我们唯一的女证人，女人总是对宗教信仰有着最为圣洁的感觉。而且，作为建筑学方面的权威，你有特别的资格来给我们一个看法，我们应该带着所有的敬意去注目女性的看法。请你用你自己的话告诉我们，你是怎么评价斯考德神庙的？”

“我认为斯考德先生犯了一个错误。如果他起诉的不是改建费用，而是破坏费用的话，毫无疑问，他会赢得这场官司。”

律师看上去如释重负。“请解释一下你的理由，弗兰肯小姐，好吗？”

“至于原因，你已经从这次审判的每一个证人那里听到了。”

“那么我可以认为你同意前面的证词吗？”

“完全可以，甚至比作证的那些人更完全。他们都是十分值得信赖的证人。”

“你可以……阐释一下吗，弗兰肯小姐？你是什么意思？”

“正如托黑先生所说：这座神庙是献给我们所有人的。”

“噢，我明白了。”

“托黑先生非常明白这个问题，我要用我自己的话阐释它吗？”

“完全可以。”

“霍华德·洛克给人类的精神建了一座神庙。他把人看得坚强、自豪、纯洁、聪明、无所畏惧，把人类看作英雄。这座神庙正是为此而建的。神庙是人类体验升华的地方，他认为升华来源于人类意识到自己无愧于这个世界，来源于看到并接受真理，来源于达到人的极限，来源于能够裸露在阳光里。他认为，升华就是快乐，快乐是人类天生的权利。他认为，为人类容身而修建的地方，是神圣的地方。那就是霍华德·洛克对人类和升华的看法。但是埃斯沃斯·托黑说，这座神庙是对人性刻骨仇恨的纪念物。埃斯沃斯·托黑说，升华的实质是吓得你魂飞魄散，屡战屡败，卑躬屈膝。埃斯沃斯·托黑说，人类的最高行为就是意识到他自己的无价值、乞求宽恕。埃斯沃斯·托黑说，不理所当然地认为人类需要被宽恕就是堕落的表现。埃斯沃斯·托黑看到这是一座人类的、地球的象征——于是埃斯沃斯·托黑说，这幢建筑物的石灰泥有膨胀的部分。埃斯沃斯·托黑说，赞美人类，就是赞美肉欲，因为人类是无法到达精神的高度的。埃斯沃斯·托黑说，要达到那个高度，人类必须像乞丐那样，双膝跪地。埃斯沃斯·托黑是人类的热爱者。”

“弗兰肯小姐，我们并不是在谈论托黑先生，所以你是否愿意把你自己限制在……”

“我没有谴责埃斯沃斯·托黑。我在谴责霍华德·洛克。一幢建筑物，人们说，一定要是它所在地的一部分。霍华德·洛克在怎样的地方建造了神庙？给什么样的人建造了？看看你的四周吧。你能够看见一座神庙因为霍普顿·斯考德先生、罗斯通·霍尔科姆先生、彼得·吉丁先生而变得圣洁吗？当你环顾他们这些人的时候，你会憎恶埃斯沃斯·托黑吗——或者因为霍华德·洛克呈现的妙不可言的完美而诅咒洛克吗？埃斯沃斯·托黑是对的，那座神庙是亵渎神圣，尽管他说的方式不对。我认为托黑先生知道这一切。当你看到一个人抛出大把的珍珠，却连一块猪排的回报也没有得到时——你不会为猪而愤怒，而是为那个人，那个人那么轻视珍珠，宁愿把它们扔到粪土里，让它们变成一个呼噜呼噜的音乐会，被法庭速记员转录下来……”

“弗兰肯小姐，我认为这与案情无关，不该允许……”

“证人请继续提供证词。”法官出其不意地宣布。他早已厌烦了，但是他喜欢看多米尼克的身材。而且，他知道，听众也喜欢看，带着对丑闻的极度兴奋，尽管他们的同情心站在霍普顿·斯考德一边。

“法官大人，似乎有某些误解，”律师说，“弗兰肯小姐，你是在为谁作证，洛克先生还是斯考德先生？”

“当然是为斯考德先生。我一直在陈述斯考德先生应该赢得这场官司的理由。我已经发誓要讲客观事实。”

“继续。”法官说。

“所有这些证人已经讲述了事实，但不是全部事实。我只是在查漏补缺。他们说的是威胁和憎恶。他们是对的，斯考德神庙是对许多事情构成了威胁。如果允许它存在，没有人敢看镜子中的自己，这对人类来说太残酷了。可以让人类有任何东西，让他们有财富、名誉、爱情、残忍、谋杀、自我牺牲，但是不要奢望让他们有自尊，他们将会憎恨你的灵魂。噢，他们洞察一切。他们有自己的理由。当然，他们不会说恨你。他们会说你恨他们。我认为这足够了。他们了解牵连其中的感情。他们就是那样的人。那么，为不可能而殉道用处何在？为不复存在的世界修建建筑用处何在？”

“法官大人，我不明白这些有什么可……”

“我正在为你证明你的案件，我在证明你为什么必须和埃斯沃斯·托黑并肩站在一起，因为无论如何你都会这么做。斯考德神庙必须被毁掉。不是要把人类从它那里拯救出来，而是要把它从人类那里拯救出来。但是，区别何在呢？斯考德先生赢了。我完全同意这里所做的一切，除了一点——我觉得我们不会侥幸逃脱的那一点。让我们来毁灭，但是别让我们假装在做一件功德无量的事情。让我们说，我们是鼹鼠，我们反对高山的巅峰，或者，我们是旅鼠，那种情不自禁游出去自取灭亡的动物，我完全意识到，此刻，我和洛克一样毫不重要。这是我的斯考德神庙——我的第一个也是最后一个斯考德神庙。”她向法官点了一下头，“这就是全部证词，法官大人。”

“你有问题吗？”律师厉声问洛克。

“没有。”洛克说道。

多米尼克离开了证人席。

律师向法官鞠了一躬，说：“原告停止作证。”

法官转向洛克，做了一个不太明显的手势，请他开始。

洛克起身走向法官席，手里拿着棕色的信封。他从信封里拿出斯考德神庙的十张照片，放到了法官的桌子上，说道：

“被告停止抗辩。”

13

霍普顿·斯考德赢了这场官司。

埃斯沃斯·托黑在他的专栏里写道:“洛克先生在法庭上拉了一个帮凶，但没有得逞。从一开始，我们就从未相信过那个故事。”

洛克被命令为神庙的改建提供所有费用。他说他不会就此案件再提起上诉。霍普顿·斯考德宣布，神庙将被改建成霍普顿·斯考德低能儿之家。

审判结束后的那天，爱尔瓦·斯卡瑞特瞥见被传到他桌上的《你的家园》校对稿时，屏住了呼吸。专栏里包括多米尼克在法庭上的大部分证词。她的证词曾在媒体报道这个案件时被引用，但仅仅是一些无害的摘录。爱尔瓦·斯卡瑞特冲到了多米尼克的办公室。

“亲爱的，亲爱的，亲爱的，”他说，“我们不能登这个。”

她面无表情地看着他，什么也没说。

“多米尼克，亲爱的，理智一点儿，删除你所使用的语言和你那些完全不能公之于众的思想，你清楚地知道本报在这个案子上所持的立场。你知道我们已经开始了战役，今天上午你已经读了我的社论——《正统派的胜利》。我们不允许任何一个作者违反我们的整体政策。”

“你必须登它。”

“但是，亲爱的……”

“否则我辞职。”

“噢，干吧，干吧，接着干，别淘气了。现在不要犯傻了。你应该清楚，没有你我们无法开展工作，我们不能……”

“你必须做出选择，爱尔瓦。”

斯卡瑞特明白，如果他登了这个，盖尔·华纳德一定会让他死得很难看；如果他失去了非常受欢迎的多米尼克·弗兰肯专栏，他也会让他死得很难看。华纳德旅行还没回来。斯卡瑞特往巴厘岛给他拍了封电报，解释了一下情况。

没过几小时，斯卡瑞特收到了回电，用的是华纳德私人密码，破译后写着：解雇这个婊子。G. W.[1]。

斯卡瑞特盯着电报，揉皱了它。这是一个不容许更改的命令，即使多米尼克屈服了。他希望她会辞职，他没法自己解雇她。

托黑从他推荐来此工作的办公室职员那里得到了华纳德电报的复印件。他把它揣在兜里，去了多米尼克的办公室。自从

1　盖尔·华纳德的首字母缩写。——编者注

审判之后，他一直没有见到她。他发现她正忙着清空她办公桌的抽屉。

“你好。”他无礼地说，“你在做什么？”

“等着听爱尔瓦·斯卡瑞特的消息。”

“什么意思？”

“等着听我是否必须辞职。”

“谈谈那个审判好吗？”

“不好。”

“我知道了。我想，我欠你一个礼节，我得承认，你做到了以前没有人做到的一切：你证明了我是错的。”他冷冷地说，面无表情，眼睛里没有一点儿善意，“我没有想到你会在证人席上那样做。那是一个卑鄙的把戏，虽然是你惯常的伎俩。我只是错误地估计了你预谋的方向。不过，你的确成功地承认了你的举动是无用的。当然，你阐述了你的观点，也阐述了我的。作为报答，我有一件礼物给你。”

他把电报放到了她的桌子上。

她读了它，攥在手里站了起来。

“你甚至都不用辞职，亲爱的。”他说，“不要为你那抛珍珠的英雄作如此牺牲。记住，你是如此重要，除了你自己，没有谁能击败你。我认为，你会非常喜欢这封电报。”

她折好电报，把它放进钱包里。

“谢谢你，埃斯沃斯。”

“如果你要和我斗，亲爱的，可不能仅仅靠演讲。”

“难道我不是一直这样做的吗？”

“是的，是的，当然，你一直在这样做。非常正确，你又在纠正我了。你总是和我斗——你唯一一次停下来大声叫我‘开恩’时，是在证人席上。”

“是的。”

“那是我估计错误的地方。”

“是的。”

他正式地鞠了一躬，离开了房间。

她把她要带回家的东西装好，然后去了斯卡瑞特的办公室。她给他看了看手里的电报，但没有把它给他。

“好吧，爱尔瓦。”她说。

“多米尼克，我没办法，我没办法，是——你到底怎么弄到它的？”

“没关系，爱尔瓦。不，我不会把它还给你。我想留着它。”她把电报放回了她的包里，“把支票和其他需要讨论的东西寄给我。”

“你……你无论如何都要辞职，是吗？”

“是的，我要辞职，但是我更喜欢——被解雇。”

“多米尼克，但愿你知道我的感觉有多糟糕，我不能相信这件事，我就是不能相信这件事。”

“那么，说到底，你们这些人是把我当成殉道者了。那正是我一生都在极力避免的。做殉道者是那么威风扫地，也太恭维你的对手了。但我要告诉你这一点，爱尔瓦——我要告诉你这件事，因为我找不到谁比你更适合听到这句话：你对我所做的任何事——或者对他——都不如我对自己所做的糟糕。如果你认为我拿不到斯考德神庙，等着瞧吧，看看我能拿到什么。”

审判结束三天后的晚上，埃斯沃斯·托黑坐在他的房间里，听着收音机。他不想工作，想让自己休息一下，在他的扶手椅里奢侈地放松一会儿，让他的手指追随繁复的交响乐节奏。他听到了敲门声。“请——进。”他慢吞吞地说。

凯瑟琳进来了。她瞥了一眼收音机，眼睛里带着因她的打扰而产生的歉意。“我知道你没有工作，埃斯沃斯舅舅，我想跟你聊会儿天。”

她萎靡地站在那里，身材瘦小，毫无曲线之美，穿着一件昂贵的苏格兰粗呢裙子，没有熨烫，脸上涂着一点儿化妆品，敷着粉的皮肤毫无生气，没有一丝生命的活力。她才二十六岁，看上去却像一个尽力掩藏自己已经超过三十岁这一事实的女人。

过去几年中，在舅舅的帮助下，她变成了一位很有能力的社会工作者。她在社会福利所有一份带薪水的工作，有了自己余额微薄的银行账户，带她的朋友、她同行里那些年纪大一些的女人出去吃午饭。她们讨论未婚妈妈的问题，贫民孩子的感受，工业企业的丑恶行径。

过去几年中，托黑似乎已经忘记了她的存在。但是他知道，她在用一种静默的、含而不露的方式热切地关注着自己。他很少主动跟她说话，但她不断来找他征询一些鸡毛蒜皮的小事。她就像一部依靠他的能量运转的小马达，偶尔地，她必须停下来加点燃料。对一部剧作，如果不咨询他，她将不会看；不征求他的意见，她就不会去参加演讲会。有一次，她和一个聪明、有能力、快乐、热爱穷人，但也是社会工作者的女孩产生了友谊，可托黑不喜欢她，凯瑟琳就和她断绝了往来。

当她需要建议的时候，她会简略地、顺便地征询，尽量不去耽搁他的时间：在用餐的过程中；在他外出等电梯的时候；在客厅里；在一些重要节目中断调台时。她这样做是为了表明，她会尽量不影响他，占用的仅仅是他闲置不用的零散时间。

所以当她走进书房的时候，托黑看着她，诧异地说道："当然可以，宝贝。我不忙。不管怎样，对你，我总有时间。把声音调小一点，好吗？"

她调低了收音机的音量，坐在面对他的一把扶手椅里。她的举动笨拙而可笑，像是一个还处于青春期的人：她丧失了自如活动的能力，而且，有时候，一个手势、一个头部的抖动，都显示出她正在养成的单调、傲慢和不耐烦。

她看着舅舅。在她的眼镜后面，两只眼睛平静而紧张，但是未透露出任何信息。她说："你一直在忙什么，埃斯沃斯舅舅？我在报纸上读到了关于和你有关的某起大诉讼案件胜诉的一些报道。我很高兴。几个月来，我一直没有读报纸。我一直那么忙……不，不完全这样，我有时间，但是当我回到家的时候，我什么都不想干，只想上床去睡觉。埃斯沃斯舅舅，睡觉多的人是因为他们疲倦或者想逃避一些东西吗？"

"噢，亲爱的，这听起来不像你，一点儿也不像你。"

她无助地摇着头："我知道。"

"怎么了？"

她看着她的鞋尖，嘴唇费劲地嗫嚅着："我认为我没有任何优点，埃斯沃斯舅舅。"她抬眼看着他，"我非常不快乐。"

他静静地看着她，表情认真，眼神柔和。

她小声说："你明白吗？"他点点头。"你不生我的气？你不讨厌我吗？"

"亲爱的，我怎么能呢？"

"我不想说，即使对我自己。不单今晚，已经有很长时间了，就让我把什么都说说吧，不要震惊，我一定得说出来，不要吃惊，就像我过去做忏悔一样——噢，不要认为我正在变成原来的我，我知道宗教仅仅是……阶级剥削的工具，不能在你给我那么清晰地解释完一切后，还让你感到失望。我不想去教堂。但只是——只是我必须得让人听我说出来。”

“凯蒂，亲爱的，首先，你为什么如此害怕？你一定不要害怕。你当然不是害怕跟我说话吧。放松，做你自己，告诉我发生了什么。”

她感激地看着他。“你是那么敏锐，埃斯沃斯舅舅。那是我不想说的一件事，但是你猜到了。我害怕。因为——噢，你明白，你刚刚说，要做自己。我最害怕的是我自己。因为我有缺点。”

他哈哈大笑，不是冒犯，而是充满热情，笑声打断了她的陈述。但她没有笑。

“不，埃斯沃斯舅舅，这是真的，我要尽力解释。你明白，自从孩提时起，我就一直想做正确的事情。我曾认为每个人都是这么想的，但是现在我不这么认为。一些人即使的确犯了错，仍竭尽全力在好好做，但是其他人则全然不在乎。我一直在乎，非常严肃地对待它。当然，我知道我不是一个出众的人，而那是个大命题：善良和邪恶。但是，我认为，不管善良到底是什么——我会尽可能多地去了解它——我将尽自己最诚恳的努力去真正做到它。任何人都能尝试这样做，不是吗？对你来说，这听起来可能十分孩子气。”

“不，凯蒂，不孩子气。继续，亲爱的。”

“噢，这么开头吧，我知道，自私是邪恶的。我深信不疑。所以我尽力不为自己要求任何事情。当彼得消失几个月时……不，我认为你不会赞同这个。”

“不赞同什么，亲爱的？”

“彼得和我。所以我不想谈论这件事，从任何角度来说，它都不重要，噢，你能明白，当我来和你一起住之后，为什么我如此快乐。任何人所能达到的无私的理想状态，你都达到了。我尽自己最大的努力追随着你。那就是我选择了我现在的工作的原因。你的确从没说过我应该选择它，但是我渐渐注意到你是这么想的。不要问我是如何感觉到这些的——没有什么明确的东西，只是你谈过的一些微不足道的事情。开始的时候，我感到信心百倍。我知道，不幸源于自私，一个人只有在把自己奉献给其他人的时候，才会找到真正的快乐。你说过这些，很多人都说过这些。噢，几个世纪以来，历史上所有最伟大的人一直在这么说。”

“还有呢？”

“噢，看着我。”

他的脸停滞了片刻，然后他快乐地微笑着说：“怎么了，宝贝？你怎么就没注意你的长筒袜跟你不太配、妆化得不太认真这样的事情呢？”

“不要嘲笑，埃斯沃斯舅舅，请不要嘲笑。我知道你说过，我们必须有能力嘲笑一切，尤其是我们自己。只是——我办不到。”

“我不会嘲笑的，凯蒂，但这到底是怎么回事？”

“我不快乐，不快乐，一直陷在一种恐怖、肮脏、无耻的生活中。从某种程度上说，这似乎不干净，不诚实。这种情况已经持续几天了，我害怕去想、去看我自己。那是错误的，我正变成一个……伪善者。我总是想对自己诚实，但我没做到，没做到，没做到！”

“控制一下自己，亲爱的，不要叫喊，邻居会听见的。”

她用手背拂过前额，摇晃着头，小声说：“对不起……我会好起来的……”

“只是，你为什么不快乐，亲爱的？”

“我不知道，我不明白。比如，在柯利弗德福利社开设胎教课堂的事情是我安排的。这是我的想法，我筹集的钱，我找的那个老师，那些人现在正做得起劲。我告诉我自己，我对此应该感到快乐。但是，我不快乐。这对我似乎没有任何意义。我坐下，自言自语：是你安排玛丽·龚泽尔的婴儿被一户好人家收养了，是你安排的——现在，快乐吧。但是，我不快乐，我毫无感觉。当我诚心诚意面对自己的时候，我知道，几年来，我唯一的感受就是疲倦，不是生理上的疲倦，只是疲倦，好像……好像再也没有人可以去感觉了。”

她摘下眼镜，好像她的眼镜和他的眼镜这双重障碍阻止了她去接近他。她说着，声音很低，费了更大的劲儿才把话挤出来：

“但这不是全部，还有更糟糕的事。它在对我做让我害怕的事情。我开始讨厌人，埃斯沃斯舅舅。我开始变得残忍、卑鄙、吝啬、小心眼儿，用一种我以前从没用过的方式。我希望人们对我心怀感激。我……我需要感激。当贫民窟里的人向我鞠躬、依赖我、讨好我的时候，我发现自己很快乐。我发现自己只喜欢那些奴隶般的人。有一次……有一次，我告诉一个女人，说我们这样的人为她那样的垃圾做事，而她却没有感激之情。之后，我哭了几个小时，我太惭愧了。当人们跟我争论的时候，我开始感到生气，认为他们没有拥有自己思想的权利，对他们来说，我知道得最多，我是最终的权威。有一个女孩，我们都为她担心，因为她和一个名声极坏的帅小伙到处乱跑，我把她折磨了几星期，告诉她，他将会如何给她找麻烦，她应该离开他。噢，他们结婚了，他们是那个区里最幸福的一对。你认为我快乐吗？不，我暴怒，我见到她时也很少对她礼貌。后来又有一个女孩，急需一份工作——她们家的情况的确糟糕透顶，我许诺给她找一份工作。在我有可能找到之前，她完全靠自己找到了一份好工作。我不快乐，极度伤心，没有我的帮助，别人照样能走出困境。昨天，我和一个想上大学的男孩聊天，我没有鼓励他，而是劝他找一份好工作。我又十分生气。突然间，我意识到，那是因为我曾经那么想去上大学——你还记得吗？你不愿让我去——所以我也不想让那个家伙去……埃斯沃斯舅舅，难道你不明白吗？我正变得自私，正用一种非常可怕的方式变得自私。这种方式比我是一个卑贱的窃贼，从糖果店那些工人的工资中偷几个硬币更可怕。”

他静静地问：“这就是全部吗？”

她闭上双眼，然后低头看着她的手，接着说道：“是的……只是不仅仅是我，很多人都这样，和我一起工作的大多数女人……我不知道她们怎么会这样……我不知道我是怎么变成这样的……过去，当我帮助别人时，我曾感到快乐。记得有一次——那天，我和彼得一起吃午饭——在回来的路上，看见了一个演奏手风琴的人，我给了他包里仅有的五美元，那是我所有的钱，是要积攒起来买一瓶‘圣诞夜’的。我太想要‘圣诞夜’了。从那以后，每一次想起那个演奏手风琴的人，我都很快乐……那些天里，我经常去看彼得……看完他之后，我回到家，想吻我们街区里每个衣衫褴褛的孩子。现在，我憎恶穷人……我认为其他女人也都如此……但是，本应憎恶我们的穷人却没有，他们只是蔑视我们……你知道，这很有趣：应该是主人蔑视奴仆，是奴仆憎恶主人。我不知道谁是谁。此时此地说这个，也许合适，也许不合适。我不知道……”

带着最后的一丝叛逆，她扬起了头。

“难道你相信这是我必须弄明白的一切吗？我真心实意地做

着我认为正确的一切，它却让我堕落，这是为什么？我认为，也许是因为我本质上是邪恶的，没有能力过一种幸福的生活。这似乎是唯一的解释。但是……但是有时候我会认为，人类忠诚于美好的意愿，却无法达到，那便没什么意义。我不能如此堕落下去。但是……但是，我放弃了一切，没有任何自私的愿望。我已经失去了自我——这很悲惨。像我一样的其他女性也是如此。我看到世界上任何无私的人都不快乐——除了你。”

她低下头，再没扬起来，甚至对正在寻找的答案似乎也漠不关心了。

“凯蒂，”他略带责备地柔声说道，“凯蒂，亲爱的。”

她默默地等待着。

“你真的想让我告诉你答案吗？”她点了点头。“因为，你知道，在你说的话里面，你已经给了自己答案。”她抬起了眼睛，里面没有任何感情。“你一直在谈论什么？抱怨什么？关于你不快乐的事实，关于凯蒂·海尔西，除此之外，没有任何其他的东西。这是我有生以来所听到的最为自我的演说。”

她聚精会神地眨眨眼睛，好像被 堂难懂的课搅得迷惑不解的小学生。

“难道你不明白一直以来你是多么自私自利吗？你选择了一份高贵的职业，不是为了能完成多少善行，而是为了从中找到你所期望的个人快乐。”

“但我真的想帮助人。”

“因为觉得帮助别人后，你会因善良而品德高尚。”

“噢！是的。我本来觉得帮助别人是对的。想做善事也是邪恶的吗？”

“是的，如果它是你的主要关注点。难道你没看见那么多人都以自我为中心吗？只要我品德高尚了，让别人都见鬼去吧。”

“但是如果你没有……自尊，你怎么做事情呢？”

“你为什么一定要做什么事情呢？”

她摊开了双手，不知所措。

“如果最初关注点是你为什么做，为什么想，为什么感悟，为什么拥有或为什么没有——那你仍旧是一名普通的自我主义者。”

“但是我不能跳出自己的躯体。”

“的确不能。但是，你能跳出狭隘的灵魂。”

“你的意思是，我必须想不快乐？”

“不是，你必须停止想任何事情，必须忘记凯瑟琳·海尔西小姐是多么举足轻重。因为，你明白，她并不举足轻重。一个人只有和其他人联系在一起时，只有当他有用、能为别人提供帮助时，才是重要的。除非你完全明白，否则你所能期望的只是这种或那种形式的苦难。为什么非得把你觉得自己对别人残酷这个事实搞成一个天大的悲剧呢？你就是对别人残酷，又怎么了？那只是一种成长中的痛苦。没有一定的过程，一个人不会从动物的残忍跳跃到人类的灵性，这些转变中有一些或许是邪恶的。一个美丽的女人通常首先是笨拙、腼腆的少女。所有成长都要求毁灭，不打破鸡蛋，就不能做蛋卷。你必须愿意忍受苦痛，愿意残忍，愿意不诚实，愿意不纯洁——一切事情，亲爱的，去消灭最顽固的根源——自我。只有当这些都毁掉，你不再关心，忘却了自我，忘却了你灵魂的名字时——只有那时，你才会了解我所说的那种快乐，灵魂的宏伟之门才会在你面前打开。"

"但是，埃斯沃斯舅舅，"她小声说，"大门打开的时候，到底谁要进去？"

他哈哈大笑，声音活泼清亮，听起来像是欣赏的笑声。"亲爱的，"他说，"我从没想过你会让我吃惊。"

然后他的脸又变得热情洋溢了。

"高明的玩笑，凯蒂，但是，你知道，我希望，那只是一个高明的玩笑。"

"是的，"她不自信地说，"我是这样想，还有……"

"当我们在对付抽象的东西时，不能太咬文嚼字。当然，是你进去。你不会丧失自己的身份——你只是得到了一个更大的身份认同，这个身份将是其他所有人的一部分，整个宇宙的一部分。"

"怎么回事？用什么办法？什么的一部分？"

“噢，你明白，当我们的全部语言都是个人主义的语言，使用的是个人主义的术语和迷信时，用这种语言来讨论这些事情有多么困难。‘自我认同’——是一种幻影。但你不能用破碎的旧砖建造新房子，不能期望用‘现代观念’这个工具来彻底地理解我。我们已经因为迷信自由主义中了太深的毒。在一个无私的社会里，我们不可能知道什么是对的，什么是错的；我们也无法去感觉，不管以什么方式感觉。我们必须先摧毁自我。这就是为什么心智如此不值得信赖的原因。我们一定不要思考，我们一定要相信。相信，凯蒂，即使你的心智背叛你，不要思考，而要相信。信赖你的心，而不是大脑。不要思考，而是感觉、相信。”

她静静地坐着，很镇定，但不知为何，看上去像是被坦克碾过的一件东西。她顺从地小声说：“是的，埃斯沃斯舅舅……我……我没有那样想过。我的意思是，我总是觉得自己必须想……但你是对的，我是说，如果我是想说‘对’这个字，如果是一个字……是的，我会相信……会尽力去理解……不，不是去理解，是去感觉，去相信。我的意思是……只是我那么脆弱……在和你谈话以后我总是感觉自己那么渺小……我觉得在一件事上我是对的——我没用……但是没关系……没关系……”

第二天晚上门铃响的时候，托黑亲自开了门。

他微笑着让彼得·吉丁进了房间。审判之后，他期望吉丁来他这儿；他也知道吉丁需要来这儿。但是，比他期望的晚了点。

吉丁心神不宁地往里走，他的手看起来好像沉重地挂在手腕上。他的眼睛浮肿，面部皮肤松弛。

“你好，彼得，”托黑欢快地说道，“想来看我？来得正巧，很走运，我整个晚上都没事。”

“不，”吉丁说，“我想看凯蒂。”

他没有看托黑，没有看见托黑眼镜后面的眼神。

“凯蒂？但是当然！”托黑快活地说道，“你知道，你从没来这儿看望过凯蒂，所以我想不到这个，但是……赶快进去吧，我相信她在家。这边走，你不知道她的房间吧？第二个门。”

吉丁顺着客厅重重地拖着脚步走，来到凯瑟琳的门前，敲了几下，听到她回应的声音，他进去了。

托黑站在那儿，目光追随着他的背影，脸上若有所思。

看见客人的时候，凯瑟琳跳了起来。她迟钝地、难以相信地站了一会儿，然后冲向床，抓起她放在那儿的腰带，匆匆忙忙地把它塞进了枕头底下，接着又突然摘下眼镜，攥在手里，悄悄地揣进了口袋。她不知道哪种更糟糕：是像现在这样，还是坐到梳妆台前，当着他的面儿给自己的脸化化妆。

她有六个月没见到吉丁了。在过去的三年里，他们会隔很久偶尔见见面。他们在一起吃过几次正式的午餐、晚餐，去过两次电影院。他们总是在公共场合见面。自从和托黑熟识起来以后，吉丁就不到家里来看她了。相见时，他们谈着话，好像什么也没有改变，但已经有很长一段时间没有说过结婚这个话题。

“你好，凯蒂。”吉丁柔声说道，“我不知道你现在戴眼镜。”

“只是……仅仅是为了阅读……我……你好，彼得……我猜我今晚看上去很可怕……我很高兴看见你，彼得……”

他呆头呆脑地坐了下来，手里拿着帽子，身上穿着外套。她无助地站在那里笑，接着，她把头微微转了一圈，问道：

“只坐一小会儿吗？还是……你想脱掉你的外套吗？”

“不，不只坐一小会儿。”他站起来，把外套和帽子扔到了床上，然后第一次露出微笑，问道，“或者你很忙？想让我出去？”

她用手掌根按按眼窝，又迅速地放下了。她必须做得像以往他们见面时那样，因为她一直都这样做，必须让自己的声音听起来轻松、正常：“不，不，我一点儿也不忙。”

他坐下来，伸出手臂默默地邀请她，她飞快地来到他身边，把手放到了他的手里，他把她拉到椅子的扶手上。

灯光笼罩着他，她已经恢复了常态，审视着他的脸。

“彼得，”她屏息说道，“你都对自己做了些什么？你看上去这么糟糕。”

“喝酒。”

“不要……像那样！”

“喜欢那样，但现在不喝了。”

“有什么事吗？”

“我想来看你，凯蒂，我想来看你。”

“亲爱的……他们对你做了些什么？”

“没有人对我做什么，现在我好了，我好了。因为我来这儿了……凯蒂，你听说过霍普顿·斯考德吗？”

“斯考德？我不知道，但在哪儿见过这个名字。”

“噢，别介意，没关系。我只是在想，这件事多么奇怪。你知道，斯考德是一个坏得不能再坏的老杂种，所以，为了弥补自己的过失，他给这座城市建造了一个大礼物。但是在我……当我受够了的时候，我觉得我能够弥补的唯一方式，是去做我真正最想做的事情——来这儿。”

“当你受够了什么的时候，彼得？”

“我做了一些十分肮脏的事情，凯蒂。有一天我会告诉你的，但不是现在……你会说你原谅我吗——不要问我它是什么？我会认为……我认为我已经被某个永远不可能原谅我的人原谅了。他是一个无法被伤害也无法去原谅别人的人——但这对我来说更糟。”

她似乎不再困惑了，热情地说：“我原谅你，彼得。”

他缓缓地点了几次头，说道：“谢谢你。”

然后，她把头抵在了他的头上，小声说：“你吃了很多苦，是吗？”

“是的，但现在好了，没事了。”他把她拉进自己的臂膀里，吻着她。他再也不想斯考德神庙了，不想善良和邪恶了。

“凯蒂，我们为什么不结婚呢？”

“我不知道。”她说，接着又匆忙地补充，只是因为她的心在咚咚作响，因为她不能保持沉默，因为她感到自己不能利用他，“我认为那是因为我们知道我们不必匆忙。”

“但是我们要结婚，如果现在还不太晚。”

“彼得，你……你不会再向我求一次婚吧？”

“不要那么震惊，凯蒂，如果你这么震惊的话，我会明白，这些年来，你一直不相信我们会结婚。现在我承受不了这种想法。这就是我今晚来这儿要告诉你的一切。我们要结婚，我们马上结婚。”

“好，彼得。”

“我们不需要宣布日期，不需要准备，不需要客人和其他一切。每次我们都被这些事情中的一件或另一件阻止，我实在不知道它们又会捣什么蛋，所以就让它们见鬼去吧……我们不会对任何人透漏任何事情，偷偷溜出这座城市去结婚。随后，如果有人需要解释的话，再宣布，再解释，包括你的舅舅、我的母亲和任何人。”

“是的，彼得。”

“明天，辞掉你那讨厌的工作。我也在事务所安排一下，请一个月的假。盖伊将会非常痛心——我巴不得他那样呢。去准备你的东西——你不会需要很多——随便说一下，不要化什么妆了——你说你今晚看上去很可怕，是吗？你看上去从来没有这么可爱过。后天上午九点钟我来这儿，那时你必须准备好出发。”

“好的，彼得。”

他走了以后，她躺在床上，大声呜咽着，没有克制，没有尊严，对这个世界的一切都没有了一丝一毫的关心。

埃斯沃斯·托黑的书房门开着，他看见吉丁从门旁走过，没有注意到自己就出去了。然后，他又听见凯蒂的呜咽声。他走向她的房间，没有敲门就进去了，问道：“怎么了，亲爱的？彼得·吉丁做什么伤害你的事了？”

她在床上半直起身，看着他，把头发甩到脑后，兴奋地哭着，抽抽噎噎，没有意识到她想说的第一件事是什么。然后，她说了一句她不理解但他理解的话：“我不再害怕您了，埃斯沃斯舅舅！”

14

“谁？”吉丁屏息问道。

“多米尼克·弗兰肯小姐。”仆人重复道。

“你喝醉了，蠢货！”

“吉丁先生……”

他站起来，推开仆人夺路而出，冲进了客厅，看见多米尼克·弗兰肯站在那里，站在他的公寓里。

“你好，彼得。”

“多米尼克！多米尼克，你怎么来这儿了？”这是一种让他感到生气、兴奋、好奇和被奉承的快乐。他恢复常态后的第一个想法是感谢上帝——他的母亲出去了，不在家。

“我打电话到你的办公室，他们说，你已经回家了。”

“我太高兴了，太快乐了……见鬼，多米尼克，有什么用啊？我总是试图迎合你，你总是那么清楚地识破并看穿这一切，以致这些完全没有任何意义，所以我不想做一个泰然自若的人。你知道，我简直惊呆了，你来这儿不合情理，我所说的一切也许是错的。”

“是的，这更好，彼得。”

他注意到自己的手里还攥着一把钥匙，便把它偷偷地揣进了衣服口袋。他一直在为明天的婚礼旅行收拾行李。他瞥了一眼房间，生气地发现，在多米尼克的优雅的衬托下，他的维多利亚家具是多么俗不可耐呀！她穿了一身灰色套装，黑色的皮毛夹克，衣领竖到了面颊上，宽边帽子向下微微倾斜着。她看上去和在证人席上的样子大不一样，也不像他所记得的在晚宴上见到的那样。他突然想到了几年前的那个时刻：他正站在通向盖伊·弗兰肯办公室的楼梯上，那时他希望再也不要见到多米尼克。她现在正像那时的她：一个令他害怕的陌生人，长着一张水晶般冷酷的面孔。

“噢，请坐，多米尼克，脱下你的外套吧。”

“不，我不会待很长时间。因为今天，我们不要拐弯抹角，敷衍搪塞，我要告诉你我为什么来这儿吗——或者你想先客客气气地谈谈吗？”

“不，我不想客客气气地谈话。”

“好吧，你愿意和我结婚吗，彼得？”

他直直地站在那里，非常安静地站着，然后又重重地坐下了——因为他明白她的意思是什么。

“如果你想和我结婚，”她同样精确而毫无感情地继续着，

“你必须现在决定，我的车在楼下，我们开车去康涅狄格，然后回来，大约要花费三小时。”

“多米尼克……”说完她的名字后，他就再也不想动嘴唇了。他想认为自己已经瘫痪了。他知道自己仍异常清醒，他正强行往自己的肌肉和大脑里挤压着昏迷剂，因为他希望逃避清醒的责任。

“彼得，我们不要再装腔作势了。通常，人们要首先讨论他们的理由和感情，然后做出实际可行的安排。对我们来说，马上结婚是唯一的方式。如果我用其他的任何方式向你提出这件事，那都是在骗你，方式只能是这样。没有疑问，毫无条件，不用解释。我们所说的本身就是答案，因此就不必说了，你没有什么可考虑的——只是——你想和我结婚还是不想？”

“多米尼克，”他说，谨慎得好似行走在未完工建筑的光滑檩条上，“我仅仅明白这一点：我必须尽力效仿你，不要讨论它，不要谈论它，只要回答。”

“是的。”

“只是　　我做不到——不太能做到。”

“这是没有任何伪装的一次，彼得，背后什么事情都没有，连一句话都没有。”

“如果你只说一件事……”

“不会的。”

“如果你给我时间……”

“不会的，要么现在我们一起去楼下，要么就别提这件事了。”

“你千万不要埋怨，如果我……你从没允许我希望你能……你……不，不，我不想说了……但是你指望我想什么呢？我在这儿，独自一个人，那么……”

“我是唯一在场给你建议的人。我建议你拒绝我。彼得，我对你很诚实。但是我不会帮助你收回我的求婚。你更希望没有这个和我结婚的机会。但是你有这个机会。现在，这个选择在你手里。”

彼得再也顾不得自己的尊严了，他低下头，把拳头压在前额上。

“多米尼克——为什么？”

“你知道理由，很久以前我跟你说过一次。如果你没有勇气去想，别指望我会重复。”

他静静地坐着，头低垂着，然后说道：“多米尼克，像你和我这样的两个人结婚，差不多会是头版新闻。”

“是的。”

“如果有一个得体的声明和一个得体的婚礼岂不更好吗？”

“彼得，我很坚强，但还没坚强到那个地步。你可以召开你的招待会，进行你的宣传，但那是在结婚以后。”

"现在除了是或不是，你不想让我说任何事情吗？"

"完全正确。"

他坐在那里看了她很久。她的目光停留在他的眼睛上，但并不比画中人真实多少。他感到房间里只有他一个人。她站在那里，耐着性子，等待着，什么暗示也没给他，连善意的督促都没有。

"好吧，多米尼克，好。"他终于说道。

她庄重地点了一下头，以示了解。

他站了起来。"我要去拿我的外套，"他说，"你要开你的车吗？"

"是的。"

"敞篷车，是吗？我要穿一件皮外套吗？"

"不用了，但要带一条暖和点儿的围巾，有点儿风。"

"不要任何行李了吗？我们马上就回来吗？"

"马上回来。"

他没关客厅的门。她看见他穿了外套，在脖子上系了一条围巾，好像是给肩膀戴上了一顶无边帽。他向客厅的门走来，手里拿着帽子，头轻轻一扭，示意请她先行。在客厅外面，他按下电梯按钮，再退回来让她先进去，自己跟在后面。他非常确信自己没有喜悦，没有感觉。现在，他看起来比以往任何时候都更有冷冷的男子气概。

他紧紧地挽着她的胳膊，像保护神似的，穿过街道走向她停车的地方。他打开车门，让她坐到驾驶位置上，然后默默地坐到她的旁边。她侧身越过他的身体，调整他那侧的窗玻璃，说道：“如果不合适的话，我们启动车子以后，你可以随意调整，那样就不会太冷了。”他说：“去大广场街，那边红绿灯比较少。”她握住方向盘，启动车的时候，把自己的手包放到他的膝上。突然，他们之间没有了敌意，取而代之的是一种悄无声息的、没有任何希望的同志情谊，好像他们同是天灾的牺牲品，彼此必须互相帮助。

她习惯性地飞快驾驶着，是一种没有匆忙感的快。当车子遇到红灯停下来时，他们静静地坐着，听着马达的轰鸣声，谁也没挪动身体的位置。他们似乎在做着一种简单的直线运动，向着一个强制的方向，就像一颗不能被制止的飞行中的子弹。城市的街道上有了第一缕黄昏的光线，人行道看上去是黄色的，商店仍旧在营业，电影院的霓虹灯招牌已经亮了起来，红色灯泡迅速旋转着，吞噬着空气中最后一点点白昼，使街道看上去更加黑暗。

彼得·吉丁感觉没有讲话的必要，他似乎不再是彼得·吉丁了。他不请求温暖，也不请求怜悯，什么也不问。她想起他们正在干的这件事，瞥了他一眼，眼神里满是理解，近乎温柔。他沉稳地直视她的眼睛，她看到了理解，但是没有想法。好像他的那一瞥是在说：“是的。”没有别的什么了。

他们已经出了这座城市，冷冷的棕色公路飞奔着迎接他们，这时候他说："这附近的交通警察很糟糕。有没有带着你的记者证？只是以防万一。"

"我不再是记者了。"

"你不再是什么了？"

"我不再是记者了。"

"你辞掉了你的工作？"

"不，我是被解雇的。"

"你在说什么？"

"最近几天你一直在哪儿？我原以为每个人都知道这件事。"

"对不起，最近几天我不大能跟上事态的发展。"

几英里之后，她说："给我一支烟，在我的包里。"

他打开她的包，看见了她的香烟盒，她的粉盒，她的口红，她的梳子，一方折好的白得令人不敢触摸的手帕，散发着一股属于她的淡淡香水味。在他体内的某个地方，他想，这差不多就像在解开她衬衫的扣子。但是，他没意识到这个想法，也没有意识到他打开她的包时那种亲密。他从她的烟盒里拿出一支香烟，点燃，从他的嘴唇上拿下来放到了她的嘴唇上。"谢谢，"她说。他为自己也点了一支，合上了包。

他们到达格林威治时，是他问着路，告诉她往哪儿开，在哪条街转弯。他说："就是这儿。"接着他们在法官的房子前停下来。他先下了车，又把她从车里扶出来。他按响了门铃。

他们在客厅里结了婚。那个客厅里陈列着几把扶手椅，上面覆盖着褪了色的花毯子，有蓝色，有紫色，还有一盏镶着玻璃珠的灯。证婚人是法官的妻子和隔壁一个名叫查克的人。请查克过来时，他正在做家务，身上闻起来有一股淡淡的次氯酸钠的味道。

然后他们回到了车上。吉丁问："你累了吗？想让我开一会儿吗？"她说："不用，我来开。"

通往城市的公路从一片棕色的田野里穿过，地面上每一个凸起的西侧都有一抹令人疲倦的红色。紫色的暮霭正吞噬着田野的边缘，一道凝滞的红色火焰横亘在天空中。几辆小车向他们驶来，还能看见棕褐色的模糊影子。其他的车则打开了车灯，只看见两点不安分的黄色光团。

吉丁看着公路，公路很狭窄，从汽车挡风玻璃中间看过去，它就像是一个小破折号，嵌在大地和山脉之间。所有这一切都被限制在他面前这块长方形玻璃里。但是公路随着挡风玻璃一起向前飞奔、延展。公路铺满了玻璃。它碾过玻璃的边缘，把它撕裂，好让车上的两个人过去。车的两侧好似汇成了两条灰色的绸带。他想这是一场竞赛，他等着看玻璃赢得胜利，等着看汽车在那小小的破折号上横冲过去，让它来不及延伸。

"我们先去哪儿住？"他问，"你那儿还是我那儿。"

“当然是你那儿。”

“我宁愿搬到你那里。”

“不！我要封锁我的住处。”

“你不可能喜欢我的公寓。”

“为什么不？”

“我不知道，它不适合你。”

“我会喜欢它的。”

他们沉默了一会儿，然后，他问道：“现在我们如何去宣布这件事？”

“随便你，我把这个自由给了你。”

天变得更黑了，她在车头灯的光线中行驶。他注视着星星点点的交通灯低低地站立在道路两旁，当他们接近时突然变得生机勃勃，用有知觉的、诡异的、闪烁的灯光拼出“向左转”“向前走”。

他们默默地开着车，但是现在他们的沉默里没有了默契；他们不是在一起走向灾难，灾难已经来了；他们的勇气不再重要了。

他感到困扰，没有信心，不像每次多米尼克·弗兰肯在场时他所感觉到的那样。

他半转过身看着她。她双眼紧盯着公路。冷风中，她的侧影安详、遥远，可爱得令人难以承受。他看着她那紧紧握着方向盘的、戴着手套的手，又向下看着制动器上纤细的脚，然后他又将目光上移到她腿部的线条。他的视线停留在她那灰色紧身裙狭窄的三角地带，他突然间意识到，他有权利想象他正在想的一切。

第一次，他完全意识到了这桩婚姻的含义，然后他明白，他一直都在想着这个女人，这也许是一种对娼妓才有的感情，持久、无望而邪恶。我的妻子，他第一次想到，这个词里没有一丝的崇敬。他感到强烈的欲望，如果是夏天的话，他会让她开进路边的第一条边道，他会在那儿占有她。

他把胳膊从座位后面伸过去，搂住她的肩膀，手指勉勉强强地碰到了她。她没有移动，没有反抗，也没有转身看他。他拿开手臂，坐在那里，直直地凝视着前方。

“吉丁太太。”他平淡地说道，不是对她说，只是陈述一个事实。

“彼得·吉丁太太。”她说。

当他们停在彼得·吉丁的公寓前时，他下车，替她打开了门，但她静静地坐在方向盘后面没动。

“晚安，彼得，”她说，“明天我来看你。”

在他脸上的表情变成令人讨厌的诅咒之前，她补充说：“明天我要把我的一些东西送过来，然后我们再讨论每一件事情，一切将从明天开始，彼得。”

“你去哪儿？”

“我有一些事情要安排。”

“但今晚我要告诉人们什么呢？”

“你想说什么就说什么，如果你想告诉他们的话。”

她把车拐到路上，开走了。

当她那晚进入洛克房间时，他笑了，不是他通常得知期望实现时那种淡淡的微笑，而是一种诉说着痛苦和等待的微笑。

自审判以后，他一直没见到她。她作完证就离开了法庭，从此，他没有听到她的任何消息。他去她家，但是她的仆人告诉他，弗兰肯小姐不愿见他。

现在，她看着他，笑了。第一次，以一种完全接受的姿态，好像看到他就解决了所有事情，回答了所有问题，她仅仅是一个注视着他的女人。

他们面对面静静站了一会儿，她想，最美丽的话语就是那些无须言表的话语。

当他向她走来时，她说：“不要再提与审判有关的任何事情，以后再说。”

当他把她揽入怀中时，她转身直接迎着他的身体，感受着和她的胸膛紧紧贴在一起的他的宽阔胸膛，和她的腿紧紧贴在一起的他的长腿，好像她正靠着他，她的脚轻飘飘的，她因他身体的压力而竖了起来。

那晚他们一起躺在床上，不知是什么时候睡着的。精疲力竭的毫无意识的间隔和他们身体抽搐的交融同样强烈。

早晨，他们穿好衣服，她看见他在房间里踱来踱去。她想到了自己从他那里获得的一切，手腕的沉重感告诉她，她的力量现在已注入了他的神经，他们像是彼此交换了能量。

他在房间的另一端，背对着她待了一会儿。她说道："洛克。"声音又轻又低。

他转过身，好像他已经想到了，同时猜到了其他的一切。

她站在地板中间，和第一个晚上站在这个房间里时一样，庄重地表演着一个仪式。

"我爱你，洛克。"她第一次说出了这句话。

在她向他说出下一句话之前，她就看到了他面部的反应。

"昨天我结婚了，和彼得·吉丁。"

如果她看见一个男人扭曲着嘴，忍住声音，紧紧攥着拳头，以防自己发作，也许事情会简单些。但事实上不是，因为她并没有看见他这样做。然而她明白那些动作正在进行着，只是没有借助身体表示。

"洛克……"她小声而温柔地说道，有些害怕。

他说："没关系。"然后又说，"请等一会儿……好吧，接着说。"

“洛克，在遇到你以前，我一直害怕看见像你这样的人，因为我知道，我将注定看到我在证人席上所看到的一切，也将必须做出我在法庭上所做的一切。我痛恨那样做，因为替你辩护是对你的侮辱——也是对我自己的侮辱，但必须有人为你辩护……洛克，我能接受一切，除了那些似乎对大多数人来说最容易的一切：差不多就好，就差那么一点点，马上就行，介于中间。他们也许有他们的评判标准，我不知道，我不想去询问。我知道，这是一件我无法理解的事情，当我想到本质上的你，除了你所属的世界，我不能接受任何现实。也许，在你的世界里，你至少还有斗争的机会，有属于你自己的斗争方式。我不能在你和现实的夹缝里过一种被撕裂的生活。这意味着要和这些事情以及不值得做你对手的那些人斗争。你的斗争，使用他们的方法——那是一种非常恐怖的污辱。我要对彼得·吉丁做本要对你做的一切：撒谎、奉承、逃避、妥协，对愚蠢的行为百依百顺——好乞求他们给你机会，乞求他们让你活下去，让你发挥作用。去乞求他们，洛克，而不是嘲笑他们，去颤抖，因为他们手里攥着伤害你的权力。我不能这样做，是不是太柔弱了？我不知道哪一个是更强大的力量：为了你接受所有这一切——还是强烈地爱你，以致不能接受其他的一切。我不知道，我太爱你了。”

他看着她，等待着。她知道，很久以前他就明白了这一切，但是现在这些必须说出来。

“你没有意识到它们。我意识到了，但无能为力。我爱你。太矛盾了。洛克，你不会获胜的。他们将毁掉你，但是我不会在那儿眼睁睁地看着这一切发生。我将先毁掉我自己。那是我唯一的抗议方式。我还能给你什么呢？人们祭献的东西微不足道，而我将把我和彼得·吉丁的婚姻献给你。在他们的世界里，我不允许自己有幸福。我要忍受痛苦。那将是我对他们的回应，也是我给你的礼物。我也许再也不会见到你了。我将尽力不见你。但是我将为你而活，用我生命的每一分钟，用我每一个可耻的行为，我将用我的方式为你而活，我能采取的唯一方式。”

他想说些什么，她又说道：“等一等，让我说完。你也许会问，那为什么不自杀？因为我爱你，因为你存在，这就是我不想自杀的唯一理由。为了你，我必须活着，我要实实在在地活在这个世界上，用生活所要求的方式，不是半途而废，而是始终如一；不是向生活乞求和索取，而是走出去迎接生活，迫使它成为痛苦和丑陋，让自己第一个去选择它所能做出的最恶毒的事。不是做一个稍微正派一点儿的人的妻子，而是做彼得·吉丁的妻子。只有我的内心，只有那里是无法触碰的，用我自己堕落的围墙去维护它的神圣。我会想起你，知道你的存在。我会偶尔对自己说‘霍华德·洛克’，我会认为我有资格去说那个名字。”

她站在他的面前，仰着脸，嘴唇没有紧绷，而是轻轻地合拢。然而，她的嘴形在她的脸上显得那么突出，那是痛苦的、温柔的形状，还有一种听天由命。

她在他脸上看到了痛苦，由来已久的痛苦仿佛已经成了他的一部分。因为已经被接受了，它看起来是一道疤痕而非伤口。

“多米尼克，如果现在我告诉你马上让那桩婚姻去见鬼——忘记这个世界以及我的斗争——不去感受愤怒、忧虑、希望——仅仅为我而存在，为我对你的需要而存在——做我的妻子——做我的财产……”

当她告诉他她的婚姻时，他在她的脸上看到了她在他的脸上所看到的一切，但他没有害怕，而是镇静地审视着它。过了一会儿，她回答了，话语似乎不是从她的嘴唇里出来的，而是她的嘴唇被迫从外界积聚了这些声音：“我会听命于你。”

“现在你明白我为什么不会这样做。我不会试图阻止你。我爱你，多米尼克。”

她闭上了眼，他又说道：“你不想听是吗？但是我想让你听。当我们在一起的时候，我们彼此从不需要说任何话。这番话——是说给我们不在一起的时候。我爱你，多米尼克，和我存在这个事实一样自私，和我的肺呼吸空气一样自私。我为我自己的需要，为增加我身体的能量，为我的生存而呼吸。我已经给你的，不是我的牺牲或我的怜悯，而是我的自我和我赤裸裸的需要。这是你能够希望被爱的唯一方式，这是我想让你爱我的唯一方式。如果你现在和我结婚，我会变成你的全部。那时我将不会想要你了。你也不会想要你自己——所以你便不会长久地爱我了。为了说‘我爱你’，一个人必须先知道如何说‘我’。现在我本可以从你那儿得到的那种屈从，只会让我变成一个徒有外表的躯壳。如果我要求这个，我会毁了你。这就是我不想阻止你的原因。我将让你回到你丈夫那儿。我不知道如何熬过今晚，但是我会挺过去的。在你将会停留其中的这场你所选择的战役里，我希望你像我一样全身而退。战斗从来都不是无代价的。”

她从他话语里那可以度量的张力中听出，他说这些话比她听这些话更困难。所以她听着。

“你一定要学会不害怕这个世界。不要像你现在这样被它束缚住。永远不要被它伤害，就像你在法庭上没有被它伤害一样。我必须让你知道这一点。我不能帮助你。你必须找到自己的路。当你找到的时候，你会回到我身边。他们不会毁掉我的，多米尼克，他们也不会毁掉你。你会赢的，因为你已经为自己选择了最艰难的方式来赢得自由。我会等着你。我爱你。我为我们将必须等待的时光而向你说这些。我爱你，多米尼克。”

然后他吻了她，让她走了。

15

那天早晨九点钟，彼得·吉丁在他房间的地板上踱着步，房门锁着。他忘记了现在已是九点，凯瑟琳正在等着他。他已经让自己忘记了她，忘记了与她有关的每一件事。

他的房门锁着，是为了使自己免受母亲的打扰。昨天晚上，母亲看见他坐卧不安，就已经强迫他说出了事实真相。他不耐烦地大声说他和多米尼克结婚了，并且补充说多米尼克出城通知亲戚们去了。母亲高兴地问这问那，他不作任何回答，隐藏住自己的恐慌。他不太肯定自己已经有了一个妻子，也不太肯定她是否会在第二天早晨回到他身边。

尽管已经禁止母亲宣布这个消息，但她昨晚已经打了几通电话，今天早上又打了几个，现在他们的电话正不断地响着，都是热切的询问声：“是真的吗？”随后是一连串的祝福和羡慕。吉丁明白，打电话来的这些人声名显赫，将更大范围地传播这个消息。他拒绝接听电话，对他来说，纽约已经被祝福淹没，他却独自一人，躲在这个如防水箱一样的房间里，心里充满寒冷、失落和恐慌。

门铃响起的时候，已经是中午。他用双手捂住耳朵，不想知道是谁，不想知道他们要做什么。然后他听见了他母亲的声音，尖锐中带着喜悦，听起来愚蠢得令人尴尬：“彼得，亲爱的，难道你不想出来亲吻你的妻子吗？”他飞奔到客厅，多米尼克站在那儿，正在脱她柔软的貂皮外套，皮毛把街上的冷气混着香水味送进了他的鼻孔。她恰到好处地笑着，直直地看着他，说：“早上好，彼得。”

他站在那里，一瞬间怔住了。在那一瞬间，他想起了所有的电话，感觉到了它们带给他的胜利。他像是走在拥挤的竞技场上，缓慢而又努力地挪动。他微笑着，仿佛感觉到弧光灯正照耀着他的微笑，然后他说：“多米尼克，亲爱的，这真像是梦想成真！”

命中注定，他们的非正式婚姻已经一去不返，而现实的婚姻变成了大家一直期望的模样。

她似乎对此很高兴。她说：“很遗憾，你还没有抱着我过门槛，彼得。”他没有吻她，但是拉着她的手，亲吻了她手腕的上方，带着一种随意而亲密的温柔。

他看见母亲站在那儿，就用一种精神抖擞的胜利者姿态说：“母亲——多米尼克·吉丁。”他看见母亲吻了她。多米尼克庄重地回吻，吉丁太太乐不可支，强忍着啜泣说道：“亲爱的，我是那么那么幸福，上帝保佑你，我没有想到你这么漂亮！”

他不知道下一步该做什么，但是多米尼克简单地把一切接了过去，让他们没有时间多想。她走进客厅，说道：“我们先吃午饭，然后你给我腾出点儿地方，彼得，我的东西再有大约一个小时就到了。”

吉丁太太微笑着答道：“我们三个人的午饭已经准备好了，弗兰……小姐……”于是她停下来，“噢，亲爱的，我叫你什么？宝贝？吉丁太太还是……”

“当然叫多米尼克。”多米尼克毫无笑意地答道。

“难道我们不向其他人宣布，邀请他们……”吉丁开口说道。

但是多米尼克说：“以后再说吧！彼得，婚姻自己会宣布一切的。”

随后，当她的行李运到时，他看见她毫不犹豫地走进了他的卧室。她告诉仆人们如何挂她的衣服，还让他帮她重新整理壁橱里的东西。

吉丁太太看上去有些迷惑不解。“你们不是小孩过家家吧？一切都很突然，很浪漫，但——没有任何形式的蜜月吗？”

“不用了，”多米尼克说道，“我不想让彼得离开他的工作。”

他说：“当然，这是暂时的，多米尼克，我们将搬到另一套公寓，大一点儿的。我想让你来挑选。”

“为什么？不用了。”她说，“我认为没有必要，我们就待在这儿好了。”

“我会搬出去。”吉丁太太慷慨地提出，不假思索，是受了对多米尼克不可抗拒的畏惧的驱使，“我要为自己选一处小一点儿的。”

“不。”多米尼克说道，“我宁愿你别搬出去，我不想改变任何事情，我想让自己适应彼得现在的生活。”

“你真是太可爱了！”吉丁太太微笑着说，吉丁却木然地想到她这么做一点儿都不可爱。

吉丁太太明白，等她醒过神儿来的时候，她会恨上她的儿媳妇。她可以接受严厉的斥责，但不能原谅多米尼克那庄重的礼貌。

电话铃响了。吉丁事务所的首席设计师表达了他的祝贺：“我们刚刚听到这个消息，彼得，盖伊非常震惊，我真的觉得你应该给他打个电话，或者来这儿，或者做点儿其他什么事。”

吉丁连忙赶往事务所，很高兴能从家里逃出来一会儿。他进了办公室，像一个容光焕发的完美新郎，哈哈大笑，和制图室的每一个人握着手，穿行于嘈杂的祝福、羡慕的快乐叫喊和几句调笑声中。然后，他匆匆忙忙奔向了弗兰肯的办公室。

进去时，他看到弗兰肯脸上的微笑，像是祝福的微笑，一瞬间，他感到有点儿愧疚。他充满深情地扳着弗兰肯的肩膀，低声说：“我很幸福，盖伊，我很幸福……”

“我早就期待着这么一天了，”弗兰肯轻轻地说，“但现在正是时候。现在它应该全是你的了，这就对了。彼得，这个是你的了，这间房子，每一件东西，很快。”

“你在说什么呢？”

“算了吧，你一直都明白。我累了，彼得。你知道，时间到了，当你在某种程度上感到大势已去，然后……不，你不会知道的，你太年轻了。但的确，彼得，我在这儿晃来晃去还有什么作用？有趣的是，我对伪装出来的一切都不再有丝毫兴趣……有时我想要诚实些。那是一种非常好的感觉……噢，不管怎么说，也许再有个一两年，到那时，我就要退休了。那么全都是你的了。如果可以的话，我会在这儿再多待一段时间——你知道，我确实喜欢这个地方——它是那么繁忙，经营得那么好，人们尊重我们——这是一个好公司，弗兰肯-海耶，不是吗——我究竟在说些什么？弗兰肯-吉丁。然后，它将仅仅是吉丁……彼得，”他柔声问道，“你为什么看上去不高兴？”

“当然高兴，我非常愉快，我非常感激，所有的一切，但是，你究竟为什么想起退休了？”

“我不是这个意思，我的意思是——当我说这一切都将属于你的时候，你为什么看上去不高兴？我……我想看到你为此高兴，彼得。”

“看在上帝的分上，盖伊，你现在不正常，你……”

“彼得，这对我很重要——你应该对我将要留给你的一切感到幸福。你应该引以为豪。你的确是这样的，难道不是吗，彼得？你是吗？”

“噢，谁会不幸福呢？”他没看弗兰肯。他不能容忍弗兰肯话语里的那份恳求。

“是的，谁会不幸福呢？当然……你幸福，对吗？彼得？”

“你想要怎么样？”吉丁生气地劈头问道。

“我想让你为我感到自豪，彼得。”弗兰肯低声下气、直接而绝望地说，“我想知道我已经得到了一些东西。我想感觉这有一定的意义。总之一句话：我想确信，这一切——不是白费。”

“你不确信？你不确信吗？”吉丁的眼神十分凶恶，好像弗兰肯突然对他构成了威胁。

“怎么了，彼得？”弗兰肯柔声问道，几近麻木。

“可恶，你没有权利——不确信！你的年龄，你的名字，你的声誉，你的……”

“我想确信，彼得，我一直工作得十分努力。”

“但是你不确信！”他又愤怒又害怕，所以他想去伤害，他扔出了一件最伤人的东西，没有意识到它会伤害他自己，而不是弗兰肯。一件弗兰肯不会知道，从来都不知道，甚至猜都猜不到的东西。“噢，我知道谁会确信，在他生命的尽头，他是那么确信，我简直想割断他的脖子！”

“谁？”弗兰肯静静地问道，毫无兴趣。

“盖伊！盖伊，我们怎么了？我们在说些什么？”

“我不知道。”弗兰肯说，他看上去很疲倦。

那天晚上，弗兰肯来到吉丁家吃晚饭。他打扮得喜气洋洋，吻吉丁夫人的手时，他像从前一样殷勤地眨着眼睛。但是当他向多米尼克祝福时，他看上去很忧郁，发现自己并没有什么要跟她说的话。看她的脸时，他的眼睛里蕴含着乞求。原以为会从她那里得到明显而尖刻的嘲讽，但是相反，他看到了一种意外的理解。她什么也没有说，只是弯下腰亲吻他的前额，她把嘴唇轻轻压在他的额头上，比正式礼仪要求的时间略长。他体内流动着一股感激的暖流——然后，他又感到害怕了。“多米尼克，”他小声说——其他人听不见他在说什么，“你一定非常不幸福……”她快乐地笑着，挽起他的胳膊：“噢，不，父亲，您怎么能这样说！”“原谅我。”他低声说道，“我有点愚蠢……这真是太美妙了……”

整个晚上，客人们络绎不绝，未经邀请，未经通知，只是一听到这消息就觉得有权利拜访。吉丁不知道看见他们是该高兴还是该扫兴。似乎只要有这种快乐的困惑持续着，一切就很好。多米尼克表现得很活跃。在她的举止里，他没有捕捉到一丝讽刺的暗示。

当最后一位客人离开时已经很晚了。他们两个人被留在一堆空酒杯和满溢的烟灰缸中间。他们坐在客厅的两端，吉丁极力推迟去想那些他必须想的事情。

“好了，彼得，”多米尼克说着，站了起来，“我们把这些收拾一下吧。”

黑暗中，躺在她身边的时候，他的愿望得到了满足，但也给他留下前所未有的饥渴，因为旁边的身体没有任何反应，甚至没有反感。在把曾经盼望施加给她的占有付诸行动时，他感觉自己失败了。他说出的第一句话是：“混蛋！”

他没有听到她动。

然后他记起了那次的发现，激情时刻本来让他将其忘在了脑后。

“他是谁？”他问。

“霍华德·洛克。”她回答。

“好吧。”他厉声说道，“你不想说的话，就不必告诉我了！”

他打开灯，看见她静静地躺着，一丝不挂，头向后仰着。她的脸看上去平静、无辜、纯洁。她对着天花板柔声说道，“彼得，如果我能做这个……我就可以做任何事情……”

“如果你认为我会经常烦你，如果这是你对……”

“经常还是不经常，随你便，彼得。”

第二天早晨，进餐厅吃早饭时，多米尼克发现了一个花店的盒子，长方形，白色的，倚在她的盘子边。

“那是什么？”她问仆人。

“今天早上送来的，夫人，叮嘱要放到早餐桌上。”

盒子上写着“致彼得·吉丁太太”。多米尼克打开了它，几束白丁香，比这个时节的兰花开得更艳丽芳香。里面有一张小卡片，上面用大字写着一个名字，还留有匆匆草就的特征，好像硬纸板上的这些字母正在哈哈大笑：“埃斯沃斯·托黑。”

“多好啊！”吉丁说道，“昨天一整天我都在想为什么没有他的消息。”

“请把它们插进水里，玛丽。”多米尼克说着，把盒子递给了仆人。

下午，多米尼克打电话给托黑，邀请他来吃晚饭。

几天之后，晚饭开局了。吉丁的母亲借口另有邀请，逃过了那个晚上。她对自己解释说：她相信自己只是需要一些时间来习惯这些事情。所以，晚饭桌旁只有三个位置，水晶烛座里燃着蜡烛，桌子中央摆放着放在透明玻璃罩里的蓝色花朵。

走进来时，托黑向主人们深深鞠躬，得体得好似法庭的接待仪式。多米尼克看上去像一位社交界女主人——从来都是，不能想象她不做那个还能做什么。

“噢，埃斯沃斯，最近怎么样？”吉丁问道，带着一种能够代表客厅、空气和多米尼克的姿态。

“亲爱的彼得，”托黑说，“这些俗套我们还是省了吧。”

多米尼克引路走进了起居室。她身着一套晚装——白绸缎衬衫像是专为男士裁剪的，黑色的长裙朴素而有质感，好像她的头发一样光亮柔顺。裙子窄窄地束着她的腰部，似乎表明两只手就能完全地把她的腰部圈起来，或者不费吹灰之力就能把她折成两段。短袖子让她的胳膊裸露出来，上面戴着一只款式简洁的金镯子，对她的细手腕来说，这镯子太大太重了。她打扮成少女的模样，她把优雅变成了一种性感：一种睿智、危险而成熟的模样。

“埃斯沃斯，这难道不是妙不可言吗？”吉丁说道，他看多米尼克时，就像一个人看着丰厚的银行账户。

“不比我期望的多，”托黑说，“也不少。”

晚餐桌旁，吉丁侃侃而谈，似乎是打开了话匣子。他不停地说着，就像一只猫在围绕着猫薄荷跳来跳去。

“的确，埃斯沃斯，是多米尼克邀请的你，我没有要求她这样做。你是我们第一位正式的客人，我想这很好——我的妻子和我最好的朋友。我总是有个愚蠢的想法，你们两个互不喜欢，天知道我从哪里得到的这个古怪想法。但这可真让我高兴——我们三个人在一起。”

“那么你不相信数学，是吗，彼得？”托黑说，“为什么惊奇？某些数字相加必然得出某些结果。假定三个实体诸如多米尼克、你和我——一定可以得出不可避免的数字。”

“俗话说，三人成群。”吉丁哈哈大笑，“但那是胡说。两个人比一个人好，有时候，三个人要比两个人好，看情况了。”

“那句陈词滥调的唯一错误是，”托黑说道，“错误地把‘群’当成一个贬义词。就像你愉快地发现的一样，它完全是相反的。三，我要补充一点，是一个神秘的重要数字。三位一体。或者三角形。没有它，我们就没有电影工业。三角形有许多变异，不一定不快乐。像我们三个人——我来添补直角三角形的斜边，非常恰当的添补，因为我连接了恰恰相反的事物，难道你不这样认为吗？多米尼克？”

快要吃完甜点的时候，吉丁被电话叫走了。他们能够听到他在另一个房间里不耐烦的声音，对着因为加班到很晚而需要帮助的制图员发号施令。托黑转过身，看着多米尼克，笑了。这个微笑表明以前她不能表达的一切现在都可以表达了。她发现了他的眼神，脸上没有任何可以分辨的动作，但表情有了变化，好像她明白了他的意思，并且没有拒绝去理解。他也许更喜欢隐藏着的拒绝表情。接受注定是更大的轻蔑。

“那么，你已经浪子回头了，多米尼克？”

“是的，埃斯沃斯。”

“不再乞求更多的宽容？”

“这看起来有必要吗？”

“不，我钦佩你，多米尼克……你是多么喜欢他。我认为彼得还不坏，虽然比不上我们两个正在谈论的那个人，他也许是最好的人，但你将永远没有了解的机会。”

她看上去并不厌恶，而是非常迷惑不解。

“你在说什么，埃斯沃斯？”

“噢，算了吧，亲爱的，现在我们还用得着像过去那样装腔作势吗？你一直爱着洛克，从你在霍尔科姆的客厅里看见他的那一刻起——或者我应该直说？你想和他睡觉——但是他不愿理你——因此才有了你后来的所作所为。”

“这是你所认为的一切吗？”她静静地问。

“难道那不是显而易见的吗？那个女人受到了蔑视。这和洛克一定是你想要的男人这个事实一样显而易见，你想用最原始的方法占有他，而他从不知道你的存在。”

“我高估了你，埃斯沃斯。”她说。她对他的存在失去了兴趣，甚至不需要谨慎了。她看上去烦躁不安。他皱着眉头，迷惑不解。

吉丁回来了，当他走过托黑旁边时，托黑拍了一下他的肩膀。

“在我走之前，彼得，我们必须谈一谈斯考德神庙的重建，我想让你把它修好。”

“埃斯沃斯……”他喘着粗气说道。

托黑哈哈大笑。“别那么拘谨，彼得，只是一点儿专业方面的事。多米尼克不会介意的，她是一个有过新闻行业从业经历的女人。”

“怎么了，埃斯沃斯？”多米尼克问道，“感到很绝望是吗？这些武器没有达到你平常的水平。”她站了起来，“我们去客厅喝咖啡吧？”

霍普顿·斯考德在他从洛克那里赢来的钱上追加了非常大的一笔，斯考德神庙为了新的目的而重建。埃斯沃斯·托黑特意选择了一组建筑师：彼得·吉丁、高登·普利斯科特、约翰·埃瑞克·斯耐特和一个名叫古斯·韦伯的二十四岁男孩。古斯·韦伯喜欢在遇到教养良好的女人时说下流话，从没自己承揽过建筑业务。这些人中的三个都有社会和专业名声，古斯·韦伯没有，因为这个原因，托黑选了他；四人之中，古斯·韦伯说话声音最大，信心也最大。古斯·韦伯说他什么都不怕，他真是这么想的。他们四个全都是美国建筑家委员会成员。

美国建筑家委员会逐渐壮大了。斯考德案审判以后，许多热情洋溢的讲座在美国建筑师行会俱乐部的各个房间里非正式地举行。美国建筑师行会过去对埃斯沃斯·托黑一直不够热忱，尤其是在他的委员会建立以后。但这次审讯带来了细微的变化。许多成员指出，《微声》的那篇文章是引起斯考德诉讼案的原因。能够迫使审判官开庭的人应该是一个需要被小心对待的人。所以，他们建议，埃斯沃斯·托黑应该被邀请到美国建筑师行会，在某次正式午宴上发表讲话。一些成员反对，盖伊·弗兰肯就在其中；最激烈的反对者是一位年轻的建筑师，他做了一次动人的演讲。因为第一次在公共场合演讲，他有些窘迫，以致声音有些颤抖。他说，他钦佩埃斯沃斯·托黑，一直赞同托黑的社会理想，但是，如果一群人都认为某个人的权力超过了他们，那么就是要同这个人做斗争的时候了。大多数人否决了他。埃斯沃斯·托黑被请求在午宴上演讲。出席的人很多，而托黑做了一次机智幽默、热情恳切的演讲。美国建筑师行会的许多成员加入了美国建筑家委员会，约翰·埃瑞克·斯耐特是先行者之一。

负责斯考德神庙重建的四位建筑师在吉丁办公室碰头，他们围着摊放斯考德神庙蓝图的桌子，桌子上面还有洛克的原图纸的照片，是从一个承包商那里得到的，还有吉丁订制的泥模型。他们谈论着经济的萎靡，以及对建筑工业造成的影响；他们谈论着女人，高登·普利斯科特讲了几个浴室里的笑话。然后古斯·韦伯举起了拳头，击向尚未完全干透的模型顶部，将它拍成了扁平的一团，说道：“噢，亲爱的，让我们工作吧。”“古斯，你这个混蛋，”吉丁骂道，“这个东西可是花钱买的。”“胡说八道！”古斯回敬，“我们才不会为它花钱！”

他们每个人都有一套原图纸的照片，边角有“霍华德·洛克”的签字。他们花了许多个夜晚，许多个星期，在原稿上恰到好处地画着他们自己的设计，做着评注、改进。他们花了比实际需要更多的时间，做了比实际需要更多的变化，似乎乐此不疲。随后，他们将四张修改图放到一起，作了一次组合。他们中谁都没有这么喜欢过一件工作。他们的会议漫长而友好，只有很小的纷争，诸如古斯·韦伯说：“嗨，高登，如果厨房是你的，那么厕所是我的。”但这些仅仅是表面的。他们感觉到一种团结和对彼此热切的喜爱，这种兄弟情谊使人能够忍受严刑拷打而不会背叛团伙。

斯考德神庙没有被拆成瓦片，但是它的结构被切割成五层，包括寝室、教室、医务室、厨房、盥洗间。入口大厅用彩色大理石铺砌，楼梯装着精致的铝合金栏杆，洗浴间是用玻璃封闭的，娱乐室立着奢华的金色壁柱。所有巨大的窗户都没有改动，只是画上了地板线。

四位建筑师决定取得一致和谐的效果，因此，没有使用任何纯形式上的历史风格。彼得·吉丁设计了白色大理石的半陶立克式门廊，矗立在主入口处上方，并设计了通向维多利亚式阳台的几座新门；约翰·埃瑞克·斯耐特设计了半哥特式的小锥形体，顶部镶着一个十字架，被嵌进了石灰石墙的叶形装饰边，很有特色；高登·普利斯科特设计了半文艺复兴式的飞檐，全封闭的玻璃平顶从第三层伸展出去；古斯·韦伯设计了立体式的装饰，好给原来的窗户装框子；他还设计了顶部的现代式霓虹灯招牌，上面写着:“霍普顿·斯考德低能儿童家园。”

“革新效果产生了。”古斯·韦伯看着竣工后的建筑说，“这个国家的每个孩子都会有一个像这样的家！”

建筑的原始形状还看得出来，它不像一具被肢解得支离破碎的尸体，倒像是被乱砍成几块后又重新拼在一起的尸体。

九月份，家园的房客入住了。托黑挑选了一组人数不多的专业工作人员。很难找到符合规定的孩子做居住者，他们中大部分来自其他机构。六十五个孩子，年龄从三岁到十五岁不等，都是由热心的女士们挑选的，特意将那些可能被治愈的孩子拒之门外，只挑选那些没有希望的孩子。有一个十五岁的男孩从没学会过说话；有一个露着牙的孩子不会读或写；一个女孩生下来没有鼻子，她的父亲同时也是她的祖父；一个叫“杰克”的人，年龄或性别没人能够确定。他们住进了新家，眼睛空洞无神，死死地瞪着。他们的面前仿佛没有世界。

温暖的晚上，来自附近贫民窟的孩子会偷偷潜进斯考德家园的花园，透过大玻璃窗满怀渴望地盯着娱乐室、健身房和厨房。这些孩子穿着肮脏的衣服，脸上污渍斑斑。他们动作敏捷，无礼地咧嘴笑着，眼睛明亮，带着渴求知识的欲望。管理家园的女士们生气地喊着“小土匪”，撵走了他们。

由赞助人组成的代表团每月访问家园一次。这是一个闻名遐迩的团体，在许多严格控制的花名册上都有他们的名字，虽然并非任何个人成就令他们置身其中；这群人穿貂皮外套，戴宝石领带夹，偶尔，他们中间也会有些人夹着来自英国商店的昂贵雪茄，戴着光鲜的圆顶窄边礼帽。埃斯沃斯·托黑总是出席，并领着他们参观家园。视察似乎使貂皮外套更加温暖，也给了它们的主人无可争辩的拥有它们的权利，因为在这样一次比访问停尸间更有影响力的游行里，同时建立了优越感和利他主义的美德。在视察回来的路上，埃斯沃斯·托黑的卓越工作获得了谦恭的赞扬，他毫不费力地为其他那些人文活动拿到了支票，诸如出版、演讲、广播论坛和社会研究工作室。

凯瑟琳被安排负责孩子们的专业治疗，她作为永久居住者搬进了家园，狂热地做着自己的工作。她总是向任何愿意洗耳恭听的人谈论她的工作。她说话的时候，嘴部活动掩饰着最近刚刚出现的、将她的鼻孔和下巴分割开来的两条线。人们更喜欢她戴眼镜，她的视力不好。她像好战分子一样，说她的工作不是慈善事业，而是“人类的拓荒”。

她一天最重要的时间是安排孩子们进行艺术活动的“创造时间”。为了达到活动目的，她特意安排了一个房间——能看见城市远方地平线的房间——在那里，凯瑟琳给孩子们一些东西，指导并鼓励他们自由地创造。那个时候，凯瑟琳会像一位操纵着生命的天使一样注视着他们。

有一天，她非常兴奋，因为杰克——最没有希望的孩子中的一个，获得了想象力训练课的满分。杰克收集了五颜六色的废料和一瓶胶水，攥了满满一手，然后把它们扔到了房间的角落里。在这个角落里，有一处从墙里伸出来的倾斜的壁架——上面涂着灰泥，被漆成了绿色——是洛克的神庙留下来的，用来调控日落时的光线。凯瑟琳走向杰克，在壁架上辨认出一条狗的形状，棕色，带蓝点，有五条腿。杰克满脸自豪的表情。“现在你们看到了吗？看到了吗？”凯瑟琳对她的同事们说，“难道这不精彩，不令人感动吗？在正确鼓励下，谁也说不准这个孩子会走多远。如果他们创造的天分受挫，想想吧，这些小家伙会怎样？给予他们自我表现的机会多么重要啊！你们看到杰克的脸了吗？”

多米尼克的雕像被卖了，没有人知道谁买了它。它被埃斯沃斯·托黑买走了。

洛克的事务所缩减到了一个房间。在高德大厦竣工之后，他没有接到任何工作。经济大萧条摧毁了建筑业，对任何人来说，都没什么工作机会了。据传言，摩天大楼都盖完了，建筑师们得关闭他们的事务所。偶尔有几项业务要招标，一群建筑师像乞求面包一样蜂拥而至，甚至包括像罗斯通·霍尔科姆一样的人，还有那些从不乞求、在接受客户之前要看营业执照的人。在试图寻找项目的时候，洛克被拒绝了，那种态度似乎在说他是否疯了，礼貌都是一种浪费。小心的生意人说：“洛克？通俗小报的主角？现在的钱太珍贵，不能扔在随后的官司上。”

他找到了几份新业务，改建公寓，充其量就是竖一些隔墙，重新安排一下铅管等工程。“别接了，洛克。”奥斯顿·海勒生气地说，“可恶的家伙，居然让你干那种活儿！而且是在你建起了像高德大厦、恩瑞特公寓那样的摩天大楼之后。”

“任何活儿我都接。”洛克说。

斯考德案裁定的赔偿额比他从高德大厦得到的全部酬金还多。但是他的积蓄还能维持一段时间。他给马勒瑞付了租金，又付了大部分他们一起就餐的钱。

马勒瑞坚决不让他这么做。“住嘴，斯蒂文。”洛克说，“我不是在为你做这个。这样的时候，我很少奢侈。所以，我只是买能够被买到的最宝贵的东西——你的时间。我正在和整个国家竞争——那是非常奢侈的，不是吗？他们想让你去做婴儿石膏饰板，我却不想这样，我喜欢跟他们的做法相反。”

“你想让我接着做什么，霍华德？”

“我想让你去工作，不要问我要你做什么。”

奥斯顿·海勒从马勒瑞那儿听说后，私下里跟洛克谈起了这件事。

“如果你在帮他，为什么不让我帮你？”

“如果你能的话，我会让你帮的。”洛克说，“但是你不能。他所需要的一切是他的时间。没有客户他也能工作。我不能。”

“霍华德，看到你充当利他主义的角色，真令人愉快。”

“你不必讽刺我。这不是利他主义。但是我要告诉你这个：大多数人都会说他们关注其他人的痛苦。我不这样。然而，有一件事我理解不了。看到一个人被肇事逃逸的司机撞倒后流血，没什么人会离开不管。但是他们中的大多数人看到斯蒂文·马勒瑞时却头也不回。可他们难道不了解吗？如果痛苦能被估量的话，当斯蒂文·马勒瑞不能做他想做的工作时，那痛苦和被坦克摧毁后尸横遍野不是一样的吗？如果一个人要去减轻这个世界的痛苦，马勒瑞不是痛苦开始的地方吗？不过，那不是我做这件事的原因。”

洛克从没见过重建的斯考德神庙，十一月份的一个晚上，他去看它。他不知道这是对痛苦的屈服，还是自己已经战胜了怕见到神庙的心理。

很晚了，斯考德家园的花园里已经没了人。建筑物黑乎乎的，楼上窗子里唯一的灯还亮着。洛克站在那里，长时间地注视着这幢建筑。

希腊式门廊下的门开了，一个体型矮小的男人走了出来，他出人意料地急匆匆跑下楼梯——然后停了下来。

“你好，洛克先生。”埃斯沃斯·托黑静静地说。

洛克看着他，毫不惊奇。“你好。”洛克说道。

“请不要走。”声音不是嘲弄，而是急切。

“我不会走的。”

“我想我早就知道有一天你会来这儿，你来的时候，我希望我会在这儿。我一直为自己在这个地方徘徊而编造借口。”声音里没有任何幸灾乐祸，听起来没有生气，也没有矫揉造作。

“噢？”

“你不要介意跟我说话。你明白，我理解你的工作。我对你的工作所做出的评价是另一码事。”

“你有自由去做你想做的一切。”

“我比任何一个活着的人都更能理解你的工作——多米尼克·弗兰肯可能除外。不过也可能比她更理解。这很重要，不是吗，洛克先生？你周围没多少人能够这样说。和一个热情而盲目的追随者相比，这种联系更为紧密。”

“我知道你理解。”

“那么你不介意跟我谈话吧？”

“谈什么？”

黑暗中，托黑似乎叹了一口气。过了一会儿，他指着那幢建筑问道：“你了解这个吗？”

洛克没有回答。

托黑柔声继续说道：“对你来说，它看上去像什么？像一堆毫无意义的杂物？像漂流木偶然地汇集在一处？像宇宙形成之前的一片混沌？但它是吗，洛克先生？你看到任何顺序了吗？你是了解结构的语言、形式的意义的人。在这儿，你看到任何意图了吗？”

“我看不出讨论这个有什么意义。”

“洛克先生，这儿只有我们两个人。你为什么不告诉我你是怎么看我的？你想说什么都可以。没人会听见我们说了什么。”

“可我没有看你。”

托黑的脸上带着关注的神情，静静地倾听着像命运一般简单明了的事实。他没有说话。洛克问道：“你刚才想对我说什么？”

托黑看着他，然后看着他们周围光秃秃的树，南面远处的小河，小河之外开阔的天空。

“没什么。”托黑说道。

他走了，双脚踩在碎石上，发出吱嘎吱嘎的声音，刺耳而均匀，就像引擎活塞的爆裂声。

洛克独自一人站在空荡荡的车道上，看着那幢建筑。